逆島断雄《さかしまたつお》と
進駐官養成高校の決闘

石田衣良

講談社

逆島断雄と進駐官養成高校の決闘

主な
登場人物

逆島断雄
さかしま・たつお
日乃元皇国最優秀の学生が集う東島進駐官養成高校の新入生。
皇室を守護する近衛四家から没落した逆島家の次男で、
逆島家に伝わる千年の歴史を持つ格闘秘術の継承者。

菱川浄児
ひしかわ・じょうじ
断雄と同じ一年三組一班のメンバー。
眉目秀麗、学業、スポーツ、格闘術すべてにおいて学年一位の
スーパー高校生。父はエウロペ連合の元軍人。

谷照貞
たに・てるさだ
同じく三組一班のメンバー。
岩のようながっしりした身体をもつ柔術の達人。
超がつく硬派な頑固者。

鳥居国芳
とりい・くによし
同じく三組一班のメンバー。
ナンパで、学業、格闘嫌いだが、度胸があり、
どんなときにも明るさを失わない強さをもつ。

東園寺彩子
とうおんじ・さいこ
学年一の美少女。近衛四家のひとつ東園寺家の令嬢で、
断雄の幼馴染み。美貌だけでなく、
学力、気の強さもずば抜けている。

東園寺崋山
とうおんじ・かざん
彩子の双子の兄。断雄のクラスメイト。東園寺家の次期当主であり、
幼少時より断雄に強烈なライバル意識をもつ。

逆島靖雄
さかしま・やすお
断雄の父。進駐軍師団長として南方の植民地、
ウルルクの首都攻防戦を戦い、軍令を無視して玉砕。
反逆罪に問われ、逆島家は近衛四家から没落した。

逆島比佐乃
さかしま・ひさの
断雄の母。夫・靖雄亡き後は、
東京下町の借家にひとり住まいしている。

逆島継雄
さかしま・つぐお
断雄の兄。進駐軍養成高校を
抜群の成績で卒業した進駐軍作戦部の少佐。

瑠子さま
るこさま
日乃元皇国女皇・羅子さまの次女。
姉の璃子さまに次ぐ皇位継承権第二位の皇女。
断雄の幼馴染みでもある。

五王龍起
ごおう・たつおき
日乃元最大の財閥にして、アジア最大の軍需企業、
五王重工の御曹司。浄児に次ぐ成績優秀者。

佐竹宗八
さたけ・そうや
圧倒的な格闘能力を持つ年上の同級生。南方の最前線で、
数々の武勲を立て、断雄のクラスに特別編入してきた。

柳瀬波光
やなせ・はこう
進駐軍内部にある超法規の警察組織、情報保全部の中尉。
断雄の周辺で起こった事件の担当者として
養成高校に派遣されてきた。

I

春の嵐が、開いたままの大講堂の戸口から吹きこんできた。サクラの花びらが白い儀礼用の制服に身をつつんだ新入生二五六人の頭上に降りかかる。純白の制帽に薄くれないの花びらが散っていく。

入学式は始まったばかりだった。

進駐官の儀礼用の制服は、金ボタンが前に七個、両肩には金のモールが輝いている。若者たちのあこがれの的だ。この学校の偏差値は八〇を軽く超え、全国から最優秀の学生が集まっている。

壇上では東島《とうとう》進駐官養成高校校長・狩野永山《かのうえいざん》が声を張りあげていた。胸は色とりどりの勲章でにぎやかだ。この高校の校長は進駐官としては、少将クラスにあたる名誉職だという。

「諸君は今日から未来の進駐官の卵である。一日も早くわが日乃元皇国《ひのもとこうこく》のために働く有為の人材として、世界に羽ばたいてもらいたい。

周知のとおり、世界は新たな高度植民地時代を迎えている。アメリア民主国、エウロペ連合、氾《はん》帝国の三大列強により、世界の寡占化《かせん》は進行している。資源と市場を求める戦いは日々激化しておるのだ。

わが皇国の未来もひとえにどれほどの友好領土を海外に得るかにかかっている。国家生存のための戦いは厳しさを増し、国民の全身全霊の奉仕を求めている」

狩野校長は左の腰につった短剣を抜くと、さやごと演壇のうえにおいた。ごとんと重い音をマイクが拾った。銀の鍔《つば》がぎらりとすごみのある光を放つ。新入生は息をのんで、短剣と七〇歳近いあごひげの老人を見つめていた。

この人も銀剣組だったのだ。

進駐官養成高校では、卒業時の順位が七番目までの最優秀な生徒には、女皇から銀の短剣が直接手渡されることになっていた。卒業後の進路も自由に選べる。銀剣組は常時戦時体制下にある日乃元皇国の、エリート中のエリートだった。

「えーい、面倒だ。わしはこんな儀式やあらたまったものいいなんぞ好かん。貴様ら死にたくなかったら、死ぬ気で勉強して、死ぬ気で戦術を身につけろ。

ここで三年、進駐官養成大学で四年学べば、どんなぼんくらでも進駐軍少尉として前線に放りだされる。正しい決断と統率力を示さねば、戦場で死ぬのは貴様らだけではない。大切な部下も死なせることになるのだ。皇国の未来はここにいるひとりひとりの双肩にかかっておる」

狩野校長が目を細めて、新入生を見まわした。三列目の端に直立する逆島断雄《さかしまたつお》は、鋭い視線で射抜かれた気がして、思わず身震いした。確かにあの人は、こちらをにらんでいた。

後列のどこかで人の倒れる音がした。緊張のあまり貧血を起こしたのだろう。教官が頬《ほお》を平手打ちする音が、大講堂に二度三度と響いた。

「この三年間で卒業後の進路を、それぞれ悔いなく決定するように。軍事進駐官、法務進駐官、経済進駐官、文化進駐官。大学進学時にはこの四つのうち、どれかを選ばねばならない」

校長がにやりと笑った。

「もっとも、わしが勧めるのは当然ながら、わしと同じ軍事進駐官だ。戦いは胸躍るぞ」

(嫌だな)

逆島断雄は表情を変えずに考えた。断雄が生まれた逆島家は、代々進駐官のトップを輩出する近衛《この》《え》四家のうちのひとつだった。長男の継雄《つぐお》も、この高校の卒業生だ。

家族の強い意向により、自分も入学したけれど、断雄本人は人と争うことが苦手な大人しい性格だった。志望はすでに決定している。日乃元の文化を現地に宣伝、人心を慰撫《いぶ》することで、進駐政策をスムーズにすすめるのが仕事となる文化進駐官だ。

老人の挨拶《あいさつ》は続いていた。

「よいか、貴様らは今のところ、能無しの無駄飯食らいだ。授業料はタダ、寮費もタダ、食費もタダ、今、貴様らが着ている礼服もタダでくれてやった。それどころか、今日より貴様らには皇国から給料が支払われることになっておる。この望外の好待遇がどういう意味かわかるか」

老軍人は大音声《だいおんじょう》を張りあげた。

「貴様らの命は皇国のものだということだ。死ぬ気で学び、死ぬ気で励め。わしからは以上だ」

大講堂のなかは静まり返っている。狩野校長は振り返ると、深々と日乃元皇国の国旗に頭をさげた。自分の席に戻っていく。

「続いて、来賓挨拶。進駐軍作戦部、逆島継雄少佐。逆島少佐は諸君の偉大なる先輩である。敬礼！」

少佐の腰にも、銀の短剣がさがっていた。銀剣組だ。兄は幼い頃から、抜群に優秀だった。あんな人と自分を比べられるのはたまらない。断雄は背中を丸めてちいさくなった。年の離れた長男がマイクのまえに立つと、断雄は目を伏せて、頭も心も空っぽにした。

2

クラス発表は大講堂わきの掲示板に張りだされていた。全八クラスのうち二クラスは男女共学だ。断雄の三組は残念ながら、男子クラスだった。

それより問題は、自分の班のメンバーである。養成高では四人ひと組の班ですべての行動をともにする。授業や訓練、演習だけでなく寮の部屋も四人部屋だった。これからの三年間、寝ても起きても、そのメンバーと過ごすのだ。相性が悪ければ最悪の結果になるだろう。何年か前、突然、銃を乱射し、班の仲間を撃ち殺したあとで、自殺した生徒もいたという。

断雄は掲示板の三組一班のメンバーの名前をくいいるように見つめた。

菱川浄児《ひしかわじょうじ》
逆島断雄
谷《たに》　照貞《てるさだ》
鳥居国芳《とりいくによし》
名前だけでは、どんな人間かまったく予想がつかない。お願いだから、無神経でがさつなやつだけはこの班にいないで欲しい。

そのとき、ぽんと肩をたたかれて、跳びあがりそうになった。

「きみが逆島くんだよね。お兄さん、カッコよかったなあ」

振りむくとにやけた笑い顔だった。背は断雄よりすこし高いくらい。長い髪は後ろに流している。雰囲気がナンパだ。制服のボタンをふたつ開けている。

「ああ、ごめん。おれ、鳥居国芳、クニって呼んでくれ。それで、こっちが谷くん」

谷照貞がこくりとうなずいた。小柄だが、がっしりとした身体《からだ》つきで、とにかく肩幅が広い。力が強そうだ。こんな相手と格闘訓練はしたくない。低い声で谷照貞がいった。

「おれはテルでいい」

テルは横をむき、親指の先で示した。掲示板の隣りには、満開のサクラが枝を広げている。その枝の下で酔ったように花の雲を見あげる長身の生徒がいた。髪は漂白したような明るい茶色で、やけに肌が白かった。背が高いので、端正な礼服がよく似あっていた。

(この人にはなにかがある)

断雄は直感した。人とは違うなにか、あるいは人より優れたなにか。クニがおどけていった。

「で、彼が菱川浄児。あいつもジョージでいいってさ。驚いたことに、なんと一番なんだって」

東島進駐官養成高校は徹底した学力主義だった。一番でも成績のよい者が高く評価されるのだ。入学試験の成績は、すべての合格者に伝えられている。この高校の合格者は、地方都市なら地元の新聞に名前が載るほどの名誉である。その二

五六人中の一番なのだ。

「ねえねえ、タツオって、何番?」

馴《な》れなれしくクニがいう。タツオの声がちいさくなった。

「えーっと、二七番」

「おー、すごいな。テルは何番?」

重々しく小柄でがっしりした生徒が返事をする。

「おれは五六番」

クニが天をあおいだ。額《ひたい》をたたいていう。

「みんな、すげえな。なんでおれだけ三桁《けた》なんだよ。くそっ、どうせ、おれは一五二番ですよ」

テルが腕を組んで、うなずいた。即座に暗算を済ませたらしい。

「四人の平均順位は五九番か。悪くないな。そこそこ上位を狙えそうだ。とくにクニがこれから順位をあげてくれたらな」

成績の競争は個人だけではなかった。メンバー四人の平均点で、班の順位も決定される。チームワークと戦友意識を高めるためらしい。

クニがサクラの下に立つ生徒にいった。

「なんだよ、偉そうに。そっちの一番さまは、ずっとだんまりかよ」

「気にさわったら、すまない」

この菱川浄児が、一〇〇万人を超える日之元の一五歳で一番優秀なのだ。タツオは驚きの目でルームメイトを見つめていた。ジョージは低い枝先をつまむと顔の近くにしならせて、サクラの花をのぞきこんだ。

「人は一番とか二〇〇番とか勝手に順位をつけていうけど、この花に順番なんてあるのかな。どの花もただこの瞬間を咲き誇っているだけじゃないか。ぼくは……」

春の日がさすと、ジョージの目はほとんど灰色の淡さになった。頬も血管が透けて見えるほど白い。色素欠乏症なのだろうか。

「人間には順位などつけられないと思う」

クニが叫んだ。

「なに勝手なことほざいてんだよ。進駐官の階級は絶対だろ。人に順位をつけなきゃ、指揮系統がめちゃくちゃになる。だいたい一番のやつが下のやつを憐《あわ》れむようなことというな。こっちがみじめになる」

テルが腕組みをしたままうなずいた。

「クニのいうとおりだ。人がみな平等というのは、わが皇国の思想とは相《あい》いれない。きみは教官の前ではそういうことを口にしないほうがいい」

うっすらと微笑して、ジョージがうなずいた。サクラの木を離れ、こちらにやってくる。クニがあきれたようにいった。

「おれたちの班はいかれてるな。頭のおかしな成績一番とあの逆島家の次男坊がメンバーだ。だいたいここだって、元はといえば東園寺《とうおんじ》家と逆島家のプライベートスクールだったんだろ。頭文字をとって、東島進駐官養成高校。タツオはここのオーナーの息子みたいなもんじゃないか」

タツオは歯ぎしりをしそうになった。これをいわれるから、この高校にはきたくなかったのだ。逆島家はもう昔のような近衛家のひとつではない。没落したのだ。父・靖雄《やすお》の軍令違反と反逆によって。師団長だった父は作戦部の命令に背《そむ》いて、五万人の部下とともに玉砕した。テルが低いけれど迫力のある声をだした。

「それ以上は、いうな。人の家にはそれぞれ事情がある」

なぜ、ぼくの家のことをいわれて、腹を立てたんだろう。タツオは不思議に思ったが、テルの言葉はありがたかった。この人は頼りになりそうだ。

ジョージは我かんせずといった顔で、散り始めのサクラを眺めている。

「おやおや、こんなところに裏切り者の息子がいるぞ。なにが東島進駐官養成高校だよ。さっさと看板から、島の字をはずせばいいのに」

四人の生徒が腕組みをして立っていた。中央の生徒は顔なじみだった。幼い頃からよく遊んでいた。東園寺家の長男・崋山《かざん》だ。近衛四家同士で年が同じこともあり、双子の妹・彩子《さいこ》といっしょに東園寺家の広大な敷地で秘密基地遊びをした。当時一番の泣き虫は、今は拳《こぶし》ひとつ分ほど断雄より背が高い崋山だった。崋山が苦々しくいった。

「近衛家の面汚《つらよご》しめ。タツオ、おまえがこの高校を辞めないなら、おれが絶対に追いだしてやる。ここはおまえみたいな反逆者の息子がくるところじゃないんだ」

断雄はぐっと拳を握り締め、幼馴染《おさななじ》みの屈辱の言葉に耐えた。

3

「諸君には、これからの三年間で人を殺す一〇〇通りの方法と、国を滅ぼす一〇〇通りの方法を覚えてもらう」

初めての授業は担任のその言葉で始まった。月岡鬼斎《つきおかきさい》の左手は金属のパーツがむきだしになった義手だった。普通はシリコンの肌をつけて外見上の違和感を和らげるものだが、この教官にはそんな意識はないらしい。

「たとえばここにある新聞だ」

月岡先生が教壇から朝刊をとりあげた。

「この新聞でも、すくなくとも三通りの方法で人を殺すことができる」

冷たい目で息を呑んで硬直している三二人の生徒を見まわした。

（こっちにこないでくれ）

逆島断雄はあわてて目を伏せた。

「逆島、前にでてこい」

進駐官養成高校ではどんなに無茶な命令でも返事はひとつだった。腹から響く声をだす。

「はいっ」

タツオは教壇の脇で直立不動の姿勢をとった。月岡先生はたたんだ新聞紙を、左手の義手にぱんぱんと打ちつけている。

「これで人を殺す方法をあげなさい」

教室中の視線が自分に集まっていた。なぜ、こういうときに選ばれてしまうのだろうか。タツオは名門の家に生まれたことが憎らしかった。

「えー、寝ている敵の顔に濡らした新聞紙をかぶせるとかでありますか、先生」

月岡鬼斎はにやりと笑った。

「呼吸を断つか。それも不可能ではない。だが、時間がかかる。その時間は本来、大切な逃走のための有余だ」

タツオは黙ってうなずいた。この教官は暗殺の技法を講義しているのだ。自分の命を守り、任務を果たして帰還するためには、一秒でも惜しい。

月岡先生は新聞紙をくるくると丸めた。両手で握りしめる。

「きつく丸めた新聞紙は棍棒《こんぼう》と変わらない強度を有する。これで敵の急所を突く。そうだ、このクラスには学年一番がいたな。菱川、人体の急所をあげろ」

菱川浄児の静かな声が無音の教室に響いた。

「人体の前面でしょうか、背面でしょうか」

先生が愉快そうに唇《くちびる》をゆがめた。

「この場合は前面でいい」

ジョージが淡々といった。

「頭頂部、頭部前面、目、こめかみ、鼻柱、喉《のど》仏《ぼとけ》、顎の裏、首の側面、太陽神経叢《そう》、睾丸《こうがん》であります」

うなずきながらきいていた月岡が質問した。

「新聞紙による打撃にふさわしいのは、どこだ」

よどみなくジョージがこたえた。

「鼻柱、喉仏、太陽神経叢。太陽神経叢の場合は下から上に突きあげるように打突を加えます」

月岡先生が満足そうにうなずいた。クラス中が声にならない嘆声《たんせい》で満たされた。さすがに全校どころか全国の一番だ。ジョージはどんな頭の構造をしているのだろう。

「よろしい。逆島、動くな」

つぎの瞬間、月岡先生がばんと左足を踏みこんで、突進してきた。タツオは息をのんで震えあがった。丸められた硬い新聞紙の先が、みぞおちの寸前で止められている。

「打突の方法は菱川のいうとおりでいい。可能ならやや左上方を狙う。十分な力がこめられていれば、心臓障害により一撃で敵を殺せる。逆島、どうだ、瞬殺された感想は？」

かすれた声を絞りだすのがやっとだった。

「はい、先生……殺されたことにも気づきませんでした」

月岡鬼斎の顔が頬にふれるほどの距離にあった。先生はタツオにだけきこえる声でささやいた。

「逆島断雄、きみはこのままではいけない。力をたくわえ、お父上の無念を晴らせ。いいな」

意味がまったくわからない。それでも震えながらタツオはうなずいていた。父の無念？

それがどうしたというのか。父の裏切りのせいで、母も二人の兄弟も長く苦しめられてきた。

陰口をいわれるどころか、面とむかって罵《ののし》られ、唾《つば》を吐きかけられたこともある。石を投げられたこともある。そんなときさえ、ただ耐えるしかなかった。非は逆島家にあるのだ。無念は勝手に皇国を裏切り死んだ将軍にではなく、うちの家族のものだ。

「逆島、席にもどりなさい」

タツオは堅く口元を引き締めたまま、自分の席に着いた。ナンパでお調子者のクニがウインクをしてよこす。

「さて、三番目の新聞紙の使い方だが、そいつにはすこし時間がかかる。蛇腹《じゃばら》に硬く折り曲げ、メリケンサックのように拳に巻いて、敵の急所を打つ。わたしなら、先ほどと同じく一撃で生命機能を破壊できる」

馬鹿馬鹿しい。タツオのなかで逆島家の血がたぎった。逆島の逆は、逆臣の逆だという。代々の女皇の御意《ぎょい》にときに逆らいながら、国体のために忠を尽くす。そうして名誉ある近衛四家の一角を占めてきたのである。

第一、ジョージにばかりいいところを見せつけられるのは癪《しゃく》だった。自分だってエリートぞろいの進駐官養成高校の席次二七番だ。

気がつけば、タツオは手を挙げて発言していた。

「先生、新聞にはもっと有効な活用法があります」

「いってみろ」

「敵国の不正と謀略《ぼうりゃく》を暴《あば》き、わが日乃元皇国の政策と文化を宣伝することです。ひとりの敵を殺すより、ずっと価値のあることだと思います」

先生が目を光らせた。

「それは敵を殺すのではなく、国を滅ぼす方法のひとつだな。それについては次回に話す」

月岡先生は素手《すで》で人体を破壊する方法と人体の主要な攻撃目標について、詳細な講義を始めた。

4

「いやあ、驚いたな。タツオがあんなに勇気があるとは思わなかった。あの鬼教官にいきなり口ごたえするなんて」

クニが目を丸くしていた。大食堂は一年生で満員だった。東島高では食事の時間は二〇分と決められている。一時間で食堂を三回転させ、三年生までの昼食を終えるのだ。

慎重なテルが口に五穀米《ごこくまい》を押しこみながらいった。ここではなるべく素早く食事を済ませるのも点数になる。

「タツオ、無茶をするな。そうでなくとも、きみは目をつけられてる」

タツオは無邪気に顔をあげた。カツオブシとタケノコの土佐煮《とさに》がうまい。

「どういうこと？」

クニが割りこんできた。

「噂がいろいろ流れてるんだよ。ウルルクの玉砕戦で父親を亡くした生徒が、おまえを狙ってるとかさ。そのうち決闘を申しこまれるかもしれないぞ」

ジョージが無関心にいう。

「そうなると、タツオはもうすこし格闘技や剣術や射撃の訓練を熱心にやらなければいけないね。あの手のものに、きみはぜんぜんやる気がない」

クニが声をひそめた。

「まったくだ。文化進駐官志望でも、戦闘術は必要だぞ。なにより点数を稼げるからな」

「なにをこそこそしゃべってる？　裏切り者の息子」

また東園寺家の長男・崋山だった。

自分の班のメンバーを部下のように従えている。そういえば、こいつは幼い頃から人に命令するのをあたりまえとするところがあった。どこにいっても、お山の大将きどりだ。

「まだのろのろ昼飯をくってるのか。さっきの新聞攻撃は見事だったな。あのまま殺されちまえばよかったのに」

クニが箸《はし》をおいていった。

「なんなんだよ。せっかくのランチタイムに。どうしてカザンはタツオのことで、そんなにむきになるんだ」

カザンがタツオのテーブルにやってきた。食事の盆のうえで手を開く。ちぎれた古新聞が花びらのように昼食に降りかかった。

「東園寺家は代々近衛四家の第二席だった。それがこいつの裏切り者のおやじをかばったせいで、今じゃ四番目の末席だ。いいか、逆島の代わりに近衛家に名乗りをあげた戦争成金の池神《いけがみ》家にさえ追い抜かれたんだぞ。恨《うら》まずにいられるか」

池神家は巨大な軍需企業をバックにつけた新興勢力だった。誇り高い東園寺家の男である。近衛家末席は耐えがたい屈辱だろう。

カザンは苦々しげに顔をゆがめ、ペッとタツオの盆に唾を吐いた。土佐煮にねばるように粘液がかかった。クニとテルが立ちあがる。

「やるのか、おまえら」

東園寺崋山を守護するようにかこむ三人も拳を握った。一触即発の空気が大食堂に満ちた。二〇

〇人を超える生徒たちがせわしなく食事をしながら、視線だけでこちらに注目している。

「それくらいで、いいじゃないか。もうよそう。仲直りだ」

ジョージがふわりと席を立ち、カザンに近づいていく。握手の右手をさしだした。つぎの瞬間に起きたことは、すぐそばで見ていたタツオにさえよくわからなかった。

ジョージの白い手が蛇《へび》のようにカザンの手に巻きつき、気がつくと指を一本だけ握っていた。カザンの中指が手の甲のほうにありえない角度で曲がっている。

ジョージの声はまったく平静だった。

「あとすこしで骨が折れる。ぼくたち一班は静かに食事がしたいだけだ。もうむこうにいってくれないか」

「ふざけんな」

叫びながらジョージに飛びかかっていったのは、一番背の高い浦上幸彦《うらかみゆきひこ》だった。カザンは指の痛みに耐えかねて、ひざをついている。

ジョージは身体をくるりと反転させると、カザンの指を離し、すれ違いざま浦上の腰のやや上を突いた。指先だけを固めた拳だ。浦上は脇腹を押さえてしゃがみこんでしまった。腎臓への短く強い打突だった。

ジョージの手は再びカザンの手に巻きつき、先ほどと同じ中指をとっている。こちらも目にもとまらぬ速さだった。速さは力だ。敵を制圧するのは、速さだ。

ぼんやり眺めていたタツオも、そう悟った。

ジョージは座学だけでなく、格闘訓練や射撃、兵棋《へいき》演習でも、断然の一番だった。頭だけの秀才ではない。

痛みに青ざめた顔に脂汗《あぶらあせ》を浮かせて、カザンがいった。

「わかった。今日のところはこれで、引く。いいか、おれは菱川くんと争いたい訳じゃない。タツオのところが嫌になったら、うちにくるといい。

きみほど優秀なら、決して悪いようにしない。将来にわたってな」

ジョージがつかんだ指にわずかに力をいれた。

「それは進駐官になってからもということかな」

「痛い……そうだ。東園寺家の側近なら、昇進も早い。勝てる戦場を選んで戦える」

「そうか、考えておく」

うっすらと笑ったジョージの顔が、かすかに紅潮していた。タツオは一番の生徒が怒るのを初めて見た。一気に指を折るつもりだ。

ジョージは本気だ。

「さっさと折りなさい」

大食堂に可憐《かれん》な声が響いた。声にはきき覚えがある。崋山の双子の妹・彩子だ。腰に手をあて、足をおおきく開き、戸口に立ちつくしている。

「お兄さま、東園寺家の男でしょう。そんな指など一本くれてやり、代わりに腕をもらいなさい」

ジョージは手を離すと同時に、一歩跳びさがった。四方にていねいに頭をさげていう。

「すまない。ただ静かに食事をしたかっただけなのに、無粋《ぶすい》なことをしてしまった」

脇腹を押さえた浦上をふたりがかりで両脇から支え、カザンたちが大食堂をでていった。安堵の空気が流れ、食器の音がもどってくる。

カツカツとブーツが床を打つ音が響き、タツオの前で止まった。

「逆島断雄、話がある。昼休みに射撃訓練場の裏で待ってるわ」

相変わらずわがままな姫君だった。サイコはカザンよりも、タツオよりも優秀だった。確か入学時の席次は七番。カザンはタツオよりわずかに落ちる三三番だ。

「ちょっと待ってくれ。こちらに用はない」

没落したうえに、近衛家でもなくなった自分になんの話があるのだろう。タツオは昔を思いださせるものが、みな嫌いだ。

「いいから、きなさい。わたしが大切な話があるというときは、ほんとに大切なのよ。ちいさな頃から、それくらいわかってるでしょう。あのバカ兄貴と違って、タツオは頭いいんだから。じゃあ、待ってるから」

タツオの返事もきかずに、軍靴《ぐんか》の音も高らかに大食堂をわたっていく。周囲の男子生徒の視線が集中したが、鏡のように撥《は》ね返していく。クニが低く口笛を吹いた。

「ひゅー、おっかない。でも、兄貴とは違って、ほんとに美人だな」

一〇代なかばで、近衛四家一の美貌《びぼう》とうたわれたサイコだった。頭脳のほうも、タツオやカザンよりはずっと優秀なようだ。

話すことなどなにもなかった。食欲の失せたタツオはアルミの盆をもち、視線を落としたまま大食堂の端にある返却口にむかった。

5

進駐官養成高校には三種類の射撃訓練場がある。拳銃用の一〇メートル、突撃銃用の二五メートル、狙撃銃用の一〇〇メートル訓練場だ。流れ弾の危険もあるので、普段は誰も近づくことはなかった。

昼食を終えたタツオはしかたなく訓練場裏手にある雑木林に足を踏みいれた。新緑の屋根が頭上に広がると、すっと体感温度がさがった。ここは気もちのいい場所だ。昼休みだから銃声が響くこともない。

「待ってたわ、タツオ」

東園寺彩子が腕組みをして立っていた。胸と肩にモールがついたカーキ色のジャケットは変わらないが、女子はスカートかパンツを選べるようになっている。サイコは形のいい脚が自慢なのだろう。いつも丈《たけ》を短くしたスカートだ。

「ぼくは近衛四家にはもう関係ない。放っておいてくれ」

タツオの声はひどく静かだった。

「なにその声、その目。あなた、どっちも死んでるじゃない」

　ずばりと核心をついてくる。サイコの性格は幼稚園の頃から変わらない。兄のカザンではなく、サイコが男だったらと、東園寺家の使用人は陰で嘆いていた。

「死んだような目で悪かったな。だけど、逆島家はおやじのせいで、一度完全に死んだんだ。うちの兄貴みたいに、軍の内部で出世して、家を再興しようなんて、無理な話なんだよ」

　サイコは冷たく値踏みするような目で、タツオを見つめている。

「だったら、あなたはなぜ進駐官養成高校になんか入ってきたの」

「まわりがうるさかったから。こんな高校いつ辞めてもいいし、辞めたら逆島家とも縁を切って、民間の仕事をしたいと思ってる」

　日乃元皇国の文化を研究して、中世の文学について、一冊自分の著書をもつ。それがタツオの夢だった。文化進駐官から大学の教授に転出していく者はめずらしくない。

「腐っちゃったんだね、タツオ。知能テストでも運動テストでも、歴代の近衛四家で最高点をとっていたのに、今じゃわたしよりも順位が下になってる。どうしちゃったの？　うちの親だっていってたんだよ。タツオは近衛四家の序列を変革する逆島家中興の祖になるだろうって」

　高い点をとればそれだけで満足だった無邪気な子ども時代の話だ。タツオは頭上を振りあおいだ。新緑の葉は人間の思惑などと無関係にみずみずしく空を泳いでいる。

「うちのお父さまだって口癖だった。おまえはタツオくんに嫁いで、東園寺家と逆島家を結ぶ鎖になりなさいって」

　そんな縁談もタツオの父・靖雄、いや逆島靖雄中将の反逆によって幻に終わった。

「やめてくれ、ぼくはもう近衛家の一員じゃない。サイコは別な相手を探したほうがいい」

　タツオをにらみつけた目がうっすら赤くなって

いた。怒っているのか、あるいは涙ぐんでいるのか。

「ふざけないで、最初からそのつもりよ。誰があんたなんかと結婚するものですか」

力説する必要もなかった。今では家の格が違い過ぎて、姻戚《いんせき》関係を結ぶのは困難だろう。

「ぼくを呼びだした要件を教えてくれ」

ふて腐れたように頬をふくらませて、近衛四家随一の美少女がいった。

「要件はふたつ。ひとつはタツオに決闘を申しこもうとしている人がいる」

それならクニから話をきいていた。

「ウルルクの玉砕戦で亡くなった進駐官の息子というやつだろ」

腰に両手をあてて、サイコがつつましい胸をそらした。胸があまりおおきくないのが、彼女のコンプレックスだ。

「違うよ。狙っているのは、逆島家のネームバリュー。あなたを倒して名をあげたいのよ。それに、誰かがあなたの口を封じたがっているらしい。これは噂なんかじゃなく、確かな機密情報なんだから」

「出所は？」

サイコがそこまでいうなら、確度の高い情報なのかもしれない。没落したとはいえ、元近衛四家第三席の家名は重い。タツオは逆島家に生まれたことを恨んだ。落ちぶれてさえ命まで狙われるのだ。

「それはいえない。タツオは代理決闘人を雇っているの？」

「いや、もういない」

タツオは考えこんだ。決闘制度は日乃元皇国で法的に認められた名誉の闘いだ。相手を殺すことは勇気の証《あかし》とされ、賞賛されることはあっても、非難されることはない。

敗者の側に復讐や告訴の権利は認められていなかった。当然、名門の一族は決闘を申しこまれることが多く、代理決闘人を確保しているのが普通である。そうでもしなければ、すぐに名家も断絶してしまうだろう。

近衛四家のエリートを決闘で倒したとなれば、進駐官としての未来に箔《はく》がつく。裕福だったころ、逆島家でも優秀な軍事進駐官や特殊部隊のOBを雇い、兄弟それぞれにつけていた。名誉がほしいなら、プロの決闘人と命がけで闘い、勝利を収めた上で当人と再戦するのだ。防波堤は高く、安易に名門の子弟に決闘を申しこむ者はいない。

「だったら、タツオはいいターゲットだね」

代理決闘人のいない名家の子息は、恰好《かっこう》の標的だった。誰だって、逆島家を倒したという名誉がほしいだろう。

「なんだかいつ死んでもおかしくない気がしてきた。だけど、名誉を求める決闘と、ぼくの口を封じる暗殺では目的が違う。なぜ、狙われなきゃならないんだ」

サイコは足元に視線を落としている。弱気な顔を見るのはめずらしかった。子どものころ東園寺家の庭園で、兄のカザンが重傷を負ったとき以来かもしれない。

「わからないよ。タツオのことはわからないことが多すぎるんだもの。二番目の要件が、それに関係しているのかも。瑠子《るこ》さまからの伝言よ」

「えっ……」

皇紀二七〇〇年を超える日乃元皇国の現女帝は羅子《らこ》さまだった。女帝には皇女がふたりいて、長女が璃子《りこ》、次女が瑠子である。瑠子さまは皇位継承権第二位で、タツオやサイコとは桜花小学校の同期の幼馴染みだった。

活発な兄やカザンとは違い、大人しいタツオはよくサイコや瑠子さまとままごと遊びを楽しんだものだ。タツオは幼い頃から戦争ごっこが嫌いだった。

「瑠子さまか。もうずいぶんお顔を拝見していないけど、お元気かな」

「瑠子さまはいつも元気だよ。でも、タツオのことすごく心配してた。養成校に入ったならきっと靖雄おじさまの名誉を回復するつもりなんだね。がんばってだってさ。あと、また御苑で遊ぼうって」

名誉回復？　そういえば月岡先生も父のことを気にかけてくれていた。南の国で勝手に暴走して亡くなった父に、どんな秘密があったというのだろう。自分はなにもしらないし、父の汚名をそそごうとも思っていない。

「ぼくはぜんぜん……」

銃声はいきなりだった。

音が低い、音が鳴った方角は射撃訓練場のほうだ。着弾は太い白樺の幹だった。衝撃とほぼ同時に銃声が鳴った。狙撃用ライフルの亜音速弾だ。誰かが自分とサイコをスコープで狙っている。

瞬時にタツオはそこまで考えて、サイコに飛びついた。雑草の群れに押し倒す。さすがにサイコも進駐官養成高校の生徒だった。いきなり狙撃され、男に飛びつかれても、悲鳴ひとつあげない。

「どこから撃って……」

サイコが下ばえから顔をのぞかせると、再び銃声が響いた。

「ライフル用練習サイト北東の角からだ。距離は約三〇〇メートル」

またあの時間がやってきた。危機に瀕したタツオは、ときどき気まぐれにスイッチが入ることがある。すべての感覚が研ぎ澄まされ、急加速する。時間の流れ、そのものがせき止められ、あらゆるものがクリアに感じられる奇跡のような時間だ。逆島家に伝わる秘技だった。

周囲の物音がすべて克明に耳に流れこんでくる。風のそよぎ、木々の枝先の揺らぎ、遠くの校舎から聞こえる生徒のざわめき。耳元で鳴るかさりという音はタツオを恐れたバッタがシロツメクサの花を蹴った音だった。

物音だけではなかった。スーパースローで撮影したように、あたりの景色がゆっくりと流れていく。亜音速の銃弾さえ軌跡が見えそうだ。幹に当たった弾丸の衝撃で、花火のようにゆっくりと樹皮が飛び散る。

　タツオは幼いころから、この能力で周囲の大人たちを驚かせてきた。神童という名は今では、菱川浄児のものだが、タツオも幼い頃そう呼ばれていた。

「頭をさげたまま、あの木の陰に隠れよう」

　白樺の大木だった。戦車用の対物破壊ライフルでも使用しなければ、撃ち抜くのは不可能だ。ふたりはゆっくりと雑草のなかを匍匐《ほふく》前進し、白樺の反対側に回りこんだ。幹にもたれかかったサイコが制服についた枯葉をはたいていった。

「覚えてなさいよ。わたしの新品のジャケットをこんなにして。これ、特注品なんだから」

　さすがに東園寺家のお嬢さまだった。養成高校の制服さえオーダーメイドなのだ。タツオはつぎの銃撃を慎重に待った。狙撃は不可能と見て、あきらめたのだろうか。

　そのとき午後の授業の始まりを告げる予鈴が鳴った。学校中が生徒の動きだす気配で満ちる。タツオは立ちあがり、ひょいと幹から顔をのぞかせた。

「危ないよ、タツオ」

「いいや、もうだいじょうぶ。狙撃手はいったよ。音が聞こえた」

　サイコも白樺の荒れた幹から顔をだし、射撃訓練場のほうを不安げに見つめている。

「相手は慣れてるみたいだ。予鈴が鳴って、すぐにその場を離れた。でも、ぜんぜんあわてている様子がなかった。スムーズな離脱だ」

　サイコが驚いた顔をする。

「見ていたの？」

「いや、でも音が聞こえた。手慣れた撤収の音だよ。ぜんぜんバタバタしていない。相手が誰か知らないけど、腕のいい狙撃手だ。いってみよう」

　タツオは雑木林を抜けて、射撃訓練場にむかった。実習に使用される銃と銃弾は鍵のかかった銃器庫で厳重に管理されている。訓練場の北東の角は、人型の標的が置かれた土盛りになっている。

広げられたブランケットのうえには、五倍スコープつきの72式対人狙撃銃が投げだしてあった。銃身はまだ熱い。カートリッジには四発残っていた。72式はボルトアクションだ。排出された二発分の薬莢《やっきょう》は見あたらない。拾っていったのだろう。

狙撃銃を改めているタツオに、サイコが感心していった。

「あなたはぜんぜん変わってないね。やっぱりうちのバカ兄貴よりずっと優秀だよ。タツオ、あのね、わたしはちいさな頃から……」

サイコがなにかをいいかけたところで、野太い声が飛んだ。

「そこで、なにをしている？　東園寺と逆島か、誰の許可を得て、狙撃銃をもちだしたんだ？」

射撃の教官・森下翔梧《しょうご》だった。細い身体は四〇歳を過ぎても鞭《むち》のようにしなやかで、軍靴はぴかぴかに磨かれている。戦場で一〇〇人以上の敵を倒したという狙撃の名手だった。ほぼすべてがヘッドショットの一撃だけだという噂だ。サイコが抗議した。

「森下先生、待ってください。わたしたち、ここから誰かに狙撃されたんです」

森下教官がスコープでものぞくように目を細めた。

6

狙撃専門の森下教官は枯れ枝のように細い身体をしている。自分自身が鋼鉄の銃身のようだ。片メガネをかけているのは、利き目の右だけ酷使したせいだといわれていた。

「72式をおきなさい」

タツオは狙撃銃をブランケットのうえにそっともどした。森下教官がブーツの音を立てて近づいてきた。頭を下げて、タツオの右肩のにおいをかいだ。

「いいだろう。逆島くんだったな、今きみのクラスの担任を呼ぶ。ここで待機していなさい。すぐに実況検分と捜査を始める」

そういうと森下教官は人を呼びにいった。誰もいない射撃訓練場でサイコが声を殺していった。

「あの先生、狙撃の名手なんでしょう。ウルルクの前哨戦で、一日に二一人の敵を倒したってきいたよ。あの人が犯人なんじゃないかな。最初に現場にあらわれるなんてタイミングがよくて怪しすぎるよ」

気の強い東園寺家のお嬢さまだった。狙撃されて数分後に犯人捜しを始めている。

「いいや。あの人じゃないと思う。さっき先生はぼくの肩のにおいをかいでたよね。あのとき、ぼくも先生のにおいをかいでいた。あの人も硝煙《しょうえん》のにおいがしなかった。すくなくとも、撃ったのは先生でも、ぼくでもないよ」

廊下をばたばたと走ってくる足音が響いた。

「もう人がきちゃうね。まだ瑠子さまの伝言を半分しか伝えてなかったんだ。タツオ、いい、よくきいてね。瑠子さまがあなたにいっていた。『わたしを助けて』って」

皇位継承権第二位の瑠子さまの言葉だった。なにか深い含みがあるのかもしれないが、意味がまったくわからない。いったい誰から助けてほしいのか。没落した逆島家の自分になにができるのだろう。近衛四家をはずれた今、タツオは瑠子さまに近づくこともできない。相手は雲のうえの身分である。

射撃訓練場に森下先生と月岡先生が厳しい顔で駆けこんできた。上級生と学校の事務員も数名続いてくる。

「怪我はないか、逆島、東園寺！」

鋼鉄の義手でつかまれた肩が痛かった。月岡先生の顔が青ざめるほど真剣で、本気で生徒の身を案じているのがわかった。タツオは黙ってうなずいたが、頭のなかにあるのは瑠子さまの「助けて」という言葉だけだった。

（わたしを助けて）

皇女といっしょに育てられたタツオは、瑠子さまの優秀さをよく覚えていた。一〇〇名近い近衛四家近親の子どもたちに璃子さま、瑠子さまを加えた学業成績は、一二歳の時点ではタツオが第一位、瑠子さまが第二位だった。

皇室と宮内省にとっても、近衛四家にとっても、タツオと瑠子さまは希望の星だった。それがほんの数年前のことにすぎない。タツオは永遠に等しい時の流れを思わずにいられなかった。

学内で狙撃事件が発生し、進駐官養成高校は騒然となった。午後の授業は全校で自習となり、生徒たちのあいだでさまざまな噂が乱れ飛んだ。

反逆者であるタツオの父への恨みによる犯行。没落した逆島家をクビにされた使用人の復讐。順位を一番でもあげたい学習ノイローゼの同級生による凶行。なかにはサイコとタツオの関係に嫉妬した上級生による殺人未遂といった妄想豊かな噂さえあった。

夕方までに担任の月岡先生と森下先生が現場を検分し、二発の銃弾を回収した。現場に残されていた72式狙撃銃の発射テストと銃弾の線条痕《せんじょうこん》の比較が、学内の研究所でおこなわれ狙撃に使用されたのは、射撃訓練用のそのライフルだと証明されたが、判明したのはそこまでだった。現場に遺留品はなく、目撃者もいなかった。昼休みの最中で、誰もが自由に学内を動き回っている。犯人の特定は非常に困難だ。

タツオにとって、狙撃事件の最悪の結果は悪い意味で校内の有名人になったことだった。それでなくとも、逆島家の次男として好奇の視線を浴びている。それがサイコといっしょに狙撃されたことで、生徒の誰もがタツオの顔と名前を覚えてしまった。静かに三年間を過ごし、文化進駐官を数年つつがなく務めたのち、退官して研究者になるというタツオの計画は入学して一週間足らずで崩れ去った。

7

タツオの体育館用運動靴がなくなったのは、翌週のことだった。個人用ロッカーには四桁の数字をあわせる簡単な番号錠がついている。いつものように鍵を開け、靴を出そうとして、タツオは不思議に思った。鍵がかかっていないのだ。扉を開けて、タツオは叫んだ。

「ぼくの靴がない」

すぐに同じ班の三人が集まってくる。タツオの肩越しに空っぽのロッカーをのぞきこんだクニがいった。

「なんだよ。あと一〇分で点呼だぞ。体育の茂本《しげもと》が鬼なのは、おまえもよくわかってんだろ」

タツオの顔が真っ青になった。茂本六郎《ろくろう》教官は柔道無差別級のオリンピック強化選手だったという巨漢だ。遅刻にはひどく厳しく、一分でも遅れれば、腕立て一〇〇回と一〇キロの長距離走を命じられる。冷静なテルがいった。

「確かにここに入れたのか？　タツオ、運動靴を脱いだ場所はどこだ」

タツオは半泣きだった。自分だけならかまわない。だが、進駐官養成高校では過失は班全員の罪になる。四人で仲よく腕立てとランニングだ。しかも成績にマイナス点がつく。

「ははは、そうきたか」

軽く笑ったのは学年順位一番のジョージだった。このピンチをおもしろがっている雰囲気がある。危機に陥ったとき、快活に明るく振る舞える。ジョージにリーダーとしての資質があるのは確かだった。リーダーはてきぱきと命令をくだした。

「まだすこし時間がある。各自手分けをして探そう。タツオは教室とぼくらの部屋のベッドと机を確認してくれ。クニはゴミ捨て場、テルは体育倉庫へ。ぼくは水まわりを見る」

国から支給された腕時計を全員で確認する。クォーツ時計の黒い文字盤の中央には、国花・橘《たちばな》のレリーフが浮いている。そのしたには正五角形が二重になった五王《ごおう》重工のマークが銀色に光っていた。進駐軍の全兵器の半数と軍需物資の三分の一を納入する日乃元最大の軍需企業だ。

「あと九分だ。走れ！」

タツオは体操着に裸足《はだし》で廊下を走った。一年三組の教室まで息もせずに駆ける。

「あれ、逆島の末っ子だろ。なにあわててんだ」

別のクラスの生徒がタツオを指さして笑っていたが、そんなことは気にしていられない。無人の教室にはなにも見つからなかった。教室から広い校庭をななめに突っ切り、寮に飛びこんだ。校舎の窓からは多くの生徒が指をさしている。裸足で砂煙を立て走っていくのだ、さぞいい見ものだろう。四人部屋ではすべてのベッドの下や洗濯袋の中まで探したが、やはり運動靴はみつからなかった。

タツオは肩を落として体育館にもどった。考えたくないが、誰かが自分を狙い撃ちして悪質ないたずらをしかけてきたのかもしれない。だが、どうして？　ここでも理由がわからなかった。

ロッカーの前には三人がそろっていた。ジョージがびしょ濡れの運動靴を手にさげている。

「体育館横の水のみ場のバケツに浸《つ》けてあった。さあ、いこう」

クニが腕時計を見た。

「全力で走れば間にあう。いくぞ」

タツオは濡れた靴に足を突っこんだ。気もち悪いなどといってはいられない。四人は全速力で駆けた。足の速いジョージとクニが先頭を競い、テルとタツオがそのあとを追った。タツオが足を着くたびに、ぐしゃぐしゃと靴のなかから水音が鳴る。

「やったー！　着いたぞ」

ジョージとクニが体育館の戸口を駆け抜けたとき、無情のチャイムが鳴った。茂本先生が竹刀《しない》を片手に仁王立《におうだ》ちしている。クラスのほかの生徒はすでにきちんと整列していた。遅れて駆けこんだタツオとテルの顔をにらんで、教官が野太い声をだした。

「チャイムが鳴ったときには、授業を受ける態勢を整え終えていないといかん。おまえたち四人は罰《ばつ》として、放課後に腕立て一〇〇回・一〇キロ走だ。わかったか？」

同時に竹刀が体育館の床を鞭のように打った。整列していた生徒のうち数人が恐怖にぴょんと飛び跳ねた。タツオの班は整列して、教官に敬礼した。

「わかりました。ご指導ありがとうございます」

進駐官養成高校では罰を受けるたびに、教官に礼をいわなければいけない。タツオはびしょ濡れの靴に腹を立てていた。自分を狙って誰かが、悪質ないたずらをやったのだ。というより、これはいじめではないだろうか。

進駐官養成高校に入学してからは、ろくなことがなかった。こんなことなら母・比佐乃《ひさの》や親戚の反対を押し切っても、普通の高校に進学しておけばよかった。東島に入学できる成績なら、日乃元皇国のどんな高校にもトップクラスで合格するはずだ。

「整列、女皇陛下にむかって礼」

体育館のステージ上には巨大な羅子さまの額がかかっていた。この先生はがちがちの皇道派だ。三組のクラス全員が深々とお辞儀をした。

放課後に待っている罰がひたすら憂鬱《ゆううつ》だった。タツオは腕立て伏せが苦手である。

8

校庭に描かれた楕円のトラックが一周四〇〇メートル。それを二五周して一〇キロだった。ただ走るだけではない。校舎正面に立つポールにあがった赤地に白い丸の国旗に向かって敬礼し、そのたびに「わたしたちは体育の授業に遅刻しました。申し訳ありません」と全力で謝らなければならないのだ。

一五周を過ぎたころには足も重く、声も潰《つぶ》れていた。四人は口数もすくなに走り続けていた。タツオに誰も文句をいわないのがありがたかった。クニがいった。

「おい、あれ見ろよ」

ポール近くのベンチに東園寺崋山が仲間を引き連れやってきた。タツオたちと同じ三組の生徒の顔も見える。堂上達也《どのうえたつや》とその班のメンバーだ。テルが低い声でいった。

「堂上のやつ、東園寺の手下だったのか。タツオの靴はあいつにやられたんだな」

運動靴はまだ濡れていた。にやにやと笑うカザンと堂上に腹が立ってたまらない。ジョージが息も切らさずにいった。この男の体力はそこなしだ。

「証拠はない。まともに相手をしても意味はない」

クニが怒っていった。

「なにいってんだ。意味なんかなくても、腹は立つだろ。理屈ばかりいうな」

カザンが両手をメガホンにして叫んでいる。

「さっさと走れ、ウスノロ！」

生徒たちのあざけりの笑い声が続いた。タツオたちはポールの正面で立ち止まり、直立不動で大声をだした。

「わたしたちは体育の授業に遅刻しました。申し訳ありません」

カザンがいった。

「ウスノロ、声がちいさいぞ。なんでおまえの靴は濡れてんだ？　小便でももらしたのか」

目の前が真っ赤になりそうだった。ここでカザンをぶちのめしたら、どれほど気が晴れるだろうか。ぎゅっと拳を握り締めた。

「耐えろ、タツオ。こんなやつは名家に生まれたというだけのクズだ。きみとは違う。道端に落ちてる石ころだと思えばいい。きみが戦うべき本当の相手じゃない」

ジョージの低い声はタツオとほかのふたりの怒りを奇妙なほど静めてくれた。

「速く走れ、ウスノロ」

カザンの声を背に受けながら、三組一班は無言で校庭の周回にもどった。

9

東島進駐官養成高校の朝は午前六時に始まる。各班四名が制服に着替えて廊下にならび、教官から点呼を受けるのだ。この時点でベッドメーキングも完璧にすませておかなければならない。

ベッドの整え方も他とは違っていた。シーツは角が直角になるようにぴしりと張る。豆腐《とうふ》の角のようになるまで何度でもやり直しを命じられた。上にのせる毛布と布団《ふとん》の畳み方にも指定がある。

個人用のロッカーのなかも、ハンガーをかける順番まで規則で定められていた。ジャージ、制服、軍服、礼服と決められ、間違っていれば、その場で班全員に腕立て伏せの罰が待っている。

授業の開始は午前八時半だ。将来の進駐官を育てる国の専門機関とはいえ、まだ生徒たちは一五歳なので、授業の多くを占めるのは座学の一般教養だった。この高校特有のカリキュラムとして有名なのは、過去におこなわれた有名な会戦を学ぶ戦争世界史だった。３Ｄプロジェクターとインタラクティブに操作可能な戦闘データベースを備えた演習室は、養成校の誇りだった。

「各自、シミュレータを起動せよ」

月岡教官の低い声が、円形の演習室に響いた。ここは中央のアリーナをベンチが取り囲む階段教室で、二クラス六四名が収容可能である。

タツオは自分の前にあるパネルにふれた。最先端の機能を備えた演習室を寄贈した人物の名が刻まれた青銅のプレートが、机の右上にはめこまれている。逆島種雄《たねお》。タツオの祖父だった。

「今日の教材は、キリスト歴一五二九年からだ」

タツオは月岡先生の左手に目を奪われた。むきだしの金属の義手には、視線を集める磁石のような力がある。

「この会戦が、わかるもの？」

キリスト歴一五二九年のヨーロッパでなにがあったろうか。タツオの頭脳が回転する。ハプスブルグ家とオスマントルコが争っていたはずだ。だが、会戦の名前まではわからない。誰も手をあげなかった。

「菱川、答えがわかっているなら、さっさといいなさい。実際の戦場では一刻も早く解答や決断が求められることがある。謙遜《けんそん》や謙譲は進駐官の美徳ではないぞ」

タツオのとなりに座るジョージが、はいっと返事をしてからいった。

「ウィーン包囲戦です」

月岡教官は満足そうだった。体育でも座学でも演習でも抜群の成績を示すジョージは、理想の生徒だろう。東園寺崋山がうんざりした顔で、自分の子分たちと視線を交わしている。男の嫉妬《しっと》だ。

「よろしい。一五二九年九月、スレイマン大帝は大軍を率いて、オーストリアに進軍した。推定だが歩兵一二万名、輸送用ラクダ二万頭、それに攻城用の大砲多数という大戦力だ。途中にあるハンガリーの都市をつぎつぎと陥落させ、オーストリアの首都ウィーンに迫った。この時期のウィーンの状況を誰か？　そうだな、東園寺崋山」

カザンの顔は赤くなったり、青くなったりした。いそがしいやつだ。

「えーっと、一六世紀のハプスブルグ家は、えーっと落ち目でしたが、えーっと」

月岡教官が自分のコンピュータにチェックをいれた。カザン、減点一。

「では、スリラン・コーデイム」

三組七班は外地人の生徒を集めたチームだった。日乃元国が進駐する友好的な占領国出身だ。スリランの肌は浅黒く、格闘訓練の授業では、強力な蹴りで好成績を収めている。スリランたちはウルルク王国からの亡命者だった。タツオの父が玉砕し首都が陥落してから、あの国は南北に分裂し、それぞれ氾帝国とエウロペ連合に占領されている。

「確か神聖ローマ帝国はフランスと戦っていました。皇帝にも余裕がなく、援軍を送ることができなかった。ウィーンはオスマン軍に対して、圧倒的に不利な戦力しかもっていませんでした」

月岡教官がパネルにふれると、ウィーンの地形図が鮮やかにアリーナに浮かび上がった。ドナウ川の流れに沿って広がるウィーンの城壁を、オスマン軍が包囲している。ドナウ川の水面もオスマンの船で占拠されていた。多くの旗がゆらめき、アリのように兵士がうごめいている。

「よろしい、スリラン。オーストリア側の戦力は、歩兵が一万六〇〇〇名、騎兵六〇〇名、皇帝から送られた優秀なスペインの狙撃兵七〇〇名だ。オスマンの大軍に比較すれば、圧倒的に不利といえる」

3Dのシミュレータ映像の大砲が、音もなく火を噴いた。城壁が崩れ、炎と土煙があがる。

「完全に包囲され、三〇〇の大砲が間断なく砲撃してくる。オスマン軍はハンガリー、セルビア、ドイツとどの国の軍と戦っても、連戦連勝。兵の士気は最高だった。スレイマン大帝は城壁内に突入した者は貴族に召し上げるという命令までだしている」

功名と血に飢えた一二万の兵。タツオはぼんやりと考えていた。五万の部下を擁して、ウルルクの首都に立てこもった父・靖雄の気もちは、あの攻防戦のときどうだったのだろうか。圧倒的な戦力に完全包囲され、集中攻撃を受ける。城壁のなかの人々を思うと、胸が苦しくなった。

月岡教官の講義は続いている。

「オスマン軍の包囲がなったのは九月二七日。不利なはずのオーストリア軍はしぶとく勇敢に戦い、そのまま一ヵ月近く首都を守り続けた。一〇月一四日には初雪が降り、オスマン軍は敗走して総崩れになった。暖かい土地に生まれた兵は寒さが苦手だったのだ。首都防衛軍は七倍の兵力の敵を打ち破り、いかに勝利を収めたか。今日の授業では、それを詳細に学んでいこう」
同じ包囲戦でも、ウィーンは勝ち、ウルルクは敗れて滅んだ。戦争とはなんと残酷で明快なのだろう。タツオは自分のパソコンにひそかにウルルク首都攻防戦と打ちこんでみた。最高性能の戦闘シミュレータには、あの戦いはどんなふうに記録されているのだろうか。

【超甲種軍事機密】
当コンピュータはアクセス権を有せず。

タツオの頭のなかが真っ白になった。なぜ、ウルルクの戦いと父・靖雄の死は、こんなふうに隠されているのだろうか。氾・エウロペ連合軍に、日乃元皇軍が完膚《かんぷ》なきまでに打ち負かされたせいなのか。タツオは納得がいかなかった。敗北からでも学べることはあるはずだ。

父は誰の目から見ても、飛び切り優秀な指揮官だった。この養成高校も首席で卒業している。軍の中枢《ちゅうすう》の作戦部に勧誘されたが、実戦を経験したいといって、南方進駐軍に志願したのだ。誰がなにを隠しているのか。タツオの胸に黒い疑惑が浮かんだ。
「では、オスマン軍到着六日後に起こった最初の前哨《ぜんしょう》戦を見てみよう。ウィーン城壁東門から歩兵二五〇〇名が打って出て、オスマン軍を急襲、塹壕《ざんごう》を破壊し、最高司令官イブラヒム・パシャの捕獲まであと一歩というところまで迫った前哨戦だ」
高精細シミュレータでは、決死の城外戦を仕かけるオーストリア兵が狭い門から、急流の勢いで流れだしていった。

10

夕食が終わる午後七時から就寝時間の一〇時ま

での三時間が、生徒にとっては、ひとときの自由を楽しめる時間だった。もっともほとんどの生徒は自習のために、この自由時間をつかっている。養成高校での順位は、卒業して軍に入ってからも一生ついてまわる。一番でもいい成績を収めることが、そのまま昇進に直結しているのだ。生徒の多くが目の色を変えて日々勉強していた。

　だが、タツオの班はすこし毛色が違っていた。まず勉強などまるでしていないように見えて、つねにトップの菱川浄児がいる。勉強嫌いだが、なぜか要領がよくナンパな鳥居国芳がいる。無口でなにを考えているかよくわからない、小柄だががっしりした体格の谷照貞がいる。落ちこぼれの文化進駐官志望のタツオとあわせて、誰ひとり軍部での立身出世を望んでいないようだった。

　その夜の自由時間も、クニが四人部屋でさわいでいた。

「おー、みんなで談話室にいこうぜ。姫と話をつけて、今夜いっしょに勉強することになってるから」

　談話室は飲みものや軽食の自動販売機がおかれたリクリエーション用の大部屋だった。カラオケや故郷との3D電話もできる個室も一二室用意されている。タツオがうんざりしていった。

「姫って、サイコのことか」

「そうだよ。東園寺のお嬢さま以外、ほかにどんな姫がいるんだよ。むこうの班は女子四名、うちは男子四名。いくら厳しい養成校でも合コンをしちゃいけないっていう規則はないだろ。戦争史の勉強会の名目でやるんだしさ」

　クニは長髪を後ろで結んでいるが、一束《ひとたば》だけ額《ひたい》に流していた。それをかきあげるのが、得意のポーズらしい。

「とくにジョージは必ずきてくれよ。おまえといっしょの班でよかったよ。なぜか、おまえの名前をだすと、どの女子班も興味を示すんだよな。この調子なら卒業するまで、合コンにだけは困らないかも」

テルが体格のとおり重く低い声で抵抗した。ひとりだけ学習机にむかっている。

「おれは反対だ。女子と話をするひまがあるなら、身体を休めておきたい。明日から遠足の訓練がある」

遠足あるいは地獄の遠足と生徒たちに呼ばれているのは、一年最初の校外演習だった。男子は三〇キロ、女子は二〇キロの背嚢《はいのう》を背負って、第三キャンプまでの往復三〇キロを徹夜で歩き通すのだ。当然、順位と達成度の評価がある。

「あー、なに暗いことといってんだよ。楽しめるうちに楽しんでおくのが青春だろ。戦場に出ればいつ死ぬかわかんないんだぞ。なあ、ジョージはきてくれるよな」

金髪に近いほど明るい髪をしたジョージは読んでいた本をおいて、ベッドから無関心な微笑を送ってきた。

「みんながいくなら、ぼくはかまわないよ。まあ、今夜は勉強することもないしね」

クニが小躍りしていった。

「なあ、班の決定は多数決だろ。あとはタツオだけだ。おまえは姫から絶対に連れてこいって念を押されてるから、こなくちゃダメなんだぞ。あんな美人に指名されるなんて、うらやましいやつだな。この」

ばしんっと音が響くほど平手で背中を打たれた。気の強い顔を思いだす。サイコは確かに美人だが、姫のあだ名のとおり扱いが面倒だ。だいたい東園寺家の人間とはもうかかわりになりたくない。うんざりしていると、クニが耳元でいう。

「このまえの狙撃事件といじめの話があるんだってさ。おまえのこと、心配してたよ」

そのとき、こつこつと扉をノックする音がした。教官かもしれない。四人はすぐにその場で、直立不動の姿勢をとった。

「はい、三組一班です。どうぞ」

ドアを開けて顔をのぞかせたのは、スリラン・コーデイムだった。入学時の順位は一六番と優秀だったはずだ。浅黒い顔がおどおどと室内をのぞきこんでいる。

「悪いけど、ちょっと話いいかな」

外地人の生徒が、なんの話があるのだろうか。タツオほどではないが、日乃元人でないというだけで、養成校のなかでも明確な差別があった。

「なんだよ、おれたちこれから、いいことあるんだ。話なら、さっさとすませてくれよ」

スリランの後ろに班の全員の顔がそろっていた。

「おたがい照準をつけられている同士だ。はいってもいいいか」

照準をつけられるとは、進駐官の隠語でいじめや攻撃、虐待の対象として狙いをつけられるという意味だった。スリランの表情は真剣だ。タツオはうなずいていった。

「わかった。話をきかせてくれ」

七班の四人が入室すると、部屋の密度が一気に上昇した。ウルルク人が髪と肌に塗るツバキ油の匂いがかすかに流れてくる。

「遠足で毎年、怪我人や死亡者がでるのは、きみたちもよくわかっているな」

スリランは秘かな恐怖をもって語り始めた。

II

「ちょっと待て」

スリランの話を止めたのは、普段は無口で温厚なテルだった。ベッドに腰かけたまま、見あげるようにウルルク出身の七班をにらみつけている。

「おれたちの部屋が臭くなって、たまらん。なぜ、ウルルクのやつらなんかに入室を許可したんだ。おれは外地人など、絶対に進駐官として認めないぞ」

テルの態度が急に硬化して、タツオは驚いてしまった。クニがとりなすようにいう。

「おいおい、おまえが認めなくとも、この四人はうちの高校の生徒だろ。おまえが外地人差別をするなんて、思ってもみなかった」

スリランの背後に立つ三人のウルルク人のひとり、身長が一九〇センチ近い巨漢が吐き捨てるようにいった。

「日乃元皇国の純血主義のお坊ちゃんか。世界はこの学校みたいに甘っちょろいところじゃないんだよ」

カイ・チャッタニンが腕を組むと、タンカーをつなぐワイヤーロープのような前腕の筋肉が浮きあがった。力だけなら、この男がクラスで一番かもしれない。

テルが首をゆっくりと回しながら立ちあがった。カイが薄笑いをしていった。

「やるのか」

ジョージはこの状況をおもしろがっているかのように、すこし離れて眺めている。なんとかこの場を収拾しなければならない。タツオはいった。

「寮内でのケンカや暴力沙汰は禁止されている。懲罰の対象になるぞ」

発覚すれば両成敗で二週間の自由時間没収と奉仕活動が課せられるだろう。便所と風呂場掃除の日々だ。ケンカの当人は窓のない懲罰房にいれられるかもしれない。テルが片方の唇をゆがめた。笑ってるようだ。

「誰がケンカするなんていった？　ちょっとしたスポーツを楽しむだけだ。おい、そこのでかいの、こっちにこい」

テルが自分の学習机の端をつかんだ。ばらばらと本やノートが落ちていく。軽々と四人部屋の中央に引きだした。消しゴムをとりだすと、まだ長いカッターの刃を突き刺した。

「もうひとついるな。クニ、おまえの消しゴム貸してくれ」

クニが消しゴムを放ると、テルは同じようにカッターを刺した。

「このあたりでいいか」

机のうえに二つのカッターつき消しゴムを離しておいた。制服のシャツを腕まくりする。

「でかいの、どうだ、おれと腕相撲の勝負をしないか」

負けたほうの手の甲にカッターの刃が突き刺さる。腕相撲のロシアンルーレットだ。

「でかいのじゃない、おれはカイだ。おまえの名は？」

巨漢が机のまえに立ちつくした。グローブのような手でデスクトップの両端をにぎると、木がきしむ音がした。

「谷照貞。おまえの力自慢の鼻っ柱をへし折る日乃元人だ」

カイがにやりと笑った。

「おれに勝てたら、その名を覚えてやるよ。まあ、これまで日乃元人に腕相撲で負けたことはないけどな。さあ、こい」

テルとカイがにらみあったまま、中腰になった。テルは巨漢のウルルク人より身長は二〇センチ近くちいさかった。肩幅と胸の厚みはいい勝負だ。机のうえに太い腕が二本伸びる。にぎりあった拳は、大理石から削りだしたかのようにがっしりと結ばれた。もう前哨戦は始まっている。いいポジションをとろうと、おたがいに譲らない。テルが顔を赤くしていった。

「タツオ、おまえが審判をやってくれ。父上がウルルクの首都攻防戦で亡くなったんだろ。こいつらは親の仇じゃないか。裏切り者のウルルク野郎め」

氾帝国に寝返った貴族の一部が休戦中に城壁の門を開き、皇国の防衛隊は壊滅的な打撃を受け、全員玉砕した。その貴族はいまや北ウルルク人民共和国の首相だ。カイも顔を真っ赤にして、唇の端から漏らす。

「ふざけるな。おれたち四人は王族派の数すくない生き残りだ。あの貴族どもはいつか、おれたちがこの手でぶっ殺す」

南アジアの豊かな資源国ウルルク奪還は、日乃元皇国の悲願だった。ということは、カイもテルも目的は同じなのだ。それなのにこんなふうにいがみあっている。人を決定的に分ける国境というのは、いったいなんなのだろうか。

タツオはテルとカイの拳のうえに自分の手を重ねた。カッターの刃がぎらりとすごみのある光を放った。

「勝っても負けても、おたがい恨みっこなしだ。よーい、始め」

床に固定していない机がきしみながら、一五度ほど回転した。腕の太さはふたりとも五割増しになったようだ。血管と筋肉が盛りあがり、拳の先は力を入れ過ぎて蒼白になっている。

テルもカイも顔を真っ赤にして全力で闘っていた。だが、拳の位置は最初のところからまったく動かなかった。息詰まる時間が流れていく。三分、五分、一〇分。額や首筋に汗をだらだらと流しながら、ふたりは闘っていた。力は拮抗している。応援する声にも力が入った。ウルルクの三人が叫んだ。

「カイ、がんばれ。日乃元野郎に負けるな」

「そんなチビ、ぶっ潰せ」

クニが両手を打って、テルの耳元でいう。

「デカブツに負けんな。おまえが勝ったら、デザート三日分くれてやる」

甘いもの好きなクニにしては、大盤振る舞いだった。タツオは審判なので、応援はできない。ジョージはどうしているかと見ると、壁にもたれ冷静に勝負の行方を見守っている。この男のクールさを乱す方法はないものだろうか。勝負が始まって、四人部屋の空気はボイラーで熱したかのように濃厚になっていた。タツオものどが渇いてしかたない。

勝負が傾き始めたのは、開始一五分を過ぎてからだった。力はほぼ互角、だが持久力では日乃元人のほうがやや勝っていたようだ。じりじりとカイのおおきな拳が押され、寝ていく。

「どうした、カイ。おまえの力はそんなものか」

スリランが叫ぶと、カイは最後の力を振り絞って反撃にでた。けれど、どうしてもテルを押し戻すことはできない。

「くそーっ!」

戦況が一気に動いた。カイの巨体から力が抜けていくのが、タツオにもわかった。浅黒いウルルク人の手の甲にカッターの刃が突き刺さる場面を想像した。

「もういいだろ……」

タツオが制止する直前に、カイの拳が机にうちつけられそうになる。そのとき目のまえを黄色い光がかすめた。それが机のうえのカッターつき消しゴムを飛ばしていく。

間一髪だった。カイの手の甲は机に激突したが、そこにカッターの刃はない。壁に跳ね返って弾む黄色いものに目をやった。テニスボールだ。腕を組んで見つめていたジョージがスナップだけで投げたものだった。学年順位一番は手をたたいて笑った。

「ふたりとも見事だった。ぼくが観戦した腕相撲の生涯のベストバウトだ。闘いが終わったところで、話をきかせてもらわないか。テル、勝ったんだから、もういいだろう?」

テルは荒い息を継いで、右腕を押さえていた。しびれて使いものにならないのだろう。

「ああ、かまわない。だが、おれはウルルク野郎なんて絶対に認めないからな」

12

第七班のリーダー、スリラン・コーデイムはウルルク王族の血を引くという。生まれついて備わる権威なのか、生徒たちは自然に周囲をかこんで床に腰をおろした。

「地獄の遠足では怪我人は毎年当たりまえで、五年前には二名の死者をだしている。大自然のなかでの演習だから、教官たちの目はいき届かない。二名の死者も照準をつけられて、学年の全生徒から獲物のように追われたという」

いじめの対象になるという進駐官用語が、「照準をつけられる」だ。ここは普通の学校ではないので、いじめはそのまま生命の危機に直結する。

「今年の照準は、ふたつ」

　スリランが浅黒い顔を昂然とあげ、胸を張った。

「まず、ぼくだ。北ウルルクの傀儡《かいらい》政権は旧王族の血を根絶やしにしたいらしい。この学校のなかにも汎帝国と北ウルルクの息がかかった生徒が侵入しているようだ。こんなものが届いた」

　スリランが手を開くと、紫色のちいさな二枚貝が見えた。全員がのぞきこむ。

「これはウルルク南部の海辺でとれる猛毒の貝だ。矢じりに塗れば大型の肉食獣でも数分のうちに呼吸困難で死亡する毒をもっている。昔から、ウルルクでは暗殺の告知としてつかわれてきた」

　声にならないため息が漏れて、四人部屋を満たした。

「ちょっと見せてもらっていいかな」

　ジョージが貝を手にとり観察した。スリランに戻すといった。

「めずらしいものをありがとう。このウルルクコムラサキイガイは麻痺《まひ》性の神経毒で有名だ。サキシトキシンの三〇種ある同族体のなかでも最強度の猛毒を誇る」

　スリランはうなずくといった。

「もうひとりはきみだ、逆島断雄」

　ウルルク王族の少年は制服のポケットから、もうひとつの貝をとりだした。こちらにはローマ字で、ＳＡＫＡＳＨＩＭＡと書かれたシールが貼ってある。タツオは背中にとがった氷の欠片《かけら》でもいれられた気がした。全身に鳥肌が立つ。誰かに真剣に命を狙われる。それは生まれて初めて体験する底なしの恐怖だった。ジョージはこんなときでも冷静だ。

「敵は？」

　スリランがこたえる。

「わからない。けれど、タツオのご父君・逆島靖雄中将はたいへん優秀だった。五万人の守備隊で三倍以上にのぼる一七万人の汎・エウロペ連合軍を迎え撃ち、大損害を与えた。その恨みをいまだに北ウルルクの首脳部はもっているのかもしれない」

黙っていたテルが口を開いた。

「この貝は毒殺するぞってサインなのか」

ウルルクの少年の顔色は暗かった。

「いや、手段の予告ではない。けれど、これからはいちおうこの高校の食事にも、注意を払っておいたほうがいいだろう」

クニが叫んだ。

「なんてやつらだ。まだスリランもタツオも一五歳だぞ。そんなガキを暗殺しようなんて、頭がいかれている」

腕相撲で負けたカイの声も平静に戻っていた。にやりと笑っていう。

「それが世界なんだよ。残酷で、凶悪で、容赦ないザ・ワールドにようこそ」

タツオはこの世界の根本的な性質である残酷さについて目を閉じて考えた。奪い奪われ、殺し殺され、勝者が敗者を蹂躙《じゅうりん》し、すべてをさらっていく。自分は終わりなく続く戦いの世界に生まれたのだ。果てしない格差を生みだす高度植民地時代である。

タツオの閉じたまぶたの裏には、つやつやと輝く猛毒の紫貝が見えた。暗殺者が自分を殺すというなら、その意志は断固として挫かなければならなかった。

スリランと自分がなんとか生き残ること。それこそ勝利の道だ。

13

タツオの眠りは浅かった。

昼だが日ざしのささないジャングルのなか、必死で駆けていく。襲われる理由も正体もわからない敵から追われる苦しい夢だった。同じ班の仲間とははぐれてしまったようだ。タツオは孤独だ。

濡れた葉をかきわけ、転げるように斜面をおりていく。なんとかして進駐官養成高校にもどらなければいけない。そこで大切ななにかがタツオを待っている。

一発の銃声がジャングルの動きを止めた。鳥や獣の鳴き声が消え、完全な静寂が訪れる。こんなに障害物が多い場所で当たるはずがない。ゆっくりと伏せようとしたところに、衝撃が襲った。防弾ベストの背中に着弾する。

続いて第二波の狙撃が始まった。今度は正面からだ。二発、三発、四発。この音は大地に打ち倒されるライフル銃による狙撃だ。タツオは大口径のライフル銃による狙撃だ。タツオは大地に打ち倒され、もう自分は死んだのだと思った。着弾するたびに身体が釣りあげた魚のように跳ねる。

手を伸ばし防弾ベストの胸を探った。銃弾は炭素繊維に止められている。おかしい。このベストの効果は小口径の自動小銃までのはずだ。狙撃銃には無効だ。口径七ミリのライフル用マグナム弾には耐えられないと、授業でちゃんと習った。

ベストに刺さった弾を手にとった。目のまえにかかげる。銃弾ではなく、紫色のちいさな貝だった。顔をあげて胸元を見ると、びっしりとウルルクコムラサキイガイが埋め尽くしている。ちいさな貝は生きているように濡れ光っていた。

撃たれたというより、自分の身体から湧きだしたようだ。恐怖のあまり、タツオは絶叫した。薄暗いジャングルのなか、悲鳴は誰にも届かない。横たわるタツオには、嵐の空のように暗い密林の天井が見えるだけだ。

「起きろ、タツオ。点呼だ」

身体を揺さぶられた。クニの顔がすぐ近くにある。ここはどこだ？　ジャングルで死にかけているのではないか。クニはあわてて戦闘訓練用の制服に着替えながらいう。

「悪い夢でも見たのか。汗だくだぞ。あと三分半。遅刻すれば、また全員で腕立てだ。タツオ、急げ」

タツオはベッドから跳び起きた。腕時計を見ると、まだ深夜の二時だった。いきなり招集をかけられても、四分で制服に着替え、校庭に集合しなければならなかった。遅刻をすれば、一秒につき一回の腕立て伏せが待っている。班の連帯責任で、三分なら一八〇回の腕立てをしなければならない。

タツオは全速力で、制服を着こんだ。もう暗闇のなかでさえ、迷うことはない。面倒なのはパンツの前立てがファスナーではなく、ボタン留めであることとくらいだった。ファスナーは砂でもはさめば閉まらなくなる。

タツオの班はなんとか時間どおりに集合できた。遅刻をした班がかけ声をかけながら腕立て伏せをするなか、月岡教官の声が響いた。真夜中の校庭の中央はサーチライトで照らされ、一年生二五六名が整列している。

「君らには、これから深夜行軍の訓練をおこなってもらう。ここにある背嚢《はいのう》を背負って、模擬銃をもち、第三キャンプまでいって、朝八時にここに再集合してもらう」

声にならないため息が漏れた。第三キャンプまでは一五キロの道のりがある。背嚢の重さは三〇キロで、模擬銃は四キロ弱だった。それをもってこれからの六時間で三〇キロの行程を歩きとおさなければならない。

「準備ができた者から、各班ごとに出発せよ。帰投後は朝食のあと、二時間目から通常授業を始める」

「はい、月岡教官、質問があります」

よく通る鈴の音のような、東園寺彩子の声だった。

「授業前に入浴は可能でしょうか?」

月岡鬼斎がにやりと笑った。汗と泥にまみれて授業を受けるのは、女子生徒には厳しいことだろう。

「授業開始までは自由時間だ。好きにしろ」

テルが吐き捨てるようにいった。

「これだから、女進駐官なんて信用できない。東園寺家のお嬢さんというだけで、わがままいい放題だな」

この養成高校の設立費用を逆島家は東園寺家と折半していた。クニがいう。

「まあ、文句いうなよ。サイコのおかげで、おれたちもシャワーくらい浴びられるんだからさ」

タツオはジョージのほうを見た。長身のジョージはしなやかだが、たくましい身体をしている。同じ制服を着ていても、あつらえたように様になっていた。一切のおしゃれを禁じられている生徒たちにとって制服の着こなしは死活問題だった。

「ジョージはなに着ても、似あうんだね」

タツオがそういうと、ジョージは肩をすくめた。

「父親の血じゃないかな。父はエウロペ連合の出身だから」

背嚢の山に生徒たちがむらがっていた。一刻も早く出発したいのだろう。

「お父上はまだむこうで健在なのか」

ジョージはちらりとタツオを見た。

「そちらと同じだよ。父はエウロペ連合の軍人だったけれど、ぼくが五歳のときに戦闘中行方不明になった。皇国生まれの母はぼくを連れて、日乃元に帰ってきた。それからはずっとぼくは日乃元人だ」

どこか淋しそうな顔で、ジョージはそういった。幼くして父を失《な》くす。その気もちはタツオにもよくわかった。真夜中の校庭でうなずきだけ返しておく。

テルが背嚢を背負い、四人分の模擬銃をもって帰ってきた。

「さあ、いこうぜ。さっさと三〇キロ歩いて、早めに帰ってこよう。朝すこしでも寝ておくと、あとの授業が楽になる」

クニが模擬銃を受けとりながらいった。

「わかってるよ。おまえみたいな体力馬鹿には三〇キロくらい、なんでもないんだろ」

カイとの腕相撲を思いだした。テルは底知れないスタミナをもっている。タツオも模擬銃をとった。実銃と同じ重さで、重量バランスまで完全に再現してある。どこかで教官が怒鳴っていた。

「地面につけていいのは銃床だけだ。腕立て伏せ三〇回！」

四キロ弱の重さはたいしたことがないように思えるかもしれない。だが、これが六時間の行軍の間にずしりと効いてくるのだ。軍事進駐官なら行軍をこなせる体力も必要だろうが、タツオが希望する文化進駐官には無用の訓練だった。腹立たしいし、嫌になる。だいたい真夜中にたたき起こされて、行軍することにどんな意味があるのだろう。

リーダーのジョージが涼しい顔でいった。

「さあ、出発しよう」

四人は一列になって、東島進駐官養成高校の正門をくぐった。

14

初夏の夜、空気は軽く爽《さわ》やかだった。

養成校を出発してから二時間、タツオの三組一班は小高い丘の中腹にさしかかっていた。左右から常緑の葉の厚い木々が枝を伸ばし、人ひとりが通り抜けるのがやっとの狭い獣道だった。

先頭はテル、つぎがクニで、タツオは三番目。リーダーのジョージは全員の動きが確認できる最後尾を歩いている。テルが夜の木々の間に消えたところで物音が響いた。小枝が折れて、パンと小口径の銃の発砲のような音がきこえた。続いて、緊張したテルの怒鳴り声が届く。

「敵襲！」

敵からの襲撃？　これはただの夜間行軍の訓練のはずだった。戦闘や格闘の訓練などきいていない。クニはテルが消えた夜の林のなかに飛びこんでいく。ジョージが叫んだ。

「谷、敵の状況を報告せよ」

テルでもクニでもない男の叫び声がきこえた。痛みに苦しんでいるような声だ。テルから返事はなかった。

「タツオ、ぼくたちもいこう」

背嚢を落として、模擬銃の銃身を棍棒《こんぼう》のようににぎって、タツオは林に突撃した。暗がりのなか、訓練服の少年たちが闘っていた。クニとテルそれぞれにふたりずつの敵が襲いかかっている。

「待て、貴様らはどこのクラスだ？」

ジョージが叫んだが、返事はなかった。襲撃者はサバイバルゲームでつかう、黒いプラスチックのフェイスマスクで顔を隠している。

タツオはいきなり背後から殴りつけられた。後頭部でなく右の肩でよかった。振りむくと黒いマスクが二人突進してくる。敵は二班八名だった。こちらの倍の戦力だ。

いきなり襲われたテルは額から血を流していた。それで逆に闘志に火がついたようだ。顔からの出血は派手に見えるが、傷が浅ければたいしたことはない。テルは襲撃者の腕をねじりあげると、怪力で逆方向に折っていく。ゴリッと骨のはずれる音が鳴り、肘《ひじ》から外側に折れた腕を抱え、襲撃者が転げまわった。

「やめろ、やめろよ。同じ養成校の仲間だろ」

クニはひらりひらりと身体をかわして逃げ続けている。

ジョージは軽くステップを踏みながら、両拳をあげて顔面をガードしていた。いつの間にか拳には薄手のグローブがはめられていた。特殊警棒で殴りかかってきた相手を、最小のステップワークで避けると、すれ違いざま脇腹に打ちおろすような左ストレートを突き刺した。完璧なタイミングのレバーブローだ。

男はくの字に身体を折った。顔面ががら空きだ。つぎは短いノーモーションの右が顎《あご》の横を打ち抜いた。男は腹を押さえた格好のままその場に倒れ、意識を失った。ジョージのボクシングはオリンピックを狙えると噂されるほどの高等技術だった。ジョージが真剣に叫んだ。

「危ない、タツオ」

目の前で特殊警棒が光の弧を描いて、振りおろされてくる。襲撃者の目が充血しているのもわかった。タツオの意識が透明になり、すべての感覚が解放された。あの時間がやってきたのだ。止まってしまった時間のなかで、自分だけが動いているように感じられる奇妙な時間。なにをすればいいのか、ゆっくりと考える余裕さえあった。

タツオは一歩前に踏みだし、敵の懐に入りこんだ。ひざを沈め、特殊警棒ごと敵の腕をつかむ。まるでアニメのようだった。振りおろす勢いがついた相手は二メートルも夜の木々のなかに飛んでいく。葉の鳴る音は嵐のようだ。

暗闇のなか人が駆けてくる足音が響いた。

「だいじょうぶか、第一班」

スリランだった。外地人の第七班がタツオたちの窮地に気づき、駆けつけてくれたのだ。敵は浮き足立った。怪我をして動けない二人を抱え、林の奥に敗走していく。

息も切らさずにジョージがいった。

「助かったよ。だけど、よくぼくたちだとわかったね」

スリランが浅黒い顔で笑うと、歯だけが暗がりに浮かびあがった。

「いっただろ。そっちの逆島中将の息子にも暗殺予告がでてるって。うちの班はずっときみたちの後を追ってきたんだ」

テルが鼻息も荒く返事をした。

「誰がウルク野郎に、ボディガードを頼んだんだよ。あいつらくらい、おれたちだけでフルぼっこにしてやれるさ」

ジョージは足元からなにか拾いあげた。夜の林のなかで、その黒いものの形は判然としない。

「ほんとうにそうかな。これを見るといい」

ジョージが黒いものを高くかざした。今度は形がよくわかった。夜間戦闘用に黒くテフロン加工された両刃のナイフだ。刀身の長さは二〇センチほどある。殺すためのナイフだ。

「あいつらがぼくたちをなめずに、最初からこれをつかっていれば、戦況はまったく別物になっていただろう。全員無傷という訳にはいかなかったはずだ」

スリランと巨漢のカイが黙ってうなずいた。ジョージがいった。

「ここから三組第一班は第七班と行動をともにする。養成校に帰投するまで、共同戦線を張る。わかったな？」

ジョージには一切の迷いがなかった。タツオとは違い、生まれつきリーダーの資質をもっているのだろう。鼻っ柱の強い力自慢のテルさえ、文句ひとついわなかった。

八人の男子生徒は背嚢と模擬銃をかついで、再び行軍訓練にもどった。丘のうえにのぼると、満月に二日ほど足りない月が真上にかかっていた。襲撃者が小走りで丘を駆けおりていく姿が豆粒のように見える。

お調子者のクニが両手をメガホンのように口に当て、叫んだ。

「いつでも、こい。弱虫野郎。養成校の恥さらしめ」

ジョージは周囲を警戒しながら、微笑んでいた。タツオにささやく。

「さっきの技はおもしろかったよ」

タツオは驚いて混血のリーダーを見つめ返した。

「あんなのただの一本背負いじゃないか」

ジョージは首をちいさく横に振っていう。

「いや、その技にはいる前にタツオがとった間と時間の読みのことだよ。きみとぼくが真剣にやりあったら、どっちが勝つんだろうな。まあ、いい。行軍にもどろう」

月に照らされた丘のうえで、ジョージが叫んだ。

「第一班、第七班、警戒を怠《おこた》らず前へ。出発！」

15

折り返し点の第三キャンプでは巨大なかがり火が焚かれ、テントが張られていた。教官がつぎつぎと到着する生徒たちをチェックしている。タツオの一班は謎の集団に襲撃を受けたせいもあって、キャンプに着くのも遅れ気味だった。

官給品の腕時計を見ると、午前五時を過ぎてしまっている。全員かなり疲れていたが、休息をとる余裕はなかった。八時には養成校に帰投しなければならない。深夜の行軍訓練で遅刻すれば、個人も班全体も成績におおきな傷がつく。

火のそばで座りこみ、口を開けて苦しげに息をつくクニに、ジョージがいった。

「そろそろ出発だ。ここで休んでいると、あとがきつくなる」

タツオは自分の背嚢をかついだ。重さは三〇キロだが、ずしりと肩にくいこんだ。最初の重さの二倍はあるように感じられる。この背嚢だけならまだいいのだが、模擬銃の四キロ弱が腕にこたえる。

体力抜群のテルはなんの造作もなく、ひと呼吸で立ちあがると、誰にともなくいった。

「さっさといこう。帰れば、朝風呂が待ってる。ウルルク野郎をおいてきぼりにしよう」

なぜ、そこまであの南の国に憎しみをもつのだろうか。テルの胸中がタツオには謎だった。タツオの父・逆島靖雄中将もかの地で玉砕しているが、タツオ個人はウルルクに恨みはない。

戦争は所詮、戦争だ。勝つ側があれば、負ける側もある。負ければ待っているのは死だった。タツオは進駐軍報道部やマスメディアのいうように、皇国の正しい意志と信念をもっていれば、百戦して百勝すると思っていなかった。兵の士気は大切だが、兵器の優秀さ、兵の練度、作戦の巧緻《こうち》に勝るものはない。

三組一班は休むことなく、キャンプを出発した。すこし遅れて、ウルルク外地人の七班がつかず離れずついてくる。

タツオは先ほどから考えていることを口にした。足も肩も腕も痛いが、なにかを話していると、すこしだけ耐えられる気がする。

「さっきのフェイスマスクのやつら、どこのクラスなのかな」

テルが涼しい顔でいった。

「案外、試験の一部なんじゃないか。襲ってきたのは、生徒じゃなく教官だったりしてな」

クニの息は荒かった。それでも軽口をたたくのは、自分の疲労を見せたくないのだろう。

「じゃあ、おまえは教官の肘《ひじ》を脱臼させたんだな。どういう採点になるのか、楽しみだ」

夜明け前の一番暗い空のもと、果てしない草原が広がっていた。第三キャンプ周辺は地形がゆるやかで、樹木もすくない。進駐官養成高校の近くには、山岳やジャングル訓練用のキャンプもつくられていた。人里離れた場所に設立されたのは、周辺に最適の自然条件が欠かせなかったからだ。

ジョージの声は冷静だった。

「確かにテルの腕力はたいしたものだ。だが、格闘技の教官があれほどたやすく肘関節を決められるとは思えない。襲撃者は教官ではなかったと、ぼくは思う」

「ぼくも同じ考えだ。生徒にむけて、夜間戦闘用のナイフなんか振り回すはずがない」

草のうえに落ちていた黒いナイフを思いだす。中央に刻まれた溝は血抜きのためだった。出血多量で速やかに敵を倒す、殺すためのナイフだ。テルがいう。

「じゃあ、やっぱり生徒か。タツオは狙われてるんだもんな」

サイコとスリランの忠告を思いだした。誰かが自分の命に「照準」をつけている。真剣に誰かが殺したいと計画しているのだ。それは足元の大地が薄い氷にでもなったような寒々とした感覚だった。一歩踏み誤れば、氷は割れて暗い海にのまれるかもしれない。

「それなら、なおさら早く養成校に戻らなけりゃならないな。はずれた腕を抱えたやつが犯人に決まってる。ふん捕まえて、教官につきだしてやろうぜ」

速足で歩きながら、タツオは考えた。敵はそんなにわかりやすいところにいるのだろうか。進駐官養成高校は確かに学校だが、軍の一部でもある。タツオたち生徒も毎月国から給料をもらう進駐官見習いだった。

「生徒でも、教官でもない敵も考えられる」

指摘したのはジョージだった。しなやかな長身で、大股に進んでいく足運びは肉食獣を思わせた。なによりも足音がしないのだ。ほかの生徒と同じように三五キロの装備を身に着けているはずなのだが。

テルが振りむくといった。

「だったら、誰なんだよ」

月が草原を照らしている。誰もが疲れているのだろう。幽鬼のような生徒たちがあちこちをふらふらになりながら歩いていた。

「……例えば、トリニティ」

「ふざけるな」

ジョージ以外の三人の声がそろった。トリニティは世界中に根を張る革命組織だった。現在の高度植民地時代を否定し、帝国主義国家体制の転覆を図り、植民地の独立を援助する。旧フランス革命の理念、「自由・平等・博愛」をスローガンとする悪の秘密結社だ。

進駐官養成高校では面接時に思想試験があり、トリニティに代表される危険な革命思想に侵されていないか厳格に問いただされる。それでも世界各国の軍の上層部にまで、トリニティのメンバーが潜りこんでいるという噂だった。ジョージはいう。

「あの組織は、どんな場所でも神出鬼没で、計り知れないほどの力があるんだろ。進駐官の卵を襲うくらいなんでもない」

冗談でいっているのだろうかと、タツオは思った。ここに教官がいれば、腕立て一〇〇回ではすまないはずだ。トリニティという言葉自体が、進駐軍では死の伝染病のように忌み嫌われている。テルがいった。

「もし、さっきのがトリニティなら、やつらもずいぶん間抜けだな。おれたち四人くらい仕留めれなきゃ、世界革命なんて無理に決まってるだろ」

ジョージが気もちのいい笑い声をあげた。

「確かにそのとおりだ。わが皇国の進駐官もそうだが、トリニティにしても、きっとずいぶんたるんでいるんだろう」

16

タツオはクニに注目した。先ほどから、長髪の友人はまったく口をきいていない。右脚を引きずるようにしているのは、足を痛めたのだろうか。

「だいじょうぶか、クニ」

声をかけたとたんにクニが立ち止まり、がくりと片方のひざをついた。

「くそー、もう歩けない。さっき襲われたとき、くるぶしをひねっちまった」

背嚢ごと後方に倒れて、夜明け前の濃紺の空をあおいでいる。つぶやくように漏らした。

「先にいってくれ。おれはもう歩けそうにない。なにもかも嫌になった」

三人はクニの周囲に集まった。七班も足を止めて、こちらの様子をうかがっている。タツオは声をかけた。

「クニ、ここで投げるのか。訓練の途中放棄は取り返しがつかない減点になるんだぞ」

「いいんだよ、成績なんてどうなっても。おれだって、地元じゃ天才っていわれてた」

クニは空をむいたまま、目を閉じている。

「おれが生まれた街じゃ、東島に合格したのは、一〇年ぶりだったんだ。地元の新聞からは取材を受けるし、ここにくるときは駅で壮行会が開かれた。みんな、皇国の旗を振ってくれてさ」

進駐官養成高校はたいへんなエリート校だった。日乃元の全土からトップのなかのトップが入学を許され、初年度から進駐軍の幹部候補として育てられる。

「おれは勉強だけでなく、体育だって得意だった。女の子にももてたしさ。文武両道できっと最高の進駐官になると期待されてたんだ。それが、どうだ?」

うっすらと東の空の縁が銀色に輝き始めていた。夜明けは近い。

「この高校にきてるのは化物ばかりだ。ジョージはでたらめに頭が切れるし、テルは戦場格闘技の教官とも互角に闘える。タツオは落ちたとはいえ、この高校の創設者の一族だ。おれにはなにも優れたところなんてない。歯をくいしばってがんばったって、どうせろくな成績はとれないに決まってる」

ジョージがクニの横にひざまずくと、クニの模擬銃を手にして立ちあがった。

「テル、きみのほうがぼくよりも力は強そうだ。クニの背嚢を頼めるか」

「ああ、こんな意気地なしの荷物をかつぐのは気が進まないけどな」

引きはがすようにクニの背中から背嚢を奪い、テルはふたつの荷物を背負った。片方の肩にひとつずつ。あわせて六〇キロになる。座りこんだままクニが叫んだ。

「そんなことしたって無駄だろ。荷物は各自が背負う決まりだし、おれはもう歩けないんだ」

タツオの胸のなかは熱いものでいっぱいになった。クニの気もちは痛いほどわかる。

「養成校にきた生徒は、みんなクニと同じだと思う。得意の勉強だって上には上がいるし、運動や訓練も苦手ではすまされない。誰もがプライドや自信をへし折られて、毎日なんとかついていくのに必死だ。だから、ぼくはクニを責めるつもりはない」

　そこでタツオはひと息ついた。

「でも、ぼくはクニがここで訓練を放棄することは禁じる」

「なにいってるんだよ。おれはもう歩けないんだって」

　タツオは自然に口にしていた。

「だったら、ぼくがクニを背負って歩く。養成校の班の四人は生涯の仲間だ。誰かひとりを捨てていくなんて選択は、ぼくたちには絶対にないんだ」

　それが日乃元皇軍の強さの源泉だといわれていた。ひとりの進駐官の命を救うために、全軍が動く。たとえ人的損失や損害がおおきくなっても、勇猛果敢に闘い抜く。守備戦や撤退戦では世界最強と恐れられていた。

　テルがクニの肩に手をおいていった。

「おい、坊ちゃん、おれの背中で寝ていくか。おれだって、この高校にきてからはショックの連続だけどな、おまえみたいにあきらめる気はない」

　ジョージは微笑《ほほえ》んで見つめている。タツオはいった。

「荷物は全員で運べばいい。こんなことで仲間を見捨てるようなら、戦場で命を預けて戦うことなんて絶対にできないだろ」

　クニが目をごしごしとこすっていった。

「うるせえな。歩けないなんて、冗談に決まってるだろ。おまえたちをびっくりさせようと思っただけだよ。タツオ、ちょっと肩貸せ」

　クニはふらつきながら立ちあがった。足を引きずりながら先頭を歩いていく。

「おれの荷物は、ちょっと貸しといてやる。学校に近くなったら返してくれよ。減点されるの嫌だからな」

　足首はかなり痛むのだろう。クニは歯をくいしばっていた。ジョージがいった。

「よし、八時までには帰投するぞ。急ごう」

　東の空が明るい銀に輝きだしていた。空を夜明けの光が駆けて、新しい一日が始まろうとしている。

17

三組一班と七班が進駐官養成高校の正門をくぐったのは、到着予定時間の三分前だった。全員くたくたに疲れ切っていたが、意気は高かった。

月岡教官に帰投報告をすませてから、まだ体力の余っているテルとジョージが校内の探索にでた。テルが脱臼させた襲撃犯を見つけるためだ。あれだけの怪我が数時間で治るはずがない。タツオとクニはもう体力の限界だった。

這《は》うようにシャワールームにたどりつき、熱い湯を浴びた。汗を流すと、全身から水分を吸いこむようだ。生き返った気分になる。テルとジョージは十分足らずでシャワールームにもどってきた。浮かない顔をしている。官給品の粗いタオルで身体をふきながら、タツオはきいた。

「どうだった？　敵は見つかったかい？」

テルが首を横に振った。

「いいや、教室をすべて回ったが、誰も腕をつってない。生徒は白だ」

ジョージがなにかをおもしろがっているように笑いながらいった。

「ぼくのほうは教官室を見てきた。怪我をしている人はひとりもいなかったよ。教官も白だ」

それでは敵はいったいどこにいるのだろうか。タツオはつぶやいた。

「じゃあ、ぼくたちを襲撃した敵は、高校の外にいるのか。どういう組織なんだろう」

ジョージがあからさまに笑っていた。

「敵は校外だけじゃなく、校内にもいるだろ。タツオは狙撃されているんだから。考えてみると、ぼくたちの周りは敵だらけだ」

タツオは順位一番の生徒のように笑えなかった。自分が狙われるだけならまだいい。だが、敵は一班ごと襲撃をかけてきた。タツオは恐ろしかった。自分のせいで一班のメンバーにまで傷がつき、ことによると殺されるかもしれないのだ。

シャワー上がりの身体が急に冷えこんだ気がして、タツオは裸のままくしゃみをした。

18

「ふーん、おかしな話ね。学校内にも、学外にも襲撃犯はいなかったなんて」

東園寺彩子がおにぎりをかじりながら、そういった。

「ぼくらにもまったく謎だ。ただあちこちで命を狙われるなんて馬鹿みたいだ」

タツオはそう返事をするしかなかった。毎回なんとか危機を切り抜けているが、理由もわからず襲撃を受ける日々が続いている。その結果、タツオの班の四人の結束力は、どこにも負けないほど堅固なものになっていた。

その日は初夏の風も爽やかな日曜日だった。養成高校から外出するのも自由なのだが、最寄りの都市までバスで九〇分以上かかる。生徒のほとんどは、ネットで買い物をすませ、休日は学内で過ごしていた。タツオの三組一班とサイコの一組二班は、学校敷地内の芝の広場で昼食を広げている。以前から約束していたちょっとしたピクニックだ。

「この真っ赤な敷物はなんなんだ？　目立ってしょうがない。東園寺さんとタツオはこのまえ狙撃されたんだろ」

テルがぼやいた。この男のおにぎりはもう七つ目だった。どこから運んできたのだろうか、サイコが用意していたのは緋毛氈《ひもうせん》だった。日に焼けるのが嫌だといって、番傘のお化けのような日除《ひよ》けまで三本ももちこんでいる。

日陰には和洋中のご馳走《ちそう》がぎっしりと詰められた漆《うるし》塗《ぬ》りの重箱がならび、正月でもやってきたようだ。東園寺家の首席料理長からの差し入れで、おにぎりだけ四人の女子生徒がつくったという。サイコはこの高校の創設者の一族なので、国家の進駐官養成機関である東島でも、自由どころか好き放題に振る舞っている。

「狙撃の心配はほぼない。ここはどの射撃ポイントからも三〇〇メートルは離れている。今日はかなり風もあるし、まず精密射撃は不可能です」

そういったのは、細身で少年のようなショートカットの背の高い女子生徒だった。サイコがいう。

「亜紀《あき》がそういうなら、間違いないよ。彼女は狙撃術に関しては学年一だから。つぎのオリンピックの日乃元代表候補なんだよ。一〇〇メートル離れた東島のバッジだって撃ち抜くもん」

東島高校のバッジは直径二センチ弱で、国花・橘が七宝細工《しっぽうざいく》で浮かびあがっている。その場にいる八人の制服の襟《えり》には、橘が光っていた。歌川《うたがわ》亜紀は平然とサイコの言葉を聞き流した。そのとおりの実力なのだろう。この高校には人並みの生徒はひとりもいないのだ。飛び抜けて成績優秀なだけでなく、誰もがなんらかの特技をもっていた。サイコはともかく、残るふたりの女子生徒はなにが得意なのだろうか。クニがおにぎりを割って叫んだ。

「うえー、なんだ、この中身?」

にぎり飯のあいだから、白桃のシロップ漬けがのぞいている。

「すみません、おいしくありませんでしたか。うちでは定番の具なんです」

黒縁のメガネをかけた女子生徒が顔を赤くして叫んでいた。幸野丸美《こうのまるみ》は小柄で、天然パーマで、そばかすが線香花火のように両頬に散っている。もうひとつのおにぎりを手渡していった。

「それはわたしがもらいますから、こっちをたべてみてください」

「おお、ありがと。マルミちゃんは優しいな」

ナンパなクニがおにぎりにかぶりついた。

「うわー、なんだ、これ」

再び割ったおにぎりのなかには、よくわからないオレンジ色の具が見える。マルミがあわてていった。

「えっ、それも駄目《だめ》でしたか。わが家ではフルーツおにぎりが人気で、お弁当には必ずいれるんですけど」

よく見ると、具は干し柿だった。クニがおかしな顔をして、なんとかフルーツおにぎりをのみこむ顔に全員爆笑した。マルミはひとりであわてている。

「フルーツにあうように、ごはんにもほんのりワインビネガーをつかってるんです。ほんとはすごくおいしいはずなのに……」

「またやってくれたね、天然マルミ。あなたは、勉強だけしてればいいんだから」

タツオはサイコに質問した。

「どうでもいいけど、マルミさんって成績いいの？」

サイコはおもしろくなさそうに返事をして、顎の先でタツオのとなりでおにぎりをたべているジョージをさした。

「そっちの班にいる学年一番のつぎよ。幸野丸美が学年二番の特待生」

この女子生徒が天才としか思えないジョージに次いで、成績優秀なのか。タツオはまじまじと顔を赤くしているマルミを見てしまった。いつかこの少女が日乃元皇軍の運命を左右するような作戦計画を立てるようになるかもしれない。

成績上位の七名は卒業後の進路を自由に選べるのだ。エリート中のエリート進駐軍作戦部にすすむ可能性だってある。ごく普通の女子生徒のように見えるが、タツオより遥かに優秀なのだろう。

マルミが顔の前で手をぶんぶんと振った。赤面すると茶色のそばかすが目立った。

「特待生なんて、とんでもないです。うちが貧乏だから、なんとか奨学金をもらわなくちゃいけなくて、それでがんばっただけなんです。わたしはほんとは頭なんて、ぜんぜんよくないのに」

ジョージがにこりと涼しげに笑っていった。

「ぼくはこのフルーツおにぎり、先入観をもたなければ、とてもおいしいと思うな。このごはん、ワインビネガーだけでなくなにかいれてるでしょう。くどくないけど、ほのかに上品な甘さを感じるよ」

ぱっと表情を明るくしてマルミがいった。

「わかりますか、さすが菱川さん。フルーツ缶のシロップを煮詰めて、蜂蜜とブランデーを足してあるんです。それを隠し味に炊《た》き立てのごはんにまぜると、香りがすごくよくなるんです」

クニがジョージを見てから、もう一度干し柿のおにぎりにチャレンジした。

「そういわれてみると、どこか爽やかな甘さがあるような、ないような」

サイコの頭上にちいさな雨雲が発生した。サイコは幼い頃から、自分以外の女子がほめられるといきなり不機嫌になり、雷を落とす癖がある。タツオは機先を制していった。

「サイコのおにぎりもおいしいよ」

サイコがつくるおにぎりは、おおきくて硬く、海苔《のり》が二重三重に巻いてあり、必ず母親お手製の梅干しがはいっていた。タツオは習慣で、一番おおきなおにぎりを選んで、最初にたべている。サイコの雷はライフル銃の狙撃より恐ろしかった。

「なぐさめなんていらない。どうせ、わたしのはいつもつまらない梅干しですよ」

テルともうひとりの女子生徒が、アルミホイルで包んだサイコのおにぎりに手を伸ばした。手と手がふれて、顔を見あわせる。両者とも双子のようによく似たごつい体型と顔立ちをしていた。クニがはやした。

「なにげないふれあいから、新しい恋が生まれたりしてな。ふたりともお似あいだぞ」

テルは片手でおおきなおにぎりをつかみ、残る手でクニの背中を平手打ちした。交通事故でも起きたような衝撃音が響く。きっとクニの背中にはモミジのように赤い跡ができていることだろう。

「おまえは馬鹿力なんだから、すこし手加減しろよ。背骨が折れる」

はやされた女子生徒がじっとクニを見つめていた。低い声でいう。

「わたしは曾我清子《そがきよこ》。今度、格闘技の訓練で会おう。かわいがってあげるよ」

サイコがいじわるそうにいった。

「キヨコは七五キロ超級の女子ジュニア柔道チャンピオンだから。日乃元じゃなくて、世界のね。クニはちょっと女子の怖さについて勉強させてもらったほうがいいよ」

クニが強がりをいった。

「寝技なら大歓迎。いくら強くても、女子になんて、かんたんに負けるか」

腕組みをしてキヨコがいった。細めた目の光が強烈だ。

「わたし、送り襟《えり》絞め得意なんだよね。男でも女でも意識を失うのは一瞬だよ。冗談をいう余裕もないからね」

視線の圧力に負けて、クニがいった。

「戦略的撤退をすることにした。キヨコちゃん、柔道場ではお手やわらかにな」

日傘のしたは笑いに包まれた。侵略と占領のための進駐軍の養成高校にも、こんなふうに心からくつろげる時間はある。タツオは久々に肩から力が抜けていくのを感じていた。

19

昼食後、タツオはサイコに散歩に誘われた。サイコとは幼馴染みだが恋愛感情はない。第一、没落した逆島家と近衛四家にとどまる名門・東園寺家では、家格がつりあわないだろう。名家同士では、政略結婚が当たり前だ。もうタツオに価値はない。

木漏《こも》れ日のなかをサイコと歩いていると、子どもの頃に戻ったようだった。東園寺家の広大な庭園で、カザンやサイコや璃子さま、瑠子さまとよく遊んだものだ。あの庭にある池は一周するのに二〇分もかかるほどおおきかった。

数歩先を歩いていたサイコが振り返っていった。目が真剣だ。サイコほどの美少女だと、それだけで日本刀でも突きつけられたような感覚になる。美しさは人の心を斬る力だ。

「璃子さまのお身体の調子が思わしくないようなんだ」

璃子さまは皇位継承権第一位で、現女皇・羅子さまの長女だった。次女の瑠子さまやサイコ、それにタツオより三歳年上になる。

「そうなんだ……」

肌が抜けるように白く、微笑《ほほえ》んだだけで壊れてしまいそうな優しい人だった。皇室の健康情報は外部にはほとんど漏れてこない。タツオは初耳だった。

「ご病気がちで、学校も休まれているから、ご学業のほうも思わしくないらしくて。それに気鬱《きうつ》の病に罹《かか》っておられるようで、侍従の者たちも寄せつけられない。ごく少数のお気にいりだけでお世話をしているの」

日乃元皇国、次期女皇としては忌々《ゆゆ》しき問題だった。サイコはいった。

「それでね、瑠子さまからのご伝言がある」

次女の瑠子さまは皇位継承権第二位だが、サイコと親友になるくらいだから、明るく活発で皇室の一員とは思えないくらいのお転婆《てんば》だった。東園寺の庭で国宝級の樹齢七〇〇年を超える松の木に登る競争をタツオとおこない、見事勝ったこともある。

タツオは子猿のように荒れた枝を登っていく瑠子さまを見あげて感心したものだ。男の子に生まれていれば女皇にはなれないが、きっと素晴らしい進駐官になったことだろう。もうひとつの感心は将来の女皇でさえ、サイコと同じような白い綿のパンツをはいていることだった。

「瑠子さまとは、もうずいぶんお会いしていないなあ。お元気かな」

「うん、瑠子さまはお元気だし、運動も勉強も抜群だよ。でも、それがよくないんだ」

サイコの顔が暗くなった。

「そうか、女皇のご一族というのは、なかなかおむずかしい……」

新聞や雑誌は女皇を日乃元最高の祭司にして、生ける神だと書き立てているが、タツオはそんなことを頭から信じているわけではなかった。ただときおり璃子さま、瑠子さまが見せる引き締まった淋しげな横顔に、二七〇〇年を超える伝統と国体の重圧を見て、なんとかその荷を軽くするお手伝いができればと願うだけである。

「瑠子さまがおっしゃっていた。わたしはいいから、璃子お姉さまをお助けしてと」

「ぼくに？　無理だよ」

もう近衛四家でもない、ただの没落士族の次男坊である逆島断雄に、そんなことができるはずがなかった。

「無理なら瑠子さまに直接、自分でいいなさい、意気地なし。夏の総合運動会にご臨席するご予定だから」

瑠子さまを失望させるのは嫌だった。それでもできないことはできないとはっきり申し上げなければならないだろう。サイコが挑むようにタツオをにらみつけた。

「いいこと、タツオ。瑠子さまは近衛四家の男子数十人をすべてご覧になっている。そのなかであなたに白羽の矢を立てたのよ。あなたなら璃子さまをお守りして、皇国の未来を託せると。うちの馬鹿兄貴なんて、ひと言もいただけなかったんだからね。それでも断るの？」

タツオは木漏れ日のなか、立ち尽くしていた。恥ずかしくて、その場にいたたまれない。

「男なら、男らしくしてみなさいよ。逆島中将のことばかり、いつまでもくよくよして。瑠子さまはあなたに日乃元一国の未来をおまかせになったのよ」

20

東島進駐官養成高校は盛夏を控えて、大忙しだった。前期の期末試験と夏の総合運動会のための練習が重なるのだ。皇国の軍事をあずかる進駐官は官僚の多くと同じように、徹底した学歴主義だった。卒業後の進路どころか任官地や昇進にまで学内の順位がものをいう。

養成高校で学業をしくじれば、進駐官として出世できないだけでなく、生命の危険さえあった。軍の大学進学に失敗した学業不振者は安全な占領国ではなく、紛争地域や最前線に送られることがある。タツオも生まれてから初めてというほど、毎日長時間の勉強を続けていた。

問題は個人の成績だけでは、すまないことだった。班全体の成績と個人の成績は同じだけの比率をもっている。どれほどほかの三人が優秀でも、落ちこぼれがひとりでもいれば、班の成績は目も当てられない。自分のためだけでなく、おたがいに助けあって最高位を目指す。決して仲間を見捨てない。進駐官としての徳目育成は、養成高校から始まっていた。

タツオたちの三組一班は、その夜も全員寮の自室で学習机にむかっていた。国語、数学、ふたつの外国語、歴史、地理、公民、物理、生物といった一般科目に加え、戦史、戦術、兵装、戦時法といった進駐官独特の学科も多数あった。どれほど勉強しても、時間が圧倒的に足りない。

消灯は夜一〇時だが、ほとんどの生徒はベッドのなかにノートパソコンや教科書をもちこみ睡眠時間を削って勉強していた。エウロペやアメリアの首都にある大使館つきの進駐官となり、できることなら佐官より上の将官を目指したいといった将来の利益のためだけではなかった。

一五歳の少年少女たちにもプライドがある。それぞれが故郷の街一番の誉れも高い秀才英才である。家族や郷里の人々の期待を一身に背負い、箇単に負けるわけにはいかなかったのだ。負ければ自分の一族や故郷の負けになる。

「あー、おれ、数学ほんと苦手だわ」

クニがシャープペンシルを机に投げだして叫んだ。

「だいたい砲撃だってミサイルだって、弾道計算なんてコンピュータが一瞬で自動的にやってくれるだろ。おれたちはボタンを押すだけ。それなのに、なんでこんな面倒な微分積分をやらなきゃならないんだよ」

タツオも数学と物理は苦手だった。文化進駐官になりたいくらいなので、国語や外国語、歴史は得意だが、とにかく数式がでてくるとやる気がなくなる。丸めた紙くずをクニに投げつけて、テルがいった。

「わからないときは、ちゃんとおまえの指導教官に質問しろ。おれたちの学年の首席なんだからな。それでわからなきゃ、おまえに望みはない」

テルはがっしりとした運動部系の体型の割には、理数系が得意だった。バリバリと物理の問題集を解いている。ジョージは無関心な風にうっすらと笑っていた。

この生徒には苦手な科目などなく、オールマイティに成績は優秀だった。それもいくつかの学科については、養成高校の教官よりもできるくらいである。それでいて、ほかのガリ勉の生徒のように寝る間を惜しんで勉強している様子もない。クニがいった。

「ジョージみたいに、生まれつきなんでもできるといいよな。馬鹿な試験なんて、ぜんぜん苦労ないだろ。しかも、おまえは運動も格闘術も射撃も半端なく腕が立つからな」

タツオも教官たちの立ち話を耳にしたことがあった。菱川浄児のような下士官が一〇〇人もいれば、ひとつの国を落とすのも容易だろう。

ジョージは笑いながら、クニの数学の問題集にかがみこんだ。ちらりと見るといった。

「その問題は二種類の微分方程式を組みあわせて

解くんだ。そこに気がつくかどうかを、試験官は試してる。この式とこれだ。はい、クニ、がんばって」

ぽんと肩をたたいた。自分たちが三組でもっとも優秀な一班を名のれるのも、ジョージのおかげだとタツオは思った。戦史の教科書を読みながら、一瞬で数学の難問を解けるのだ。

開いたままのページには、第二次世界大戦の北アフリカ戦線、「エル・アラメインの会戦」の詳細が載っていた。モンゴメリー中将が率いるイギリス軍は兵員二〇万名、シャーマン戦車一〇〇〇輛、対するドイツのシュトゥンメ将軍はドイツ・イタリア枢軸軍《すうじく》九万六〇〇〇名とパンツァー戦車五〇〇輛。

八日間にわたる激戦で、枢軸国は壊滅した。戦闘員二万人以上が失われ、三万人以上が捕虜となった。両軍あわせて二五〇〇の戦車と大砲が砂漠の塵《ちり》と消えた。タツオは質問する。

「エル・アラメインの会戦でイギリス軍が得たものはなんだ？」

間髪をいれずにジョージがこたえた。

「エジプトとスエズ運河を死守できた。ドイツ軍が紅海の制海権を得れば、極東まで戦艦や潜水艦が展開し、連合国側を分断する可能性があった。さらにおおきいのは、石油資源が豊富な中東の占領も阻止できたこと」

クニがあきれていった。

「はいはい、どうせジョージのは模範解答に決まってるよ。さすが天才は違うな」

「いや、ぼくは別に天才なんかじゃない」

ジョージの声にわずかな湿り気を感じて、タツオは顔をあげた。いつも朗《ほが》らかで、春風のような男がめずらしい。

「ぼくの父はエウロペ人なんだ。半分西洋の血がまざってる。肌の色も白いし、髪も茶色いから、子どものころからずいぶんいじめられた。ガイジン、あいのこってね」

テルも重力方程式を放りだして、ジョージに注目している。ひとりで冗談でもいうように、ジョージはくすりと笑った。

「あれは七歳のときだった。ぼくは小学校で大勢の子どもにかこまれて袋叩きにあった。エウロペのスパイだといわれてね。泣きながら家に帰ったよ。それで母親に抱きついたのさ。どうして、白い肌なんかに産んだ。こんな身体はもう嫌だってね」

消灯間際の寮は静かで暗かった。三人は息をのんで、ジョージの話の続きを待った。

「母親はいった。あなたのおじいさまもお父さまもエウロペでは有名な進駐官だった。いつかふたつの文化をもつことが誇りになり、おおきな仕事ができるようになる。いじめられるのが嫌なら、誰の手も届かないくらい空高く昇ればいい。あなたにはそれができるのよ」

そうして日乃元中の親や教官が夢に見るような菱川浄児という生徒ができあがった。誰にもふれさせないために、自分を完璧につくりあげる。タツオはジョージの孤独を思った。優秀さはしだいに人を遠ざけることになったことだろう。いつも笑っているのは、なにかを隠すためなのかもしれない。

「なんだよ、おまえは七歳のときから、養成高校の生徒よりも勉強してたんだな。じゃあ、おれたちがかなうわけないのも無理ないか」

クニがあっさりとそういって、数学にもどった。なにげない振りをしているが、決して弱みを見せなかったジョージにとっては決心の必要な告白だったのかもしれない。それをきちんと受け止めたうえで、軽く冗談にして流せる。これも鳥居国芳の強さのひとつだ。

タツオは養成高校に進学して、周囲の人間をよく観察するようになっていた。どんな人間にも長所と短所があり、それがときに複雑にからみあったり、おかしな形に偽装されていたりする。それをきちんと評価できなければ、ともに戦うことは困難だ。最高に練度をあげた戦闘力のある班として戦うことは不可能である。ジョージはタツオと目があうといきなりいった。

「きみがうちの班の指揮官だ」

驚いた。通常は成績上位者の役割である。

「ぼくなんかが、どうして？」

「わかってるだろ。誰も手が届かないくらい孤独になりたくて天才の振りをしてるようなリーダーに、下の人間はついてこない。ぼくは自由に動くほうが役に立つ。だいじょうぶ、タツオはぼくが補佐するよ」

テルが顔をあげた。

「おれもそれがいいと思う。ジョージにできないとはぜんぜん思わないが、おまえのほうが適任だ」

クニがシャーペンで頭をかいていった。

「この問題、初めて解けた。こっちも異議なし。だいたい逆島って名前がカッコいいもんな。落ちぶれたとはいえ名門に生まれたんだから、ちゃんとおれたちにかつがれてろよ」

東島に入学してから三ヵ月以上が経っていた。いくつも試練をくぐり抜けてきたが、そのとき初めて三組一班の心がひとつになったのかもしれない。タツオは胸がいっぱいだったが、軽口をたたいた。

「わかった。指揮官はまかせてもらう。ぼくたちの班は、誰ひとり仲間を見捨てない。最後の最後まで戦い抜く。いいか、みんな？」

クニが両手をあげて叫んだ。

「三組一班サカシマ班、バンザイ！」

テルも叫んだ。

「サカシマ班、バンザイ！」

ジョージがさしだした手を握ると、タツオはうなずきを返した。七歳で無理やり天才になる決心をした男の手は、ひやりと冷たく力強かった。

21

戦闘シミュレータには全三二人分の兵士の姿が

半透明のホログラフで浮かんでいた。一六人ずつ二つの陣営に分かれている。地形、気候、兵站《へいたん》、兵器の種類まで指定して、机上戦を精密に3Dで再現可能にした最新鋭機だった。巨大な円形のシミュレータのむこうでは、三組二班の四人が戦闘コンピュータを操作している。

三組一班は崋山率いる三組二班と戦闘中だった。クラスのほかの班は、すでに敗退が決定している。この戦いで勝利を収めれば、夏の総合運動会の目玉である東島杯に、実際に三組を指揮して出場できるのだ。

シミュレータに広がるのは、海岸線と切り立った崖《がけ》だった。塹壕《ざんごう》のなかにサカシマ班の一六名は立てこもっている。タツオはいった。

「こちらの損害は？」

ジョージが冷静に報告した。

「戦死二名、戦闘不能三名。むこうには優秀な狙撃手がいます。戦闘終了時間まで残り一六分」

クニが塹壕のなかの兵士の頭を下げさせた。戦死者二はどちらもヘッドショットの一撃で倒されている。テルが叫んだ。

「このままだと判定にもちこまれる。損耗《そんもう》度の差で敵の勝ちだ。どうする？　サカシマ指揮官」

すでに戦闘を終えた残りの生徒たちがシミュレータをかこんで、はやし立てていた。夕食のおかずを賭けている者もいる。月岡教官は腕を組んで、じっと半透明の戦闘場面を眺めている。

ジョージがいった。

「ぼくとテルにいかせてくれないか。海側と山側から突撃隊を送る」

タツオはシミュレータとはいえ部下を死なせるのが嫌だった。

「損耗度があがってしまう。イチかバチかの勝負になるぞ」

テルが二〇〇メートルほど離れた敵陣地に、機関銃を撃ちながら叫んだ。

「どっちみち、このままじゃ敗北だ。おれにいかせてくれ」

敵は損耗度で勝っているため、防衛に努めているだけだった。時間切れの判定勝ちを狙っている。ジョージがいった。

「ぼくに四人。テルに八人を分けてくれ。先に海側から陽動をかける。戦闘開始から九〇秒したら、山から一気に駆け下りて、テルには敵を殲滅《せんめつ》してもらう」

またひとり味方が狙撃手に倒された。ヘルメットから血が噴きだして、軍服の背中をべたりと濡らした。ホログラフの映像でも、人の死は生々しい。クニが叫んだ。

「おれはどうしたらいいんだ?」

タツオは声を抑えていった。

「五分間でいい、全弾を撃ち尽くし、弾幕を張れ。突撃隊の援護だ」

テルとジョージはディスプレイのなかで、突撃用の兵士を選んでいる。

「ジョージは実際の戦闘でも、そんな無茶をするつもりなのか? 海側の突撃隊は全滅の可能性が高いぞ」

ジョージはにこりと笑った。

「そうかな。戦いはやってみるまでわからない。自分の命を大事にしてばかりの人間が安全だとは限らない。ときにもっとも勇敢に戦う者が、もっとも安全だったりするんだ。テル、準備はいいか」

テルがうなずいた。突撃隊の兵士は塹壕の両端に集まっている。タツオは叫んだ。

「発煙筒焚《た》け、援護射撃開始! 突撃隊の武運を祈る! 総員、いけ!」

勇敢に命令したタツオの手と額は汗に濡れていた。胃が痛い。指揮官とはこれほどつらく孤独なものなのか。タツオは歯をくいしばり、混戦状態に陥った戦闘シミュレータを見つめていた。

タツオは塹壕の後方になびく白い鷲《わし》の旗を見つめた。風が吹くはずのない3Dシミュレータのなかで、強い海風に吹き飛ばされそうになびいている。

三組一班の班旗の絵柄はクニの提案で決定している。白鷺はエウロペ連合進駐官の血を引くジョージの白い肌と明るい茶色の目のイメージなのだろう。この班旗を奪うか、敵を降伏させるか、戦闘不能にするかで勝敗は決定する。

ジョージがシミュレータを操作しながらいった。

「いってくる。カザンにひと泡ふかせてやるよ」

タツオはいった。

「兵は死なせないでくれ」

「わかってる。菱川班、突撃!」

ジョージが戦闘シミュレータで選んだ兵士はみな小柄で細く、スピードがあった。発煙筒と援護射撃が始まると、塹壕を飛びだし波打ち際に駆けていく。ひざの深さまで海水に浸かると、そのまま倒れこんだ。タツオは全員撃たれたのかと思い、心臓を冷たい手でつかまれた気になった。3Dホログラムの模擬戦とはいえ、自分の分隊の兵士が撃たれるのは、実に嫌なものだ。


ジョージが指揮する四人は顔だけ水面からのぞかせ、低い姿勢を保ったまま、敵の陣地にむかっていく。74式突撃銃は過半数の部品が強化プラスチック製で、海水に浮くほど軽量だ。

塹壕の反対側でも、テルが率いる決死隊が切り立った崖の縁に張りついていた。テルが選んだのは自分とよく似たがっしりとした力の強そうな兵士たちだった。塹壕に据《す》えられていた二丁の機関銃のうちひとつを部品にばらし、手分けして携行している。

あの機関銃が決め手になるだろう。東園寺崋山が指揮する二班の塹壕を望む高台から、大量に銃弾をばらまけば、それで戦闘は終了だ。問題は残された時間がわずかなことと、重い機関銃をもって崖をのぼる兵たちの動きが遅いことだった。

カザンの二班には浦上という優秀な狙撃手がいる。強い海風が横殴りに吹きつけるなか、二〇〇メートル離れた敵の頭を正確に撃ち抜けるのだ。山側でひとりの兵士が腹を撃たれた。倒れこんだ兵が落とした弾薬箱を別な兵が拾いあげ、険しい崖にとりついていく。ひとつの目的のために命のバトンを渡したのだ。タツオは叫んだ。

「敵陣中央、スナイパーを狙い弾幕を張れ！　簡単に撃たせるな」

塹壕のなかから突撃銃と機関銃の発射音が稲妻のように響く。ひゅんひゅんと弾が空気を切り裂く音が高く低くきこえる。これがシミュレータだとはとても思えなかった。タツオは全身汗だくだ。

海側の四人は無事に敵陣地の真横の海中まで、接近に成功した。山側の決死隊も、さらに二名の兵士を狙撃で失ったが、崖の中腹に機関銃を設置している。あそこから射撃できれば形勢は一気に逆転できるだろう。問題は時間だ。シミュレータの上空に浮かぶデジタルの数字は残り時間を四分四三秒と告げ、刻々と数を減らしていく。タツオは叫んだ。

「準備はいいか？　ぼくたちは絶対に勝つぞ」

塹壕内の援護射撃を指揮するクニが叫んだ。

「あたりまえだ。三組一班に負けはないぜ」

山のうえに機銃を据えたテルも叫んだ。

「見ろよ、やつら穴のなかでパニックになってやがる。いつでもいいぞ」

海から突撃するジョージが興味深そうにいう。

「サカシマ指揮官、敵の殲滅《せんめつ》を望みますか。それとも捕虜にしますか」

なにをいっているのだろう。まだこちらは数で負けているし、残り数分で敵を捕虜になどできるはずがない。だが、タツオは気がつくといっていた。

「できるなら、殲滅ではなく、捕虜か降伏がいい」

「そいつは無理だな」

返事をしたのはテルだった。

「おれが血に飢えてるって訳じゃない。カザンのやつは最後のひとりがくたばるまで闘いは止めないはずだ。あいつは部下の命なんて、どうでもいいからな。まして、こいつは戦闘シミュレータだ」

タツオは素早く状況を分析した。こちらは戦死者四、戦闘不能七。対してカザンは同じく二と四だ。崖のうえの機銃が火を噴いても、塹壕に隠れた全員を倒すのはおそらく不可能だろう。カザンのほうも死にもの狂いで反撃してくるはずだ。兵士の命の削りあいだった。むこうが降伏しないなら、勝負の行方はまだわからない。終了のチャイムが鳴ったとき、生き残っている兵士が多いほうが勝ちだ。

「命令だ。みんな、死ぬな。突撃！」

敵から離れた安全な塹壕のなかで指揮する士官のつらさがタツオの身に染みた。できるなら自分も銃をもって、前線にいきたかった。

ともに戦うから、仲間なのだ。

タツオの号令とともに、崖の機関銃から秒間三発の銃弾がばらまかれた。塹壕の砂と遮蔽物《しゃへいぶつ》のない兵士を撃ち飛ばす。波打ち際で立ちあがったジョージの部下が塹壕に駆け寄っていく。海側の端にいた敵の兵士が撃たれると、カザンの班の戦死者の数が増えた。

浦上は困難な上向きの射角から正確な狙撃を繰り返した。タツオのディスプレイで戦死者と戦闘不能者の数が一つずつ増えた。

残り時間は二分を切った。カザンの班の損害もほぼタツオと同数だった。このままでは勝敗は運任せだろう。タツオはこの戦闘が嫌でたまらなかった。おたがい勝負にこだわるあまり意地になり、部下の命を懸けて徹底した消耗戦を闘っている。実際の戦闘なら、さっさと撤退を命じているだろう。

そのとき、月岡教官の声と戦闘終了のチャイムが同時に広い演習室に響き渡った。

「そこまで。模擬戦は終わりだ」

タツオはまだ荒い息をしていた。残り時間は七六秒。時間なら残っている。カザンとタツオの戦死者は六名と同数。戦闘不能者でわずかにカザンの班が優勢だった。

テルが誰にともなくつぶやいた。

「いったいどっちが勝ったんだ？」

月岡教官が無表情に宣告した。

「勝者、一班。サカシマ指揮官、おめでとう。きみが三組を代表して、夏季総合運動会で模擬戦の指揮を執《と》ることに決定した」

「くそー！」

演習室の向こうで、カザンがパソコンを床に叩きつけている。クニはそれを見ると中指を立てたサインを送り、タツオの肩を抱いて叫んだ。

「うおー、おれたちやったな！　だけど、どうやって一班は勝ったんだ？」

勝ったのは夢のようだが、自分でもよくわからなかった。タツオはそのとき3Dシミュレータのなかに発見した。ひとりの兵士が二班のサクラの班旗を高く掲げている。ジョージが指揮していた海側の突撃隊のひとりだった。照れくさそうにジョージがいった。

「みんな、戦闘に夢中だったからね。陽動をさらに陽動につかってみた。こんなにうまくいくとは思わなかったんだけど」

海岸線に送りこんだ四人の兵士のうち、ひとりをさらに敵陣後方に潜りこませ、全員が激戦に麻痺《まひ》していたなかで、班旗にアタックさせたのだ。模擬戦のルールでは敵を殲滅させなくとも、旗を奪えば勝利となる。

タツオはジョージの冷静さと勇気に感嘆した。ほんとうならこの男こそ、三組一班の指揮官にもっともふさわしい。だが、それを指摘してもジョージは受け入れないだろう。

テルがジョージに手をさしだしながらいった。

「おまえ、シミュレータをいじったな」

ジョージが頭をかくと、明るい栗色の髪がやわらかに揺れた。

「気がついた？」

「ああ、旗を奪った兵は突撃地点から、後方の岩礁まで七〇メートルは潜水でいっただろ。一度も息継ぎをせずにな。誰にも見つかる訳にはいかない。あの重装備で74式をもって潜水だぞ」

タツオはびっくりした。クニも口をおおきく開いたままだ。テルは冷静にいった。

「休むことなく岩場の奥に上陸し、全力疾走で砂地を駆けて、終了時間直前に旗を獲った。並みの兵士にできる技じゃないだろ」

誰も気づかないうちに、ジョージはそんな実現不可能に近い離れ技をさせていたのだ。クニが不思議そうにいった。

「いじるって、どういうことだ」

タツオも思いだしていた。戦闘シミュレータの裏技だ。テルがいった。

「兵士ひとり分だけ、自分の体力や持久力、それに射撃成績や戦闘訓練の数値を上書きできるんだ。自分と同じ能力をもつ兵士をつくれる。手間がかかって面倒だから、ほとんどの生徒はやらないんだけどな。むこうの浦上も模擬戦の前半はぜんぜん撃ってこなかっただろ。やつも裏技を使ってたんだ、きっと」

戦闘中、ジョージに命令をくだしても、即座に実行に移していた。あの命がけの戦闘の最中にひとりで、戦闘シミュレータを操作していたのだ。

クニがジョージの肩を叩いていった。

「おまえ、ほんとにすごいな。あの激戦のなかで、シミュレータのハッキングかよ。歴代の天才を越えたんじゃないか」

東島進駐官養成高校では、開校以来、天才と呼ばれる生徒が十数人存在した。全員が将官まで昇進している。タツオの父・逆島靖雄中将もそのひとりだ。

テルが首を横に振っていった。

「おいおい、すごいのは裏技じゃないだろ。さっきの兵士はジョージの数値でつくられてるんだぞ。ということは、実戦でもジョージにはあれくらいのことは実現可能だってことだ。さっきのは第一桜花勲章《おうかくんしょう》ものの活躍だ」

そのとおりだった。ジョージの戦術眼と抜群の体力が、シミュレータとはいえあの兵士のなかに注ぎこまれている。底のしれない力をもつ生徒だった。タツオはジョージに握手を求めた。

「戦闘を終わらせてくれて、ありがとう」

ジョージは笑っていった。

「指揮官の命令に従ったまでだ。タツオがあのとき殲滅戦を望んだら、ぼくの班も全員で突撃しただろう。そうなっても一班は勝っていたはずだ。生き残りはごくわずかだっただろうけどね。タツオが正しい選択をしたんだ」

クニがタツオとジョージの肩を抱いていった。

「なんだかよくわかんないけど、ジョージが味方でよかったよ。おまえだけは敵に回したくないぜ」

タツオもまったく同感だった。三組のほかの生徒たちが、一班のところに祝福にやってくる。あたりは歓声とハイタッチの嵐になった。

演習室のダブルドアをでたところに、カザンの二班が待っていた。カザンの怒りはまだ収まっていない。顔が赤い。

「これくらいでおれに勝ったと思うなよ。いつかおまえに思いしらせてやる。東園寺家と逆島家、どっちが上だか」

タツオはカザンをにらんだままいった。

「逆島家はもう近衛四家じゃない。くだらない家格争いは止《よ》せ」

カザンは鼻で笑っていった。

「そんな訳にいくか。璃子さまや瑠子さまのお気に入りになりやがって。落ちぶれたおまえなんかに出る幕はないんだよ」

カザンの双子の妹・サイコから聞いた瑠子さまの伝言を思いだした。璃子お姉さまを助けて。進駐官養成校とはいえ、タツオはただの高校生だ。皇室に手出しができるはずがなかった。カザンの声が変わった。

「菱川浄児、きみはタツオといっしょにいるような人間じゃない。うちの班にこないか。いつでもトレードに応じる。きみの知力と体力に、東園寺家のバックがつけば、トップのなかのトップが狙える。新たな近衛四家を起こすことも可能だぞ。いそぐ必要はないから、ゆっくり考えてくれ」

カザンはそれだけいうと、威厳を保ったまま背を伸ばし大股で去っていく。取り巻きが背後を固め、こちらに眼《がん》を飛ばしてきた。演習室を囲む緑から蟬《せみ》の声がやかましかった。いよいよ夏の盛りが近づいている。前期最大のイベントとなる期末試験と総合運動会はもうすぐだった。

22

進駐官養成高校に嫌な噂が流れていた。

お決まりの敵国スパイの噂である。常時戦時体制下にある日乃元皇国では、どんなにちいさな職場や学校でも、この噂を聞かない日はなかった。アジア系の美人が職場にやってくれば氾帝国の女スパイ、白系の男性ならエウロペ連合やアメリア民主国のスパイといった具合である。

この場合も、タツオが噂の中心だった。無理もない。学年一位のジョージはエウロペの進駐官を祖父と父にもつ。誰の目から見ても純粋な日乃元人には見えなかった。さらに期末試験を控えて、タツオの三組一班はほかの二班と組んで学習チームを組んでいた。スリランの第七班はウルルクからの亡命者の生徒がそろっている。こちらも明らかに外地の匂いがする。おまけになぜか天敵・東園寺崋山の双子の妹・彩子がいる一組二班までいるのだ。陰謀説を刺激するメンツに不足はなかった。

学習チームは自由時間のほとんどで行動をともにしていた。図書館に併設された学習室を予約し早朝から深夜まで勉強に励み、戦闘シミュレータで模擬戦の訓練をおこなう。進駐官養成高校の試験は通常の学校とは異なり、三分の一程度が軍事関連である。

開け放した窓から夜の蟬の鳴き声がやかましかった。養成高校では就寝時間を過ぎると冷房の電源が落とされるため、深夜の試験勉強では窓を開けるしかない。

「なんだよ、くそ暑いな」

クニが長髪をゴムでまとめ、下敷きで顔を扇いでいた。真夜中になり風が止んでいる。

「集中してくださいさい。鳥居さん」

クニが苦手な理数系を教えているのは、サイコの班の学年二位の秀才・幸野丸美だった。

「わかってるよ。でも、おれ、XとかYとかMとかGとか、方程式が大嫌いなんだ。ずっと見てると頭痛がしてくる」

サイコが冷たい目でクニをにらんだ。

「あんたの数学と物理の出来に、タツオの一班が学年一位をとれるかがかかってるのよ。死ぬ気でがんばりなさい」

「はいはい。おっかないお嬢さまだな。せいぜいがんばらせてもらいますよ。それだけいうなら、うちの班が学年一位をとれたら、東園寺家からなにかご褒美《ほうび》をくれよ」

サイコがシャープペンシルの先で頬を突いて、なにか考える顔になった。血色のいいやわらかな頬がペンシルの先で、わずかにくぼんでいる。

「いいわね、そうしましょう。学年一位がとれたら、うちの夏の別荘に全員招待する。全員で一週間滞在なさい。いいよね、タツオ」

急展開にタツオはとまどっていた。東園寺の夏の別荘は海と山とふたつある。子どものころはサイコとカザン、それにタツオはよく夏休みをいっしょに過ごしたものだ。タツオの逆島家でも、重要文化財に指定されるような木造の母屋《おもや》のある別荘をもっていたが、没落と同時に人手にわたっている。

「みんながいいなら別にかまわないけど、海のほうと、山のほう、どっち?」

クニが小躍りしそうな勢いでいった。

「それは海のほうだろ。海なら水着つきだ」

マルミが顔を赤くして、狙撃の名手・歌川亜紀はまったく無視、柔道の女子ジュニアチャンピオン曾我清子はてのひらでクニの背中を叩いた。たいして力をいれたようには見えなかったが、クニは背中を押さえて悶絶《もんぜつ》した。

「おまえの力はゴリラのボスのシルバーバックと変わんないんだから、ちょっとは手加減しろ。脊《せき》髄《ずい》が湾曲する」

サクランボの髪留めでツインテールにしたキヨコがにやりと笑っていった。

「わたし、整体も得意なんだよね。湾曲した背骨を一個一個正しい位置に治してあげる。そしたら、クニももうすこし日乃元男子らしくなるよ」

スリランの七班はにやにやと視線を交わしながら、クニと女子たちのやりとりを眺めている。クニはナンパで口が軽く、成績も一班の四人のなかでは最下位だが、不思議とその場の空気を軽やかで陽気にするムードメーカーだった。タツオはいった。

「テルとジョージはそれでいいのか」

テルは戦争の歴史書にアンダーラインを引いていた。

「タツオがいくなら、おれもいっしょにいく。なあ、戦争はアレクサンダー大王の時代からナポレオン軍まで、ほとんど進歩していないそうだ。二〇〇〇年だぞ、びっくりだな」

ジョージが日乃元の歌集から目をあげた。

「歩兵による集団戦で、補助的に騎兵を使用する。アレクサンダー大王の投石器と一九世紀の攻城砲、弓とマスケット銃なら、威力でも速射性能でも、紀元前のほうが優れていたはずだ」

サイコがあきれたようにいった。

「ジョージの頭のなかって、どうなってるの。その本だって今回の試験範囲じゃないよね」

「違う、これはぼくの趣味だ。ぼくも東園寺家の別荘にいってみたいな。夏休みの予定はなにもないんだ」

サイコが真顔でいった。

「エウロペには帰らないの。進駐官のお父さまがいるんでしょ」

ジョージは肩をすくめた。

「父は氾帝国との領土争奪戦で、ＭＩＡになったままだ。もう一〇年以上になる。ぼくにはほとんど父の記憶がない」

まったく同情などしていない様子で、サイコがあやまった。

「そう、おかしなことをきいて悪かったね」

気まずくなった空気を変えるように、クニが質問する。

「ジョージのお母さんは？」

ジョージはかすかに笑った。

「母は亡くなった。ちょっとむずかしい病気でね」

「おれも墓穴を掘ったな。ごめん、ジョージ」

「いいんだ。ひとりには慣れてる」

穏やかに笑いながら孤独に耐えるジョージがたまらなかった。あまりの優秀さゆえにエリート校の養成高校でさえ孤立し、頼りになる家族もいない。しかも母の国の日乃元では、どこにいってもスパイと陰口を叩かれるのだ。

自分ならジョージを孤独地獄から救いだせるのではないか。タツオ自身も逆島家のはぐれ者だった。できることなら、進駐官になどなりたくはない。タツオはいった。

「ジョージは完璧な生徒の役なんて、しなくていいんじゃないか」

きょとんと驚いた顔をして、白皙《はくせき》の混血児がいった。

「ぼくは別になにかの振りをしてるってことはないよ」

クニが混ぜ返した。

「なんだよ。おまえが生まれつき天才って話かよ。なんだか、おもしろくねえな」

キヨコが今度はクニの肩をつついた。

「あんたは天才じゃないんだから、ちゃんと努力しなさいよ」

学習室に笑い声が起こったと同時に、耳ざわりな電子音が鳴り響いた。クニが叫んだ。

「なんだ、空襲か」

壁かけディスプレイが瞬時について、ニュース画面を映しだす。女性アナウンサーは突然スタジオに呼ばれたようだった。イヤホンを片耳にさしながら、手書きの原稿に視線を落とし、読みあげた。

「緊急ニュースです。ラルク公国をご訪問中の羅子女皇さまと璃子皇女さまの車列近くで、数発の爆弾が爆発。自動車爆弾一台と自爆テロ二件により、死者は数十人にのぼりそうだと現地メディアは伝えています。璃子さまはご無事でしたが、羅子さまはご軽傷。お命に別状はありません。羅子さまは日乃元の国民に冷静に対応するよう求めておられます」

スタジオからＶＴＲ映像に切り替わった。

日乃元の旗を振りながら沿道の民衆がパレードを歓迎している。純白のリムジンが通りかかったところで、二名の女が警備員の制止を振り切り、リムジンの前に飛びだした。護衛官の銃撃によりひとりは撃たれて倒れた。爆発は起きていない。それを見たもうひとりのテロリストが天にむかってなにかを叫びながら、手のなかの起爆スイッチを握り締めた。リムジンの後部座席では窓をすこし下げて、羅子さまが手を振っていた。爆発は一瞬だった。女性の身体は上下にちぎれ、爆風があたりの人々をなぎ払った。

「いったいなんなんだ……」

タツオがつぶやいたときに、パレードの車列の十数メートル先で巨大な爆発が発生した。衝撃波でカメラが揺さぶられ、映像が乱れる。ジョージが冷静にいった。

「連携した複合テロだ。ただし、タイミングのあわせかたがまずかった。本命の自動車爆弾まで待てずに、テロリストが先に突っこんだ」

険しい目でジョージをにらむと、テルがいった。

「とにかくおふたりともご無事でよかった」

サイレンの音のなか人々が逃げまどっている。

血まみれの子どもを抱いた父親がカメラマンの横を駆け抜けていく。身体中にガラスの破片を刺し、ハリネズミのようになっているのは一〇代の少年だった。現場には大量の警備員が投入され、リムジンから人を遠ざけていた。

画面が再び切り替わった。今度はどこかのホテルのスイートルームのようだ。ソファに腰かけた羅子さまの顔は蒼白だった。

「日乃元皇国の国民の皆さん、わたしも璃子もだいじょうぶです。心配はありません。くれぐれも軽率な妄動《もうどう》は慎むように。繰り返します。わたしも璃子も無事です」

必死の目でそういった女皇の右のこめかみから糸のように細い血がひと筋流れた。

（……これはまずい）

タツオは直感した。女皇へのテロだけでもたいへんな問題なのに、テレビニュースで皇室の血が流されたことが日乃元中に広まってしまった。

「なんて、ことなの。羅子さま、璃子さま、ご無事で……よかった」

気の強いサイコが目に涙を浮かべている。タツオはそっとサイコの細い肩に手をおいた。

指揮官の声でいう。

「ジョージとスリランの班の四人は、明日の朝までこの学習室をでないほうがいい。女皇の流血という事態になったら、日乃元国民がどうなるか、ぼくにも予想がつかない。この高校のなかでさえ危険だ」

不安な一夜を三つの班は、学習室で過ごした。スリランとジョージが帰らないなら、サイコの班も寮の自室には戻らないといい張ったのだ。

明け方、緊急ニュースが流れた。

日乃元各地で外国人への襲撃が相つぎ、数百名の死者と負傷者が発生。日乃元政府はラルク公国の羅子さまからの要請を受け、戒厳令を発令。全国の主要都市に進駐軍を派遣し、治安維持に努めさせた。

テレビでは警備中の進駐官が映しだされるだけ

だったが、ネットの映像は容赦なかった。トラックに材木のように積みあげられる外国人の遺体とそれに石を投げつける子どもたちの映像が全世界に向けて広まったのである。

23

羅子女皇により発せられた戒厳令は三日間で解除された。日乃元皇国内で続発した襲撃事件により多数の外国人が死傷したため、被害を受けた各国から非難が集中した。日乃元のメディアも非難に非難で応酬する。外国との貿易活動や文化交流も一時的にストップし、日乃元皇国は孤立状態にあった。

東島進駐官養成高校の内部も重苦しい雰囲気につつまれていた。自由時間にテレビをつけると、どのチャンネルでも女皇を狙ったテロ事件とその後の外国人襲撃であふれている。街角には自分たちとさして年齢の変わらない若い進駐官が、自動小銃を肩にさげ立っていた。銃口が向けられているのは、植民地を奪い合う外国軍ではなく、日乃元の国民である。タツオの気もちは複雑だった。このまま養成高校を卒業して進駐官になれば、命令に従い、この仕事にも就かなければならないのだ。それがほんとうに進駐官の本分なのだろうか。

その夜は消灯時間が過ぎても、妙に寝つけなかった。頭のなかをさまざまな思いが駆け巡っている。自分とサイコを狙撃した犯人はまだ見つかっていなかった。深夜の行軍訓練で一班を襲撃した集団も謎のままだ。被害が逆島断雄ひとりにとどまるならまだいい。だが、班の仲間まで危険にさらすことには強い罪悪感があった。

「タツオ、起きてるかい？」

囁《ささや》くような声は、二段ベッドでタツオの上段に横たわるジョージからだ。

「ああ、起きてる。眠れないんだ」

妙に身体が熱っぽかった。窓辺には月の淡い光がさしている。外に広がるのは無人の校庭だ。ポールには今、なんの旗もさがっていない。

「今回の事件をどう思う？」

「驚いたよ。誰も犯行声明を出していないから、どの勢力が爆弾テロを起こしたのかもわからない。なにより日乃元の中枢が狙われたことがショックだ」

それが一般的な国民の反応だろう。ぎしっとベッドが鳴って、ジョージの声が降ってきた。

「それだけかい？　外国人襲撃については、なんとも思わないんだ」

女皇を直接狙ったテロに逆上した日乃元国民があちこちで、身近にいる外国人を襲っていた。皇国内でも連続してテロ行為が計画されている。つぎにバイオテロで狙われるのは上水道の施設、官庁街、放送局。外国のスパイによって原子力発電所も攻撃される。衛星放送でラルク公国の事件が流された直後から、そんな噂が人々のあいだに飛び交っていた。政府も治安活動を担当した進駐軍も必死に、流言飛語を打ち消したが、血迷った人々は、暗がりにまぎれて包丁やバットをさげ外国人を襲った。

数百人の死者が発生したという緊急ニュースが日乃元だけでなく世界に打電されたが、実際の死者は外国人と間違われた皇国民一七人をふくむ一六八人だった。

「なにも思わないなんてことはないよ。亡くなった人たちのことはもちろん気の毒に思う」

「ぼくがいいたいのはそういうことじゃない」

ジョージの声は月の光のように静かだった。

「日乃元の人間が、なんだかぼくは怖いんだ。普段は優しくて善良で思いやりも気配りもある。この国の接客やサービス業のレベルが世界でもトップレベルなのは有名な話だ。でも、一度大切なものを傷つけられると、てのひらを返したように徹底して逆上する。証拠もなく襲撃して、迷いもせずに殺害するんだ。タツオも例の貿易会社社長の話をきいたよね」

忘れられない悲惨な事件だった。ダリル・ランドール（四四歳）は日乃元の精密機器をラルク公国に輸入する代理店を経営していた。大学時代に知りあった妻エドナ（四二歳）とのあいだには三人の子ども。アンドリュー（一八歳）、ネヴィル（一六歳）の男の子ふたりと女の子のメロディ（一三歳）である。いつも仕事で世話になってい る極東の大国を見学させようと、夏休みに子どもたち全員を連れてきたのだ。

ランドール家が宿泊していたのは皇居に近い外資系ホテルだった。フロント係は危険だから、外出しないように注意したという。テロが発生したばかりで、みな平常心を失っている。日本語が達者な社長はていねいに断った。

「今夜の食事は予約をとるのが難しい日乃元料理の名店なんです。三ヵ月も前から楽しみにしていました。子どもたちにもこの国の文化の精髄《せいずい》を味わわせてあげたい。日乃元の国民はみな優しい人ばかりだから、だいじょうぶ。心配ありません」

夕食を終えたランドール家はホテルに帰る途中三〇人を超える殺気立った群衆にとり囲まれた。

おまえら、どこからきた？

ダリルは必死にごまかしたが、恐怖のあまり妻のエドナがラルク公国の名を漏らしてしまった。人々は凶器を手にランドール家の五人に襲いかかった。頭蓋骨骨折と全身挫傷。一家は全員惨殺され、ホテルからほど近い繁華街の路地裏にぼろ布のように放置された。

「ランドールさんの事件は忘れられない。ぼくがそばにいたら、なにをしても止めていた。襲撃された外国人に対しては、どの国の出身であるか関係なく申し訳なく思う」

しばらく返事がなかった。タツオは上段のマットレスを支える木組みを見あげていた。ジョージの声は痛々しい。

「今回のことで、自分が完全には日乃元の皇民じゃないのかもしれないと思った。やはりぼくには父のエウロペの血が流れているんだろうな。いつもは優しい日乃元の人たちの怖さを思い知らされた。あれが進駐軍なら、冷静に事態に対処したはずだ。でも、一般の人々は違う。あの襲撃犯だけじゃない。年寄りの政治家や無責任な週刊誌は、すぐにラルク公国に宣戦布告しろと、勇ましいことばかり叫んでいる」

女皇の一滴の血は、敵国一〇〇万人の流血であがなえ。警護にあたっていた者は、テロリストを根絶するまで日乃元の土を踏むな。メディアの論調は激しいものばかりだった。

その声はいきなりとなりの二段ベッドから響いた。低く太いテルの憮然《ぶぜん》とした声だ。

「戦争になどなるか。ラルク公国はエウロペ連合には非加盟だが、周辺にある小国だ。日乃元が戦争を起こすのは簡単だろうが、近隣国での戦闘をエウロペ連合が放置するはずがない。こちらが手を出せば、友好国の安全を確保するため、すぐにエウロペの進駐軍が派遣されるだろう。そんなことになれば、ひとつの国にリボンをつけてエウロペ連合にプレゼントするようなものだ」

ジョージは冷静だった。

「養成高校で学んだ者なら、誰でもそれは理解できるだろう。でも、普通の人たちはどうだろうか。一般人たちに選ばれた政治家はどうか。あいつらなら人気とりのために戦争くらいやりかねない。ぼくたちは進駐官になる。そうなれば、どんなに無意味で無謀《むぼう》な戦争も、断ることなどできないんだ」

四人はそれぞれのベッドで寝そべったまま上を見あげていた。天井の低さが胸を押し潰すように迫ってくる。黙っていたクニが小声でいった。

「ジョージは日乃元が嫌いになったのか」

かすかに淋しそうに混血の学年一位が答えた。

「いや、母の国だ。嫌いになどなれるはずがない。でも、今の世界の在り方には納得できない。もっとほかの生き方がないのかな。ぼくたちはこのまま永遠に戦い続けるしかないのか」

ジョージは夜の草原を吹き渡る風に乗せるよう

に、そっと囁いた。タツオにはジョージの願いがよくわかった。この世界に平和がやってくる日が、いつかほんとうにあるのだろうか。テルがいらついたように叫ぶ。

「確かにおまえは飛び切り優秀だよ。そいつは認める。だがな、たったひとりの進駐官になにができる。ジョージに世界が変えられるのか」

テルが起きだして、ベッドから両足をぶらさげた。おおきくて強い足で、床を踏みしめるといった。

「エウロペ連合も、アメリア民主国も、氾帝国も、ついでにいえば日乃元皇国も、どこも同じだ。技術的にはもう完全にいき詰って、新しいものなんて生まれない。同じものの大量複製だ。経済だってゼロサムだ。どこかが伸びれば、その分ほかの国が落ちる。天然資源と市場を求めて、植民地をぶんどりあうのが、今の世界の在り方だろう。戦わない国は、ただ奪われ没落していく」

テルのいうとおりだった。それが高度植民地時代における先進国の生存方法だった。他国から奪った分で、経済成長を成し遂げ、なんとか国民に豊かな暮らしを保障する。そのために世界中で、もっとも優秀な子どもたちを養成校に放りこみ、進駐官に育てあげている。自分たちはみなよその世界から富を奪うための国の先兵なのだ。

「おれは最後まで日乃元のために戦い抜く。その途中で、どこか外国の地で倒れてもかまわない。その金持ちや政治家じゃなく、この国の普通の人たちのために戦う。それがおれにとって進駐官の使命だ」

テルの目が明かりを消した部屋のなかで光っていた。なにかを熱烈に信じる、強いけれど危うい光だ。つぎに口を開いたのはクニだった。

「こっちは正反対だね。進駐官になれば、一五年で年金の資格がとれるだろ。そしたらさっさと退官して、どこか地方の役所で暇な仕事に就く。進駐官なら天下り先も選びたい放題だからな。それで若い嫁さんをもらって、子どもを、そうだな、ふたりくらい育てて、あとは平穏無事に暮らしたい。戦争で死ぬなんて御免だよ。なんとか生き延びて、あとはジジイになるまで楽してのんびり生きるんだ」

炎のように進駐官として戦い抜くという谷照貞。年金のためにつつがなく進駐官を務めあげ、あとは平凡で平穏な生活を望む鳥居国芳。同じ高校で学んでいても志望理由は様々だった。年金生活を夢見るクニがいった。

「なあ、ジョージ、やっぱり将軍とかになるつもりか。進駐軍を変えるにはトップに立つしかないだろ。おまえがやるなら、おれも応援するぞ」

ジョージの声はわずかに笑みを含んでいた。

「さあ、どうかな。自分でも決めかねている。進駐軍でトップを狙うか。それとも別な道を選ぶか。ただね、テル、きみがいった弱肉強食の世界の在り方だって、いつかは変わるんだ。どんな体制やシステムだって、永遠に続くものじゃない。そのときのことを考えておくのは、進駐官としても無駄にはならないはずだ」

テルの返事は冷え冷えとしたものだった。

「万世一系の女皇は日乃元皇国がある限り永遠に続く。皇紀はもう二七〇〇年を超えているんだぞ。おまえが口にしているのは不敬だ」

そういうとベッドに倒れこんでしまう。その場の空気を和《なご》ませるようにクニがおどけてみせた。

「で、うちの班の元近衛四家の次男坊は、どうして東島なんかにきたんだ?」

タツオはなにも答えられなかった。母と兄から勧められて、なにも考えずに養成高校を選んだ。今でも進駐官になることを迷っている。代々進駐官の家に育ったタツオは、テルのように国家のために尽くす気持ちもわかるし、ジョージのように戦争のない世界を求める気持ちも理解できるのだった。

「ぼくはなんとなく流れてきただけだ。意味なんかないよ。さあ、あと一週間で期末試験だ。もう寝よう。いい成績をとらなくちゃ、大学を滑ってどこか激戦地に飛ばされて、最初の任務で死ぬかもしれないんだぞ」

進駐官養成高校の成績はそのまま任官地に直結する。成績上位二〇パーセントの者と下位二〇パーセントでは、任官中の死亡率が三倍近くに開いていた。ここはただの学校ではない。成績がそのまま生死につながるのだ。明日からは死ぬ気で勉強しなければならない。タツオは無理やり目を閉じて、頭のなかを空っぽにした。

24

期末試験が近づくにつれて、養成高校には幽霊のような生徒が目立ち始めた。成績をあげるためには猛烈に勉強するしかない。一日のカリキュラムがぎっしりと組まれている東島では、人に差をつけるには睡眠時間を削るしかないのだ。睡眠不足でふらふらの生徒が歩き回り、あちこちにおかれたベンチで死んだようにうたた寝している。

ガリ勉も無理はなかった。

進駐官養成高校の成績は卒業後も一生ついて回る。将軍になろうと、同期からは学年で二七番目だったとからかわれるのだ。もちろん徹底した学歴主義の進駐官制度だから、昇進も半分は成績によって決められる。

残る半分は人がつくっている組織につきもののひいきだった。進駐官の昇進は上にいくほど上司からの強力な引きを必要とする。優秀な進駐官が佐官や将官クラスから抜擢を受け、飛び級で昇進するのはよく見られる光景である。その場合もちろん当人が優秀であるのは確かだが、抜擢する側のトップにもきちんと理由はあった。抜擢された若い進駐官は絶対に推薦者にノーといえない忠実な部下となるからだ。自分の影響力を残し、ほんとうに優秀な若者に大役を与えて過剰な速度で成長させる。エリートの進駐官のなかにも、さらに特急の昇進の道がある。

生徒のほうでも、そのシステムがよくわかっていた。自分の好みの教官に金魚の糞《ふん》のようにまとわりついてご機嫌をうかがう生徒が、養成高校内に大量発生している。陰では他の生徒たちにＰと呼ばれ、軽蔑されていた。教官お気に入りのペットのＰだ。タツオの班にはひとりもＰはいなかった。

月岡鬼斎教官はむきだしにされた金属製の義手が目立つせいもあって、生徒の人気が高かった。噂では軍の上層部に強いコネをもっているという。午後の授業にむかうため三組一班が渡り廊下を歩いていると、むこうから月岡教官ととりまきの生徒たちが集団でやってきた。すごい人数だ。二〇人近くいるのではないだろうか。

タツオは廊下の端に避けて敬礼した。ジョージもテルもクニも一列になって形よく敬礼する。この高校に入学して四ヵ月、なにも考えずに東島流のしゃれた敬礼ができるようになっている。月岡教官がいった。

「勉強のほうは進んでいるか、逆島」

通り過ぎるかと思っていた教官がいきなり足を止めた。とりまきの生徒たちが嫉妬の目でタツオをにらんでいる。Ｐはだいたいひどく嫉妬深いものだ。

「はい、なんとかがんばっています」

「そうか、よろしい」

月岡教官がとなりのジョージに目をやった。

「きみのほうは、どうだ？　菱川」

ジョージは月岡鬼斎と目をあわせずに涼やかに答えた。

「変わりありません」

月岡教官が笑った。この人が本気で笑うと、左手の義手のパーツがこすれて、カチカチと金属の音がすることにタツオは気づいた。

「夏季総合運動会はチャンスだ。進駐官のお歴々が当校まで足を運ぶのは、なにも暇つぶしではない。どの生徒が優秀か、実際に見て判断するのだ。誰がもっとも優秀で、誰がもっとも強いか」

教官はそこまでいうと、後方に従えた生徒たちに目をやった。この教官を慕《した》うくらいなので、身体のおおきな武闘派の生徒が多い。

「誰を自分の派閥に入れて、後継者に仕立て上げるか。菱川浄児、きみの名は将軍たちのあいだでも有名だそうだ。この一〇年でもっとも優秀な生徒かもしれない。成績が飛び抜けているだけでなく、軍事的天才の可能性もあるとな」

三組代表を決定する戦闘シミュレーションの結果は、全校で知らないものはなかった。ジョージはほぼひとりで劣勢を逆転し、敵の旗を奪ったのだ。ジョージの返答はそっけないものだった。

「ありがとうございます、教官殿」

「問題は相手ではなく、きみがどの派閥を選ぶかだ。一生を左右することになる決断だ。くれぐれも慎重にな。人との出会いは運命を変えるぞ」

「はい、熟慮します」

この人はジョージに自分の派閥に入れとはいわないのだ。無愛想で見た目は怖いが、やはり信頼できる。

「それから逆島、きみが三組一班の指揮官で間違いないな?」

なにをいいだすのだろう。タツオは勢いよくうなずいた。

「はい」

「いつまで菱川の陰に隠れているつもりだ。きみの成績にはばらつきがあり過ぎる。入学試験のときだけだ。人文系の学科で菱川より優秀だったのはきみだけだ。理系と戦史にもっと力を割《さ》けば、菱川とトップを競えるはずだ。お父上が泣いておられるぞ」

父はウルルクの首都攻防戦で死んでいる。遺体さえ見つかっていないのだ。タツオは歯をくいしばり耐えるしかなかった。月岡鬼斎がぐっとタツオに顔を近づけてきた。

「わたしが逆島靖雄中将に初めてお会いしたのは、この進駐官養成高校だった。声をかけられただけで天にも昇るようだった。あの方にお会いして、一生の運命が定まったと思ったものだ。逆島中将の下《もと》で数々の激戦をくぐり抜け、こうして片腕を失った」

ふっとため息をつくように笑い、月岡教官は右手でこつんと金属の義手を叩いた。

「後悔はまったくない。きみはまだ自分のほんとうの力に目覚めていない。さらに励みなさい。この夏、運命を決める出会いがあるかもしれないぞ」

タツオは「はいっ」と叫んで、再び敬礼した。月岡教官はクニとテルにはひと言も声をかけずに、渡り廊下を歩いていく。いや、テルにだけは目と目をあわせて、ちいさくうなずいたかもしれない。タツオにはよくわからなかった。クニがいった。

「いやー、月岡先生ってカッコいいなあ。あんな人ならPになってもいいかもしれない」

テルが肩をすくめていった。

「止めとけ。人使いが荒いって噂だぞ。それにまあ、なんというか」

タツオのほうを見て困った顔をする。タツオはいった。

「ぼくには気をつかわなくていいよ」

「ああ、近衛四家から脱落した元逆島派だからな。昇進や栄転の目はもうないって話だ」

ジョージが教科書を小脇にはさんで廊下の先にある特別教室にむかう。

「進駐官というちいさな組織のなかで、昇進とか、派閥とか考えすぎないほうがいいんじゃないか」

クニがちいさく叫んだ。

「おまえはいつもカッコつけすぎなんだよ。ちいさな組織っていうが、進駐官は一〇〇万人以上いるだろ。出世すれば、なんでもやりたい放題だ」

一〇〇万人以上いる進駐官のうちの一〇〇分の一。それが東島進駐官養成高校卒業のエリートだった。そのままエスカレーター式に進駐官養成大学に進学し、卒業すればすぐに進駐官少尉の地位を与えられ、年下の部下を多数もつようになる。

勉強も戦闘訓練も厳しいのは当たり前だった。

月岡教官のいうように自分にはまだ見ぬ潜在能力と可能性があるのだろうか。毎晩同じ部屋で眠っていても天才に違いないと確信できるジョージと互角に闘える力があるのだろうか。タツオはおぼつかない足どりで、ガラスの屋根が夏の日ざしを透かす渡り廊下を歩いていった。気がつけば蟬の声がやかましい。日乃元の夏だ。

25

期末試験は七月の第一週に全九教科、一教科につき九〇分の試験が三日間実施された。知力の限界を試す厳しい試験だった。一点でもよい点をとりたい、ひとつでも学年順位をあげたいという生徒の願いは熾烈《しれつ》だった。

勉強に自信のない者は必然的に不正に走るようになる。カンニングはどの教室でも普通に見られるものだった。当然、発覚した場合は厳しい制裁を受ける。試験終了後に営倉の窓のない独居房に一週間拘禁《こうきん》され、試験の成績は全教科で二〇パーセント減点される。

タツオの三組でも、東園寺崋山の班の関本皇司《こうじ》がカンニングを月岡教官に見つけられた。メガネのフレームに照射機をとりつけ、赤いレーザーで机の上に世界の決戦の年表を投影したという。カンニングは班ぐるみで行われることが多く、同じ班のカザンとその他二名は厳しい取り調べを受けたが、カンニングの証拠は発見されなかった。班の連帯責任ということで、一〇キロの長距離走と一〇〇回の腕立て伏せを三日間課せられただけである。

試験の翌週には成績が発表された。

東島では全生徒の成績が一番から最下位まで、本校舎ホールの掲示板に張りだされる。学年一位はおおかたの予想通り菱川浄児が圧倒的な成績でゲットした。二位には東園寺彩子の班の秀才、幸野丸美ではなく、見たことのない名前があった。

クニが不思議そうにいった。

「五王龍起？　タツオキって読むのかな。この新しい天才は誰だ？　入学式のときにこんなやついたっけ」

　テルがいった。

「噂じゃ、親のコネで転入してきたらしい。とんでもなく金持ちらしいからな。五王ときいてなにか思いださないか」

　タツオは自分の腕時計に目をやった。進駐官の制式時計には正五角形が二重になったロゴマークが刻まれている。

「あー、あの五王重工かよ。もしかして、あそこの御曹司《おんぞうし》。すげえな。一族で日乃元の資産の三分の一くらい持ってるんじゃないか」

　最先端の兵器から、自動車、電子機器、建設土木、火力水力原子力発電、医薬品、テレビ局、世界有数のポータルサイトなどタコの足のようにからみあった巨大企業を統合する日乃元最大の財閥《ざいばつ》だった。五王が沈めば日乃元も沈むといわれる一大帝国だ。アジア最大の軍需企業で、世界中に盛んに武器輸出もしている。クニがいった。

「この成績を見ると、悔しいけど実力はほんものみたいだな。親のコネとか財力だけじゃ、ジョージのつぎにはこられないだろ。しかしなんでそんな金があるのに、進駐官になんてなるのかな。おれなら家継いで、贅沢《ぜいたく》に遊び暮らすぜ」

　クニの背後に背の高いメガネの少年が立った。クニの肩を軽く叩く。

「ちょっと挨拶させてもらっていいかな」

　掲示板の前は広いホールになっていて、多くの生徒が集まっていた。ジョージは一目置かれていたので、周囲に自然にスペースができている。爽やかに笑うと、きれいな黒髪の少年がいった。

「初めまして、五王龍起《たつおき》です。コネではなく、ぼくはきちんと編入試験を受けて合格しているよ。親の仕事で、しばらくエウロペにいたので」

　タツオはタツオキとジョージを見比べていた。ふたりの少年は雰囲気がよく似ていた。ジョージが白で、タツオキが黒というイメージの相異はあるが、どこか質感が似ていた。穏やかで涼しげな雰囲気がありながら、底のしれない力や可能性を秘めている。抜群の切れ味を笑顔でくるんで、普通の人間のあいだに隠れているのだ。むきだしの優秀さや強さはかけらもない。同世代にこんな人間がいる。タツオは人の不思議が怖くなった。

「きみが菱川浄児くんだね。ジョージと呼んでもいいかな。お父上のことは残念だった。ぼくも子どものころ、お父上のトマス・ベーハーシュ・アルンデル卿《きょう》に遊んでもらったことがある。アルンデル将軍といったほうがいいのかな」

ジョージは顔色を変えなかった。ただ目の色が一段と深くなっただけだ。ジョージの父についてはは初めて名前をきいた。触れてほしくなさそうだったので、一班ではタブーだったのだ。

「そうかい、ぼくの父のことは軽々しく口にしないほうがいい。エウロペでは悪名高い反逆者だからな」

ジョージが歯をむきだして、五王重工の跡とりに笑いかけた。それは天才児、菱川浄児が初めて見せた獰猛《どうもう》な獣《けもの》の顔だった。

タツオはジョージの顔を見つめた。父親は全エウロペで名を知られた高名な軍人だったのか。五王財閥の御曹司がいった。

「アルンデル将軍、あるいは銀の悪魔、駆け抜ける死神。きみのお父上は電光石火の急襲作戦が得意だった。敵軍はその名をきいただけで震えあがったものだ」

温厚なジョージがひどく腹を立てている。身体のどこにも兆候はあらわれていないが、タツオにはよくわかった。ジョージは静かに怒る男なのだ。

「それがどうした?」

五王龍起はなにかをおもしろがる顔で、周囲を見まわした。期末試験の成績が張りだされたばかりのホールには、一年生のほぼ全員が集まっている。タツオキは銀のメガネを指であげると、一段と声を張った。

「軍略の天才といわれ、自らの機甲師団を率いて、数々の戦場で華々しい武勲をあげたアルンデル将軍が、その後どうなったか、知りたくはないか？　どうだ、逆島断雄」

ジョージだけでなく、自分にまでからんでくる。タツオキという少年の目的はなんなのだろう。頭ではそう考えながら、タツオもジョージの父が、なぜ悪名高いのか理由が知りたくてたまらなかった。

ジョージはこの場を静観している。クニはタツオと同じように興味津々、テルだけは周囲への警戒を解いていなかった。三組一班はすでに正体のわからぬ敵に襲撃されている。校内も安全とはいえないのだ。

ジョージは涼やかにいった。

「五王くんはよほどぼくの父に関心があるんだな」

タツオキが微笑んだ。メガネのフレームに天井からのダウンライトが点々と光っている。

「もちろんだ。アルンデル将軍は進駐官としてぼくの目標だからね。あんな人はもう今世紀中はあらわれることはないだろう。あこがれの人だよ」

生徒は黙ってタツオキの言葉をきいていた。この男には周囲を従わせる天性の威厳がある。

「一一年前、エウロペ連合軍と氾帝国軍は、バーレンハイムの山岳地帯で戦闘中だった。戦闘は膠《こう》着《ちゃく》状態を迎えて三週目、このままお互いにらみあったまま厳しい冬を迎えるだろうと予測されていた。あのあたりは真冬には零下二〇度をきる」

その決戦ならタツオも教科書で読んだことがあった。世界中の戦場の有名な会戦はすべて記録され、勝敗を分けた理由が解析されている。進駐官養成高校では、国語や数学と同じように欠かせない必修科目だ。

「アルンデル将軍は深夜、軍用の大型ヘリで山頂に特殊装甲車二三六輛《りょう》をピストン輸送した。夜が明けると同時に、ダウンヒル用にサスペンションを強化した装甲車が一気に山をくだった。五分の一の四八輛が運転を誤り、谷底深く転落していった。だが、残る一八八輛が山側の薄い防衛線を抜き、汎帝国軍の宿営地になだれこんだ。指揮所を落とし、司令官のリン・ガオタイ党中央軍事委員を捕虜にするまで、一五四分しかかからなかった」

はあーと生徒たちが一斉にため息をついて、誰もがジョージの父の武勲に感心しているのがわかった。当のジョージの顔色はまったく変わらない。

「その後アルンデル将軍はエウロペ連合軍に軍事委員を引き渡し、バーレンハイムの戦闘は終了した。だが、このあと戦史には残されていない機密がある。いい機会だから、きみたちも学んでおくといい」

タツオキの声が熱を帯びてきた。いつの間にか、五王財閥の跡取りの後方に、東園寺崋山ととりまき連中の顔が見える。にやにやと笑っているのが、嫌な感じだ。きっとジョージにはよくない秘密だろう。タツオはいった。

「そんな軍事機密を、こんなところで公開しなくてもいいだろ。話があるなら、ジョージとふたりだけですればいい」

カザンが口をゆがめた。

「やかましい、タツオ。人にきかれて困るようなら、自業自得だ。おまえは引っこんでろ。一班の名ばかりリーダーめ」

学年全生徒の前で、馬鹿にされた。タツオの血が逆流した。ここでカザンに決闘でも申しこもうか。決闘制度は日乃元だけでなく、世界中で法的に認められている。当局の許可を得て、正式な作法にのっとれば、たとえ相手を殺害しても罪にはならないのだ。それどころか屈辱をそそぎ、武勲を立てたと世間の賞賛を得ることになる。ジョージがタツオの怒りを読んで、その場を抑えた。タツオに囁《ささや》きかける。

「だいじょうぶだ、タツオ。あいつはすべてを話すまで止める気はない。ぼくからトップを奪い、誰が一年生のリーダーかはっきりさせたいようだ」

タツオキが芝居気たっぷりにいった。

「ここそとなにを話している。ぼくは事実しか伝えるつもりはない。別にかまわないだろう、菱川浄児」

ジョージが黙ってうなずいた。

「アルンデル将軍は、捕虜引き渡し後、エウロペ連合軍総司令官のライナー・マルフォッセ元帥を、部下に命じて射殺させた。元帥の無様な指揮で、エウロペの若き兵士一万二〇〇〇名がバーレンハイムで亡くなった。怒りはもっともだ。アルンデル将軍なら二時間半で片がついた戦闘を、自らの手柄とするために二〇日以上もかけたのだからな」

総司令官を射殺する？　そんなことが軍規上許されるはずがなかった。軍法会議の上、死刑か終身刑になるはずだ。タツオは急にジョージが心配になった。タツオキは淡々と続ける。

「アルンデル将軍はバーレンハイムの戦場で姿を消した。絶対の忠誠を誓う三〇〇〇人の精鋭とともにな。エウロペ連合軍最強の機甲師団と軍略の天才のその後は、一一年たった現在も不明のままだ」

三〇〇〇名の兵士に給料を払うだけでもたいへんな負担だろう。しかも兵にはつねに補給が必要だ。食料も、軍服も、兵器も、兵士には製造することができない。

ホールを不安げなざわめきが満たした。ジョージの父は、どこに消えたのか。兵士たちがどこで闘っているのか。謎は深まるばかりだ。タツオキが一度だけ手を叩いた。生徒たちが静まり返る。

「噂はいろいろとある。エウロペ連合正規軍の裏にある影の軍団になり、ひそかにエウロペ全体を支配している。現在はアメリア民主国のテロ対策特殊部隊に転身した。あるいは……」

ジョージが真夏に降る雪のような声をあげた。

冷たく熱く、意味を届けた先に消えていく。

「それ以上は止めておけ」

緊張が高まる。タツオキはジョージの制止など气にしていないようだった。危険だ。タツオははっきりとわかった。ジョージは自分と同じ一五歳で進駐官養成高校の一年生である。だが、自分とは比較にならない人生経験を積んでいる。もしかするとこの少年はこれまでに人を殺したことがあるのかもしれない。それは一度心を占めれば、決してゆるがせにできない真実だった。五王財閥の跡取りはにやりと笑っていう。

「別にかまわないじゃないか。どうせ、単なる噂だ。なにもぼくがいってる訳じゃなく、エウロペの進駐官ならみな知っていることだ」

たっぷりと間をとって、タツオキがいった。

「もうひとつ有力な説がある。アルンデル将軍は指揮下の精鋭三〇〇〇名とともに、トリニティに参加したのではないか。あの世界平和を狙う秘密結社にな」

あーっ、悲鳴のような声があちこちで漏れて、女子生徒のひとりが貧血で倒れた。「自由・平等・博愛」の三理念をうたう秘密結社「トリニティ」は、世界各地で反戦活動を行い、ときに直接戦闘に介入して、各国連合軍を敗走させることもあった。平和を訴えながら、圧倒的な軍事力を誇るのだ。世界を統一したのち、各国の軍事力を解体し、自分たちだけが唯一最強の軍として、平和になった世界に君臨するのだという話だった。

トリニティはどの国の進駐官、政治家、官僚、マスコミ、知識人にも根深く浸透して、影の権力を形づくっている。日乃元では当然、非合法組織として指定され、トリニティのメンバーであるというだけで、無条件の逮捕が可能な特別法が発令されている。氾帝国やエウロペ連合、アメリア民主国と各国からのスパイはいるが、もっとも恐れられているのはトリニティのスパイだった。

タツオキの口からその名前が漏れたとたんに、一年生が引き始めた。トリニティの名は青酸ガスのように効果的だった。進駐官の卵が恐れをなして散開していく。ジョージを悪魔の子でも見るようににらんでいく生徒もいる。タツオキは余裕の表情だった。

「おいおい、すべては単なる噂だよ。来週の夏季総合運動会が楽しみだ。順調に勝ち上がれば、逆島断雄、きみが指揮する三組と、ぼくが指揮する五組が決勝戦で当たることになる。誰が一年生のほんとうのトップなのか、はっきりとさせよう」

タツオキが一歩踏みだして、タツオに握手を求めてきた。タツオは気がすすまなかったが、その手を握った。日陰に潜む蛇のような冷たく湿った手だった。タツオキは耳元でいった。

「ほんとうはきみより、菱川浄児に指揮をまかせたほうがいいんじゃないか」

名ばかりリーダー、名ばかり班長、名ばかり指揮官という言葉が、何度も頭のなかで響いた。タツオは屈辱に頬を赤く染めながら、五王龍起が丸天井のホールを悠然《ゆうぜん》と立ち去るのを眺めていた。

26

一七発の祝砲が青空の静けさを打ち破り、進駐官養成高校の夏の一大イベントが華々しく開始された。貴賓席には軍の高官や高級官僚、政治家たちが白い礼服で顔をそろえている。あちこちで扇子が蝶のように閃《ひらめ》いていた。日陰でも三〇度を超える猛暑である。

豪華な貴賓席でひときわ目を引くのが、来賓として出席した皇女のふたりだった。日乃元皇国女皇羅子さまの長女・璃子さまと次女の瑠子さまである。皇位継承権はそれぞれ第一位と第二位、つぎの女皇はこのおふたりのどちらかから生まれるのだ。

璃子さまは飛び抜けた美しさで、国内だけでなく広く世界に名を知られていた。日乃元の女皇には数世代にひとり、その時代の全女性の美の基準となるような美人が生まれるという。璃子さまが当代一であることに疑いをもつ者は宮内省だけでなく、皇民一般にも存在しなかった。それはひと目璃子さまを見れば誰にでも納得できることだ。

肩に流れる夜の水のような漆黒《しっこく》の髪、明かりを仕こんだ白磁のように温かみのある肌、なによりも一度目をあわせた者は黒い瞳のあまりの深さと憂いに誰もが心を奪われてしまうのだった。だが、璃子さまは生まれつき虚弱で、気鬱の病があった。不安定な身体と心のせいで、公務を突然欠席されることもめずらしくない。東島の関係者は無事に璃子さまが臨席されたことで胸をなでおろしていた。

姉の璃子さまが冷ややかな月の皇女とすれば、妹の瑠子さまは太陽の皇女だった。髪は短く、顔にはそばかすが散り、明るく活発。それでいて、学業に関してはこの一〇〇年ほどの皇位継承者のなかでも抜群の優秀さだった。健康的にも精神的にも生来の弱点はない。

困るのは、妹の瑠子さまが高い身分に生まれた故にか、ひどく傍若無人なことだった。全校生徒が集合した開会式で、タツオの顔を見つけると貴賓席から手を振ったりする。

狩野永山校長の挨拶が終わり、つぎの式次第に移る間を狙って、瑠子さまが貴賓席の最上段から叫んだ。手をメガホンのように口につけている。

「タツオ、久しぶり。あとで、ちょっと話があるから、顔貸して」

貴賓席はざわついただけだが、校庭に散らばった養成高校の生徒たちはどよめいた。皇女から名指しで声をかけられる生徒が、自分たちのなかにいたのだ。クニはタツオの脇腹を突いたが、タツオは顔を真っ赤にしてうつむいてしまった。まったく瑠子さまときたら、子どものころとぜんぜん変わらない。自分が日乃元の皇女であることなど、まるで意識していないのだ。タツオは進駐軍式の行進でゲートを出るまで、決して貴賓席に視線をむけなかった。

東島の夏季総合運動会は、通常の高校のように一〇〇メートル走やリレー、大玉ころがしに綱引きといった競技ももちろん種目に含まれていた。けれど、なんといっても一番の名物は実戦さながらの模擬戦だった。通常の軍事演習は3Dのシミュレータでおこなわれたが、夏と冬の総合運動会では違う。

各クラスから選ばれた指揮官が、自分のクラスの生徒を部下にして、敵の陣地と旗を奪いあうのだ。使用されるのは実銃ではなく、弱レーザーの模擬戦専用の突撃銃と短銃だった。生徒の着る半透明の戦闘服には光感応式のセンサーが織りこまれ、身体のどこかにレーザーが照射されると生地が硬化して戦闘不能になる。身体の急所にレーザーが当たれば一発で戦死扱いだ。

午前中の戦いで、タツオが指揮する三組は四組と七組を立て続けに撃破した。といってもタツオだけの手柄ではない。副指揮官は菱川浄児と東園寺崋山。タツオが指揮するのは本陣を手堅く守る守備隊で、ジョージとカザンが指揮する突撃隊が敵を切り崩していく。優秀なのは、このふたりだった。

ジョージはもちろん文句なしの指揮振りだったが、意外なことにカザンも士官として手足のように自分の部下を動かしていた。性格が面倒なので、タツオはあまり近づかなかったが、さすがに近衛四家の男子である。タツオはカザンの力を見直していた。

午後三時から順当に勝ち上がってきた五王龍起率いる一年五組との決勝戦が予定されている昼休み、タツオが三組一班の四人組と大食堂で昼食をとっていると、東園寺彩子がやってきた。サイコは学年一の美少女なので、男子が圧倒的に多い養成高校では注目の的だ。カーキの制服のスカートを勝手にマイクロミニにしたサイコが、テーブルの脇で両手を腰に当てている。なんで、あいつばかりもてんだよ。どこか遠くの席で、誰かがぼやいた。

クニがそっとタツオの耳元で囁く。

「サイコの絶対領域にさわれたら、おれ、今日の午後戦死してもいいや」

つるりとしたゆで卵のような肌のしたに青く静脈が走っている。太ももなど男でも女でもさして機能的には変わらないのに、なぜ女子はこんなに輝いて見えるのだろう。

「タツオ、瑠子さまがお呼びよ。そんなものたべてないで、さっさときなさい」

「ちょっと待って」

夏季総合運動会のときは昼食も豪華だ。和牛のサーロインステーキに、めったにお目にかかれないマグロの大トロまでついてくる。午後は五王龍起が指揮する五組とのタフな決勝戦が待っている。タツオは残りの肉を口のなかに押しこんだ。

「なにをあわてているのよ。意地汚いなあ。そんなで指揮官が務まるの」

サイコはじっとタツオをにらんでから、視線を移した。とたんに口元に笑みがこぼれる。

「それから菱川浄児、あなたにもきてもらいたい。瑠子さまとお近づきになっておけば、絶対に損はしないから」

食事を終えて、コーヒーをのんでいたジョージは控え目にいった。

「ぼくは得をするかもしれないが、瑠子さまのほうが損になることもあるよ。いかないほうがいいと思うんだけど」

サイコは足を踏ん張り低く叫んだ。

「お父さまのことなんて、関係ないでしょ。ジョージはジョージで、タツオはタツオじゃない。つべこべいわずにさっさときなさい。瑠子さまは命令してるんじゃないのよ。あんたたちに友達としてお願いしてるんじゃない。女子のお願いをきかないような進駐官は、どんなに成績よくても、ただのクズだからね」

バーレンハイムの山岳戦で勝利を収めながら自軍の総司令官を射殺して逃亡したアルンデル将軍と、ウルルクの首都攻防戦で五万人の部下と玉砕した逆島靖雄中将。ジョージとタツオはそれぞれ、父親の汚名を背負って生きてきた。サイコは乱暴なところがあるが、人の心が読めない人間ではない。こんな形で励ましているつもりなのだ。きっといい進駐官になるだろう。

27

白樺《しらかば》がまばらに生えた裏山の斜面だった。瑠子さまはおつきの者も従えずに、ひとりで待っていた。目につかない形で、たくさんの警護官が周辺に散っているのだろう。それだけでも異例の事態だった。

「お久しぶりです。瑠子さまもお元気そうで、なによりです」

タツオがていねいにお辞儀をして顔を上げると、目の前に瑠子さまのそばかす顔があった。しばらく見ないうちに、女性らしくかわいくなっている。美人タイプの姉の璃子さまとは異なるが、アイドルにしても十分通用する愛らしさだった。

「こっちこそ久しぶり」

どすんと重い拳がタツオの胃に突きこまれた。間一髪腹筋に力を入れて受ける。瑠子さまが顔を崩して笑った。

「へえ、タツオもちゃんと鍛えてるんだね。お腹が鉄板みたい。弱っちかったくせに」

養成高校に入学してから、一〇〇回程度の腹筋なら休まずひと息でできるようになっていた。瑠子さまはジョージのほうに向き直ってゆったりと会釈《えしゃく》した。女皇の一族という高い身分のせいか、それだけで上品さがあたりに匂い立つ。

「瑠子です。変わった家なので、名字はありません。あなたが菱川浄児ですね。タツオを守ってくれて、ありがとう。噂はサイコからきいています」

ジョージも東島流の最敬礼で応えた。

「皇位継承者から直接お言葉をいただき、光栄です。タツオ当人は気づいていませんが、ぼくが守る必要もないくらい優秀で、勇気がありますよ」

瑠子さまとジョージが無言で見つめあっている。なにかおたがいに意思が通じるところがあるようだった。サイコがいった。

「お昼休みはあと一五分しかない。瑠子さま、さっさと話をしちゃいましょう。タツオはともかく、瑠子さまが遅刻したら大騒ぎになるんだから」

瑠子さまは淋しげな顔をした。

「久しぶりに幼馴染みと会っても、たったの一五分だもんね。皇族なんてめんどくさい仕事だなあ。ねえ、知ってる？　わたしの初恋の人って、タツオだったんだよ」

瑠子さまはそういうと、快活に笑った。タツオも懐かしく思いだす。あれは皇族と近衛家専用の桜花《おうか》小学校だった。

「入学式で、わたしがサイコのグループにいじめられていたの。ほら、六歳児なんて猿みたいなものじゃない。身分とか関係ないし。ちょっと目立っていたから、この人に目をつけられたんだ」

その光景は昨日のことのように覚えている。名門・東園寺家のグループ一〇人近くの子どもたちが、瑠子さまに詰め寄っていた。体育館の裏だ。サイコが困ったようにいう。

「ごめんね、かわいくて賢そうな子がいたから、先にちょっと締めておこうかなと思って」

瑠子さまが目をきらきらと輝かせていった。

「そうしたら、タツオがさっとわたしの前に立って、手を出してきた男子を三人あっという間に倒したんだ。あれは魔法みたいな速さだったなあ。タツオって昔はカッコよかったんだよ」

逆島家には一〇〇〇年以上昔から伝わる体術がある。体術というより、身体のなかを流れる時間を制御する生理的な技といったほうが正確かもしれない。タツオはあのとき生まれて初めて、その技を人前で使用したのだ。深夜の行軍訓練で謎の集団に襲われた際にも、秘伝の技をつかった。亡くなった父の靖雄に、切羽《せっぱ》詰まった生命の危機に際してしか決して使用するなといい渡された体術である。

「それで、わたしとサイコはその日から、タツオの応援団になった。近衛四家には一〇〇人近い子どもたちがいるんだけど、そのなかでもタツオは抜群だった。いつかタツオが近衛四家のトップに逆島家を押し上げる。みんな、そう噂していた。そのときはタツオをどっちが獲るか、よくサイコと口げんかしてたよ」

すべては逆島靖雄中将が軍規に反して、玉砕する前の夢のような物語だった。燃え尽きおちぶれたタツオは今、進駐官養成高校の不活性な生徒となりはてた。裏切りと転落は人を変えるのだ。

「昔話はもういいや。それよりほんとに困ってるんだ。うちのお姉さまは病気がちでしょう。で、わたしは健康だし、ちょっとだけ勉強もできる。それでね、宮内《くない》省にも進駐軍にも、政治家や財界のなかにも、次期女皇をお姉さまでなく、わたしにしようという動きがある。それも最悪のね」

白樺の林のあいだを冷たい風が抜けていった。養成高校は高地にあるので、猛暑日でも風は乾燥して冷たい。

「この前あったラルク公国の爆弾テロは、お姉さまを狙ったものだった可能性が高いと、わたしは思っている。犯人はきっとエウロペではなく、この日乃元にいる。タツオ、ジョージ、わたしはわたしの周りにいる人の誰を信用したらいいのかもわからない。みんな、わたしのことが大好きで、それでいき過ぎて、お姉さまを亡き者にしようとしている。あなたたちの力を貸してください。お願いします。姉を次期女皇に据《す》えるまで、わたしを助けてほしい」

日乃元の皇室を巻きこんだ極秘の陰謀。しかもそこには次期皇位継承者のナンバー1を暗殺しようという凶悪な手段まで含まれるという。タツオの背中に冷たい震えが走った。この秘密は進駐官養成高校の誰にも、口にすることはできなかった。それどころか日乃元の誰にも漏らせない。

タツオは生まれて初めて死ぬまで胸の奥深くに

抱える秘密を、幼馴染みの皇女から手渡されたのだった。

28

決勝戦の一時間前に一年三組の精鋭三二名は競技場に集合した。競技場の広さはサッカーのピッチの倍ほどあり、周囲を観客席がとり巻いている。グラウンドには砂が撒いてあり、あちこちに岩が転がっていた。雑草も点々と生えた荒涼とした平原の雰囲気だ。一五〇メートルほど離れて塹壕が掘られ、その背後にはクラス旗を揚げるポールが空を刺している。

「なあ、タツオ、今度はどんな作戦でいくんだ」

クニが敵部隊に目をやった。五組の生徒たちも競技場の反対側に集合していた。弱レーザーの模擬銃を使用するので、軍服も光線を透過するフィルムのような素材だった。夏の午後の日ざしに、敵の兵が遠い海のようにきらきらと光っている。

タツオは目を細め対戦相手を眺めていた。あの五王龍起はどんな作戦を立ててくるのだろうか。

「カザン、五組は勝ちあがってくるまで、どんな手を使っていた？」

戦術分析ならここにいるメンバーで最も優秀なのは、東園寺崋山だろう。タツオと同じように小学生のころから、世界各国の軍事史を学ばされている。近衛四家ならば当然の帝王学だった。

「とくに斬新な戦術は見あたらなかったな。オーソドックスに陣を固めて、突撃隊を組織し送りだす。うちと同じように一〇名の兵を二分隊で敵陣に向かわせた。残りは本陣の死守と援護射撃だ。五組には二人ばかり腕のいい狙撃兵がいる。そいつがやっかいそうだった。それと、菱川」

カザンに名前を呼ばれて、競技場を観察していたジョージが振り向いた。

「クラス旗を守るために、やつは三人ポールにつけていた。前回みたいに旗だけ奪って、それでおしまいというのは不可能だぞ」

苦々しげな表情でカザンがそういって、競技場の地図に赤いペンでバツ印をつけた。軍事テクノロジーは進歩しているが、戦闘前の作戦会議ではいまだに紙の地図が使用されている。ここで決定されたことは各兵士がもつコンピュータで、即座に共有されるのだ。ジョージがかすかに笑った。

「わかっている。今回は隠れる浜辺もないし、そんな無茶はしない。タツオ、どうする？　攻めるか、守るか」

三二名の兵士を自由に動かし敵と戦い、敵を全滅させるか、敵指揮官を拘束するか、クラス旗を奪うかすれば、勝利は確定する。競技時間は四五分間。時間切れになれば、兵の損傷度による判定に持ちこまれる。

ひとりの人間が全力で動ける時間はせいぜい数分間である。それも二、三回が限界だろう。突撃のチャンスはそのくらいしかない。

「手堅く守るほうがいいんじゃないかな」

ジョージがそういうと、カザンが赤鉛筆を地形図に放り投げた。

「なにいってんだよ。こいつは模擬戦だ。誰も死なないし、怪我もしないんだぞ。進駐官のお偉方が亀みたいに陣地にこもってるガキの戦闘なんて見たいと思うか。派手に戦うのが、養成高校の伝統だろうが」

カザンの意見にも一理あった。勝敗も大切だが、半分は夏季総合運動会の出し物である。客を楽しませるエンターテインメントも欠かせなかった。テルが低い声でいった。

「そのとおりだ。ここでいいとこを見せておかないと、おれたちの実力をお偉方に見せつけることもできない。華々しく戦うべきだと思う。おれたちの今後のためにも」

タツオは空を見あげた。夏の青空には噴きあがるように積乱雲が浮かんでいる。ここで三組が勝とうが負けようが、この世界はなにひとつ変わらない。人間の戦いなど、あの雲ひとつ動かせないのだ。

「わかった。四五分間の戦闘を半分に分けよう。前半の二五分間は耐えて守る。後半の二〇分は攻め抜く。ジョージとカザンは一〇人ずつ連れて、突撃隊を組んでくれ。自分の使いやすい副官を選んでくれ。四分隊で敵を攻める」

「指揮官はそれでなくちゃな。兵隊をやる気にさせるのも、おまえの仕事だ」

テルがそういって、タツオの肩をたたいた。続く数分で作戦会議は終了した。ジョージの選んだ副官はクニ、カザンは自分の班から背の高い浦上幸彦を指名している。タツオはクラスメイトを集めて最後にいった。

「戦闘開始まであと一〇分だ。各自準備をしてくれ。ぼくたち三組は、この決勝戦に勝利する。どのクラスが学年最強か、全校生徒と進駐官のお偉方に思い知らせてやろう。三組、奮闘せよ」

自然に腹の底から声が出ていた。こんな戦いなど愚かしいものだが、ちっぽけな人間の誇りと希望がかかっていた。模擬戦の結果は学年順位にも相当の重さをもって反映されるのだ。クラス全員の声がそろった。

「三組、奮闘せよ」

半透明の戦闘服の生徒が散らばっていく。小柄な少年がひとり、タツオの前にやってきた。頬が赤い。まだ中学生のようだ。直立不動で少年は敬礼した。この生徒の名前は確か、五十嵐《いがらし》高紀《たかのり》、学年順位は三四番、得意な科目は数学と外国語だったはずだ。運動能力はDだ。生徒はすべて基礎体力を数値化され、五段階評価されている。タツオは自分の部下になった三組全員の学力と体力の記憶に努めていた。誰が戦闘のどんな局面で使えるか、把握しておかなければならない。

「逆島指揮官、お時間よろしいでしょうか」

「敬礼を解いてくれ、五十嵐くん。すこしならかまわない」

五十嵐は右手を下げたが、直立不動のままだった。

「わたくしの父は逆島靖雄中将の指揮下でクンコ

ウ上陸作戦を闘いました」

　クンコウは氾帝国南部の軍港だ。あの作戦は日乃元の進駐軍が見事な勝利を収めている。

「そうだったのか。お父上は元気か」

　五十嵐は胸を張っていう。

「はい。あの戦闘で左脚のひざから下を切断しましたが、今は故郷の図書館で元気に館長を務めています。この挨拶は父からの命令です」

　戦争があれば、必ず死者と負傷者が生まれる。無傷で勝利できる戦いなど、地上のどこにもなかった。

「逆島中将についてあれこれと不名誉なことをいう連中がいるけれど、タツオさんはそんなことに負けずに立派な進駐官になってください。父はそう申していました。中将を直接知る人間は、みな心から感服していた。進駐官としても、人間としても、ひとりの男としても、あなたのお父上は最高だった。もしタツオさんの指揮下で闘うことになったら、そう伝えるように言づかってきました」

　タツオは思わぬ伝言に胸が熱くなった。あの父にも味方がいたのだ。その数は決してすくなくはなかったのかもしれない。クニが五十嵐の肩を抱いていった。

「おまえ、いいやつだな。なんならテルをはずから、おまえが一班に入れよ。おれの弟分にしてやるからさ」

　テルが太い脚でクニの尻を蹴りあげた。見事な回し蹴りだ。クニが尻を抱えて跳びあがった。

「冗談だろうが、この馬鹿力」

　タツオは笑いながら、友人のおふざけを眺め考えていた。五十嵐はジョージとカザンの突撃隊には選ばれていない。足が遅く、持久力に欠けるのだ。

「五十嵐くんは本陣に残って、ぼくの身を守ってくれ。敵も必死で狙ってくるからね」

　狙撃手の一撃が指揮官を倒せば、それで敗北だった。五十嵐は目を輝かせていった。

「わかりました。全力で指揮官をお守りします」
最敬礼をすると小柄な少年は自分の班に戻っていった。

29

夏の日ざしが傾き始めた午後三時、戦闘開始の花火が東島進駐官養成高校の上空にあがった。見事な三尺玉が白い菊の模様を散らしていく。タツオの三組は全員が塹壕で息をひそめた。前半は耐えて、兵の損耗を最小限に抑える作戦だ。精密射撃の得意な生徒にだけ、敵塹壕への狙撃を命じている。

ひゅん、ひゅんと敵の突撃銃の音が頭上を飛んでいく。腹にずしりと響くのは、各クラスに三丁配布された狙撃銃の低音だ。模擬銃なので実際に銃弾は発射しないが、三次元音響のサウンドシステムが競技場には設置してある。レーザーだが銃声は本物と変わらなかった。

腰ほどの深さの塹壕に身を潜めて、双眼鏡を使う。真っ先に敵の変化に気づいたのはジョージだった。

「タツオ、塹壕に動きがある」

無防備な兵士がふたり、こちらに身をさらしている。塹壕の右端だ。どういうつもりだろうか。

カザンが狙撃兵に命令した。

「狙え、照準確定後、各自撃て！」

一五〇メートルの距離は五倍スコープつきの72式対人狙撃銃ならば必殺の間合いだった。猛烈に暑い午後だが、夕焼け前で風はべた凪《なぎ》である。

ふたりの兵士は直立したまま、戦闘服を硬直させて倒れた。戦死を示す赤い三角形が巨大な電光掲示板のスコアに点滅する。クニが叫んだ。

「なんだよ、五王財閥のお坊ちゃんといっても、ちょろいもんだな」

敵からはなんの反応もなかった。二名の兵士が射殺されることは想定内のようだ。タツオは嫌な予感がした。五王龍起は明らかに準決勝までと戦い方を変えてきている。

　塹壕のなかからおかしな形の台車があらわれた。戦闘には手づくりの武器の持ちこみは認められている。誰も使用したことのないルールだった。塹壕から手が伸びて、戦闘不能になった二名を台車の前面に重ねておいた。

「あいつら死体を盾《たて》にする気だ」

　テルがうめくようにいった。硬直した二体の後方では狙撃手が伏射の姿勢をとっている。

　じりじりと台車の前進が始まった。ジョージが感心していった。

「なるほど。人の命をなんとも思わなければ、人体にもあんな使用法があるんだな」

　今度は塹壕の左端で二名が立ちあがった。こちらが撃たずにいると、タツオキが自分で突撃銃の引金を絞った。途切れることのない八連射で兵士の仮想の生命は失われた。台車に乗せられた死体の後ろにはまた狙撃兵。その背後では二名の兵士が匍匐《ほふく》前進で、エンジン代わりに台車を押してくる。

「左右に回りこまれたら、まずいことになる」

　タツオの本陣から盛んに銃声が響いたが、すでに戦闘不能になった兵士に命中するだけだった。カザンが吐き捨てるようにいった。

「五王はとんでもない作戦を立ててきたな。自分の部下の命を駒のように捨てて、最大の武器を生かしてきた。むこうの狙撃兵二名はインターハイで表彰台に上れるような名手だ。どうする、タツオ。このままじゃ、やられるぞ」

　クニが震えながら叫んだ。

「このまま塹壕にこもっていればいいだろ。敵はもう四名の戦死者を出している。うちが損害ゼロで四五分を乗り切れば、三組の勝利だ」

　タツオはタツオキの白い蛇のような手を思いだしていた。あんな手をした男が、そのつぎの手を打たずにいるだろうか。

　その銃声はほとんど聞こえなかった。タツオから数メートル離れたところで、戦況を観察していたクラスメイトが全身を硬直させて倒れた。塹壕のなかで埃が舞いあがる。

「吉岡くんが被弾しました。右側の狙撃兵からの精密射撃です」

タツオは叫んだ。

「全員、塹壕に伏せろ！」

スコアボードに赤い三角形がひとつ増えた。それはタツオが初めて経験する部下の死だった。シミュレータとは違う。八月の猛暑のなかなのに、おかしな汗と震えが止まらない。塹壕のなかに這いつくばっているクラスの友人たちが、必死に自分を見つめているのがわかった。

部下の命を預かる指揮官の責任は底なしに重かった。まだ戦闘開始から五分と経過していない。戦いはこれからだ。

30

（どうする、どうする？）


タツオは塹壕に伏せたまま、必死に考えていた。その間も頭上を狙撃用ライフルの重い銃声が駆《か》けていく。指揮官は孤独だ。あわてたり、迷ったりするところを部下に見せることはできなかった。タツオが不安を覗《のぞ》かせれば士気は下がり、最悪の場合命令系統が断裂し戦闘集団を維持できなくなる。そうなれば、進駐官養成校とはいえ、みなただの高校生に戻ってしまうだろう。タツオはクラスメイト全員の視線を痛いほど感じていた。決断の時間はもうわずかだ。時間稼ぎのために叫んだ。

「誰か敵の状況を確認してくれ」

洒落者《しゃれもの》のクニが塹壕にしゃがみこんで、頭上に手鏡をかざした。

「台車がじりじりとこちらにむかってる。距離は約一二〇メートル。左右から二台だ」

兵士の死体を装甲代わりに使用した台車だった。その背後には五組が誇る優秀な狙撃手が伏せている。台車を押すのは兵士二名。五王龍起が三組との決勝戦のために繰り出してきた秘密兵器だった。

「カザン、ジョージ、きてくれ」

塹壕の左右に散開していた副官を呼び寄せる。腰を折って駆けてきたふたりにいった。

「意見をききたい。この状況をどう評価する？」

カザンが間髪をいれずに叫んだ。

「どうもこうもないだろ。塹壕近くまであんな台車がきたら、おれたちはただの的だ。おまえが最初にいってた突撃隊を今すぐだそう。こっちも犠牲覚悟で突撃すれば、あの台車の狙撃手とエンジンふたりは潰せる」

ジョージが冷静に計算する。

「こちらの戦死者は現在一名。仮に敵の台車を殲《せん》滅《めつ》できれば、五組の戦死者は一〇名。こちらの犠牲を敵の半分に抑えられるのなら、その作戦は悪くないかもしれない。狙撃銃は各クラス三丁しか配備されていない。そのうちの二丁が使用不可能になる」

手鏡で敵陣を観察していたクニが叫んだ。

「むこうの塹壕でまた新しい動きがあったぞ。今度は四人だ」

四名の兵士の足元には左右の台車よりひと回りおおきな台車があった。銃声のなか立ちあがった兵士たちは台車の先頭にのぼり、腕を組むとおたがいにうなずきあい、オートマティック拳銃を自分の胸に当て、引金を絞った。銃声とともに四人の戦闘服は硬直し、立ったまま台車の前面装甲となった。後ろから残された狙撃手と突撃兵が二名、台車にのぼる。重くなった台車を押すのは六名の兵士だった。大型台車が模擬戦の戦場中央で進軍を開始した。クニが叫んだ。

「今度のはすごいぜ。戦車みたいだ。全部で一二人がかり」

敵の本陣には五王龍起をはじめとして、もう五名しか守備隊は残されていなかった。カザンが漏らした。

「徹底的な攻撃重視の作戦だな。さすがに五王重工の坊ちゃんだ。あるはずがないところに重装機甲師団をつくりやがった」

三組の塹壕は葬式のような雰囲気だった。このままじっとしていれば、左右と正面の三方向から狙撃手に狙い撃ちされるだろう。

「おい、タツオ！ 指揮官なんだろ。さっさと命令しろ。もう兵の命が大切なんていってられないんだよ。今いかなきゃ、見せ場がひとつもないまま三組は全滅だ」

不安げな視線が塹壕のなかをいきかっていた。兵士の士気は落ちている。

「おい、どうするんだよ。東園寺隊、突撃の準備をしておけ。タツオ、決断するなら、今だろ」

額や首筋を汗が流れ落ちていた。暑いのではなかった。全力を尽くして考えているが、まだ答えがでないのだ。犠牲者を最小限に抑えて、この戦闘に勝つこと。もう夏季運動会の決勝戦とか、進駐官のお偉方へのアピールなど、頭の隅にもなかった。部下を守り、なんとしても勝ちたい。あの五王龍起を打ちのめして、三組に優勝をもたらしたい。

「すこし時間をもらえないか」

そういったのはジョージだった。クニから手鏡を借りて、頭上にあげる。左右と中央に振り、ていねいに観察した。腹に響くライフルの射撃音とともに、ジョージの左手から鏡が落ちた。肩をすくめて天才児がいった。

「本物の戦場なら、今ので手首から先が吹き飛んでるよ」

硬直した左腕ではなく、右手で拾った鏡をクニに戻すといった。

「ぼくもカザンの突撃案に賛成だ。ただ正確なタイミングを計らなければいけない。右の台車が一番スピードがある。左は遅れ気味だ。さらに中央の大型車は重すぎて、のろのろとしか進んでいない。完全に塹壕を三方から囲まれたら、勝ち目はない」

戦闘地図を広げて、ジョージが三ヵ所の地点を指さした。

「おそらく作戦の目標位置はここだ」

誰が指揮官かわからなかった。タツオにはおかしなプライドなどないので、この戦闘に勝利するためには、誰が指揮をしてもいいとさえ思っている。ジョージに質問した。

「タイミングはいつがベストなんだ？」

ジョージはじっとタツオの目を見て、うなずいた。

「逆島指揮官、作戦プランはこうだ。右の台車が作戦位置に着く直前に、八名二班の突撃隊で攻撃する。時間差をつけて、左の台車を同じく突撃隊で攻撃する。援護のないまま先に敵陣に到着し、待機状態にある中央の台車を叩く。守備戦の王道だ。お父上はウルルクの首都攻防戦で、氾・エウロペ連合軍をこの手で散々苦しめた」

ジョージはタツオの父のことをどれくらい知っているのだろうか。あの人はいつも戦場にいて、家にめったに帰ってこなかった。いっしょに遊んでもらった記憶もない。父の顔を思いだすのは、アルバムのなかの写真のことが多かった。感傷にふける時間はない。タツオは決断した。

「菱川副官の作戦でいこう。突撃時間まであとどれくらいだ？」

ジョージは腕時計を見た。五王重工のロゴが渋く光っている。

「あと六分」

「ジョージの突撃隊で、右の装甲台車を頼む。二〇秒後、カザンが左を攻撃してくれ。それとジョージ、ライフルはむこうも72式対人狙撃銃だよね」

ジョージはタツオがなにをいおうとしているのか、わかっているようだった。敬礼してこたえる。

「はい、指揮官」

「突撃隊の最後尾に狙撃手をつけてくれ。敵の装甲台車を奪い、その後こちらの戦力として利用する。反転攻勢をかけるぞ。突撃隊の戦いに、この作戦の成否はかかっている。各自全力で闘い、生き抜いてくれ。時間までは休息だ」

ヘルメットを真っ先に脱いだのは、クニだった。頭をかきながらぼやいた。

「あー、ヘルメットって、蒸し暑いな。こんなもんのせいでハゲにでもなったら、女の子にもてなくなるだろ」

控え目な笑い声が塹壕をさざなみのように広がった。いい調子だ。指揮官はナンパな兵士にいった。

「ねえ、クニ。なにか歌をうたってくれないか」

「いいけど、なんでだよ」

「理由なんていいんだ。早くうたって」

クニがうたいだしたのは、その夏のヒットソングだった。戦場にいく恋人に、英雄になんかならずに生きて帰ってと切々と訴える恋の歌だった。反戦歌として放送禁止になったものだ。

クニがうたいだすと、塹壕のクラスメイトも歌に加わっていった。この突撃で何人かの兵士の生命が失われることだろう。実際の戦争なら、放送禁止の歌が一生で最後にうたう歌になるかもしれないのだ。戦闘が模擬戦であることなど忘れて目を赤くしている生徒もいる。塹壕から少年たちの歌が流れだすと、観客席の雰囲気が変わった。新兵器を繰りだした五組への圧倒的な応援が、三組にも流れてくる。

「タツオ、そんなやつ、ぶっ飛ばせ」

あれはサイコの声だろうか、それとも瑠子さまだろうか。同じ歌が三度目になったところで、ジョージがそっと指を三本あげた。

突撃まで残り三〇秒。

タツオは叫んだ。

「ひとりも死ぬな。生きて帰れ。ぼくたちは勝利するぞ」

少年たちの腹に響く蛮声《ばんせい》がもどってくる。

「おー！　三組バンザイ！　おれたちは勝利するぞー！」

タツオは頭上を見あげた。夏空は底抜けに青く、雲は見つめていられないほど純白だ。このクラスメイトと闘えてよかった。タツオは三組の部下たちを誇らしく思った。

ジョージの指が一本になった。カウントダウンが始まる。ジョージの後方に敏捷《びんしょう》な突撃隊の部下が整列している。ジョージの隊の副官は、先ほどまでヘルメットを脱ぎ長髪をなびかせて歌をうたっていたクニだった。

タツオは胸のなかで叫んだ。

(ジョージ、クニ、みんな、死ぬな!)

援護射撃が始まった。分厚い弾幕が右の装甲台車に集中する。

「突撃、ぼくに続け!」

ジョージが先頭に立ち、塹壕を飛びだしていく。目覚ましい速力だった。この光景を胸に焼きつけよう。タツオは混乱状態に陥《おちい》った競技場を、これ以上はない熱さと冷静さをもって見つめていた。

31

菱川浄児が率いる突撃隊四名がジグザグに身体を振り、右の攻撃用台車に駆け寄っていく。

「同じリズムで動くな。狙われるぞ」

ジョージが叫んでいる。硬直した死体を盾に用い、後方に狙撃手を乗せた右側面の台車までは八〇メートルほどの距離がある。タツオは塹壕中央から手鏡をさしだし、戦場の動きを観察していた。絶えず動き続ける突撃隊を捉えるのは、優秀なスナイパーでも困難なようだ。今のところ、被弾はない。援護の弾幕を張っているので、狙撃手も盾から身体を乗りだすことは不可能だった。

ジョージのステップワークはプロバスケットボールの選手のようだ。軽やかだが、敵の予測を許さない。先ほどの狙撃で左手が使えないので、右手に口径九ミリの77式小銃をさげている。タツオはもうハンドガンの力を信じていなかった。あれはせいぜい一〇メートルまで近づかなければ、当てることは困難だ。

「クニ、ジョージを助けてやってくれ」

五秒ほど遅れて、クニが率いる四名が塹壕を飛びだしていく。ほぼ同時にジョージの隊の一名が空中で身体を硬直させた。スコアボードに赤い三角形が灯《とも》り、兵士の死が確認された。こちらの死者は二名、敵は八名。だが、八名はすべて人間の盾として使用するために、敵リーダーの五王龍起が故意に殺害したものだ。距離が近づき、敵の狙撃手も調子が出てきた。続いてジョージの隊のもうひとりが打ち倒された。戦死者はこれで三名。

ジョージは快速でフィールドを駆けている。台車までの距離は四〇メートルほど。自動拳銃ではなく突撃銃なら、狙撃手も狙えるところだ。そこで急にジョージが浅いくぼ地に伏せた。

「全員、伏せ！」

なにがあったのだろうか。ジョージの隊の残された二名があわてて砂と岩だらけの模擬戦場に倒れこんだ。銃声は次の瞬間、連続して放たれた。スタンドから歓声が沸きあがる。

タツオにも事態がわかった。これまでエンジン役で発砲していなかった台車後方の兵士二名が、突撃銃をフルーオートで撃ちまくったのだ。敵の体勢の変化にいち早く気づいたジョージのお手柄だった。走っていれば、一斉射撃でかなりの兵を失っていただろう。

作戦に間違いはなかった。敵も孤立した台車に近づかれるのを嫌がっている。だが、事態が変わってしまった。台車は動きを止めたが、ちいさな要塞となり、火力が増強されてしまった。

「敵さんの手を使わせてもらうぜ」

叫んだのはクニだった。狙撃手に撃たれ、戦死者扱いのクラスメイトを抱き起こす。

「誰か手伝ってくれ。こいつを盾にして、台車に突撃だ」

半透明な模擬戦闘服は、鮮やかな赤色に変化していた。胸についた養成高のバッジが痛々しい。

身動きのとれない兵に、クニがいった。

「ちょっと荒っぽいが、おまえの身体、盾にさせてもらうぞ。晩飯のおかず、一品やるからな」

三人がかりで死体を前面に押しだしながら、じりじりとクニが前進を開始した。相手に考える時間を与えてはいけない。ジョージもクニも臨機応変に動けるのだ。タツオは自主的に戦局を打開していく優秀な副官の力を再確認していた。

「東園寺隊、突撃！　菱川隊に負けるな！　敵の台車に最初に乗りこんだ者には、東園寺家から特別賞与をだす」

まだ一五秒しか経過していなかった。戦闘中の時間は永遠のようだ。カザンが左側面の台車を目指し、塹壕から飛びだしていく。副官で背の高い浦上幸彦と部下の八名が一丸となっている。

こちらは突撃隊の主力をふたつに分けずに、多少の被害を出しても一気に装甲台車を奪う作戦なのだろう。気が強く、プライドの高いカザンらしい特攻作戦だった。自分は楕円形にフォーメーションを組んだ八人の突撃隊の中央部にいる。先頭の兵が狙撃を受けたが、突撃隊は硬直した仲間を乗り越え前進する。

「いけ、スピードが命だ」

カザンが叫んでいた。左台車のエンジン役も突撃銃を連射し始めた。カザンの隊は地面に伏せると、匍匐前進に移った。まだ距離は九〇メートル近くある。普通に走れるなら、重装備でも一五秒ほどの距離だが、戦闘下では絶望的な遠さだった。だが、カザン隊は諦《あきら》めていなかった。賞与が効いたのかもしれない。前方の兵士は必死に地を這っている。

「いけるぞ、みんな」

右の突撃隊に動きがあった。クニが台車の二〇メートルほどにまで迫っていた。死体の装甲を前面に低い姿勢を保ったまま前進していたのだ。焦った敵の狙撃手とエンジン役が集中砲火を続けている。発砲と着弾を知らせる音がスタジアムに鳴り響いていた。

「くそっ、おれもやられた」

クニが情けない声で叫んだ。赤い三角形が灯る。兵が死ぬたびに、観客席の進駐官のお偉方や生徒たちが下品な歓声をあげる。この残酷なゲームが楽しくてたまらないのだろう。

模擬戦とはいえ友人の死がつらかった。同じ班の仲間が死んだのだ。クニはタツオの気も知らずに叫んでる。

「おれの身体を使い、こっちの装甲を厚くしろ。やつらに撃つ暇《ひま》を与えるな」

手鏡を振ると、ジョージが駆けていた。ひとりきりで台車から円を描くように離れていく。目的はなんだろう。台車の真横二五メートルほどの位置に身体を隠せるほどの岩塊が見えた。クニの攻勢に台車の敵が気をとられているうちに、ジョージはその岩陰までたどりついた。硬直した左腕を岩に載せ、膝立《ひざだ》ちで77式自動小銃を構える。精密射撃の姿勢だった。

「菱川だ、気をつけろ」

敵エンジン係が叫んだ。ジョージに気づいた狙撃手が身体の向きを変え、前方投影面積を最小にしたジョージに正対する。距離は二五メートル弱。強力なライフル弾を使用する対人狙撃銃と九ミリの銃弾しか発射できない拳銃との一騎打ちだった。観客もフィールドの戦闘員も息をのんで、そのときを待った。

先に射撃姿勢をとっていたジョージがスコープを覗きこんだばかりの狙撃手を狙い、そっと二度トリガーを引いた。ほとんど身体の動きはなかった。電光掲示板に赤い三角形。狙撃手を倒した！　それも小型拳銃で。しかもこの生徒は左腕を負傷している。それは菱川浄児の新たな伝説が生まれた瞬間だった。防弾ガラスで囲まれ、エアコンの効いた貴賓席に並ぶ進駐官の将校たちがどよめきをあげた。

ジョージの精密射撃は止まらなかった。エンジン役の二名を狙い、それぞれ二発ずつ二回撃っていく。どんな射撃の名手でも同じところを狙うことはできない。狙いをつけたら二発ずつ撃つ。基本通りの流れるような精密射撃だった。台車の二名のエンジン役の兵士にも死亡フラッグが立った。観客席は大興奮だ。

引金から指を離し、拳銃を地面に向けて、岩陰からジョージが叫んだ。

「クニ、台車を頼む。こちらは足に被弾して、もう動けない」

「了解。誰かおれを台車の先頭に立ててくれ。やつらの大将があわてる顔を見てやりたい。こいつを反転させて、敵を攻撃する。狙撃手、乗れ。元気なやつは力一杯押せ」

反転した台車が敵陣地に向かって侵攻を開始した。タツオの塹壕から勝どきの声があがる。

カザン隊も半数の兵を犠牲にしながら、台車の占拠に成功したようだ。今度はこちらが攻める番だった。この借りは返さなければならない。

32

テルは守備隊の隊長だった。がっしりとした身体で塹壕に身を伏せ、戦場の観察に怠りがない。塹壕のなかでも銃声が激しいので耳元で叫ばなければならない。

「タツオ、なにか変だ。なぜ、敵のあの大型台車が沈黙してるんだろう」

左右の小型装甲台車は奪われた。敵中央の大型装甲台車には一二名の主力部隊が乗りこんでいる。そこから左右の先遣隊を援護する動きはなかった。五王龍起がこのまま引き下がるとは思えなかった。タツオは漏らした。

「やつはなにかを狙ってる。むこうの兵に焦りが見えない。まだ奥の手を隠してるんだ」

ぶーんとモーターの唸り声がきこえた。大型台車からラジコンのヘリコプターが飛び立った。自分たちで製作可能な武器なら、この戦場への持ちこみは自由だ。だが、ヘリコプターが実物の爆弾を落とすはずもなかった。物理的攻撃は模擬戦なので不許可である。

ヘリコプターはフィールドの半分を軽々と飛び越えて、タツオたちがいる塹壕の上空で静止した。

「あれを見ろ」

ホバリングしているヘリコプターの腹から銀色の風船がふくらんだ。夕日を浴びて、ぎらぎらと輝く。死と破壊をばらまく卵のようだ。大型台車から狙撃銃の銃口が突きだされた。その先は兵士ではなく空を向いている。なにかとてつもなくよくないことが起きようとしている。タツオは震えあがった。異変に最初に気づいたのは、またしてもジョージだった。

「身体を丸めろ。逃げられる者は塹壕から飛びだせ」

心のなかでぱちりと指を鳴らした。タツオはあの時間のなかにいる。外の世界の時間の流れと、この状態になった身体のなかの時間の流れはまったく別なものになった。逆島家に代々伝わる体内時間操作術。祖父は「止水《しすい》」と呼んでいた。

樹液に捕らわれた羽虫《はむし》のように、周囲の人間の動きがゆったりとスローモーションに見えた。タツオは引き延ばされた時間のなかで、ひとり素早く塹壕を飛びだし、岩陰に身を投げた。

大型台車の狙撃手が引金をひくと、電光掲示板に一気に六名分の赤い三角形が浮かんだ。テルが塹壕をはいだしてくる。

「足をやられた。いったい、あいつはなんなんだ」

ヘリコプターは三組のものになった左側面の台車に向かって、空を滑るように移動していく。腹にはあの禍々《まがまが》しい銀の風船がさがっている。

「模擬銃は弱レーザーを発射する。あの銀の風船はレーザーを広範囲に拡散させる凸レンズの働きをしたんだ。一撃でこちらは塹壕の六人がやられた」

タツオは自分の顔が青ざめていることに気づかなかった。塹壕のなかには撃たれたときのままの格好で硬直し、戦闘服を真っ赤に染めた兵士がごろごろ横たわっている。無事だったのはタツオと、小柄な五十嵐高紀だけだった。五十嵐がかん高い声で叫んだ。

「逆島指揮官、どうしますか」

あのヘリコプターが飛びまわっている限り、この戦場に安全な場所はなかった。五組と三組の死者の数は、先ほどの致命的な一撃でほぼ同数になっている。双方ともに兵の三分の一以上を失っているのだ。

テルが叫んだ。

「あんなの反則だろ。模擬戦用のレーザーじゃあ、ヘリを撃ち落とすこともできない」

反則かどうかなど気にしている場合ではなかった。ヘリコプターの操縦者を倒さなければ、一撃で死をばらまく必殺の兵器が三組の生き残りの頭上を襲う。テルがいった。

「ここから動けないから、狙撃銃をとってくれ。おれはできる限り敵を削ってやる」

タツオより先に、五十嵐が塹壕からライフル銃を拾い渡してやった。タツオは腕時計を確認した。残り時間は九分。旗を奪うなどといっていられなかった。ひとりでも多くの敵を倒し、スコアでリードして勝たなければ気が済まない。タツオは左右の突撃隊の生き残りに叫んだ。

「ここからは乱戦だ。なんとしても、敵の大型台車を作戦不能にせよ。ひとりでも多く生き残って、三組が勝利するぞ」

あちこちから腹に響く声が戻ってくる。まだ部下たちの士気は高い。テルが72式狙撃銃で大型台車のエンジン役一名を射殺した。小柄な少年を手招きして、テルがいった。

「五十嵐、おれはタツオといっしょにいてやれないから、おまえがこいつを守ってくれ。頼りないけど、うちのクラスのリーダーだ。頼むぞ」

タツオは部下への指示に忙しかった。テルがへルメットを寄せて、五十嵐にどんな言葉を伝えたのかよくわからない。

「誰か、ジョージに狙撃銃を運んでくれ」

ジョージの射撃の腕は証明済みだ。拳銃ではなく、五倍スコープ付きのライフルを与えれば、走れなくとも確実に戦力になるだろう。

もう岩陰で指揮をとるときではなかった。指揮官自ら前線に立ち、残りの全兵力で敵を叩き潰す番だ。

反則ぎりぎりのラジコンヘリコプターが頭上を飛び回るなか、タツオと五十嵐は、一二名の敵兵で固められた大型装甲台車が待つセンターフィールドへと駆けていった。

33

岩陰を出ると、銃声が一層激しく身体に響いてきた。飛び交う銃弾のすべてが自分を狙っているように感じられる。タツオは自動小銃を胸に抱え、小走りに左右にステップを踏みながら後方に叫んだ。

「右の突撃隊に合流する。五十嵐くん、続け」

レーザー拡散用に銀の風船を腹に下げたラジコンヘリが左の突撃隊に向かっていた。敵の指揮官は冷静だ。五王龍起はこちらの戦力を完璧に分析している。右の攻撃隊は指揮官のジョージが戦闘不能、クニが死亡。中央の守備隊はタツオと五十嵐以外は塹壕のなかで全滅。テルがひとりで狙撃銃を撃ちまくるだけだ。

三組に残された主な戦力は、東園寺崋山が率いる左翼突撃隊の七名だった。敵の死体を盾にした小型台車にとりついて、カザンの突撃隊は模擬戦場のほぼ中央に位置する大型台車に進軍していく。

「カザン、頭上に気をつけろ。レーザーが爆弾みたいに降ってくるぞ」

銃声だらけの戦場では自分の声が届いたのかもわからなかった。カザンが部下に命じて、死体の盾に新たな死体を斜めに立てかけ、その下に狙撃手とともに潜りこもうとしている。そこにヘリコプターが飛んできた。台車の五メートルほど上空に静止したスイカほどのおおきさの銀のバルーンは、狙撃手にとっては簡単な的だったことだろう。腹に響く銃声とともに、台車のエンジン係の四名と死体を動かしていた一名の兵士が拡散された弱レーザー光線の餌食になった。一撃で死亡フラッグが五つ立つ。左の突撃隊もカザンと狙撃兵一名を残すだけになった。

タツオは右の装甲台車に到着した。硬直して盾になったクニが叫んだ。

「おい、なにかいい手はないのかよ、指揮官。このままじゃ、おれたち全滅だぞ」

右翼突撃隊に残されたのは、タツオを含む五名だった。敵の五組は塹壕のなかに無傷の五名。大型の装甲台車がエンジン係の二名を倒しても、まだ一一名も残っている。それでもあのヘリコプターによるレーザーの空爆を止める以外に勝目はなかった。

「あのでかいのに突撃する。あいつをやらなきゃ、おしまいだ。みんな、全力で押してくれ」

タツオは狙撃手ひとりを残し、自分も台車を下りて、力の限りに押し始めた。五十嵐も突撃隊の生き残りも、地面に這いつくばったまま台車を押しこんでいく。舗装されていない砂まじりの地面を押していくのは、たいへんな重労働だった。

「タツオ、待て」

そう叫んだのは、岩陰に隠れ片手で狙撃銃を構えたジョージだった。

「それ以上、敵主力に近づくな。全員、その場で身体を丸めてくれ」

意味がわからない。ラジコンの攻撃ヘリコプターは、滑るようにこちらに向かってくる。もう十分に左翼突撃隊を無力化したと判断したのだろう。残るは指揮官のタツオと数名の兵士に過ぎない。戦闘終了まで、あと四分。タツオの勘はジョージが正しいと告げていた。理由を詮索《せんさく》する時間はない。

「総員、防御姿勢をとれ」

　タツオ自身も台車の後部で地面に伏せて身体を丸めた。その上にいきなり小柄な五十嵐が覆いかぶさってくる。

「なにをするんだ、五十嵐くん」

「さっきテルさんに頼まれましたから。逆島指揮官を守ってくれって。ぼくが盾になります」

　タツオは心を動かされていた。今日初めて口をきいたに等しいクラスメイトが、自分の命を投げだして守ってくれる。勝負はまだこれからだ。なんとしても勝利を収めたい。タツオは胎児のように身体を丸めた防御姿勢で、空を見あげていた。ラジコンヘリコプターは悠々と模擬戦場上空を滑ってくる。観客席は最後の殺戮シーンを期待して、最高潮の盛りあがりだった。

　銃声は止んで、やかましい観客席とは正反対にフィールドは奇妙に静かだった。そこに狙撃銃の野太い発射音が立て続けに響いた。真夏の稲妻のようだ。

　おかしい、まだこちらの頭上までヘリコプターは到着していなかった。観客席がどよめき、波を打つように揺れた。観客が手を打ち、足を踏み鳴らすので、模擬戦のフィールドまで揺れている。

　五十嵐が叫んだ。

「逆島指揮官、見てください」

　指さした先には巨大な電光掲示板。そこに新たに八つの赤い三角形が点滅していた。戦闘不能になった黄色の三角形も二つある。敵大型装甲台車は先ほどの狙撃で、一名を残し壊滅していた。タツオは銃声の鳴ったほうを振り向いて叫んだ。

「よくやってくれた、ジョージ」

　あの岩陰に潜んで、天才児は戦場を完璧に分析していたのだろう。予想を上回る戦果を挙げて、敵側は気が緩んでいた。一刻も早く戦闘を終わらせようと、左翼から右翼へまっすぐにヘリコプターを飛ばしてしまったのだ。自分たちの装甲台車の上をまっすぐに。

その戦場でジョージただひとりが、逆転を狙い、その時を待っていた。ラジコンヘリが大型台車の上空を通ったときに、オートマチックの狙撃銃で連続射撃した。あの距離で、ジョージの腕なら、もう精密射撃の必要もないくらいだっただろう。

ラジコンヘリは操縦者を失って、力なく地面に落ち、死にかけた昆虫の羽のようにばたばたとローターで砂埃をあげた。

「五組、死ねー」

左の台車に潜んでいたカザンともう一名が台車に突撃して、最後の生き残りにとどめを刺した。

これまでの決勝戦を数倍上回る壮絶な殲滅戦となった。敵五組は指揮官の五王龍起を含む塹壕のなかの守備隊五名、三組はタツオとカザンを含んでまだ七名の兵士が残っていた。

双方で戦力の四分の三を超える戦死者、戦闘不能者が発生していた。観客席の興奮は最高潮に達している。

戦闘終了まで、あと三分。タツオはこのまま七対五で判定勝ちするつもりはなかった。

「装甲台車、全力で押せ。敵本陣を攻撃、敵司令部を壊滅する」

「はいっ」

五十嵐が叫ぶと、力一杯台車を押し始めた。

台車の上で死体となったクニが叫んだ。

「最後の最後で、おれたちに運が向いてきたな。ありがとな、ジョージ」

左腕と足を撃たれたジョージは、勝利の場面を目撃することはできないだろう。あの岩陰から一歩も動けないのだ。

「待ってろ、五王財閥のお坊ちゃま」

クニがまた叫んでいる。何発かレーザーが当たったが、すでに戦闘服を硬直させた兵士には痛くも痒くもなかった。

敵の塹壕からは猛烈な銃撃が続いていた。あと三〇メートルほどの距離になったときだった。塹壕のなかから一丁の自動小銃が差し上げられた。

その先には白い布が巻かれ、ゆったりと左右に振られている。

「降参するのか、臆病者」

お調子者のクニが叫んでいる。完全に不利と見れば、あっさりと名誉を捨て降参する。五王龍起はやはり優秀な指揮官だった。こちらに奪った装甲台車がある限り、勝算はないと踏んだのだろう。

模擬戦場にアナウンスが鳴り渡った。

「一学年決勝戦、三組の勝利。スコアは七対五」

観客が総立ちになって、拍手している。タツオも台車の後方で立ちあがった。クニがいう。

「おまえも手を振ってやれよ。凱旋の指揮官だろ」

タツオはおずおずと手を振った。貴賓席でサイコと瑠子さまがちぎれるように手を振ってくる。

「危ない、タツオさん」

五十嵐が身体をぶつけてきた。ほぼ同時に銃声が響く。録音された音ではなかった。連続して鳴った銃声にあわせて、タツオの周囲で砂埃が飛び散っている。

(本物の銃だ)

観客席もパニックになっている。警備兵が防弾ガラスで囲まれた貴賓席になだれこんだ。一連の掃射が終わり、あたりに硝煙の匂いが流れた。地面に押し倒されたタツオは、頬を濡らす液体を感じた。生ぬるく、鉄の味がする。身体を起こすと、覆いかぶさった五十嵐が力なく地面に転げ落ちた。

「無事ですか、タツオさん」

タツオはうなずいた。

「だいじょうぶだ」

胸に開いた二つの穴から、クラスメイトの血があふれてくる。タツオは全力で射出穴を押さえ、五十嵐高紀の命が流れだすのを防ごうとした。

34

校庭中央に立つメインポールに日乃元皇国の国旗が半旗となって揚げられていた。夏の午後で風は死んでいる。だらりと垂れさがった紅白の旗のもと、白い棺《ひつぎ》が台車の上に載せられていた。棺を包むのは東島進駐官養成高校の校旗で、紺地に白く東園寺家と逆島家の家紋が抜かれ、カザンの祖父が揮毫《きごう》した立派な筆文字の校名が躍っている。

「総員、敬礼」

狩野永山校長の号令とともに、養成高校の全生徒が棺に納められた五十嵐高紀の遺体に敬礼した。制服のこすれる音は一発の銃声のように同時に響く。何人かの女子生徒がすすり泣いていた。

(泣きたいのはこちらだ)

タツオは歯をくいしばって、涙をこらえていた。涙を落とすような贅沢《ぜいたく》は自分には許されていなかった。五組との模擬戦で五十嵐はタツオをかばって死んだ。タツオの戦闘服はクラスメイトから流れた血にまみれた。できたばかりの友人はタツオの目の前で亡くなったのだ。夏休みになったら五十嵐の実家にいき、息子の最期を両親に説明しなければならない。それくらいのことしか、自分にしてやれることはなかった。

死者への敬礼が済むと、担任の月岡鬼斎教官がいった。

「三組有志、五十嵐高紀大尉の棺を霊柩車《れいきゅうしゃ》に」

養成高校を卒業すると、すぐに下士官扱いの少尉になる。訓練中の死亡事故で、五十嵐は二階級特進していた。まだ若い死者がそんなものをよろこぶとは思えなかった。

タツオが先頭に立ち、ジョージとクニとテルが続いた。さらに四名が加わり、棺を霊柩車後部に積みこんでいく。後部のドアが閉まると、クラクションが長々と鳴らされた。

「五十嵐」

「五十嵐」

「五十嵐」

四方から亡くなった生徒の名を叫ぶ声が飛んだ。タツオは敬礼したまま霊柩車が校庭を横切り、校門を出ていくのを眺めていた。

嚙み締めた唇の裏が切れて、口のなかに血があふれた。タツオはその血を飲みこんだ。五十嵐高紀を殺した犯人は必ず見つけだし、償《つぐな》いをさせる。胸の奥には堅い決意が生まれていた。

35

五十嵐を見送ったあと、いつもの四人は寮の部屋に集合した。タツオが招集をかけたのだ。

「なんだよ、話って」

普段は軽いクニが不機嫌そうにいった。クラスメイトを殺され、怒りに駆《か》られているようだ。

「この高校はどこかがおかしい。おおきな陰謀が渦を巻いてるみたいだ。春の狙撃事件に、夜間行軍訓練の襲撃、それに今回の狙撃事件。今までは高校側に真相究明と捜査をまかせておけばいいと、ぼくは思っていた。ぼくたちはただの進駐官候補生で、まだ一年生に過ぎない」

タツオは順番に三人の顔を見つめた。

「だけど、とうとう犠牲者が出てしまった。もうぼくの周囲にいる人間を傷つけたくないんだ。ぼくたちの手で犯人を見つけだし、正当な裁きを受けさせよう。五十嵐くんのことは、なんといったらいいのか……」

下段のベッドに腰かけたテルが、うつむいて絞りだすようにいった。

「半分はおれのせいだ。おれがあいつにタツオを守るようにいったから、あいつは自分の命をかけて無茶をした」

四人のなかでもっとも力の強い男がごつごつとした顔をあげた。目が赤い。

「おれはほんとにひどいやつだ。五十嵐には悪いけど、それでも死んだのがあいつでタツオでなくてよかったと、心の底では思ってるんだ。あいつは素直ないいやつだったけど、タツオの代わりになってくれた。まあ、よかったってさ。五十嵐は浮かばれないよな」

なにかを吐くように笑って、テルがタツオをにらみつけた。

「いいか、タツオ、犯人を見つけるために危険な仕事が必要なら、真っ先におれにまかせろ。おれは五十嵐に借りがある」

借りなら自分もあるといいたかった。タツオの借りは自分の命だ。そのときは、しっかりとうなずく。

「わかった。そのときは、真っ先にテルの名前を思いだすよ」

クニがいう。

「おれだって、危うく撃たれるところだった。こっちのことも忘れんなよ」

「ああ、ありがとう、クニ」

腕組みをして壁にもたれているジョージに声をかけた。

「ここまで判明している事実をまとめてくれないか。戦況の分析はジョージが一番だ」

明るい茶色の髪を両手でかきあげて、学年一位が語り始めた。

「模擬戦のフィールドには二台の銃撃ロボットが巧妙にカモフラージュされ設置されていた。五王重工の最新型で、遠隔操作で攻撃対象を選別し射撃する。対人地雷のように無差別ではないから、より人道的だとして世界中の戦線で導入が進んでいる兵器だ」

クニがつぶやく。

「くそっ、なんでそんなものがただの養成高校にもちこまれんだよ」

あの午後、模擬戦のスタジアムはパニックに陥り、夏季総合運動会は即座に中止された。皇位継承者のふたりは、速やかに防弾ガラスつきの貴賓車で高校を離れている。

ジョージの冷静な報告が続いた。

「今回狙われたのは、どうやら逆島断雄と東園寺崋山。この高校の創設者の子孫ふたりだ。死者は五十嵐高紀、負傷者は浦上幸彦。浦上は右大腿部に貫通傷を受けたが、命に別状はない。五十嵐と同じようにカザンを守ったためだといわれている」

カザンも自分と同じように自分自身を責めていることだろう。あのあとまだカザンとは話をしていなかった。

「遠隔操作の電波は学外で検知された。この高校では対スパイ戦の電子機器が整備されている。ここから二〇キロほど離れた山中の道路から、銃撃ロボットを操作していたようだ。たぶんミニヴァンにコントローラーを積んでいたのだろう。ということはかなりの財力と熟練した兵士を用意できる強力な勢力の仕業《しざわ》ということになる」

クニがちらりと周囲を見まわして、小声でいった。

「トリニティか？」

自由と平等と平和をスローガンに掲げる秘密結社だった。スローガンに反して強力な戦力を有している。

「わからない。進駐官内部の組織かもしれないし、もしかしたら軍並みの力をもつ五王重工という線もある。あるいは傭兵《ようへい》上がりの殺し屋の仕事かもしれない」

クニがいった。

「なんだよ、それ、スパイ小説じゃないんだぞ」

ジョージは冷静だった。

「ぼくは事実をいっているだけだ。どの作戦にもかなりの資金が注ぎこまれている。力のある組織による犯行に間違いない。進駐官のトップに近い人たちによる権力争いに、ぼくたちが巻きこまれてしまったのかもしれない」

不安そうにクニがいった。

「おいおい、そんなやつらが相手だとしたら、おれたち四人だけでなんとかなるのか」

ぱちんと拳を自分のてのひらに叩きつけて、テルが叫んだ。

「相手がどれだけ大物だろうが、おれたちで絶対に悪の組織を暴《あば》いてみせる。できるかできないかじゃない。やるしかないんだ。亡くなった五十嵐の顔を見ただろ。安らかな笑顔だった。やつは自分の仕事をちゃんと果たしたんだ。生き残ったおれたちも、自分たちの仕事を果たす。それが進駐官だろ」

その通りだった。タツオは黙ってうなずいた。クニもあわててうなずき返す。ジョージがかすかにおもしろがっている顔でいった。

「どちらにしても、ふたつだけ確かなことがある。まず最初に、敵は進駐官養成高校の内部に協力者をもっている。生徒なのか教官なのかはわからない。そうでなければ模擬戦スタジアムへの兵器の配置や一年生のスケジュールを把握するのには無理がある。もうひとつは敵のターゲットが逆島断雄だということだ。狙われたのはもう三度目。タツオのそばにいれば、敵は必ずつぎの襲撃を仕かけてくるだろう」

ジョージがにやりとタツオに笑いかけてきた。

「悪いけど、これからタツオにはプライバシーはなくなる。ここにいる三人の誰かがつねにきみのそばに張りついて離れないようにするからだ。できれば、ひとりでなく三人全員が望ましい。食事をしていようが、トイレにいこうが、入浴中だろうが、おかまいなしでね」

クニが混ぜ返した。

「おまえが女の子とデートするときは、おれがつきそうよ。キスの方法を教えてやってもいいな」

デートの相手などいなかったが、タツオはいった。

「ふざけるなよ。クニなんかに教えてもらわなくても、ぼくだってキスくらい上手にできる」

タツオは生まれて初めてのキスを思いだしていた。あれは小学校低学年のときだった。一日に二度のファーストキスを経験したのだ。相手は瑠子さまと東園寺彩子。どちらの順番が先だったのか、タツオは覚えていない。

そのとき、こつこつとドアをノックする音がした。

「逆島、菱川、いるか」

月岡教官のざらざらとした声だった。

タツオは立ちあがると直立不動で返事をした。

「はい、先生」

36

月岡教官に連れていかれたのは、貴賓用の会議室だった。楕円形のテーブルは長径が一五メートルほどあり、ぐるりと囲むのは黒革張りの贅沢《ぜいたく》な椅子《いす》三〇脚だった。

「入りなさい」

白の制服の男が立っていた。背が高く、ひどくやせている。とがった鼻は剃刀《かみそり》のように鋭かった。肩にも胸にも階級章がない。一般人だろうか。

タツオとジョージと同じように席につこうとした月岡教官に男が声をかけた。

「あなたは席をはずしてください」

左手の義手の先の指で、こつこつと軽くテーブルを叩きながら教官はいった。

「狩野校長から生徒の事情聴取に立ち会い、話をきいてくるように命令を受けている。この子たちを守るためにも、この部屋を出るわけにはいかない」

白の制服の男が気の毒そうにうっすらと笑った。

「狩野永山校長は確か少将クラスの階級だったな。わたしはそのさらに上からの命令を受けている」

携帯電話を抜くと、月岡教官にむけた。

「嘘だと思うなら、この番号にかけるといい」

月岡教官と剃刀の鼻をした男が静かににらみあった。教官は義手を鳴らしながら立ちあがるといった。

「これからきみたちが話すことはすべて記録される。十分気をつけて口をきくように」

教官は後ろも見ずに、豪華な会議室を出ていった。ドアが閉まると男がいった。

「現在、この会議室には電磁的なシールドをかけている。強力なジャマー電波でいっぱいだ。盗聴も不可能だし、携帯電話も実は使えない」

男はポケットにちいさな電子機器を落すと、一度だけ手を叩いていった。

「わたしは進駐軍情報保全部・柳瀬波光《やなせはこう》中尉。保全部は、疑わしい者は、相手が将軍でも、士官でも、一兵卒でも関係なく尋問逮捕をおこなう」

情報保全部ときいて、タツオの背中に冷たい震えが走った。進駐軍内部にある超法規の警察組織で、兵士の思想信条を調査し、敵スパイを発見するのが業務の中心だった。残忍な拷問《ごうもん》や薬剤を使用した自白の強要、二重スパイの育成など、血が凍るような噂を耳にしたことがあった。

「情報保全部ににらまれたら、進駐官としての未来どころか、生命まで危ない」

死んだ父・逆島靖雄中将も、あの部署とだけはもめるなといっていた。男は理由のない上機嫌でいう。

「月岡教官のいったことも、半分は正しい。これからきみたちが話すことは、すべて録音され、文章化され、軍事法廷での証拠となる。といっても、わたしがきみたちに期待するのは、包み隠さずに真実をすべて正直に語ることだ。もちろん真実というのは、人の数だけ無限に存在するものだがね」

なにを話し、なにを話すべきでないか。タツオは黙って階級をもたない保全部員にうなずき返しながら、猛烈な勢いで考え始めた。

37

「今回の銃撃事件について、お尋ねしたいことがあるんですが」

ジョージが背筋を伸ばしたまま質問を開始した。こいつは情報保全部の恐ろしさを知らないのだろうか。タツオは目くばせをして止めようとしたが、あっさりと無視されてしまう。柳瀬部員が目を細めていった。

「菱川浄児、きみはなかなかおもしろいな。質問を許そう」

「由緒《ゆいしょ》ある進駐官養成高校で、死者一名と重傷者一名を出したのに、なぜ事件はまったく全国に報道されていないのですか」

東島の事件はテレビだけでなく、ネットでさえ一行もニュースになっていなかった。養成高校の生徒や関係者は堅く口止めされ、ネットへの接続もしばらく禁止された。この事件を外部に漏らした者は一ヵ月間独居房に送られるという噂だ。

柳瀬は表情を変えなかった。

「ありふれたことだからな。きみは訓練中の進駐官が一年間でどれくらい死ぬと思う？」

「情報が公開されていないので、わかりません」

タツオは隣りに立つ少年に驚いていた。すくなくともジョージは、訓練中の死者数について調べたことがあるのだ。戦争の勝敗と作戦の成否、犠牲者や負傷者の数については、進駐軍作戦部が完全に情報を統制していて、民間には官製の都合のいい情報しか流されていなかった。多くの皇民は戦勝続きの威勢のいい報道に拍手喝采している。

「年平均で二〇〇人ほどだ。五十嵐高紀についてはたいへんに残念だったが、その二〇〇人の殉職《じゅんしょく》者《しゃ》のひとりに過ぎない」

タツオはそのいい方に腹が立った。あの小柄な少年の勇敢な行為の価値が二〇〇分の一におとしめられた気がする。五十嵐は自分を守るために二度も命を投げだした。その結果ひとつしかない尊い命を犠牲にしたのだ。できるだけ黙っていようと決心していたのに、タツオは口を開いてしまう。

「それは違うのではありませんか、二〇〇人のほとんどは通常の訓練中の事故で殉職したはずです。五十嵐高紀とは状況が異なる。ぼくのクラスメイトは何者かの陰謀によって、違法に銃撃され死亡した。事故ではなく犯罪です」

保全部員がとがった鼻先をタツオのほうに向けた。身体が震えるほど怖かったが、なんとか恐怖に耐えた。

「先ほどもいったように、真実は人それぞれで無限に存在する。きみにとってはそうかもしれないが、進駐官全体にとってはそうではない。五十嵐は訓練中の殉職だ」

ゼリーを滑らかに切るナイフのように、ジョージの声が鋭く滑りこんでくる。

「軍全体としては事故で処理する。ですが、情報保全部はそう考えていない。真実は別にある。だから柳瀬さんがここに送りこまれてきたのではありませんか。あなたは運動会には出席していなかった」

柳瀬はジョージに興味を引かれたようだった。

「なぜ、わかる?」

「貴賓席でお顔を見かけませんでした」

細い顎の先を撫でながら、情報保全部員は目を細めた。ネズミを見つけた猫のようだ。タツオはまたもジョージに感嘆していた。貴賓席には三百人近い軍人や政治家が招待されていた。そのなかに柳瀬がいなかったことを指摘したのだ。ジョージはすべての来賓の顔を覚えてしまったのだろうか。

「そのとおりだ。わたしは事件現場とその情報を管理するために着任した。事件の捜査については別の者が動いている。保全部が動きだしたということは、敵対勢力のスパイの疑いがあると考えられる」

スパイという単語が恐ろしかった。世界中どこでもスパイは捕らえ次第殺害されるか、残酷な拷問の末、情報を搾りとられた。国際法はそれを容認している。タツオはまだスパイの実物を見たことがなかった。その部下が進駐官養成高校にいるかもしれないのだ。恐ろしさと同時にわくわくするような胸の弾みも感じる。

「決勝戦とそこまでの予選の模擬戦の記録をすべ

て見せてもらった。菱川と逆島、きみたちふたりが一学年全体のツートップだ。どうだ、将来ただの軍人になるのではなく、情報保全部にきてみないか。うちは作戦部の直属だし、機密費として単独で年に数十億円を自由に使える。派手な勲章や階級章こそつけていないが、やりがいのある仕事だぞ」

タツオは剃刀のようにとがった鼻先を見つめていた。この保全部員は何人くらいのスパイを逮捕したのだろうか。敵国のスパイとして捕らえられた者のほとんどは、軍事法廷の簡単な裁判で極刑か終身刑だ。本物のスパイならまだいいが、そうでなかった場合、疑いをかけられた本人と家族はどうなるのだろうか。たくさんの死者の怨念と悔しさが、保全部員の真夜中の地下室のような暗さを形づくっているような気がした。

ジョージが迷う間もなくいった。

「考えてみます」

タツオはただうなずいただけだった。

「まあ、いいだろう。では、春の狙撃事件と深夜行軍の襲撃事件、それに今回の模擬戦銃撃事件について、きみたちの側から見た真実を語ってもらおう。まずは、逆島断雄、きみからだ」

タツオとジョージはそれから四時間半情報を搾りとられた。一度話したことを情報自体が固まるまで、何度でも繰り返させられるのだ。模擬戦の銃撃時の大混乱については、ふたりとも二〇回は話したのではないだろうか。終わりの頃にはタツオはくたくたで頭痛がするほどだった。情報を人から得るというのは、これほど徹底した尋問を必要とするのか。情報保全部に対する敬意と同時に、同じだけの分量の忌避感が強まってくる。

まったく着崩れを見せない白の制服姿で、最後に柳瀬がいった。

「菱川、先に帰ってよろしい」

タツオはあわてた。

「あの、ぼくは？」

手帳から顔を上げずに情報保全部員がいった。

「逆島は残れ」

ひとりきりで恐ろしく執拗《しつよう》で頭の切れる柳瀬と会議室に残されるのは不安だった。

「わたしが怖いかね」

肯定したほうがいいのか、否定したほうがいいのかわからなかった。この男が自分をスパイだと断定すれば、明日には拷問が待っている。情報保全部が洗練させた、口にするのも忌まわしい残虐な拷問方法については養成高校でも噂になっていた。釘やペンチ、電池や電球、新聞紙や切った髪など、身の周りにあるあらゆるものを使用し、方法は無限だ。

タツオは黙って柳瀬の目を見つめ返した。巣穴の中で肉食獣に見つかった幼い草食獣の気分だった。自分が生きるか死ぬかは、相手の気分次第なのだ。柳瀬保全部員がぽつりと漏らした。四時間半の事情聴取にも声はかすれもしない。

「恐怖だよ」

「…………」

返事ができなかった。相手の意図が読めない。

「人をもっともよくコントロールするものは、恐怖なのだ。昨日までいばり腐って将軍の勲章をぶら下げていた男が目に涙をためて、わたしの靴をなめるようになる。恐怖を適切にコントロールできれば簡単なことだ」

柳瀬の目で暗い愉《たの》しみが光っていた。こんな人間にだけはなってはいけない。タツオはそう思いながらうなずいた。

「わかりました。大切なのは恐怖」

「そうだ。わたしからきみに仕事をひとつ依頼したい」

自分が情報保全部のスパイになる?

タツオは驚きのあまり返事もできなかった。

「きみに頼みたいのは、菱川浄児についてだ。彼についてなにか変ったことがあれば、必ずわたしに報告してもらいたい」

ジョージを監視対象として、情報を柳瀬に上げる。考えただけで胸が悪くなりそうだ。

「これはわたしの個人的な捜査だが、同時に情報保全部全体の意思でもあると考えてもらいたい。報酬はきみが想像している以上のものを用意する。だが……」

情報保全部員は効果を狙って、十分な間をとった。タツオはその間のいやらしさを理解はしていたが、悔しいけれど心拍が上昇するのを止められなかった。

「もし、われわれを裏切るなら、きみの今後の進駐官としての人生をこれ以上はないほど不愉快で不名誉なものにすると、今ここで断言しよう。逆島断雄、よろしく頼む。情報保全部の目と耳として、精一杯働いてくれ」

同じクラスで同じ班の友をスパイする。断ることができたら、どれほど楽だろうか。タツオはなにもいわなかった。柳瀬の目を見て無言で敬礼し、会議室を退出したのが、ただひとつの反抗だった。

ドアを開けると、そこに白い礼服姿の東園寺崋山が立っていた。

「お先に」

声をかけてすれ違おうとしたところで、カザンがちいさく叫んだ。

「裏切り者」

カザンが唾を吐きかけてくる。ちいさな飛沫《しぶき》がカーキの制服の襟とタツオの頬に散った。タツオは拳を握り締めたが、かろうじて耐えた。

「東園寺崋山、入室を許可する」

「はい、失礼します」

電磁シールドで盗聴を不可能にした会議室に幼馴染みが入っていく。タツオは静かに閉められたドアを、頬を拭《ふ》きながらいつまでも見つめていた。

38

進駐官養成高校は期末試験と夏季総合運動会を終了し、夏休みまで二週間となった。いつもの年なら、この期間は試験勉強も競技の練習もなく夏空をゆったりと滑走するように爽快なのだが、今年は空気がまるで異なっていた。

何者かの銃撃により自分たちの仲間がひとり殺され、ひとり重傷者が出てしまった。校内ではあちこちで黒い噂が乱れ飛び、生徒同士で疑いをかけあうようになった。エウロペ連合や汎帝国、アメリア民主国に秘密結社トリニティといった敵対勢力のスパイの侵入がまことしやかに確度の高い情報として流された。この世界ではスパイの存在を疑うような非皇民はいない。敵のスパイは悪魔のように恐れられている。

新たな襲撃を恐れ、単独行動をとる生徒はいなくなった。養成高校も食事や洗面所にいくときさえ二人以上で連携して動くようにという緊急の軍令を張りだしている。

タツオは菱川浄児といっしょに動くことが多かった。この生徒はずば抜けて優秀だが、謎が深い。それでも同世代の友人として奇妙にウマがあうのだ。同じように戦闘中に父を失くしているという事情が連帯感を生んでいるのかもしれない。

情報保全部の柳瀬に依頼された仕事はきちんと果たしていた。数日おきにジョージの日常の行動を報告する。ただし、それはともに過ごした時間の表面的な事実を精密になぞっただけで、友人を売り渡すような報告ではなかった。ジョージは他の生徒のように熱烈に日乃元皇国への愛国心や進駐官としての夢を語るような生徒ではない。思想や信条については報告のしようもなかった。

タツオは後ろめたい気分を引きずりながら、報告を続けていた。理由のひとつは柳瀬波光が恐ろしかったから、もうひとつは保全部とつなぎをつけておくことで、この事件についての新たな情報が得られるかもしれないからだ。タツオは五十嵐を殺害した犯人をなんとしても捕らえるつもりだった。そうでなければ中学生のように小柄だが勇気のある少年が浮かばれない。タツオは、自分を守るために命を投げ出した五十嵐のデスマスクを決して忘れてはいなかった。

　大食堂は昼休みを迎えて混雑していた。座学の勉強だけでなく、進駐官としての体力育成も求められる養成高校のランチは、品数も多く高カロリーだった。大男の靴底のようなビーフカツにスープ代わりのけんちんうどん、どっさりとゆで卵がかかったミモザサラダに丼山盛りの白飯といったメニューが連日続いた。食が細かったタツオも、この高校にきてから、きちんと三食を残さずたべるようになっていた。また、そうしなければ頭と身体がもたないのだ。

　東園寺彩子の班の四人がトレイをもってやってきたのは、タツオたちが食事を始めたばかりのときだった。

「ここ空いてるよね」

　タツオの三組一班は運動会の惨劇以来、ほかの生徒に避けられるようになっている。大テーブルに四人だけ座っていた。がしゃんと音を立ててアルミのトレイをおくと、サイコがいった。

「タツオ、なんでそんなに暗い顔してるの。ちょっとは笑いなさいよ。おいしくないランチがもっとまずくなるじゃない」

「サイコのいうとおり。男は愛嬌《あいきょう》だろ。ほら、クニ、あんたなんかそれ以外取り柄がないんだから、愛想笑いしな」

　サイコのとなりにドスンと巨大な尻をおろしたのは、七五キロ超級の柔道ジュニアチャンピオンの曾我清子だった。クニが後ろで束ねた長髪を揺らしていった。

「うるせえな。こっちはクラスの友達を殺されたうえ、情報保全部ににらまれてんだよ。へらへら笑っていられるか」

「負け戦になりそうだとすぐに下をむくのは、無能な将校の証拠ね」

　細身で少年のようなショートカットの歌川亜紀が冷たい目で指摘する。この目で狙撃用スコープをのぞいて、獲物をしとめるのだ。アキはサイコのクラスでは一番のシューターだった。

「なんだと」

クニとテルが腰を浮かせかけた。さんざん鬱憤《うっぷん》が溜まっているのに、女子生徒に馬鹿にされ、腹を立てたのだろう。五王龍起に学年二番の座を奪われた黒縁メガネの幸野丸美が顔を赤くして手を振った。

「けんかは止めて。一班のみんな、ごめんね。暗い顔してたから、なんとか元気づけようと思ったんだけど、うちの三人は素直じゃなくて」

タツオは苦笑していた。腹を立てるだけの元気が、クニとテルには残っていたようだ。ジョージはいつもと変わらぬ微笑を浮かべ、女子たちをめずらしい動物でも観察するように眺めている。タツオはいった。

「わかってる。気をつかってもらってすまない。だけど、ぼくたちはだいじょうぶだ」

サイコが目を光らせた。

「犯人の捜査は進んでいるの？　春の狙撃事件だって、あのままだよね」

「いや、手がかりがまったくないんだ。難航してる」

養成高校のスケジュールは授業と軍事訓練でびっしりと埋められていた。生徒が捜査をするのは容易なことではない。タツオの班ではじりじりと真相究明を図っていたが、進展は思わしくなかった。気のやさしい幸野丸美が眉をひそめた。

「そうだよね。生徒に捜査なんて、むずかしいものね」

サイコは胸をそらしていった。

「あんたたちに名探偵になれなんていうつもりはないから、まあ、いいや。そんなことより夏休み、うちの夏の別荘に遊びにきなさい。四人とも招待してあげる。どうせ庶民は暇なんでしょ」

「ふざけんなよ」

クニとテルの声がそろった。タツオは苦笑していた。サイコは幼いころから不安になると、強気を装う癖がある。名門に生まれたせいか、自分の弱みを素直に見せられないのだ。

タツオはいった。

「考えておくよ。みんなの都合もあるから」

サイコの目の光が揺れて真剣な表情になった。

「きてもらわなくちゃダメだよ。すくなくともタツオとジョージはね。内緒だけど、瑠子さまがうちの別荘で過ごすんだ。あんたたちを呼ぶのは、瑠子さまの依頼でもあるんだからね。第二皇女のお願いを断るような不敬で無粋で臆病な進駐官候補生じゃないわよね、あんたたち」

病弱で気鬱の病がある第一皇女の璃子さまを廃し、活発で学業優秀な瑠子さまを皇位につけようという陰謀について、タツオは相談を受けていた。ラルク公国のテロもその一環かもしれない。タツオは顔を引き締めた。もう冗談では済まされない。

「わかった。全員でいくよ」

クニがふざけていった。

「そっちが四人でこっちが四人。おまけに瑠子さまと護衛係がどっさり。ものすごい大所帯になるぞ。別荘っていうけど、だいじょうぶなのか」

タツオはまたも苦笑した。クニは庶民なので、近衛四家のかつての第二席、東園寺家の財力を知らないのだ。サイコが肩をすくめていった。

「部屋数なら四〇くらいあるよ。あとは講堂と宴会場と作戦指揮室もね。うちの別荘はいざというとき進駐軍作戦部が指揮をとれるように設備を整えてあるの」

クニが箸の先のビーフカツを落としていった。

「部屋数四〇って、でかい旅館じゃないか。おまけに作戦指揮室かよ。周辺に地雷まいたり、地対空ミサイル配備してないよな」

サイコは余裕の笑みを見せた。やわらかな笑顔になると近衛四家一の美貌とうたわれた東園寺彩子の魅力が輝き渡るようだ。周囲のテーブルにいる男子生徒がうっとりと魂を奪われている。

「配備なんて、そんな激しいことはしてないわよ。対人地雷も、ミサイルも、侵入防止用の銃撃ロボットも準備はしてあるけどね」

テルがあきれていった。

「そういうのは別荘じゃなくて、普通要塞っていうんじゃないか」

「あら、プールやテニスコートだって、ちゃんとあるもの」

クニの目の色が変わった。

「そうか、じゃあ、瑠子さまとサイコの水着姿も拝めるんだな。おれ、絶対にいくわ」

キヨコが腕組みをしていった。

「柔道場とジムもあるよ。あんたの性根を鍛えるために、稽古つけてあげるよ」

黙っていたジョージが口を開いた。

「遠隔操作の銃撃ロボットもあるのか。メンテナンスの係もいるはずだよね。ちょっと話を聞かせてもらっていいかな。気になっていることがあるんだ」

急にサイコが女の子の顔になった。かすかに頬が赤い。

「ジョージのお願いなら、よろこんで」


クニがぼやいた。

「なんなんだよ、みんな。ジョージとタツオだけ特別扱いか」

腕のいい狙撃手・歌川亜紀が冷たくいい放つ。

「あんたは脇役なんだから、目立たないように引っこんでればいいの」

「ひでえなー、おれ、ぐれてトリニティに入ってやるぞ」

キヨコが細い目をさらに細めていった。

「あんたなんか秘密結社のほうでお断りだよ」

タツオのテーブルで爆笑が沸き起った。悲劇の決勝戦以来、久しぶりの笑いだった。タツオはひそかにサイコに感謝した。こんなふうに気をつかって、元気づけてくれたのだ。口は悪いし、素直ではないが、サイコには優しいところがある。タツオはサイコを見直していた。

「お楽しみ中のところを失礼する」

39

　蛇の巣穴から響くような冷たく湿った声は五王龍起だった。タツオキの班四人に、なぜかサイコの兄・東園寺崋山までいる。クニが虚勢を張っていった。

「なんだよ。うるさいな。こっちは女子生徒と楽しいランチの最中なんだぞ」

　タツオキは愉快そうに歪《ゆが》んだ笑みを浮かべている。

「ああ、すまない。すぐに用事は済む。ちょっときみたちにいいニュースを教えてあげたくてね」

　タツオは嫌な予感がした。タツオキは敵方にもっともダメージがおおきくなるように、情報をコントロールする技法に長けている。ジョージの父・アルンデル将軍の謎めいた従軍中の失踪も、ホールに集まった生徒たちの前で明かしていた。タツオの声が緊張をはらんで硬くなった。

「ニュースとはなんだ？」

　カザンがにやにや笑っている。タツオキは効果を計ってたっぷりと間をおいた。

「きみたちにはいいニュースだ。情報保全部から聞いたんだが、夏季運動会の狙撃事件の犯人が判明したそうだ」

　テルが叫んだ。

「なんだと！　それはどいつだ？」

　決勝戦の最中、五十嵐にタツオを守れといったのはテルだった。テルがふさぎこんでいたのは、その負い目が重く心に沈んでいたからだ。タツオキは余裕だった。

「待っていろ。すぐにわかる」

　そのとき、大食堂のダブルドアが勢いよく開いた。自動小銃をさげた情報保全部員が八名、生徒たちで満席のランチタイムの大食堂になだれこんでくる。窓際の隅にあるテーブルに殺到した。銃の安全装置は解除され、いつでも三点バーストで連射できる準備が整っていた。テーブルをとり囲んだ情報保全部員が叫んだ。

「全員、その場に伏せ！」

二五六人がテーブルの下に隠れ、床に伏せた。別な保全部員が叫ぶ。

「三組七班、スリラン・コーデイム、リー・ソムラーク、カイ・チャッタニン、ジャン・ピエール・スクラポン。貴様たち四名を進駐官候補生殺害と第一級建造物破壊のテロ活動で逮捕する。抵抗するなら、この場で射殺許可が出ている。投降せよ」

40

大食堂にいた生徒たちが床に伏せるなか、五王龍起とタツオとジョージはその場に立ち尽くしていた。あまりにも突然の出来事に頭が回らない。

「嘘だろ。スリランは友達だ」

空っぽの声が漏れてしまう。情報保全部員がクラスメイトの四人をとり囲み、自動小銃を向けている。日常の学校生活のなかで見る銃は、凶悪な黒い兵器だった。タツオキは愉快でたまらないようだ。

「戦場でもお友達なら、見逃してくれるのか。第七班は全員ウルルク出身だ」

タツオはこの少年が嫌いだった。日乃元有数の巨大企業の御曹司ではあるが、嫉妬ではないと思う。理由はわからなかった。初めて顔を見たときから、この少年とだけはうまくいくはずがないとわかっていたのだ。いつかそう遠くない未来に手ごわい敵となる、考え方も感じ方も別次元の異質な相手。これまでそんな同世代と出会ったことはなかった。タツオはいい返した。

「だから、どうした？　みんな日乃元とともに戦ったウルルクの旧王族側だぞ。この国のために進駐官になろうというスリランたちが、あんな汚い手をつかうはずがない」

タツオキが薄く笑った。馬鹿にされた気がする。

「どうかな？　ウルルクに残された家族や親戚を人質にとられたらどうだろう。あの国は荒っぽいからな。敵となれば一族郎党、子どもから年寄りまで皆殺しだ」

そんなことが実際にあるだろうか。タツオは納得がいかなかった。タツオキは悠然と続ける。

「ウルルクの大使館にいる保全部員から情報が届いたそうだ。テロのターゲットは逆島断雄、きみと第一皇女の璃子さま、第二皇女の瑠子さま。命令したのはウルルクに駐在する氾帝国の高級武官だ。その男がウルルクの諜報機関を動かした。きみの父上は氾の軍隊にずいぶんと煮え湯を呑ませたようだな。まだ恨みをもっている人間がいる。腹いせにきみを狙ったんだろう」

何千キロも離れた南の国に自分を殺害しようとする人間がいる。めまいがしそうだ。ジョージが口をはさんだ。

「タツオはいい。璃子さまはなぜだ？」

「わからない。その場にいる最も価値あるターゲットだったからじゃないか。日乃元の皇室内のもめごとは氾にも聞こえているのだろう。璃子さまを亡き者にできれば、皇室は大混乱だ」

いや、おかしいとタツオは直感した。普通の戦争では王族や指導者を直接狙うことはまずありえない。警備が鉄壁だというだけの理由ではなかった。暗殺に手を出せば、限りない暗殺の報復合戦になる。そんなことになれば、交戦中のどの国の指導者も安心して眠ることもできなくなるだろう。踏み越えてはならない一線が国家同士の総力戦のなかにもあるのだ。氾帝国が裏で絵を描き、ウルルクの独裁政権が勝手に暴走したのだということでごまかせると考えたのだろうか。ずいぶんと杜撰《ずさん》な作戦だ。

タツオは猛烈に考え始めていた。ラルク公国の爆弾テロでは、長女の璃子さまが狙われた。進駐官養成高校では、次女の瑠子さままで銃撃された。連続した皇位継承者への暗殺未遂には、いったいどんな意味があるのだろう。裏で糸を引いているのは、どんな勢力なのか。

「各自、手を上に」

非情な情報保全部員の声が、無音の大食堂に響いた。

41

タツオは窓際のテーブルに立つ三組七班を見つめた。四人とも保全部員の命令に従って、両手を上にあげている。迷彩の戦闘服を着た保全部員がスリランたちの身体検査を手早くおこなっている。武器は出てこないようだ。

後ろ手に回した手首に手錠をはめる音が、銃声のように冷たく大食堂に響いた。スリランが屈辱で泣きそうな顔をした。

ひとりにつきふたりの保全部員がついて、三組七班を連行していく。タツオの目前を通るとき、スリランが歩みを遅くした。浅黒い肌をしたウルルクの少年が必死の表情でタツオの目をのぞきこんできた。

ひと言も口はきかない。スパイ容疑をかけられた自分の友人だと、情報保全部員に思わせたくないのだろう。

（……頼む）

なにを頼まれたのかわからないが、タツオはスリランの無言のメッセージをそう受けとった。これから厳しい尋問、あるいは拷問を受けるかもしれない友人からの頼みだった。なんとしても、この依頼をやり遂げなければならない。タツオは唇を強く噛んで、うなずき返した。スリランも浅くうなずいてくれる。

「のろのろするな。いくぞ」

ウルルクの少年たちの腕を抱えた保全部員が脇腹を自動小銃の尻で突いた。顔をしかめて南国生まれの生徒が去っていく。三人目のカイ・チャッタニンが叫んだ。

「ぼくたちはなにもやっていない。テロとは無関係だ。ウルルク万歳、日乃元万歳。ぼくたちは無実だ」

静まり返った大食堂に、返事をする者はひとりもいなかった。

「黙れ」

情報保全部員がカイの顔を殴りつけた。ひっと女子生徒が悲鳴をあげるほど強烈な殴打だ。それでもカイは歩きながら叫ぶのを止めなかった。

「ぼくたちは無実だ。ウルルク万歳、日乃元万歳」

大食堂の扉を通り抜けても、廊下の先から叫び声が流れてきた。床に伏せていた生徒たちがのろのろと起き上がってきた。やりきれないほど重苦しい空気が大食堂を満たす。同じ学校の生徒がテロリスト容疑で逮捕されたのだ。悪名高い情報保全部だ。肉を裂き、骨を削るような拷問に遭うかもしれない。クニがぼそりといった。

「あいつらが銃撃犯だなんて、とても信じらんねえ。なにかの間違いだろ」

カザンがいった。

「いい気味だ。あんなやつら、全身ぎたぎたにされてしまえばいい」

タツオは幼馴染みにきいた。

「浦上くんはだいじょうぶか」

ひょろりと背の高いカザンの部下の顔を思い浮かべた。決勝戦で右太腿に貫通銃創を受けている。カザンは悔しげにいった。

「あいつはクロスカントリーの選手だった。走るのが好きで、得意だったんだ。だが、もうユキヒコは走れない。戦場に出るのもむずかしいだろう。養成高校の生徒にとって、それがどれだけ悔しいことか、おまえにもわかるだろ。あいつはもう前線には立てないだろう」

言葉もなかった。タツオはなんとか絞りだした。

「気の毒に」

「おまえを狙った銃撃ロボットの狙いがそれたんだ。半分はおまえの責任だ」

五十嵐高紀の死と浦上幸彦の右脚、それにスリラン・コーデイム班の四人の逮捕。すべての責任が自分にのしかかってくる。タツオは胸が潰れそうな思いで椅子に腰を落とした。

目の前には食べかけのランチの皿が、無残に冷えていた。

42

「われわれもいこう」

タツオキがカザンに声をかけた。最後に一度タツオをにらみつけて、カザンが踵を返した。ジョージが妙にのんびりとした調子で、タツオキの背中に声をかけた。

「すまないがひとつだけ質問してもいいかな」

タツオキも学年一番のジョージには一目おいているようだった。足を止めて、振り向く。タツオに見せる表情とは異なる柔らかさがあった。五王重工の跡取りでも、こんな少年のような顔をすることがあるのだ。

「かまわない。なんでも聞いてくれ」

ジョージがうなずいた。

「ありがとう。あの遠隔操作の銃撃ロボットは五王重工の最新型だと聞いた。制御用のプログラムもずいぶんと進歩しているそうだね」

タツオキは自社の製品を賞賛されて満足そうである。

「ああ、もちろん。世界の三〇ヵ国以上に輸出されている傑作だからな」

ジョージが微妙な間をおいていった。

「ぼくはプログラムをいじるのが趣味なんだ。あのロボットの制御プログラムとマスターコードを提供してもらえないだろうか」

タツオキが驚いた顔を見るのは初めてだった。

「おいおい何億円もかけて開発したお宝のプログラムだぞ。どうしてきみに提供しなければならないんだ」

周囲のテーブルの生徒たちが学年一番と二番の生徒のやりとりに注目していた。ジョージは余裕があった。トレイの上のスクランブルエッグを食欲なさげにかきまぜていう。

「プログラムを提供してくれたら、いくつかの改善をきっと提案できるだろう。それに五十嵐くんを殺し、浦上くんから右脚を奪った真犯人に近づけるかもしれない。得られた情報はすべて、そちらにも伝える」

タツオキが眉をひそめて考えこんだ。

「ウルルクの四人は真犯人ではないのか」

「スリランたちにも銃撃ロボットの設置は可能だったかもしれないが、狙いをつけ発射のコマンドを出したのは、別なところにいた主犯だ。電波は学外から発信されていた」

タツオがジョージを応援しようとしたとき、東園寺崋山がいった。

「うちのほうで一〇〇体発注してもいい。ジョージにプログラムをやってくれ。おれを守って銃撃の盾になってくれたユキヒコに借りがあるんだ。頼む」

プライドの高い近衛四家出身のカザンが頭を下げていた。大食堂の生徒がどよめいた。タツオキが微笑していった。

「わかった。夜までに制御プログラムとソースコードを、きみのところに送らせよう」

蛇の腹のように色の白いタツオキが、ジョージからタツオに視線を移した。

「忘れていた。三組の優勝おめでとう。タツオの指揮とジョージの精密射撃の腕は素晴らしかった。だが、つぎの運動会ではあんな逆転は起こさせない。完膚なきまでに三組を叩き潰して、五組が優勝する。では、失礼」

タツオキをボディガードのように守る数名の生徒とカザンが大食堂を去っていく。午後も激しい訓練と厳しい座学が待っているが、タツオはなにも食べられなかった。情報保全部に引き立てられていくスリランの絶望的な目の色が忘れられなかったのである。

43

「なんなんだ、この天国は！」

クニが両手を広げて叫んだ。目の前に広がるのは肝臓の形をしたプールだ。跳びこみ台からきれいな曲線を描いて、ビキニ姿の女子生徒が青い水面に頭から落ちていく。ほとんど水滴の跳ねない見事な着水だった。プールの水は夏の日ざしを浴びて、ゆらゆらと青い鏡のようにうねっていた。

「おいおい、あいつ二組の前島早苗じゃないか。制服着てるとやせて見えるけど、けっこう胸がでかいんだな」

進駐官養成高校では水泳の時間は男女別々なので、女子生徒の水着姿を目撃するのは初めてだった。タツオは自分の身体と同じ筋肉と脂肪からできているとは思えない完璧なふくらみから目をそらして、周囲を観察した。前日の夜、東園寺家の別荘に三組一班は到着していた。

背の高いヤシの木が本館をとり巻くように植樹されている。三階建ての建物は養成高校の校舎くらいのおおきさがあった。あちらはなんの工夫もない箱型で、こちらは巨大な貝が口を開けたような形をしている。きっと建築費は数十倍はかかっているのだろう。

遠くの山並みを望む山荘の正面は広大な芝の広場だった。テニスコートと大小のプール、フットサルのフィールド、アーチェリーの弓場、それに進駐官用だろうか屋外のウエイトリフティング施設まである。

「なんだよ、しけた顔してんな。せっかくの夏休みだし、こんな天国にきてるんだから、ちょっとは元気だせ」

アロハシャツを着たクニに背中を強くたたかれた。タツオは女子生徒の水着姿を楽しむどころではなかった。情報保全部に逮捕されたスリランたち三組七班のことが気になってしかたなかったのである。秘密主義の保全部のことで、その後の捜査の進展についてはひと言の情報も漏れ聞こえてはこなかった。スリランたちのウルルク班は養成高校どころか、地上からもきれいに消え失せてしまったようだ。

　ほかの生徒たちも自分とは別な民族のクラスメイトには冷たかった。初めから存在していなかったかのように、誰も口にさえしない。そんななかタツオは、逮捕されたときの絶望に満ちたスリランの目が忘れられなかった。あのとき無言のうちに自分はなにかを託されたのだ。なんとしても、あの依頼にはこたえなければならない。

「ここはいいところだな。タツオ、クニのいうとおりすこしリラックスしたほうがいい」

　ジョージはそういうとゆったりとあたりを眺め回した。一見豪華なリゾート施設のようだが、この別荘は東園寺家のものだ。進駐官の名門、近衛四家のひとつである。花咲く植栽のあちこちに監視装置や銃撃ロボットが隠されていた。Tシャツや短パン姿でぶらついている施設の男たちは、やけに胸板が厚く、ごつごつとした拳をしていた。腕のいい警備員なのだろう。

「だけど、スリランたちがなにをされてるかと想像すると、気分が悪くなるんだ」

　タツオは正直な若者で、心の中身と顔の表情をずらすことができなかった。

「こんなところにきて、ずっと深刻な顔をしていたら、自分は重大な問題を抱えていますと叫ぶようなものだ。きみは文化進駐官志望だったな」

　タツオは戦闘が嫌いだった。軍事進駐官など論外である。金勘定が仕事の経済進駐官も、法で人を縛る法務進駐官も気がすすまなかった。残るは進駐官のなかでも最下層の軟弱者と馬鹿にされる文化進駐官だけである。

「そうだよ。悪かったな」

　ジョージはヤシの葉を揺らす風のように微笑んだ。

「だったら、なおさら腹のなかではなにを考えているかわからないタヌキになる訓練が必要だ。外交は厳しいぞ。文化進駐官の戦いが、軍事進駐官よりも易しいと思っているなら、勘違いだ」

クニがアロハシャツを脱いで、手近なデッキチェアに投げた。

「おれはむずかしいことはわかんないけど、こんなチャンスを逃すなんてもったいないからな。いっしょにプールに跳びこもうぜ。女たちが待っている」

テルが猛烈に僧帽筋の盛りあがった上半身を露わにした。わー、すごい。プールサイドの女子生徒から声があがる。

「おれもいく。タツオ、息を抜くときは抜け。嫌でもつぎの戦いはやってくるんだからな。そんなに始終ぴりぴりしてたら、身体がもたないぞ」

三人のいうとおりかもしれない。タツオもTシャツを脱ぎ、トランクス型の水着になった。あの青い水面に跳びこんだら、冷たくて気もちがいいことだろう。汗を流して、気分を変える。スリランのことはまた夜、考えよう。タツオが跳びこみ台に上がったときだった。時が止まったように周囲のざわめきが静まった。誰もしゃべらないし、水を跳ねたりもしない。その場にいる者の視線がひとつの方向に吸い寄せられた。タツオも誘われるように、視線の先を追った。

44

打ち寄せるさざなみのように囁き声が聞こえてくる。

「瑠子さまだ」

「あれが瑠子さまか」

「東園寺家の彩子姫もいっしょだ」

男女混合の半ダースほどのSPに囲まれて瑠子さまとサイコがやってきた。ふたりとも水着を着ている。瑠子さまは古典的な純白のワンピース。背が高くスレンダーなサイコはコーヒー色のビキニだ。

「おーい、サイコ。こっち、こっち」

プールのなかから声をかけたのはクニだった。テルが水面から木の根のようにふくらんだ僧帽筋をのぞかせていった。

「うちの班で最初に突撃して死ぬのは、クニに間違いないな」

　ジョージはプールの縁に腰かけていつものように笑っているだけだ。タツオは跳びこみ台から戻って、瑠子さまとサイコを出迎えようとした。わざわざ東園寺家の別荘にきたのは、この二人と話をするためだ。

「やっほー、タツオ」

　水着と同じ白いパーカーを脱ぎ落して、瑠子さまが駆けてくる。おつきのＳＰがあわてていた。ＳＰの仕事は、いざというとき自分の命を盾にして、守護対象者を守ることだ。距離をおいてしまえば、身体を投げ出すこともできなかった。

「お待ちください」

　瑠子さまに続いて、男女二名のＳＰが駆けてくる。タツオは跳びこみ台の上で硬直した。

　瑠子さまの水着姿だけでも強烈なのに、血相を変えたＳＰが飛んでくるのだ。

「タツオ、久しぶりー」

「うわー、ちょっと待って」

　ジャンピングボードの上で固まったタツオに瑠子さまが飛びついた。バランスを崩して水面に落ちていく幼馴染み二人のあとから、サングラスをかけたＳＰが二名続いてプールに跳びこんだ。

　瑠子さまはタツオの身体を離さなかった。水中でなにかいいたげに顔を近づけてくる。形のいい少女の唇が水に歪《ゆが》んでいた。水泡とともに皇位継承者の顔が、ありえないほどの距離になった。頬にキスされたとき、タツオは息ができない水中で、なぜか口を開いて息を吸おうとした。爆発的に口中に水が浸入してきて溺れかかってしまう。

　タツオは手足を振り回して、なんとか肩の深さのプールで立ちあがろうとした。はずみで瑠子さまの身体をつかんでしまった。ひどく柔らかだったのは、腹なのか、胸なのか、尻なのかわからなかった。

水面から顔をだしたときには顔を真っ赤にして叫んでいた。

「すみません、瑠子さま。変なところをさわってしまって」

「なんだよ、タツオだけずるいな」

クニはこんなときでも軽口をはさんでくる。タツオは恐縮していた。瑠子さまは平然とずれた水着の肩ひもを直している。

「タツオならいいよ。わたしの胸さわったの、初めてじゃないもんね」

クニが頭を抱えて叫んだ。

「SPのみなさん、こいつを不敬罪で射殺してください。皇女さまのおっぱい、さわったんで……」

クニがそれ以上おかしなことをいう前に、タツオは飛びついて水面下にクラスメイトを押しこんだ。SPには冗談では済まないだろう。射殺はされないまでも、減給や停職の可能性はある。皇室関係のSPは最高の訓練を積んだ最優秀の人材ぞろいだという。こんなことでキャリアに傷をつけたくなかった。

タツオの腕のしたで、クニがもがいていた。息ができないのだ。いい気味だ。タツオはもう一度深くクニを水中に押しやって、クロールでその場を離れた。

「瑠子さま、こんなやつほっといて、いきましょう」

瑠子さまは小学生からスイミングスクールに通い、オリンピック選手の指導を受けている。鮮やかな抜き手でタツオのあとを追ってきた。

45

ビーチパラソルは直径三メートルほどある巨大なものだった。日陰にあるテーブルに三組一班の四人と、瑠子さま、サイコが顔をそろえている。注文したのはノンアルコールのフルーツカクテルだった。ＳＰの女性がひとり、瑠子さまの分を毒見している。飲むのではなく携帯キットでジュースを検査するのだ。致死性の毒はほぼ判定できるという。

「おれたちの夏休みに、カンパーイ！」

発声はこんなことが生きがいのクニだった。タツオはグラスに口をつけた。フレッシュマンゴー主体のカクテルで、甘さが爽やかだ。

「つかまったウルルクの人たちのことはなにかわかったの」

瑠子さまが心配そうにいった。タツオはスリランの七班についてサイコを通じて瑠子さまにも報告している。

「いいや、まだなにもわかりません。サイコの兄貴のおかげで、銃撃ロボットの制御プログラムが手に入ったので、ジョージがあの事件の解析をすすめてくれてます」

「そう、よろしく頼みます」

ジョージが最敬礼でこたえた。

「できる限りのことは」

テルがぼそりといった。

「あの銃撃ロボットは通常の拳銃弾を撃つやつだよな」

タツオはテルの太い首に目をやった。緊張しているのだろうか、血管が浮いている。ジョージがこたえた。

「ああ、そうだ。あの銃撃ロボットの機関部は77式自動小銃と同じユニットを使っている。テルがいいたいことはわかるよ」

タツオも同じことを考えていた。テルがいった。

「璃子さまたちを守っていた貴賓席の防弾ガラスは三層構造の特殊なもので、とてもじゃないが拳銃弾では撃ち抜けない。機関銃でもむずかしいくらいだ。対戦車用の対物破壊ライフルでも持ちださなければ、狙撃は不可能だよな。でも、あのロボットは確かに璃子さまを狙っていた。弾は通常弾だけだったんだろ」

タツオはうなずいていった。

「ああ、炸裂弾はなかった」

銃弾の先に炸薬を仕こんだ特殊な弾丸はロボットから発見されていない。

「だったら、やつらはなぜ、あんな面倒なことをしたの」

サイコが裸の身体を両手で抱いて震えていた。ジョージが冷たい流水のようにあっさりといった。

「璃子さまたちを狙ったのはカモフラージュで、ほんとうの標的がタツオだった可能性は否定できないな。実際に五十嵐くんという犠牲者も生んでいるしね」

ジョージが真剣な顔で尋ねてくる。

「タツオ、命を狙われる理由に心あたりはないのか。やはり連続した事件で必ずターゲットになってるのは、きみなんだ。自分でも気づかないうちに敵の死命を制するような情報だとか、証拠だとかをもっているということはないのかな」

真夏の午後なのに、こんなに肌寒いのはなぜだろう。タツオはデッキチェアに座りながら、全身に鳥肌を立てていた。得体のしれない勢力が真剣に自分の生命を奪おうとしている。まだ一五歳で進駐官養成高校の一年生に過ぎないのに。タツオは絞りだすようにいうのがやっとだった。

「なにもわからない。ぼくは璃子さまたちみたいに地位ある人間ではないし、なんの情報も持っていない。怖くてたまらないよ」

震えているタツオの肩に、瑠子さまがそっと冷たい手をおいてくれた。ほんのすこしだけ気分が楽になった気がしたが、タツオの全身を覆う鳥肌と寒気はいっこうに変化しなかった。

46

「やあ、ご機嫌よう」

その男があらわれると、あたりの気温が数度ほど下がった気がした。タツオはデッキチェアから腰を浮かしそうになった。なぜ、東園寺家の別荘に情報保全部がいるのだろう。柳瀬波光が進駐官の白い礼服姿で軽く頭をさげた。

「瑠子さま、彩子さん、お招きありがとうございます」

気の強いサイコがぴしゃりといった。

「別にあなたを招待した覚えはありません。瑠子さまの御前ですし、この場は同世代の友人だけのプライベートなものです。早々にお引きとりください」

情報保全部員は焼けつくような夏の日ざしに打たれても、汗ひとつかいていない。

「野暮なお邪魔だとわかっているが、わたしもこれが仕事でね。お父上の東園寺貞伴《さだとも》将軍に、ここでの滞在と自由な捜査を許可されている。長くは時間をとらせない」

柳瀬波光が日陰に空いている椅子に腰をおろした。足を高々と組む。愉快そうにいった。

「ウルルク人たちが自白したよ」

「なんですって」

タツオは思わず叫んだ。

「スリランたちが犯人のはずがない。あいつはぼくの友達だし、ウルルクの独立を願っていた。日乃元の国だって愛していたんです」

鞭《むち》のように細い腕をあげ、柳瀬が使用人に注文した。

「わたしにもフルーツカクテルをひとつ。吐いたのはカイ・チャッタニンとジャン・ピエール・スクラポン。銃撃ロボットの搬入と設置を実行したのはその二名だ」

カイが必死に叫んでいた言葉を思いだす。ぼくたちは無実だ。ウルルク万歳。日乃元万歳。あのカイたちがほんとうに自分の命を狙ったのだろうか。タツオは混乱してなにも考えられなかった。

ジョージがすかさず質問した。

「動機はなんですか」

「複数だ。報奨金。亡命した反政府勢力であるという記録の抹消。ウルルク軍への帰還。強制収容

所から親族を解放する。いろいろだな。もっとも
おおきな理由は最後のものだそうだ」

柳瀬波光は届けられたカクテルをうまそうに飲んだ。

「確かマンゴーはウルルクの名産品だったな。あの国のもうひとつの名物は強制収容所だ。ウルルクの裁判制度はわが日乃元とは正反対だ。疑われた者は、すべて有罪。強制収容所送りになる」

なぜ、そんなことを楽しげに話せるのか。疑われた者をすべて有罪にするのは、情報保全部も同じではないか。タツオはなんとか口ごたえをこらえた。

「この春、カイとジャンの親族が収容所送りになった。あそこは入所半年後の生存率が三割を切るので有名だ。当然だな。炎天下でわずかな水と食料しか与えず、重労働をさせる。情報保全部について悪い噂が流れているようだが、あの効率的な野蛮さにはとてもかなわない」

サイコは嫌悪感を抑えているようだ。無表情にきく。

「ウルルクの生徒たちの尋問にはなにをつかったのですか」

柳瀬波光は第二皇女の前でもためらわなかった。あっさりという。

「わたしが直接担当したわけではないから、よくわからない。たぶん通常ならば、自動車用のバッテリー、電極を何本か。それにペンチくらいのものだろう」

真夏の風が一二月の北風のように冷えこんだようだ。タツオの全身に鳥肌が立つ。期末試験のために同じ部屋に集まって勉強していた三組七班に、過酷な運命が訪れたのだ。科学で学んだワットの法則を、実際に自分の身体で痛感するようになるとは。サイコが不可解な顔をした。

「ペンチはなんに使うんですか」

焼いたペンチで柔らかな肉を潰し、引きちぎる。瑠子さまやサイコの耳に拷問法など入れたくなかった。タツオはなんとか話を変えようとし

た。

「柳瀬さんは今、実行犯は二名といいましたね。残る二名、スリランとリーはどうなるんですか」

「まだ継続して、取り調べ中だ。無実が確定すれば、また進駐官養成高校に帰ってくるだろう。だが、傷ものだな。一度疑いをかけられたら、一生保全部にマークされることになる」

自白したという二名がほんとうに有罪なのかもわからない。無実だという二名も、進駐官として生きる限り、一生監視から逃れられない。

総合運動会の狙撃事件は五十嵐高紀という死者だけでなく、つぎつぎと犠牲者を生んでいた。それもすべてタツオの命を狙った何者かのせいだ。タツオは叫びたかった。自分にはそれほどの価値はない。無力な東島の一年生に過ぎない。死にたくはないけれど、こんな形で周囲の人間が傷ついていくのを見ているのは、身を切られるようにつらかった。

だが、そんな甘いことはいっていられないのだろう。バッテリーから伸びる電極を乳首に張られ、ぴくぴくと釣りあげられた魚のように跳ねる四人の少年を想像し、タツオは血が出るほど唇を嚙み締めた。

クニが呆然として口を開いた。

「おれにはどうしてもスリランたちが犯人だなんて信じられない。おれたち、学習室でいっしょに微積分とか勉強したよな。カイのやつ、おれより数学が苦手で、ジョージが何度教えても弾道曲線の問題が解けなかった」

タツオも覚えていた。シャープペンシルで頭をかきながら、困ったようにウルルクの少年は笑っていた。昔から数学が大嫌いなんだよ。こんなもの戦場ではコンピュータにまかせればいいじゃないか。そうだろ、タツオ。カイとジャンが自分の命を狙う事件を起こすとは、とうてい信じられない。

ジョージが低い声で柳瀬波光に質問した。

「自白がとれた以上、ふたりの有罪は間違いないですね」

進駐官を裁く軍事法廷は、ほぼ一〇〇パーセントに近い確率で被告が敗訴する。裁判になれば必ず敗れるのだ。情報保全部員はあたりまえのようにいった。

「ああ、有罪はすでに確定済みだ」

悲鳴が出そうだったが、タツオはなんとかこらえた。あのふたりの運命を、しっかりときいておかなければならない。

「罪名はなんですか」

「海外の不穏な勢力に手を貸し、前途有望な進駐官を殺害した。さらに逆島断雄と皇族への殺人未遂と二件ある。国家反逆罪が妥当だろう」

東園寺家のお嬢さまがぽつりと漏らした。水着姿の腕に鳥肌が立っている。

「……国家反逆罪」

最高刑は死刑だった。豪華な別荘のプールサイドが暗転した。青く揺れる水面《みなも》、水を跳ね散らして遊ぶ若者たち、青空に湧きあがる積乱雲、白いリゾートホテルのような贅を尽くした建物。すべてが書き割りのように存在感を失っていく。

クラスメイトの死刑の可能性に愕然《がくぜん》とするタツオたちの反応がおもしろかったようだ。柳瀬波光はひとりくつくつと無機的に笑ってから、人さし指を伸ばした。指揮棒のように振って、注意を集める。

「カイとジャンの両名は、まだ未成年だ。狙撃事件については従犯で、親族を人質にとられているという事情もある。ウルルクと氾帝国のスパイ組織についてはすべてを話し、われわれの捜査に全面協力すると約束してくれた。きみたちにとって喜ばしいことに、死刑はなんとか回避できるだろう」

テルは肩の筋肉を盛りあがらせ質問した。首まわりの筋が浮かんでは消えた。

「柳瀬さん、ふたりはどれくらいの量刑になりそうなんですか」

情報保全部員はビーチパラソルの下から真夏の

太陽を見あげ目を細めた。こんなときでも日乃元の日ざしは強烈で輝かしい。温室効果ガスによる温暖化で、この国はほぼ全域で亜熱帯化していた。

「ひとつの事件を解決するには、申し分のない天気だな。たぶん無期懲役になるんじゃないかと、わたしは予想する。その場合、ざっと三〇年弱、軍の刑務所で囚われの身になるだろう」

タツオは三〇年という歳月を想像した。カイとジャンが自由の身になるころ、ふたりはすっかり中年だ。青春の盛りをすべて塀のなかで送るのだ。もしこの事件が冤罪《えんざい》だとしたら、決して許されることではない。ほっとした空気が流れ始めたテーブルの様子を観察して、柳瀬は皮肉にいった。

「もっとも判決は軍事法廷の裁判官の心証によるからな。ことによると、裁判長ががちがちの皇道派で、璃子さまへの不敬に怒り、やはり極刑という目もある」

人の命の定めなさ、はかなさを痛感せずにはいられなかった。権力をもつ誰かの思想信条や機嫌によって、人の命は簡単に奪われ、消し去られていく。資本主義の未来といわれた高度植民地時代は、人の命が羽根のように軽い時代だ。国家がつねに戦時体制にある国特有の残酷さかもしれない。

柳瀬波光がカクテルを飲み干すと、デッキチェアから立ち上がった。ぴしりと決まった敬礼を瑠子さまに送る。

「あなたは将来、日乃元皇国の女皇になられる可能性もあります。おつきあいになるご友人は慎重に選ばれたほうがいい」

瑠子さまは困ったように微笑《ほほえ》むだけだが、サイコが厳しい顔で返した。

「わたしたちが瑠子さまにふさわしくないといいたいんですか。こととしだいによっては、東園寺家はあなたの無礼に、それ相応の返礼をしなければなりませんよ、柳瀬波光さん」

さすがに近衛四家のお嬢さまだった。開き直ったサイコには気高さと威厳がある。情報保全部としても、東園寺家とことを構える気はないようだ。柳瀬波光は会釈していった。

「失礼、わたしが申し上げたかったのは、あなたのことではなく、こちらの三組一班の問題児たちについてです。情報保全部だけでなく、進駐官養成高校でも、軍の上層部でも、なにかと悪い噂が流れていましてね」

タツオはその言葉をきいて、背筋が冷たくなった。進駐軍の上層部ならば、一介の士官見習い程度なら、どんな罪でもなすりつけられるだろう。明日、検挙され被告になってもおかしくないのだ。タツオは権力を素直に信じることはできなかった。

「逆島断雄、きみへの狙撃事件に関する報告は、それくらいだ。このあとで、すこし顔を貸しなさい」

柳瀬波光がプールサイドをゆったりと歩き去っていった。自分の背中を意識した役者のような退場だ。あの男はどうしても好きになれない。あの冷酷な目で何人の進駐官の破滅を眺めてきたのだろうか。

「あーあ、おれたちはなぜ軍の上層部にまでにらまれてるのか。ぜんぜん理解できないぜ」

クニはそういうと、後ろで結んだポニーテールを解き、頭を振った。サイコがいう。

「影武者みたい」

「うるせー」

ジョージがふたりを無視していった。

「カイとジャンについては、もう心配はいらない」

タツオは驚いていた。

「なぜ」

「あの狙撃事件はニュースとして、養成高校の外には流れていない。情報統制が厳しいんだ。いくら軍事裁判が厳しくとも、起きていない事件をもとに一〇代の進駐官候補生をふたりも極刑には処せない。そんなことをすれば世間やマスコミが放っておかないからな。情報保全部よりも刑務所のほうが、まだましだろう。だとすれば、あのふたりの疑いを晴らせば、自由の身にしてやれる可能性はある」

テルが驚いていった。

「ほんとか。そんなことがほんとに、おれたちにできるのか」

ジョージはうなずいていった。

「できる。春から続いた事件の真犯人を、ぼくたちが見つけられるなら、あのふたりを救いだせる」

クニが髪をかきむしっている。

「そんなの絶対無理だろ。おれたちは警察でもないし、情報保全部でもない。だいたい裁判で一件落着した事件を調べて回ったら、つぎはこっちが逮捕されるぞ。お上に逆らっても日乃元じゃ、ろくなことにならない」

タツオもクニの言葉にうなずきそうになった。戦時体制の日乃元皇国では、お上を恐れるのがあたりまえのメンタリティだ。植民地をさらに増やして、資源と市場を確保し、国力を維持発展させる。すべての皇民はそのために一身を投げ打つように教育されている。ジョージはいう。

「じゃあ、自分の身が危ないから、友達を見捨ててもかまわないのか。ウルルク人なら、無罪でもどんな目に遭《あ》っても決して間違いを犯さないのか」

テルがぎりぎりと歯を噛み締め、首を回している。額の血管を浮きあがらせていう。

「おまえはいつも危険なことを口にするな。戦闘の最中に命令を疑ったり、作戦の目的が間違っているというのは、進駐官の仕事じゃない。命令には全力で従う。この国を守る。それがおれたちの仕事じゃないのか」

「いいえ」

そのとき凛と澄んだ声がプールサイドに響き渡った。第二皇位継承者、白い水着を着た瑠子さまだった。肩ひもがずれて、日焼け跡の白い肌がのぞいていた。タツオは視線をそらした。瑠子さまは続けた。

「ただ皇国を守るのが、進駐官の仕事ではありません。進駐官は進駐官である前に、この国の国民です。この国をよりよくするために働く義務があると、わたしは考えます。無実の人がいるなら、救わなければならない。罪を犯して逃れている者がいるなら、捕らえて罰しなければならない。たとえ異邦から来た人でも、友人は大切にする。人としてあたりまえのことができなくて、なにが日乃元皇国でしょうか。二七〇〇年を超える歴史に傷がつきます」

これが皇族の権威だろうか。瑠子さまの言葉は、その場にいる全員の心に火をつけた。サイコがちいさく叫んだ。

「きゃー、瑠子さま、カッコいい」

タツオは感動していた。戦って勝つことだけが進駐官の仕事ではない。進駐官はこの国をよりよくできるのだ。ジョージが感心したようにいった。

「権力の渦のほんとうの中心にいる人は、往々にして開明的なものだ。瑠子さま、ぼくは先ほどの情報保全部員とは逆の意味で申し上げます。そばにおくご友人を正しくお選びになってください。タツオや彩子さんは、きっとあなたのお力になるでしょう」

「なんだよ、おれやテルはどうなんだ」

クニがそうあいの手をいれたが、ジョージはあっさりと無視した。瑠子さまが不思議そうに問う。

「あなたはどうなんですか、菱川浄児」

まっすぐに見つめてくる第二皇女の視線をそっとはずすと、ジョージはいった。

「ぼくは……陰ながら、お力添えをさせていただきますが、ぼくは瑠子さまにふさわしいような高貴な人間ではありません」

頭脳でも体育でも戦闘訓練でも、歴代進駐官養成高校中トップにあげられるジョージだった。なぜこの少年がこれほど自分を卑下するのか、タツオには理解できなかった。瑠子さまはそれでもなにかを感じとったようだ。にっこりと微笑んで、ジョージに手をさしだした。

「わかりました。あなたなりのやりかたで、わたしたちを助けてください。期待します」

ジョージは瑠子さまの手をとると、片方のひざをつき、手の甲に額を触れてからキスをした。

「この命に代えましても」

それは不思議な光景だった。あとあとまでタツオはそのときの空気や光の感覚を、おりにふれて思いだすことになる。サイコもクニもテルも息をのんで見つめていた。瑠子さまとこの混血の少年が強い力で結ばれたのではないか。そんなことを感じさせる場面だった。

ジョージは瑠子さまの手を離すと、タツオに向き直っていった。

「タツオ、今度はこちらが攻める番だ。柳瀬が食いつきそうな餌をやろう。ウルルクからメールがきたというのは、どうかな。差出人は不明。近く大切なものが届くとね。敵に陽動をかけて、なるべく多くの情報を搾りとるんだ」

アイディアとしては悪くないかもしれない。だが、それは情報保全部に嘘をつくことになる。考えただけでも恐ろしかった。

「すぐにぼくのパソコンに調べが入る。どうするつもりだ」

ジョージは肩をすくめた。

「一五分時間がほしい。そうしたら、世界の二〇ヵ国を経由した謎のメールをタツオのところに送るよ。内容はそのまま柳瀬に渡していい」

この断トツの優等生にはなにか秘策があるようだった。タツオは黙ってうなずいた。その作戦がうまくいくにせよ、失敗するにせよ、情報保全部の裏をかくと考えただけで、闘志が湧いてくる。

ひどく喉が渇いたタツオは砕いた氷でいっぱいのグラスの水を一気に飲み干した。

47

情報保全部、柳瀬波光の部屋は通常なら将官クラスが使用するという最上階のスイートルームだった。タツオはケヤキの一枚板のドアをノックすると直立不動で待った。

保全部員はドアの隙間から剃刀のような鼻をのぞかせて命じた。

「入りなさい」

「失礼します」

敬礼をして腹の底から声を出す。まだ卵とはいえタツオも進駐官である。

二十畳はありそうな広々とした応接間だった。バルコニーのむこうにはヤシの木のシルエットが見える。階下からプールサイドの歓声が聞こえてきた。なぜ、女子はプールではあんなに高い声をあげるのだろうか。柳瀬波光は白い軍服姿で籐のソファに腰かけ、高々と足を組んだ。タツオは勧められて正面に座った。この男の前にいると、ひどく落ち着かない。

「先ほどは邪魔をしたようだな。瑠子さまときみはどういう関係なのだ?」

柳瀬には慎重に話さなければいけない。保全部ににらまれている自分はともかく、瑠子さまは将来女皇に即位されるかもしれないのだ。傷をつけるわけにはいかなかった。

「関係というような関係はありません。うちの一族が近衛四家だったので、ちいさな頃からいっしょに遊んでいただけです」

柳瀬が目を細めていった。

「近衛四家と皇族のお子さまたちは、兄弟のように育つと聞いたことがある。ともに遊ばせて、結束力を高めるそうだな」

タツオは父・逆島靖雄中将からいい聞かされた言葉を思いだした。

「ぼくは三歳のときに父から教わりました。璃子さま、瑠子さまといっしょにままごとをしていたのですが、なぜか父に呼ばれたんです。父はぼくの肩に手をおいていいました。いいか、タツオ、おまえはあのおふた方をお守りするために、命をかけるのだぞ。皇族に危険が迫ったときには、自分の命を捨てて盾になる。それが近衛四家の使命だ、と」

その父は日乃元の皇族でなく、ウルルクの旧王族を守るために、南の異邦で死んでいった。父の人生とはいったいなんだったのだろう。タツオはときどき進駐官という存在が疑わしくなる。

「なるほど。近衛四家が皇室にあれほどの影響力をもつ理由がすこしわかった。きみたち側近は命をかけて皇室を守り、皇室もきみたちの献身に応える。日乃元らしいうるわしい思いやりじゃないか」

柳瀬にそんなことをいわれると、近衛四家と皇室が汚されたような気がした。柳瀬は調子に乗っていう。

「それならば、わが情報保全部はますますきみが欲しいな。どうだ、養成高校卒業後、うちにこないか。瑠子さまと親しく口がきける人間なら、ぜひとも必要だ」

自分の価値でなく、第二皇女への影響力を評価されるのは、タツオのプライドを傷つけた。腹立ちを押し殺していう。

「父のせいで、うちの一族は近衛四家からはずされました。ぼくにはもう瑠子さまへの影響力などありません。さっきは東園寺彩子に呼ばれただけで、自分から瑠子さまにお声をかけたりすることはもう不可能です」

柳瀬波光がにやにやと笑っていた。

「そうかな、先ほどの瑠子さまは案外きみを頼りにしていたようだが。まあ、それは先の話だ。それより最近、菱川浄児についての報告が遅れがちだぞ」

タツオに与えられていたのは、天才児の学内における活動報告だった。簡単にいえばクラスメイトをスパイしろという指令である。

「菱川にとくに変わった様子はありません。夏休みは実家に帰らず、学内に留まるそうです」

「そうか、ならばきみも養成高校の寮に残れ」

「はい」

いわれるまでもなくそうするつもりだった。父のいない家に帰ってもしかたない。逆島家の広大な家屋敷は売りに出され、今では母だけが東京の下町に住んでいる。兄もたまに母に顔を見せる以外は、実家に寄りつかなかった。近衛四家の栄光の時代を思いだすのがつらいのかもしれない。

「菱川についてですが、どうして情報保全部がマークしているんですか」

以前から気になっていたことだった。柳瀬がむずかしい顔をした。

「菱川浄児は東島進駐官養成高校と同時に、エウロペにある最高学府・エレンブルグ軍学校高等科を受験している。父親のアルンデル将軍が卒業した名門だ。そちらも首位で合格したそうだ。どちらの学校に入学するか、水面下で外交上の争いになった。あれだけの才能だからな。だが、同時に問題が生じた」

柳瀬が目を細めた。獲物を見つけた猛禽類《もうきんるい》のようだ。とがった鼻筋が鷹のくちばしを思わせる。

「エウロペ連合軍に対する父親の反逆と失踪《しっそう》以来、どうやら禁じられた平和思想に染まっているという報告が、現地の保全部員から伝わった。世界を恒久的に平和にする。そのためには国家を超えた強力な常設軍が必要だ。きみにならこれがどれほど危険な思想か理解できるだろう。すべての国の軍は解体されるのだ」

うなずくしかなかった。恒久平和は秘密結社トリニティの根本的な思想だ。

「菱川浄児は父の反逆のせいで、エウロペで苦労を重ねたらしい。母親は敵国の日乃元出身でもあったしな。軍への敵対心は容易に平和思想へと染まりやすい精神的土壌となる。トリニティが唱える恒久平和はわが皇国の皇室や伝統への否定につながる」

白目がちな冷たい視線で、柳瀬波光がじっとタツオの目を見つめていた。

「きみの父上の逆島靖雄中将とアルンデル将軍は似ているな。逆島断雄、きみも気をつけたほうがいい」

「わかりました」

タツオはそうこたえることしかできなかった。自分はトリニティになどはまってはいない。けれど、永遠に植民地を奪いあう弱肉強食の現代が永遠に続くとも思えなかった。人類はつぎの時代を求めている。そのとき一国の政府や皇室や伝統文化はどうなるのだろうか。

そのときタツオの胸ポケットでメールの着信音が鳴った。タツオは前世紀の有線電話のベル音を使用している。

「すみません」

「いや、夏休みだ。かまわない」

タツオは指先を滑らせて、メールの受信画面を開いた。いよいよジョージからの偽メールが届いたのだ。内容は一切教えられていない。そこまで詳しく知らされていれば、タツオにはとても柳瀬波光の目をあざむくことはできないだろうというジョージの配慮だった。

「差出人不明のメールが届いています。迷惑メールではないみたいですが」

柳瀬の唇の端がわずかに下がった。興味を引かれたようだ。

「メールの題名は？」

タツオはそのまま読みあげた。意味はわからない。

「ウルルクを忘れるな」

「なんだと！」

情報保全部員がソファから立ちあがっていた。素早くテーブルを回り、タツオの元にやってくる。

「中を見せなさい」

タツオの手から携帯端末を奪い、画面をにらみつけた。タツオもいっしょになってさし出し人の名のない短いメールを読んだ。

逆島断雄さま

東島進駐官養成高校では、勉学と軍事訓練に励まれているとのこと、心強く思っています。わたしはお父上の逆島靖雄中将のもとでウルルクの首都攻防戦を戦いました。

お父上は決して、軍令に違反しておりません。逆に自殺的な軍令に忠実に従ったために五万人の部下とともに討死なさったのです。近々その証拠をあなた宛《あて》にお送りします。

お父上の名誉回復と逆島家再興にお役立てください。ご武運を祈ります。

「ついにきたか！」

柳瀬波光が拳を握り締めて叫んだ。蒼白だった顔色に血の赤がさしている。タツオは呆然としていた。この文章を書いたのは、ほんとうにクラスメイトなのか。ジョージはウルルク首都攻防戦と逆島靖雄中将についてなにかを知っているのではないか。

この情報保全部員の興奮も異常だった。タツオをマークしているのも、銃撃事件が主な目的でなく、このメールの内容の件に関心が高いようだ。

「これでようやく敵の尻尾がつかめる。逆島断雄、これがうまくいけば、わたしは情報保全部のトップを狙える立場になる。そのときにはきみをちゃんと引き立ててやろう。今日からきみとわたしは一心同体だ。父親にでも甘えるつもりで、わたしにはなんでも話し、相談しなさい。経済的な援助だって、気後れすることはない。きみの実家の財政状況についても調べはついている」

刃物のようにとがった鼻の男がタツオの両肩に手をおき、興奮で目を充血させていた。この情報保全部員が父親代わりだって。タツオは胸の奥で吐き気を催したが、顔色はまったく変えなかった。

「わかりました。柳瀬さんに全面的に協力させてもらいます」

「よろしい。では、これを借り受ける。夜までには戻すから、心配はいらない」

携帯端末をタツオの手から奪うと、柳瀬波光は自分のポケットに落とし、上機嫌でいった。

「もういきなさい。ただし、今のメールについては養成高校の教官や友人、家族にも絶対に秘密だ。これは軍事機密だから、きみが誰かに話せば軍事裁判にかけられることになる。きみはウルルクの友人のように一生を塀《へい》の中で過ごしたくはないだろう」

柳瀬波光がとがった鼻筋を上下に振って、うなずきかけてくる。タツオはただうなずいた。このメールが偽物であると判明するだけで、ジョージも自分も軍の刑務所に数十年も監禁されるのだ。あわててうなずく。

「はいっ」

タツオの震えは本物の恐怖によるものだった。

48

その夜、タツオはジョージを誘って、ジムにいった。別に身体を鍛えたかったわけではないが、一時間みっちりとストレッチングとウエイトトレーニングをおこなう。東園寺家の別荘にあるジムは最新鋭の機器と優秀なトレーナーがそろっていた。

ランニングマシンは3Dで背景を描きだし、道の勾配《こうばい》や風の吹き方まで制御されている。タツオは海辺の遊歩道を選び、ヤシの木がまだらに影を落とす砂の浮いた道を四キロほど走った。運動が嫌いだったタツオも進駐官養成高校に入学してから、二日間も身体を動かさないと気もちが悪くなるようになった。

トレーニングのあとで、ジョージがふざけてサンドバッグの前に立った。オープンハンドのグローブをはめている。

「ちょっとぼくのコンビネーションを見てくれないか」

　そういうと同時に左のジャブ二発が一連の音となって耳に届いた。続いて切れのある右のストレート。ダッキングして、相手の主な武器である右腕の外に身体をはずし重い左のボディフック、伸びあがるように重心が浮いたところで、逆に右の打ち下ろしのストレート。

　五発のパンチがわずか一秒半ほどの瞬時に正確に放たれた。最後にジョージはサンドバッグを突き放し、敵の拳が届く危険な圏外から跳び離れた。ぎしぎしとサンドバッグが苦しげに揺れたが、ジョージは息を乱してもいなかった。

　ダンベルのラックで見ていたトレーナーの若い男がやってくると声をかけてきた。

「いや、きみはすごいな。養成高校の生徒だろ。ここでおふざけでサンドバッグを叩くやつは多いけど、きみみたいな本格派はめったにいない。ジュニアライト級で世界を狙えるよ。本気だ。知りあいのジムに紹介してもいい」

　ジョージは笑ってグローブから手を抜いた。

「いやいや、ぼくのはおふざけですから」

　トレーナーは残念そうにラックの整理に戻っていった。ジョージがちいさな声でいう。

「タツオ、どうだった？」

　どうもこうもなかった。目の前にした遠い稲妻のようなコンビネーションを急所に受けて、立っていられる相手が地上に存在するとは思えなかった。

「トレーナーのいう通りだ。ジョージはきちんとボクシングジムで鍛えれば、世界ランカーになれると思う」

　チャンピオンは特別な存在だ。そこまでいくには才能だけでなく、運や強烈な信念といったもっと別ななにかが必要なのだろう。

「だけど、ジョージはどこでボクシングを習ったんだ？」

　クラスメイトは肩をすくめていった。

「裏切り者の父からだよ。アルンデル将軍は若い頃、エウロペのウエルター級チャンピオンだった。ほら、今度はきみの番だ」

赤い革製の柔らかなグローブが宙を飛んでくる。タツオが受けとるとジョージはいった。

「夜間の行軍訓練で襲撃されたとき、タツオは不思議な技を使ったよね」

ジョージはそこまで口にすると、ジムのなかを見渡した。夕食後の館内は閑散としている。サンドバッグがつるされた格闘場の一角には、ジョージとタツオのほか誰もいなかった。

「今なら、だいじょうぶだ。きみの技を見てみたいんだ。頼む」

「わかった。一度だけ」

タツオはグローブをはめた。静かに呼吸を整える。サンドバッグの前に立った。あの時間に入るのは、タツオにとってプールに跳びこむように簡単なことだった。この技の習得は三歳から始めている。

気がつくと、周囲にあるものがすべてスローモーションのようにゆっくりと動いていた。耳に届く音さえ速度を落とし、低く響くようだ。タツオは先ほどのジョージの電光のようなコンビネーションを思いだした。

ゆったりと流れる時間のなかを、自分だけが普通の速さで動く。サンドバッグに二発の左ジャブ。右のストレートにはジョージのような威力はなかった。左にステップアウトして、身体を沈めボディフックを斜め上方に突き刺す。これはうまく打てた。苦痛で身体をくの字に曲げた敵の左側頭部に打ち下ろしの右ストレート。

自分で打ってみて初めてわかった。この五発のコンビネーションは相手を戦闘不能にするだけでなく、必殺のパンチだった。とくに最後の一撃が危険だ。体重がたっぷりと乗っているし、敵はボディフックに悶絶《もんぜつ》して、完全に防御不能の状態に陥っている。拳を守るために金属やカーボンの薄板を入れたグローブなら、簡単に人を殴り殺せるだろう。

ジョージの拍手が低い周波数で耳に届いた。タツオは技を解き、肩で息をした。

「あー、しんどい」

トレーナーが口笛を吹いた。

「きみのほうもすごいな。パンチは軽いが、さっきの彼よりさらに速いよ。ふたりとも養成高校のボクシング部なんだろ。あそこにはオリンピック強化選手が何人かいると聞いたことがある」

タツオはグローブを脱ぎながら、手を振ってやった。自分がなにをしたのか、若いトレーナーにはわからなかったようだ。

ジョージは腕を組んで考えこんでいる。

「やっとわかった。タツオのは時間を操作する技なんだな」

二度見ただけで、この技の本質を見抜いている。さすがに天才児だった。

「逆島流秘技、『止水』という。戦国時代から武人だったうちの一族に伝えられた技で、気の流れを制御して、体内時計を速め、外の時間の流れを遅くするんだ。身体というより、脳のなかを変性させる技なんだ。うちの兄弟では、運動神経のないぼくが一番達者だった」

タツオはジョージに笑いかけたが、足元がふらついてしまった。

「問題なのは、一度にせいぜい三分ほどしか使えないのと、『止水』の後ではひどく疲れちゃうことなんだ。もうぼくはふらふらだ。シャワーを浴びにいこう」

柔らかなグローブが石でできているように重かった。タツオがグローブをラックの上に置くと、ジョージが独り言のように口にした。

「もし、ぼくとタツオが闘うことになったら、どっちが勝つのかな」

タツオはそんなことを考えるのも嫌だったが、気がつくと返事をしていた。

「『止水』があるからスピードでは、ぼく。威力ならジョージだと思う」

ジョージは笑いながら、うなずいた。

「どちらにしても勝負は一瞬だな」

49

シャワーブースは隣同士を使用した。仕切り板は身体の中央部にあるだけで、肩から上と膝から下がオープンになっている。

タツオは最大にコックを開き、ぬるい湯に打たれた。ジョージも同じようにする。これならば盗聴器があっても、話の内容を聞きとられることはないだろう。

タツオは声を殺していった。

「ジョージ、さっきのメールはやばかった。ものすごい勢いで情報保全部がくいついてきたよ」

泡まみれになったジョージの身体が目に入ってしまった。細く華奢《きゃしゃ》に見えるが、つくべきところには、柔らかそうな筋肉がしっかりとついた身体だった。一〇代のしなやかさと、二〇代の逞《たくま》しさのちょうどいいブレンドだ。肌がきれいで思わず触れてみたくなる。タツオは視線をはずし、頬を赤らめていった。

「なぜ、ウルルクの首都攻防戦だったんだ。ジョージにはなにか極秘の情報でもあったのか？」

スポンジを泡立てて、細い肩を洗いながらジョージがいった。

「柳瀬さんはぼくと話しているとき、いつもタツオになにか届いていないかと質問してきた。どこからの荷物かときくと返事はなかったけど、南の方からのようだった。タツオと南の国といえば、ウルルクしか思い浮かばなかった。それで、あんなメールをでっちあげたんだ」

「ふーん、そうなんだ」

タツオは顔色を変えずに、そういった。目を閉じ顔をあげて、ぬるいシャワーに打たれる。タツオの胸が早鐘のように鳴り響いていた。ジョージはなにかを隠している。天才児もクラスメイトに嘘をつくのだけは、上手《じょうず》ではないようだった。

ジョージが隠しているのは、どんな秘密なのだろう。この友人はウルルクの首都攻防戦についてなにを知っているのだろうか。

タツオは硬く泡立てて髪を洗いながら、ジョージと情報保全部の暗闘について考え始めた。

「ウルルクのことが気になるかい」

盗聴防止のシャワー音を背景にジョージが低くいう。この天才児はでたらめに敏感だ。タツオが不信感を抱いていることを察知したようだ。

あのメールは情報保全部の関心の核を射抜きすぎている。いくら優秀とはいえ、ただの一生徒にそんなことが可能だろうか。タツオは気にもかけない演技をしたつもりだった。

「いや、そんなことはないよ」

じっと薄い茶色の目が見つめ返してくる。ジョージはエウロペとの混血のせいか、中性的だった。ひょっとすると養成高校一の美女と噂される東園寺彩子よりも美しいかもしれない。

外国人のように肩をすくめると、ジョージはいった。

「わかったよ。白状する」

シャワーブースの仕切りを越えて、手を伸ばしてきた。タツオの肩に手をおいた。

「ただし、絶対に人には話さないでくれ。極秘の情報だ」

冗談だろうといおうとしたが、ジョージは真剣だった。

「わかった」

うなずくことしかできない。

「タツオは暁島会《ぎょうとうかい》を知っているな」

落ちぶれたとはいえ、タツオが育った逆島家は伝統ある近衛四家の一角だった。かつては隠然とした勢力を皇国の政界、軍部で誇っていた。暁島会は降格や追放の憂き目にあった逆島家旗下の家臣、軍人たちがひそかに力をあわせ、主家の再興を図る水面下の組織だった。逆島家とその一党に再び暁《あかつき》の光を浴びせる。失われた名誉を回復し、正当な地位を占める。暁島会は軍の内部では正規の派閥として認められていない。いわば逆賊の組織である。

「その動きがあることは聞いている。ぼくとはあまり関係ないけど。うちの兄は熱心みたいだ」

同じ進駐官でも文化進駐官を目指すタツオは最初からメンバーには呼ばれていないが、暁島会の若手と兄・継雄はたびたび会合を開いているようだった。ジョージはシャワーを頭から浴びながらおおきな声をあげた。

「トレーニングのあとの熱いシャワーは、ほんとに気もちいいな」

数人の東島高生徒がふざけながら、ブースの前を通り過ぎていく。東園寺派の子息たちだろう。見送るとジョージは声のボリュームを下げた。

「組織のメンバーがうちの養成高校にもいる。それもきみのすぐ近くに」

タツオはあっけにとられていた。意外な告白である。

「ジョージがそうなのか」


混血児は白い腹を押さえて笑いだした。

「いや、ぼくのはずがないだろ。数年前までエウロペにいたんだぞ。日乃元のお家騒動なんて関係ないよ」

ますます話がわからなくなる。ジョージは愉快そうにいった。

「うちの班だよ」

長髪のナンパ師・クニとは思えなかった。あいつの夢は進駐官を早期退職して、地方の閑職《かんしょく》につくことだ。がっしりとした体型の沈着冷静なもうひとりを思いだす。

「テルがそうなのか?」

ジョージはうなずいた。

「ああ、そうだ。テルのお父上・谷輝元《てるもと》少佐は逆島靖雄中将の指揮下で闘い、ウルルクで戦死している。テルは暁島会が養成高校に送りこんできたタツオのボディガードだ」

「なぜ、そんなことを知っている?」

「協力を依頼された。気はいいけどぼんやりしたクニより、ぼくのほうが役に立つと読んだんじゃないか。ひとりでは二四時間、タツオの身辺を警護はできないからな」

　急にシャワーの水温が変わった気がした。先ほどまでの心地よいぬるさが、冷水にでもなったようだ。タツオの全身に鳥肌が立った。進駐軍の幹部はほぼ近衛四家の派閥で占められている。今は近衛家を追われたとはいえ、逆島派が力をあわせれば、逆島家再興、近衛家昇格も可能だろう。自分は気づかぬうちに、悲願の中心にいたのだ。

「ついでだからいっておくが、決勝戦でタツオをかばって亡くなった五十嵐高紀も、暁島会のメンバーだったようだ。クンコウの上陸作戦で片足を失った父親は死亡時の状況を聞いて、涙を流して喜んでいたそうだ。逆島家のお坊ちゃんをお守りして、見事に散っていった。よくやったとね」

　タツオは小柄な五十嵐少年の笑顔を鮮やかに思いだした。五組との決勝戦の直前、父が逆島靖雄中将の世話になったといっていた。自分は近くにいて身を守ってくれと、その後の危険などなにも考えずに口にしたのだ。

「くそっ、どうしてなんだ。ぼくなんかにはなんの価値もない。なにもできない高校生に過ぎないのに」

　ジョージの右手が先ほどのジャブのように素早く動いた。ぴしりと頬に熱と衝撃が残る。タツオは呆然《ぼうぜん》としていた。いきなり平手打ちされたのだ。

「きみはそんなことを二度というべきじゃない。それなら五十嵐くんは無価値なもののために命を捨てたのか。テルはなにもできない高校生を毎日命がけで警護しているのか」

　タツオは頬を押さえ、熱いシャワーに打たれていた。ジョージの言葉に胸の奥に火をつけられた気がする。

「瑠子さまもいっていたじゃないか。タツオは近衛四家の一〇〇人近い子女のなかでも最優秀だったと。きみがいつか逆島家を近衛四家の第一位に押し上げる。そう噂されたこともあったんだろう」

　昔のことだが、そんな評判を聞いたこともあった。こんなふうに引っこみ思案で、自分を無価値無内容の人間だと思うようになったのは、父・逆島靖雄中将が軍令違反で国賊とされてからだった。父はタツオの誇りで、生きる目標だった。

「きみにはあの『止水』もある。頭脳だって東園寺崋山など足元にも及ばないほど優秀だ。もう芝居の幕は上がっているのに、いつまで舞台袖で震えているんだ。タツオ、きみが主役なんだぞ。人は誰でもいつか自分の人生の主役になる日がくる。タツオ、今からきみは変われ」

　武者震いが止まらなくなった。すくなくとも命を捨てて自分の身を守ってくれた五十嵐少年の分まで、生きなければならない。瑠子さまの信頼に応え、皇族をめぐる陰謀だって阻止しなければならない。自分になにができるかではなかった。やらなければならないのだ。それが逆島家に生まれた人間の使命だった。

　ジョージがにやりと笑った。

「目が覚めたみたいだな。じゃあ、もうひとつい情報をやるよ」

　タツオの声は高揚感にかすれてしまった。

「まだあるんだ」

「ああ、暁島会が新しい事実を探り始めている。タツオのお父上・逆島靖雄中将は軍令違反をしていないし、国賊でもない可能性がある。ウルルクの首都攻防戦には、歴史には描かれていない隠された真実があるようだ。その真実をめぐって、進駐軍は半分に割れて争っている。影のなかで暗闘が続いている。きみはその鍵を握る存在だ。どういう意味かわかるかい？」

　タツオはあまりの衝撃に返事もできなかった。シャワーブースに裸で立ち尽くしているが、下半身の感覚がなくなっている。

「…………」

「タツオが逆島靖雄中将の無実の罪を晴らし、逆島家を再興できるんだ。ぼくは先にあがる。ゆっくりと考えてみてくれ。きみが本気で動かなければ、この事態は変わらない。今のきみには無風に見えるだろうが、嵐の中心にいるんだぞ」

ジョージはタオルを細い腰に巻き、シャワールームを出ていった。タツオは逆三角形の背中を見送り、水栓に手を伸ばした。水を冷水に替えて、頭から浴びる。両手を壁に突き、今知らされたばかりの衝撃について考え続けた。身体が冷え切ると、熱いシャワーに再び切り替える。冷水と熱水を交互に浴びながら、タツオはひとつの覚悟が自分のなかで育っていくのを、ゆっくりと待った。

50

翌日から朝と夕に柳瀬波光から確認のメールが送られてくるようになった。

マンゴーは届いたか？

いつも一行だけのメールだった。ウルルク名産の果実にかけているのは、かの地から送られてくるはずの案件であるからだ。それがいったいなんであるのか、タツオはしらない。この話をでっちあげたジョージもしらないだろう。

ただ情報保全部と進駐軍の反逆島派は、必死になってそのなにかを求めている。けれど、その秘密のなにかがタツオの元に届くことはなかった。

二日後、タツオたち三組一班はピクニックにでかけた。瑠子さまとサイコもいっしょだ。別荘の敷地は広大で一〇〇〇メートルを超える高さのトレッキングに最適な山まである。

早朝に別荘を出発して、山の頂にある山小屋というには贅沢《ぜいたく》すぎる山荘を目指すことになった。男子はキャンプのための荷物の数々、女子はお手製の弁当をもってくる手はずである。

瑠子さまとサイコには通常身辺警護のSPがつくが、半ダースほどの男たちは特例として、数十メートル離れたところを目立たないようについてくることになった。瑠子さまのようにやんごとない身分の皇族にも、人としての青春は必要だ。皇族への崇拝の篤《あつ》い日乃元皇国でも、そのくらいの常識はある。

七合目まで登り切ったところで、サイコが命令した。

「ここで休息をとります。お昼の準備をしなさい」

クニがうんざりした声をだした。テニスコートほどある緑の平地が広がっている。

「はいはい、お姫さま。すぐにブランケットをだしますだ」

タツオもバックパックをおろした。重さは二〇キロを超えるが、養成高校で鍛えた身体にはそれほどの重さでもない。ジョージが一段低い斜面を見るといった。

「むこうも休息をとるみたいだ」

腕時計を確認する。まだ一一時前だが、今朝は六時に別荘を出たので、昼食にはちょうどいいだろう。瑠子さまがデイパックから、三段重ねの漆《うるし》の重箱をとりだした。橘の御紋が金箔《きんぱく》で押してある。クニが目を丸くした。

「それって、皇族専用の弁当箱なのかな」

瑠子さまは別にめずらしくもなさそうにいう。

「よくわからないけど、お弁当箱って、みんなこんなものなのじゃないの?」

テルが周囲を警戒しているのがわかった。気がついてみると、このクラスメイトはつねに危険に備え、あたりに注意を払っている。逆島家の再興を目指す暁島会。この若さでテルはその秘密組織のメンバーで、タツオの身を守るという任務についている。

重箱が開かれた。昆布《こんぶ》の煮物、アワビの酒蒸し、伊勢エビの姿焼、根菜の炊きあわせに卵焼き。どれも日乃元の伝統料理だった。

「これ、全部、瑠子さまがつくったんですか」

ついタツオも口にしてしまった。見事なものだ。瑠子さまは恥じらいを浮かべ、うつむいてしまった。

「あんまり見ないで。みなさんの口にあうといいんだけど」

「うおー！　やった」

男子のあいだから獣のような声が聞こえる。サイコが口をとがらせていった。

「わたしはおにぎりの当番だから。文句はいっさいいわないように。いえば、殴るからね」

デイパックから地味な風呂敷に包んだ塊をとりだした。結び目を解くと、アルミ箔に包まれた三角ではなく丸いおにぎりの山があらわれた。ひとつひとつのおおきさはソフトボールほどあった。

「懐かしいな、サイコのおにぎりだ。あい変わらずでかいなあ」

小学生の頃からたべなれているタツオは手榴《しゅりゅう》弾《だん》よりおおきなおにぎりに手を伸ばした。ヨーグルトのカップが宙を飛んでくる。

「うるさい、わたしは手がおおきいの。普通ににぎると、そのサイズになるんだからね」

サイコの手先が不器用なことは黙っていた。タツオはヨーグルトを避けると、ひとつつかんだ。先にたべていたジョージがいう。

「うわー、おかかと梅干しと焼き鮭が全部入ってる。東園寺さん、これ、すごくおいしいよ。ひとつあれば、おかずがいらないくらいだ」

進駐官養成高校歴代一位の天才に褒《ほ》められると、気の強いサイコが顔を赤くした。

「無理して褒める必要なんてないから」

山の半分ほどを風呂敷に包み直すと、サイコは立ちあがった。

「ちょっと待ってて。これ、瑠子さまのSPの人たちに差し入れしてくるから」

「あっ、じゃあ、こちらのちいさなほうもお願いね」

瑠子さまが開いていない小型の重箱をサイコに手渡した。瑠子さまは紙皿の上に形よく、重箱の中身を盛りつけ、男子の前においてくれる。クニが叫んだ。

「皇女さまにおかずをとり分けてもらうの、おれはもう一生ないだろうな。いただきまーす」

高価なアワビや伊勢エビをダストシュートに生ゴミでも投げ入れるように平らげていく。タツオは瑠子さまの手料理をゆっくりと味わった。アワビは嚙まずに千切れるほどやわらかい。

ジョージが頂の向こうの空を見あげた。まぶしい雲が広がっている。

「なにか、聞こえないか」

テルが箸をおき、即座に警戒体勢に入った。

「聞こえる、この音は……」

「なんだよ、なにも聞こえないよ。それよりこの焼きタケノコうまいですね、瑠子さま」

テルが叫んで、クニの口を押さえた。

「おまえは静かにしてろ」

ジョージが耳を澄ませている。タツオにも空の彼方《かなた》から届く波打つような響きが聞こえ始めた。

「これはローター音だね」

ジョージは素早く立ちあがると叫んだ。

「みんな、むこうの林のなかに走れ。ヘリがこちらにやってくる。敵か味方かわからないが、ここにいたら簡単にやられるぞ」

タツオは雑草が生《お》い茂る平地を見渡した。林の端まで三〇メートルほどある。山の頂を見あげると、ようやくヘリコプターの機影が確認できた。軍事用の大型ヘリが二機、まっすぐにこちらを目指し、空をよぎってくる。

エンジンとローターの回転音はもう稲妻のように激しかった。ジョージが前髪をかき分けて叫んだ。

「走れ」

ほぼ同時に胴体の両サイドに突きでたロケットランチャーから空対地ミサイルが発射された。数百メートル上空で白煙があがる。

タツオは瑠子さまの手を引いて、山の斜面の暗い森を目指し、全力で駆け始めた。

のどかな夏山の斜面が戦場になった。

軍用ヘリコプターが発射したミサイルは、先ほどまでタツオたちが昼食をたべていたブランケットに着弾する。瑠子さまお手製の料理が詰まった重箱が宙を飛んだ。サイコのお握りもアルミ箔を夏の陽にきらめかせながら飛び散っていく。

「あー、おれたちの昼めしが！」

クニが振り向いて叫んだ。テルがいう。

「昼めしより自分の命を心配しろ。全力で駆けて、林に逃げこむんだ」

タツオは瑠子さまの手を引いていた。いつの間にか思い切り握ってしまったようだ。

「タツオ、痛い」

「すみません」

タツオはそういったが、今度は細い手首をつかんで走り続けた。女の子の手首は男子の手首よりも細くて華奢《きゃしゃ》なんだな。ミサイルによる空爆の白煙のなかを突っ走りながら、おかしな印象をもつ。

タツオは冷静にミサイルの着弾を数えていた。これまでに計四発、どれもすこし離れた場所に落ちている。あまり照準の精度は高くないようだ。

「こっちだ」

ブナやニレなど密生した落葉高木の林に突入する。ひときわ緑の濃い陰からジョージが声をかけてきた。

「上空から見えないように伏せろ」

サイコの鮮やかなレモンイエローのフィールドパーカに気づくといった。

「それは脱いで、すぐに捨てるんだ。目立ちすぎる」

サイコは無言で脱ぐと裏返しにして着直した。

「これ、リバーシブルなの」

裏面は進駐官にふさわしいジャングル迷彩だった。斜面の下のほうから男たちの叫び声が聞こえてくる。ジョージがいった。

「テル、むこうでSPはなにをしてる？」

テルはシダの葉の下で腹ばいになり、双眼鏡を使っていた。

「ヘリコプターが二手に分かれた。一機はＳＰ、もう一機がこちらを狙ってる。ＳＰのおっさんたちは、さっきの草原から抜けられないみたいだ。林を遠回りしてこちらに向かってくる」

タツオはブナの巨木のしたにしゃがみこみながら、まだ瑠子さまの手首を握り締めていた。サイコが切れ気味にいう。

「いつまで皇女さまの手を握ってるのよ。タツオ、あんた、不敬よ」

「あっ、すみません、瑠子さま」

火のついたティッシュペーパーでも投げるように、あわてて手を放した。瑠子さまが顔を赤らめていった。

「いいえ、だいじょうぶよ。安全な場所まで誘導してくれて、どうもありがとう」

戦闘状態のなかで聞くていねいなお礼は優雅だが、ひどく場違いな気がした。なんとしても、この人を傷つけるわけにはいかない。瑠子さまはいつか日乃元の女皇になるかもしれない人だ。ジョージがテルにきいた。

「こちらを狙ってるヘリはどうなってる？」

テルはシダの下ばえを折りとると、砂色のマウンテンパーカのあちこちに挿していく。顔には湿った土を塗りたくった。

「カモフラージュだ。ないよりは増しというくらいだがな」

緑の陰からゆっくりと匍匐で進み、日の当たる場所に顔だけ覗かせた。軍の小型双眼鏡は日乃元の先進の光学技術を応用し、一二倍の倍率と夜でも偵察可能な暗視性能を誇る。

「まずい」

「なにがだ？」

ジョージが低く質問する。タツオも顔に土をなすりつけた。テルの横に這っていく。

「あいつを見ろ」

仰向《あおむ》けになって、抜けるように澄んだ夏の青空を見上げた。禍々《まがまが》しいローターを回転させ、軍用のヘリコプターがふわりと静止している。三人でヘリコプターを観察する。ジョージがいった。

「あれは五王重工の軍用無人ヘリだな。あの型は去年の改造で、新兵器を積んでいたはずだ。テル、覚えているか」

「ああ、ほんとに最新型なら最悪だ」

タツオはヘリコプターの腹がふたつに割れるのを呆然と見つめていた。そこからばらばらと六機の小型のドローンが羽虫のようにばら撒かれた。テルが双眼鏡を投げ捨てながら叫んだ。

「あいつも自動操縦だ。林の中に下りてきて、子機でおれたちの位置を確認するつもりだ」

クニが情けない声できいた。

「見つかったら、おれたち、どうなるんだ？」

テルはもう返事をしなかった。バックパックから自動小銃をとりだし、本体に銃身と銃把《じゅうは》をはめこんでいく。流れるような手つきで、十数秒でスコープまで装着した。返事をしたのはジョージだ。こちらもテルに負けない見事さで、自動小銃を組み立てている。

「位置情報が知られたら、それでぼくたちはアウトだ。上空から空対地ミサイル、あれは五王のだから『烈龍《れつりゅう》』でドカン！　一発でやられる。各自散開せよ。自分の武器で、あのドローンを撃ち落せ」

こちらは三組一班の男子が四名、それに瑠子さまとサイコの女子が二名。あわせて六名で各自が一機ずつドローンを撃ち落せば、なんとかこの場をしのげるはずだった。

タツオは舌打ちした。照準の正確な長ものの自動小銃をもってきていなかった。タツオがバックパックに突っこんできたのは、拳銃と一二発入りの予備弾倉がふたつだけ。スコープもレーザーダットサイトも進駐官養成高校の寮においてきてしまった。

有効射程がせいぜい二〇メートルほどのハンドガンで、スコープもなしに、あのドローンが落とせるのだろうか。

「瑠子さま、ぼくといっしょにきてください」

散開命令がジョージから出されていた。固まっていたら一発のミサイルで全滅してしまう。タツオは再び瑠子さまの細い手首をつかむと、林のさらに奥にむかって中腰のまま駆けだした。

「待って」

迷彩パーカ姿になったサイコが、タツオと瑠子さまの後を追ってきた。タツオはブナの巨木にもたれかかって叫んだ。

「散開命令が出ているだろ。サイコは誰か別なやつと組んだほうがいい。ジョージなら、ぼくとくるより安全だ」

足元に滑りこんでくると、東園寺家のお嬢さまがいった。

「逃げるためにきたんじゃないわよ。瑠子さまをハイキングに誘ったの、わたしでしょう。タツオだけだと頼りないから、瑠子さまをお守りしにきたの」

サイコがバックパックから、スティック状の道具を抜いた。この緊急事態に口紅だろうか？　くるくると回転させて、自分の顔にぬりたくる。戦闘に向かう未開の部族のように顔にまだらの影ができた。

「肌荒れしない自然素材だけでできたシャドーなんだ。瑠子さま、目をつぶって」

サイコは森のなかで白い顔が目立たないように瑠子さまにもシャドーを塗っていく。

「これでよし。タツオ、武器はある？」

九ミリ口径のハンドガンを顔の高さにあげた。黒い銃身がひどく頼りなく見える。

「あんた、それだけしかもってきてないの」

「そういうサイコはどうなんだ」

瑠子さまは目を丸くして、戦場に変わった夏山で怒鳴りあうタツオとサイコを見つめていた。

「重たい銃なんて、女子がもってくる訳ないでしょ。わたしにはこれがあるのよ」

サイコの手には最新型の情報端末があった。

「ピンクは特注のカラーなんだからね」

林の頭上では大型の無人ヘリが不気味に羽ばた

き、林の内部ではそこから放たれたドローンがタツオたちを捜索していた。人間の逃げ足とヘリコプターの速度では比較にならない。ここで迎え撃つしかなかった。

サイコが端末で電話をかけながらいった。

「あと五分だけ耐えて。そうしたら、あのヘリは東園寺がなんとかする」

「どういうことだ？」

「この別荘には垂直離着陸ができる支援戦闘機があるの。スクランブルをかければ、五分でここまでやってくる。軽装備だけど、五王のあんな無人ヘリくらい一撃よ」

オペレーターが電話に出たようだ。サイコは的確に状況説明を行い、出撃依頼を出した。タツオはいった。

「瑠子さまはサイコとここに隠れていてください。枝や草でカモフラージュするのを忘れないように。あのタイプのドローンはまだカメラが旧式で、林のなかでは目が利かないはずです」

瑠子さまが必死の目で見あげてきた。

「タツオはどうするの？」

タツオはなんとか余裕があるような笑顔をつくれた。胸の奥で心臓が破裂しそうな勢いで脈打っている。

「ここを離れて、おとりになります。ぼくにはこれがある」

拳銃を顔の高さにあげる。タツオは射撃があまり得意ではなかった。

「ご武運を」

「ありがとう。サイコ、瑠子さまを頼むぞ」

瑠子さまのフィールドジャケットの無数にあるポケットに、サイコがつぎつぎと木枝や草を挿していく。人間生け花のようだ。カモフラージュの名人の手にかかれば、敵の足元でさえ気づかれずに隠密行動が可能だ。

タツオはブナの巨木の位置を記憶にとどめ、足音を殺して林のなかを駆けだした。

51

山の斜面から乾いた銃撃音が響いた。あの音はジョージとテルの74式突撃銃だろう。ぱんぱんと軽い発射音は、クニの77式自動拳銃だ。タツオが手にするものと同じ進駐官制式拳銃だった。

タツオは叫んだ。

「五分ねばってくれ。サイコがスクランブルを依頼した」

クニの叫び声が林の奥から届く。

「こんな山奥のどこに基地があるんだ」

タツオは叫び返した。

「山荘にＶＴＯＬがあるらしい」

「すげえな、どんだけ金持ちなんだよ。垂直離着陸機か」

タツオも林のなかに向かおうとした。斜め右上空から、羽虫のようなかん高いローター音が聞こえた。同時に目の前にドローンがあらわれる。横跳びに身体を投げ出し、一回転するとタツオは伏射の姿勢をとった。77式の照準に丸い機影を捉える。二発ずつ二度射撃した。銃弾は見事に本体に当たり花火が散ったが、ドローンは何事もなかったかのように上空に戻っていった。

走ったら撃つ。敵に位置を知られたら、とにかく走る。タツオは進駐官養成高校の訓練どおりに駆け出していた。

内心の焦りは激しかった。ただひとつの武器である自動拳銃は効果がない。

「ジョージ」

草むらのなかに跳びこんで叫んだ。

「ジョージ、いるか？　あのドローンはどうやって落とせばいい」

「ローターを狙え。頭上のメインでも、テールのでもかまわない」

その声が耳元から優しく聞こえて、タツオは鳥肌が立った。いつの間にかこのクラスメイトは自分の背中をとっている。必殺の間合いに入られたのに、自分は気がつきさえしなかった。これが本物の戦場で、ジョージが敵ならもう死体になっている。もっともジョージほど優秀な兵士は、エウロペでもアメリアでも氾でも数えるほどしかいないだろうが。

「驚かせるなよ」

タツオは冷や汗をかいて振り向いた。土で汚したジョージの顔がすぐ近くにある。目はいれたての紅茶のような明るい茶色だった。

「本体は拳銃弾に対しては防弾仕様になっている。だけどむきだしのローターとポールは別だ。テルとぼくで三機落とした」

「武器は積んでる？」

「あのおおきさだし、銃器や銃弾の重さを考えると、搭載はむずかしいだろう。ただ爆弾なら考えられる。敵のそばで爆発させるだけだ。精密射撃のコントロールも必要ない」

一連の発射音が連続した。タツオはその音のリズムだけで、何発の銃弾が発射されたのか聞き分けられるようになっている。今のは一二連射だ。煙を噴きながら、ドローンが林から滑り出て、山の斜面に激突した。ちいさな火球が生じるが、大爆発にはならない。タツオは質問した。

「どう思う？」

「爆弾は積んでいないようだな。だけど信管が不発なだけかもしれない。気をつけたほうがいい」

林の奥からテルが74式を左右に振り、周囲を警戒しながらあらわれた。

「残りは二機だ。お姫さまたちはどうしてる？」

「林の奥においてきた」

腰を低くして小走りにテルが近づいてきた。タツオの様子を見て、顔をしかめる。

「おまえ、拳銃しかもってこなかったのか。クニとタツオは失格だな」

スコープを装着した74式突撃銃はプラスチックの部品を多用していても、四キロ弱はある。替えのマガジンを加えれば五キロを超すだろう。それを女子生徒とのピクニックにもってくる。おかしいのは、テルとジョージのほうだった。

そのとき、ローター音と女子の叫び声が同時に響いた。顔を振りあげると、高高度からドローンがまっすぐに降下してくる。テルはすぐにひざをついて空に銃口を向けた。

「クソ、メインローターが見えない。テールのほうはいつも揺れてて、狙いにくいんだ」

スコープを覗きこんでいる。爆弾を非搭載なら、ドローンなど怖くはなかった。心配なのは、サイコと瑠子さまだ。あのふたりを傷つけるわけにはいかない。

「タツオ、きてくれ」

ジョージが青い顔をしていった。

「さっき木の根につまずいた。足首を捻挫《ねんざ》したようだ。ぼくは走れない。タツオが先に彼女たちのほうにいってくれ」

タツオは風のように走りだしながら、叫び返した。

「わかった。あとできてくれ」

52

深い林のなかの一五〇メートルは、四〇〇メートル走ほどの距離感だった。足元は斜面で、草が生い茂っている。ひどく走りにくい。運動神経抜群のジョージが捻挫するくらいなのだ。タツオは悲鳴の方角へ細心の注意を払いながら駆けた。

「サイコ、だいじょうぶか」

東園寺家の気の強いお嬢さまの返事が即座にきこえる。

「ドローンがきてる。タツオ、早く」

林の奥に入った。ブナの巨木が見える。そこだけ頭上が抜けて、空からまっすぐに光がさしていた。ふたりはちいさな家ほどある巨木の幹にもたれていた。サイコは瑠子さまをかばうように、両足を踏ん張って立ち尽くしている。

ふたりから一〇メートルほど離れてホバリングしているのは、五王重工の偵察用小型ドローンだった。この場所の位置情報が今にも親機に流され、空対地ミサイル「烈龍」が撃ちこまれるかもしれない。高性能の成型炸薬一一〇キロが爆発すれば、あの巨木の幹ごとふたりは跡形もなくなるだろう。

「伏せろ、サイコ、瑠子さま」

距離は三〇メートル近くあった。だが、もう時間がない。タツオは片膝をついて、両手で教科書どおりに拳銃をかまえた。右手で銃把《じゅうは》を軽く握り、マガジンの下に左手を添える。息は止めない。77式自動拳銃は銃身の先の照星に白いマル印が刻まれている。77式の有名な白星だった。

タツオはその先にドローンを捉えた。こちらに気がついたようだ。遠隔操作なのか、自動操縦なのかわからないが、生きものを相手にしているような錯覚が起こる。ドローンがゆっくりとホバリングしながら、タツオに向かって回頭した。ドローンのイルカのような顔がこちらを向く。

ドローンの頭がぐんと斜めに沈みこんだ。タツオに向かって速度をあげ、接近してくる。狙いをサイコと瑠子さまから切り替えたようだ。タツオはもうなにも考えなかった。静かに息を吐きながら、二発ずつそっと引金を絞る。

一度目、二度目ははずした。焦りはない。こちらに向かってくる限り、サイコと瑠子さまは安全なのだ。まだマガジンもふたつある。三度目の連射でローターを支える基部を銃弾がかすめた。ドローンは姿勢制御が不安定になったようだ。ふらふらと左右に揺れながら、こちらにむかってくる。

そのとき、ドローンの胴体底部が左右に割れた。爆弾でも投下するつもりだろうか。中から銀色に輝く円筒形の物体が射出された。ロケットではないようだ。煙は噴いていない。だがラグビーボールほどの未知の物体が空中を飛んで、こちらに向かってくる。もう逃げることは不可能だった。

あのふたりの身代わりになるのなら、そう悪くない最期かもしれない。
タツオは目を閉じ、死を覚悟した。

53

頭上で轟音《ごうおん》が鳴り響いた。一〇〇の雷鳴をあわせたよりも強烈だ。

サイコが約束した五分が過ぎたようだ。謎の戦闘ヘリコプターを迎撃するために、スクランブル発進したＶＴＯＬがようやく飛来したところだった。

直下で聞く垂直離着陸戦闘機のジェットエンジン音は、耳だけでなく身体全体を殴りつけられるようだった。サイコと瑠子さまがこちらに向かって、なにか叫んでいた。口の動きが見えるだけで、なにも言葉はわからない。

ジェット噴射が巻き起こす奔流《ほんりゅう》のような突風が地上を揺さぶっていた。背の低い野草が嵐の海のように荒れ狂っている。タツオは不思議な時間のなかにいた。自分でも気づかぬうちに逆島流時間操作技「止水」を発動していたのかもしれない。すべての光景がスローモーションで動いている。

数メートル先の空中で揺れているドローンは、二つに割れたフラップを胴体から下げている。名手のパスのように空中をふわりとこちらに飛んでくるのは、楕円形の金属球だった。たぶん炸薬《さくやく》の詰まった爆弾なのだろう。自分は東園寺家のお嬢さまと第二位の皇位継承者を守って、ここで死ぬのだ。名誉の爆死だ。

戦闘中とはいえ、東園寺家の敷地内だった。進駐官養成高校で亡くなった五十嵐高紀のように二階級特進はあるのだろうか。死ぬ前に階級のことを考えるなど、偉そうなことをいっても、自分だって欲深いものだ。母親に送られる遺族年金の額が違うのだから、当たり前ではあるのだが。

頭上で東園寺家のＶＴＯＬから空対空ミサイルが放たれた。夏空に白いリボンのような煙を引いて、まっすぐに親機の無人ヘリコプターにむかっていく。

「伏せろ！」

この叫び声はきっとジョージだ。あいつなら、あとをまかせられる。タツオは77式自動拳銃を投げ捨て、地面に倒れこんだ。青臭い夏草の匂いで胸が染まりそうだ。

頭上でミサイルの爆発する音が響いた。タツオはひどく汗をかきながら、自分の死を連れてくる小型爆弾が破裂するのを待った。銀色の楕円形の金属が伏せたタツオの顔の横に落ちた。銀の腹に夏の光を跳ね散らしながら、こちらに転がってくる。

過呼吸と発汗が止まらない。こんな至近距離で爆弾が破裂したら、自分の顔は親にも見せられないほどずたずたにされてしまうだろう。最悪のデスマスクだ。なんて嫌な死にかたなんだ。

逆島断雄はぎゅっと目を閉じて、死までの数瞬に備えた。草の匂い、夏の日ざし、ジェット戦闘機の轟音、高性能火薬の鼻を刺す刺激臭。狂おしいほどの感覚が流れこんでくる。

74式突撃銃の連射音が軽快に鳴った。タツオは恐るおそる顔をあげた。ジョージが最後に残ったドローンを銃撃したところだった。ドローンはバランスを失い、斜めに空を滑ると林のなかに墜落した。爆発音はしない。

「いつまで寝てるんだ」

ジョージの編あげの軍靴《ぐんか》が目の前にやってきて止まった。

「こいつはいったいなんだろう」

タツオが上半身を起こすと、ジョージが手を貸してくれた。死を覚悟していたとはいえずに、汗だくのタツオはクラスメイトの前で顔を赤くした。不気味な楕円形の金属を見つめていう。

「不発弾かな」

ジョージが目を細めていった。

「いや、こんなタイプの爆弾を五王重工のカタログで見た覚えはない。空中で撃ちだすなら、姿勢制御のためにちいさなフィンでもつけてるはずだ。ラグビーボールに似た小型爆弾なんて、きいたことがない」

そういえばふらふらとおかしな回転をしながら、この金属は飛んできた。ジョージが手を伸ばして、楕円球を拾いあげた。

「ひどく軽いな」

こちらに差しだしてくる。タツオもあまりの軽さに驚いた。

「なんだ、これ。炸薬が詰まってるどころか空っぽみたいだ」

アルミ合金を磨いて造った楕円球の中央には、髪の毛ほどの筋が一本走っている。タツオは無意識のうちに金属の殻を上下にひねっていた。ぬるりと濡れたような感触ののちに、アルミの半球が回った。

「なにか入ってるみたいだ」

正確に三回転半後、楕円の金属球が開いた。中はグレイの発泡ウレタンで満たされている。開いたすき間に三センチ角の透明なクリスタル板がはいっていた。タツオはそれを抜きだした。

「わけがわからない。これはいったい……」

ジョージが興奮して叫んだ。

「アクセスカードだ」

「なんにアクセスするんだよ」

遠くから男たちの叫び声が届いた。

「瑠子さまー、ご無事ですかー」

謎のヘリコプターが撃墜され、瑠子さまのＳＰたちがこちらに向かっている。ジョージは楕円の金属ケースを、林の下ばえのなかに蹴りこんだ。

「話はあとだ。どこの誰かはわからないが、タツオにそのカードを届けたいやつがいるみたいだ」

まるで意味がわからなかった。こんな手間をかけるなんて信じられない。

「それなら普通に手で渡すとか、郵便でも送ればいいのに」

ジョージがやれやれという顔をした。

「きみは知らないのか。養成高校の生徒に送られてくる手紙や荷物は、柳瀬の部下の手で全部中身を調べられている。ほんとうのことなど手紙には書けないし、大切なものは郵便なんかじゃ送らない。それが戦時体制だろ」

情報保全部はただの進駐官の卵にさえ、そこまでやるのだ。これからは決して手紙に本心を書くのは止めようとタツオは決心した。

「瑠子さまー」

ＳＰが血相を変えて、サイコと瑠子さまのいるブナの巨木に駆け寄っていく。タツオやジョージなどきれいに無視していた。タツオは胸ポケットのボタンをはずし、クリスタルのカードをそっと落とした。

54

帰り道ではＳＰの男たちは、瑠子さまからかたときも離れなかった。サイコにも東園寺家の使用人がべたりと張りついている。

ふたりと話ができたのは、リゾートホテルのような東園寺家の山荘が見えてきたところである。ヤシの木の天辺《てっぺん》が午後の日ざしをのどかに浴びている。南国のようだ。とても迎撃用の戦闘機をひそかに装備しているようには見えなかった。

サイコが早口でいった。

「わたしはこれから一日中お説教だよ。瑠子さまを危険な目に遭わせたから、こってり絞られると思う。そっちも気をつけて」

タツオはうなずき返した。

「ああ、わかってる。全部済んだら、ちょっと話がある」

瑠子さまがていねいに会釈してくれた。第二皇女が立ち止まると、周囲をとりまく男たちもあたりを警戒しながら立ち止まる。タツオはこの男たちの仕事のほんとうの中身を知っていた。襲撃があったとき、自分の身体を盾にして、瑠子さまを守るのだ。ＳＰは進駐官とは異なるが、命がけの厳しい仕事である。

「お昼もゆっくりたべられなくて、残念だったわね。でも、タツオがわたしを守ってくれたことは忘れない。これでひとつ借りができた。いつか必ずお返しします。では、ごきげんよう。わたしは明日、ここを発ちます」

「もったいないお言葉、ありがとうございます」

タツオは最敬礼で応えた。自分が瑠子さまの身を守ったとはとても思えない。最後のドローンを撃ち落したのはジョージだ。けれど同じ年の愛らしい第二皇女から、謝意を伝えられて、うれしくないはずがなかった。この言葉ひとつを賜《たまわ》るためなら、命を捨ててもかまわないという皇室マニアは、日乃元にはいくらでもいる。

瑠子さまとサイコが賓客用の控室に連れていかれると、男子だけが残った。柳瀬波光は乗馬中だったようだ。山荘の豪華なロビーに、乗馬服姿で、右手に鞭を下げ立っている。青白い額に血管を浮きあがらせ、情報保全部員はいった。

「つくづくおまえたちは災難を呼ぶな。呪われた三組一班か。話は順番に聞かせてもらう。まず最初に逆島断雄、こい」

貴賓用スイートルームで、この鷲のような男との時間が待っている。タツオは胸ポケットのクリスタルカードを意識しながら、情報保全部のエリートの後をついていった。

取り調べは九〇分弱だった。

無人ヘリコプターによる襲撃について、四度繰り返して証言を求められた。いい間違いや記憶のミスを、柳瀬波光は許さなかった。徹底して問い詰められるのだ。尋問の方法をタツオは身をもって学んだ。いつかこうした陰湿な技が自分の身に役立つことがあるのだろうか。皮肉な思いは止められない。

一連の出来事のなかで、タツオが一切ふれなかったのは、あの謎の金属球とクリスタルカードについてだった。すくなくともこの件については、ジョージときちんと話をするまでは、ほかの誰にも漏らすつもりはなかった。それが進駐官養成高校でも、情報保全部でも、東園寺家でも変わらない。今のタツオには誰が敵で、誰が味方かわからないのだ。信用できるのは、三組一班とせいぜいサイコくらいのものだ。

尋問が終了して、スイートルームを離れる直前、柳瀬波光が鋭く目を光らせていった。

「あのメール以来、なにも貴様のところに届けられていないな」

じっと目を見つめてくる。いつもの人を信じない目だった。

「はい。なにも」

タツオは幼い頃から、胸のうちを隠すのが得意だった。近衛家の名門に生まれたが、進駐官にはなりたくない。父の友人から将来なにになりたいかと質問され、いつも嘘をついていた。「父のような立派な進駐官になりたい」と心にもないことをいっていた。

タツオは低姿勢になった。こういう男は相手が下手に出ることに慣れているはずだ。プライドを捨てていう。

「なにかあれば、いつでも柳瀬さんにご報告します。ご心配なく。それより以前、経済的に困ったときは自分を頼れと、おっしゃってくださいましたよね。仕送りが厳しいので、いくらか小遣いを貸していただけないでしょうか」

柳瀬は意外そうな顔をした。

「ほう、わたしを頼りにするとはいい心がけだ」

男は乗馬服のポケットからマネークリップで留めた紙幣を抜きだした。数もかぞえず適当につかんで差しだす。

「返そうと思う必要などない。情報保全部員の機密費は天井知らずだからな。すべて日乃元の税金だ。せいぜいうまいものでもたべて、身体をつくりなさい」

「ありがとうございます」

タツオは敬礼をして、ドアを閉めた。手のなかにある金をかぞえる。大卒者の初任給二ヵ月分を超える大金だった。柳瀬波光のいうとおり、三組一班に最高級のステーキでもおごってやることにしよう。

タツオはその汚れた金をすこしでも早く手放したくてたまらなかった。

55

「問題はこいつがどこのデータベースへのアクセスカードなのかだ」

ジョージの手には薄いクリスタルのカードがあった。てのひらに楽に隠れてしまうような薄片は、虹色にプールサイドの明かりを反射していた。

ジョージとタツオは夜のデッキチェアに寝そべっていた。自分たちが泊まっている部屋では、情報保全部の盗聴が心配だった。

サイドテーブルには情報端末が置いてある。ふたり分の端末は同期され、同じ音楽を流していた。夏の夜にふさわしい気だるいリズムのボサノバだ。

ここは野外なので盗聴は困難だろうが、一応警戒し、ノイズ代わりに流しておく。高感度マイクと集音機をつけたライフル銃のような形をした指向性の遠距離盗聴器も存在する。用心に越したことはないだろう。

「ひとつわからないことがある」

タツオは夢のように青いソラマメ形のプールを眺《なが》めていた。昼の襲撃が幻のようだ。

「なんだい？」

ジョージは手のなかのアクセスカードをていねいに観察している。そこには製造番号も、メーカー名も、国名もなかった。

「あの謎のヘリコプターのことだ。確かにぼくたちはなんとか偵察用のドローンを撃ち落すことができた」

ジョージがデッキチェアで身体を起こした。胸の筋肉がゆっくりと引き締まる。

「ああ、そうだ。落したのはぼくとテルだけどね」

ハンドガンしかもっていなかったタツオとクニは一機も撃墜できなかった。サイコには散々あとで皮肉をいわれそうだ。

「つぎからは必ず突撃銃をもっていく。それよりも、こっちが気になってるのは最後の一機のことなんだ」

ジョージはじっとタツオの目をのぞきこんできた。興味を示したようだ。

「どういう意味」

「あのとき、林の奥から悲鳴が聞こえた。サイコと瑠子さまだ。ぼくは駆けていったけれど、たっぷりと一分はかかっていたと思う。どう思う?」

「そういえばそうだな」

電子戦が発達した現代では、六〇秒は果てしないほど長い時間だった。タツオは頭のなかで戦闘を再現しながら、ゆっくりと確認するように話した。

「ぼくが駆けつけたときには、ドローンはサイコと瑠子さまをすでに発見していた。普通なら発見直後に上空の親機に位置情報を知らせる。『烈龍』の威力ならそれほど正確である必要さえないだろう。即座に高高度から空対地ミサイルを発射して、すべて片がつく」

ジョージが静かにうなずいた。

「ミサイルの着弾まで、距離にもよるが五、六秒というところかな」

「そうだ。それなのにあのドローンは大好きな花を見つけた蜂のように、サイコたちのまわりを飛びまわっていた。いくらでも位置情報をしらせる時間があったのに」

混血の同級生はふうと息を吐いた。

「確かにおかしいな」

「ぼくがふたりの名前を叫ぶと、今度はまっすぐこちらに向かってきた。捜している相手がようやく見つかったって感じだった。どうしてぼくなんかよりもずっとターゲットとして価値の高い瑠子さまを無視して、こちらに飛んできたのだろうか」

ジョージが長い前髪をかきあげた。頬が上気しているのは、興奮しているのだろう。なにかおおきな秘密に手がかかったような気が、タツオもしている。ジョージはいう。

「先に瑠子さまを見つけた段階で、ミサイルを一発。タツオにもう一発。五王重工の戦闘ヘリは『烈龍』を両サイドに二基ずつ下げている。余裕で瑠子さまとタツオを排除できた訳だな」

タツオは両手を頭の後ろで組んだ。緊張しているように見られたくなかった。自分たちは退屈だから、夜のプールに遊びにきている。話は戦闘ヘリによる襲撃ではなく、同世代の女の子についてだ。すくなくとも情報保全部にはそう見なされなければならない。

「ほんとうにターゲットの完全排除が目的なら、あの襲撃計画は完璧だったんだ。戦闘ヘリはたっぷりと時間的な余裕があったはずなのに、ミサイルを発射しなかった。その代わりに……」

ジョージがそのあとを続けた。

「あのアルミのラグビーボールみたいなやつを、タツオにパスして寄越した」

「どういう意味だと思う。目的は？」

敵か味方か分からない謎の相手は、今日の午後なにをしようとしていたのだろう。ジョージは親指とひと指し指で、透明に夜を透かすカードを示した。

「最終的な目的まではわからない。でも、何億もする戦闘ヘリコプターを二機撃墜されてもいいから、このカードをタツオに届けたかったんだろう。それもこの山荘内では嫌だった。あいつらに見つかるから」

ちょうどカップルがプールの向こう側にやってきた。甘い雰囲気など欠片《かけら》もない。男は柳瀬波光といっしょにいるところを見かけた気がした。

「カードを返してくれ」

ジョージからアクセスカードを受けとる。こんなものにどれほどの価値があるというのだろうか。有効な情報にアクセスできたとしても、自分にはなにをする力もないのに。いくら見つめても薄い透明なクリスタルは、変わらずに光を反射し、残る半分を透過させている。角度によって鏡にもクリスタルにもなるのだった。

ジョージは意味深にいう。

「あれだけの大芝居を仕組んで、そいつをタツオに届けたんだ。きっときみがそれを生かしてくれると、向こうは期待してるんだな。もしかしてブラックホール爆弾とか、核ミサイルの発射コードだったりしてね。世界が一瞬で滅亡するような」

茶色い髪を風になびかせて、ジョージが軽やかに笑った。タツオはまったく笑う気になれなかった。自分に託された責任が果てしなく重く感じられる。

「そんな極秘データなら、情報保全部じゃなく日乃元政府か進駐軍作戦部がやってきて、とっくにぼくたち四人を軍の重営倉にぶちこんでるよ。そんなもの、ぼくに渡すより、自分で勝手に使えばいいじゃないか」

だんだんと腹が立ってきた。戦いたくもないし、責任もとりたくないのに、誰だかわからない相手が、勝手に秘密を押しつけてくるのだ。訳がわからない。タツオはすべてを投げだしたくなった。逆島家の一員であることも、進駐官養成高校もやめてしまいたい。

「ジョージはこれを見たとき、すぐにアクセスカードだと気づいたよね。だいたいそいつはいったいなんなんだ」

ジョージがデッキチェアで伸びをした。手足が長い。身体のバランスは日乃元人というよりエウロペ人のようだ。いたずらっぽく笑みを浮かべていった。

「夜までたっぷり時間があった。もう調べてはいるんだろ。まさか自分の端末は使っていないと思うけど」

タツオはゆっくりとうなずいた。

「ああ、ひととおりはね。でも、ジョージの口から聞いておきたいんだ」

「わかった」

ジョージは真っ青なノンアルコールカクテルをひと口すると話し始めた。

56

「これは世界中どの軍でも同じだけれど、戦争の勝敗を左右するのは情報なんだ。それは国家対国家の総力戦でも、小隊同士の偶然の接近遭遇戦でも変わらない。戦場ではすべての兵士がウェラブルのコンピュータ端末を装備している。ぼくたちがもっている突撃銃や自動拳銃にも電子認証がついていて、本人以外の発砲は困難だ。リアルタイムでの情報収集と解析、その共有というのが、この数十年来の戦闘テクノロジーの進化のハイライトだ」

「その話なら授業で聞いたよ」

タツオは冷静に返事をした。作戦部がこれほど絶大な権力を握るのも、情報戦こそ現代の戦争の核心だからだった。作戦部のエリートは地球の裏側で起きている戦闘を、帝都東京の地下深くにある本部から指揮する。進駐官は手足となって、命令通りに兵を動かすのだ。

「きみは父上の逆島靖雄中将から、アクセスカードを見せられたことはないのか」

「いいや、そんなものは見たことない」

夜風が冷たくなってきた。タツオの上半身に鳥肌が立つ。半袖のパーカを羽織《はお》った。

「ぼくは見せられたことがある。これみたいに無色透明なものではなかった。血液を固めてつくられたような赤いアクセスカードだ」

その名前を口にしてもいいのだろうか。エウロペでは裏切り者の代名詞である。

「……アルンデル将軍から？」

ふっとジョージが息を吐いた。

「タツオが気にすることはない。そうだよ。ぼくの父からだ。軍というのは完全なピラミッド型の組織だから、情報の共有といってもそれぞれに段階がある。こうしたアクセスカードは、各国とも中枢になる作戦部と将官かそれに準ずる者に与えられるものだ。きみは気づいていないかもしれないけど、そいつ一枚で庭つきの一戸建てが買えるくらいの価値がある」

タツオは驚いて、薄いカードを見つめた。

「ダイヤモンドを削りだしてつくったのかな?」

「いや、それは人類が今までの歴史でつくりあげた最も複雑な鍵なのさ。微細加工の粋を尽くして刻んだ数百万行の暗号コードと生体認証を組みあわせた最先端のテクノロジーだ。生体認証もただの指紋なんかじゃない。血管造影と骨スキャン、汗腺から分子数モル単位の個体識別マーカーを読みとる。複製は不可能だし、持ち主以外にはただのクリスタルにすぎない」

よくわからないけれど、すごいもののようだ。これ一枚で家一軒か。

「アクセスカードでなにができる?」

「カードリーダーにつなげば、世界中どのパソコンからでも進駐軍の最重要な極秘データネットワークにアクセスできる。作戦部の二〇〇人と進駐軍の将軍七〇名だけがアクセスできるあらゆる軍事情報だ。魔法使いの杖《つえ》みたいなものかな。あれよりはずっと強力だけど」

タツオにもだんだんとわかってきた。これは戦闘ヘリコプター二機どころか、戦略爆撃機の数編隊に匹敵するほどの価値があるものだ。それが自分の手に託《たく》された。いったい謎の相手はなにを期待しているのだろうか。こんな危険なものを渡しておいて、なんの要求もしてこない。まるで意味がわからなかった。

ジョージが笑いかけてきた。グラスをこちらに向ける。

「とりあえず乾杯しないか。タツオがその気になれば、ぼくたちはふたりでエウロペでもアメリアでも氾でも、どこの国にでも亡命できる。アクセスカードとタツオがいれば、世界中どこにいっても王族のような暮らしができるんだ。どうだい、タツオ？　いっしょに国を売ってみないか」

　タツオはもうなにも考えられなかった。ある種の恐怖と非現実的な違和感をもって、てのひらのアクセスカードを見つめるだけだった。カードは夜の明かりを跳ねて、羽根のように軽く薄い。進駐軍の極秘情報につうじる扉は、これほど透明なのだ。あまりの落差にタツオは気が遠くなりそうだった。

57

　翌日から、なぜかタツオたちは東園寺家の別荘でも周囲から浮くようになった。リゾートホテルのような建物には、進駐官養成高校の生徒だけでなく、近衛四家の子女も大勢避暑にきていた。いっしょに育ったも同然なので、タツオの顔見知りも何人もいる。その誰もがタツオと目をあわせなくなったのだ。

　朝のダイニングルームで、バイキングの料理が山盛りになったトレイをもって空席に座る。すると同席していた者がすっと静かにテーブルを離れ、タツオがひとりになってしまう。三組一班の四名と東園寺彩子、それに残念なことだが情報保全部の柳瀬波光くらいしか話をできる人間がいなくなってしまった。

　タツオはいつも誰かといっしょにいることを好まない。ひとりで本を読んだり、音楽を聴いたりするほうが性にあっている。生まれつき孤独を愛する性格だ。それでも意識的にまわりの人間から忌避されるのは、じわじわと胸にこたえた。

　あのヘリコプターによる襲撃以来、サイコと初めて顔をあわせたのは、中一日をおいた朝だった。誰もいないテーブルでヤシの木が植わった中庭を見ながら、トーストをかじっているとがしゃんとトレイが目の前に降ってきた。驚いて顔を上げるとサイコがなぜか怒り顔で立っている。

「タツオ、ここ空いてる？」

返事を聞く前に椅子を引き、お嬢さまは座ってしまった。

「……空いてる」

「どうして、そんなに暗い顔で、ひとりぼっちで朝ごはんなんてたべてるのよ。あんた、ずっと下向いてたよ」

自分では普通にしているつもりだった。

「そうか。ごめん。気をつける」

サイコはニンジンジュースのコップをもつと、生ビールでも飲むようにぐいぐいと傾けた。白い喉がうねって、搾《しぼ》り立てのジュースを流しこんでいく。

「あー、うまい。朝はやっぱり野菜ジュースだよね」

そういうサイコの繊細な唇の上には赤いニンジンの泡が残っていた。

「サイコ、ひげが生えてる」

「わかってるわよ」

紙ナプキンで口をぬぐうと、サイコは丸めたナプキンをタツオに放り投げた。そういえば近衛四家専属の幼稚園のときから、こんなふうにサイコにはいじめられていた気がする。

サイコはクロワッサンをカフェオレに浸し、突然いった。

「タツオ、悔しくないの」

「なにが？」

美少女の目がきっと見開かれた。鋭い視線は東園寺家代々の遺伝だ。サイコは両手を開いて、周囲を示した。

「こういう全部のことがだよ。タツオの周りではなぜか、たくさんの事件や襲撃が起こる。みんながあんたと三組一班のこと、陰でなんて呼んでるか知ってる？　疫病神《やくびょうがみ》とか、呪われた一班だよ」

どうりで誰も自分と同じテーブルで食事をしたがらない訳だった。朝のコーヒーを飲んでいるところを襲われるのは、誰だって嫌だろう。

「そうか。ぼくのせいで、うちの班のメンバーまで……」

あとは言葉が続かなかった。班の構成は成績順で適当に割り振られたと聞いている。ジョージやクニやテルが、自分と同じ班になったのはただの偶然にすぎない。テルの場合、逆島家再興を目指す組織の一員だから、なんらかのコネクションが動いた可能性もあるが、それでも自分さえいなければ、こんな面倒に巻きこまれることはなかっただろう。やはり兄や母のいうことを無視して、普通の大学の付属高校にでもいけばよかった。だいたい自分は軍人に向いていないのだ。

「男は簡単に謝ったりしないもんだよ。タツオは本気ですまないなんて思ってないよね」

心外だった。襲撃事件に巻きこまれた被害者、関係者には申し訳ないと思っている。

「いや、本気だよ。亡くなった人もいるし」

強気のサイコもすこしひるんだようだ。

「五十嵐くんのことだよね。でも、あれはタツオが悪いんじゃなく、敵が悪い。高校の校庭で銃を乱射するなんて、クレージーだもん。あのさ、わたしたちは進駐官養成高校を卒業すると、なんになるの」

ずいぶん当たり前の質問を急に振ってきた。夏は暑いか、雲は白いか。東島の卒業生は一〇〇パーセント進駐官になる。

「進駐軍の下士官に決まってるだろ」

「そうなれば当然、部下をもつ」

不機嫌にタツオは返した。

「ああ」

「戦闘が起きて、指揮がうまくいっても、いかなくても、ときに部下が死ぬこともある。もちろん自分だって、死んじゃうかもしれないけど」

「わかってる」

サイコがタツオをにらみつけた。

「わかってなんかいない。誰にもそんなこと、実際に経験しなくちゃわからない。でも、ひとつだけ確かなことがある。人の死を乗り越えて、進駐官は一人前になっていくんだ。タツオは五十嵐くんのことで、自分を責めているかもしれない。でも、あの事件はタツオがほかのどの生徒よりも早く成長するきっかけになったはずだよ」

驚いた。このお嬢さまはこちらを励ましにやってきたのだ。

「五十嵐くんだって、タツオがいつまでも下を向いているのを見たくはないはずだよ。ちゃんとしなさいよ、逆島断雄」

サイコの目を見つめた。瞳の奥で揺らめく気配がある。自分に恋でもしているのではないかと錯覚させるような熱を帯びた揺らめきだった。サイコになら、あのアクセスカードのことを話してもいいかもしれない。東園寺家の力を借りれば、カードの力を何十倍にして引きだせるだろう。

「誰がちゃんとするんだって」

皮肉な声が自分の肩越しに響いた。東園寺崋山、サイコの双子の兄だった。

58

腕組みをしてカザンがタツオを見おろしていた。背後にはとり巻きの生徒たちが五、六名。これも冷たい視線で刺すようにタツオをにらんでいる。

「サイコ、おまえもいつまで、こんな負け犬の相手をするつもりだ。逆島家になど、もう未来はないんだぞ」

サイコはそっぽを向いて、口のなかでつぶやいた。

「バカ兄貴め」

カザンはサイコのことなど気にもかけなかった。タツオを見おろしたままいう。

「だいたいわが東園寺家が、逆島家にどれだけ迷惑をかけられたと思ってるんだ。近衛四家第二席だったのに、タツオの親父をかばって東園寺家までとばっちりをくった。近衛四家第二席が今じゃ、末席の第四席だ。おまえたちだって、近衛四家の席次の重みはわかっているだろう」

タツオは静かにうなずいた。父の逆島靖雄中将から、さんざん聞かされている。

「普通なら席次をひとつあげるのに、二世代も三世代もかかるんだぞ。よほどの国家的貢献か、軍事的な大成功を収めなければ、自分一代で席次をあげることなどできない」

近衛四家は現在、不動の第一席、皇室との関係の深い天童《てんどう》家、第二席が繰り上げになった軍事テクノロジーに強い萬《よろず》家、第三席は日本最大の軍需企業・五王重工をバックにもつ池神家、そして最近は落ち目といわれる東園寺家の四家だった。逆島家は元第三席である。

カザンの口と頭に火がついたようだ。胸を叩いていった。

「いいか、サイコ、ぼくたちは力をあわせて、東園寺家の席次を元の第二位まで押し上げなきゃならない。近衛四家から転げ落ちた没落名家などにかまっている暇はないんだぞ」

はっきりといいにくいことをいうやつだった。カザンは幼稚園の頃、いつもサイコの陰に隠れていたいじめられっ子だったのだが、その子がいまや近衛四家の席次をあげるという。席外となった逆島家の自分には、もう近衛四家の力関係などうでもいいことだった。

サイコがちいさく叫んだ。

「タツオだって、あきらめた訳じゃない。ちゃんと逆島家の再興を狙ってるんだから。そうでなきゃ、こんなに謎の敵に襲撃されたり、情報保全部に目をつけられたりしてないもん」

おーっと低い声がカザンの背後にいるとり巻きたちから漏れた。サイコの兄が疑わしげにいった。

「本気なのか、タツオ。おまえは本気で逆島家を近衛四家に復帰させようというのか」

口のなかでぶつぶついっている。カザンには目の前にある進駐官の職務より、近衛四家のほうが遥《はる》かに重要なようだった。カザンの目には近衛四家以外の進駐官など、ただの持ち駒に過ぎないのだろう。

「もし、おまえが逆島家再興を目指すのなら、手を貸してやらない訳じゃない。もちろん東園寺家と昔のような関係を結ぶというならな。どのみち東園寺家は上位にある池神家と萬家は追い抜かなきゃいけない。逆島家が上がってくるなら、そのときはどこかの家がひとつ抜けるのが順番だ。そうでなければ近衛四家で収まらない。そうだろ、みんな。五引く一で四だ」

タツオはめまいがしそうだった。ただの「引く一」で、逆島家の人間と縁者たちがどれほどの苦痛と屈辱に耐えなければならなかったか。カザンにはあの苦しみは想像もできないだろう。

タツオは歯をくいしばっていった。

「もしそうなら、ぼくに東園寺家の力を貸してくれるのか」

カザンは胸を張り、腕を組んでいい放った。

「いいだろう。東園寺家の力、すべてを使わせてやる。ただし、逆島家はつねに近衛四家では東園寺の下位席次という約束ができるならな。それができれば、タツオ、おまえとサイコを結婚させてやってもいいぞ」

サイコが真っ赤になって叫んだ。

「ちょっとバカ兄貴、なにいってくれてるのよ」

タツオは考えこんでしまった。逆島家がほんとうに再興可能で、近衛四家に復活できるなら、父の汚名を晴らし、母や兄の屈辱を洗い流せるかもしれない。

あの謎のアクセスカードもある。ジョージという天才的な友もできた。自分さえ本気になれば、逆島家の輝ける黄金時代をとり戻せるかもしれないのだ。

タツオは学園一の美少女を見あげた。サイコがいう。

「なに見てるの、タツオ。あんたまで、バカ兄貴のいうこと本気にしてるんじゃないでしょうね」

タツオは首を横に振った。サイコは確かに美人だが、おまけに過ぎない。すべては自分のこれからの進駐官人生にかかっている。逆島家再興は可能か。タツオは容易に答えのだせない疑問を考え続けていた。

59

「こんな変装でいいのかな」

タツオはジャングル柄のアロハシャツの胸をつまんで引っ張った。野球帽をかぶり、涙滴形のサングラスは鏡のように周囲を反射している。自分の腕をつまんだ。

「それにこのタトゥのプリント。なんだか妙にかゆいんだよね」

両腕にはびっしりと紺色のチェーンのタトゥが入っていた。パンツはだぶだぶのジーンズで、どう見ても地方の不良少年のようだった。

「それでいいのよ」

そういうジョージは長い金髪のウイッグをつけて、ぴちぴちのTシャツを着ている。問題なのは胸のふくらみがあることだった。パッド入りのブラジャーをつけているのだ。下半身はパンツではなくミニスカートだった。元々細身でスタイルのいいジョージが、そんな格好をするとファッションモデルのようだ。

ジョージが腕を組んできた。いい匂いがする。この天才児はきちんとメイクをしているのだ。どこでそんなものを習ったのだろう。なにをしてくるのか予測のつかない生徒だった。

ふたりが歩いているのは、東園寺の山荘からバイクで一五分ほど離れたこの地方の県庁所在地だった。人口は五〇万と少々。日乃元では地方でも中心都市ならば電器街があった。この街では新アキハバラ通りというらしい。県庁近くのビジネス街から、ほんの数分で辺りの看板がみなデジタルのアニメ絵に変わっている。

「今ごろ、向こうではちゃんとアリバイつくって

1F

くれてるかな」

「心配ないよ。ふたりとも進駐官の卵だ。なんとかごまかしてくれるだろう」

テルとクニは部屋にこもって、三組一班で夏休みの宿題をしていることになっていた。食事はルームサービスをとり、部屋のなかではタツオとジョージの会話の録音も流されている。夕食の時間までに戻ってくれば、誰にも気づかれないはずだった。

ふたりは夜明けとともに山荘を抜けだし、バイクで街にきていた。ジョージが運転し、タツオが後ろのシートで、友人の腰につかまった。変装をしたのはハンバーガーショップの洗面所で、慣れないタツオは一時間近くかかってしまった。タトゥのシールがうまくはれなかったのだ。

「こっちだ」

ジョージがそういって狭い路地を示した。薄暗く湿った通りで、ジャンク品のコンピュータや盗撮や盗聴用の違法なパーツが店先で売られている。ミニスカートのメイド服のウエイトレスがビラを撒いていた。化粧が濃い。

「ご主人さま、ぜひいらしてくださーい。うわー、お連れのかたは美人さんですねー。女性のお客さまは半額ですから、どうぞー」

きんきんと響くアニメ声で、タツオの手に強引にチラシを押しこんでくる。

「わー、ありがとう。あなたこそ、かわいいね。そのメイド服いいなあ」

ジョージがふざけて、ウエイトレスの胸のフリルにさわった。なぜかタツオはヤンキー調に声が低くなってしまった。

「おい、さっさといくぞ」

ジョージが腕にしがみついていった。身長は向こうのほうが一〇センチは高いので、ぶらさがっているのは、ヤンキーのタツオのほうだ。

「はーい。あなたって、せっかち」

そのときタツオは暗い路地の突き当りで、虹色に輝く3Dホログラフの看板に気づいた。流行のデジタルサイネージだ。

「ネットカフェ　伊佐那美」

メイドカフェのウエイトレスが、あーそうなんだと明るくいった。

「それなら、うちよりあそこの店のほうがいいよね。ふたりで楽しんできてね。いい男といい女のカップルさん」

タツオは情けなくなった。ジョージは男だ。これからいくネットカフェは極秘情報を収集するためにいく。確かに潜りの店で身分証の提示の必要もないし、値段が張るのも客の半分がラブホテル代わりに使用しているせいだろう。だが、大切なのは足のつかないコンピュータがあることだった。

タツオが引きずるようにジョージを連れてネットカフェに向かうと、女装した天才が手を振った。

「あなた、いい子ねー。今度絶対指名するからー」

天才の心は凡人にはわからないのだろう。タツオはジョージの腕を解くと、下水の臭いがする路地をさっさと歩いていった。

60

ふたり用のブースは三畳ほどの広さだった。ラブソファがひとつ、デスクに向かっている。デスクのうえには大型のディスプレイとキーボードが載っていた。コンピュータ本体はデスクの足元にあるが、数年前の型でほこりをかぶっていた。気を利かせたつもりだろうか。ティッシュ箱も隅に置いてある。

「ふう、暑いな」

タツオがキャップを脱いだ。冷房が効いているはずだが、蒸し暑いブースだった。部屋を細かく仕切り過ぎて、冷気が回らないのかもしれない。

「タツオはいいなあ。ぼくのほうはウイッグが脱げないよ。どこに監視カメラがあるかわからないからね。まあ、ネットの書きこみでは、この店はなにをしても店員がこないらしいから、誰もモニタなんて見てないかもしれないけど」

タツオはうなずいた。格安ラブホの代わりのネットカフェでも我慢しなければならない。東園寺家の山荘から進駐軍の情報ネットワークに接続するのは危険だった。すぐにこちらの身元がばれてしまう。タツオがもつ最上位の進駐官アクセスカードは、その存在さえ知られていない。情報保全部の柳瀬波光をあざむくのは痛快だが、ばれれば進駐官としては一生激戦地を転戦させられるだろう。こちらも命がけだった。

「タツオ、出して」

ジョージがカードリーダーをバッグからとりだした。カーキ色の軍装備品だ。ひとつ一〇〇〇円もしないものだろう。コードをパソコンにつなぐ。タツオはアロハシャツの胸ポケットから、透明なクリスタルの薄片を抜いた。クレジットカード半分ほどの薄く透明な板だ。ジョージが受けとり、カードリーダーに挿した。なにも起こらない。タツオはいった。

「どうしたんだろう」

ゆっくりと三秒かぞえるほどの間が空いた。カードリーダーが青く光りだす。タツオが驚いてジョージに目をやると、薄化粧をしたクラスメイトの顔が暗いブースに青く浮きあがっていた。緊張しているのだろう。認めたくはないが真剣な顔つきがきれいだった。男でも女でもなく、ただのきれいな人だと、タツオは思った。

カードリーダーの上面にあるちいさなレンズから放射された青い光は、次第に空中に形をつくりだした。右手の手首から先である。ジョージが囁いた。

「そこに手をかざせってことじゃないか」

「なんだ、ジョージはお父さんに使いかたを教わってないのか」

ふたりは囁《ささや》き声でいい争った。どこか遠くのブースから、若い女のうめき声が聞こえる。

「カードを見せられたことはあるけど、使用法までは知らない。いいから、手をだして」

タツオは恐るおそる青い光に手を浸した。熱があるのではないかと思ったが、夜のプールのように冷たかった。同時にディスプレイが停電でもしたように暗転した。

「このカード、壊れてるんじゃないか」

悲鳴のような声が漏れてしまう。ぶーんという低いモーターのうなり音が聞こえた。ディスプレイが復活する。南の海の輝くような青を背景に皇室の紋章である橘が揺らめいていた。

『逆島断雄　認証　確認』

青いホログラフの画面は、恐ろしく繊細に揺らいでいた。海底で潮流になびく無数の海藻のようだ。

「これは……」

ジョージがデスクの下に手を伸ばした。コンピュータ本体に手を当てる。

「熱い。熱暴走を起こしてる。このアクセスカードはコンピュータの性能も極限まで引きだしてしまうみたいだ。こんなポンコツではたいしてもたないぞ」

そんなことをいわれても、タツオにもどうしようもなかった。アクセスカードというけれど、どこにどうアクセスすればいいのかわからない。ディスプレイでは見つめているとめまいを起こしそうな超高速演算による複雑怪奇な壁紙が揺れるだけだ。

「どうすればいい」

「わからない」

もうどうにでもなれ。タツオはエンターキーを叩きつけるように押した。腹に響く爆発音が狭いブースを揺らした。タツオは目を閉じた。アクセスカードではなく、新型の爆弾だったのではないか。ジョージも隣りで硬直している。

「おーい、戦争映画観るなら音下げろ」

向かいのブースから、男が叫んでいた。爆発音が再び聞こえた。タツオにもわかった。これはデスクの上にあるスピーカーから流れているのだ。映像は豪勢な宮殿の一室だった。壁には巨大な肖像画がかかっている。タツオも歴史の教科書で見たことのある顔だった。ウルルク王国の中興の祖、アクシパⅣ世だ。この宮殿はウルルクの首都にあったはずだ。この映像はいったいなんなのだろう。カメラがぐらりと傾いた。

「あっ……」

思わず声が漏れてしまった。そこで笑っていたのは、今は亡き父・逆島靖雄中将だった。宮殿をとりまく汎・エウロペ連合軍からの砲撃が絶え間なく響く。地を揺るがす爆発音のなかで、懐かしい父が歯を見せて笑っていた。

「断雄か。元気でやっているか。残念だが、もうウルルク王国は駄目なようだ。最後までがんばってみるが、父さんはここで長い進駐官生活を終えるかもしれない。これはおまえにだけ残す最後のメッセージだ」

カーキ色の将官の制服はアイロンをかけたてのようにぴしっとしている。逆島中将はいくつものの勲章と階級章のついた胸元をゆるめた。タツオはディスプレイを両手で抱くように抱え、つぶやいていた。

「父さん、うちの家族みんなを残して、なんで死んだんだ」

19

首都攻防の激戦の最中なのだろう。砲撃の音が連続して周囲を揺るがし、逆島中将の声はよく断絶した。衝撃でビデオカメラが揺れて、画面も船酔いしそうなくらい上下左右にぶれている。

「このメッセージを見るとき、断雄はいくつになっているのだろうな。おまえがなにをしてもいいが、進駐官にだけはなっては駄目だ。父さんみたいになるぞ」

父は笑って、うなずきかけてくる。

「父さんも若いころは、おじいちゃんに逆らって別な生きかたを探したものだ。冒険家もおもしろそうだな。旅が好きだから、旅行作家もいいなと思っていた。断雄と同じで、けっこうハンサムだったから、俳優になろうかと迷ったこともあった。学生時代に一度舞台を踏んだこともあったんだ」

早くそこから逃げてくれ！

タツオは薄暗いネットカフェのブースで叫びそうになった。なにをのんきに昔話などしているのだろうか。このあと父がどうなったかタツオは知っているのだ。

悲惨な攻防戦の結果、五万人の日乃元守備軍はほぼ全滅するだろう。最高指揮官の逆島靖雄中将とともに、歴史あるウルルクのアクシパ王家も滅亡するのだ。ウルルク王国は今、南北に分裂し、それぞれ氾帝国とエウロペにあやつられたいいなりの傀儡政権が統治している。

「この人がタツオのお父さんか……」

感慨深げにクラスメイトがそういった。ジョージは女装しているのでまったく説得力がない。

「伝説の二六人抜きで最年少で将官に出世した。近衛四家の序列を飛び越え、つぎの進駐軍のトップの座は間違いないといわれていたそうだね」

そんなふうに呼ばれていたのは、タツオもかすかに覚えている。逆島家の誰もが父を誇りに思っていた。進駐軍の最高司令官になり、いつか逆島家は近衛四家の筆頭になる。父が生きていたころは、正月がくるたびに一族が集まって、氏神さまに父の出世願いをしたものだ。

「だけど、おもしろいな。それほど優れた軍人が、自分では軍に入りたくなかったなんて。案外、向いていない人間のほうが進駐官にはいいのかもしれないね」

冗談ではない。それでは自分も進駐官に向いていることになってしまう。

「いや、ぼくは違うから。ぜんぜんこの仕事は向いてないよ。やる気だってないし」

ディスプレイでは逆島中将の話が続いていた。着弾が近かったようだ。窓の外に黒煙が流れている。

「炸薬の臭いは嫌なものだな。このメッセージをおまえに託すのは、お兄ちゃんはすでに進駐官養成高校に入学しているからだ。あそこは信頼できる場所ではない。あまりに近衛四家と作戦部の力が強すぎるからな」

父が渋い顔をした。他の近衛四家と進駐軍のエリート中のエリート、作戦部となにかあったのだろうか。

「断雄、なにをしてもいいから、おまえは生き抜いて、お母さんを守ってくれ。兄が進駐官になるというのなら、おまえは卑怯者といわれても、民間人として働き、逆島家の名前を残してもらいたい。軍人として生きるだけが、名誉ではない。素敵な人を見つけて、子を育て、波乱のない一生を送るというのも、とても勇敢で勇気がいることだぞ」

タツオは涙目でディスプレイにうなずきかけた。普通の人の人生ほど、波乱万丈なものはないと、タツオもようやくわかるようになっていた。だが、そんな大人っぽい感傷はつぎの父のひと言で、吹き飛ぶことになった。

「わたしは、このウルルクの首都と王家を死守するように、作戦部から命令を受けている。この国の都はとても美しい街で、高い壁に囲まれている。一二〇〇年も続くウルルクの王都だ。だが、今城壁をとり囲んで二四万の氾帝国とエウロペの連合軍が攻め立ててくる。こちらの守備隊は日乃元が五万に、ウルルク王家の親衛隊が一万七〇〇〇名。いつまでもつかわからないが、せいぜい手痛い打撃を敵に加えるつもりだ。まあ、父さんの獅子奮迅ぶりについては歴史の教科書でも読んでくれ」

タツオは狭いブースで立ちあがっていた。断じて、今の言葉はおかしい。

「ジョージ、聞いたか」

さすがに天才児で、ジョージはすでにタツオの衝撃の理由に気づいていた。

「ああ、驚きだ」

タツオは思い切り握った拳を震わせていた。そんなはずがなかった。父の逆島靖雄中将は作戦部の命令に逆らって、ウルルクの王家に同情し、軍令を破って自らの部下とともに玉砕した。近過去の歴史については、それで決着がついている。だからこそ、逆島家は責めを受け、近衛四家からはずされ、没落していったのではないか。

あの首都攻防戦とその敗北が、進駐軍の正規の命令によるものであったなら、父は英雄と讃えられても、軍令違反の逆賊と罵られることはなかったはずだ。怒りで火がついたように全身が熱くなった。誰かに父ははめられたのだ。逆島家はどこかの勢力に、背後から刺されたのだ。真実が別にあるのなら、許されるはずがなかった。

「まあ、無茶な命令ではある。援軍を送るまで、あと一週間ももちこたえろなんてな。こちらの兵力はもう四割損耗している。弾薬も食料も残りわずかになってきた。なけなしの航空兵力は潰され、残っているのは王家のバカンス用の豪華ヘリ一機だけだ」

そこで父は歯を見せて、おおきく笑いかけてきた。

「すまんな、断雄。部下には愚痴はいえないから、おまえでガス抜きをさせてもらった。いいか、父は軍令を死守して、この都と王家を守り、見事に散って見せる。おまえともっと遊んでやれなかったのが、心残りだ。母さんにはすまないと伝えてくれ。進駐官の妻として、とり乱さずに粛々と葬式をだすようにいって欲しい」

涙で目の前のディスプレイがかすんできた。この人はこれから死んでいくのだ。それだけがただただ悲しかった。ジョージが肩にそっと手をおいてくれる。タツオはその手を握り返した。

「断雄、人の一生は勝ち負けでも、出世や金でも、時間の長さでもない。最後の最後にどんなふうに戦い、なにを自分の死後に残せるかだ。父さんはこれから、生まれて初めての精魂こめた戦いをやるつもりだ。なあに、氾やエウロペのやつらに、そう簡単にこの都は落とさせないさ。断雄、元気で。おまえは戦いのないところで生きるんだ」

涙が湧いてきて止まらなかった。父の最後の願いは叶《かな》えられなかった。タツオはもう進駐官の卵である。だが、それも無理はないのだろう。この世界には避けようがなく戦いが充満しているのだ。逃げることも避けることも無視することもできない。高度植民地時代というのは、そういう世界なのだから。

画面の外から、男の声が聞こえてきた。

「逆島中将、作戦会議の時間です」

タツオの父は緩めていた襟元を締め直した。

「わかった。すぐにいく」

中将はビデオカメラに手を伸ばしてきた。

「さらばだ、断雄。父の仇を討とうなんて、思わなくていい。自分の幸福を追いなさい。父はいつもおまえのことを見ているぞ」

停止スイッチを押したのだろう。映像は突然、そこでブラックアウトした。タツオはつぶやいた。「全部が嘘だった……」

「だいじょうぶか、タツオ?」

ジョージの声は耳に入らなかった。

「嘘の軍令に、命がけで従って、父さんは死んだんだ……」

タツオはジョージの肩に両手をおいて、相手を揺さぶった。

「わかるか、父さんは誰かにはめられて、殺されたんだ。ぼくは絶対に許さない。父さんと逆島家をはめたやつらを絶対に許さない。復讐してやる、絶対に復讐してやる」

そのとき、バチンと音がして、デスクの下にあるパソコン本体から煙があがった。同時に火災警報が鳴り響く。

「パソコンが熱暴走して、焼き切れた。逃げよう、タツオ。すぐに人がくる」

ジョージとタツオは二人用のブースを飛びだした。薄暗い潜りのネットカフェのなかでは、あちこちで赤い回転光が灯っていた。ジョージに手を引かれ非常階段に向かう途中でも、タツオの胸の奥の怒りと衝撃は静まらなかった。父を殺し、五万人の守備隊を見殺しにし、逆島家を近衛四家から追放したやつらが、今ものうのうと生きている。

復讐の炎がタツオの胸を焼き尽くそうとしていた。

62

非常階段に出ると、ジョージが叫んだ。

「タツオ、ちょっと待ってくれ」

火災報知器のベルがやかましかった。ジョージは長髪のウイッグをとり、スカートを脱いだ。洗顔料をふくんだウェットティシュで顔をごしごしとぬぐう。胸からはパッドいりのブラジャーを抜いた。美少女は一瞬でTシャツと短パン姿のスリムな少年に変身する。

タツオもアロハシャツを脱ぎ、腕に張ったタトゥのシールをはがした。汗をかいていたので、腕がむずがゆい。ショルダーバッグに変身用具を押しこむと、ジョージがいった。

「きっとカウンターのやつは、男女のカップルがきたって、消防や警察に届けると思うからね。アクセスカードはだいじょぶ?」

タツオは胸ポケットの薄いカードにふれながら返事をした。

「ちゃんともってきてる。こんなところに長居は無用だ」

ジョージがにやりと笑った。

「ああ、さっさとトンヅラしよう。これ、かぶって」

キャスケットを放ってよこす。タツオは野球帽をジョージに渡した。ふたりは帽子を目深にかぶると、錆《さ》びた鉄製の非常階段を足音を殺して駆けおりた。

バイクを停めた電気街の路地裏にむかう途中だった。ジョージが目を伏せていう。

「あれを見て」

タツオが軽く視線を流すと、進駐軍の装甲車が停止したところだった。後部のハッチが開き、見慣れた自動小銃をもった進駐官がわらわらとおりてくる。あのタイプの装甲車は乗車定員が運転手を含め一一人だ。

消防車がくるのなら、まだ理解できる。火災警報が鳴っているのだから。だが、消防より先に火災現場に進駐軍が到着しているのは、なぜだろうか。身体をこわばらせて歩きながら逃走現場を見つめていると、新たな装甲車が到着した。

潜りのネットカフェにつうじる道が完全武装した進駐官によって、封鎖された。規制線が張られる。

「いこう」

ジョージの足は止まらなかった。タツオもあとに続いた。交差点を渡る。周囲では野次馬が集まり始めていた。電気街のどのビルからも、人があふれている。

「逃げるには、好都合だね」

「ジョージ、あの装甲車はどういうことなんだ?」

タツオは帽子をさらに深くかぶった。この街には至るところに監視カメラが設置されている。ジョージはタツオのサングラスをかけている。

「わからない。きっとあのカードはどこで使用しても、アクセス地点が報告されるようなシステムになっているんだろう。念のためだけど、東園寺の山荘で試さなくてよかった。これからは注意しないといけないな」

路地を封鎖した進駐官のあいだに、緊張が走った。すべての進駐官が手首の情報端末を見ている。新たな情報が流されたようだ。タツオとジョージは交差点の対角から、進駐官の様子を人ごみに紛れて観察していた。

進駐官たちの顔色が変わった。ふたりひと組の兵士があちこちに散っていく。

タツオはささやいた。

「ジョージ、ここはやばい」

ジョージはにやにや笑っていたが、目は真剣だった。

「今は動かないほうがいい。あいつらがきて、急に逃げれば怪しまれるだけだ。ほら、ぼくたちは野次馬だろ。もっと楽しそうな顔して。事件も火事も、他人の不幸は愉快だろ。ハッピーに、ハッピーに」

交差点を渡った進駐官は肩から斜めに自動小銃をさげて、野次馬をさっと一瞥《いちべつ》した。指をさして叫んだ。

「そこのカップル、一歩前へ。それから、そっちのおまえらも」

ジョージの女装がこんなところで効いていた。タツオは内心安堵のため息をついた。野次馬のなかから、若いカップルを示して、進駐官は呼びだしていく。

「なんだよ、おれたち、なにもしてないぜ」

頭の悪そうなカップルの男が進駐官にくってかかった。間の悪いことに、男は腕に紺色のトライバル模様のタトゥをいれていた。

進駐官は一瞬で男の腕をねじりあげ、後ろ手にすると拘束コードで手首をぱちりと留めた。コードは特殊なグラスファイバー製で、二ミリの太さしかないが引っ張り強度は三トンを超える。人の力では決してちぎれない作りだった。

ブレーキの音を立てて、カーキ色の軍用トラックがやってきた。進駐官が男を引き立て、荷室に放りこむように乗せた。女が叫んでいる。

「うちらがなにをしたっていうんだよ。今日は午後からバイトがあるのに」

女も荷物のようにトラックに積みこまれた。ジョージが低くつぶやく。

「十分だ。ぼくたちもいこう」

野次馬の間を恐怖の感情が流れだしていた。進駐官の拘束を恐れて、人々が散り始めている。その流れにあわせて、タツオとジョージは危険な現場をそっと離脱した。

63

バイクは山荘の裏手、フェンスの外に乗り捨てた。夜になる前に、テルが手配したこの地域の仲間が回収してくれるはずだ。

フェンスのむこうの夕日がまぶしかった。昼間の熱気が残っている。温暖化は激しさを増して、最高気温が四〇度を超えることもめずらしくはない。日乃元はすでに亜熱帯の国だった。野鳥の鳴き声は南国のジャングルのようだ。

ジョージがフェンスの破れ目に手をかけていった。

「ぼくに考えがあるんだが、ちょっといいかな」

天才児が振り向いた。真剣な表情だ。

「いいけど」

「暁島会のことだ」

タツオも真剣にならざるを得なかった。逆島家再興を目指す影の組織。亡くなった五十嵐少年も、三組一班の仲間の谷照貞も、その秘密組織のメンバーだった。

「今日ぼくたちが見た映像は、あまりにも強烈すぎる。逆島中将が偽りの軍令によって、五万人の進駐官とともに玉砕した。そんな映像が公開されたら、暁島会の過激派がなにをするかわからない。一気に作戦部と近衛四家に対して、軍事的な反乱を起こす可能性がある。ぼくはそう思っている」

タツオは腕を組んで考えこんだ。確かにあの父の映像は、進駐軍上層部と逆島家の残党にとっては時限爆弾のようなものだろう。事実だとすれば、逆賊・逆島靖雄中将の再評価と現在の近衛四家の崩壊を招きかねない。

「そうかもしれないね。それにぼくたちは、この情報を誰が渡してくれたのか、その相手も知らない」

「ああ、おまけに偽の軍令を発令した黒幕が誰であるのかも、わかっていない。ぼくたちはキーになる情報を手渡されたけど、まだ誰がほんとうの味方で、誰が倒すべき敵かもわかっていないんだ」

タツオはめまいがしそうだった。全身の血液が冷えていくのがわかる。自分はまだ進駐官養成高校の一年生だった。一五歳で軍国・日乃元皇国の根幹を揺るがすような陰謀の核心に立たされている。それなのに敵も味方もわからないのだ。

猛暑日なのに、タツオは震えていた。思わず口にしていた。

「ジョージ、ぼくはなにがどうなっているのか、ぜんぜんわからない。この先もきっととんでもないことばかり起きるんだろう。敵だって必死だ。もしかしたら同級生や友達や家族が……」

考えるのも、口にだすのも恐ろしいことだった。タツオは覚悟を固めていう。

「……殺されたりすることがあるかもしれない。だけど、きみだけはぼくのそばにいて、いっしょに闘ってくれないか。ぼくを支えてくれないか」

破れたフェンスに掛けていた手を放し、ジョージがこちらにさしだした。

「ぼくが殺される可能性も当然あるけどね」

タツオはジョージの右手を握り締めた。冷たい手をした人の心はあたたかい。ジョージの手はひやりと冷たかった。

「でも、いいだろう。ぼくは生きている限り、タツオのことを守るよ。ぼくたちは今日から同志になろう。ふたりしかいない秘密結社の同志だ」

「わかった。菱川浄児同志。テルには今回の件はどう報告するんだ?」

ジョージは放した手で頭をかいた。

「それを相談しようと思っていたんだ。テルは味方だが、あの映像のことはまだ伏せておいたほうがいいしね」

タツオは机の下で煙をあげたコンピュータ本体を思いだした。

「だったら、普通のパソコンではアクセスカードを受けつけなくて、熱暴走して火を噴いたといえばどうかな？　結局、アクセスには失敗したって」

「それがいい。さあ、いこう。ルートは覚えているか」

「ああ、だいじょうぶ」

タツオはサイコから、門外不出のこの山荘の警備資料をもらっていた。パトロールの巡回時間、監視カメラや各種センサーの設置場所が克明に記されている。リゾートホテルのような宿泊棟に帰るには、一時間毎に数分しかない空白の時間と最適のルートを通過する必要があった。

タツオは腕時計を確認した。あと九〇秒でその空白の時間がめぐってくる。ひとつふたつ冗談をいうくらいの余裕はあった。

「ぼくたちは進駐官の卵というより、なんだかスパイみたいだな」

タツオがそう冗談をいうと、ジョージがなぜかすこしだけ淋しそうに笑った。タツオは親友の表情の変化に気づかなかった。

「ああ、そうだね。ほんものの腕の立つスパイみたいだ」

それからふたりはスパイに関する冗談をいい交わし、空白の時間になるとハリネズミのように警戒の厳しい東園寺家の山荘に潜入した。

64

「あるものが近くの街のネットカフェで使用された」

情報保全部の柳瀬波光がそういって、冷たい目でじっと見つめてきた。タツオは両手を後ろで組み、胸をそらし立っている。

「あるものとはなんでしょうか」

タツオは探りをいれてみた。ここは興味を示すのが自然だろう。柳瀬は無駄なことは口にしない。

「きみが知る必要がないものだ」

「はい、失礼しました」

柳瀬は籐《とう》のソファから立ち上がり、開け放したバルコニーにむかった。眼下にはヤシの木と青いプールが見える。遠くの山の稜線《りょうせん》に夕日が沈んでいた。もうほかのメンバーの審問は終了している。柳瀬と会うのは、タツオが最後だった。情報保全部員が背中越しにいった。

「この東園寺の山荘は人の出入りが厳しくチェックされている。昨日、外に出た人間は、全部で五七名。すべて面談し、得られた情報に基づき裏もとったが、ネットカフェにいった者は皆無だった」

柳瀬がさっと振りむいた。タツオの表情を読んでいるのかもしれない。

「きみたち三組一班も、東園寺のお嬢さまも、昨日は外出していない。記録ではね。きみたちはなにをしていた?」

この男と対面していると、嘘の名人になってしまいそうだ。タツオは迷うことなくこたえた。

「自分たちの部屋で、夏休みの宿題をしていました。そろそろエンジンをかけないと、厳しいので」

「東園寺彩子は、どうだね」

保全部はカップルの女のほうを探しているのだろうか。サイコもすらりと背が高い少女である。女装したジョージとサイコ、どちらのほうがきれいだろうか。タツオは頭のなかでちらりと考えた。

「サイコのことは知りません。昨日は顔を見ていないので」

柳瀬は細い身体をしならせて、さっとタツオに振りむくと、数十センチまで顔を近づけてきた。マウスウォッシュのペパーミントと煙草の臭いがする。

「逆島断雄、きみの周囲ではなぜか事件がよく起きる。保全部の上のほうでは、きみを徹底的にマークしろという強硬派もいるくらいだ」

だんだんと陰謀の形がおぼろげに見えてきたけれど、なぜ自分がその核心にいるのか、タツオ自身にもわからなかった。

「保全部の方々がそんなふうに考えるのは、遺憾《いかん》であります。ぼくにも訳がわかりません」

柳瀬の目にはこの状況を楽しんでいるような光があった。

「いったい誰なんだろうな。ネットカフェの個室のなかには、指紋も残されていなかった。犯人は変装していたようで、情報は混乱している。この地域一帯の道路を封鎖して、通行車輌をあたったが、それらしい者は発見できなかった」

タツオは冷や汗をかいていた。あのカフェにむかう前に、コンビニのトイレで手にスプレーをかけている。てのひらの表面で薄く発泡し、指紋を隠すものだという。帰路はオフロードバイクでしか通り抜けできない獣道のような林道を抜けた。あまりにもよく計画が練られ過ぎているのではないか。ジョージはいったいどんな男なのだろうか。テルが組織の一員だという暁島会には、どれほどの力があるのか。

「逆島、貴様とは長いつきあいになりそうだな。新学期も養成高校で待っているぞ」

「はい、またお目にかかるのを楽しみにしています」

「卒業後の進路は情報保全部も考えにいれておきなさい。ここはいつ発《た》つんだ」

「明後日の午前中です。実家に一度顔を出してくることにしました。予定変更をお願いします」

柳瀬が目を細めた。保全部に夏休みの予定表は提出してあった。そこには東京に帰るとは書いていない。

「わかった。滞在予定は？」

「二泊三日で。できましたら……」

「なんだ？」

「できましたら、菱川浄児も連れていってやりたいのですが。菱川は東島の寮に戻ると、ひとりきりになります。あいつはいくところがないんです」

父親のアルンデル将軍は失踪し行方不明。夏休みでが元生まれの母はもう亡くなっていた。日乃らんと空虚な寮の部屋に、ジョージをひとりで帰す訳にはいかなかった。

「いいだろう。東京での動静については、報告書をあげるように」

「ありがとうございます」

「いって、よろしい」

タツオは素早い身のこなしの三拍子で一八〇度回転し、柳瀬のスイートルームを退出した。

65

「ということで、ジョージはぼくといっしょに東京にいくことになったから」

夕食時のディナールームは満席の混雑だった。進駐官の服装にはTPOが求められる。夕食のたびに進駐官の礼服を着るのは面倒だが、タツオはきちんとした服装で食事をとるのは嫌いではなかった。さすがに東園寺家の山荘で、夕食はフルコースのディナーで、フレンチと和食から選ぶことができる。その晩の三組一班はフレンチだった。まだ未成年のタツオたちのテーブルには、赤ワインのように濃厚なグレープジュースのグラスが並んでいた。

「ぼくにはなにもきかなかったよね」

ジョージがすねているようだった。クニがいつもの調子で軽くいう。

「いいだろ、ひとりより楽しいし、タツオのところなら飯の心配もいらない。なにより東京にはかわいい子が多い。おれもいきたいくらいだよ」

テルが全粒粉《ぜんりゅうふん》のパンに一センチほどバターをのせてかぶりついた。

「おまえはいらない。このバター、エウロペ製かな。とんでもなくうまいぞ」

ジョージが笑った。

「そうだよ。むこうの家を思いだすな。パンとバターとチーズは、エウロペのほうが断然おいしかった。だけど、タツオ、いきなりお邪魔して、お母さまには迷惑じゃないかな」

タツオもバターのせパンを試してみた。メインの子羊のローストよりうまいくらいだ。

「だいじょうぶ。料理の腕が鳴るって、喜んでいた。ただし、うちは没落したんだから、こんな豪華なところに泊まれるなんて思わないでくれ。びっくりするくらいボロい家なんだから」

静かな下町の一軒家だった。部屋の数は四つしかない。父が元気だったころは、一周するのに一五分はかかる池のある庭に、離れを含めて部屋数が二〇を超える豪邸に住んでいた。タツオには母の住まいは屈辱だった。

「いや、それはぼくにもわかる。おたがい困り者の父親をもつと苦労するな」

テルがジョージをにらみつけた。

「逆島中将とおまえの親父をいっしょにするな。名誉の戦死を遂げておられるんだぞ」

暁島会か。あまりにも熱烈な支持は困ったものだ。テルは重ねていう。

「おれも実家に帰らなきゃならないから、タツオのことはおまえに頼んだぞ、ジョージ。こいつになにかあったら、許さないからな」

頼んでもいないボディガードが、ジョージを脅していた。テルの身体は分厚く、身長は低いが体重は九〇キロを超えている。ジョージのボクシングとテルの柔道なら対決すると、どちらに分があるのだろうか。いつか見せつけられた電光のコンビネーションを思いだすと、ジョージの勝利は揺るがないような気はする。

「はいはい。次期逆島家当主をしっかりとお守りしますよ」

タツオはあわてていった。

「やめてくれ。うちには兄貴がいる。そんな面倒なものは上にまかせるよ」

　ジョージは笑っていった。

「どうかね。暁島会では割れているという話だよ。そうだよね、テル？　タツオと兄のどちらに、逆島家の再興をまかせるか」

　テルが歯ぎしりしていう。

「それくらいで、やめておけ。逆島家は特別だ。タツオと継雄さんの誰が当主になっても、ちゃんと近衛四家に復活する。おれはタツオ派だがな」

　こつこつとブーツの音が聞こえてきた。サイコの足音だ。サイコはこの音を立てるために特注の軍用ブーツのヒールに蹄鉄《ていてつ》のような金具を打ちこんでいる。

「ちょっといいかな」

　白い進駐官の礼服がよく似あっていた。サイコはスカートの丈《たけ》をひどく短くしている。タイツも礼服と同じ純白だった。どこか花嫁でも思わせる雰囲気だ。

「ねえ、あんたたち、明後日に帰るんでしょう」

　タツオはいった。

「ああ、ぼくとジョージは東京の実家にいく」

　サイコが顔を輝かせた。

「比佐乃さんに会いにいくんだ。いいなあ。あんたたち、いつまで東京にいるの」

　雲ゆきが怪しくなってきた。サイコは昔からタツオの母・比佐乃にあこがれていた。サイコはタツオの弱点だ。ジョージが愉快そうにいった。

「二泊三日で、タツオが東京下町を案内してくれるそうだ」

　サイコが腕組みをして一瞬考えこんだ。

「そう、わかった。じゃあ、わたしもつきあってあげる。お母さまにもご挨拶したいしね」

　タツオはあせった。

「ちょっと待って」

「いいじゃない。ジョージもいっしょなんでしょう。わたしもちょっとお邪魔するだけだから」

　クニもテルもにやにやしている。

「その代わり、うちの自家用ヘリコプターで、近くの駅まで送ってあげる。四人とも全員ね。それで、どう？」

　ここから最寄りの新幹線の駅までは、バスで一時間以上はかかる。ヘリコプターなら渋滞もない空の七分間だった。クニが歓声をあげた。

「やったー！　おれ、ヘリコプター乗るの初めてだ。いいだろ、タツオ」

　家紋が入ったヘリコプターなら、以前の逆島家でも所有していた。あれにまた乗るのか。タツオの心中は複雑だった。だが、一度いいだしたらサイコは絶対にあきらめないだろう。お嬢さまなのだ。それも日乃元を代表する名門の。ため息をついていった。

「わかったよ。母さんにもいっておく」

　クニが軽々しく口にした。

「サイコ姫、なんなら泊まっていけば？　浴衣《ゆかた》もっていけば、楽しいんじゃないか。なんだか、おれも自分の家よりタツオのところにいきたくなってきた」

「そうね、それもいいかも。ちょっと考えてみるわ。じゃあ、タツオ、比佐乃さんによろしくね」

　こつこつこつ。サイコの足音がディナールームを去っていく。左右に揺れるちいさな尻を見送って、クニがいった。

「一生に一度でいいから、あんなお嬢さまとつきあってみたいぜ。そうだろ、タツオ」

「うーん」

　タツオは考えこんでしまった。サイコは確かに美人だが、人格的に問題があり過ぎる。さらに東園寺の家を背負う女性進駐官だ。試しにつきあえるような気軽な存在ではなかった。

「ぼくはいい」

　クニはいった。

「おまえって、ほんとに草食だな」

　タツオは肩をすくめて、甘くないグレープジュースをのんだ。

66

東京・上野公園裏にタツオの母・比佐乃は古い日乃元風の住まいを借りていた。人が通り過ぎるのがやっとの路地には鉢植えが競うようにならび、野良猫がのんびりと昼寝する下町の住宅街だった。あたりには何代も同じ土地に住む職人や手堅い勤め人の家庭が多かった。

タツオは山の手にあった逆島家の豪邸育ちだったので、上野桜木《さくらぎ》の借家にはいつ訪ねても違和感があった。比佐乃は進駐官の民間研修先である一般企業で、父・靖雄と出会っている。軍閥や政治家や軍需企業とはまったく無縁の会社員の娘だった。結婚には猛烈に反対されたらしい。逆島家の政治力を高めるうえでは、無力な縁組みだったからだ。比佐乃はタツオとは逆に、庶民的なちいさな一軒家のほうが心安く、住みやすいという。

タツオはものめずらしそうについてくるジョージに背中越しにいった。

「うちはボロ家だけど、絶対に母にはそんなこというなよ」

ジョージはおもしろがるような表情でいった。

「うちも没落士族だってことを忘れてるんじゃないか。ぼくはただこの下町の風情《ふぜい》がおもしろいと思ってるだけだよ。ほら、あそこ」

夕顔のつるが背を伸ばす鉢植えのとなりには、黒塗りの甕《かめ》がおいてあった。鮮やかな緑の水草のあいだを、夢のように赤い金魚がすいすいと泳いでいる。

「こんな街並みはエウロペにはないから、逆にものすごく新鮮だしカッコいいよ。できるなら、ぼくもこんな純日乃元風の街に住んでみたいな」

長屋の軒先で風鈴が風に揺れ、涼しげに澄んだ音を響かせていた。打ち水が目にも冷ややかだ。

「ここだよ」

タツオは意を決してすりガラスと木製の格子戸を開けた。

「ただいま、母さん」

拭き清められた玄関には、夏の着物を身につけた比佐乃が正座して待っていた。薄手の紬《つむぎ》で、母の数少ない残された盛装だった。タツオは驚いて固まってしまったが、先にジョージがていねいに頭をさげた。

「菱川浄児と申します。進駐官養成高校では、同じ班でタツオくんにお世話になっています。急にお邪魔することになって、申し訳ありません。これ、つまらないものですが、お土産です」

紙包みをさしだす。そういえば上野駅前の商店街で、ジョージは手延べそうめんと藍染《あいぞめ》の手ぬぐいを買っていた。あれは比佐乃へのプレゼントだったのだ。タツオは明るい茶色の髪と淡い瞳をした友人にあきれていった。

「なんだかジョージは普通の日乃元人より、日乃元人らしいな」

比佐乃は手土産を受けとると、にこりと微笑《ほほえ》んだ。端正で美しい人は、年齢を重ねてもまっすぐだった。亡くなった逆島中将と子どもだったタツオの自慢の笑顔である。

「菱川さんは座学でも軍事教練でも、学年一番だそうですね。うちの断雄をよろしくご指導くださいこの子は力はあるんですけど、引っこみ思案でなかなか本領を発揮できなくて」

親には子どもはいつもそんなふうに見えるものなのだろう。タツオは恥ずかしくてたまらない。

「いえいえ、夏の総合運動会でも優勝しました し、タツオくんは指揮官としては最優秀です。ぼくのほうこそ学ばせてもらうことが多いくらいですから」

嘘をつけ。全教科でタツオはジョージよりも点数が低かった。ジョージの運動能力やスタミナ、射撃成績はつねにトップクラスだ。玄関のたたきに立ちつくし、顔が火を噴きそうになる。なんなんだ。このぬるい会話は。当人をはさんで、ほめ殺しか。タツオは憮然《ぶぜん》として進駐官のハーフブーツを脱いだ。

「腹にもないことはもうやめてくれ。勝手にあがるよ、母さん」

正座した比佐乃の脇を抜けて、奥の居間にすすんだ。比佐乃はもう一度ジョージに頭を下げてからやってくる。

「今、お茶をだすから、菱川さんとふたりで待っていてね」

台所にむかってしまう。ジョージは座卓で正座すると、タツオの脇腹を突いた。

「お母さん、美人だな。日乃元女性の理想像って感じだよ。タツオはさっきから、なぜつんつんしてるんだ」

「知るか」

タツオはいい捨てると、縁側の先の猫の額より狭い庭に目をやった。アジサイ、ヤツデ、ユキノシタ。白い花をつけているのは、テッポウユリだろうか。息子ふたりが養成高校へいってから、植物の世話が比佐乃の生きがいだった。庭の広さは以前の一〇〇分の一では済まないだろう。タツオは風に揺れる花を見ながら、生家が落ちぶれることの空《むな》しさに耐えていた。

67

薬缶《やかん》で煮出した麦茶と、井戸水で冷やしたスイカはさすがにうまかった。すこしだけ塩を振った赤い果肉にかぶりついたとたんに、子どもの頃の思い出がよみがえる。自分の両隣りにはまだ若い母と父がいたのだ。

比佐乃がいきなりいった。

「そういえば、彩子さんから連絡があった。今夜うちに遊びにくるそうよ」

「……ほんとに。なんなんだ、あいつ」

あきれてしまう。午前中に駅で別れたばかりだった。サイコは自家用ヘリの窓から手を振っていた。午後は家庭教師がくるから、残念だけど遊びにいけないといっていたはずだ。タツオは貧しい自宅を見られずに済むと、安堵していた。

「東園寺家のお嬢さまにそんな口を利《き》くものではありません。あなたも将来は進駐官になるんでしょう。彩子さんは菱川さんといっしょに、きっと断雄の力になってくれるわ」

想像しただけで、うんざりした。サイコの引き立てで、すこしばかり進駐官として出世したところで、その先になにがあるのだろうか。東園寺家のいいように使われて終わりだ。

「そんなことより、母さんのところにウルルクの父さんから、なにか連絡はなかったの」

比佐乃は目を伏せた。なぜか頰が赤らんでいる。

「お父さまは恥ずかしがり屋で、3Dのビデオレターは送ってくれなかったの。まあ、わたしも自分の映像を撮るのは嫌だったから、しかたないんだけれど。あの人はいつも直筆でサインいりの手紙を送ってくれたわ」

今どきめずらしい話だった。郵便料金は立体映像の電話より、はるかに高額になっている。ジョージがすこし強めの視線を送ってきた。かまわずにタツオはいう。

「その手紙あとで見せてもらいたいんだけど」

比佐乃はますます顔を赤くした。

「嫌だ、恥ずかしいもの」

「別に父さんのラブレターを読みたい訳じゃない。それ以外でいいんだ」

タツオの母は不思議そうな顔をした。

「いきなり帰ってきて、お父さまの手紙なんておかしなお願いねえ」

「ウルルクからの手紙になにか書いてないかと……」

ジョージがタツオの脇腹を突いた。

「すみません。タツオ、ちょっとお手洗いに案内してくれないか」

「なんだよ、トイレくらいわかるだろ。こんな狭い家だぞ」

ジョージがタツオの手をとって立ちあがった。

「いいから、いいから。日乃元式だと困るから、きみが教えてくれ」

　タツオとジョージは連れだって、廊下に出た。

「この先、奥の左手がお手洗いだよ。ちゃんと洋式だから、心配ない」

　タツオがそういうとジョージが囁いた。

「タツオは比佐乃さんを命の危機にさらしたいのか。ぼくたちが抱えてる秘密は知ってるだけで命を狙われるんだぞ。あんなに無防備にウルクの話なんかして、不審に思われたらどうする？　夜になったら、ひと通り手紙は読ませてもらおう。でも、その理由は偽の軍令をあばくためではない」

「えー、じゃあ、どうすればいいんだよ」

「自分で考えろ」

　ジョージは冷たい視線を残して、ほんとうに手洗いにいってしまった。確かにジョージのいう通りだった。父・逆島靖雄中将の軍令違反に発する陰謀によって、進駐官養成高校の内部でさえ、すでに死者が出ている。肉親の気安さで、つい安易な質問をしてしまったが、もっと慎重に言葉を選ぶべきだった。

　このあと二階にあがり、ジョージと作戦を練らなければならない。タツオは久しぶりに母の家を訪れても、心の休まる暇もなかった。

68

　夕ご飯ができたという比佐乃の声で、板張りの階段をおりようとしたときだった。玄関のガラス戸が勢いよく開く音がした。

「比佐乃おばさーん、こんばんは。すっかり遅くなっちゃった」

　薄暗がりの階段でタツオとジョージは顔を見あわせた。比佐乃の弾んだ声が聞こえる。

「あら、まあ彩子さん、おおきくなって、美人さんになったわねえ」

「もう比佐乃おばさんたら、正直なんだから」

　タツオはため息をついて階段をおりていった。

いきなり質問した。

「なんでサイコがここにいるの？　夕方まで家庭教師と勉強してたら、新幹線でもこの時間には無理だろ」

ジョージがタツオの肩口から顔をのぞかせていった。

「もしかしたら、市谷の進駐軍本部まで、あの自家用ヘリで飛んできたんじゃないかな。その浴衣かわいいね。すごく似あってるよ」

サイコは濃紺の地に銀や朱の金魚が泳ぐ手染めの浴衣を着ていた。タツオには想像がつかないくらいの高級品なのだろう。

「さすがにジョージは違うわね。どうやってきたかより、先にいうことあるでしょう。こんなにかわいいおニューの浴衣できてあげたんだから」

タツオは狭い玄関でそっぽを向いていった。

「あーはいはい、浴衣はきれいですよ」

東園寺家のお嬢さまは口をとがらせていった。

「あんたのほうは平均点以下ね。でも、ジョージはよく似あってる。その浴衣、わたしの帯の色と同じだね」

銀鼠《ぎんねず》色というのだろうか。涼し気で、冴えた色の生地《きじ》だった。タツオは自分の浴衣を着ているが、ジョージのは兄の継雄のものを貸してやった。兄は背が高いので、ジョージにぴったりだった。明るい茶色の長髪と彫りの深いエウロペ風の顔立ちに、涼しげな浴衣がよく似あっていた。

「まあ、三人とも仲がいいのねえ。さあ、みなさん、晩ご飯よ。お母さん、このために二日間もかけたんだから、せいぜいたくさん召しあがれ」

奥の居間にいこうとしたら、玄関を上がったサイコと肩がぶつかってしまった。サイコもタツオも道を譲らない。

「なによ。レディファーストでしょう」

「うるさい、ここはぼくんちで、日乃元だ」

「なに威張ってるの、ちいさな男ね」

「そっちこそ、なんで女装してるんだよ。背が高いだけの女男」

子どもの頃からサイコが一番嫌がる言葉だった。小学校二年生のときには、それがきっかけでとっ組みあいのケンカをしたこともある。サイコの目がつりあがった。

「うわっ、ちっちゃい、女々しい、頭悪いだけでなく、心狭い、お父さんは立派だったのにねえ」

タツオの一番嫌な言葉だった。幼馴染みで兄弟のように育ったので、お互いの弱点は嫌というほど知っている。ジョージがタツオの肩を抱いた。

「まあまあ、それくらいでいいじゃないか。うまくしたら、養成高校への帰り道もサイコの家のヘリに乗せてもらえるよ。タツオが大人にならないと」

タツオを止めて、サイコを先に通した。ジョージは耳元で囁く。

「サイコと東園寺家の力は、あの陰謀を暴くのになくてはならないんだ。タツオ、きみは本物のスパイになったつもりで、もっと自分の心をコントロールしなければいけない」

冷たい水を耳に注ぎこまれたようだった。タツオは一瞬で冷静さをとり戻していった。

「すまない。サイコに落ちぶれた逆島家を見られるのが嫌だったのかもしれない。今後は気をつけるよ」

「いいんだ、タツオの気もちはよくわかる」

ジョージも先に短い廊下を進んでいく。タツオは炊き立てのご飯の匂いにつられるように、夕餉《ゆうげ》の支度のできた居間へむかった。

69

狭い路地のあちこちに色とりどりの夜店と植物の鉢植えが並んでいた。子どもたちはアンズ飴やカルメ焼きやかき氷にむらがっている。大人たちは朝顔や小ぶりなヒマワリ、ランやベンジャミンといった観葉植物をひやかしていた。

左手の中指に青い水風船をさげたサイコがいう。

「これってなんのお祭りなの。お神輿《みこし》もないし、お囃子《はやし》も聞こえないみたいけど」

タツオは水飴をまいた割りばしを口にしていた。よく練ったので、空気が混ざって真っ白になっている。こうすると口当たりが柔らかになってうまい。

「これはお祭りじゃないよ、植木市。下町を巡回してるんだ。夏の夜のお楽しみだよ」

下町にやってくるまでは、逆島家本家があった山の手の豪邸街には植木市などやってこなかった。ここにきてよかったと思う数すくないポイントのひとつだ。

「悪くないというより、ひどく興味深いね。この感じは日乃元独特だ。宗教のからみはなにもない。どんな聖人も神さまも関係なく、誰もが楽しんでいる。世界ではこういうのはめずらしいよ」

ジョージはエウロペ育ちなので、日乃元の風習には親しくないのかもしれない。浴衣姿の三人は街のちいさな神社にむかう石畳の参道をすすんでいく。

「この先にあるのも、まあ別にえらい神さまなんかじゃないからな。キツネをなんとなく地元の守り神として、適当におがんでるだけだ。日乃元には八百万を超える神さまがいて、たいしてめずらしくも、偉くもないんだ。だから、宗教が原因で人が殺しあったり差別したりすることはない」

タツオは平然とそう解説したが、心のなかではおおいに得意だった。情け容赦のない神や聖書の命令で、果てしなく戦争を続けてきたエウロペの歴史を思うと、日乃元に生まれてほんとうによかったと思う。神さまをただひとりの絶対神に祀《まつ》りあげてしまうから、あんなに無慈悲で残酷な命のとりあいになる。

「あの植物カッコいいな」

白いビニールシートのうえに放りだしてあるのは、普通の植物というより植物の化石のようなひねこびた葉の塊《かたまり》だった。和式の手ぬぐいを頭に巻いた売り子が声をかけてくる。

「お兄さん、お目が高いね。そいつは南米アンデスの山から採ってきたエアプランツだ。鉢も土もいらない。空中のほんのわずかな水分と日の光だけで生長する、ものすごく強い生命力をもった生きものだ」

中年男がスプレーをだして、二回ほど緑の化石に噴きかけた。

「これで十分。あと一週間は放っておけばいい。勝手に育つよ」

ジョージは露天の植木屋のまえにしゃがみこむと、てのひらにエアプランツをのせた。

「これで生きてるなんて、不思議だなあ。まるでぼくみたいだ」

タツオはジョージの背中に聞いてみる。

「そんな干物みたいな植物とジョージのどこが似てるんだ?」

ジョージはちらりと振りむくといった。

「故郷の土もなく、親も兄弟もなく、ひとりで生きてるところかな。宙ぶらりんのままね。タツオはお母さんと日乃元を大切にしたほうがいいよ。おじさん、これください」

小銭で代金を払うジョージが切なかった。進駐官養成高校という超エリート校でも断トツの成績トップなのに、胸のなかには孤独を抱えている。生活も決して余裕があるようには見えなかった。大人びて見えるが、まだ一五歳なのだ。

「東京に遊びにくることがあったら、うちを自分の家だと思ってつかってくれ。母さんもいつもひとりで淋しいといってるんだ」

タツオは恥ずかしがり屋なので、兄弟のように力をあわせてこの先も生きていこうとはいえなかった。サイコが目を赤くしている。

「ジョージ、なにか困ったことがあったら、わたしにいってね。うちのお父さまに頼んで特別奨学金制度をつくってもらってもいいから」

サイコのことだ。ほんとうにジョージひとりのために新制度を養成高校につくりかねなかった。最優秀な生徒にのみ、三年間一億円の返却不要の特別奨学金。東園寺家の財力なら痛くもかゆくもない金額だ。ジョージが笑っていった。

「待ってくれ。ぼくはぜんぜん淋しくなんてないよ。タツオやサイコみたいな友達もいるし、養成校は楽しいし。将来の夢もある」

エアプランツをいれたポリ袋をさげて、ジョージが参道を歩きだした。右手の扇子で浴衣の襟元に風を送っている。その手の動きは日乃元の人間のようにしか見えなかった。

ジョージの背を見送って、タツオはサイコにいった。

「さっきはごめん。うちは急に貧乏になったから、新しい家をサイコに見られるのが恥ずかしかったんだ」

サイコはぱんっと音が出るほどタツオの肩をたたいた。

「どんな家に住んでても、タツオはタツオでしょう。わたし、あんたにいってなかったけど、比佐乃さんと話がしたくて、泊めてもらったことあったんだよね」

タツオは呆然とした。

「それも部屋がないから、タツオの部屋に。あのさ、エッチな本とかはもうすこしちゃんと片づけておいたほうがいいんじゃない。お布団たたむとき、押しいれで見ちゃった。タツオって、セーラー服も年上のお姉さんも、どっちもいけるんだね」

「サイコっ！」

やっぱりやさしい声をかけたのが間違いだった。この幼馴染みは魔女である。

70

植木市の露店は稲荷神社本殿の境内《けいだい》までだった。ゆるやかな丘の上で、だいぶ人出はすくなくなっている。

三人はコルクを打ちだすエアライフルで射的のゲームを楽しんだ。一番腕がよかったのはやはりジョージで、携帯ゲーム機を二台ゲットした。ネットで転売してこづかい稼ぎをするという。二番手はサイコで、めずらしいキャラクターのぬいぐるみを正確に落とした。タツオの射撃の腕は養成高校では悪くないが、照準の狂ったエアライフルは勝手が違った。落とした景品はゼロ。逆島家の秘伝「止水」をつかえば呼吸や心拍までコントロールできるのだが、このような遊びでつかうべきものではなかった。

「ちょっと涼みに丘の天辺までいかないか」

神社の裏は鎮守の森になっている。数十メートルほど登ったところに空き地があり、下町の灯を見おろす展望台になっていた。

植木市のにぎわいをはずれて、しんと静まった境内特有の澄んだ空気が漂っていた。

タツオは先に立って、歩いていった。進駐官養成高校に入ってからいろいろなことがあったけれど、いい出会いと解けない謎にかこまれて決して退屈することはない日々だった。ジョージという生涯の友と知りあえた。自分にしては悪くない半年だったのではないか。逆島家の没落で傷つき、引きこもりに近い心を閉ざした生活を送っていたのだ。上々じゃないか。

そのとき耳元を音の塊が駆け抜けた。しびれるような衝撃が首筋に残る。着弾の音とジョージがタツオに飛びつくのは、ほぼ同時だった。

「サイコも伏せて」

ジョージが叫んでいる。養成校では弾丸の衝撃で、どんな武器であるか判別できるよう訓練されていた。タツオはジョージと並んで、湿った土に身体を押しつけていた。草の匂いがした。顔を斜めに倒し、標的になりにくいように注意する。

「銃声はしなかったよね」

ジョージに聞いてみる。

「ああ、サプレッサーをつけた狙撃用ライフルだ。銃声のちいさな亜音速弾だと思う」

タツオの読みと同じだった。街中での銃撃なので、敵も気をつかっているのだろう。警察官が集まれば、自分も逃亡しにくくなる。タツオたちが自分から当局に助けを求めることはないと、こちらの動きを見切ってもいるのだろう。ぶすっぶすっとあたりに着弾の音だけが響いている。タツオは叫んだ。

「スナイパーの位置はわかるか」

半分は陽動だった。敵を焦らせるためならなんでも利用しなければならない。数メートル離れたスギの木の陰からサイコがいった。

「この先の展望台の上から。さっきなにかが光った気がする」

「ジョージは拳銃もってきたか」

「ああ、あるよ」

浴衣の腹から抜いたのは25口径の玩具のような小型拳銃だった。殺傷力は弱い。まとめて四、五発は人体に集弾させなければ、敵を止めることはできなかった。

タツオは覚悟を固めた。「止水」をつかうなら、今だ。

「ジョージ、拳銃を貸してくれ。予備のクリップも」

数発撃てば銃の癖はわかるだろう。当たらなくても近くに弾をばらまくだけで、敵の意思はくじけるかもしれない。

「このままでもうすこし待って」

ジョージは拳銃を握ったままで発射もしなかった。タツオは焦った。敵は高精度の暗視スコープをつけた狙撃銃である。今も自分たちは相手から丸見えかもしれない。

「どういうことだ」

「だから、待つんだ。こちらには手がある」

頭上遥かで、そのとき消音器をつけた銃声が鳴った。ライフルのように太い音ではなく、通常の拳銃のようだ。二発ずつ三回。

なにが起きたのだろうか。鎮守の森の展望台で、ちいさな懐中電灯が光った。ジョージが立ちあがった。

「どうやら、だいじょうぶみたいだね」

浴衣から土ぼこりを払っている。

「お兄さんの浴衣を汚してしまった。すまない」

サイコも太い幹の陰から顔を出す。

「ほんとうにもう安心なの」

「ああ、いってみよう」

左右にくねる坂道を登って、展望台に到着した。全身黒い格好をしたやけに肩幅の広い男がいる。目だし帽をつけているので、顔はわからなかった。足元には狙撃銃と男の死体があった。血だまりが雑草の生えた土に沁みこんでいく。ジョージが目だし帽に声をかけた。

「ご苦労さま。やはり護衛を頼んでおいてよかった」

「ああ、こっちはひやひやものだった。なにせ、タツオたちときたら、どんどん人けのないほうにいくんだからな。いい獲物だ」

目だし帽をとるとテルだった。同じ三組一班の仲間である。タツオは衝撃を受けていた。自分が狙われたことにではない。同じ年の生徒が人を殺したのだ。恐るおそるいった。

「テルはだいじょうぶか」

「ああ怪我はない」

「いや、そうじゃなく人を……その殺した……じゃないか」

テルは足の先で狙撃銃を死んだ狙撃手から放した。

「こいつはおれたちを殺そうとしていた。逆の立場なら、おれと同じことをやっただろう」

テルはまったく感情の読めない顔をタツオの正面にむけてくる。

「まあ、それにこれが初めてというわけじゃない。おまえたちは先にいけ。まだ人には気づかれていない。この死体は暁島会で処分しておく」

タツオはクラスメイトの殺人に、身体の震える思いだった。だが、進駐官として生きていくなら、いつかは自分も誰かを殺すことになるのかもしれない。タツオは改めて衝撃を受けていた。進駐官の仕事とは、侵略戦争を行い、敵を倒し、植民地を奪いとることなのだ。殺人はその過程で当然発生する事象のひとつに過ぎない。

　眼下に広がる街の灯を眺めながら、タツオは自分に殺人の覚悟がほんとうにできるのか考えていた。友を守るためでも、自分を守るためでも、国家や親を守るためでもいい。自分にはほんとうに人を殺せるのか。

「タツオ、だいじょうぶ？」

　サイコがハンカチで頬についた泥を落としてくれた。タツオは全身がしびれたようで、幼馴染みにさえ返事ができなかった。

71

　進駐官の世界は独特だった。敵である人間を殺して初めて、一人前の進駐官と認められるのだ。それが敵である限り、殺人行為は賞賛され、勇気の証として公に認められる。進駐官のなかには制服に星の刺繍《ししゅう》をいれる者もいた。ひとり殺すたびに、星がひとつ。それが自分自身に贈る勲章なのだ。

　テルが死体の横にしゃがみこんでいった。

「さてと、こいつはどんなやつだったんだろうな」

　倒れている男に手を伸ばす。身体はボディアーマーで守られているので、テルの銃弾は首筋に集中していた。射入口がいくつも開いている。タツオは嫌悪感に打たれながらも死体から目をそらせなかった。テルはうつ伏せに横たわる死体の頭をあげた。顔を確認する。衝撃でそのまま固まってしまった。

「……こいつは」

　タツオも敵狙撃手の顔をしっかりと見た。テルの言葉を失うほどの衝撃も無理はなかった。そこに発見したのは、東島進駐官養成高校の同級生の顔である。タツオは絞りだすようにいった。

「……浦上くん」

　浦上幸彦は東園寺崋山の班の生徒だった。長身で運動神経もよく、いつも控え目な男子生徒だった。夏の運動会では銃撃され、負傷している。カザンの無理な命令にも文句ひとついわずに従っていた。気のいい男だ。

「いったいこれはどういうことなんだろうな。カザンの手下がタツオの命を狙う。それも暗視スコープつきの狙撃銃で。こいつは完全な暗殺の手口だろ」

テルはそういいながら、サイコをにらみつけている。サイコはカザンの双子の妹だ。

「そんなこといわれても、わたしにだってわからない。第一、この作戦がうちの兄の命令と決まった訳じゃないわ」

サイコは青い顔で浴衣の胸を張った。さすがに東園寺家のお嬢さまで、簡単には引き下がらない。ジョージがいった。

「銃声で人がくる可能性がある。死体といっしょのところを目撃されるのはまずい。タツオ、人目につかずにこの山をおりる道はないか」

ジョージのいうとおりだった。ここで面倒に巻きこまれれば、情報保全部にまで連絡されるかもしれない。

「この裏の林を抜けて、上野の山につうじる散歩道がある。明かりがないから夜はほとんど人が通らない」

「わかった。みんな、話はその道にいってからだ」

テルを含めた四人は参道に通じる階段を引き返さずに、さらに林の奥深く入っていった。獣道のような細い舗装されていない道が続いている。テルが低い声でいった。

「ジョージ、おまえは浦上のこと、なにかきいていないか」

ジョージは体重がないかのように、音をまったく立てずに草むした道をすすんでいく。浴衣姿が闇に溶けこむようだった。この生徒は隠密行動の成績も抜群である。ジョージが背中越しにいった。

「サイコさん、五東連合の話はきいていないかな」

サイコが一瞬答えにつまった。めずらしく自信のない声になる。

「きいたことはあるけど、よくは知らない。とにかく、わたしは五王重工みたいな新興軍需成金は大嫌いだから」

タツオは初めてきく名前だった。

「五は五王だよね、トウはなんなの」

サイコが黙りこんだ。代わってテルが皮肉そうに答えた。

「東だよ。東園寺家のトウ」

タツオは太いスギの枝下を抜けるとき、あやうく頭をぶつけそうになった。

「それじゃあ、五王重工と東園寺家は……」

テルが投げやりにいう。

「がっつりと手を結んでいる。五王重工の後押しで、新しい近衛四家に選ばれた池神家は当然やつらの配下だ。これがどういう意味かわかるか」

誰もこたえなかった。夜の林のなかを夏の冷たい夜風が抜けていくだけだ。

「近衛四家の半分と日本最大の軍需企業がグルになって、おれたちを狙ってるって話だ。おれたちが逆島家再興を目指すというだけで、五東連合にとっては目の上のたんこぶになる。新しくできたばかりの近衛四家の序列を壊すことになるんだからな」

ジョージは風のように歩きながら飄々《ひょうひょう》という。

「進駐軍の半分と日乃元全産業の三割を敵にまわすなんて、豪勢なものじゃないか。彼らは主戦派で、新たな植民地を求めて戦線を拡大しようとしている。軍事費の上限を廃し、進駐官の給与アップと新しい武器の購入にも積極的だ。つぎの新型戦闘機は一機二五〇億はするという噂だね」

世界の経済成長は一〇〇年ほど前に終了していた。ほとんどの地域で近代化の第一段階を終了し、もう新しいフロンティアはどの大陸にも存在はしないのだ。

成長がなくなれば、地球経済はゼロサムゲームだった。誰かが得をするには、別な誰かが損をしなければならない。先進国は経済成長を続けるために、よその先進国がもつ領土・植民地を力で奪うしかなくなったのである。戦争は株式市場や新しいテクノロジーと同じように、経済成長に欠かせない日常的な道具となっている。今日の地球では、戦争があらゆる先進国間であたりまえの成長手段であり、経済対策だった。

テルがぼそりという。

「やつらがつぎに狙うのは、近衛四家のひとつ萬家だといわれている。あそこはもともと朝廷につかえる技官の集団だからな。軍需産業の五王重工には縁が深い。近衛四家が朝廷にあげる上申書は多数決が基本だから、あとひとつ四家の一角を落せれば五東連合が、完全に進駐軍を押さえることができるんだ。そうなれば、残念だがもう逆島家再興なんて不可能になるだろう。もうおれたち暁島会もおしまいだ。ばらばらになって、仲間はやつらに使い潰されるだけだろう。南の島や北の果ての雪山、一番危険な最前線で死んでいく。最低の犬死だ」

タツオは逆島家に仕えた進駐官の顔を思い浮かべた。一〇〇人や二〇〇人ではきかない。あの男たちとその家族が、路頭に迷うことになる。それは自分も同じことだった。逆島家再興を果たさなければ、テルのいうとおりになるだろう。

養成高校を卒業したら、間違いなく自分も最前線に飛ばされる。生存率が一年間で三〇パーセントを切るような危険地域が、日乃元の拡大しきった戦線には、いくつも存在した。逆島家の再興を果たし近衛四家に返り咲くか、あるいは前線での死か。

タツオは暗い木々のあいだを速足で抜けながら、心の震えを抑えることができなかった。自分の死はまだいい。進駐官なのだから、それも任務のうちだ。けれど、他者の死、それも仲間の無駄《むだ》死《じ》には耐え難かった。

誰にでも未来はあり、家族がいて、幼い子どももいるかもしれない。タツオは自分の肩にかかる責務の重さに、ため息をつきそうになった。

72

軒下で思いだしたように風鈴が鳴っていた。風の弱い蒸し暑い夜である。タツオの部屋は路地に面した二階にあった。エアコンは身体が冷えるのが嫌で、眠るときはいれていない。六畳間にはふたつの布団が並べて敷いてあった。タツオは天井を見あげたままいう。

「ジョージ、起きてるか」

「ああ」

きっとそうだろうと思っていた。真夜中をだいぶ過ぎているが、眠れるはずがなかった。目を閉じると同級生の死体が浮かんでくるのだ。夏草を夕立のように濡らしていた大量の血潮と、忘れられない生臭い鉄の臭い。浦上幸彦は今夜見慣れぬ東京下町で、自分の運命が尽きると想像していたのだろうか。ジョージの声は優しかった。

「あまり亡くなった人間のことは考えないほうがいいよ。彼の任務が成功する確率は半々だった。仮にそうなっていれば、タツオのほうがこの世にいなくて、みんなから偲《しの》ばれていただろうとぼくは思う。遠く安全な場所から狙撃をしてきたのは、浦上くんのほうだ」

その通りなのだが、タツオには正論は救いにならなかった。

「ぼくは進駐官には向いていないのかもしれない。人が死ぬと、ひどくこたえるんだ。自分が死ぬのは、まだいい。でも、ぼくの作戦ミスで部下が死ぬとか、ぼくを守るために誰かが死ぬとか、そういうことには耐えられそうもない」

模擬戦の決勝で自分の盾になって亡くなった五十嵐と潜んでいた護衛によって銃殺された浦上のことを考えた。ふたりとも一五、六歳という若さで散っていったのだ。

「もしかしたら、ぼくは厄病神なのかもしれない。進駐官養成高校一年で、もう周囲にふたりの死人を出した。どこまで広がるか想像もつかないよ。もしかしたら、ジョージも……」

その先は口にできなかった。風鈴が澄んだ音を立てた。

「ぼくのことなら心配はいらない。きみが思っているより、ずっとしぶといからね」

タツオは夏がけをはねのけて、上半身を起こした。

「だけど、うちの三組一班はもう何度も襲撃を受けているだろ。テルは逆島家再興を目指す暁島会だから、まだ納得してるのかもしれないが、クニとジョージは違うだろ。ただの巻きこまれ損じゃないか」

ジョージも起きあがった。布団の上であぐらをかく。細いすねが真っ直ぐできれいだ。西洋人の足だ。

「安全志向のクニは確かに損かもしれないが、ぼくは違うよ。タツオだけでなく、カザンのほうとも関係を続けているし、進駐官としての将来を見据えて、きちんと手は打っている。タツオもぼくを単純に信用しないほうがいい」

これまで何度も危機をともに乗り越えてきた友人だった。名門の出身だが、おたがいに父を失くして没落したという共通点もある。タツオは口には出さないが、ジョージを養成高校でただひとりの親友だと思っていた。

「将来か……ぼくにほんとうに進駐官としての未来なんてあるのかな」

タツオの声はかすれて、ほとんど聞きとれないほどだった。ジョージが暗がりのなかタツオの目を見つめてくる。

「未来は定まったものでも、フルコースの料理みたいに誰かが差しだしてくれるものでもない。未来があるかないかは、これからのぼくたちの働きによって決まる。五東連合だって完璧に進駐軍のすべてを握った訳じゃない。あきらめるなんて、タツオらしくない」

タツオは心のなかで反対を叫んでいた。自分はそんなに立派な人間ではない。進駐官になるのも嫌々周囲に流された結果だ。

「ぼくには逆島家を再興するような能力はないし、進駐官としての適性も欠けている。人を殺し、敵の領土を奪うのが、進駐官の仕事なんだぞ。最初から向いているはずがなかったんだ」

五十嵐と浦上、ふたりの同級生のデスマスクが脳裏から離れなかった。これも真夜中のせいだろうか。タツオの気分はどんどん絶望的な方向に傾いていく。

「だいたいこの世界はなんなんだ。自分たちが成長するためには、敵から資源と領土をぶんどるしかない。侵略戦争を仕かけて、植民地を果てしなく奪いあうのが、先進国の証明だなんて、みんな頭がおかしくなってるんだ」

ジョージが両手をうしろについて、足を組んだ。つま先を揺らしながらいう。

「それはぼくも考えた。果てしない侵略戦争と植民地の争奪戦が続く今の世界秩序は、持続可能ではないだろう。だが、より豊かな生活を望む庶民と先進国の基幹産業になっている軍需企業の後押しのせいで、戦争を止めることもできない。世界中で戦争を終わらせるのは、同時に経済成長を諦めるのと同じ意味だからね。人は明日は今日より豊かで幸福な生活が送れるという信念で、なんとか目の前の不幸に耐えていけるものだ」

世界はたったひとりの進駐官の卵がなんとかできるものではなかった。タツオは決して、大勢の人間の前では口にできない禁断の言葉をつぶやいた。

「平和か……平和は停滞を意味して、戦争は成長とテクノロジーの進歩を加速させるんだな。経済成長って、なんだか麻薬みたいなもんだね。際限なく豊かにならなければ、死んだほうがましなのかなあ」

ジョージが笑っていった。

「それ以上、戦争と平和について話したら、危険なほうにいってしまうよ。例の秘密結社がかかげるスローガンみたいにさ。『自由・平和・博愛』だったっけ」

世界各国の軍と敵対関係にある秘密結社トリニティのことだった。平和は世界の敵なのだ。

「今タツオがいったことを、情報保全部の柳瀬が聞いたら、きっと重営倉にぶちこまれるだろうな。戦争がなくなれば、進駐軍も自衛のための最低限まで戦力と予算を削減されるだろうから。タツオはもっと注意しなければいけないよ。ぼく以外の人間の前では、平和がいいとか、侵略戦争に反対なんて、絶対に口にしたらいけない」

真剣な目で見つめてくる。ジョージの淡い茶色の瞳は、夜になると灰色に見えるのだなと思って、タツオはうなずいた。

「わかってる。気をつけるよ。進駐官が平和を叫ぶには、世界も日乃元もまだ十分大人になっていないんだ。さあ、そろそろ寝よう。明日は浅草を案内するよ。前世紀の建物だけど、スカイツリーというすごい電波塔がある」

「わかった。最後にひとついいかな」

タツオは枕の位置を直しながら返事をした。

「ああ、なんだい」

「さっきの人を殺すのも、殺されるのも嫌だという話だけど」

タツオは黙りこんだ。毎日、射撃や格闘の訓練を受け、世界の戦史や戦術の座学で忙しい進駐官養成高校の生徒にふさわしい発言ではなかったのかもしれない。結局、養成校は戦争に勝つため、敵を殺すための教育を生徒に叩きこむ場所だ。ジョージの声はそれでも限りなく優しい。

「これは夢かもしれないけど、タツオみたいな人間がほんとうは進駐官になるべきなんだ。日乃元だけでなく世界中でね。人を殺すのも、殺されるのも嫌だ。侵略戦争をしなければならないのなら、そういう軍人に攻められるのがぼくはいいね。どうせ命令を受けるなら、タツオのような反侵略的な思考の上官がいい。結局はぼくが生き延びる確率もそれで上がるし、世界は禁じられた平和にすこしだけ近づいていく。おや、ぼくもだんだんとトリニティの禁断の思想に染まってきたみたいだ」

笑いながらジョージが右手を差しだしてきた。握手だろうか。

「いつか、ぼくがタツオを裏切って、五東連合に走ることもあるかもしれない。でも、きみから離れるときはちゃんとサヨナラをいうよ。黙って、きみの敵になり、後ろから撃つような真似はしない。その約束だ」

ふざけてはいるが、ジョージはひどく真剣だとタツオは思った。タツオは進駐官養成高校歴代最優秀の生徒のあたたかな手を握っていった。

「わかった。神社の境内で遠くから狙撃するのも止めてくれよ。あれは生きた心地がしない」

ふたりの笑い声がそろった。狙われたのはタツオだが、ジョージもすぐ近くを歩いていた。流れ弾が当たる可能性も少なくなかった。タツオとジョージは、ほんの数時間前に同じように生命の危機を乗り越えていた。これが戦友というものだろうか。タツオにはジョージが他人とは思えなかった。今は進駐軍作戦部にいるエリートの兄・継雄よりも、ずっと身近に感じる。タツオはジョージの端整な横顔をそっと盗み見て、眠りに就いた。

73

「昨日、うちの兄貴と話したんだ。浦上くんと狙撃事件のこと」

サイコがタツオの母・比佐乃手づくりの関東風卵焼きを頬ばりながらいった。

「やっぱり卵焼きは甘くなくちゃね。うちのは関西風で塩味なんだ」

タツオはあきれた顔でいった。

「ていうか、なんでサイコがうちで朝ごはんたべてるんだよ。麹町の屋敷なら朝食だってホテルのビュッフェくらいあるだろ」

ジョージは朝からすっきりとした顔をしている。箸を置き、真剣な顔になった。

「朝ごはんはどうでもいい。カザンとは普通の情報端末で、あの事件の話をしたのか」

サイコが首を横に振った。揺れる前髪が涼しげでかわいいのだが、タツオは決して認めなかった。

「違うに決まってるでしょう。麴町と山荘を結ぶ専用の回線があるの。市谷の進駐軍本部内と同じような最高レベルの機密性が保証されたラインだから、心配はいらないでしょ」

タツオは焼きナスと油揚げのみそ汁をすすっていった。

「カザンはなんだって?」

「ほんとうに驚いていた。本人も浦上くんのこと、寝耳に水だったんじゃないかな。どういう状況で、狙撃されたのか。誰が逆に浦上くんを倒したのか。その場にいたのは誰か。わたし、兄貴に二〇分くらい繰り返し、説明させられたもん」

朝食の座卓が静まり返った。タツオはぽつりと漏らした。

「そうだったのか。カザンが……」

ジョージが質問した。

「浦上くんのことは、なんていってた?」

強気のサイコも一瞬ためらったようだ。白瓜のお新香を突いていった。

「同じ班のメンバーだからね。はっきりとはいわなかったけど、ものすごく悲しそうだった。先に攻撃した浦上くんが悪いけれど、殺さずに止める方法はなかったのかって。タツオと学年一位のジョージがいて、わたしまでいるのに、ほかに手はなかったのか。浦上くんには妹がいて、来年進駐官養成高校を受けるんだって。兄貴はその子のことも、浦上くんのご両親のこともよく知っているみたいなんだ。どうしたらいいんだろうって、頭を抱えていた」

タツオがうなずいて、ジョージにいった。

「カザンは単純だから、サイコをうまく嘘でごまかすなんて芸当はできるはずない。そうするとカザンはこの狙撃事件には関与してないということになるな」

ジョージが納豆を混ぜながらうなずいた。

「日乃元のこの腐った豆、最高だな。エウロペにもって帰りたいくらいだ。東園寺家の中心となるカザンやサイコになにも知らせずに、タツオを亡き者にしようという勢力が、五東連合のなかにある。その集団は東園寺本家の意思を無視して暴走することが将来もあるかもしれない。そういうことだと、ぼくは理解したよ」

タツオはサイコをちらりと見た。今朝は浴衣でなく、ショートパンツと二枚重ねのTシャツだった。襟ぐりがやけに広いので、乳房に続くなだらかな曲線が覗いている。

「そいつらはサイコの命が危険になっても、かまわず浦上くんに狙撃を命令した。カザンに次ぐ、二番目の東園寺家当主候補なのにね」

サイコが両手で自分の肩を抱いている。自分たちの身内に敵がいて、自分の命を危険にさらしてもかまわないと思っているのだ。お嬢さま育ちのサイコには、さぞ厳しい状況だろう。そこから三人は言葉すくなに朝食を片づけた。その日の午後、東京スカイツリーに到着するまで、ミス進駐官養成高校はほとんど口を利くことはなかった。

74

夏休みの後半は、タツオもジョージも進駐官養成高校の寮で過ごした。さすがにエリート校で、大量の宿題が出されていたのだ。普通なら毎日休みなくとり組んで一日五〜六時間はかかる分量である。

課題は勉強だけではなかった。二〇〇回の腕立て伏せ、三〇〇回の腹筋、四五分のインターバル走もふくまれる。休み明けすぐに体力測定が実施され、サボっていれば成績が落ちるので、みな文句をいいながらも運動の宿題も手を抜くことはなかった。

　養成高校の寮には、ぽつぽつと生徒たちが戻り始めていた。実家よりも誘惑がすくなく、勉強と運動に集中できる環境だ。学内での順位はそのまま進駐官としての将来と出世に直結している。タツオも同級生も、みな日乃元の国家から給与を得ている進駐官の卵だった。

　ある晩、タツオとジョージが大食堂で夕食をたべていると、同学年の女子生徒二人組がやってきて声をかけた。

「やっぱり、逆島くんってすごいんだね」

　タツオの箸がとまった。

「えっ……なんのこと」

　ジョージが興味深そうに状況を見つめている。二人組の背が低くかわいいほうがいう。

「また、そんな謙遜《けんそん》しちゃって。上野の森で銃撃戦があったんでしょう」

　なにをいってるのだろうか。タツオもジョージもサイコも、あの夜の件は誰にも漏らしていない。背が高く顔の長い女子生徒がいった。

「真夜中に銃撃戦があったんだよね。相手はナイトスコープをつけた狙撃用ライフル、それに対して逆島くんはスコープなしの自動拳銃。距離は一〇〇メートルをすこし切るくらい。夜の森のなかで敵とむきあって、ワンショットで狙撃手を倒した。ほんとにすごいね」

　タツオの食欲はすっかりなくなってしまった。居心地が悪くてたまらない。あのとき自分はジョージに押し倒されて、銃ももたずに震えていただけだ。ジョージが笑いを含んだ声で質問した。

「敵の狙撃手というのは、どんなやつだかわかってるのかな」

　浦上幸彦の名前が出るようなら一大事だった。学内にたいへんな衝撃と緊張が走るだろう。背の高いほうがいった。

「噂では氾のスパイかなにかという話だったけど」

ジョージがぼそりという。

「ふーん、そうなんだ。その相手をタツオが倒した……」

背の低いほうが両手で拳銃をかまえる真似をした。

「片方のひざをつけた姿勢で一撃。銃弾は暗視スコープを抜けて、敵の右の眼窩《がんか》から入り、頭蓋骨《ずがいこつ》を貫通、即死。わたし、射撃の成績が悪いんだ。今度、逆島くん、教えてくれないかなあ」

二人組の後ろに高校一の美少女が、アルミのトレイをもって立っていた。

「そこ、どいてくれる？　晩ごはんの邪魔よ」

近衛四家の威光と生来の美しさをもつサイコには、圧倒的な迫力があった。二人組は強風で霧が払われるように、一瞬で姿を消してしまった。

サイコは夕食のトレイをおいていった。

「なんだか、おかしなことになってる。みんなタツオの銃撃戦の噂話をしてるよ。その場にはわたしもジョージもいなくて、タツオが単独で相手を倒したことになってる。いろんなバージョンがあるんだけど、敵はいろんな国のスパイで……」

サイコが周囲を見まわした。誰もこちらに注目していないのを確認してからいった。

「……うちの生徒じゃないことになってる。いったい、どういうことなのかな」

タツオはうつむいて、箸の先で皿の上の鶏唐揚げを転がした。もうたべる気はしない。ジョージがいった。

「浦上くんのことを隠しながら、みんなの注意をタツオにだけ集中させたい。そんなところじゃないのかな。すくなくとも敵はあの夜の状況をしっかりと把握していて、それを最大限に利用しようと考えた。そのためにタツオに狙いを絞って、プレッシャーをかけようとしている」

タツオは叫びだしたい気分だった。自分の射撃の腕では、拳銃で狙撃銃をもつ相手を倒すことなどできない。没落士族の次男坊である自分に、敵が注目するほどの価値などなかった。断じて未来ある二名の男子の死に値するほど値打ちのある人間ではない。

「先に部屋に帰ってる」

タツオは半分以上夕食の残ったトレイをもって、力なく席を立った。

75

新学期は編入生の紹介で始まった。

黒板の前に立つのは、身長が一九〇センチ近くある大男だ。立派な頬ひげをはやしていて、目つきが鋭い。身体の厚みは肩幅と同じくらいだった。担任の月岡鬼斎先生が紹介した。

「佐竹宗八《さたけそうや》くんはみなさんより七歳年長だ。南洋諸島で三年間の実戦経験があり、数々の武勲を立てている。今回優秀な成績を評価され、上等兵からこの東島進駐官養成高校に特別編入した。仲よくやってもらいたい」

タツオは不思議だった。佐竹が奇妙に優しい目で、こちらを見つめたような気がしたからだ。月岡先生がいった。

「佐竹、きみの席は東園寺のとなりだ」

編入生が動くと、あたりの景色がゆらぐようだった。身体だけでなく、雰囲気にも異様な圧迫感がある。これが実戦経験の差なのだろうか。タツオはこの同級生が何人の敵を殺したのか考えざるを得なかった。きっとほかの生徒もみな同じだろう。

「さて、第一次世界大戦から授業を始めよう。サラエボ事件について、要約しなさい。菱川、どうだ？」

ジョージは立ちあがると最悪の世界大戦になだれこむ契機となった皇太子暗殺事件について、流れるように話し始めた。

カザンはその日の授業中、タツオと決して目をあわせなかった。浦上幸彦が死亡したことはサイコから報告されている。このままわだかまりを抱えて、新学期を過ごすことはできなかった。

放課後タツオはジョージを誘い、カザンの部屋を訪問した。扉をノックすると、鋭い返事が戻ってくる。

「誰だ?」

「逆島。すこし話をしたい。いいかな」

扉が開いた。立っているのは壁のような大男・佐竹だった。無言のまま手招きする。目があった。やはり敵を見る目ではなかった。冷たく平静な視線の奥に、かすかな親しみを感じる。タツオはつぶやいた。

「ありがとう」

ジョージもタツオに続いて、室内に入った。カザンは寮の一室のインテリアをすべて変えていた。デスクは重役がつかうようなウォールナットの高級品で、ソファや椅子はすべて革張りだ。

カザンは黒革のソファの中央でいらだたしげにいった。

「ユキヒコのことでいい訳をしたいのなら、三分だけやる。それが済んだら、さっさとこの部屋を出ていけ。そうでないと、おまえをこの手で殺しちまいそうだ」

いきなり叫ぶように名前を呼ばれた。

「タツオ、おまえが幼馴染みだなんて、むかついてしかたがない。ユキヒコはどうやって死んでいったんだ。あいつはおれの片腕になるはずの男だったんだぞ」

声の様子がおかしかった。タツオはじっとカザンを見つめた。目が赤い。泣いているのか。東園寺家の次期当主が同級生のために泣いている。将来は日乃元の進駐軍を背負うことになる少年も、ひとりの友人の死に衝撃を受けていたのだ。タツオは静かに、あの夜のことを語り始めた。

76

「真実はカザンも知っているはずだ。噂は間違っている」

タツオは極力感情的にならないように、声を抑えてそういった。東園寺家の次期当主はいらだっているようだ。黒革のソファで荒っぽく足を組み替えた。カザンのブーツは官給品の安物ではなかった。馬の革を使用したオーダーメイドの特注品である。一足で五〇万はくだらないだろう。

「ああ、サイコの奴からだいたいは聞いている。おまえがピストル一丁で狙撃手と闘い、勝ったなんて信じるわけがない。おれより射撃の成績が悪いんだからな。ユキヒコを射殺したのは誰だ」

タツオは同じ班の谷照貞の顔を瞬間的に思いだした。表情をなんとか殺す。

「わからない。秘かにぼくの護衛についていた暁島会の人間だ。黒いマスクをかぶっていて、顔は見ていないんだ」

テルが浦上を殺したと知れば、カザンは間違いなく、テルを亡き者にしようとするだろう。カザンは執念深い。一度裏切った者は決して許さないし、自分のプライドを傷つけた者には必ず報復する。

子どものころ、東園寺家の若い執事を真剣で手打ちにしようとしたところを目撃したことがある。そのときは母親に止められて、真剣を木刀にもち替えた。カザンは相手を殺しはしなかったが、無礼を働いた執事は木刀で滅多打ちにされ、病院送りになっている。勇敢にして果断、情け容赦ないのが、東園寺家の血筋だった。

「暁島会か」

カザンは吐き捨てるようにいった。タツオは暁島会と直接の関係はないのだが、なぜか防御的になった。

「そっちにだって、五東連合があるだろ」

五王重工と東園寺家の組みあわせは、日乃元最強の呼び声が高かった。散りぢりになった少数の逆島家家臣や進駐官などとは、比較にもならない。ジョージは視線でタツオを抑えようとした。相手を怒らせて、いいことはなかった。こちらは劣勢なのだ。

部屋の隅の壁にもたれて、佐竹宗八が半眼で室内の状況を観察していた。両手はゆったりとさげている。なにが起きても、すぐに対応可能なプロの姿勢だった。

浦上幸彦が死亡し、東園寺家でもカザンを完璧に守ろうとしているのだろう。佐竹は一〇〇パーセント軍人だった。進駐官の卵とは身体つきからまったく違う。半袖Tシャツから伸びる腕はたくましいだけでなく、無数の傷が走っていた。ナイフで斬られた傷も、クレーターのように窪んだ銃弾の傷もあった。

「五王との連合は、親睦団体みたいなものだ。ビジネス上のな。軍備はつねに更新されなければならない。うちもおまえの親父のせいで落ちた近衛四家の席次を回復させなければならない。ただ利害が一致しただけだ。進駐軍を乗っとるとか、皇室を私物化するとか、陰謀説はよせ」

非主流派の進駐官からは、その手の陰口がなくなることはなかった。

「そんなことより、タツオのほうこそ、陰でこそこそなにをやってる？　ユキヒコが五東連合の工作員だったとしても、おまえに狙撃命令が出されたという事実の意味は重いぞ。意思決定をしている五東連合の上層部が、おまえを生かしてはおけないと判断したんだ。春先から続く、狙撃事件、夜間演習中の襲撃事件、夏季総合運動会の模擬戦決勝での銃撃事件、そして今回の浦上幸彦射殺事件。すべては逆島断雄、おまえを中心にして展開している。おまえこそ、全進駐軍を巻きこんだ陰謀の鍵を握っているんじゃないのか。どうなんだ、タツオ？」

最後の問いかけはほとんど叫び声に近かった。タツオは稲妻に打たれたように幼馴染みの声を聞いた。絞りだすように応える。

「こっちにだって、そんなことなぜかわかるもんか。めちゃくちゃな事件に巻きこまれて、周囲でクラスメイトが死んでいって、身も心もぼろぼろなんだ。逆にこっちを狙ってるやつらに、訊きたいくらいだよ。どうして、逆島家みたいにもう終わってしまった旧家に手を出すんだって」

　ジョージは首を軽く横に振っていた。壁際の佐竹が初めて口を開いた。

「逆島家に力がない？　いや、そんなことはないでしょう。逆島という名には求心力がまだまだ残っている。だから、タツオさんの敵は恐れているんじゃないですか」

　穏やかな目で、元軍人がこちらを見つめてきた。

「勝手な発言を許可した覚えはないぞ、佐竹」

　佐竹はゆったりと壁にもたれた姿勢を変えなかった。完全にリラックスしているようだが、ことが起これはこの室内にいる他の三人の誰よりも速く動けることだろう。

「お父上から、わたしは自分の考えで自由に動くように命じられております。ときに坊ちゃんの命令に逆らってでも」

　カザンが舌打ちした。

「また、父上か。おい、おまえは養成高校の同級生なんだぞ。坊ちゃんは止めろ」

　佐竹がスポーツ刈りの頭をかいた。

「では、なんとお呼びすればいいですか」

「うるさい。好きに呼べ」

　封建時代の主君の跡取りに近い感覚なのだろう。佐竹はしばらく口ごもってから、いいにくそうにいった。

「東園寺くんは、もうすこし逆島くんときちんと向きあったほうがいい。五王重工の経済力と技術力、それに東園寺家と逆島家の影響力と格式が加われば、日乃元に敵はいません。わたしは連合の上層部が逆島家を排除しようと動く意味がわかりません」

　カザンが皮肉にいった。

「いったいおまえはどっちの派閥なんだ？」

　佐竹は胸を張った。

「もちろん東園寺家です。ですが、よりおおきな意味では、進駐軍全体と日乃元の国家に、わたしは奉仕しています」

佐竹は壁際を離れて、ソファに近づいてきた。立ち止まったのは、室内にいる全員の姿が見える位置だった。

「坊ちゃん、いや、東園寺くん、あなたが当主になった暁には、逆島家の再興に力を尽くすべきです。成りあがりの池神家ではなく、近衛四家にほんとうにふさわしいのは、逆島家とここにいるタツオくんだと、わたしは信じます」

意外なところに自分の味方がいたものだ。だが、なぜ佐竹宗八はこれほどまでに自分と逆島家を高く評価するのか。理由のわからないタツオは、すこし居心地が悪かった。

「思いだした！　ラストサバイバー、あなたは西《さい》雁鉱《がんこう》の戦闘の生き残りですね」

ジョージが顔を輝かせて叫んだ。それに反して、佐竹の顔色は暗くなる。

いったい氾帝国最南部の戦場で、なにがあったのだろうか。

77

西雁鉱はウルルク王国との国境近くにある良質な銅とバナジウムを産出する鉱山だった。

日乃元第二南部大隊を率いたのは、萬家当主の萬国雅《くにまさ》大将である。当初、氾帝国国境警備軍との戦闘は、日乃元南部大隊の連戦連勝だった。かつて逆島靖雄中将の玉砕で氾帝国に奪われたウルルクの植民地領土を回復し、進駐軍は国境を越え、氾帝国内部にまで侵攻した。

しかし国境から二〇〇キロほど北上した、険しい山々に囲まれた西雁鉱で、氾の国境警備軍は水も漏らさぬ包囲網を敷いていた。そこに誘いこまれたのは、南部大隊の先遣部隊二五〇〇名だった。

戦闘は三日三晩続き、西雁鉱の山容が変わるほどの激しい砲撃の末、先遣隊のほぼ九九パーセントが壮烈な戦死を遂げた。あの悲劇から、まだ二年半ほどにしかならないのだ。

ジョージの声は畏《おそ》れをふくんで低かった。

「佐竹さんは最後まで生き残り、日乃元に生還した二三名のひとりでしたね。それも撤退戦を戦い抜き、文字通り救出ヘリに最後に乗りこんだ。あの地獄の戦場の生き残りだ」

佐竹の顔色はまったく変わらなかった。

「ヘリに乗せられたのは、ただの順番だ。たまたま自分が最後になった」

茶髪の天才児は譲らなかった。

「いや、ぼくは聞いたことがありますよ。負傷者全員を先に乗せると、救出ヘリの定員はいっぱいになった。佐竹さん、いや佐竹上等兵はその場に残ることを自ら志願した。あなたは隠密行動の名手で、それから四八時間後に再びヘリがくるまで、敵がうようよしている西雁鉱の山肌に隠れて待機した。その功績で紫苑銀綬章を受けていたはずです」

士官ではない現場の兵に与えられる最上等の勲章だった。佐竹はさしてうれしくもなさそうにいった。

「そんなこともあったな」

カザンが顔をあげて、新しい部下をまじまじと見あげた。

「佐竹、おまえは今、東園寺家に属しているはずだ。そのおまえがなぜ、それほどまでに逆島家を評価するんだ？　おれには理由がまったくわからない。それとも、暁島会にでも入りたいのか。返事によっては、おれはおまえをもう一度戦場に送り返さなきゃならない」

残暑厳しい九月の夜に、カザンの声は雪交じりの北風のように冷たかった。

78

「敗北後の撤退戦は非常に厳しいものです。敵は戦勝の勢いに乗り、血に飢え、攻め立ててくる。こちらには武器も弾薬も兵力も足りない。志気は劣悪だ。誰もが負傷兵を抱えているのです。西雁鉱に最後に残ったのは、ほとんどが逆島派の進駐官でした」

二五〇〇人の先遣隊のうち九九パーセント以上が戦死した激戦地で、そんなことがあったのか。カザンが冷たくいい放った。

「落ちぶれた名家をいつまでも支持していれば、尻拭いをまかされるのは当然だ。どうせ萬家の臆病者たちが、自らの命惜しさに命令したのだろう」

佐竹はじっと東園寺家のひとり息子を見つめた。タツオは不思議だった。憐れむような視線にはどんな意味があるのだろう。

「あなたが次期当主でなければ、立ちあがれないほど殴りつけていますよ、坊ちゃん」

冗談ではない雰囲気だった。銃をもたない格闘戦では、この部屋にいる誰よりも佐竹は強いだろう。勝てる可能性があるのは、オールラウンドの天才、ジョージくらいだ。それでも勝利を収めるのは、三、四回に一度くらいか。スポーツ格闘技と違って、戦場では負けたらつぎはない。絶望的な確率だ。カザンは前線帰りの元兵士の迫力に押されて黙りこんだ。

「周囲を敵に囲まれた地獄のような西雁鉱でしんがりの後衛に残ったのは、自分から志願した者たちばかりでした。ほとんどが逆島派だったのは、彼らが困難なことに自ら進んでとり組む気概をもった真の進駐官だったからです」

佐竹はゆっくりと息を吐いた。

「わたしは萬派、東園寺派とともに逃げ続けました。後衛の逆島派の進駐官は次々と倒されていく。恥をさらしてなんとか命を拾ったのは二十数名です。本部に帰投したときは、最後まで生き残り、よく闘ったと肩を叩かれました。英雄だといわれ、勲章までもらった。でも、わたしはあの撤退戦のほんとうの英雄が誰かを知っています。わたしたちを逃がすために勇敢に戦い、命を散らした逆島派の進駐官と兵士です。彼らの遺体は今も回収されていません。氾帝国の兵士は敵兵の遺体を大切には扱いません。貴重品を奪い、軍服を脱がせ、重機で掘った穴に裸で放りこんでお仕舞いです。墓石も立てない」

豪勢なカザンの部屋は静まり返った。佐竹の声が鎮魂曲のように流れる。

「わたしの夢はいつか西雁鉱にいき、逆島派の進駐官の遺体を見つけ、遺骨を日乃元に持ち帰ることです」

ジョージがそっという。

「佐竹さんはなぜ、暁島会に入らなかったんですか」

佐竹は痛々しく笑った。

「逆島家も立派だけれど、東園寺家も決して悪くはありません。うちの大将には、その後たくさん面倒を見てもらっています。わが家は貧乏人の子沢山で、姉兄の三人が進駐官になり、東園寺家のお世話になっています。ただし……」

佐竹がじっとタツオを見つめてきた。転入生紹介のときと同じあたたかな視線だ。あの目にはこんな意味あいがこめられていたのか。タツオも胸が熱くなった。

「次に西雁鉱のようなことが起こったら、わたしは逆島派に従って、この命を捨てようと思っています。タツオさん、そのことを忘れずにいてください。あなたなら、きっと逆島家を再興できる。陰ながらお力添えします」

カザンが叫んだ。

「おい、佐竹、待て。おまえは誰の部下だ？」

佐竹はゆっくりとカザンに振りむいた。確信をこめていう。

「坊ちゃんの部下です。お命を守るよう、お父上から厳命を受けています。五東連合からは距離を置けともいわれていますが」

カザンは憎しみの目でタツオをにらんだ。

「だったら、おれがタツオを殺せと命じたら、やれるな？」

佐竹の目が半分閉じられた。感情が読めなくなる。養成高校の生徒から、急に鍛え抜かれた兵士に戻ったようだ。

「坊ちゃんの生命に危険が迫っていると判断すれば、わたしはご命令に従います」

「わかった。それなら、許す」

カザンは尊大だった。一〇代なかばにして人に命令を下し、人がそれに従うことに慣れた人間だ。タツオは近衛四家の生まれだが、それができない性格だった。カザンが黒革のソファでいった。

「なんだか、おまえを糾弾する気が失せた。佐竹がつまらない思い出話をしたからな。おまえたちはもう帰ってくれ」

顎の先を振り、タツオとジョージに部屋を出ていくようにうながした。なんとかこの場を切り抜けた。タツオは静かに帰ろうとした。ドアノブに手をかけたところで、背中にカザンの声が石つぶてのように飛んできた。

「おれは子どもの頃、おまえと組めば、とんでもなくでかいことができると思っていた。近衛四家の席次の一位と二位を、東園寺家と逆島家で占められる。両家が中心になり皇室を守《も》り立て、世界中に植民地を広げていける。おまえの頭脳とおれの決断力があれば、そいつはむずかしくはないと思っていたんだ。おまえがどうかは知らないが、おれはおまえのことを親友だと思っていた」

カザンの声が濡れたように聞こえる。驚いたタツオはドアノブに手をかけたまま振り返った。

「だが、今夜で子どもの感傷はすべて終わりだ。おれは東園寺家を代表して、おまえの敵になる。現在の近衛四家と進駐軍の体制をひっくり返すような動きは、すべて反体制運動だ。今の佐竹の話を聞けばわかる。逆島家再興ほど危険な思想は、進駐軍のなかにはほかにない。おれは徹底的にそんな運動は弾圧するぞ」

タツオは返事ができなかった。自分は再興など望んではいない。駐在の文化進駐官として、エウロペやアメリアで旧世紀の遺跡や文化を研究して暮らせれば、それでいいのだ。戦いは嫌いだ。だが、そのまま口にはできなかった。自分の言葉は、きっと逆島派の生き残りに伝わることだろう。もう自分だけではないのだ。逆島家に夢をかける人たちの悲願の象徴に祀《まつ》り上げられてしまった。父の名誉も回復しなければならない。

「わかった。でも、ぼくはカザンを友達だと思っている。今でも」

カザンが皮肉に笑った。

「おまえはいつまでも、そういう甘ったるいガキでいてくれ、逆島断雄。おれはおまえの先をいく。おれひとりの力で、東園寺家を近衛四家のトップに据えてみせる。なあ、ジョージ、そいつといるより、うちにこい。おまえなら、東園寺家の後押しがあれば、将官だって夢じゃない」

ジョージはカザンを見てから、佐竹を見た。にこりと笑っていう。

「考えておくよ。そうそう佐竹さん、いつかゆっくりとふたりで話を聞かせてもらえませんか」

戦場帰りの生徒が重々しくうなずいた。

「ああ、楽しみにしている。この学校では、きみだけ雰囲気が違うようだ。実戦の経験があるんだな、菱川浄児くん」

驚いた。この友は一〇代なかばで戦場に出たことがあったのだろうか。ジョージは笑顔の装甲で身を守り、決して動揺を外に覗かせなかった。タツオとジョージは、寮の中で特別豪華な一室を後にした。

79

その夜、タツオはベッドで質問した。二段ベッドの上段にジョージ、下段はタツオである。

「さっきの佐竹さんの話、ほんとうなのか」

この養成高校にくる前に、ジョージが戦場にいたことがあるという佐竹の推定だった。ジョージはすでに人を殺した経験があるのだろうか。暁島会のボディガード、テルのように。

「今は話したくない。というより話せないんだ。しばらく時間をくれ。いつかタツオにはすべてを話す日がくる。約束する」

そこまでいわれたら、友を信じるしかなかった。タツオは居心地の悪い眠りに就いた。夢のなかでは、五十嵐も浦上も生きていた。水鉄砲を撃ちながら、嬉々《きき》として水着で決勝戦を闘っている。タツオの胸は躍ったが、真夜中に目覚めると悲しみで、同じ胸が潰れそうになった。

「起きろ、タツオ」

肩を揺さぶられて、タツオは飛び起きた。敵の襲来だろうか。目の前でクニの長髪が揺れている。

「なんだよ、今、何時だ？」

軍用の腕時計を見る。午前五時半。朝が早い養成高校でも、まだ起きている生徒はすくないだろう。クニが紙切れを差しだしていう。

「こいつが学校中にばら撒かれている。いいから読んでみろ」

眠りが浅かったせいか、なかなか意識の焦点があわなかった。それでも無理やり紙切れに目をやると、最初の一行で冷水でも浴びたように精神が覚醒した。

五東連合と暁島会の暗闘で死者二名

見出しが強烈だった。そのしたには、五十嵐と浦上の両養成高校生徒の顔写真が並んでいる。その後の記事は簡潔だった。

五東連合と暁島会の勢力争いが激化して、ついに進駐官養成高校にも飛び火。生徒の逆島断雄を狙った襲撃事件に端を発した闘争は、ついに生徒の死者二名を生んだ。五十嵐は逆島派の暁島会、浦上は五王重工と東園寺家の五東連合、それぞれに属するという指摘だった。ほぼ事実に即した内容だ。

「この最後のところを見ろよ」

クニが興奮して叫んでいた。

「いいか、おれが読むぞ。『この秋、いよいよ両派は雌雄を決する壮絶な戦いに打って出る。生き残るのは、五東連合か、逆島派の残党か。血で血を洗う、最終決戦の火ぶたはこの東島進駐官養成高校で、明日にも切られようとしている』だってさ。すげーな、タツオ。おまえはほんとに有名人だな」

どちらの派にも属していない呑気《のんき》なクニの声を聞きながら、タツオは猛烈に考えていた。こんなビラを撒くのはいったい誰なのだろう。五東連合にも、暁島会にもひとつもメリットがなかった。第三者がいて、そいつらが権力争いを煽《あお》っているのだろうか。それは誰か。情報保全部、他の近衛家、あるいはタツオが想像もできない外部の力。ジョージとタツオの目があった。親友が低くいった。

「気にするな。敵の思うつぼだ。タツオは逆島家のトップらしく、悠然としていればいい」

それはタツオには、もっとも苦手なことだった。向かいの二段ベッドで、暁島会のテルがあざけるようにいった。

「いよいよ秋の最終決戦か。おれは悪くないと思うけどね。ちまちまとタツオの暗殺を謀《はか》ってくるようなやつらは、一気に叩かなきゃダメだ。やつらの息の根を止める。なあ、タツオ、それでいいんだよな」

タツオは自分の息が止まりそうだった。返事もできずに、いつまでもビラを握り締めたまま下段のベッドで硬直していた。

80

新学期は嵐模様になった。

怪文書は一枚では終わらなかった。暁島会のメンバー全員の顔写真と氏名を載せたもの、五東連合内部の秘密の連絡網を暴いたもの、中立的な立場をとり対立から距離をおく他の近衛家の子女を公表したもの、進駐官養成高校の教職員の派閥をグラフにして力関係をひと目でわかるようにしたもの。誰が作成したのかわからない怪文書が、学内に飛び交うようになった。

タツオの元には何人もの名前を知らない生徒がやってきて、自分も逆島家再興に尽くすとひと言告げて去っていく。同学年だけでなく二年や三年の先輩もいた。暁島会は意外なほど養成高校にも浸透しているようだ。

新学期が始まり三週間ほどたった頃だった。中間試験のため部活動が休止になり、生徒の多くは睡眠時間を削り試験勉強にあてていた。

タツオの三組一班も自室にこもって、全員で数学にとり組んでいた。

鉛筆を放りだす乾いた音が鳴った。クニが叫んだ。

「もう嫌だ、おれはほんと代数大嫌い。微分とか積分とか考えだしたやつは銃殺にすればよかったのに」

ジョージの声は苦笑交じりだった。

「まあ、そういわずに。その問題のどこがわからないんだ」

クニは頭の後ろで手を組んだ。天井を見あげたままいう。

「どこがわからないのかも、わからない」

タツオは噴きだしそうになった。自分も数学は苦手なので、クニの気分もよくわかる。冗談をいおうとしたところで、強いノックの音が響いた。ドアの一番近くにいたテルが、さっと飛ぶように動き、ドアを薄く開いて声をかけた。「なんの用だ?」

生徒がひとり立っている。襟のラインは二本だった。顔を見たことはない二年生の先輩だ。

「すまない。逆島くんはいるか」

テルが相手にうなずきかけた。

「ああ、いる。タツオ、この人は暁島会のメンバーだ。なにがあったんですか、屋島《やしま》さん」

屋島と呼ばれた先輩がタツオたちの部屋に入ってきた。雰囲気がおかしい。なにか焦っているようだ。

「うちのクラスの暁島会のやつが、となりの五東連合のやつと昨日ケンカになった」

タツオは立ちあがっていた。養成高校では先輩後輩の関係は絶対だ。進駐軍の階級と同じだった。

「はい」

屋島は困ったようにいった。

「きみは暁島会のトップになるんだから、そんなに堅苦しくする必要はない。とにかく昨日ケンカがあったんだが、うちのやつが五東連合の生徒をこっぴどく痛めつけてしまった。その報復で、やつらが集団でやってきた。今、体育館裏の林に向かってる」

テルがうれしげにいった。

「敵は何人ですか」

「八人はいたと思う」

「やった。タツオ、おれも腕を貸しにいっていいか。五東連合のやつらを思い切りぶん殴れる」

屋島が苦い顔をした。

「そんなことになっては困るから、逆島くんを呼びにきた。あの場を抑えられるのは、きみしかいないんだ」

タツオは胃がきりきりと痛みだした。先輩も暴力も苦手である。

「カザンは……東園寺くんはなにもいっていないんですか」

テルが屋島より早くこたえた。

「おまえはほんと人がいいな。カザンは暁島会のやつなら誰でもいいから、ひとりずつ潰していけと裏で命令をだしてるんだよ。出入りを止めるはずないだろ」

もう幼馴染みでも、友でもないといった冷たい顔を思いだす。「わかりました。屋島先輩、案内してください」

クニが叫んだ。

「数学よりぜんぜんおもしろそうだ。おれもいくぜ」

屋島がうなずいた。

「人数は多いほうがいい。みんなきてくれ」

屋島の後を追って、三組一班の全員が廊下を整然と早歩きで進んでいった。進駐官養成高校の廊下は駆け足厳禁である。

体育館裏は白樺の林だった。まだ夏の名残で、草いきれで胸のなかまで青く染まりそうだ。遠くからでも十数人ほどのカーキ色の制服を着た生徒たちが向かいあっているのがわかる。屋島先輩が叫んだ。

「待て、早まるな。逆島くんを連れてきた」

全員が振り向いた。なにをいえばいいのだろう。タツオは視線の圧力に立ちつくした。五東連合の生徒の目には憎しみが燃えている。浦上幸彦の死が忘れられないのだろう。タツオは意を決して叫んだ。

「暴力は止めろ。進駐官は仲間同士でなく、外国の敵と戦うものだろう」

連合の二年生が叫び返してくる。

「うるさい。暁島会など、進駐軍の癌《がん》だ。おまえたちは外国の勢力と手を組んで、進駐軍の体制を崩壊させ、日乃元の国そのものを転覆させようとしている」

連合派の声が揃った。

「そうだ、そうだ」

タツオには返す言葉がなかった。落ちぶれた近衛四家のひとつに、そんな力があるはずがない。外国の勢力とはいったいどの国のことだろうか。まったく心あたりがない。

「タツオ、あれを見ろ」

ジョージが肩に手をおいてきた。体育館脇の廊下から、新たに一〇名ほどの生徒が駆けつけてくる。なかには手に木刀や特殊警棒をさげた者までいる。テルが早口で囁いた。

「やつらは五東連合の助っ人だ。どうする、タツオ。人数は二対一で、圧倒的に不利だ。おれがひとっ走りして、応援を呼んでこようか」

そんなことになれば、進駐官養成高校内で全面的な抗争になってしまうだろう。まだ生徒だがみな格闘の授業を受けているうえ、体力も底なしだった。このままでは重傷者が出てしまうかもしれない。

タツオは白樺の林のなか、数メートルの距離をおき対立する生徒同士の中間に進みでた。両脇にはジョージとテルがいる。無派閥のクニはすこし離れた白樺の木の陰に隠れていた。

助っ人が加わって、五東連合の生徒は暁島会の倍以上に膨れあがっている。

「ここは東島進駐官養成高校の学内だ。ぼくたちはまだ学生だが、日乃元の国から毎月俸給をいただいている公務員でもある。派閥争いくらいで、私闘を行うのは恥だぞ。ただちに解散するんだ」

タツオの耳元でひゅんと音が鳴った。誰かが石を投げたのだ。ジョージが叫んだ。

「投石を止めろ」

同時にふたつ目の石つぶてが飛んできた。今度はタツオの額の横にあたる。手を当てると指先がぬるりと滑った。流血している。

「逆島くん！　だいじょうぶか」

屋島が叫んだ。五東連合の二年生があざ笑う。

「いい気味だ。悪の首領ごと、暁島会を叩き潰せ」

テルが顔を真っ赤にして叫んだ。

「なんだと、ふざけるな。軍需成金が。さあ、かかってこい」

本気でやりあうことはできなかった。怪我人が何人でるか、どこまで騒動が広がるかわからない。タツオは困って、ジョージを見た。この命令で正解なのか、わからないが事態を収めるにはこれしかない気がした。

ジョージの囁きが耳に届く。

「そいつで間違いない。きみが命令するんだ、タツオ」

稲妻が落ちる直前のような一触即発の空気が白樺林に流れていた。タツオは思い切り声を張りあげた。

「暁島会のメンバーに告げる。襲撃を受けても抵抗はするな。戦闘は避けるんだ。各自散開して、この場を離脱するべし」

テルが情けなさそうな顔で、タツオを見あげてくる。

「敵に尻尾を巻いて逃げるのか。無抵抗だと、やつらにつかまったやつは袋叩きにされるぞ」

ジョージだけが危機的な状況に我関せず、風のように涼やかにいう。

「それでいい。撤退は恥でも、敗北でもない」

タツオはその声に背中を押されて、もう一度敵との緩衝地帯で叫んだ。

「これは逆島家としての命令だ。三……二……一……戦闘地区から、離脱せよ」

さすがに進駐官養成高校の生徒だった。命令は絶対だ。暁島会の生徒は文句もいわずに、蜘蛛の子を散らすように林のなかをばらばらに逃げていく。タツオ自身は撤退を見届けるために、その場に残った。

五東連合の先輩が殴りかかってくる。相手の手首をつかみ、合気道の小手投げの要領で投げ飛ばしたのはジョージだった。

「死ねー！」

背後から必殺の気合が飛んだ。一瞬でタツオの背中に冷や汗が流れる。振り向いたときには、振りかぶった木刀の切っ先が鬼の角のように短く見えるだけだった。

素早い影が横から飛んできて、上段から打ちおろそうとする敵のみぞおちに正拳突きを叩きこんだ。腹を押さえてしゃがみこんだ連合の生徒が、ばしゃばしゃと胃液を吐いている。

「だいじょうぶか、逆島くん」

カザンのボディガードの佐竹宗八だった。東園寺家に属していても、心情的には逆島家を応援してくれているようだ。

「ここはわたしが鎮めておく。きみも撤退しなさい。最後まで残るとは、さすがに勇気がある。菱川くんもいきなさい」

そういうと、元軍人は殴りあっている生徒の間に割って入っていく。

「さあ、ぼくたちも離脱しよう。撤退だ。テルも早く」

ジョージが叫ぶと、乱戦模様になった体育館裏の白樺林を、左右を守られながらタツオはジグザグに駆けだしていった。

18

「これはいったいどういうことだ」

学年主任の教師・久本豊国《ひさもととよくに》が叫んでいた。太った腹のうえにきつい進駐官の軍服がのっている。ボタンがはちきれそうだった。仇名《あだな》は一度嚙みついたら二度と放さないというピットブルである。東園寺派の教師として陰では有名だった。

一歩下がったところに三組の担任・月岡鬼斎も立っている。左の義手が冷たい光を放っていた。この人は金属の骨格の上に、通常そうするように人造皮膚を張りつけていない。

職員室の隣りにある特別訓告室は、重大な校則違反や非行を犯した生徒を呼びだすための部屋である。一列に並ばされているのは、三組一班の四名と二年の屋島、それに東園寺崋山だった。

久本主任が誰に向かって吠えたのかわからず、全員が黙りこんでしまった。

「貴様ら、反抗的な態度をとるか」

主任がいきなり右端に立っていたテルに平手打ちした。テルは足元をぐらつかせながら、なんとか耐えた。唇の端から血が一筋流れている。

「申し訳ありません。ご指導ありがとうございます」

上官に殴られたら、まず礼をいう。進駐官はそう教育されている。久本主任は満足そうにうなずいていった。

「昨晩、医務室に五名の生徒がやってきた。そのうち二名は骨折で重傷だ。すべての生徒が以前当校内でばら撒かれたビラによれば、暁島会の生徒である」

　久本主任がにらみつけてきた。タツオの背筋に冷たい震えが走る。この先生はどうも苦手だ。興奮しやすく、すぐに沸点に達する。口だけでなく手も足も出す、古い鬼軍曹タイプだ。

「どの生徒に質問しても、なぜ怪我をしたか、誰にやられたのか、ひと言も答えない。これはいったい、どういう訳だ」

　体重一〇〇キロはある久本主任がコンクリートむきだしの訓告室の床を歩き回っていた。このほうが水で洗えるので、血液が流れたとき楽なのだと聞いたことがある。ブーツの音が鋼鉄のハンマーのようだった。その足音がタツオの前で停止した。

「逆島、貴様はなにか事情を知っているのではないか」

　ここにはカザンもいる。東園寺家と五王重工の連合派の生徒に、集団で襲われたとはいえなかった。進駐官養成高校では、派閥や思想集団の結成は厳禁である。また進駐軍自体も、表立っては近衛四家の派閥を認めていなかった。日乃元の国体に一丸となって奉仕するのが、進駐軍の基本である。

　また事情を説明すれば、タツオの命令通り無抵抗で暴力に耐えた暁島会の生徒を裏切ることにもなるだろう。教師に仲間内の事情を正直に報告するような生徒は軽蔑されるだけだ。

　タツオは震えながら、思い切り声を張った。久本主任は挨拶の声がちいさいというだけで、何人も生徒を殴っている。

「自分には理由はわかりません」

　久本主任はタツオの返事に期待していないのだろう。背中を向けて、両手を後ろで組んでいた。

「ちぇ、なんだよ」

　ぱっと振り返ると、主任が一喝した。

「今のは誰だ？」

　長髪のクニが右手を軽くあげた。

「自分です」

「何者だ、貴様」

横に控えていた月岡先生が静かにいった。

「逆島の班の生徒で、鳥居国芳。成績は中位です」

うなずいて、久本主任がいった。

「許す。いいたいことがあるなら、いってみなさい」

タツオは普段はナンパなクニの土壇場の勇気に驚いていた。すこしも腰が引けることなく、クニが口を開いた。

「まず自分は五東連合でも暁島会でもありません。だから中立の立場で証言できると思います。昨日は放課後、自分たちの部屋で自習をしていると、そこにいる屋島先輩がやってきました。生徒が体育館裏でもめている。逆島になんとか鎮めてくれって。そうですよね、屋島さん」

屋島は久本主任にビビっているようだった。うつむいたままいう。

「……ああ、そうです」

「それで自分たち三組一班は体育館裏に駆けつけたんです。そこでは生徒たちが今にも、集団で闘争を始めようとしていた。五東連合の生徒は暁島会の二倍はいました。おまえはあそこになかったけど、手下から報告は受けてるだろ。そうだったよな、東園寺」

カザンはコンクリートの壁を向いたまま、返事もしなかった。

「自分はどっちの派でもないから、ケンカは嫌でした。元々暴力は嫌いだし。だから、あそこで逆島が暁島会の生徒に命令したことは正しかったと思ってます」

担任の月岡先生の声が静かに流れた。

「逆島、きみはなんと命じたんだ」

もう逃げきれないと、タツオは観念した。真実を告げるのが、この場合正しい戦略なのかどうか、考えている時間もない。

「各自、その場から撤退するようにいいました。仮に敵に捕らえられても、抵抗はしないようにと」

月岡鬼斎が顎の先をつまんでいう。

「なるほど。非暴力の撤退か」

「だけど、五東連合のやつらは違いました。逃げる生徒を捕まえては、無抵抗の相手を殴りつけていた。医務室にいったのが、暁島会ばかりだったのは理由があるんです。すくなくとも同じ学校の生徒に骨折を負わせたやつは、学校側できちんと処分してください」

タツオはクニの勇気を見直していた。屋島先輩も目を赤くして、うなずいている。よほど悔しかったのだろう。久本主任がじっとクニの顔を見てから、視線をカザンに移した。主任が若い頃、先代の東園寺家の当主の部下だったことは公然の秘密だ。

「東園寺くん、きみからなにか釈明することはないか」

「逆島断雄の班の生徒は頭がおかしいんじゃありませんか。自分はなにも知りませんし、五東連合の生徒など、そもそもこの進駐官養成高校に存在しません。理由はわかりませんが、意見の対立かなにかで、生徒同士が内輪もめをして暴力沙汰になった。それを自分たちの都合のいいように、他の生徒になすりつけた。汚い手を使う逆島の班の生徒なら、それくらいのことはやりかねません」

久本主任は目を細めて、カザンを眺めていた。この主任がカザンを殴ったことはない。孫でも見るような目で、次期東園寺家の当主を見つめている。

「その証言は、お父上に真実だと誓えるかね」

カザンは一瞬、タツオのほうを見た。目には冷たい計算と小狡《こずる》い知恵が光っている。

「はい、父と東園寺家の名誉にかけて」

久本学年主任は満足そうにうなずいた。

「わかった。月岡先生、あなたのほうからなにかお聞きになりたいことはありませんか」

月岡鬼斎はタツオの目をじっと見つめた。タツオにはこの担任がなにを伝えたいのかわからなかった。ガラス球のように感情の読めない目で静かにうなずき、教師はいった。

「いえ、わたしのほうからはありません」

「では全員いってよし」

　クニがあわてていった。

「ちょっと待ってください。五東連合の生徒についてはとり調べはないんですか」

　久本主任がクニの顔の直前に顔を寄せてきた。鼻と鼻の先が触れそうな距離で、大音声で叫ぶ。

「全員いってよし。ただちに特別訓告室を離れろ」

　さすがに戦場で鍛えた音量だった。生徒たちは駆け足でコンクリートの部屋を逃げ出した。クニは廊下に戻っても、ひとりだけ文句をいっていた。

「あれはどういうことなんだよ。学校はいったい誰を処分するつもりなんだ」

　タツオにはだいたい予想がついたが、口を閉ざしてなにもいわなかった。カザンが別れ際クニにいった。

「鳥居、さっきの五東連合のことは二度と口にするなよ。おまえがおかしな噂を流すようなら、覚悟しておけ。五体満足でこの学校の校門を出られると思うなよ」

　クニがあっけにとられていると、テルがいった。

「カザン、おまえの二枚舌にはあきれたよ。それだけ嘘がうまけりゃ、さぞ立派な指揮官になれるだろうさ。久本なんかに尻尾振りやがって。見あげたもんだ」

　燃えあがるような憎しみの目でテルをにらんで、カザンが自室に引き上げていった。テルは頬を撫でながらいう。

「くそっ、おれはピットブルに殴られ損だ。ついてねえ」

　タツオは逆に恐ろしくてたまらなかった。もしここにいる暁島会が送りこんだ同世代のボディガード、谷照貞がカザンの班の浦上幸彦を正当防衛とはいえ射殺したと知ったら、カザンはどうするだろうか。どんな手を使ってもテルを亡き者にしようとするのではないか。タツオはもう誰も自分のために死ぬのは嫌だった。

ずっと黙っていた菱川浄児がいった。

「進駐官養成高校にも、教官たちにもいろいろと問題はありそうだね。ぼくたちも部屋に戻って、謹慎したほうがよさそうだ。中間考査の勉強でもしていよう」

三組一班の生徒は階段で、屋島先輩と別れた。先輩はクニの肩を叩いていった。

「さっきのブルへの態度は見あげたものだった。きみが暁島会にくるなら、大歓迎だからな、鳥居国芳くん」

「いや、おれ、そういうの苦手っすから」

テルがクニの背中を叩いた。

「いや、おれも同じ意見だ。おまえはナンパなくせに、いざとなるとクソ度胸があるんだな。見直したよ」

四人の間ですこしだけ笑い声が起こって、タツオは安心した。ようやく数学の試験勉強の続きに戻れる。この学校での席次は進駐官になっても一生ついて回る。あんなことがあったあとでも、手を抜くことはできなかった。

学校側の下した正式な処分は、翌日掲示板に一枚の書面として発表された。逆島派の暁島会メンバー全員に、放課後の自由時間をすべて使っての学内奉仕が二週間。五東連合の生徒にはおとがめはなし。

それを見た暁島会派の生徒は悔しさに唇を嚙み締め、五東連合の生徒は歓声をあげた。暁島会派の生徒たちの間で、不満のエネルギーが溜まっていった。

タツオたち三組一班も二週間毎日、風呂場やトイレ、グラウンドの清掃や整備を行うことになった。

柔術場は一二〇畳ほどの広さで、分厚いクッションの上に畳が敷き詰められている。東の壁には皇室の祖先を祀った神棚が設置されていた。高い窓から射すのは秋の午後の乾いた光だった。タツオたちは授業の始まる五分前には柔術場に集合していた。

進駐官養成高校で教える日乃元柔術は、通常の高校の部活動にあるようなスポーツではなかった。相手をいかに短時間で効果的に戦闘不能にするか、あるいは殺害するかを教える実戦向きの戦場格闘技である。

指で目を突く、金的を蹴る、喉を潰す、なんでもありである。また、その技術を磨かなければ戦場で体格に勝るエウロペやアメリアの兵士たちに太刀《たち》打ちできないとされていた。

「あー、おれはうんざりだな。柔術は大嫌いだ。だいたいライフルの弾やミサイルが飛び交う戦場で一本背負いもないだろ。そんなので死んだ敵なんて、きいたことないぜ」

クニは畳に寝そべって、そういった。テルがぼろぼろになった胴着の袖をまくった。太い腕はワイヤーロープのように引き締まっている。

「だったら、おれがおまえに稽古をつけてやろうか。この畳の上で天国が見られるぞ。ちょいとその首を絞めるだけでな」

テルの柔術の腕前は三組でも有数だった。なかでも得意なのは、絞め技と関節技だ。

「遠慮しとく。力自慢の筋肉バカと古くさい柔術なんてやってられるか」

柔術場の入口からカザンの班の四人がやってきた。憎まれ口を叩いたクニの爪先《つまさき》を、カザンが蹴とばす。

「痛っ！」

「邪魔《じゃま》だ。汚い足で道をふさぐな」

「ふざけんな。こんなに広いんだ。どこでも通れるだろ」

カザンの三組二班はわざわざ柔術場の隅を回って、こちらに向かってきた。あの体育館裏の対決から、なにかと難癖をつけてタツオたちを挑発してくる。カザンの子分がいった。

「なんか臭くないか」

カザンが鼻をうごめかす。

「ああ、ほんとに臭い。クソそのものの臭いがするな」

もうひとりの生徒がいった。

「そういえば一班の便所掃除はあと四日は残ってるよな。せいぜいきれいにしろよ。おれたちがちゃんと使っておいてやるからな」

クニががばりと上半身を起こした。

「おまえたちか！」

「はあ、なんのことだよ」

カザンはにやにや笑っている。元兵士の佐竹宗八だけが笑っていなかった。視線をはずして高い窓にのぞく秋の空を見あげている。クニが叫んだ。

「柔術場と寮の便所がめちゃくちゃにされてたんだよ。そこら中にションベンが飛び散って、なかにはクソまで……」

どちらもタツオの三組一班が罰として担当するトイレだった。水と小便がまかれ、鏡にはタツオたちへの挑発が殴り書きされ、わざと便器を避けるように大便が排泄《はいせつ》されていた。タツオの胸の中でも怒りの火が燃えあがった。

養成高校の生活にはほとんど自由時間はない。その大切な放課後のひとときに他人のクソを片づけて過ごすのだ。腹が立ってたまらない。

カザンになにかいおうと思っていると、テルが畳に手を突き、ゆっくりと起きあがった。目を細め、くいしばった歯の間から漏らす。背は低いが、テルの胸はここにいる誰よりも厚い。

「便所掃除の恨み、覚えておけよ。おまえたちの誰でもいい。今日の乱取りでは徹底的にかわいがってやるよ」

テルの脅《おど》しに平然としているのは、佐竹だけだった。手下が不安そうにカザンにいった。

「どうしよう……谷の柔術はすごいぞ。あっというう間に絞め落とされる」

カザンは目を細めて笑った。

「だいじょぶだ。今日の指導は久本主任だ。主任の近くを離れなければいい。なにかあったら、タツオたちが処分の腹いせに私闘を挑んできたといえばいい。学校が下した処分に逆らったとなれば、もう何週間かこいつらの便所掃除が延びるだけだ。いや、クソ掃除か」

それでほっとしたようだった。カザンの右に立つ安田秀道《やすだひでみち》がさらに挑発してきた。

「おれ、なんだか腹が痛くなってきたな。水分をとりすぎたかもしれない。ちょっと便所いってくるわ」

腹を押さえながらにやにやと笑っている。

「朝から我慢してたんだ。的をはずして、便器の横に漏らしたら、勘弁してくれ」

テルの動きは素早かった。タツオが止める隙《すき》さえない。安田の肩に飛びつくと、空中にいるうちに腕を搦《から》めとっている。床にふたりが倒れたときには、腕ひしぎ逆十字ががっちりと決まっていた。安田は青い顔で、テルの足をタップしたが、テルは締め上げる両手を緩めなかった。

クニが叫んだ。

「いい気味だ。久本のブルがくるまえに、そんなやつやっちまえ」

カザンが振り向くと叫んだ。

「なにをしてる、佐竹。おまえの出番だろ。谷を止めろ。なにをしてもかまわない」

佐竹宗八が水のように動いた。カザンともうひとりの生徒のあいだを、するりと通り抜け、中腰になると無音のまま畳に横たわるテルの顔面に右手を振り下ろした。拳ではなく指が二本伸ばされた抜き手だ。テルの右目のほんの五ミリほどのところに、石を削ったような中指が静止している。

「谷くん、もういいだろう。つぎはきみの目をえぐる」

テルは最後にもう一度安田の腕を逆方向にねじりあげると、身体を回転させて佐竹宗八の拳から逃れた。鞠《まり》のように半身を起こす。

「そんなやつの腕一本と大切なおれの右目を交換するつもりはない。だが、あんたとはあとで本気の乱取りをやってみたいな」

佐竹は冷静だった。

「養成高校のルール内なら、いくらでも相手をしよう」

クニがタツオの胴着の袖を引いた。

「ルール無用が養成高校の柔術じゃなかったのか」

それを聞いた佐竹は淋しそうにいう。

「目突きとか、金的蹴りとか、かわいいものだ。戦場では相手を殺すためなら、どんなに汚い手でも使う。谷くんの柔術は本物だ。でも戦場は違うんだ」

テルはじっと佐竹を睨みあげていた。

「おれがあんたにかなわないというのか」

佐竹はテルを見てさえいなかった。当たり前のように答えた。

「戦場で武器を持たずに、いきなり敵に出会えば谷くんは二〇秒で死体になるだろう。別にわたしが強いわけではない。経験と技術の差だ」

もうすぐ柔術の授業が始まる時間だった。遅れてきたジョージが入口からやってくる。佐竹の目がほっそりとした天才児を捉えた。

「彼なら二分くらいはもつかもしれない」

タツオは質問した。

「相手がジョージでも最後に立っているのは、佐竹さんなんですよね」

佐竹はそっけなくうなずいた。

「ああ、そうだ。戦場での格闘では殺してきた敵の数がものをいう」

毒気を抜かれて、テルもクニも佐竹から後ずさった。

「神棚の前に集合！」

学年主任の久本の号令がかかった。佐竹宗八の強さはどれほどのものなのだろう。タツオは悲しげな年上のクラスメイトの広い背中を見ながら、神棚にむかって走った。

83

夜の食事が終わると、進駐官養成高校の寮も静かになる。眠りに就くまでの数時間を予習したり、本を読んだり、趣味で過ごしたり、自由につかえるのだ。厳しい軍事教練があった日には、身体を休め体力を回復させる貴重なひとときだった。

その自由時間をタツオの三組一班は、便所掃除に追われていた。男子寮には各階二ヵ所ずつ六つのトイレがある。柔術場のものは通常の倍くらいの広さだった。

毎朝の久本主任のチェックは厳しく、すこしでも汚れが残っていると罰として素手で便器を掃除させられる。勢い夜の便所掃除は熱心なものにならざるを得なかった。

夜九時過ぎ、寮のトイレ掃除を終えた一班は柔術場の用具置き場に向かっていた。クニが腰を押さえていった。

「ずっと中腰で便器を拭いてるから、腰が痛くてたまんないや。あーあ、あと四日で地獄の罰もおしまいだ」

ほかの三人はクニの文句の相手をしなかった。数学や教練でいつも真っ先に文句をいうのが、クニの性格である。その割に嫌われないのは、おかしな出世欲や妬《ねた》みがないせいかもしれない。クニの目標は無事に進駐官を早期退職して、閑職の地方公務員にでも天下りして、老後をのんびりと暮らすことだ。

ジョージがクニを無視して興味深そうにテルに質問した。

「今日の柔術の時間、テルはずっと佐竹さんと乱取りしてたよね。手わせしてみて、あの人どうだった？」

夜の廊下は節電のため三本に一本しか明かりがつけられていなかった。テルは不思議そうにいった。

「なんか手ごたえがなかった」

「どういう意味だ」

「勝負は五分五分で、一本とったりとられたりなんだが、佐竹はまるでやる気がないんだ。こっちは毎回殺すつもりで攻めこんでるんだけど、それでも五分五分までしかいかない」

クニが用具置き場のドアノブに手をかけていった。

「じゃあ、あの人のいう通り、実際の戦場では瞬殺だな。あー、筋肉バカの競争って、ほんとにバカみたい。おれなら、両手をあげて即座に降伏するね」

テルがクニの背中を平手打ちした。てのひらの形に赤い跡が残りそうな強烈な一発だ。クニが悲鳴をあげたが、三人はまた無視した。テルがいう。

「おまえはうるさい。なあ、ジョージなら、あいつとどうやって闘う？」

とがった顎の先をつまんで、ジョージが考えこんだ。この天才児としてはめずらしい間が空いた。だいたいの問題には、あらかじめ考えてあったかのように、すぐに正解を答えるのがジョージの癖だ。

「なるべくつかまらないようにする。佐竹さんは力が強いからね。あとは負けないように全力で守る。そのうち隙ができるかもしれないし。それ以外なら、離れて一撃勝負かなあ。急所にパンチを当てれば、佐竹さんでもグラッとくると思う。スピードなら、こっちのほうが速いから」

テルが不服そうにいう。

「おまえにはその手があるもんな。おれは柔術が得意だから、つい組んでしまいたくなる。だけど柔術はむこうのほうが上だから、結局やられちまう……」

白いTシャツ一枚でも鎧《よろい》を着こんだような身体をしたテルが、ぼそりといった。

「よし、おれのあと半年の目標は、佐竹宗八を倒す技を身につけることに決めた。あいつに勝てるなら、すくなくとも一年に敵はいなくなる」

クニがドアを開いて、声をあげた。

「柔術なんでどうでもいいだろ。それよりさ、用具置き場が空っぽだ。またカザンのやつのいじわるかな。おれたちに素手で便器を洗わせるためとか、なんとかさ」

タツオはクニの背中越しに一畳半ほどの窓のない小部屋を覗きこんだ。確かにバケツも雑巾《ぞうきん》もブラシもない。昼間のカザンのにやにや笑いを思いだして、胸がむかついた。

「とりあえず、便所にいってみよう。またひどくやられてないといいけど」

クニがうんざりした顔でいう。

「おれ、安田のアホのクソを手でつかむのだけは、絶対に嫌だ」

テルが爆発しそうな調子でいう。

「誰だって、そんなもん嫌に決まってるだろ」

男子便所は小型体育館ほどある柔術場の長い廊下の奥にあった。夜のこの時間は無人で、廊下にも秋の気配が漂っている。虫の音《ね》だけが薄暗い廊下を満たしていた。

タツオがすりガラスの戸を引くと、いきなり人にぶつかりそうになった。

「キャー！　ごめんなさい。へんなことしに男子便にいる訳じゃないから」

驚いた。憎きカザンの双子の妹・東園寺彩子がバケツとブラシを手に立っていた。

「サイコ、どうしたの」

柔道の名手、曾我清子がずしずしと駆けてくる。手には雑巾をさげていた。

「出たな、変態。成敗してくれる……あれ、男子便にきてるのは、わたしたちのほうか」

個室からスナイパーの歌川亜紀と成績は抜群だが天然の幸野丸美が顔をだした。マルミがため息をついた。

「あーあ、今日はタツオたちがくるまでに間にあわなかった」

この一週間ほど、奇妙に柔術場の男子便所がきれいなことが多かった。タツオたちも不思議に思っていたが、たぶん暁島会のメンバーが三組一班を不憫《ふびん》に感じて便所掃除の手伝いをしてくれているのだろうと想像していた。

タツオがいった。

「サイコたちが掃除してくれていたのか」

サイコはさばさばという。

「まあね。久本のおじさん、ちいさな頃からお兄ちゃんに甘かったんだ。依怙贔屓《えこひいき》でタツオの班だけ罰をくらったと聞いて、ちょっとかわいそうだなと思ったの」

柔術場の外で小石が跳ねるような音がした。サイコはポニーテールの先を揺らして、飛びあがった。

「男子便にいるとこを誰かに目撃されたら、東園寺家の恥だよ。とにかくどっか別な場所に移動しよ。掃除はもう完璧だから」

クニが叫んだ。

「あー、ありがとう、サイコ姫。おれ一生恩に着るわ。デートでもなんでもつきあうから、暇になったら声かけてくれよー」

サイコは口をとがらせて、男子柔術場便所と書かれたバケツをクニに差しだした。

「デートは生涯お断り。これ、用具置き場に返してきて」

クニが受けとるといった。

「どこかの個室にクソが落ちてなかったか」

曾我清子の顔色が変わった。

「ああ、あった。わざわざ便器の横に大量にしてあったよ。あんた、犯人を知ってるの」

男子よりも太い腕を袖まくりして、柔道の名手がいった。

「たぶん、カザンの腰ぎんちゃくの安田だと思う。あいつ、腹が痛いって笑ってたから」

「そうか。わかった。いつかこの借りは返してやる」

安田の腕ではキヨコにはとてもかなわないだろう。タツオはすこしだけ愉快だった。ジョージが笑みをふくんだ声で静かにいった。

「さあ、ちょっと移動しよう。柔術場の裏の物干し台はどうかな。星がすごくきれいなんだよ」

サイコがにっこりと笑っていった。

「ジョージはそういう台詞《せりふ》が似あうよね。タツオにはぜんぜん無理だけど」

そういうと東園寺家のお嬢さまは先頭に立って、男女四人ずつの集団を率いて、長い廊下を物干し台に向かった。

84

養成高校は人里離れた高地にあるので、星空は美しかった。普段は疲れと勉強で夜空を見る余裕などないけれど、改めて秋の空を見あげると星の数と明るさに圧倒される。天の川は淡い光の帯となって、空を結んでいる。

「あー、すげえロマンチックだな」

クニが板張りの物干し台に寝そべっていった。

「星もきれいだけど、ここには男女四人ずついるんだぞ。合コンみたいじゃないか」

ごつい体型の曾我清子がどしんと、クニの顔の近くに草履《ぞうり》ばきの足を落とした。

「あんたなんか人数のうちにはいらないよ」

「おっかねえな。こっちだって、柔道おたくの怪力女なんか、端から圏外だって」

物干し台は一六畳ほどの広さがあり、男子の柔道着が一列に干されていた。夜目にもぼろぼろで、鍛錬の厳しさがうかがえる。

「サイコ、ありがとう」

タツオはいいにくい言葉を口にした。

「男子便所の掃除なんて、女子にはハードルが高かっただろ」

いつの間にか蟬の声は絶えて、鈴虫が鳴いていた。季節は人間の予定とは関係なく動いているのだ。サイコの長い髪が夜風に揺れて、ふわりといい香りがした。

「うん、まあね。でも、わたしは便所掃除って慣れてるから。東園寺家では子どもの頃から、日課としてやらされるんだよ。家族とお客様用の掃除は、子どもたちの仕事なんだ」

テルが口をはさんだ。

「あのカザンも便所掃除なんてしてたのか。おれは全部使用人にやらせてると思ってた」

サイコは髪をなびかせながら、淡々という。

「東園寺家に生まれると、必ずそういうふうにいわれるんだよね。面倒なことはなにもかも使用人にやらせて、好き勝手なことだけやってる。おこづかいも使いたい放題だし、養成高校も親のコネではいれる」

クニが混ぜ返した。

「おまけに進駐官になれば、近衛四家の力で将官クラスまでは間違いなく出世できる」

「確かに進駐官になったら、そうなるのかもしれない。でも、わたしは自分の実力で受験して、ここに合格したし、おこづかいだって自分でアルバイトして稼いでた。ねえ、タツオならわかるよね。近衛四家に生まれる大変さとプレッシャー」

タツオは手すりにもたれて、夜空を見あげていた。もう遥か昔のことに思えるが、確かに自分も近衛四家の名門、逆島家に生まれ落ちたのだ。

「まだ覚えてるよ。物心ついたときから、果てしなく勉強させられてきたから。同時に水泳や体操や武術のコースもとらされる。子どもの頃は今より自由時間がすくなかったかもしれない。すくなくとも、今は就寝前の何時間かは好きなようにつかえて、こうしておしゃべりなんかもできる」

狙撃手志望の歌川亜紀がクールにきいた。

「勉強もできないし、運動神経もないってやつが名門の家にも生まれることはないの？」

サイコがタツオの目を見た。どちらが答えるのか迷ったのかもしれない。お嬢さまが目くばせしたので、タツオはいった。

「もちろん、全部苦手っていう子どももいるよ。実際には近衛四家だって、親戚中で見れば優秀な子どもは半分で、残りはとても進駐官養成高校になんて受からない。ぼくはそっちのほうが幸せかもしれないと思うくらいだ」

サイコがため息を吐《つ》くようなかすれ声でいった。

「そうね。そうしたら、誰にも期待されずに、自由に生きられるものね。いつも誰かに見られているし、いつも誰かと比べられている。近衛四家に生まれた子はみんな、どこか歪《ゆが》んでる気がするな」

ジョージが風に乗せるように質問した。

「きみやタツオもかい？」

サイコがちらりとタツオを見た。

「わたしもタツオもね。でも、お兄ちゃんはもっと大変だったと思う」

タツオは幼稚園の頃のカザンを思いだした。泣き虫で、運動が苦手で、九九やアルファベットを覚えるのは、いつも一番最後だった。

「お兄ちゃんはもともと身体があまり強くなかったし、勉強だって苦手だった。でも、東園寺家の跡取りとしてはずかしくないような立派な人間になろうとして、人の何倍も努力した。お兄ちゃんの目標で、最大のライバルはタツオだったんだ」

タツオは瞬《またた》く星々から目をそらしていった。

「うちはもう近衛四家でも、なんでもない。没落した元名家なんて、めずらしくもないだろ。カザンはいったいいつまで、ぼくをライバル視して親の仇《かたき》みたいに狙ってくるんだ。だいたい今回の便所掃除の元になったトラブルだって、五東連合派が暁島会派を襲ってきたのが始まりだ」

クニが寝そべったままいった。

「まったくその通り。いいかげん兄ちゃんに、おれたちをつけ狙うのを止めてくれといっといてよ。三組一班はぜんぜん東園寺家とは無関係なんだからさ」

サイコの黒髪が夜空に溶けこみそうだった。風が吹くと重さのないしなやかな髪が煙のように吹き上げられる。

「タツオはわかってないね。お兄ちゃんはじれったくて、たまらないんだよ。子どもの頃、どんな勝負をしてもタツオには敵《かな》わなかった。一度でもいいからタツオに勝って、自分を認めさせたい。それが今でもお兄ちゃんの心のどこかにあるんだと思う。逆島家が近衛四家でなくなっても、一生のライバルは逆島断雄なんだよ、きっと」

テルが肩をすくめてぼやいた。

「それでおれたちが二週間も便所掃除の当番になるって訳か。まだ養成高校は二年半も残ってるんだぞ。やつらに照準をつけられるのは、たまんないな。五東連合のやつらだって、面倒だしさ」

「ごめんね、テル、クニにジョージ。でも、きっと正々堂々とお兄ちゃんとタツオが勝負して、納得がいく形で決着しなければ、お兄ちゃんはいつまでたっても、子ども時代の自分から抜けだして成長できないんじゃないかな。ねっ、タツオ」

いきなり声をかけられて、タツオは焦った。自分とカザンがいったいどんな勝負をするというのだろうか。

「……ぼくは闘うのは、ほんとは嫌いなんだ」

ぱんっと手を打ってクニがいった。

「わかった。じゃあ、さっさとなにか勝負して、タツオが負ければ、おれたちの学校生活もうんと快適になるって訳だな。明日にでも柔道かなんかで、カザンに負けてやれよ、タツオ」

サイコがいやいやをするように首を振った。

「それじゃダメ。だって、ほんとうの力で闘ってるかどうかは、真剣勝負ならわかるもの。ちゃんとタツオと闘えるまで、お兄ちゃんは絶対に諦めないよ。タツオがあこがれだったんだからね」

タツオは銀の帯のように頭上に流れる天の川を見あげ、ぽつりといった。

「ぼくはどうしたらいいんだ?」

「そのときがきたら、ただ全力で闘って。勝っても負けてもいいから最後の力が尽きるまで、お兄ちゃんと闘ってあげて欲しい」

タツオは返事ができなかった。できれば、この高校を辞めて、どこか別な場所で名前を変えて生きてみたかった。戦いも、陰謀も、競争もない平凡な街の平凡な高校生になってみたかった。逆島派の残党も、カザンも許してはくれないだろうが。

ジョージがいう。

「問題はカザンより、五王重工のほうじゃないかな。五王龍起はカザンのコンプレックスを利用して、タツオを潰そうとしている。逆島家が再興したら、自分たちが近衛四家に昇格させた池神家の居場所がなくなる。あの一族はこれまでさして軍功をあげていないからね。政治的な根回しがうまいのと五王重工がバックにいることだけで、近衛四家まで成りあがった。逆に彼らのほうが危険だ」

曾我清子が腕をまくった。

「あいつらが攻めてくるようなら、わたしも黙ってない」

テルが上半身を起こしていう。

「ああ、おれもだ。あんたとは気があいそうだな」

タツオは自分の置かれた複雑な立場を考えていた。望んだ訳でもないのに、様々な力が集中してバランスをとらざるを得ない支点にひとりで立っている。プレッシャーで押し潰されそうだ。

ジョージの声は秋の夜風のように涼やかだった。

「ぼくは春から連続して起きているタツオへの襲撃事件について、陰で糸を引いているのは五王重工だと考えている。最新型の銃撃ロボットや無人ヘリコプター、訓練を積んだ兵士たち、狙撃銃とスナイパー。一連の襲撃はよほどの技術と財力がなければ不可能だよ。そんなことができるのは、五王重工と進駐軍の一部くらいのものだ」

ジョージは東園寺の名をあげなかった。うつむいていたサイコが顔をあげた。

「ジョージのいう通りかもしれないけど、わたしはその襲撃事件には関係してないからね。射撃訓練場でタツオといっしょにいるところを狙撃されたの、忘れていないでしょう」

タツオはこたえた。

「ああ、覚えてる」

風が急に冷えこんできたようだった。サイコは自分の肩を抱いて震えている。

「とにかく今日は柔術場の便所掃除、ありがとう。でも、明日からは一班だけでやるから、サイコたちは手を出さないでほしい。これはぼくたちがうけた罰だ。そろそろ寮に戻ろう」

クニのいう甘い合コンのような時間にはならなかった。八人の進駐官の卵は各自別々なことを考えながら、それぞれの部屋に向かった。

85

水曜午後のホームルームも終わりに差しかかったところだった。クニがいきなり手をあげた。司会はいつも直近の成績がクラスで一番いい生徒にまかされている。三組の場合は当然、菱川浄児の指定席だ。

「はい、鳥居くん」

「みんな、秋の東島祭でのうちのクラスの催しの、どうする？」

生徒たちがざわついて、教室の雰囲気がにぎやかになった。夏の総合運動会と秋の文化祭は、進駐官養成高校の年間スケジュールの目玉だった。担任の月岡鬼斎先生は義手の腕を組んで、目を細めている。怒っているのか、喜んでいるのか、表情だけでは計りしれなかった。東園寺崋山が手をあげた。

「日乃元の武を知らしめるために、模範演武をやらないか。そして、最終日には各人が得意な武道で、異種格闘技戦をおこなう。誰がこのクラスで一番強いか、決定するんだ。どうだ、みんな」

東園寺の班の生徒たちが拍手して叫んだ。

「異議なし」

「さすが、いいアイディアだ」

カザンなら男子クラスの三組全員で女装して巫女《みこ》カフェをやるといっても、あいつらは賛成というだろう。タツオは心のなかで肩をすくめたが、顔色は変えなかった。クニが露骨に嫌な顔をした。クニはナンパで格闘技はすべて苦手である。

「場所はどうするんだよ。教室じゃ無理だろ」

カザンは平然としている。

「久本先生に頼んで、おれが柔術場を借りてやる」

東園寺派の学年主任をつかうのだ。幼い頃からカザンの面倒を見ていた久本主任なら、柔術部の予定を変更してでも、あの立派な道場を貸してくれるだろう。

首をゆっくりと回しながら、テルがいった。

「トーナメントは全員参加なのか」

カザンは余裕の表情だった。

「ああ、それがいい。勝ち抜きで強い者が上にあがる」

クニがいった。

「ちょっと待てよ。うちのクラスは三二人だろ。優勝するまでには、五試合もしなくちゃならない。一日で全部やるのは厳しくないか」

カザンの子分で、相撲部の巨漢がいった。

「それくらいなんでもないだろ。なんなら臆病者は試合に出なくてもいいぜ。おれなら、五試合全部で一分とかからずに勝ち抜いてみせる」

身長一九〇センチ近く、体重が一一〇キロほどある後藤耕二郎《ごとうこうじろう》である。とんでもない圧力の突き押しと重い腰がある。実際に可能かもしれなかった。

司会のジョージが腕を組んだ。

「うーん、やっぱり五試合は厳しいなあ。全力で動けるのは、せいぜい三分とか五分だよね。せめて、一六人制のトーナメントにして、優勝まで四試合にしないか。予選は文化祭の前にして、午前と午後で半分ずつでどうだろう」

「あっ、おれ、それに賛成」

自分は出場しない半分に回ろうと考えたのだろう。クニが手を打って叫んだ。ジョージがクニを見てから、タツオと目をあわせて発言を促した。

「ぼくはこういう催しものは全員参加がいいと思う。なんといっても、東島祭なんだから、一部の生徒だけで盛りあがる訳にはいかない。じゃあ、こういうのはどうだろうか。各自誰でもいいから、相手を選んでひと試合だけやる。それで勝った生徒が本選にいき、負けた生徒は応援とトーナメントの進行役に回る。それなら、クラスみんなでがんばった達成感が誰にでも得られるだろう」

相撲部の後藤が唸《うな》るようにいった。

「優勝したら、なにか賞品はないのか」

生徒全員の目が最も裕福なカザンに集まった。

近衛四家の御曹司はこういう周囲の期待には、つねに全力で応えてきた。一瞬考えこんだが、席を立つと廊下に出た。ロッカーの鍵を開ける金属音がする。

目も鮮やかな錦《にしき》の袋をもって戻ってきた。紫の組紐《くみひも》を解き、なかから朱鞘《しゅざや》の短刀をとりだした。

「おれが賞品をだそう。不世出の名工と謳《うた》われた三代目国兼《くにかね》の脇差《わきざし》で、銘《めい》は『雨月《うげつ》』。ひとたび抜けば、雨雲を斬り裂き、名月を呼ぶといわれた名刀だ。うちの家になければ、日乃元の国宝に指定されるのは間違いない」

ちいさな頃、タツオも東園寺家の宝物庫で見かけたことがある気がした。あのときは絶対にふれてはいけないと教えられたものだ。一振りで家一軒が買えるほど値打ちのある刀だが、これに手をかけてはいけない。

「でも、それは……」

「うるさいぞ、タツオ」

カザンが睨《にら》みつけてくる。タツオはその刀がなぜ東園寺家の門外不出の秘宝とされていたのか知っていた。持つ者を不幸にする呪《のろ》われた刀である。雨交じりの闇夜に、家臣の下級武士と駆け落ちしようとした姫を捜すために、父である主君が「雨月」を抜いた。雲は両断され、満月が空を明るく満たし、家臣は発見され斬首。姫は数日後、谷に身を投げて自殺したという。

カザンの目は血走っていた。頭上に高く呪われた名刀をかざして叫んだ。

「この刀が賞品なら、文句ないだろう。どうだ、みんな」

カザンの班だけでなく、ほとんどの生徒が拍手喝采していた。日乃元の刀には、人を酔わせる圧倒的な力がある。

「ルールはどうする?」

冷静に指摘したのはテルだった。優勝を狙っているのかもしれない。ジョージがうなずいていった。

「各種格闘技に不公平にならないように、司会のぼくが三組各班のリーダーと話をする。最初の試合では、自分の班のメンバーと当たらないようにくじ引きで、相手を決定しよう。みんな、それでいいかな」

「賛成」

「おもしろそうだ」

「異議なし」

相撲部の後藤が叫んだ。

「名刀はおれがいただく」

どうして一〇代なかばの男子は、こうも格闘を好むのだろうか。自分が闘うのは苦手なクニまで手を叩いている。

タツオはカザンの班の戦場帰りに目をむけた。佐竹宗八は目を閉じて、腕を組んでいる。周囲の熱狂とは無縁だった。全員参加なら、いつか自分が何十人という敵を屠《ほふ》ってきた筋金入りの元兵士と闘うことがあるのだろうか。

タツオも決して格闘が好きではない。だが、身体の奥から不思議な熱と炎が湧きあがってくるのを止めることができなかった。

86

秋の東島祭が近づいてくると、進駐官養成高校の空気が祭り一色に染まっていった。徹底した軍人養成の座学と実践重視の戦闘訓練は変わらないが、部活動はすべて休部になり、生徒たちは学祭の準備に授業時間以外の余暇を振り向けるのだ。東島祭は二日がかりで開催される文化祭だが、この会期中ほとんどの生徒たちが一睡もせずに、祭りに追われるといわれていた。

各クラスの催しものと、コンサートや演劇といった文科系のイベントだけではなかった。学内が四つのチームに分けられ、それぞれのチームで総合成績を競うのである。チームカラーは、白、青、黄、赤。昼休みは華やかなダンスと神輿《みこし》を先頭にしたカラフルな行列で、応援合戦を披露する。

見物はなんといっても、男女混成集団の創作ダンスと、生徒たち手づくりの神輿だった。神輿は製作期間三ヵ月を要する本格的なもので、二〇人がかりで担がなければならないほど巨大だった。四台のつくられたばかりの神輿は、東島祭の夜、校庭の中央に積みあげられ、灯油をかけられ燃やされてしまう。壮大なファイアストームの周囲では、東島進駐官養成高校の行進曲にあわせて、生徒たちが輪になって踊るのだ。

東島祭初体験の一年生も、先輩たちから伝染した熱狂に駆られていた。クラスのなかからダンス班、神輿班、東島祭運営委員を送りださなければならない。タツオはなんとか役を逃れたが、クニとジョージは細身の体型と長髪を買われて、上級生にダンス班に指名されてしまった。

ジョージはしかたなく受け入れたが、大喜びしたのはクニだった。進駐官養成高校では男女の出会いがすくない。とくに男子クラスが続くと、三年間ひと言も女子と口を利かずに終わるという生徒もすくなくなかった。東島祭のダンスは男女のペアダンスがメインなので、練習中はずっとダンスパートナーといっしょに汗を流すことが多かった。

東島祭当日までの二ヵ月以上、手をとりステップを踏み、女子の身体をリフトする激しい練習をこなすのだ。ペアを組む男女は東島祭以後、半数以上が実際の男女交際に発展するといわれていた。東島祭のダンスが出会いのきっかけとなり、卒業後結婚した生徒も数しれない。進駐軍本部としても、優秀なエリート進駐官同士の結婚を応援している風もあった。

男子の肉体的な能力は母親の遺伝がおおきいという。進駐官養成高校の女子生徒は成績優秀だけでは尊敬されなかった。運動能力や戦闘技術がなければ、いくら成績がよくても男女ともにダメなのだ。文武両道はこの高校ではあたりまえで、さらにその上にいくには人よりも一段すぐれた専門技能を有している必要があった。進駐官の両親から生まれた子どもは優秀で、また進駐官養成高校に入学してくることが多い。一年生でも学年の四割近くが、親子代々の進駐官である。もちろんタツオもカザンも一〇代以上、女皇に仕える近衛兵の指揮官の家系である。近衛四家の家柄は伊達《だて》ではなかった。

東島祭まで一週間を切ると、授業も午前中で免除された。学内のあちこちでダンス練習用のビートの効いた音楽が流れ、数十人のジャージ姿の男女が自分たちでつくった振付を覚えるのに夢中になっていた。

けれど、一年三組は別な意味で異様な盛り上がりを見せていた。クラス最強が誰であるのか、ジャンルを問わない異種格闘技戦で決定するのだ。クニがとりしきって、賭けも行われている。養成高校の生徒でも、職業軍人の三分の一程度の給与を日乃元政府から毎月もらっているので、みな懐には余裕があったのだ。

クニは最新のオッズ票をもって、ほかのクラスの生徒たちまで回り、賭け金を集めていた。

「おい、鳥居、どんな様子になってるか見せてみろ」

偉そうに教室の窓際で命令したのは、カザンである。カザンの席は日あたりのいい窓際の列の一番後ろである。養成高校では近衛四家の生徒にはいくつかの特権が与えられていた。クラスの座席を好きなように選べるのも、そのひとつだ。カザンは自分の班の三人を王将を守る金銀のように、隣りと前方の机に座らせている。

「はいはい、カザンは金があるんだから、どーんと張れよ。ちまちましてると女性ファンががっかりするぞ」

「うるさい」

カザンは引ったくるようにオッズ票を奪った。部下のふたりが覗きこんだが、戦地帰りの佐竹宗八は無視を決めこんでいた。カザンの部下の間抜けがいった。

「おー、一番人気は、佐竹さんだ。賭け率は一・六倍」

すでに最前線で三桁の敵を倒した経験がある佐竹だった。ルール最低限の異種格闘技戦で強いのはあたりまえだった。

「で、二番手が菱川浄児と谷、それに相撲部の後藤か。だいたい二倍から三倍くらいだな」

チッと舌打ちして、カザンがいった。

「おれの名前は」

部下があわててオッズ票のしたのほうを探った。申し訳なさそうにいう。

「ああ、ありました。一〇番手のあたりで賭け率は九倍です。なんだ、これ、ふざけてるな」

カザンは自信満々にうなずくと、懐からクロコダイルの長財布をとりだした。一〇枚ずつ束ねた札を三つ抜きだして、机に放りだす。

「鳥居、二〇はおれ自身に、残りの一〇は佐竹に乗せる。これでおれのオッズはどうなる？」

クニは大喜びで、札束を回収した。

「細かいことは計算し直さないとわからないけど、たぶん二番手グループには確実に入るだろうな。オッズは二倍くらいだな」

制服の上着にはボタンとフラップつきのポケットが計一二個ついている。弾薬や戦場用情報端末をいれるものだ。カーキ色の胸ポケットに札束を押しこみながらクニがいった。

「だけど、カザンは別に格闘技なんて得意じゃないだろ。なんで、そんなに自信ありげなんだ?」

それはタツオも考えていたことだった。この東園寺家の長男については、幼い頃からよく知っている。カザンは肉体の闘いを好まない、線の細い子どもだった。

カザンは目を細め、腕組みをしていった。挑戦的にタツオの目をにらんでくる。

「おれが昔のままだと思ったら大間違いだ。普段の戦場格闘術の授業では使用していない奥の手がある。必殺技だ。そいつを使えば、ここにいる佐竹とだっていい勝負ができるだろう。おれに賭けるなら、今のうちだぞ」

自分がもつ逆島家相伝の体内時間操作術「止水」と同じような秘技が、東園寺家にもあるのか。タツオは衝撃を受けていた。東園寺家も逆島家も皇室とともに一〇〇〇年を優に超える歴史と伝統を誇っている。武の家が門外不出の秘伝をもっていてもおかしくない。

そのとき教室前方の引き戸が開く、からからと乾いた音が鳴った。秋の戸は乾いて軽い。

「みんな、待たせたね」

ジョージとテルだった。それぞれ段ボールでつくられた箱を抱えている。一～四班、五～八班と箱の横には書かれていた。

「一から四班のやつはジョージの箱から、一枚選ぶ。残りはおれのほうから選んでくれ。全員集まってるか。これから本選前の予備選の相手を決める抽選だ」

クラスの雰囲気がぐっと熱をもち、真剣になった。賭け屋のクニが陽気に叫んだ。

「おっと忘れてた。賭けで集まった金から、本選の出場者全員にきちんと報酬をだすぞ。さっきカザンも三〇万奮発してくれたし、上級生もノリノリだから、ひとり一万な」

クラスのなかで歓声と拍手が沸き起こった。さすがに進駐官養成高校だった。闘いを嫌ったり、避けたりするような軟弱な生徒はいない。

ジョージが段ボール箱を陽気に振ると、かさかさと紙の触れあう音が鳴る。

「誰からでもいいよ。さっさと済ませよう。ぼくはこのあと、ダンスの練習があるんだ」

カザンの部下が叫んでいた。

「ふざけるな、菱川。おまえのパートナーはサイコお嬢さまだろうが。調子にのってんじゃねえぞ」

一年生の美男美女のカップルはすでに、学内で話題になっていた。通常ペアダンスの最前列には上級生がずらりと並ぶが、サイコとジョージのペアは最前列で、教職員や貴賓席に一番近い右端で踊る予定になっている。

「そうだ、そうだ」

「おまえが佐竹か、後藤に当たれ」

男子クラスでは、女子と接触のある男子への風当たりは強い。罵声には相応の憎しみと嫉妬が含まれている。

「じゃあ、おれが最初に引かせてもらう」

相撲部の後藤が立ちあがり、投票箱に手を伸ばした。巨体の陰に、ジョージとテルが隠れてしまった。後藤は右手を挙げて叫んだ。

「Cの二番」

黒板に貼られた予選の対戦カードの空欄がテルのマーカーで埋められた。ジョージがいたずらっぽい目でタツオを見ると、声をかけてきた。

「どうだい、タツオ。きみが最初に、こっちの箱から引いてみないか」

夏季運動会で優勝して三組指揮官の大役を立派に果たし、没落したとはいえ元近衛四家出身ということもあり、タツオは教室では一目置かれていた。当人はその特別扱いに、非常な居心地の悪さを感じていたのだが、それも階級と権威に弱い進駐官養成校では、誰も責められないことだった。

「わかった」

タツオが立ちあがると、教室の視線が集中した。教壇までの道のりがひどく長く感じられる。厚紙の段ボールに開いた四角い穴に手をいれる。紙片が何枚も重なっていた。あまり強くない相手とあたりますように。手に触れた最初の一枚を避けて、つぎに一枚をつかんだ。ゆっくりと抜きだし、自分では確認せずにジョージに手渡した。

「おめでとう、タツオ。これはいい勝負になりそうだ」

カードを一瞥《いちべつ》したジョージがタツオの耳元でそう囁いた。ジョージは声を張りあげ、カードとともに右手を高くあげた。

「Cの一番」

タツオの全身から力が抜けていった。自分の最初の相手は、あの相撲部の怪物、後藤耕二郎だった。体重差は二倍近くあるのではないだろうか。押し潰されて、全体重で乗っかられてしまえば、それで終わりだ。

教室のなかは猿の檻《おり》のような騒ぎだった。タツオには騒音は半分も聞こえない。呆然としながら、自分の席に戻る途中で、後藤と目があった。頭蓋骨よりも太い首をしている。

「うーんとかわいがってやるよ、かわい子ちゃん」

タツオは青い顔でうなずいて、自分になにが起きたのかよくわからないまま席に着いた。

87

一回戦は非公開で、一年三組の生徒たちだけでおこなわれた。放課後の柔術場の窓にはカーテンが引かれ、全員思いおもいの格好で集まり、班ごとに距離をおいて畳に座っている。奥の壁からはズドンッ、ズドンッと迫撃砲を発射するような響きが足元を揺らしてきた。

ジャージ姿のクニが声を潜めていった。

「おい、あれ、だいじょぶか」

タツオの顔色は青くなっている。壁を揺らすのは、廊下で相撲部の後藤がコンクリートの壁に平手で鉄砲を繰り返す稽古《けいこ》をしているからだった。まともにくらえば、一発で意識が飛ぶだろう。なにせ体重が倍近くある。

「ぜんぜんだいじょぶじゃないよ」

タツオはその場を逃げ出したいくらいだった。ジョージは涼しい顔でいう。

「例の技をつかえば、あんなスモウレスラーくらい片づけられるよね」

タツオは首を横に振った。たかがクラスの最強トーナメントくらいで、逆島家の秘伝を使用するわけにはいかなかった。それも第一回戦である。だいたいクラス全員に簡単に見せられるようなものではない。

タツオはカーキ色のジャージの上下を着こんでいる。足元は滑らないように裸足だ。「止水」を見せることなく、どうやれば後藤の圧倒的な突き押しを逃れられるか。自分でも血の気が失せたのがわかるが、一心に考え続けている。

「ジョージの相手は誰だっけ」

黙りこんだタツオを無視して、クニがジョージに声をかけた。ジョージはボクサーパンツにタンクトップで、手にはソフトグローブをはめている。

「柔道部の岡部《おかべ》」

「ああ、あいつか。テル、なにか情報ないか」

股割《またわり》をしていたテルが身体を起こした。擦り切れた胴着に風格がある。

「おれほどじゃないけど、なかなかいい柔道をやるぞ。投げ技にはキレがないが、寝技がしつこい。どんな体勢からでも、すぐに相手を引きこんで寝技にもっていく」

テルが太い首を回すと関節が鳴る音がこきこきと響いた。クニがいう。

「へえ、そうなんだ。オッズメーカーとしてもちゃんと聞いておかないとな。岡部の得意技は？」

気を利かせたのだろう。ジョージは自分から相手の得意技などを友人から聞きだすようなタイプではない。テルがジョージを見ていった。

「送り襟絞めと腕十字。別におまえにアドバイスは必要ないだろうが、バックをとられるのと横になるのは避けたほうが賢明だ」

ジョージが爽やかに笑った。

「ああ、ありがとう。参考にするよ」

パンチはひとつも出さずに、柔術場の畳のうえで軽やかなステップを踏んでいる。タツオはジョージの足さばきに感嘆した。畳ではなく氷のうえを音もなく滑るようだ。

クラス最強トーナメントは一回戦では自分の班のメンバーと当たらないくじ引きになっている。だが、勝ちすすめばいつかはジョージと闘わなければならなくなるだろう。最強はクラスにひとりである。

「おう、クニ、うちの班で最初に試合があるやつは誰だ」

「ジョージだ。二番目がテルで、三番目がおれ。最後がお楽しみのタツオだよ」

クニがにやにやしている。クニの相手は座学では優秀だが、戦闘訓練はまるで女子並みに苦手な新藤兼弥《しんどうけんや》だった。剣道だか長刀《なぎなた》を齧《かじ》っていたようだが、当然得物《えもの》の使用は禁止である。

そのときゴングが鳴った。

誰かがボクシング部から借りてきたらしい。カザンが同じ班の部下を従えて叫んだ。手には小型のスピーカーにつながったマイクがある。

「ただ今より、一年三組最強トーナメントの予選を開始する。時間は五分一ラウンド。決着がつかない場合はもう一ラウンド延長だ。どちらかが参ったというか、戦闘不能になれば勝負あり。延長戦でも決着しなかった場合はクラス全員の多数決だから、みんな試合はちゃんと見ておくように。じゃあ、いくぞ」

　カザンはそれだけいうと、マイクをクニに放り投げた。

「あとはおまえが仕切れ、鳥居」

　畳に落ちたマイクを拾うと、クニがプロのＭＣのように声を張った。

「いよーし、じゃあ、ミュージックスタート」

　放送部の生徒が猛烈な音圧のダンスミュージックを流し始めた。静かだった柔術場の雰囲気が変わる。

「予選第一試合、島本直志《なおし》対広田剛一《ごういち》」

　小柄な生徒が二名、生徒たちに丸く囲まれたスペースにすすみでた。島本のほうはメガネをかけたままだ。

「おい、メガネ、メガネ」

　あわてて、はずすとメガネを大切そうに同じ班の友人に手渡している。どちらの生徒も足が震えていた。こんな形で真剣に人と闘うのが初めてなのかもしれない。

　開始のゴングが鳴ったが、おたがいに腰が引けてまったく戦闘にならなかった。

「おい、なにやってんだ」

　生徒の一部から声が飛んで、クニがマイクに叫んだ。

「ファイト！　ちゃんと闘わないと、双方とも失格にするぞ。ファイトマネーの一万も没収だからな」

　島本のほうが意を決して、広田のひざ元にタックルに跳んだ。なんとか片足をつかむことに成功する。そのまま畳のうえに転がった。だが、有利な上をとることができずに、子猫のケンカのようにあたりを転げまわっている。

　テルがいった。

「こりゃあ、とても金がとれるような試合じゃないな」

　五分後もふたりとも決定的なダメージはないまま、立ったり転がったりしていた。それでも肩で息をして、顔や手をあちこち畳でこすって血を滲《にじ》ませている。クニがゴングと同時に叫んだ。

「はい、そこまで。どうする、みんな？　こんなクソ試合をもう五分間見たいか。ここはジャンケンでいいよな」

拍手が起きて、誰かが叫んだ。

「早く終わらせて、もっといい試合を見せろ」

「つぎは誰だよ」

ジョージがゆっくりと立ちあがった。

「ぼくだ」

座学でも戦闘訓練でも、圧倒的な能力を発揮する天才児だった。模擬戦での活躍で早くも卒業後の進路で、あちこちの進駐官の部署から引っ張りだこになっているとの噂もある。柔術場がどよめいた。

無言のままサークルの向こうで立ちあがったのは、中背の柔道部員・岡部道弘《みちひろ》だった。寝技が得意らしく、耳がカリフラワーのように潰れている。体格とセンスに恵まれていない岡部は、くる日もくる日も寝技に磨きをかけてきた。中学に入ってからと遅く柔道を始めた岡部が、出身県の中量級でベスト４に入れたのは、血を吐くような努力の成果だ。がんばること、あきらめないことでは、誰にも負けないという誇りが胸のなかで燃えている。

岡部は両手で顔をぱんぱんと赤くなるほど叩くと、両手を開いた。天才・菱川浄児に凡才の粘りと強さを見せてやるのだ。同じ進駐官養成高校の同じクラスの生徒である。技のひとつくらい、なんとかかけられるだろう。

腰を落して、すり足でじりじりと近づいていった。ジョージは無防備に軽やかなステップを左右に踏みながら距離を詰めてくる。

「いけー、岡部。そんな女男に負けんな」

「勝ったらおれの賞金もやるぞー」

「反則でもいいから、ぶっ倒せ」

ジョージはどのクラスにいっても、男子生徒には圧倒的に人気がない。タイミングもリズムもなかった。いきなりノーモーションでエウロペとの混血児の長い左腕が、鞭のようにしなった。ぴしっ、ぴしっと二回スナップの効いたジャブが、岡部の鼻を打つ。血液が両方の鼻の穴から締まりの悪い蛇口のようにぼたぼたと流れおちる。柔道部員は苦しげに口を開けて呼吸をした。

タツオの位置からはつぎのパンチがまったく見えなかった。ただその場に岡部が崩れ、正座でもするように座りこんだようにしか見えない。

クニが熱狂的にカウントを始めた。

「ワン、ツー、スリー……こりゃあ、ダメだ。誰か岡部を医務室に連れていってやれ」

柔道部員が身じろぎもしないので、三組の生徒たちのほうが逆に騒ぎだした。柔術場をおかしな空気が支配する。クニが叫んだ。

「予選の結果を見て、新たに賭けてもいいんだからな。この試合で菱川浄児が優勝候補に名乗りをあげたぞー」

ジャブふたつで、鍛え上げられた柔道部員を、完全に意識を断つようなノックダウンで破ったのか。さすがにジョージだ。タツオは感心すると同時に戦慄に襲われた。いつかこの男と闘う日がくるかもしれない。

ソフトグローブを脱ぎながら、ジョージが照れたように戻ってきた。汗もかいていない。テルがぼそりと質問した。

「最後のパンチ、あれは狙ってたのか」

タツオには見ることもできない速さのパンチだった。

「ああ、あれね。テルは気がついたんだ」

「なんとかな。岡部が口で苦しそうに息をして、その息を吐き切ったタイミングで、こつんと顎にショートアッパーを入れただろ」

相手の息を読む。そんな高等技術を実戦で狙っておこなえるのだ。ジョージの戦闘能力は計りしれない。

「つぎはおれの番だな。おまえの試合を見てたら、なんか燃えてきた」

テルがいきなり後転して、畳を鳴らして受け身をとった。畳の端の板の間で相撲部の後藤が四股を踏んでいる。地震のような揺れが伝わってきた。タツオは嫌な予感と恐怖に襲われて、立ち尽くしたままぎゅっと両の拳を握り締めた。

88

テルの相手は陸上部の細貝豪《ほそがいつよし》だった。中距離選手の細貝は、武術が苦手である。試合が始まっても、賭け率で二位グループにいるテルを恐れて、まったく手を出してこなかった。狙ってきたのは、五分間最後まで逃げ切っての引き分けである。

おまけの延長戦をなんとか凌《しの》いでも、クラス多数決の判定で負けるだろうが、それで十分と細貝は判断していた。怪我をせず、谷照貞に圧倒的な一本を与えなければ、それでいい。なんといってもテルは、あの怪物・佐竹宗八と乱取りでいい勝負をするほどの実力者である。

生徒たちは口々に叫んでいた。

「逃げるな、細貝」

「それでも日乃元の進駐官か」

「男なら正々堂々と闘え。闘って散れ」

細貝は汗だくで柔術場の四角い舞台を駆けていた。足元は裸足、上半身はテルに摑まれるのが嫌で裸。敵の手が滑るように屋内なのにサンオイルを塗っている。目は必死だった。

さすがのテルも一〇〇パーセントの力を逃げることだけに注いだ陸上選手を、なかなかつかまえることができなかった。

ジョージが涼しい声でいう。とても先ほど一回戦をKOで勝ち抜いたばかりには思えなかった。

「細貝くんは見事だね。クラスのみんなの前であんなふうに不格好なところを見せられる。そう簡単にできることじゃないよ」

クニがテルを応援してからいった。

「あんなへっぴり腰で逃げてばかりで、なにが見事だよ。ぜんぜん男らしくない」

タツオは進駐官養成高校の生徒たちが異様なほ

ど男らしさ、進駐官らしさにこだわるのが不思議だった。文化進駐官志望のタツオにとって、仕事は戦闘だけではない。

「だけど細貝くんは自分の得意技を生かしてるよ。中距離のきつい練習で鍛えた足と心肺能力を駆使して、テルと距離をおいている。あのすり足じゃ足の速い陸上選手はつかまらない」

柔術場の畳の上を逃げる細貝と追うテルの鬼ごっこのような闘いも三分が過ぎようとしていた。テルの息があがり、肩で呼吸するようになっていた。足がもつれ、畳の縁《へり》でつまずきそうになる。

クニが悲鳴のような声を出した。

「危ねえ、気をつけろ、テル」

クラスメイトの拍手と歓声が一段とおおきくなる。タツオには一瞬、細貝が迷っているのがわかった。陸上部所属とはいえ細貝も進駐官の卵として、戦場格闘術の訓練は受けている。どんな人間でも急所に力のこもった打撃を受ければ、戦闘続行は不可能になる。

細貝の班の生徒が叫んだ。

「今がチャンスだ。男になれ、ツヨシ」

その声援が迷っていた細貝の背中を押した。力強く右の拳を引いたまま、三段跳びの選手のようにバランスを崩したテルに向かっていく。ジョージが微笑んだ。

「テルは芝居がうまいな」

こめかみを狙った右拳の手首をつかむと、テルはそのまま後方に回転した。細貝もそのまま勢いにまかせて、床に転げ落ちる。ふたりがもつれあってひと回りすると、テルは細貝の右腕と首をたくましい足ではさみこんでいる。クニが跳びあがって叫んだ。

「おー、得意の三角絞めだ。最初から狙っていたのかよ」

テルは細貝にタップを許さなかった。股のあいだにはさんだ細貝の五分刈りの頭を、ぐっと下に押しこんで、頸動脈《けいどうみゃく》を左右の脛《すね》で潰すようにする。細貝はほんの数秒で、完全に失神してしまった。

マイクをもったクニが試合終了を告げた。

「おーい、テル。もういいから、細貝を放してやれ」

テルはパンッと一度畳を叩くと、技を解いて立ちあがった。細貝のサテンの陸上用短パンの前が黒く染まっていた。すこし漏らしてしまったようだ。

戻ってきたテルに、クニがハイタッチした。タツオは暁島会屈指の柔道家に質問した。

「どうして、細貝くんを絞め落したんだ？」

テルは平然という。

「前半三分の汗かき賃だよ。さっさと最初から組んでいれば、こんなに汗だくにならずに済んだ」

「つまずいたのも、肩で息をしていたのも、芝居だったんだろう」

「ああ、そうだ。隙でも見せなきゃ、やつは近づいてこない」

タツオは圧倒的な強者が弱い者をいたぶった試合のように感じた。テルは同じ班の仲間だが、どこかすっきりとしない。ジョージが冷静に解説した。

「タツオが思っているほど、ことは単純じゃないとぼくは思う。テルにとっても、あの隙をつくるのは賭けだったはずだ」

クニが不思議そうな顔をした。

「どういうこと？　細貝につけいるチャンスをつくって、まんまと誘いこみ、一発で落とした。それだけだろ」

テルは柔道着の前を整えながら、首を横に振っている。それを見て、ジョージがいった。

「いや、あのときはほんとうに細貝くんには勝つチャンスがあったんだ。右の拳で突っこんでいったのは彼の作戦ミスだったんだよ」

細貝にも勝つチャンスはあった？　タツオは興味をひかれてきいた。

「テルが負ける可能性があったんだ。ぼくにもわからない。ジョージ、説明してくれ」

テルは試合後のクールダウンのストレッチを黙々とおこなっていた。ジョージが肩をすくめていう。

「細貝くんは一発でカッコよく勝ちたかったんだよ。それで攻め手を誤った。パンチで攻めたから手首をつかまれ、引きずりこまれた。パンチでなくて……」

クニが叫んだ。

「そうか、蹴りか」

ジョージが正解した生徒をほめるように笑った。

「手の届かないミドルレンジからのキックを、二、三発テルの膝か太腿に入れて、残りの二分を逃げ回れば、それで細貝くんの優勢勝ちだった。テルは疲労が足にきていたし、さらにキックのダメージも重なる。もうつかまれることはできなかったさ。勝ちたいと焦る気もちときれいに勝ちたいという見栄《みえ》で、彼は自滅したんだ」

タツオは恐るおそるテルにきいてみた。

「ほんとにそうなのかな」

テルは顎をつまんで考えこんだ。

「まあ、そういうことかもしれないな。おれとしては残りの二分間、細貝が逃げ回っても、きっとどこかでつかまえることができたと思うけどな。あれが蹴りでも、きっとおれが勝っていた。でもな……」

しばらく間が空いた。おしゃべりのクニも黙らせるような迫力のある沈黙だった。

「同じ人間同士が一対一でむきあって真剣に闘うとなると、勝負はどっちに転ぶかわからない。力のあるほうが単純に勝つなんて、簡単なものじゃないのは確かだな」

89

数試合は平凡な闘いが続いた。なかにはノーガードの殴りあいになり、双方が流血のノックダウンという激しい予選もあって、生徒たちはおおいに沸いたけれど、タツオは顔をそむけていた。人の血も、自分の血も見るのが嫌なのだ。

「予選Bブロック最終試合は、鳥居国芳対新藤兼弥」

試合場の向こうで小柄な生徒が立ちあがった。新藤は背が低く、体格は女子並みだった。いつも非力で、スタミナがないことをからかわれている。

「おれはくじ運が強いな。さっさとぶっ倒してくるぜ」

クニが長髪をなびかせて、畳のうえにすすみでた。テルがぼそりという。

「おいおい、おれの忠告をちゃんときいていたのか。調子に乗るなよ」

リラックスして軽くステップを踏みながら、正拳突きと左右の回し蹴りを披露するクニに対して、ほっそりした新藤の細面は血の気が失せて蒼白だった。

「おい、みんな、試合が始まる直前まで賭けは受けるぞ。今のうちに有り金全部、おれに乗せとけ」

クニが柔術場にいる生徒たちを煽ると、実際に何人かが財布をもって、胴元のところに駆けつけた。

タツオは声を潜めて、ジョージにきいた。

「この勝負、どう思う？」

ジョージはにこりと笑った。

「さあね、始まるまではわからない。ただクニは浮かれすぎだね」

今月分の給料も全部自分の勝利に賭けると、クニが叫んでいた。その賭けは了承された。

「どうだい、タツオ。きみとぼくで少額ずつ新藤くんに賭けないか」

タツオは青い畳のうえにまっすぐに立つ新藤の姿を眺めていた。一本の芯棒が頭からつま先まで貫くようだ。手も足も震えていない。顔は青いが、恐怖に圧倒されているようには見えなかった。テルがつぶやいた。

「悪くないな、ジョージ。おれもひと口、新藤のほうに賭けさせろ」

タツオが賭けに乗るまえに、ゴングが打ち鳴らされ、細いが長身のクニと女の子のように小柄な新藤の試合が始まった。

90

勝負はクニが押し気味だった。体格で勝るクニが圧力をかけ、積極的に前に出ていく。小柄な新藤はそのたびに同じ距離を置いて、身体を引いた。勝負を終えたテルがいった。

「おいおい、新藤ってけっこうやるじゃないか」

タツオもうなずかざるを得なかった。

「ほんとだね。見事な足さばきだ」

流れるように斜め後方にさがり、クニが振りまわす拳を避けている。しかも距離は正確に一定だった。クニの手は届かないが、それ以上遠くに逃げようとはしていない。

ジョージが叫んだ。

「クニ、気をつけて。新藤くんは一太刀狙っているよ」

太刀？　新藤の右手は左の腰に添えられたまま微動だにしていない。腰を落して左右にすいすいと動きながら、本来なら刀の柄がある位置に張りついている。

テルがいった。

「そういえば、あいつ、剣道とか長刀だけじゃなかった気がする。一番得意なのは確か……」

柔術場で動きがあった。新藤の逃げ足にしびれを切らしたクニが思い切り跳びこんだのだ。一〇〇メートルのスタートダッシュの勢いで、右手を引いたまま小柄な男子生徒に突進していく。新藤は今度は後ろにステップバックしなかった。その場でさっと身体を反転させ、右のパンチだけ避けると、裂帛《れっぱく》の気合を放った。

「ドゥ――――！」

左の腰から長く伸ばしたてのひらがクニの右脇

腹に走った。無刀の手が日本刀のように尾を引いてきらめいたようにタツオには見えた。テルが笑いながらいった。

「……あいつの得意は居合抜きだよ。真っ正直に突っこみやがって、クニのやつときたら」

脇腹を押さえて、クニはその場に座りこんでいる。レフリーのカウントが始まった。新藤は再び右の手を腰に置いて、柔術場の隅で静かに待っている。クニが叫んだ。

「もうカウントはいい。おれはギブアップする。あいつともうひと勝負やる気になんて、ならねえよ」

柔術場の中央にふたりは戻った。礼をして、試合は終了する。新藤のちいさな手を握って、クニがいった。

「なんだよ。あんな技もってるなら、先に教えておいてくれよ。おれ、新藤じゃなく、自分に月給全部かけたんだぞ」

新藤の青白かった顔に血の気が戻っている。この少年も緊張していたのだろう。

「そんなこと先にいえないよ。でも、クニは自分の相手に賭けられるのかい？」

クニはしぶとく笑ってみせた。

「あたりまえだろ。おれはこの養成高校のお坊ちゃんたちとは違うんだよ。一般ピープルの出身だぜ。うちは進駐官のエリート家庭じゃないからな。勝負に負けても、金が儲かるならなんでもいいさ」

タツオはクニの言葉に心を動かされた。自分はたいしたことはできないくせに、プライドばかり高い。クニのように勝負に負けても、利をとるとはあっさり口にできなかった。さすがに進駐官養成高校で、どんな生徒にも自分がとてもかなわないところがひとつは必ずみつかるのだった。

プライドの低さもまたひとつの人間力である。見るとクニは負けたばかりの相手と肩を組んでなにか笑いながら話していた。先ほどまで真剣勝負をしていた敵と、すぐに仲よくなれる。ナンパな鳥居国芳の才能だ。

　クニは一班に戻ってくると、舌打ちをして笑った。

「ちぇっ、来月の通信費どうしようかな。やばくなったら、タツオ貸してくれよ」

　タツオは苦笑していう。

「ああ、わかった。ところで、さっき新藤くんとなにを話していたんだ」

　クニは畳の向こう側で班の仲間に手荒い祝福を受けている小柄な少年に目をやった。振り返るといった。

「いや、おれだってとられてばかりじゃいられないだろ。まだほかに必殺技があるのか、聞いたんだ。さすがにここの生徒だと、一度見た技は警戒されて、そうそうは決まらないからな」

　テルがうなるようにいった。

「で、あいつまだもってるのか」

「ああ、あるってさ。やつの本選の相手は、ノーマークの榎本だろ。さっきもひどい泥試合をやってるからな。今の勝負の賭けで負けた分、とり戻そうと思ってさ」

　さすがに転んでもタダでは起きないクニだった。こんな部下がいれば、ムードメーカーとしても、作戦立案のときにも重宝するかもしれない。進駐官は卒業後短い実戦研修を経て、すぐに下士官として部下をもつ。人の長所短所を見つける訓練を受けているのだ。

　負けたクニがハイタッチを求めてきた。タツオは気合をこめて、クニの手を打った。

「お疲れさま。悪くない試合だったよ。負けた相手から、すぐに情報をとりだせるのは、クニのいいとこだと思った」

　そのとき、広い柔術場を揺るがす音が鳴った。バーンッ、バーンッ。鉄の扉でも叩きつけて閉めるような轟音だ。

　クニが肩をすくめた。

「おれだって、相手をみて情報戦は仕かけてるさ。あの相手だったら、口も利かずに逃げてるな。タツオ、がんばれよ。怪我しないようにな」

　柔術場の隅の板張りで、相撲部の後藤が四股を踏んでいた。おおきな足が床を踏みつける音が、稲妻のようにあたりに響いている。

　つぎはいよいよ自分の番だった。どう闘えばいいのか、まるでわからない。絶体絶命になれば、「止水」をつかうという手があるが、クラス内の格闘技戦の、それも予選で見せるようなものではなかった。「止水」は逆島家一〇〇〇年の秘伝である。

　ならば、あっさりと負けてしまえばいいのだろうか。だが名門生まれのタツオは、クニのように簡単に勝負は捨てられなかった。

　後藤とは身長で二〇センチ近く、体重でおよそ倍ほどと、圧倒的な体格差がある。パワーと圧力では、どう闘っても勝ち目はなかった。それならスピードで勝負できるかというと、それも怪しい。タツオは何度か亡き父に連れられ、国技館で大相撲を観戦した経験があった。体重一五〇キロを超える大男同士が正面からぶつかると、自動車が衝突したときのようなものすごい音がするのだ。あれはテレビでは絶対に伝わらない、人の身体から出るとはとても思えない衝撃音だった。相撲とりの立ち合いのスピードは、ほかのどんなスポーツにも負けない瞬間的な加速力がある。あれを受け止めることは、タツオには至難の業だった。きっと畳の縁まで吹き飛ばされて、一撃ＫＯだろう。

　さて、どうする、タツオ？

　自分に問いかけても返事など戻ってこなかった。あんな優勝候補の怪物をどうやったら倒せるのか。逆島断雄対後藤耕二郎の決戦まで、あと二試合を残すだけだった。

91

「失礼する！」

　柔術場の分厚い金属製の扉がいきなり開いて、

巨漢の男たちがぞろぞろと入ってきた。みな一〇〇キロを超えるような大男ばかりだ。

「ちょっと見学させてもらおう。おい、後藤、しっかりやってるか」

四股を踏んでいた相撲部の後藤が直立不動になった。緊張して顔がこわばっている。

「はい、主将。準備は入念におこなっております。先輩がたもわざわざお運びくださってありがとうございます」

クニがタツオの脇腹を突いていった。

「おいおいとんでもない応援がきたな。相撲部は上下関係が厳しくて、上には絶対服従だっていってたぞ」

三年生の主将が叫んだ。

「後藤、貴様は相撲部の名誉を担っている。たかがクラス内の勝負で、しかも予選で負けるようなことになったら、どうなるかわかってるな」

後藤の顔が真っ赤になった。先輩が相撲部の一年生をとり囲んでいく。後藤よりひと回りおおきな主将がいった。

「気合を注入してやれ」

悲鳴のような声で後藤が叫んだ。

「お願いします」

中腰になって、上半身を直角に折る。広い背中に、先輩が一発ずつ思い切り張り手を打ちおろした。ぱんっぱんっと板を割るような破裂音が響いて、後藤の背中は真っ赤になった。

「オス、どうもありがとうございます」

テルが囁いた。

「タツオ、向こうは先輩がきて、絶対に負けられなくなった。絶体絶命だ。後藤はおまえに負けたら、とんでもないかわいがりが待ってる」

相撲部のかわいがりは、猛烈なしごきのことだった。それこそ血を吐き、意識を失うような猛稽古である。タツオは血の気が引く思いだった。それでなくとも体格差は圧倒的で、もし勝機があるとすれば、後藤が油断した場合だと考えていた。それが相撲部の先輩たちの登場で、そのわずかなチャンスさえなくなってしまった。ジョージの声は涼しかった。

「タツオ、あっち」

ジョージの視線を追うと柔術場の入口に何人か一年生の姿が見える。その中央には長身の五王龍起がいた。タツオに気づくと、微笑しながら会釈を寄越してくる。クニがちいさく叫んだ。

「クソッ、すべてあいつの差し金か。余裕かましやがって。おい、タツオ、相撲部と五王のぼんぼんに目にもの見せてやれ。おれはおまえに賭けてるんだからな」

タツオは口のなかでつぶやくだけだった。

「……そんなこといわれても」

審判の三組生徒が静かに声を張った。

「つぎの予選は、後藤耕二郎対逆島断雄。両者中央へ」

タツオはカーキ色のジャージの上下で、畳の海にすすみでた。足が震えている。後藤は羽織っていた浴衣を脱いで、まわしひとつになった。腕の太さはタツオの太もものようで、胸と腹にボウリングの球を仕こんだようだ。圧倒的な肉感と重みがある。

見あげると後藤の目が血走っていた。目のまえにいるタツオより先輩の目が気になっているようだった。もしかしたら、なにかできるかもしれない。敵はこの試合に圧倒的な形で勝利を収めなければ、立つ瀬がないのだ。

「五分間一本勝負、始め！」

審判の少年の声が響いた瞬間、タツオは左に跳んだ。後藤は頭をさげて突進してくる。後藤は引き分けでも、判定勝ちでも、相撲部の名誉に泥を塗ることになる。

「止水」はこんなところでつかえるような技ではなかった。こうなったら、徹底的に逃げてやる。

負けなければ、こちらの勝ちなのだ。

未来の文化進駐官の逃げ足の速さを見せつけてやる。タツオはこの試合、初めて心の底から闘う気になった。

最初の突進を避けられた後藤は、柔術場の畳から飛びだしそうになって、たたらを踏んだ。土俵のように俵《たわら》はないが、外に出たら負けだという意識があるのだろう。ぎりぎりで踏みとどまると、身体を反転させた。一一〇キロの体重があっても、身のこなしはさすがに素早い。タツオは中腰で、左右どちらにでも逃げられるように、重心を中央においていた。

「おい、逆島、ずっと逃げる気か」

ほかの生徒には聞こえないくらいのおおきさで、後藤が声をかけてくる。丸太のような両手を一杯に広げた。すごい圧力だ。あの手につかまれれば、もう終わりだ。畳に投げられ、体重を乗せられてしまえば、勝負は決する。自分の二倍近い重さの大男をひっくり返す力は、今のタツオにはないだろう。

「おまえをぼろぼろにしろと、おれはいわれてるんだ。大怪我させるなら、なおいいってな」

タツオもステップを踏みながらこたえた。

「誰の命令だ」

「うちの高校の実力者だよ。おまえが敵に回しても、とても勝てる相手じゃない。五王と東園寺。おれはおまえを潰して、あいつら進駐官のエリートに恩を売る」

後藤がバンッと右足を畳に叩きつけた。タツオはそれだけで飛びあがりそうになった。

「おまえに勝てば、おれの進駐官の未来は前途洋々だ」

タツオはなにもいえなかった。相手のすべてを正確に感じとらなければ、瞬時に叩き潰される。

「おまえに恨みはないが、喰わせてもらうぞ」

後藤は反復横跳びのように左右に軽快にステップを踏みながら、タツオを四角い畳の試合場の隅に追いこんでいく。危険だ。つかまれば一〇秒ともたない。タツオは右に逃げると見せかけて、身体を翻した。畳の試合場から数歩足を出して、後藤の後ろに回る。後藤は追いかけてこなかった。この予選には場外はないのだが、まだ畳を土俵のようなものだと考えているのだろう。身に沁《し》みついた感覚はなかなか変えられないようだった。

「後藤、そんなチビ相手になにしてる？　さっさと勝負を決めんか」

主将から声が飛んだ。後藤が首だけ後ろに回して、返事をした。

「オスッ！」

タツオは先ほどの細貝とテルの試合を思いだしていた。弱い者でも勝つことはできる。必要なのは正しい戦略だ。タツオの能力の素晴らしい部分は、瞬時に考え、決断したとおりに身体を動かせることだった。

タツオはその瞬間、前方に跳びだし、サポーターを巻いた後藤の左ひざに、ローキックを二発叩きこんだ。びしっ、びしっと小気味いい音が響く。相撲部の応援に押されていた三組の生徒が歓声をあげる。クニが叫んだ。

「いいぞ、タツオ。そんなデブ、ぶっ倒せ」

タツオは冷や汗をかいていた。この試合のファーストポイントは、自分が稼いだ。だが、敵にダメージはほとんどない。圧倒的なパワーをもつ相手から逃げ続けるのは、精神的にも肉体的にもたいへんな消耗戦だった。タツオは神棚の脇にさがる壁の大時計を見あげた。まだ試合は一分しかたっていない。たったの六〇秒に過ぎない。それでももう身体はくたくただ。あと二四〇秒も、こんな山のような相手から逃げ切れるのだろうか。

後藤が怒りで顔を真っ赤にしている。

「おまえは許さん。今の蹴り一〇〇倍にして返すぞ」

相撲部の一年生が土俵入りのようにしっかりと腰を落し、足を左右に広げた。巨大な太鼓《たいこ》でも抱くように左右に両腕を広げ、すり足でじりじりと近づいてくる。

逃げているだけでは、この相手には勝てない。タツオは自分も危険に身をさらすことにした。後藤が足を踏みだすタイミングを狙い澄まし、跳びこんでカウンターのローキックを左ひざにぶちこむ。

　戦場格闘術はもの心ついたときから、父の逆島靖雄ほか進駐軍有数の訓練官に叩きこまれている。自分の心と身体が折れるか、故障している後藤の左ひざが壊れるか、残る四分間は魂の削りあいだ。

　タツオは命がけの実戦になるほど、その状況を楽しみ、より高い力を発揮する自分の隠された能力にまだ気づいていなかった。

92

　タツオは徹底的に不格好だった。左右に逃げ回り、つかまりそうになると畳の上に転がった。一度などは手をつきながら、後藤の股のあいだをくぐったこともある。

　自分では意識していないが、タツオは相撲という競技のルールを利用して、退路を発見し時間を稼いでいた。相撲では足の裏以外の身体のどこかが、土俵につけば勝敗が確定する。倒れている相手や場外に逃れた相手を攻める技がないのだ。つかんで投げるか、突きだす。相撲の技の基本はその二通りのバリエーションである。

　タツオは畳を逃れて場外に逃げるか、膝から下の低い位置に身を投げて、腰高の後藤の攻撃をかわし続けた。残る四分のうち、前半は後藤のフットワークは素早かった。だが、その二分を逃げ切ると、相撲部の一年生のスピードはがくりと目に見えて落ちてきた。

　長くて一分が相撲の勝負である。たいていの場合は十数秒で決着がつく。後藤は三分を超えるような真剣な鬼ごっこの経験はなかったのだろう。

「貴様、なにをしている！」

「後藤、そんなチビ、つかまえて丸めちまえ」

　柔術場には相撲部の先輩たちの怒鳴り声が響いたが、タツオは気をゆるめずに必死に後藤の足の動きを見つめていた。後藤の顔は怒りと屈辱で真っ赤だが、その顔色にもほとんど気づかなかった。フットワークと体重移動がすべてだ。つかまれば瞬殺だ。

「おい、逆島、正々堂々と勝負しろ。おまえのところは、落ちぶれたとはいえ近衛四家の名門だったんだろ」

後藤が摺り足で追いながら、声をかけてくる。タツオは相手にしなかった。力は相手のほうが圧倒的にある。それは今、この瞬間も変わらなかった。ジャージの裾でもとられたら、即座に自分は潰される。タツオは敵が怖かった。だが、その恐怖は自分の力を出し切るために欠かせないものだ。息を切らしながら、後藤がいった。

「おまえのおやじは、今のおまえの無様な逃げ足を見たら、なんていうかな」

心理的な揺さぶりをかけてくる。タツオも父の名前を出されるのは気分が悪かった。顔に動揺が浮かんだのだろうか。後藤が叫びながら突進してくる。

「逆島ー！」

タツオはサポーターを巻いた後藤の左ひざの脇を畳すれすれですり抜けながら、ひざの正面から肘を叩きこんだ。確かな手ごたえがあった。そのまま前転して、試合場の隅に逃げる。両手と両足を獣《けもの》のようについて、後藤をにらみあげた。

「くそー、おまえはなんなんだ」

後藤が膝に手をついて、上半身を折っていた。ダメージはあるようだ。

「おい、後藤。貴様、この勝負に負けたらどうなるか、わかってるな」

「生きてるのを、後悔させてやるぞ」

「歩いて、部室から帰れると思うなよ」

相撲部の先輩たちから容赦ない罵声が飛んだ。後藤は顔にばちばちと平手をいれて、顔を真っ赤にして叫んだ。

「くそー、おれは絶対負けられねえ。おれの未来がかかってんだ」

鬼気迫る形相で両手を広げ、試合場の隅にいるタツオに突進してきた。左右に逃げるか、場外に逃げるか。タツオはそのとき、後藤の隙に気づいた。ノーガードで迫ってくる相手の顔面だ。ピンポイントであの顎を打ち抜ければ、体重が二倍ある後藤でも倒せるかもしれない。相手は前進している。タツオの打撃力に自分の体重を加えた必殺のカウンターだ。

（勝てるかもしれない！）

タツオは回避から攻撃に作戦を切り替えた。両手両足を突いた四足のまま、肉食獣のように後藤の巨体の足元に跳びこんだ。太ももがはち切れそうで、一〇トントラックのタイヤのようだ。後藤がなにか吠《ほ》えているが、意味はわからなかった。

「貴様ー！　ぶっ殺す！」

相撲部の巨漢が両手を閉じてタツオを捕らえようとしていた。勝負はスピードだ。タツオは力を蓄《たくわ》えていたひざを一気に伸ばし、垂直に伸びあがった。弓を引いて構えた右の拳をまっすぐに突きあげる。

（……入る）

そのときタツオは後藤が目の奥で、にやりと笑ったように見えた。敵はこちらの打撃を予想している。読まれた！　だが、この状態でなにができる。拳はがっしりとした顎まで、ほんの数十センチ。太い腕はまだタツオを捕らえていない。

「いけー、タツオ！」

誰かが叫んでいる。クニの応援のようだ。目の奥におかしな光を宿したまま、後藤はほんの数センチ顎を引いた。タツオのカウンターを受け切るつもりなのだ。拳は顎の先をかすめ、唇を滑り、そのまま鼻を直撃した。手ごたえは間違いない。鼻の軟骨は潰したはずだ。後藤はつぎの瞬間、吠えるように笑っていた。

「逆島、つかまえたぞ！」

タツオの身体は右手をあげた格好で伸び切り、後藤の両腕でがっちりと胴体を締めあげられた。タツオは力士のタフさを見誤っていた。鼻が折れたくらいでは、戦闘力にわずかなダメージがある程度なのだ。裸の肉体で毎日数百回のぶつかり稽古古をこなす相手のタフさは想像以上だった。

「これでおれの出世も確実だ。おまえはおれの踏み台になってもらう」

後藤はそのまま全力で、タツオに鯖折《さばお》りを仕かけてきた。胴体を両腕で締めあげながら、全体重でのしかかり、相手の腰やひざを破壊する技だ。未成年者の相撲では禁じ手とされている危険な技だった。

タツオの胸には後藤の額が押しつけられていた。鼻血が流れ、進駐官養成高校のカーキ色のジャージをべたりと汚している。肋骨《ろっこつ》がきしみをあげていた。タツオは息が止まりそうだった。一度吐くともう吸うことができない。

(くそっ、ここまでか)

壁の時計を見る。まだ試合時間は二分近く残っていた。このまま終わってしまっても、いいかもしれない。自分はもともと格闘技は得意でも好きでもないし、クラス内の試合で敗れたくらい、進駐官としての将来になんの傷もつかない。酸素不足で気が遠くなってくる。

勝負をあきらめかけたときだった。そのとき涼しげな声が聞こえた。最初は幻聴かと思った。まるで頭のなかに直接、メッセージを送りこまれたようだ。

「タツオ、そろそろ本気でいこう」

力みのない風のような声だった。ジョージだ。タツオは首を回して、斜め後方を振り向いた。目があうとジョージが微笑んでいた。

「そんなものじゃないだろう?」

一段とおおきく笑って、親友がそういっていた。タツオのなかでなにかが変わった。スイッチが入り、肉体の奥にあるもうひとつのエンジンが目覚めた新鮮な感覚がある。

タツオは計算などしていなかった。意識もしていない。幼いときから身体の奥に叩きこまれた技が、一気に解放された。

伸び切った右の腕をたたんで、後藤の頭頂部に強烈な肘打ちを落とす。左手は人さし指と中指の関

節を突きだした拳をつくり、そのまま短いフックを後藤の耳に突き刺した。宙ぶらりんだった右足を強く引き上げ、くるぶしに力をこめて、かかとでサポーターを巻いた後藤の左ひざを上から踏み抜いた。

一瞬の三連撃でさしもの後藤も身体のバランスを崩した。左ひざは限界だったようだ。ゆっくりと畳に沈みそうになる。タツオの胴体をつかんでいた怪力がゆるんだ。タツオは後藤の太い首に腕を回した。ブランコの要領で身体を振り、巨体の背後に回った。首からぶらさがるような格好のまま、後藤の首を決めて頸動脈を絞めあげた。

後藤は必死だった。腕と首の隙間に手を入れようとしてくる。タツオも必死だった。額に力をこめて後藤の後頭部に押し付けながら、丸太のように太い首を必死に絞め上げる。試合時間はまだ一分近く残っている。ここで腕をはがされれば、もう自分に後藤の攻撃を回避する力は残っていなかった。

後藤が左右に腕を振りまわしていた。足元はよろけ、意識が朦朧《もうろう》としているようだ。タツオのスリーパーホールドがようやく効果を示してきたようだ。相撲部の先輩が叫んだ。

「諦めるな、まだいけるぞ、後藤」

主将の声がひときわ高かった。

「そのまま後ろに思い切り倒れろ。チビを潰してやれ」

後藤にその指令が聞こえたのかはわからなかった。ただ脳で血流と酸素が不足して、意識を失っただけなのかもしれない。後藤の全身から力が抜けた。巨木が倒れるように後方にぐらりと傾く。タツオは腕を解くと、もう一度身体をスイングさせた。後藤の後頭部を叩きつけるように、今度は身体の正面に回る。柔術場全体が揺れるほどの衝撃で、二人分の体重が畳に落ちた。タツオはそれでも後藤の首を絞める両腕の力をゆるめなかった。

まだ時間は三〇秒もある。試合は終わっていないのだ。タツオには柔術場を埋める大歓声も聞こえなかった。ただこの敵を徹底的に制圧しなければならない。

「審判、試合を止めてくれ」

ジョージの声が耳元で聞こえた。肩をぽんぽんとタップする感覚がある。

「タツオ、きみの勝ちだよ」

タツオは太い首から腕をほどいた。あらためて後藤の顔を見る。鼻は潰れて血まみれで、目はうっすらと開いたまま光を失っていた。口の端には白い泡が見える。

「勝者、逆島断雄」

畳のうえに座りこんだままのタツオの右手を、審判が高々とかかげた。タツオはジョージを見あげていった。

「ジョージ、ぼくは……ぼくは……」

あとはとても言葉にならなかった。目の前のひとつのちいさな勝負に勝つ。それだけのことがこれほどうれしいのは、なぜだろう。爆発するような喜びと安堵感が、身体のなかを駆けめぐっている。

三組一班の予選は、こうして三勝一敗で確定した。タツオはジョージに肩を貸してもらい、試合場をおりていった。テルとクニが拍手をしながら待っている。タツオにはなんとか右手を顔の高さまであげるだけで精一杯だった。後藤の首を絞めあげるときに、力をつかい果たしたのだろう。両腕がしびれて、他人の身体のようだ。

(とにかく、今日はなんとか勝った)

タツオは畳のうえに伸びると、柔術場の高い天井を荒い息を繰り返しながら見あげた。

93

「やったな、タツオ」

クニが小躍りしながら手を打っている。タツオは荒い息を返すのが精いっぱいだった。

「…………」

ジョージがいつものように涼しげにいう。

「カザンがくる。なにかタツオに挨拶があるみたいだ」

相撲部の先輩たちが倒れている後藤に活を入れ、肩を支えながら試合場から離れていく。カザンは鼻血まみれの巨漢をあっさり無視して、脇をとおり抜けた。こちらまでやってくると、まだ立ちあがることもできないタツオを、冷たく見おろしていった。

「無様だな、タツオ。あんなデブひとりになにをそんなに手間どっている。おまえには逆島家の秘伝があるんだろう。わが東園寺家と同じようにな」

タツオは肩で息をしながら返した。

「あの技は、人前で簡単に、つかえるような、ものじゃない」

カザンが鼻で笑った。

「見られたら、簡単に破られてしまうような技なのか」

テルが顎をしゃくっていう。

「あれ、見てみろ」

タツオは上半身をなんとか起こした。柔術場の反対側では、東園寺崋山がとり巻きに囲まれ、腕を組んでいた。そこに制服姿の五王龍起が近づいていく。カザンはタツオのほうを見つめながら、わざとらしくタツオキと握手を交わした。クニがつぶやいた。

「あーあ、日乃元一の金もちと近衛四家の筆頭格が手を組んでるよ。おれたちに明日はないかもな」

タツオはようやく絞りだした。

「……ぼくなんかが同じ班になって、済まなかった」

「まあ、いいよ。おれ、カザンも五王財閥のぼんぼんも苦手だから」

早々のリタイアと年金生活を夢見るクニだが意外にも骨があった。こいつはナンパな振りをしているが、中身は硬骨漢である。

腹が立ったが、タツオは自分を抑えた。父・靖雄からはめったことでは、「止水」の発動は禁じられている。秘伝を習い始めた三歳のとき、最初に約束させられたのは、この技は生命に危機が及ぶとき、あるいはよほど信頼のおける人物の前でしかつかわないということだった。そうなると自分はジョージを信頼し切っているのだろう。すでに「止水」を見せている。

「いや、わからない」

「止水」が容易に破れるような技なのか、タツオには判断ができなかった。今度、ジョージにきいてみるといいかもしれない。弱点があるなら、それは補強しておかなければいけない。

「自分の家の秘伝も、よくわからないか。おまえはほんとに変わったやつだな。人の好意も全部、結構ですとつき返すしな。ある意味、おれはおまえがうらやましいよ。おまえみたいにさっさと勝負をおりたほうが、楽かもしれない。おれはこれからもずっと……」

カザンは目を細めて、柔術場の向こうを見つめた。五王財閥の次期当主が笑って、手を振ってくる。

「……ずっと勝ち続けなくちゃいけないからな。勝つことがおれの使命なんだ。負けることは絶対に許されない。一生トップに立ち続けなければならない人間の苦しみなど、おまえたちのような凡人にはわからないだろうな」

テルが吐き捨てるようにいった。

「凡人でわるかったな。普通の人間なめんなよ。いつか、おまえをぶっ倒してやる」

クニが加勢した。

「そうだそうだ。おまえなんか東園寺の名前がなければ、ただのクソガキだ。みんな力と金が欲しくて、尻尾ふってるだけだろ。おまえはいつもひとりきり。子分は友達じゃないからな」

カザンは苦々しげにいう。

「なんとでもほざけ。おれは勝つことにも、孤独にも慣れている。負け犬の遠吠えにもな。いいか、タツオ、しっかり胸に刻んでおけ。つぎの勝負でおれの本当の力を、ほんのすこし見せてやるよ」

カザンの試合が迫っていた。相手はボクシング部の横沢冬獅郎《よこざわとうしろう》だった。三分間のスパーリングではジョージといい勝負をするほどの実力者で、将来の高校総体ライト級チャンピオンを期待されている。

東島進駐官養成高校には、頭脳だけでなくスポーツでも優秀な人材が集中していた。この高校では文武両道はあたりまえで、そのうえでなにかひとつ特別な技量を求められるのだ。横沢は目がよく冷静なので、スナイパーとして鍛えられている。一キロ先の標的を物干しざおのような対物破壊ライフルで射抜くところを、タツオは目撃したことがあった。

カザンが自分たちの陣地に戻ろうとしていた。すこし離れたジョージのほうを向いていう。

「さっきの言葉はきみには当てはまらないな。きみもおれと同じで、ずっと勝利だけを期待され、しかも勝負に勝ち続けてきた。きみはおれと同じ種類の人間だ。負け犬の一班になどいないで、いつでもうちにくるといい。東園寺家の筆頭になれば、将官への出世は堅いぞ」

一〇〇万人を超える進駐軍のなかで、将官は七〇名ほどだった。日乃元の制度では進駐軍将軍は、国務大臣と同じ扱いである。ジョージは笑っていった。

「好条件のスカウト、ありがとう。いつかお世話になることがあったら、よろしく頼む。東園寺家の秘伝、楽しみに見せてもらう」

カザンはにやりと笑うといってしまった。テルが背中を見送りいった。

「やけに自信があるみたいだな。ボクシング部の横沢って、どんなやつだ。得意なパンチは？」

ジョージがこたえる。

「冷静で落ち着いたアウトボクサーだ。得意技は、カウンターの右ストレート。きちんと当たれば、カザンだって一発で倒れると思う。ぼくもヘッドギアをつけてなければ危なかった」

クニがジョージの肩を叩いて叫んだ。

「なにいってんだよ。そのカウンターの後で一方的にラッシュして、ボクシング部のホープにＴＫＯ勝ちしたくせに」

カザンにジョージのようなパンチ力も、コンビネーションも、追い足もあるとは思えなかった。あの幼馴染みはどうやって自分よりも実力のある相手を倒すというのだろうか。

「始まるぞ」

テルがぼそりと囁くと、タツオは試合場に視線を移した。カザンとひどくやせているが身長一八〇センチ少々の横沢が向かいあっている。ひどく腕が長い。リーチでは圧倒的に横沢が有利そうだった。

審判が叫んだ。

「予選の最終試合、横沢冬獅郎対東園寺崋山。始め！」

94

タツオは全神経をカザンに集中させた。アウトボクサーの横沢は距離をおいて、両腕をガードポジションに構えている。

「なんだ、あれ？」

カザンの唇が動いていた。なにか小声で歌でも口ずさんでいるようだ。左手は腰の横のあたりを叩き、不規則に拍子をとっている。半歩踏みだした右足はつま先とかかとで、交互におかしなリズムで柔術場の畳を打っている。

「横沢くんが動くよ。左だ」

タツオはまったく予備動作に気づかなかったが、ジョージは同じボクサーなのでノーモーションの左ジャブをいち早く警告してきた。教科書どおりきれいにスナップを効かせた左が、カザンの顔面に伸びる。

カザンはにやりと笑うと、正面から二連弾のジャブを受けた。予期していたようだが、顔色も変わらないし、唇の動きにも変化はない。

「終わりだー！」

カザンがいきなり叫んだ。相手に対する警戒を解き、全身がリラックスしていた。カウンターパンチが得意なライト級のホープにすたすたと並足で近づいていく。

「なんなんだよ、あれ？　横沢がどうかしちまったぞ」

普段なら稲妻のような右ストレートを放つ横沢の動きがおかしかった。ゆっくりとスローモーションで右腕を引いている。目はまっすぐにカザンを捉えているようだ。右足から左足への体重移動や、腰の回転は通常の速度で右ストレートを打つときと同じで、正確に連動していた。だが、すべてのモーションが蜂蜜のなかに浸かった羽虫のようにひどくゆっくりなのだ。

カザンはもう横沢の眼前に迫っていた。それでもボクシング部員の右拳は肩の後ろに引かれたままだ。

「東園寺家秘伝！　『呑龍《どんりゅう》』」

そのときタツオは気づいた。秘伝の名を告げながら、確かにカザンは自分をにらんでいた。まるで挑戦しているようだ。

「ドンリュウって、いったいなんなんだよ」

悲鳴のような声で、クニが叫んでいた。試合場をとり囲む三組生徒と相撲部員たちは、声もなく立ち尽くしている。

カザンは永遠の右ストレートを打とうと努力する横沢冬獅郎の前で立ち止まり、右手をあげた。ボクシング部員の頬《ほお》を軽く二回タップするといった。

「おやすみ、冬獅郎。おまえには恨《うら》みはないが、おれと当たったのが不運だったな」

95

そこからは一方的なカザンの攻撃になった。右ストレートを打とうと奮闘している横沢の身体は、目を凝らして見なければわからないほどゆっくりとしか動かない。広い試合場の中央で、ひとりだけスローモーション映像のように動きを止めている。

クニがつぶやいた。

「カザンの奴、ドンリュウとかいっていたたな。あれはどういう意味なんだ？」

タツオは痺《しび》れたようにまったく別な時間のなかで闘う同級生を見つめていた。

ジョージが顎の先をひねりながらいう。

「『呑龍』はたぶん龍を呑むと書くのだろう。相手が伝説のドラゴンのような強者でも、ひと呑みにして動きを止める。そんな技なんじゃないか」

ソフトグローブをつけたカザンの拳が正面から、横沢の顔面に入った。ぐしゃりと軟骨の潰れる音がタツオのところまで届いた。先ほどの相撲部の生徒のように鼻血が流れだす。テルが吐き捨てるようにいった。

「くそっ、嫌味な野郎だぜ。あいつ、タツオのこと意識して、同じように横沢の鼻を折りやがった」

相手が止まっているのなら、いくらでもダメージを残さずに倒す手などあるだろう。それでもカザンは横沢の鼻を折った。カザンの性格には幼い頃から嗜虐《しぎゃく》的なところがあった。トンボの羽をちぎり、アリの巣に洗剤入りの水を洪水のように流しこみ、ヒキガエルの腹を三角定規の角で無理やり裂く。この少年がいつか進駐軍のトップに立ったら、組織はどんなふうになるのだろうか。

カザンは潰れて血を流す横沢の鼻を観察している。楽しげにいった。

「鼻血ってこんなふうに流れるものなんだな。つまらん、あまり派手じゃないな」

タツオはつい叫んでしまった。

「よせ、カザン」

東園寺の双子の兄は止まらなかった。遠投でもするようにおおきく右手を引いて、折れている鼻めがけて拳をもう一度ぶちこんだ。

クニがあきれたようにいう。

「あーあ、ひでえな。あんなのもう一発くらったら鼻の形はもう元にもどらないぞ」

再び軟骨の砕ける音が鳴る。カザンの残酷さに広い柔術場が静まり返った。

「横沢、がんばれー！」

同じ班の生徒から声援が飛んだが、誰もが勝負の行方を疑ってはいなかった。カザンが秘伝の「呑龍」を発動したときから、これは試合ではなく一方的な打撃練習である。横沢に反撃のチャンスはなく、サンドバッグのようにパンチを受け続けるしかないのだ。

「そろそろ終わらすか」

カザンが斜め前方から、横沢の顎の横を強く殴りつけた。当たりが悪かったようだ。カザンは自分の拳を振るといった。

「痛てえな。ただの的のくせに骨が硬いんだよ。いくぞ、もうひとつ」

今度は右の拳がこめかみに正確にヒットする。カザンも幼時から各種格闘技は近衛四家のたしなみとして叩きこまれている。力みのないきれいな正拳突きだった。この技をもっているのに、正面からは闘わず秘伝をつかったのだ。クラスメイトはみな息をのんで、試合の終幕を見守っていた。横沢は右腕を引いたまま、その場にゆっくりと崩れ落ちていく。沈んでいく船のようだ。

「審判、カウントはいらない」

カザンは畳の上を滑るようにもどっていく。試合場をおりるとき、タツオのほうを向いて一礼した。

(つぎはおまえだ)

耳元でそんなふうにいわれた気がする。

「そうだ、忘れていた。『呑龍』を解いておこう。放っておいてもそのうち元に戻るがな」

カザンは指を丸めて口にふくむ。耳を刺すような指笛の音が鳴り響いた。同時に試合場に倒れこんでいた横沢冬獅郎が、びくびくと釣りあげられた大魚のように痙攣《けいれん》を始めた。審判の少年が叫ぶ。

「担架だ。手が空いてる者で、医務室に運んでくれ」

少年たちが駆け寄っていく。カザンは敗者に一瞥もくれなかった。蒼白な顔色をした審判に冷然といった。

「おい、勝者は誰なんだ?」

気おされて審判の少年がいった。

「ただ今の試合、勝者は東園寺崋山」

拍手も歓声もなかった。カザンのとり巻きからさえ、喜びの反応はない。タツオは戦場帰りの佐竹宗八の顔を見た。目があうと佐竹は悲しげに首を横に振った。誰もが目にしたくない一方的で残酷な処刑。カザンはこの試合により養成高校中で悪名を響かせるようになるだろう。畏《おそ》れられるのが目的ならこれ以上の効果はないが、同時に部下たちの心まで離れてしまっている。

ジョージがぽつりといった。

「タツオ、カザンの技をしっかり見ていたか?」

「ああ、なんとか」

「からくりに気づいたかな」

あれほど凄惨な試合を見せられても、ジョージは冷静に東園寺家の秘伝を解析していたのだ。恐るべき同級生だった。

「『呑龍』はある種の催眠術のようなものじゃないかな。相手の脳神経系に作用して、反射や判断のスピードを極端に遅くする」

タツオは座りこんで、見あげているしかできなかった。ジョージは興奮していう。

「口でおかしな調子の歌をうたい、左手で腰を叩いておかしな拍子をとり、踏みだした右脚で予測できないリズムを刻む。そのみっつの変拍子で相手を強制催眠に誘うんじゃないかな」

その異様なリズムならタツオも気づいていた。

「まったく同調しない複数のリズムかあ……」

あんなものをどうしたら破れるのか、タツオには想像もできなかった。ジョージが真顔でいった。

「いや、誰も気づかなかっただろうが、カザンはもうひとつのリズムを刻んでいた。まばたきだ。ほかのみっつとはぜんぜん異なる拍子でカザンはまばたきをしていたよ。それぞれ違うよっつのリズムを一斉に発動していた」

最後の試合が終わって、生徒たちは潮が引くように柔術場を離れていた。テルがばちんと畳を叩いていった。

「カザンはクソみたいなやつだが、それだけの実力があるって訳か。おれたちの誰がやっても、あんな技にかかっちまえば勝ち目はないな」

クニが自分の身体を抱いて震えてみせた。

「おれは先に負けてよかった。カザンのやつ、うちの一班には厳しいから半殺しにされちまう」

ジョージはひとり冷静だった。

「おもしろいと思わないか。逆島家の『止水』は体内感覚を強制的にクロックアップさせて、異次元の肉体スピードと判断の速さを生みだす。それに対して東園寺家は、あの変拍子のリズムで敵を強制催眠に陥れ、スローダウンさせてしまう。まったく対照的な技だったんだな」

テルがいった。

「どちらにしても敵とは異次元の速力で、戦闘を制圧してしまうのは同じだ。近衛四家というのは化物《ばけもの》ぞろいなんだな」

このままクラス内選手権で勝ち進めば、いつかカザンと当たることだろう。五王龍起とカザンは相撲部の生徒に、タツオに大怪我をさせろと指令を出していた。カザンが先ほどの横沢の試合のように鼻を折るだけで満足するとは思えなかった。どうすればいいのだろうか。あの男と闘わずに済ませることはできないだろう。こちらがどこに逃げても、カザンは追ってくるはずだ。タツオは幼い頃のあこがれで、コンプレックスの原因だ。

「ぼくは音感と視覚的なリズムによる強制催眠について、戻ったら調べてみる。『呑龍』はやばい。あれをくらえば、タツオもぼくも危険だ」

クニが恐るおそる質問した。

「危険って、どれくらい危険なんだよ？」

ジョージが肩をすくめた。

「ぼくは殴り倒されるくらい。でも、タツオは違うだろう。暁島会と五東連合との確執もあるし、亡くなった浦上くんの恨みもある。試合の上での死亡なら、学校側も表だって文句はつけられない。訓練中の事故という形で、二階級特進させて終わりだ。タツオには生命の危機がある」

「……ああ、そうだね」

砂を嚙むような思いで、ひと言返すのが精一杯だった。カザンは本気で自分を倒そうとしている。殺したいほど憎んでいるかもしれないし、そこまでいかなくとも進駐官としての未来を閉ざすほどの障害を与えようと決心しているのはよくわかった。自分へのあてつけのためだけに、整形手術が必要なほど恨みもない横沢の鼻を潰したのだ。血まみれの宣戦布告だ。

なんとかこの危険な罠を切り抜ける方法はないだろうか。「呑龍」を破る手は見つからないものか。トーナメント本選がおこなわれる学園祭まで一週間を切っている。タツオは冷えびえとした思いと恐怖に痺れて、柔術場の板の間に立ち尽くしていた。

もう生徒たちはこの場を離れ、畳の上に血の跡が点々と残るだけだった。開いたままの鉄の扉の向こうから、東園寺彩子がひとりでやってきた。ミニスカートから伸びる脚が美しかった。サイコも複数の格闘技のエキスパートである。素質はカザンより上だと、教官たちから高い評価を受けていると聞いたことがある。

「タツオ、ちょっと話があるの。きてくれないかな、お願い」

いつもなら高飛車に用があるから、顔を貸せと呼びつけるはずだった。サイコの顔から血の気が失せていた。柔らかそうな頰は細かな血管が透けて見えるほど蒼白だ。

タツオは相撲部・後藤との激戦の結果あちこち

が痛む身体で、足を引きずりながら先を立って滑るように進むサイコのあとをついていった。

96

ミニスカートの東園寺彩子に続いて、柔術場裏の物干し台にのぼった。ゆったりとリズムを刻み、左右に誘惑するように揺れる幼馴染みの尻に目が引きつけられてしまう。自分でも奇妙なほど興奮しているのは、相撲部の後藤と体力の限界まで闘ったせいだろうか。

それともサイコの双子の兄・カザンの異種格闘技戦というより一方的な残虐ショーを見せられたせいか。ボクシング部の横沢の鼻は手術で元の形にもどるだろうか。木製の階段の先をゆく女子生徒のスカートの裾から、タツオは必死で視線をひきはがさなければならなかった。

秋の日を浴びて、白い胴着が一列に並んで干されていた。柔軟剤のいい香りがするので、女子部員のものかもしれない。サイコは高い空のした、板張りの物干し台の隅にいき、両手を手すりにかけ、タツオを振り向いた。

「わたし、三組の予選をずっと見てた。五王くんに聞いたんだ。すごい見物があるから、授業をさぼってきてごらんって。ほら、古文の谷田ってうちの派閥の先生だから、わたしが気分が悪いというと、すぐに授業を抜けさせてくれるんだよね」

進駐官養成高校の広大なグラウンドでは、ラグビー部とサッカー部と野球部が声を張りあげて練習していた。のどかな風景のはずなのにタツオの心は冷え切っていた。

(つぎはおまえだ)

カザンの無言の宣戦布告が頭の中を離れない。サイコが不思議そうな顔をしていった。

「……タツオ？　聞いてる？」

夢から覚めたようにタツオは学校一の美少女に目をやった。髪は黒い水でも流したようにまっすぐ繊細な輪郭の顔立ちを包んでいる。なぜ女子の髪には蝶の羽のような艶と輝きがあるのだろう。タツオは自分の頭に手をやった。同じ黒髪でも、こちらは汗をかいたせいでばさばさだ。

「ああ、聞いてるよ」

「タツオの試合すごかったね。あんなにおおきな相手を倒すなんて。わたし、負けるだけじゃなくて、タツオが怪我をするんじゃないかって、気が気じゃなかった。秘伝もつかってなかったみたいだし」

射撃訓練場でサイコは「止水」に気づかなかったろう。

「でも、さすがだと思ったよ。昔のタツオを見ているみたいだった。ほら、覚えてる？　小学校四年生のとき、うちの道場で」

タツオは即座に思いだした。中学生を含む先輩たちに生意気だと難癖をつけられ、カザンとともに呼びだされたのだ。近衛四家の子どもたちへの特別な計らいを、依怙贔屓《えこひいき》だといって年長の少年たちは腹を立てていた。先輩はみなこちらよりも身体がおおきく、格闘技の経験者だった。力尽きてギブアップするまで徹底して続けられる二人対六人の変則的なリンチまがいの稽古だった。

「あのときうちのお兄ちゃんは、ひとり倒してふたり目でやられちゃった。悔し泣きしてたのを覚えてるよ」

カザンは日乃元拳法を八年習っている六年生の先輩に、手もなく滅多打ちにされた。あのときは確か「呑龍」はつかわなかったはずだ。おまえたちなんて、ほんとうなら全員ぶっ倒せるのに。泣きながらカザンはそう呟いていた気がする。

「お兄ちゃんは秘伝の習得、あの日からめちゃくちゃ真剣になったんだよ。拳法やってた子にタツオが勝ったでしょう。そのあと五人抜きして、試合を決めてしまった。それがなにより悔しかったみたい」

タツオはとくに格闘技が得意という訳ではなかった。ただ危機に瀕《ひん》すると突然、頭の奥のスイッチが入るのだ。自分でも情け容赦ない戦闘機械になった気がするほどだ。あのときはもちろん「止水」をつかわずに上級生を打ち倒している。

「あの恐ろしい『呑龍』習得は、ぼくがきっかけだったのか」

サイコは秋の高い空にため息を流した。

「ふー、今ではあの技に関しては、わたしより凄いと思う。うちの一族でも一番のつかい手だよ。五王重工の研究者と組んで、不思議な拍子を兵器に転用しようとしているくらい。戦場で大量の敵を行動不能にする秘密兵器なんだって。ねえ、タツオ、一生のお願いがある」

いきなり真剣な顔つきになった。元々きれいな顔立ちなので、そうするとサイコには異様な迫力がある。

「お兄ちゃんを止めて欲しいんだ。それができるのは、タツオだけだと思う。他の人ではもうあの人は止められない」

なぜ自分なのだろう。タツオも空を仰ぎそうになった。

「ぼくはもう近衛四家の一人じゃない。ただの進駐官養成高校の生徒だ」

サイコの目が光った。泣きそうなのか。

「無理だよ。お兄ちゃんにとっては、タツオがいつもライバルだったし、今でも目標は五王くんでもジョージでもなく、逆島断雄なんだから……それは、わたしにとっても変わらないよ」

タツオはなにかいい訳を口にしかけて、黙りこんでしまった。サイコの目から涙がこぼれそうだった。泣き顔など見せたことのない東園寺の姫の涙だった。タツオも胸をえぐられる気がした。

「お兄ちゃんは東園寺の家を守るために、誰よりも努力してる。タツオみたいな才能はないけど、人に嫌われてもいいからなりふり構わずに闘ってるんだよ。根は気が弱くて、優しくて、闘うことなんて嫌いな人なんだ。近衛四家の子どもに生まれた重圧は、タツオもわかってくれるよね」

いつか自分が進駐軍の将軍になれば、数万数十万人の命を預かることになる。タツオはその厳しさを父・靖雄から幼少時より叩きこまれている。すべての情報・状況を考えあわせた上で、決断は素早く。後悔や反省は決して人に見せてはいけない。間違っているとわかったら、即座に方針転換をしなければ、人命にかかわる。果断即断改令は逆島家の家訓である。タツオは絞りだすようにいった。

「ああ、わかってるつもりだ」

「だったら、お兄ちゃんを止めて。これ、見てもらえるかな」

教室で回すような折りたたんだノートの切れ端をサイコが差しだしてくる。受けとるとき指先がふれて、タツオは電気でも流れているように感じた。ふたりの指の間に火花が散りそうだ。平然とした表情を無理につくって、タツオは紙片を開いた。

逆島断雄、谷照貞、横沢冬獅郎、神井待命《かみいじめい》、三山公児《こうじ》、袋谷賢二郎《ふくろだにけんじろう》、渡会雪周《わたらいせっしゅう》。

テル以外はとくに親しいともいえない三組のクラスメイトの名前が書かれている。

「それは五王くんからお兄ちゃんに渡されたものなんだ。隠れ暁島会のメンバーなんだって。お兄ちゃんが『呑龍』で、横沢君を痛めつけたのは、そのメモのせい」

横沢冬獅郎は逆島派だというだけで、整形手術が必要なほど顔面を破壊されたのか。タツオのなかで怒りが噴きあがった。カザンはただ見せしめのためにあんなことをしたのではなかったのだ。最初から攻撃目標だったのだろう。

近衛四家をはずされた逆島家の再興を目指す組織はクラスの内部だけでも、それほどの勢力を保っているのか。驚きだった。タツオ自身は一度も、家の再興を明言したことはない。だが、降格や転勤を強制されたとはいえ、進駐軍の上層部にはいまだに逆島派が多数残っている。作戦部勤務の兄・継雄は陰で逆島派を動かしているのだろうか。

「それとね、五王重工の諜報機関が、おかしなネタをあげてきたらしい。亡くなった浦上幸彦くんのことなんだけど」

東京下町の銃撃事件だ。タツオは冷や汗をかいた。あの腕利きのスナイパーはカザンの班の生徒・浦上だった。現場でテルに射殺されている。

「浦上くんを殺害したのは谷くんだって、あのときの情報が漏れちゃったみたい。なんだか、三組だけおかしいよ。模擬戦決勝の五十嵐くんに、浦上くん。もうクラス内で二名も犠牲者がでるなんて」

狙撃してきた浦上はテルに射殺され、五十嵐はタツオを守るために自らの小柄な肉体を盾にした。タツオは歯をくいしばり動揺を隠した。

「お兄ちゃんはこのメモを読んで決めたんだよ。三組のなかから暁島会の一派を一掃するって。それを浦上くんの弔い合戦にする。決勝でタツオと当たって、タツオに一生残るほどの障害を負わせてやるって、五王くんに約束したみたい。予選のくじ引きにも細工をしたんだって」


物干し台の上に立つふたりのあいだを、冷たい秋風が吹き抜けた。それでなぜかタツオの班は難敵ばかりと当たるのか。きっと五東連合派の猛者《もさ》ばかりなのだろう。

「わたしはいつかタツオが逆島の家をまた近衛四家に押しあげてくれるって信じてる。そうなったら、昔みたいにお兄ちゃんとわたしとタツオで、仲よく進駐官になれる。日乃元の国のためにいっしょに戦える」

なぜだろう、サイコが手すりを離れてこちらに近づいてくる。唇が動いていた。

「わたしは靖雄おじさんが戦死したときから、ずっとそう思っていた。いつかタツオは帰ってくる。そのときはわたしとタツオが結ばれて、逆島・東園寺連合をつくろう。わたしたちでお国のために、全進駐軍を動かしていこうって。わたしのお婿さんになるのは、逆島断雄しかいないって」

この距離はなんだろう。サイコの顔が実物大に見える。サイコのおおきな瞳に驚いた顔をした自分の顔が映っていた。唇がふれる。なぜ女の唇はこれほど熱くて柔らかいのだろう。そのまま永遠とも思える数秒が流れた。リップクリームのせいで、離れがたいようにふたつの唇が粘りついた。

サイコが涙目でいった。

「……タツオが……ずっと、好きだった」

ヘイ、ピッチャー、カモン。グラウンドから野球部下級生の声援が響いた。サイコが必死の形相でいう。

「わたしが知っている限りの『呑龍』の秘密を、タツオに教えてあげる。だから、お兄ちゃんに負けないで。お願いだから」

タツオは手を伸ばし、人さし指の先でサイコの柔らかな唇を封じた。

「気もちだけもらっておく。『呑龍』は自分の力でなんとかするから」

サイコの目が輝いた。

「それでこそタツオだよ。がんばって、本選はうちの班全員で応援にいくからね」

美少女はさっと短いスカートの裾を翻して、物干し台を駆けていく。階段で振り返るといった。

「おおきくなって初めてのキスだね。さっきいったお婿さんの話、わたし本気だから。じゃあ、またた」

木の階段を駆けおりる小気味いいリズムの足音が遠ざかっていく。東園寺崋山の「呑龍」を破る方法などあるのだろうか。タツオはその場に立ちつくし、先ほど目撃したばかりの東園寺家の秘伝について考えを巡らせ始めた。その間、無意識のうちにサイコの口を封じた人さし指で、タツオはずっと自分の唇にふれていた。

97

学生寮の自室にもどると、パソコンのディスプレイにむかっていたジョージが話しかけてきた。

「強制催眠について、ちょっと調べていたんだ。よく催眠術師が振り子をつかうけれど、あれも定期的なリズムで半覚醒の状態に相手を誘うものらしい。鍵はリズムと相手の神経を集中させること。『呑龍』はまったくやっかいな技だね。試合中では嫌でも、敵に集中するし、あのリズムを無視する訳にもいかない。たぶん耳をふさいだくらいじゃダメだろう。視覚的な罠《わな》もあるのだろうと、ぼくは考えている。相手を見ずに闘うこともできないし、東園寺くんは難敵だ」

興奮してまくし立ててきたが、どこか楽し気で興奮しているようだ。

「まあ、今の予定だと順当に勝ちあがれば、タツオより先にぼくのほうが東園寺くんと当たることになる。そのときにできる限りのチャレンジをしてみるよ。タツオは参考にしてくれ」

タツオは自分のベッドに腰かけた。相撲部の後藤との闘いで、身体の芯まで疲れている。一度座るともう立ちあがるのが困難なほどだった。

「ジョージが勝つ可能性はないのか」

ディスプレイにむかったジョージは腕を組んだ。

「うーん、どうだろう。東園寺くんが『呑龍』をつかわなければ圧勝だろうけど、あれを出されたら半分以上の確率でむこうのほうが有利だと思う」

敵の力や戦術を正確に測ることでは、タツオよりも上のジョージの言葉だった。気分が沈んでしまう。それでなくとも、サイコからも発破《はっぱ》をかけられているのだ。兄を止めてくれ。本心ではカザンは闘いなど求めていないのだと。ジョージがタツオにうなずいていった。

「だけど、ぼくだってそう簡単にはやられるつもりはない。準決勝では、東園寺くんに一矢はむくいるつもりだ」

二段ベッドの上段から、クニが声をかけてきた。

「なにか作戦があるのか。あるなら、カザンに賭けるのをやめて、ジョージに乗せるけど」

ジョージが朗《ほが》らかに笑った。

「ないよ、そんなもの。でも、これから一週間あるから、じっくりと考えてみる」

テルが冷蔵庫から保冷剤をとって、タツオに投げてよこした。

「ほら、冷やしておけ。明日も授業はあるんだからな。男前が台なしだ」

予選の一試合を闘っただけで、ジョージ以外は身体だけでなく顔面にも傷を負っていた。

こんなときは男子クラスは気が楽だ。タツオは頬に保冷剤を当てていう。

「一番男前のジョージは怪我もしてないよ。ぼくなんて誰も見てないから、どうでもいい」

そう口にしてから、思いだした。サイコとつい先ほど触れるだけのキスをしたのだ。東園寺家の美少女がなぜ自分に好意をもつのか、タツオにはよくわからなかった。結婚の話は本気だったのだろうか。

テルが寝そべったままつぶやいた。

「おれのほうが二回戦で、ジョージより先にカザンと当たる。だけどいくら必殺技でも、おれたちに先に見せたのは失敗だったな。対策を練る時間は十分だ」

タツオは慎重にいった。

「あいつは馬鹿じゃない。秘伝というのは一族代々の格闘の天才が、それこそ一〇〇〇年単位で磨きあげてきた技だ。カザンは絶対に破られない自信があるから、あの技を最初からつかってきたんだと思う。一度見られたくらいなんでもないと確信してるんだ。こっちにも相当の覚悟がいる」

サイコはカザンがくじ引きに細工をしたといっていた。一班の三人と自分が当たるように仕組んだのだろう。カザンは本気で自分だけでなく、周囲にいる人間まで潰《つぶ》しにかかっている。五東連合が浦上殺害の真犯人がテルであるという事実を摑んでいたとすると、テルとカザンの試合はたいへん危険なことになる。

「テル、カザンとの試合、辞退しないか」

柔道の猛者で暁島会から送りこまれたタツオの

ボディガードが、がばりと上半身を起こした。

「どういうことだ？」

タツオは視線の厳しさにうつむいてしまった。ぼそりという。

「サイコの情報なんだ。カザンは浦上くんの事件の真相を、五王龍起から聞いたらしい」

テルの顔色が変わった。ジョージがいった。

「それはまずいな。カザンが本気で仕留めにくるかもしれない」

ばしんと拳がベッドの側板を打つ音が響いた。テルが殴ったのだ。

「だから、どうした。こちらは狙撃されたんだぞ。先に手を出してきたのは、やつのほうだ。カザンはそれを知っているのか」

タツオは顔をあげた。三人の視線が、自分に集中している。

「あの狙撃事件の首謀者は、カザンではない気がするんだ。あいつは夜陰にまぎれて遠距離から、ぼくを狙わせるなんてことはしない」

クニが肩をすくめた。

「うちの班長は気が優しいね。でも、まあ、カザンは陰険で嫌味なやつだけど、そんな卑怯な真似はしないと、おれも思う」

もう一度テルが側板を叩いたが、今度は力が入っていなかった。ごつんと暗い音が鳴る。

「そうすると、五王のやつかな。近衛四家内で降格された東園寺家は、財政的に厳しいんだろ。今じゃ、財布を握られて五王財閥に頭があがらないという話だ」

ジョージが冷静に指摘する。

「五王財閥からしたら、東園寺と逆島を闘わせて、どちらが潰れてもいいということなんだろうな。理想的なのは双方が共倒れして、近衛四家にもうひとつ空席ができることなのかもしれない。新興の池神家を押しこみ、もうひとつ新たな近衛四家をねじこめば、もう進駐軍のなかでも五王財閥は絶対安泰だ」

進駐軍の中心勢力になるということは、日乃元で並ぶ者のない力を握ることである。常時戦時体制下の日乃元にあっては、政界財界は進駐軍の風下に置かれている。対抗できるのは、二七〇〇年の伝統を誇る女皇家だけだ。

だが、この時期、女皇の選定にも五王財閥の暗い影がさしている。皇位継承権を無視して、病弱な璃子さまより利発で国民から人気のある次女の瑠子さまを、女皇に据えようと画策している。

それが成功すれば日乃元の国体は、すべて五王財閥の思いのままだろう。たかが進駐官養成高校でも、次世代の近衛四家をめぐってこれほど激烈な闘いが巻き起こっているのだ。進駐軍本体の内部では、どれほどの権力闘争が渦巻いているのだろうか。父の謎の死も、原因はそこからきているのかもしれない。

タツオはぽつりと漏らした。

「カザンを止めなければならない。東園寺家と五王財閥の陰謀もだ。今回のクラス内選手権は、ただの養成高校一年三組の文化祭の催しでは済まなくなった。進駐軍とこの国の未来がかかっている」

一発の銃弾も発射されないが、あの柔術場が主戦場なのだ。もし自分がカザンと秘伝「呑龍」によって再起不能になれば、つぎはきっと進駐軍作戦部にいる兄の継雄に命の危険が迫ることになるだろう。逆島本家の正嫡《せいちゃく》の跡とりは、自分と兄の継雄しかいない。このふたりが欠ければ、逆島家再興を目指す暁島会の力を根本から削ぐことが可能だ。

本選まであと一週間しか残されていなかった。「呑龍」により強制催眠に落ちれば、カザンは念入りにこの身体を破壊しにかかるだろう。タツオはそこではっと思い当った。

カザンは自分の命まではとらないはずだ。だが、テルは違う。その手で浦上幸彦の敵討ちをするつもりなら、谷照貞には生命の危険がある。試合中の死亡は、訓練中の事故として法的な責任を問われない養成高校の内規がある。

「呑龍」を破る方法を見つけなければ、テルも自分も進駐官としての未来を完全に奪われることになる。それどころか、日乃元のゆく末にもおおきな悪影響をおよぼすだろう。

後藤の強烈な張り手をくらった後遺症だろうか。急に頭の芯が熱をもって、どくどくと心臓の鼓動にあわせて痛み始めた。タツオは保冷剤を額にのせて、ベッドに横になった。サイコに頼まれたからだけでなく、なんとしてもカザンを止めなければならなくなった。方法はなにひとつ浮かばなかった。

クニが決勝までの試合表を見ていう。

「だけど、タツオはカザンの前にもうひと山あるだろう。おまえ、順当に勝ちあがると決勝でカザンと当たる前に、準決勝であの佐竹宗八とマッチメイクされてるぞ」

カザンと「呑龍」のせいで、すっかり忘れていた。実際の戦場で三桁を超す敵を殺害してきた佐竹とも闘わなければならない。クニが軽口をたたいた。

「だけど、そこで負けちゃえば、カザンとやらなくて済むじゃないか。あとはむこうで潰しあいをさせておけばいい」

タツオは気がついたら叫んでいた。

「絶対ダメだ。それじゃあ、カザンを止められない。五王財閥の思うつぼだ」

「じゃあ、どうすんだよ」

「そんなこと、わからない」

タツオは目を閉じたまま、ベッドに横たわっているしかなかった。ひどく頭が痛い。近衛四家と進駐軍の未来を賭けた試合は、目前に迫っていた。

98

「おい、たいへんだぞ」

三組の予選会翌日だった。つぎの演習室に移動しようとしていたタツオの腕を、後方から駆けてきたクニがつかんだ。

「なんだよ、痛いな」

相撲部の後藤との試合で擦りむいた左腕の外側だった。畳とこすれて名刺ほどのおおきさのかさぶたができている。

「それどころじゃない。東島ネットに昨日の試合がアップされてる」

進駐官養成高校は、正規の高等学校とはいえ軍事施設なので、外の世界からは孤立した独自の内部ネットワークが開設されていた。すべての生徒が授業のスケジュールや訓練の内容を、各自のディスプレイで確認することができる。となりにいたテルが叫んだ。

「昨日の試合だと？　予選は敗退して本選に出場できないやつの名誉を守るために、非公開にするって決めただろ」

「そんなこといわれても、おれだってしらないよ。ただ昨日のベストマッチのハイライトを誰かが勝手にアップしてたんだ」

ジョージがうなずいていった。

「それでわかった。今日は朝から食堂でも廊下でもよそのクラスの生徒から、おかしな視線を感じていた。怖がっているような、おもしろがっているような、下品な好奇心の視線だったよ」

それはタツオも気になっていたところだった。ただタツオの場合、後藤の張り手をくらって顔にも青黒い痣《あざ》が残っているので、そのせいだろうと軽く考えていた。クニがいう。

「閲覧数がすごいんだ。もううちの生徒の数を超えてるよ。先生たちや、軍の上のほうのやつらも、大喜びで見てるみたいだ」

タツオは五王重工のマークが入った腕時計を確認した。昼休みの終了まで、まだ二〇分はある。

「とにかく演習室にいって、その映像を見てみよう」

三組一班の四人は、速足で演習室に向かった。廊下にいた生徒たちが自然に道を開けてくれる。先頭に立つジョージと自分への視線にはやはり独特の恐れが混じりこんでいるようだった。すくなくとも同じ学校の生徒に向けるフラットな目ではなかった。闘犬でも観察するような目だ。テルがいう。

「おれたちは見世物じゃない。変な目で見るな」

生徒の多くは一瞬目を伏せたが、すぐに元のようにこちらを見つめてくる。ジョージが囁いた。

「テル、相手にするな。それよりやはりみんなの態度がおかしい。ただ試合に出る生徒を見るような目じゃない。どっちかというと……」

クニが震えながら、声をひそめた。

「いいたくねえけど、死刑囚でも見るような目だよな。こいつら、あとどれくらい生きられるのかって感じだ」

タツオがいった。

「ほかの生徒のことは放っておこう。先に映像のチェックだ」

ついに我慢しきれなくなり、四人は秋の日がさす廊下を演習室に向かって駆けだした。


一班のメンバーが室内にはいると、すでに三組の生徒のほとんどが顔をそろえていた。誰もが中央の3Dディスプレイにかじりついている。誰かが昨日の予選の映像を流したのだろう。広大な戦場を再現可能なシミュレータに実物の倍ほどのおおきさで、タツオと後藤の試合が映しだされていた。タツオが後藤につかまり、鯖折りをくらっている場面だ。

「うわ、あれは痛そうだな」

クニが顔をしかめた。映像はタツオの顔のアップになる。表情がいきなり変わり、タツオのなかでなにかが目覚めたのがわかった。相撲部の巨漢へ頭頂部への肘打ちと耳へのフック、さらにひざへの蹴りが流れるように繰りだされる。クニがおっとりと感想を漏らした。

「うわっ、あらためて見るとえげつない攻めだなあ。大人しい顔して、タツオも案外やることがきついぜ」

円形シミュレータの向こう側に、カザンの顔が見えた。タツオと後藤の映像を無視して、まっすぐににらみつけてくる。こちらのことなどまったく恐れていないのだ。ジョージがいった。

「おかしいな、この映像は監視カメラ一台で撮られたものじゃない。映像編集もされてるし、カット割りまできちんと考えられてるみたいだ。昨日の柔術場にはすくなくとも四、五台のカメラが設置されてたはずだ」

大がかりな撮影設備を用意できるのは、東園寺家と五王財閥だけだろう。今の逆島家にそんな力はない。相撲部の後藤が口から血の混じった泡を吹いて意識を失うと、映像が切り替わった。

ボクシング部の横沢とカザンが手を伸ばせば届く距離で向きあっている。横沢の腕は右ストレートの予備動作で後方に引かれている。動きはスローモーション映像のように遅い。カザンがいきなり横沢の鼻を強く殴りつけた。鼻から壊れた水道のように血が垂れ落ちる。東園寺家の秘伝「呑龍」の発動場面は、きれいにカットされていた。

カザンが叫んだ。

「おれのところにクラス選手権の観戦希望が殺到している。最初の予定ではまた柔術場をつかうはずだったが、とても客が入り切らなくなった。そこでおれが校長に掛けあってきた。来週の本選では大講堂をつかわせてもらうことになった。みんな、せいぜいがんばれよ。まあ、優勝するのはこのおれだがな」

大講堂は観客席が二〇〇〇を超える進駐官養成高校一のホールである。春の入学式ではあそこで、狩野校長の訓辞を聞いている。

「それからな、うちの一年三組は近年まれに見る俊英ばかり集合した伝説のクラスだそうだ。試験の成績でも、軍事訓練でも、シミュレータによる仮想実戦でもな。進駐軍のお偉方がたくさん見学にきてくださる。各派閥に自分を高く売りたいのなら、せいぜい試合でがんばるがいい」

カザンはそれから周囲を見渡して叫んだ。

「褒賞として、わが東園寺家に代々伝わる宝刀

『雨月』もあるからな。おまえたちのような育ちの悪い貧乏人にはわからないだろうが、あの刀は売れば都心で一戸建てが買えるくらいの値打ちがある。必死で、がんばれ。まあ、おれの手元から離れることは、まずないだろうがな」

「ひゅー」

　クニが口笛を吹いた。

「おれは負けちゃったから関係ないけど、ひと振りで億を超える価値があるのか。もっと本気でやっとけばよかったな」

　テルが舌打ちをしていった。

「おまえがいくら本気だしても、準決にも残れないだろ。ふざけんな」

　近衛四家の子息以外は、進駐官は徹底した実力主義だった。卓越した頭脳と肉体を求められる。タツオはカザンの斜め後方にひっそりと控える佐竹宗八を見つめた。決勝戦にたどりつくまでの最大の関門だ。実際に戦場で人を殺している人間の格闘術とは、どんなものだろうか。ルールのある格闘技の試合とは別物なのか。佐竹の引き締まった巨体がますますおおきく見えてくる。

　決戦は来週だった。今さら新しい技の習得は困難だろう。敵への対策を練るのが、精いっぱいだ。しかし、それもカザンの「呑龍」クラスの秘伝となると、突破できる可能性はごくわずかだった。

　目の前の極精細シミュレータでは、カザンに打ち倒されたボクシング部の横沢が身体を棒のように伸ばし、全身で痙攣している。タツオの胸は恐怖と息苦しさで、締めつけられるようだ。

「先生がくるぞ」

　誰かがあわてて、戦闘シミュレータのスイッチを切った。皿のような形の灰色のすり鉢状ディスプレイが殺風景に広がる。タツオは自分の席に座り、授業の開始を待った。つぎは悲惨な塹壕戦を数週間も繰り広げ、死者三〇万人を出したクリミア戦争からだ。

99

　その日の夜、タツオは電話をかけた。同じ班の生徒にも聞かれたくなかったので、ひとり切りになれる自習室である。畳一畳ほどの窓のない完全防音の個室だった。壁に向かってつくりつけの机と椅子《いす》があるだけの殺風景な学習用独房だ。試験前にはどこも満室だが、文化祭を来週に控えたその夜はぽつぽつと空室があった。

　通話の映像回路はオフにしておいた。テレビ電話が当たり前になってからも、人々は昔ながらの電話を多く使用している。映像がないから気もちがより深く伝わることも、見えないはずの映像がより鮮やかに想像できることもある。情報の欠落により一段と強度のある情報を伝達できるのだ。人の心は不思議である。

　電話の向こうで落ち着いた大人の女性の声がする。

「あら、断雄、めずらしいのね、電話なんて」

　母・比佐乃だった。タツオはいつも母には要件を知らせる数行のメールを打つだけだ。すこし照れていった。

「うん、ちょっと聞いておきたいことがあってさ」

　質問したいのは、東園寺家の秘伝「呑龍」についてだった。父の靖雄は東園寺家の人間と手あわせをしたことがあったはずだ。タツオが生まれる以前の話だが、どこかでそんなことを耳にした記憶があった。すぐに秘伝について切りだせず、タツオは話をそらした。

「継雄兄さんは元気にしてる？」

　ひと足早く進駐官養成高校を卒業し、無事進駐軍大学を首席卒業した自慢の兄だった。現在は一〇〇万人を超える進駐軍のなかで、二〇〇名の精鋭しかいない作戦立案の中枢、作戦部に在籍している。

「ええ、継雄はあなたより筆まめだから、ちゃんと近況報告は受けています。元気でお国にご奉公しているようよ。ただおかしなことをいっていた」

兄はひどく冷静で論理的な人間だった。原因のない不安を人に伝えるはずがない。

「兄さんがなんだって？」

「あなたのことよ。断雄」

進駐軍や暁島会についてではなく、自分のことか。意表をつかれてタツオは黙りこんだ。

「養成高校でおかしな動きがある。断雄がそれに巻きこまれないといいんだけどって。あなたは今のところ、だいじょうぶなの。五十嵐くんというクラスメイトが亡くなっているのよね」

五十嵐の銃撃死は正規の訓練中のことだったので、養成高校全父兄に単純に事実だけ記したメールが一斉送信されている。

「ああ、ぼくをかばって死んだ。五十嵐くんは暁島会のメンバーだったらしい。母さんは暁島会についてどう思ってるの」

比佐乃はウルルクで戦死した父のことも、近衛四家からはずされた逆島家のことも、めったに口にしなかった。不平も悲哀もすべて胸に秘める。日乃元の女性らしい強さだ。

「人には、それぞれの立場というものがある。だから、あの人たちが逆島家を再興して、それで自分の立場を強くしたいというのは理解できます。ただね、それとわたしや断雄という個人は別だと思う。お兄ちゃんのほうは進駐官に向いているけれど、断雄は違うでしょう？　あなたは優しいところがあるから」

タツオが兄の後を追って進駐官養成高校を受けるといったとき、一番驚いていたのは比佐乃だった。逆島家を知る軍関係者はみな大喜びで、合格の際には赤飯を炊いたところも少なくなかったと聞く。

「そうかもしれない。ぼくも養成高校では、ちょっと浮いてる気がする」

養成高校の生徒はほぼ一〇〇パーセント主戦論

だった。つぎはエウロペや氾のどの植民地に侵略するか。口角泡を飛ばして議論するのは、日乃元の領土拡張と新しい戦線についてである。タツオとジョージが、その話に加わることはなかった。

「あのね、お父さまはああして中将なんて、立派な役職についていたけれど、ほんとうはとても心優しい人だった。お父さまに似ているのは、お兄ちゃんでなく断雄、あなたのほうよ。ようやく逆島の家の鎖がはずれたのだから、あなたは自分の好きなように生きていいのよ。もし養成高校が肌にあわないなら、辞めてもいい」

比佐乃がひと息でそういった。母の本心をこんな形で聞いたのは初めてだ。

「わかった。ありがとう」

タツオはうれしかった。母はもし自分が進駐官への道を途中で投げだしても、ちゃんと味方でいてくれる。それだけでこの軍事訓練校にいるのが、すこしだけ気楽になる。

だが逆に、その母へ五王財閥と東園寺家の連合が、学内で自分を潰しにかかっているとは口が裂けてもいえなかった。心配はかけたくない。それでなくとも、母は若くして夫である父・靖雄を亡くし、厳しく孤独な生活を強いられているのだ。母に泣きごとを漏らすなど、日乃元の男子として許されなかった。いつか父や兄のように首席で養成高校を卒業できたら、そのとき進駐官への進路を、自分から思い切り蹴とばすのも、痛快でいいかもしれない。

タツオはようやく最初の質問に戻った。つとめて明るい声を出した。

「昔、父さんがサイコの大伯父さんと、極秘で手あわせをしたって聞いた覚えがあるんだけど」

電話の向こうでさっと母の声の調子が変わった。ひどく慎重になったようだ。

「そんなこと誰に聞いたの」

タツオは無邪気を装った。

「よく覚えてないよ。なんでも、逆島家と東園寺家の秘伝をお互いに出しあったとか聞いたんだけど」

比佐乃がふうっと低くため息をついた。

「どうして、そんなこと急に聞いてくるの。あなた、崋山くんとなにかあるのかしら」

タツオはひやりとした。暁島会の一味とその希望の星タツオを壊滅させる。カザンは五王と手を組んで、陰でそううそぶいているらしい。

「いや、たいしたことじゃないんだけど、今度クラスのなかで対抗戦があってさ。カザンの班とうちが当たるんだ。だから、なんていうんだっけ……『呑龍』というのかな……あれをカザンが使うとしたら、どう対応したらいいのかなって、気になって電話してみた」

母はひどく厳めしい声でいった。

「崋山くんはそんな子じゃないわよ。『呑龍』をクラス対抗戦で使うなんて。そんなはずがないわ。あなただって、『止水』はクラスメイトの前で見せないでしょう。そんなの子どものケンカに大砲をもちこむようなものよ。軽率だし、危険すぎる」

カザンはすでにその大砲を、暁島会メンバーのボクシング部員に発動し、二度と元の形に戻らないくらい鼻骨を複雑骨折させている。そんなことはとてもいえなかった。

「でも、でもさ、もしカザンが『呑龍』を使ってきたとしたら、どうする？　父さんは『呑龍』をどうやって防いだの」

しばらく無音の状態が続いた。完全防音の自習室で、自分の息苦しい呼吸音だけが聞こえてくる。

「あなたのお父さまと東園寺の伯父さまの間の闘いは、手あわせなんてものではなかった。あれは殺しあいだった。お父さまは肋骨を二本折られたし、伯父さまのほうは内臓破裂で命が危うかったのよ。どちらが亡くなってもおかしくない死闘だった。『止水』と『呑龍』は決してぶつけてはいけない秘伝なの」

ぶつけてはいけない秘伝？　意味がわからな

い。

「いい、断雄。絶対に『止水』を使ってはダメよ。あれは人が人に使用してもいいような技ではないの。約束してくれる?」

養成高校に入学してから、もう何度か「止水」で危険を乗り越えたとは、とてもいえなかった。

タツオはしぶしぶいった。

「わかった。約束する」

嘘は人の心を弱くするのだ。タツオは強くそう思った。とくに愛する人につく嘘は、人を限りなく弱くする。けれど、同時に比佐乃への反発心も目覚めてきた。こちらは来週には、その「死闘」を控えているのだ。

「だけど、仮にだよ、もしかしてカザンとぼくが当たることになって、負けそうになったカザンがいきなり『呑龍』を出してきたら、ぼくはどうすればいいのかな。ぼくだって逆島家の秘伝を、みんなになんか見せびらかしたくはないよ。でも、こちらが絶体絶命の状態になったら、そのときはどうしたら……」

ついつい声が必死になってしまう。カザンの秘伝を見せられたときから、タツオの頭の中には「呑龍」への対抗策しかなかった。カザンが本気なら、自分の頸椎を粉砕骨折させ、一生ベッドで寝たきりにすることもできるのだ。

比佐乃の声は凜《りん》と張りをもって、新たな闘いを宣言するかのようだった。

「なにをいっているの、逆島家の次期当主がそんな弱気なことで、どうするの。あなたが自分の命が危ないと本気で感じたなら、迷わず『止水』を使いなさい。進駐官の卵なら、心は常在戦場なのでしょう」

タツオは悲鳴をあげそうだった。

「そうだけど、『呑龍』はきっととんでもない技で、『止水』だって一発で破られてしまうかもしれないだろ」

冷たい声が戻ってくる。こんなときの母はひどく怒っているのだ。

「冗談はよしなさい。逆島家のご先祖さまが一〇〇〇年以上の歴史を積みあげ、磨いてきた秘伝よ。『止水』はそう簡単には破れない。あなたのお父さまと自分の家をもっと信じなさい。『止水』も『呑龍』に負けない技よ」

そうか、父・靖雄も東園寺家の秘伝を使った相手を病院送りにしているのだ。タツオが後れをとる訳にはいかなかった。

「わかった。気弱なことをいって、ごめんなさい。父さんを信じてみるよ」

母がふっと吐いた息が柔らかになっていた。

「それでいいわ。相手への対応策を練るよりも、もっともっとひと筋に、自分の技を磨いてごらんなさい。空の上からお父さまもきっとご覧になってくださるわ」

わかったよ、ありがとう。そういって、タツオは長くなった通話を切った。神などいないと信じるタツオには、天上界から父が見てくれているとは思えなかった。だが、「止水」が「呑龍」に負けない秘伝だというのも、また事実だ。

よし、これからの一週間、徹底的に逆島家の秘伝を鍛えあげ、磨き抜こう。闘いの先になにが待っているか予測不能だが、サイコに依頼されたとおり、誰かがカザンと五王龍起の計画を止めなければならないのだ。

タツオはひとりきりの自習室で深呼吸すると、明日からの訓練について思いをめぐらせた。

100

翌日、タツオは夜明け前に目を覚ました。「止水」の鍛錬をするときはいつも未明に起きだし、沐浴《もくよく》してから朝日のなか修行を始めたものだ。さて、今このときからさらに逆島家の秘伝を磨きあげねばならない。東園寺崋山との決戦が迫っている。

タツオが二段ベッドの下段で身を起こすと、枕元の情報端末で青色ＬＥＤが点滅していた。寝ていた間に届いたのだ。誰からのメッセージだろうか。

タッチして読み始める。

逆島断雄殿
あなたにこのことを伝えようか、朝方まで迷いました。まだ早いということで、お父さまはあなたに秘伝「止水」の第二段階については教授していなかったからです。

今となってはあなたに真の奥義を教えることができる人は、この地上にはおりません。ですから、わたしはただお父さまの言葉をあなたにそのまま伝えることしかできません。

東園寺の伯父さまとの試合の前夜、お父さまはこうおっしゃっていました。明日は秘伝の一「動の止水」だけでなく、秘伝の二「観の止水」を発動させることになるかもしれない。そのときは自分も相手も無事には済まないだろうから、覚悟を頼む。

わたしは不安になって、あなたが負けるのですか、お身体はだいじょうぶですかと申しあげました。お父さまは笑って、「観の止水」がうまく働けば、まず負けることはないとおっしゃいました。結果はその通りになりましたが、残念ながらわたしには秘伝の二がいったいどういうものか皆目わかりません。

ただ「観の止水」があの「呑龍」を打ち破ったことは確かなことです。あなたは昨夜、ひどく崋山くんを恐れていましたね。崋山くんがいくべき道をそれていくとしたら、それを正すのは幼馴染みであり、女皇にお仕えする元近衛四家のあなたの仕事です。

「止水」という技の本質はなにか、あなたなりに突き詰めて、秘伝を深め、より豊かにしていきなさい。その先に最強にして、人を生かす秘伝の奥義が待っているはずです。

遠い空からあなたの武運と勝利を祈っています。あなたはお父さまの子です。正々堂々と闘い、勝ってきなさい。

母はあなたを信じています。

逆島比佐乃

タツオの胸に火がついたようだった。身体の奥深くから静かな力が湧きあがってくる。静かに寝巻をスエットに着替えていると、二段ベッドの上段から声が降ってくる。

「トレーニングにいくのかい？」

首だけ起こしたジョージだった。

「ああ、例の技を磨かなきゃ、カザンに殺されかねない」

「三分待ってくれ。ぼくもいく」

101

朝日が斜めにさすグラウンドには誰もいなかった。タツオとジョージはていねいにストレッチングしてから、肩を並べジョギングを開始した。秋の朝の清々しい空気が肺のなかを涼しく清めてくれる。

「昨日の夜、うちの母に電話したんだ」

タツオは昨夜からのいきさつと、今朝届いたばかりのメールについて簡潔に話した。秘伝の二「観の止水」について、どんなことでもいいから手がかりが欲しかった。ジョージには逆島家や東園寺家のような秘伝はないが、格闘技に関しては全校でも有数の実力者である。しばらく黙って朝日のなかを走って、ジョージはいった。

「観というのは、簡単にいうと見ることだよね。ぼくにボクシングの手ほどきをしてくれたうちの父によると、曾祖父がエウロペ一のカウンター使いだったそうだ。軍のチャンピオンだけでなく、欧州王座にも就いている。その曾祖父が相手を倒すのにもっとも必要なものはなにかと質問されて、見ることだと答えたそうだ」

威力のあるパンチでも、正確さやスピードでもなく、見ることか。タツオの心のなかでなにかが、そろりと動いた。

「曾祖父が必殺のカウンターのコツを身に付けたときの話をしよう。エウロペの古都の城門にほど近く、石畳のちいさな広場があった。曾祖父はそのとき一三歳だったそうだ。ジプシーの大道芸人がやってきた。中年太りでピエロのような格好をして、頭にはひどくおおきなつば広の帽子をかぶっている。その大道芸人は一礼すると帽子を脱いだ。帽子のなかにはちいさな箱が隠れていた」

タツオは荒い息で質問した。

「帽子のなかから箱だって？」

「そうだ、一辺が七センチほどの箱だ。中年男はこつこつと箱の側面を叩いた。薄い板をついでつくったものなのだろう。乾いた木の音がする。その六面には汎渡りの繻子《しゅす》が色とりどりに張りあわせてあったそうだ」

幾多の戦乱をくぐり抜けた傷だらけの城門と敷石の角が丸まった石畳の広場が目の前に浮かぶようだ。シルクの小切れはどんな光を放ったのだろうか。

「大道芸人は地面にチップを入れるための帽子を置き、もう一度一礼するとなにもいわずにその箱を放りあげた。箱は空中で何回転かして金襴《きんらん》を散らすと、はげあがった大道芸人の額にぴたりと止まる。何度やってもこの芸人は正確に額の中央で、箱を受け止めるんだ。しまいには集まってきた通行人に投げさせていたそうだ。誰がどんなふうに投げても、繻子の木箱は吸い寄せられるように、ジプシーの中年男の額で正確に受け止められる」

不思議な話だった。同時にひどく心を奪われるところもある。ジョージが黙ると、ジョギングシューズが砂混じりのグラウンドを蹴る音だけが聞こえた。タツオはこらえきれずにいった。

「それでジョージの曾《ひい》おじいさんはどうしたんだ？」

走りながら微笑《ほほえ》むとジョージの明るい茶色の髪が、秋の朝の風になびいた。目は若い牡鹿《おじか》のように澄み光っている。

「曾祖父はボクシングを始めて、三年目だった。壁に当たって悩んでいたという。勇気を奮って、敵に接近し打ちこめば、こちらも打ち返され乱打戦になってしまう。それでは力の強い者が勝つ。ボクシングを力比べではなく、ひとつの芸術だと信じていた曾祖父には、それは我慢できないことだった。曾祖父は素早かったが、小柄で非力だったからね」

一三歳でのちにエウロペチャンピオンになる少年。きっと自分が「止水」で悩むように、自分の技にいき詰っていたことだろう。

「曾祖父はその日、日が暮れるまで大道芸人を見ていたそうだ。三〇分ごとにもっていた銀貨を帽子のなかに投げいれながら。カウンターの奥義に気づいたのは、遠くの森に日が沈み始めたころだったという。気がつけば簡単なことだ。落ちてくる小箱を額で正確に受け止めるには、額に触れる直前まで目を開いて見ていればいい。そして、箱の底面にあわせ、自分から迎えにいく。わかるかな、タツオ？」

ジョージが笑いながら、タツオに質問してきた。箱を額で受け止めるのと、敵のパンチを避けるのは同じことだった。最後まで見切って、受け止めるか、避けるか。大切なのはそれが自分に触れるまで「見続ける」ことだ。

「わかった。箱を受けられるなら、パンチだって額で正確に受けられるってことだよね」

「そうだ。それから、曾祖父は敵のパンチを見る訓練をした。数ヵ月後には同じ年齢で、曾祖父にかなうボクサーはいなくなったという。パンチを受けることなく、必殺のカウンターを叩きこむ。見ることは防御だけでなく、攻撃にも力を発揮したんだ」

誰もがなにかを求めて、あがいている。もう亡くなってしまったジョージの曾祖父を思った。いつの時代も人は変わらないのかもしれない。自分のなかにある力を究極まで研ぎ澄ますこと。それ以外にどんな目標があるというのだろうか。出世や富だけが短い人生の目標では、あまりに淋しい話ではないか。

もう広大なグラウンドを三周目だった。校舎の前で立ち止まると、ジョージはいった。

「ぼくには『止水』の第二段階がどういう技なのか、わからない。でも『観』という名前がついているからには、きっと見ることの限界を超えるなにかだろうと思うんだ。タツオ、がんばってくれ。ぼくたちがカザンにやられる訳にはいかない。うちの三組一班だけでなく、進駐軍全体の未来や、日乃元の国体にも、五王財閥と東園寺家の連合は悪をもたらすと、ぼくは信じている。だから……」

きっと口を引き結ぶと、少女のようなジョージの面影が一変して戦士の顔になった。心配になって、タツオは尋ねた。

「だから、なに？　おかしなことを考えてないよね」

にっと朗《ほが》らかに笑って、ジョージはいった。

「ああ、だいじょうぶ。でも、先に準決勝でカザンと当たるのはぼくだ。ぼくなりにできる限り『呑龍』対策を練って、一矢報いてみせる。カザンと決勝で当たるタツオのためにもね」

タツオはジョージの真剣な表情に息を呑んだ。いつもどこか優し気で、柔らかな同級生らしくない。空気を変えたくて、友人の肩を叩いた。

「やめろよ。もう負けたみたいないいかたは、ジョージらしくないだろ。ぼくたちふたりが決勝で当たる可能性だってあるんだ。そのときは、こっちも手加減なしで本気でいくからね」

いたずらっ子のような目で見つめてくる。

「ぼくに『止水』をつかうのか」

タツオも笑った。

「ああ、あれをつかわなきゃ、ジョージには勝てない」

「まいったな。ぼくは東園寺家の『呑龍』と逆島家の『止水』、両方への対策を考えなきゃならないのか。ハンデがありすぎだ」

もしかしたら、ジョージなら両家の秘伝を打ち破る技を生みだすことができるかもしれない。この友人は底知れない力を秘めているのだ。そのとき、ジョージはなにをするのだろうか。進駐軍のなかにきれいに収まるような才能なのだろうか。タツオはすこしだけ混血の友人が恐ろしくなった。

「握手だ。なにがあっても、ぼくたちは友人だ」

ジョージが手をさしだしてくる。タツオは熱い手を握った。ふたりは固く握手したまま、山並みの上に浮かぶ旭日の真円を見つめていた。秋の風には意外なほどの熱気がこもっていた。

102

その朝、タツオが考えていたのは、「止水」の発動をもっと繊細に制御する方法だった。逆島家伝来の秘術「止水」は、体内時間を操作する技だ。一度加速されたタイムゾーンにはいると、数倍数十倍に時間を引き延ばすことができる。その分、精神・肉体への負担もおおきく、タツオにはせいぜい数分しか持続できなかった。

体調にもよるのだが、短くて三分、長くともその倍程度である。伝説の名人一八代目の逆島家当主がこれまで最強の「止水」づかいとして有名で、ときに四半刻、現代でいえば三〇分ほどこの術を発動したまま戦場を駆けめぐり、血の嵐を巻き起こしたという。

たとえば、分単位でなく秒単位で、この技の発動と解除を制御できれば、三分を一〇倍の三〇分に延ばせるかもしれない。そうすれば、すくなくとも異種格闘技戦の数試合分ほどには、威力を発揮できるだろう。

タツオはぽつぽつと自主トレを始める運動部の生徒たちが目立ち始めたグラウンドの端に立ち、朝日を浴びながら「止水」を発動した。タツオにとって、それはひどく簡単なことだった。

「別な時に跳びたい」

強くそう願うだけでいい。実際にはカザンの「呑龍」と同じように五段階ほどの手順があるのだが、幼少時からの厳しい訓練で無意識のうちにひとつのスイッチですべてが同時並行的に発動するようになっている。

「呑龍」は敵にかける技なので、強制催眠まではほんのわずかだがアクセスタイムが必要だった。「止水」は自らの精神と肉体がターゲットで、発動は数段クイックだ。

「最初の一撃で倒せるなら、カザンにも勝ち目があるかもしれない」

加速された時間のなかで、タツオはそう考えた。「止水」の素晴らしいところは肉体だけでなく、思考や判断も光速に近いところまでスピードアップされることだった。そとの世界はほとんど静止して見える。黄変したサクラの枯葉が一枚、くるくると回転しながら枝を離れ落ちていく。タツオにはその回転を自在に動かし止めることができた。葉の表と裏の葉脈をスケッチできるほど、子細に観察できるのだ。

「だが、父は第二段階の『観の止水』をつかわなければ、勝てなかった。やはり初撃の速度にかけるくらいでは厳しいのか」

サクラの葉の先を指でつまむと、タツオは「止水」を解いた。周囲にある世界から、音と光が押し寄せるように戻ってくる。進駐官の制式腕時計を確認した。発動時間は約七秒。息が荒くなっている。

「今のでどれくらいの疲労度なのかな」

ジョージが見ているので、タツオは姿勢を崩さなかった。誰もいなければ、両手をひざにおいてうつむいているだろう。

「そうだな、陸上の四〇〇メートルか八〇〇メートルくらいだと思う。全力のね」

ジョージが涼しげにいう。

「ふーん、なるほど。秘伝といっても簡単につかえるものじゃないんだな」

それからおかしな構えをとった。左手を軽く曲げて上にあげ、頭部をガードすると、暗闇のなかなにかを探すように、中途半端に拳を伸ばす。足は腕と同じように右が前に出ている。そこで腰を落すと、おかしな呼吸法を開始した。

「そっちのほうこそ、それはなんなの。見たことないけど、ボクシング？」

ジョージは構えを解かずに、右手を昇りつつある太陽に向けていた。

「いや、違う。ぼくは自分自身が東洋と西洋の混血だから、どちらの流派の格闘技にも関心があって勉強と鍛錬を続けてきた。これは汜帝国に伝わる中華拳法だ。『呑龍』を見せられて、これはただスピードとコンビネーションでは勝てない。そう痛感した」

医務室送りにされたボクシング部の横沢冬獅郎も、スパーリングではかなわないまでも、ジョージと善戦していた。「呑龍」に西洋のスポーツ格闘技で立ちむかうのは、不可能かもしれない。

「きみが『止水』を見せてくれたから、ぼくも秘技をひとつ明かそう。決勝戦で当たるときに、アンフェアだから」

ジョージが息を整え始めた。なんどか緩やかな呼吸をしたあとで、深くふかく息を吸っていく。糸のように細い吸入が一分ほど続いただろうか、竜巻のように息を吐きながら叫んだ。

「はぁ――ふんっ！」

右足が大地を打つ音が鳴った。右の正拳が突きだされる。なにか目に見えない力が、ジョージの右手から放たれたような気がした。

「これが禁止された第三の発勁《はっけい》だ」

背筋を伸ばし一礼すると、ジョージがいった。

「ぼくの台湾のお師匠さまが、亡くなる前、最後に教えてくれたのが、この技なんだ。相手をどうしても殺さなければならないとき、自分も死を覚悟して打つ。自分は一生つかう機会がなかった。おまえも一度もこの技の封を解かずに、最後まで生き延びることを望む。九一歳で亡くなったお師匠さまがそうおっしゃっていた」

「そうだったのか……」

タツオは息を呑んだ。クラス内の第一位を決定する異種格闘技戦は、とんでもない次元にまで到達してしまった。一年三組の文化祭のイベントで、学内の話題はもちきりだ。進駐軍内部でさえ、公然と賭けの対象になっているらしい。軍人は皆ギャンブルが好きだ。

「ぼくは不肖《ふしょう》の弟子だな。お師匠さまのように徳の高い人生は送れそうもないよ。タツオも『観の止水』などつかわずに生きていければいいんだけど」

感傷に浸っていても仕方がない。東園寺家と五王財閥の野望は、なんとしても挫《くじ》かなければならなかった。ジョージの第三の発勁も、タツオの「止水」も自分のためだけに簡単につかえるような技ではなかった。

ふたりは昇る朝日に押されるように、秘伝と禁断の技の鍛錬を繰り返していた。

103

授業開始の一時間前、タツオはシャワー室にいた。ブースに入り、裸で壁に手を突く。そうしないと倒れてしまいそうだ。立っているのがやっとである。七秒間隔の「止水」の発動を二〇回繰り返すインターバルトレーニングを行ったのである。

シャワーの水栓をひねり、顔をあげた。まだ水は出ない。どうも時間感覚が秘伝の発動のせいでおかしくなっている気がした。「止水」をつかっていないのに、ひどく時間がのろのろと過ぎていくように感じられる。

シャワーヘッドを見あげた。ステンレスの薄いプレートに同心円状に正確に針の穴があけられていた。中央に一、その外に六、その外に一二、さらに二四、四八。計算は瞬時に済んだ。穴の数は合計九一。亡くなったジョージの中華拳法の師匠の年と同じだ。

タツオが偶然に微笑んだとき、九一の針の穴から温水が噴きだしてきた。中央の一の穴から透明な糸のように落ちてくる熱い水を、額の中央で受けてみる。

「観というのは、簡単にいうと見ることだよね」

誰もいないシャワーブースにジョージの声が聞こえた気がした。すべてを正確に見て、受け切る。あるいは避け切る。このシャワーの九一個の針が、銀の弾丸だとしたら、どうだろう。

「別の時間に、跳べ!」

タツオは素裸でシャワーに打たれながら、「止水」を発動した。スーパースローの映像になった九一本の細い水の糸が頭上から降ってくる。タツオはシャワーヘッドの穴にすべて番号をつけた。

試しに一から順番に九一まで、水の糸を額の中央で順番に受けてみる。最後の最後まで、重力に負けて緩やかな放物線を描く透明な水の糸を見続け、額の中央で受けるのだ。とんでもなく困難な技だった。タツオは落ちてくる熱い水を見ることに熱中した。最後の体力を振り絞り、「止水」を繰り返し発動する。なにかを掴みかけている。その手ごたえが心を高揚させ、失われた体力に予備の力を送りこんでくれる。結局、肉体など精神の僕《しもべ》に過ぎなかった。倒れそうだった身体に力がみなぎってくる。

「二、六、八五、二一、九、三六……」

ランダムに選んだシャワーの水を額で受け続けた。もう「止水」を何度発動したか、自分でさえわからなくなっている。

額に熱い水を受けながら、なにかおかしなものが見えていた。自分の周囲をシャボン玉のような虹色の流体がとりまいている。その球体は自由自在におおきさを変えることができ、今はこのシャワーブースだけだが、もしかするとこの惑星・地球全体を包みこむことさえできそうだった。

「九一、一、七七、七、五五、五……」

数字で韻《いん》を踏みながら、額の中央に熱い水を受ける。自分がエウロペの城塞都市の大道芸人になったような気がした。ジョージの曾祖父の一三歳の少年が目を丸くして見ている。

「タツオ！」

おかしいな、いないはずのジョージの声が聞こえる。そう思った瞬間、タツオは「止水」を解くこともないまま、狭いシャワーブースのなかに倒れこんだ。胎児のように手と足を丸め、まるで勾《まが》玉《たま》のような形で熱いシャワーを浴び続ける。

「タツオ、だいじょうぶか」

ジョージとテルがブースに跳びこんできた。水栓を止めて、タツオを助け起こす。タツオはまどろんでいた。夢のなかでカウントは続いている。

「二二、二、六六、六、一一、一……」

タツオはまだ虹色のシャボン玉に包まれて、額の中央に熱い水の糸を浴び続けていた。

104

目が覚めると、医務室だった。進駐官養成高校の医務室は公立の総合病院並みに本格的なもので、医療機器や手術室は最新式だった。静かにエアコンの音がきこえる。

ベッドで目を開くと、白いクロス張りの天井と、三組一班の全員の顔が見えた。

「あれ、ぼくはどうしてたんだ？　確かシャワー室にいたはずだけど」

ジョージが眉をひそめていった。

「ぼくがちょうどタツオが倒れるところに居あわせたんだ。ほんとにびっくりしたよ。シャワーに打たれていたと思ったら、突然水煙があがって、ブースのなかが真っ白になった。タツオが爆発でもしたように見えた」

タツオは寝たまま首をあげようとした。ひどい筋肉痛で、枕から後頭部を離すのが精いっぱいだ。

「……痛った、たた！」

クニがスポーツドリンクのボトルを手渡してくれた。腕もひどい筋肉痛だ。ひと口飲むと蜂蜜のように甘かった。舌がおかしいのだろうか。一気に半分ほど空けてしまう。

「タツオ、あまり無茶すんなよ。今、何時だと思う？」

せいぜい一五分程度の感覚しかない。

「やばい、一時間目は芳賀先生の国史だろ。レポートトだださなくちゃ」

提出物に厳しい老教諭だった。こんなことで優から落されたくない。ジョージがいう。

「だいじょうぶだ。ぼくがタツオの代わりに芳賀先生に提出しておいた」

タツオは驚いて、身体を起こした。ベッドで起きあがるのに全力を使わなければならない。自分の身体ではないみたいだ。全身ばりばりに筋肉痛になっている。

「もう一時間目は終わってるのか。二時間目は数学だろ。教室にいかなくちゃ」

テルがぼそりといった。

「もう授業は七時間目まですべて終わってる。タツオ、おまえは九時間近くまったく目を覚まさずに寝こんでたんだ。何度も声をかけたんだけどな。ちょっと外を見てみろ」

クニがカーテンを引いた。養成高校のグラウンドには斜めに秋の夕日がさしている。陸上部が放課後の練習をしていた。黙々と集団でトラックを周回している。気がつけば、丸一日を失ってしまった。呆然とする。「止水」の発動トレーニングをしていただけなのに。

「タツオ、なにか見つけたね」

いきなりジョージが質問してくる。タツオは正直にいった。

「まだわからない。なにかをつかんだ感覚はあったけれど、あれがいったいなんなのか。どんなふうに試合でつかえるのか、予想もできない」

シャワー室で額の中央に水の糸を受けていたとき、身体が通常の「止水」よりも速く動いていた気がする。高速で動く身体がシャワーの水を弾いて、水煙をあげていたとジョージはいった。これまでの限界を超えたのかもしれない。それにあの虹色の球体。あの球のなかにあるものなら、どんなものもすべて知覚可能だったような感覚が残っている。正面からくる敵の拳や蹴りどころか、死角の背後から飛来する銃弾やミサイルさえ完璧に捉えられそうな気がするほどだ。あの虹色の球体はいったいなんだったのだろう。地球全体まで包めると思えたほどの知覚拡張感があった。超高性能の局地戦用ミリ波レーダーだって、あれほどの過敏さはないだろう。

あの能力は個人の格闘技レベルの力ではなかった。なにか、次元の違うスペックである。子どものケンカに巡航ミサイルをもちだすような違和感がある。だが、カザンの「呑龍」も敵兵を操作する集団催眠兵器として軍事利用が図られているという。

逆島家も東園寺家も、いったいどれほどの底力を秘めているのだろうか。一〇〇〇年を超える歴史によって磨かれてきた武の家の底知れぬ威力にタツオは震えていた。

105

それからの数日、授業以外の自由時間タツオの姿はつねにシャワー室で目撃されるようになった。タツオがはいったブースからは、ときおり高圧洗浄機でもつかうような音が響き、扉のうえからは細かな水滴が飛び散ってきた。

ほかのクラスの生徒も興味深げに覗きこもうとしたが、そこはすでに予選で敗れて暇なクニが、タツオのブースに人が近づかないように衛兵のごとく立ちふさがっていた。三組の異種格闘技戦の優勝候補、逆島断雄がシャワー室でおかしな水行をおこない、秘密の特訓をしているらしい。

噂はたちまち学内に広まった。しかもボクシングの名手、やはり優勝候補の菱川浄児はなぜか朝日と夕日を浴びながら、グラウンドの一角に立ちつくし、ヨガのようなおかしなポーズでやはりおかしな呼吸法を繰り返している。東園寺崋山の秘伝「呑龍」の脅威を恐れ、ふたりともオカルトに走ったのではないか。学内の噂の後半は、そんなふうに締めくくられるのだった。

夕食時の大食堂では、壁に巨大な模造紙が張りあわされ、一年三組のトーナメント表と各選手の賭け率が示されていた。一六名が出場する表の右端にはカザン、左端にはタツオがいる。優勝候補の第一位は一・四倍の東園寺崋山、続いて一・七倍の菱川浄児、二・五倍の同率には佐竹宗八とタツオの名が黒々とした墨文字で並んでいた。

「あーあ。おれも手堅くカザンに賭けようかな」

クニがそういうと、テルがにらみつけた。

「いくらやつに東園寺家の秘伝があっても、そう簡単には勝たせはしない」

「なにいってんだよ。テルの倍率は五倍だろ。オッズ表ではその他、大勢扱いだろ。あんまり無茶することないよ。このメンツのなかでは最初に二回戦でカザンと当たる。なんなら、やつとの試合は放棄してもいいだろ。別に主役でもないんだから」

テルは両手のなかにちいさな黒い球をふたつずつ握りこみ、ぐるぐると回転させている。うなるようにいった。

「おれは確かにタツオのボディガードだけど、脇役にも脇役の誇りってもんがあるんでな。そうやすやすとカザンにはやられない」

ジョージがきいた。

「その球はなんだい？　このところ寝るときも握ってるよね」

「鋼球を硬質ウレタンで包んだものだ。なかがジャイロになっていて、回していると慣性でひどく重くなってくる。握力増強のための最新の玩具だ」

ジョージが涼しい顔でじっとテルを見つめた。大食堂のざわめきが遠くなる。

「きみが狙ってることはわかった。うまくいくといいな」

テルはショルダーガードをつけたフットボーラーのような肩をすくめた。

「ああ、そうだな。おれもジョージが考えていることはだいたいわかる。おまえのあのおかしな特訓だけど。おたがい『呑龍』には苦労するな」

ボディガードがタツオを横目で見て、にやりと笑った。

「近衛四家だかなんだか知らんが、名門のお坊ちゃんには手を焼かされる」

タツオは思わず口にしていた。

「がんばれ、テル」

テルが四角い顎でこくりとうなずいた。

「ああ、わかってる。勝てるとは思わない。だが、後に闘うおまえとジョージのために、なにかひとつくらいカザンに爪痕を残してやるよ。いいか、勝負は簡単にはいかないだろう。三組一班の三人でなんとかカザンに土をつけてやろうぜ。あいつの高い鼻をへし折ってやるんだ」

そのとき佐竹宗八の長身があらわれた。巨大な船が荒波を分けるように、生徒たちが自然に避けていく。トレイをもったままタツオたちがいるテーブルにやってきた。ジョージが笑顔で声をかけた。

「ここに座るなら、席を空けますよ、佐竹さん」

戦場での実戦で三桁の敵兵を殺したと噂される佐竹はそっけなくうなずいただけだった。手や顔には細かな傷があった。

「気づかい感謝する。忠告だけしにきたのだ。わたしは『呑龍』を何度か見た。穴のない究極の秘伝で、破るのは至難の業だ。ここはただの養成高校に過ぎない。こんな場所で、しかもたかが文化祭くらいで、進駐官としての輝かしい未来を閉ざしてはならない。東園寺くんと闘う者は、試合を放棄したほうがいい。彼には勝ち目がない。それに……」

　タツオは佐竹の目を覗きこんだ。表面的には一切の感情を殺しているが、その底に苦しみが沈んでいるようだ。

「それに、なんですか」

　元上等兵は苦々しげに口を開いた。

「東園寺くんは本気で、きみたちを潰しにかかっている。とくに谷くんと逆島くん、今彼とやれば無傷では帰れないだろう。彼は秘技だけでなく、いくつかの格闘技で師範クラスの腕前だ。人の身体を壊す方法などいくらでも知っている」

　テルが唇の端をひねりあげて、皮肉な笑顔をつくってみせた。

「なるほどな。親切な忠告ありがとうよ。だけど、順当に勝ちあがれば準決勝で、あんたはタツオと当たる。カザンとの勝負を避けさせたいなら、あんたがタツオに勝てばいいんじゃないか。そうすりゃ、決勝はカザンの班のメンバー同士で済むだろ。それとも、あんたは戦場で一〇〇人倒しても、タツオには敵わないと思ってるのか」

　佐竹宗八が岩のような顔を崩して笑った。

「もとよりそのつもりだ。だが、東園寺くんには『止水』という技があると聞いた。逆島くんには『呑龍』があるように。逆島家一〇〇〇年の歴史は伊達ではないだろう。万が一わたしが敗れた場合の忠告だ。不愉快なら詫びを入れる。だが、きみたちの本当の戦場は、養成高校の校庭にはない。そのことだけは忘れないでくれ。失敬した」

　年上の同級生はそういうと、トレイをもって立ち去っていく。クニが分厚い背中にいった。

「敵なのか味方なのか、よくわかんないな。だけど、あの人は本物だ。タツオ、決勝戦にたどり着くのは、そう楽じゃないかもしれないな」

　タツオは黙ってうなずいた。食欲がどこかにいってしまう。だが、明日からの特訓のためにも食べなければならなかった。ひゅーん、ひゅーんと風切音のような不気味な音が、テルの手のなかで鳴っていた。

「はっきりしてるのは、潰すか潰されるかだってことだな。まあ、せいぜいがんばろう」

三組一班のテーブルでは、もう誰も返事をする者はいなかった。進駐官としての未来を賭けた闘いは明後日に迫っている。タツオは闘志が熱泉のように湧きだしてくるのを止められなかった。

106

朝から東島進駐官養成高校の文化祭を知らせる空砲が打ちあがっていた。文化祭は近郊住民の祭りでもあるので、多くの人が毎年集まっている。今年の目玉は近衛四家の子息が対決する一年三組の異種格闘技トーナメントだった。

タツオは早朝からシャワーを浴びて身体を清め、身体を起こすためにグラウンドを散歩した。ジョージもいっしょだ。その朝は「止水」の発動訓練をおこなってはいない。午後イチから始まるトーナメントのために体力と精神力を残しておかなければならない。

ジョージが肩を並べて歩きながらいった。

「『観の止水』のほうはどれくらいの完成度になったんだい？」

肩をすくめるのも面倒だった。

「あれがほんとうに『止水』の第二段階なのか、それさえわからない。なんともこたえようがないよ。前よりはスピードも精度も格段に向上したとは思う。でも、まだそれだけだ。そっちのほうこそ、中華拳法の発勁だっけ、あれは使えそうなの」

ジョージが爽やかに笑った。

「こっちのほうも皆目見当《かいもく》がつかない。師匠に一生使うなと念を押された技だし、相手が東園寺くんだからね。出会いがしらに試してみるしかない」

タツオはそっとジョージの横顔を盗み見た。不安を口にする割には、ひどく落ち着いて陽気でさえある。決戦に向かう前に自分たちの指揮官がこんな表情をしていたら、兵士たちはきっと安心するだろう。それに比べて自分はどうだろうか。シャワー室での発動訓練で、全身の筋肉痛がまだ残っている。気分は爽快とはほど遠かった。自分には指揮官の素質などないのかもしれない。進駐官には最初から向いていないのだ。

そのときグラウンドの北の端を縁どるイチョウ並木の陰から、少年がひとり姿をあらわした。白い羽織袴を身に着けている。額には「龍」の文字が描かれた鉢巻。東園寺崋山だった。ふたりの前に背筋を伸ばして立つ。ジョージが声をかけた。

「おはよう、めずらしいね。東園寺くんがおつきの生徒をはべらせずに、単独行動なんて」

ふんっと鼻で笑って、カザンはいった。

「ほんとうはひとりのほうが、おれは好きなんだ。家の都合でいつもボディガードがつくのがうっとうしくて仕方ない。ある意味、おまえがうらやましいよ、タツオ。没落名家にもいい点はあるな」

いつも角のあるものいいをする嫌味な奴だった。タツオはいい返す。

「ああ自分の部屋が狭いと掃除も楽だよ。カザンのところは家政婦がいるんだろうけど」

「おまえ、馬鹿か。うちはそんなに甘くない。我が家にある七ヵ所のトイレ掃除は子どもたちが当番制でやっていたさ。養成高校なんて天国みたいなもんだ」

タツオはカザンがなにかを話したがっているように感じた。決戦を間近に控えて、いったいなにを話すことがあるのだろうか。かつては仲のよい幼馴染みである。ふと思いついて話してみる。

「カザン、お願いがひとつある」

カザンはうなずいたが慎重にいった。

「なんだ？　勝ちは譲らないぞ」

「そんなことじゃない。暁島会とうちの班の生徒についてだ」

カザンは目を細め、腕を組んだ。

「聞くだけ聞いてやる」

いい機会だ。以前からカザンに伝えたいことがあった。

「うちの父のせいで東園寺家の近衛四家における席次が落ちたことは謝る。だが、その怒りをぼく以外の人間に向けるのはやめてもらえないか。例えば、ここにいるジョージやうちの班のテルには、『呑龍』のような危険な技を使用するのを自制してもらいたい。どうせ勝ち進めば決勝で、ぼくと当たるんだ。そのときには一切の手加減抜きで構わないから」

いきなり腹を抱えてカザンが笑いだした。天を仰ぎ、何度かたたらを踏んだ。人を不愉快にさせることについては、カザンには子どものころから天才的な力量がある。タツオは不愉快になった。声を荒《あら》らげてしまう。

「なにがおかしいんだ！」

腹を抱えたままカザンがいった。

「おまえがなにも知らないからだよ。このおれが私怨だけで、暁島会だの逆島家を追い落すと思っているのか。おまえを叩き潰すのは、この養成校で誰が一番強いか証明するためだけじゃない。もっと遠大な……」

カザンにしてはめずらしいことだった。なにかをいいかけて口ごもっている。

「……それこそ国家の命運を左右するような一大事があるんだ。日乃元と国体の未来がかかった案件だ」

カザンが慎重にタツオの表情を盗み見た。

「おまえはほんとうに知らないのか。S計画のことを」

S計画？　聞いたことのない言葉だった。タツオはとっさに横目でジョージの顔を見た。驚きがあらわれている。親友もその言葉を知らないようだった。カザンは吐き捨てるようにいった。

「なにも知らされていないのか。逆島断雄、哀れだな。蚊帳《かや》の外でなにも教えられもせずに、この計画の根本に組みこまれている。おまえとおれがいかに皇国の勝敗を左右する貴重な戦力か、聞いたら驚愕《きょうがく》するだろうな。まあ、上の人間がそれでいいというなら、おれからは別に話すこともない。しかし、驚いた。逆島家がそこまでハブられているとは。近衛四家をはずれるというのは、進駐官として存在しないに等しいんだな。こいつは傑作だ」

タツオは拳を握り締めた。カザンに飛びかかって、へらへらと薄笑いを浮かべる顔を、思い切り殴りつけてやりたい。唇を噛んで、必死に耐える。

「タツオ、抑えろ」

ジョージが肩に手を置いてくれた。涼しい声でいった。

「東園寺くん、タツオは今日の午後、命をかけて君と闘う。君とは幼馴染みだというじゃないか。その相手に重要な問題をなにも知らせないまま闘わせるのは不公平だろう。『呑龍』をもつ君のほうが、試合だってずっと有利なはずだ。欧米では敗者になにもやるなが一般的でも、わが日乃元は敵に塩を送る高雅な慣習がある。これから敗れ去るかもしれない者に、その理由の一端でも教授するのが、美徳というものではないか」

カザンは褒《ほ》め殺しに弱かった。こいつは幼いころからコンプレックスが強く、プライドの問題を抱えている。ジョージの作戦はこの相手には効果的なのだ。それこそ電光のようなコンビネーションよりも危険かもしれない。タツオは憎い敵でも平然ともちあげる同年の友人に舌を巻いた。

「おまえは優秀だ。やはり、この試合が済んだら、菱川は東園寺にこい。おれがおまえを進駐軍将官にしてやる。東園寺の右腕になれ」

「今日の午後すべてが済んだら考えてみる」

ジョージは深くうなずいて、静かに正面からカザンを見つめた。自分より先に準決勝でカザンと当たるのだが、恐れは微塵《みじん》も感じさせなかった。

カザンは感心していう。

「冬獅郎との試合を見て、おれが怖くないのか。おまえもいいかれたやつだな。まあ、いい、その度胸に免じて、ひとつだけ教えてやる。S計画のSは須佐之男《すさのお》だ。あとは自分で調べてみろ」

スサノオ……「須佐之男計画」。進駐軍のなかにそんな秘密作戦があったのか。今この瞬間まで、タツオはそんな言葉さえ聞いた覚えがなかった。

「忘れていた。タツオ、おれはおまえにさよならをいいにきたんだ。ある意味残念だが、おまえをおれの未来から完全に排除しなければならない。五体満足なおまえと会うのは、これが最後だろう。おれはおまえを進駐官として働けない身体にしなければならない。命まではとらないがな。おれだって鬼じゃない。サイコのやつがおまえに気があることもわかっている。妹の思い人の身体を破壊するのは、さして気が進まない。だが、おれの肩には日乃元の国体の未来がかかっている。先に謝っておく。済まないな、タツオ。おまえはどこか田舎《いなか》に引っこんで、おれを恨みながら一生を送ってくれ。おれはおれで救国の英雄として、進駐軍を背負っていくつもりだ。まあ、盆暮れにはなにかつけ届けくらいはしてやる。そのうち自分の運命の残酷さに気づくこともあるだろう。そのときにはおれはおまえには手の届かない高みに君臨しているだろうが。さらばだ、逆島断雄」

白い羽織袴の東園寺崋山がきびすを返して、イチョウ並木に消えてしまった。まるで狂言の舞台のようだ。目のまえにいた役者がふと消えて、空虚な舞台だけが残る。そこには朝の日を浴びて生きいきとした緑の木々だけが、風に枝先をそよがせている。ジョージがぽつりといった。

「須佐之男……日乃元の建国神話の英雄だな。巨大な悪の化身、頭が八つある八岐大蛇《やまたのおろち》を退治し、草薙剣《くさなぎのつるぎ》という究極の武器を手にいれた。進駐軍の上層部は、いったいなにを計画しているんだ。タツオ、宿舎に戻ろう。昼までにできる限り、『須佐之男計画』を洗うんだ。どんな情報でもいい。なにも知らないままカザンと闘うのは危険だ」

ジョージが散歩を切りあげて、宿舎に帰っていく。タツオは厳しい背中を見ながら考えていた。救国の英雄、日乃元の国体の未来を担う、この戦争の勝敗を左右する。カザンが洒落《しゃれ》や冗談でそんなことを口にしていないのははっきりとわかった。あいつはいつだって大真面目だ。

タツオは秋の風を受けて、震えが止まらなかった。風が冷たいのではない。なにか巨大な陰謀が進駐官養成高校で渦を巻いてる。その尻尾《しっぽ》がようやくおぼろげながら見えてきたのだ。

八つの首がある大蛇。それを退治すれば、なにかがわかるのだろうか。タツオは朝の澄んだ空気を深く吸いこむと、ジョージのあとを追った。カザンと対決する夕方までに、「須佐之男計画」の秘密を暴《あば》けるだろうか。静かな闘志をうちに秘めたまま、タツオはいつものグラウンドを足早に歩いていった。

107

「どうだい？　ジョージ」

自分たちの部屋に戻ったふたりは、すぐにパソコンに飛びついた。「須佐之男」で検索をかけると、一〇〇万を超えるサイトがヒットする。さすがに建国の英雄だ。だが、つぎつぎと画面を切り替えても、軍と関係するものはなかった。ジョージが神速でキーボードを叩く。

「じゃあ、これで……」

検索ワードは、「須佐乃男計画　アンド　進駐軍」である。ウインドウをクリックして検索を実行する。今度は一件もヒットしなかった。

「どういうことだ！」

一〇〇万件のつぎにゼロ。タツオがつぶやくと、ジョージが納得したようにいった。

「進駐軍の上層部が極秘で進めている軍事計画なら、外には漏れていないのかもしれない。今、日乃元は戦時体制にあるから、『須佐乃男計画』自体が検索禁止ワードに指定されている可能性もある。軍はいちいちこのワードをバンしたなんて発表はしてくれないからね」

ようやく巨大な陰謀の尻尾がつかめそうなのに、ヒントをひとつ与えられただけで手を出すこともできない。タツオは胸がむかむかした。もう時間がないのに、自分はなにをしているのだろうか。

「そうか、キーワードだけではどうにもならないのか」

そのときドアが開く音がして、クニとテルが顔を覗かせた。お調子者のクニがいう。

「おー、いたいた。朝早くから、どこにいってたんだよ。せっかくの文化祭なんだから、楽しまなきゃもったいないだろ。三年女子のナイチンゲールカフェか、二年女子の巫女カフェか、一年女子のワルキューレカフェにでもいかないか。どこも行列ができてるから、早くしないと午後の試合に間にあわなくなるぞ」

ワルキューレは北欧神話の闘いの女神だった。戦死した兵士を天国に連れ去っていくという。縁起の悪い話だ。テルの表情は真剣だった。

「サイコが白いローブ姿で、ウルルクコーヒーを給仕してくれるらしい。タツオ、おまえ、カザンとの試合の前にサイコになにかひと言声をかけてやらなくていいのか」

あの東園寺崋山でさえ、じかに別れを告げにきている。カザンのいう通り自分が病院送りになり養成高校を中退しなければならないのなら、サイコと話す機会は今日の午前中で最後かもしれない。

改めてカザンの宣戦布告を思いだすと、タツオは胸の底が凍《い》てついた。カザンは自分を半身不随《ふずい》にし、進駐官としての未来を断つとはっきりいった。敵の動きを完全に封じる「呑龍」があれば、外科手術でもするように容易に実行可能かもしれない。頸椎か腰椎を破壊する一撃で、カザンの目的は完遂されるだろう。一生車椅子かベッドに横たわる生活になるのだ。そう考えるとタツオはなにか叫びたくなった。心底の恐怖と訳のわからない運命に対する憤りが抑えられない。

　ジョージが冷静に対応した。

「今はそれどころじゃない。昼までに調べなければならない問題があるんだ。ひどく重要なね。日乃元の命運を左右するかもしれない」

　クニが顔の前で手を振った。

「コスプレした女子より重要な問題なんて、ないない。せっかくの文化祭だろ。どの先生の宿題かしらないが、こういうときは勉強なんて止めて、せいぜい楽しまなきゃ、青春の無駄づかいだぞ。先にいって列に並んでるから、あとでワルキューレカフェにこいよ。待ってるからな」

　前髪を撫でつけると、クニがいってしまった。苦笑してテルがいう。

「まあ、半分はあいつのいうことが正しい。今日の午後病院送りになるのなら、今のうちに女子と話でもしておいたほうがいい。誰かひとりくらい見舞いにきてくれるかもしれない。じゃあ、おれも先にいってる」

　ジョージがいった。

「ああ、ありがとう」

　ドアが閉まるとジョージがタツオの顔を覗きこんできた。

「ふたりはああいってるけど、どうする？　『須佐乃男』は諦めて、サイコと話をしにいくかい」

「ちょっと待ってくれ」

　タツオの頭のなかでなにかが引っかかっていた。とても大切だけれど、どこか奥深くに隠してしまって、最近はほとんど忘れていたもの。進駐軍の極秘情報、そこにアクセスする方法を自分たちはもっていたはずだ。

　あれは確か……。

　タツオは気がつくと立ちあがり叫んでいた。

「アクセスカードだ」

　そのまま造りつけの書棚に飛んでいった。三段目の棚板の裏側にカードは張りつけてある。エリート中のエリートの作戦部の二〇〇名と将官クラスにだけ与えられる無色透明のカードは、軍の最重要機密にアクセスできる精巧な鍵だった。ジョージがうなずく。

「アクセスカードなら、禁止情報にも近づけるかもしれない。でも、この部屋からじゃダメだ。暁島会に頼めば、使い捨ての無登録のパソコンが手に入るけど、さすがに今日の午前中では無理だ」

タツオは透明なカードをもって立ちあがった。

「少々危険を冒《おか》しても、カザンと対決する前に『須佐乃男計画』について知っておきたい。なぜ、ぼくたちがたびたび襲撃されたりしたのか、なぜ養成高校がすべての事件をうやむやにもみ消しているのか、理由がわかるかもしれない」

ジョージも立ちあがっていた。

「わかった。どこにいく?」

「自習室だ」

自習室には一五〇台を超える備えつけのパソコンがある。各部屋には監視カメラの類《たぐい》はついていないはずだ。タツオとジョージは足早に廊下を自習室に向かった。

108

文化祭の当日、ほぼ自習室は空っぽだった。学校の行事に馴染めない勉強一筋の生徒が何人か個室を埋めているだけだ。

タツオとジョージはすぐ逃げだせるように出入口に一番近い空きブースを選んだ。タツオがパソコンの前に座り、ジョージが肩越しにディスプレイを覗きこんでいる。

「いくぞ」

カードリーダーにアクセスカードを挿入した。青い光が漏れだして、タツオは熱のない光にてのひらをかざした。ジョージがいう。

「急いでくれ、時間の問題だ」

前回ネットカフェでこのカードをつかったとき

には、安物のパソコンが熱暴走を起こし焼き切れてしまった。さすがに養成高校ではハイスペックのパソコンを装備しているが、いつまでもつかはわからなかった。

『逆島断雄　認証　確認』

青く揺れるディスプレイに個人認証終了のメッセージが浮かぶ。タツオはウインドウに「須佐乃男計画」と打ちこんだ。焦っているので簡単な入力を二回も間違ってしまった。ジョージがデスクの下に置いてある本体に手を触れてちいさく叫んだ。

「ひどく熱をもってる。もう手をあてていられないくらいだ」

タツオは入力を確認して、エンターキーを叩きつけた。これで無理なら自分たちには軍の計画に近づく方法はない。一瞬後、ディスプレイに文字列が浮きあがった。

三重特秘　「須佐乃男計画」

三重特秘は進駐軍の最高ランクの機密情報だった。タツオはディスプレイの隅に浮かんだページ数を見て、驚きの声を漏らした。

「どうする、ジョージ、この計画は全部で二〇〇〇ページ以上もある。おまけにコピーが禁止されている。もちだせないよ。読むなら、ここで読むしかない」

ジョージは冷静なようだが、さすがに声が焦っていた。

「だいじょうぶ。将軍たちは皆暇じゃない。最初に計画の主旨を二、三ページでまとめたレジュメがあるはずだ。呼びだしてくれ。ぼくが携帯で撮影する」

情報端末でディスプレイを一枚ずつ撮影するのか。このネット社会で恐ろしく原始的な方法だった。ジョージの予想に反して、ごく簡単な冒頭のレジュメさえ七枚もある。

「急いでくれ」

いつ進駐軍情報保全部がこの場にやってくるかわからなかった。前回ネットカフェではこのカードを使用しただけで、周辺に厳しい包囲網が敷かれている。次々と画面を呼びだしていく。最後の一ページを撮影すると、ジョージがいった。

「気がついたか」

タツオも撮影中に何行かの文字列を読んでいる。カードリーダーからアクセスカードを抜きながらこたえた。

「ああ、日乃元本土防衛のための極秘決戦兵器とあった。ほぼ完全な無人化を果たした陸海空三軍合体の究極のロボット機甲師団。それが、『須佐乃男』か」

ジョージが情報端末の映像を確認していった。

「もういこう。だけど須佐乃男というより八つの頭をもつという怪物、八岐大蛇のほうが近いかもしれないな」

タツオは返事をしなかった。アクセスカードを胸ポケットにさして、個室のドアを開ける。周囲に誰もいないのを目視し、そっとドアの隙間から外に滑りだした。極秘情報の解析はあとだ。午後にはカザンとの対決も迫っている。校庭のどこかから祝砲のあがる音が聞こえた。今日は進駐軍の三重特秘を暴くにも、幼馴染みに半身不随にされるにもいい日だった。

文化祭の一日目は日乃元晴れの素晴らしい天気である。

109

ジョージが情報端末で撮影した画像をタブレットに転送した。ふたりは再び寮の自室に戻っている。機密文書の冒頭部を拡大して、ふたりは顔を寄せて画面を覗きこんだ。ジョージが囁くように読み始めた。

「氾帝国とエウロペ連合の連合軍が南アジアを逐《ちく》

次《じ》侵略しながら、わが日乃元本土に迫っている。目標は日乃元占領だ。アメリア民主国との最終決戦に備えて、同盟を結ぶ日乃元を先に叩く作戦である。侵攻軍の兵力は地上兵力一二〇万人、戦闘艦四五隻、航空機三五〇機の巨大戦力である……ふう、なんてこった」

タツオの背筋を冷たい震えが走る。

「日乃元占領、わが国はそこまで追いこまれていたのか」

進駐軍作戦部と日乃元のマスコミは、氾とエウロペの連合軍との戦闘で連戦連勝を伝えている。毎月のように戦勝祝賀行事が開かれているのに、実際は敵の手が本土に届くほど追いこまれていたのだ。ジョージが低く口笛を吹いた。

「アメリアから最新式のミサイル防衛システムを供与されていなければ、首都東京でさえ空襲を恐れなければならなかったんだな」

極限まで発達したレーダー網と対ミサイル対航空機ミサイルシステムのため、制空権を握ることは、現代では容易でなかった。戦闘の主戦場は昔ながらの地上、海上に回帰している。タツオは絶望的な気分でつぶやいた。

「連合の兵力は一二〇万人か……」

予備役をすべて招集しても、日乃元の進駐軍は一五〇万に達しないだろう。しかも敵の戦力はこの一度きりの日乃元占領作戦に割くごく一部でしかない。なんといっても一〇億の巨大人口を抱える氾帝国の存在がおおきかった。ジョージがいった。

「エウロペの最新兵器とデジタル戦闘情報システムと無尽蔵な氾のマンパワーの組みあわせか。やつらが手を組んだ理由がわかったよ」

タツオはタブレットの端末をスクロールした。二枚目の文書には中央に大文字で、「須佐乃男計画」とある。

「陸海空統合の無人ロボット機甲師団というのはわかってるけど、これはどういう意味だろう」

「須佐乃男計画」の下に意味不明の不等式が描か

れていた。

　一二〇万人＜六人

「どういうことだろう？　たった六人で一二〇万よりも強いということか。日乃元の一人で連合の二〇万人を倒せるという意味なのか」

　さすがのジョージも半信半疑だった。続きを読んでタツオは息を呑んだ。

「無人航空機、無人高速艇、無人潜水艦、無人自走砲台、無人ミサイルシステム、総数は計一三〇〇台。『須佐乃男』はすべての戦力がひとつの生命をもった巨人のように連動し、敵の巨大戦力を壊滅させる究極の決戦兵器である、か」

　ジョージが押し殺した声でいった。

「無茶だ。たった六人でそんな大戦力を動かせるはずがない。ほぼひとつの国の全戦力に匹敵するんだぞ」

　つぎのページへスクロールした。陸海空三軍の統合戦略展開図が、簡潔なアルゴリズムで描かれている。やはり「須佐乃男」の操縦者は六名である。うち一人が指揮官で、残る五名がそれぞれ担当の二五〇〇を超える無人戦闘ロボットを指揮する。「須佐乃男」の操縦者の上には、ただ進駐軍作戦部があるだけだった。

　そのときタツオの情報端末が鳴った。着信はクニからだ。

「なにやってんだよ。もうすぐおれたちの番がくるぞ。サイコにあとでタツオもくるからっていったからな。さっさとケツを上げて、こっちにこい。サイコの白いロングガウンきれいだぞ」

「わかった。すぐいく」

　タツオはそれだけ返事をするので精一杯だった。あまりに情報が多過ぎて、頭がオーバーヒートしそうだ。

　つぎつぎと画面をスクロールしていたジョージが叫んだ。

「あったぞ、『須佐乃男』操縦者の適正。一、一〇代なかばであること。二、操縦装置との高い適合性があること。三、強靭《きょうじん》繊細な知覚能力を有すること。四、頭脳優秀、肉体強健であること。以上、各種適性の試験結果により、六名の須佐乃男候補を東島進駐官養成高校一年次より選出する。正候補者名は以下の通り」

そこに挙げられている名前を見た瞬間、タツオは驚愕した。

東園寺崋山
東園寺彩子
五王龍起
逆島断雄
菱川浄児
五十嵐高紀
幸野丸美
浦上幸彦
谷　照貞
横沢冬獅郎

「いったいなんなんだ、これ！」

タツオはそう口のなかでつぶやくのがやっとだった。「須佐之男」の操縦者は全部で六名、その候補が一〇人挙げられているが、そのうち五十嵐と浦上の二名がすでに亡くなっている。ボクシング部の横沢も、カザンによって病院送りにされている。そして、なにより驚いたのは……。

先に口を開いたのはジョージだった。

「タツオもぼくも、『須佐乃男』の正候補者だったんだな。知っていたか」

タツオはゆっくりと首を横に振るだけだ。ジョージが画面をスクロールさせた。次のページには準候補者二〇人の氏名がずらりと並んでいた。どれも進駐官養成高校の一年生ばかりだった。そこにはサイコの班の歌川亜紀や曾我清子、カザンの班の元軍人、佐竹宗八、そしてタツオの班の残るひとり、鳥居国芳の名まである。

「どういうことだ。ぼくらの周りは『須佐乃男』

の候補者だらけだ」

タツオがちいさく叫ぶと、ジョージがいった。

「きっとぼくたちが勘違いしていたんだ。自分たちは進駐官養成高校に入学し、将来立派な士官となると信じていた。お国のために進駐官になり、家族や友人を守るために命をかけて闘うと。でも、ぼくたちがいるこの学年の本当の使命は、進駐官になることではなかった。決戦兵器『須佐乃男』の操縦者を育成するためだったんだ」

後頭部をいきなり殴られたような衝撃だった。だからたかが夏の運動会の決勝に、あれほど多数の進駐軍上層部や作戦部の高官が顔を揃えていたのだろう。この学年は最初から特別だったのだ。今回の三組のトーナメントがこれほどの盛り上がりを見せているのは、きっと「須佐乃男」に乗る人間が絞りこまれるからだ。

タツオはなかばあきれていった。

「だけどさ、それならなぜ二年生や三年生は候補者に入っていないんだ。上にも優秀な生徒はいくらでもいるだろう」

全国の成績優秀者、勉学だけでなくスポーツや武道も両立させた超エリートが集う養成高校である。先輩のなかにも適任者がすくなからず存在するはずだった。

「わからない。なにか年齢制限でもあるのかもしれないし、成長段階の一時期しか『須佐乃男』の操縦には適合しないのかもしれない。わかっているのは、今日の午後三組のトーナメントで候補者一〇名のうち四名が真剣勝負でぶつかることだ」

タツオは悲鳴をあげそうだった。

「そんなのおかしいだろ。厳しい条件をクリアした生徒を、お互いに潰しあいさせるなんて頭がいかれてる。進駐軍の上はいったいなにを考えてるんだ。めちゃくちゃだ」

吐き捨てるようにジョージがいう。

「それが軍だよ。軍事的な目標のためには、どんな手段も正当化する。氾帝国に蠱毒《こどく》という呪術《じゅじゅつ》がある。地中に埋めた壺のなかに一〇〇匹の毒虫をいれ、互いに殺しあいをさせる。最後の一匹が残れば、さらに新たな一〇〇匹を加える。それを何度も繰り返して、最後に残った最凶無比の一匹の毒で憎き敵を倒すんだ」

タツオは無言でジョージの顔を見つめた。ジョージは青い顔でうなずく。

「そうだよ。ぼくもタツオも地中の真っ暗な壺のなかに放りこまれた毒虫なんだ。準候補者を加えれば三〇人もの『須佐乃男』候補がいる。上のやつらにしたら、最強の主操縦者一名とそれを補佐する副操縦者五名が残れば、あとはどうなってもかまわないのだろう。なんにせよ、日乃元本土を防衛する究極の決戦兵器なんだから」

いつの間にか七枚あった機密文書のレジュメは最後のページになっていた。そこには日乃元進駐軍作戦部ともうひとつの組織の名称が並列で記されていた。どちらが上でも下でもなく、同じ一行の左右である。並ぶ者なき権勢と圧倒的な武力を誇る進駐軍についで記載されているのは、五王重工須佐乃男開発局という名称だった。五王は日乃元最大の軍需企業で、一社でこの国の全資産の三分の一を占有する巨大財閥である。ジョージは皮肉に唇をゆがめ、早口でいった。

「進駐軍作戦部も五王重工も気もちはきっと同じなんだな。東園寺崋山か五王龍起を『須佐乃男』の主操縦者にしたいのだろう。そのためなら、どんな手もつかう。すべての軍功を自分たちの派閥で独占したいんだ。進駐軍をてのひらに収めるためなら、どんなことでもする覚悟なのだろう。暗殺、謀殺、襲撃に密告……」

タツオは今日と同じように朝から空砲のあがった爽快な夏の一日を回想していた。決勝戦で身を挺して自分を守り、盾となって命を散らしていった五十嵐高紀。あの小柄な少年も『須佐乃男』操縦候補者だとすれば……。

ジョージも同じことを考えていたようだ。

「五十嵐くんは本当にタツオを守るために銃撃されたんだろうか。もしかしたら『須佐乃男』への適合率がカザンよりも高かったせいかもしれない。この三重特秘事項がわかると、すべてが今までとは異なった様子に見えてくる。もう進駐軍内部の人間は誰も信用できない。この高校は謀略の渦だ」

タツオは全身を痺れさせ、人形のようにかくかくとうなずくだけだった。蠱毒を呑んでしまったようだ。情報端末が鳴った。機械的に電話をとる。クニの声は場違いに陽気だった。

「おーい、タツオ。今、サイコとマルミがおれたちの席にきてるんだ。周りをとり囲んで、生徒がみんな端末で写真とってるぞ。気がつかなかったけどさ……」

そこでクニが急に送話口を手で押さえたようだ。声がくぐもる。

「マルミはすごい巨乳なんだよ。とんでもない巨大戦力を隠してたんだな、あの子。早くこいよ。胸はたいしたことないけど、美人のサイコも待ってるぞ」

「……ああ」

タツオはひと言絞りだして通話を切った。これからワルキューレカフェにいき、「須佐乃男」操縦者の正候補になんと挨拶をするべきなのだろうか。

タツオは電話を切ると、軽い吐き気とめまいのなか立ちあがった。

110

一年一組を改装したワルキューレカフェの入口には長い行列ができていた。なかには私服でなく進駐軍の白い礼服を着て、胸に制帽を抱えた上級生までいる。ジョージが口笛を吹いていった。

「すごい人気だな。みんなのお目当てはミス養成高校の東園寺彩子か。無理はないな。あれだけの美人で、東園寺家の直系だ」

タツオも低い声で返した。

「ああ、うまく結婚できたら将官将軍の地位も約束されたようなものだ。それに例の計画の正候補でもある」

タツオは引き戸の入口をふさぐように立つ、巨大な背中に声をかけた。

「すみません。順番がきているので、通してもらえませんか」

制服の肩についた肩章に三本の線が走っていた。最上級生が振り向くとすごんだ。

「なんだ、貴様！　割りこみか。どこの一年坊主だ……」

タツオよりも二〇センチ近く背の高い先輩だった。ブドウパンに埋めこんだレーズンのようなつぶらな瞳で、タツオをにらみつける。

「おまえは……逆島断雄」

巨漢の上級生と目があってタツオも思いだしていた。この人は後藤耕二郎との予選で応援にきていた相撲部の主将だ。巨漢が見えない壁にでも押されるように一歩引いて、道を譲ってくれた。

ジョージが軽く頭を下げた。

「すみません、先輩。友人が先に並んでいて、順番をとっていてくれたんです。失礼します」

入口を通り抜けざま、タツオの制服の袖を引いた。

「さっさといくんだ。タツオもなかなかだな。あんな先輩まで引き下がらせるなんて」

教室には四つの机を集めたテーブルが並んでいた。壁際にはオーディオのセットが置かれ、スピーカーからはワーグナーの「ワルキューレ」が低く流れている。

「タツオくん、遅いよ。すごく混雑してるからテーブルのお客さまは二〇分で入れ替えなのに」

跳ねるようにやってきたのは白い半透明のガウンを着て、頭に白いローレルの冠をかぶった幸野丸美だった。クニのいう通り巨大戦力の胸が歩くたびに上下に揺れている。このおっとりとした少女も「須佐乃男」の正操縦者候補なのだ。ここだけでも五名の候補者が集合している。

タツオとサイコとカザンの周囲に正候補者を揃

えた作戦部の意図がそのときわかった。操縦者と副操縦者の息がぴたりとあわなければ、「須佐乃男」の操縦はうまくいかないのだろう。

「さあ、座って」

タツオとジョージは幸野丸美にうながされ、テルとクニが先に待っているテーブルについた。胸に銀の盆を抱えたサイコが頬を赤くしていった。

そういえば、サイコと口を利くのは予選会のあと以来だ。あのとき自分は東園寺家のお嬢さまとキスをしている。触れるだけの軽いものだが、サイコにとってもタツオにとっても正式なファーストキスといっていいだろう。清き男女交際を標榜する軍国日乃元ではその意味は決して軽いものではない。クニがふざけていう。

「今さ、サイコとマルミの胸について排水量を比較していたんだ。マルミが大和型戦艦とするとサイコは阿賀野《あがの》型巡洋艦クラスかなって」

サイコの目が吊り上がった。ステンレスのトレイをまっすぐに振りかざし、クニの頭の天辺に叩きつける。澄んだいい音がした。周囲の生徒がみなこちらのテーブルを見つめている。

進駐官養成高校は軍の学校である。型式をいうだけで、誰でも戦艦の排水量は記憶している。大和型といえば六万四〇〇〇トン、阿賀野型はほぼ一〇分の一の六六五二トンだ。サイコが怒るのも無理はなかった。まわりの目をいっさい気にせず、サイコがにっこりと微笑んでいった。

「ジョージとタツオはなんにする？　ここの名物はうーんと濃厚なウルルクコーヒーよ」

タツオは前回とはまったく雰囲気が違うサイコに気おされて返事をした。

「……じゃあ、そのコーヒーをひとつ」

ジョージがにこりと笑う。明るい茶髪をかきあげると、隣りのテーブルの女子から歓声があがった。養成高校ナンバー1の美少女は東園寺彩子、美男子は菱川浄児と文化祭直前の人気投票で確定している。残念ながらタツオは上位二〇名にも入っていなかった。

「ぼくも香り高いウルルクコーヒーを」

さすがねえ、隣りの女子がうっとりと漏らした。クニが頭を押さえながら、ドスの利いた声でいった。

「うるせえ、おれたちは見世物じゃないんだ。あっち向いてろ」

クニの名も発表された上位二〇傑には入選していない。注文をとったサイコとマルミがいってしまうと、テルがぼそりといった。暁島会から送りこまれたこの男も操縦者候補のひとりである。

「タツオ、ジョージ、おまえたちは対カザン作戦をなにか立てたのか」

ジョージが明るい声でいった。この少年はいつでも上機嫌に見える。

「ああ、ぼくのほうはひとつだけある。タツオは？」

一週間はあまりに短かった。タツオはあの対流する虹色の球体のなかに入る改良型「止水」しか訓練していない。あれは秘伝の進化系なのか、カザンの「呑龍」に効果があるのかは未知のままだった。ゆっくりと首を横に振る。

「作戦なんてない。自分にできることをやるだけだ」

テルがしばらくじっと目を覗きこんできた。破顔していった。

「いい表情だ。優柔不断のタツオも決心が固まったようだな」

普通の少年の倍ほど広い肩幅をしたテルが、窓の外に目をやった。秋晴れの空は高々と澄み、筆で描いたようなかすれた雲を柔らかに浮かべている。

「今日は命のやりとりをするにはいい日だ。おれが最初にカザンと当たらせてもらう。逆島家および暁島会の宿敵だ。及ばずながら一矢報いるつもりだ」

テーブル越しに手をさしだしてきた。ジョージが握り、続いてタツオも分厚い手を握り返した。

「もしこの学校を辞めなければならないくらいの

重傷を負ったら、おれの敵討ちはおまえたちに任せた。きっと恨みを晴らしてくれ」

明るく笑って、そういった。タツオはそのとき気づいた。テルは万が一にも勝ち目はないとわかっているのだ。東園寺家の秘伝はそれほど恐ろしい技である。それでも暁島会と自分の誇りをかけて、あと二時間もすればカザンとの死闘に向かわなければならない。タツオはなにもいえずにただうなずくだけだった。

「ウルルクコーヒー、お待たせしました」

頭上からコーヒーカップがおりてくる。サイコの手首の裏側の青いほど白い肌が目の前を通った。サイコが耳元で囁いた。

「あとで屋上の踊り場にきて」

タツオは視線だけで返事をすると、香り高いコーヒーをひと口すすった。ウルルクで戦死した父は亡くなる前にこんなコーヒーを飲んだのだろうか。タツオは胸のなかだけでそう考えた。

III

屋上では養成高校の吹奏楽部が威勢のいいマーチを奏でている。塔屋の通用口を抜けて小太鼓とホルンの音が行進のリズムで響いてきた。踊り場の正面はガラス張りで広々としたグラウンドが一望できた。校庭ではラグビーの親善試合が行われ、分厚い身体の少年たちが肉弾戦を繰り広げている。

タツオは階段の途中でこちらに背を向けて踊り場に立つサイコの姿に気づいた。白いガウンが透けて、ほっそりと引き締まった脚がつけ根近くまで見えている。しばらくタツオはステップで立ち止まり、サイコの後姿の素晴らしいバランスを目で楽しんだ。テルと同様カザンとの死闘を控えているのだ。これくらい幸福に溺れてもいいだろう。

気配に気づいたサイコがさっと振り向いた。

「さっきから、そこにいたの？」

「いや、今きたところ」

タツオはさっと一段飛ばしで屋上に続く階段を駆け上がった。開いた扉から秋の風が吹いてくる。サイコがあたりに人がいないのを確認していった。真剣な表情だ。

「昨日の夜、お兄ちゃんと話をしたの」

タツオはうなずいていった。

「ぼくとの試合のことをなにかいってた？」

タツオは敏感になっていた。幼馴染みの少女に、本戦の敵に向かって、自分に手心を加えてくれと頼まれるのはまっぴらごめんだった。美少女は淋しそうに左右に首を振る。

「ううん、そんな話はしていない。危険なのはタツオだけじゃないもの。大伯父の東園寺寄親《よりちか》さんはタツオのお父さまと闘って、再起不能に近い大怪我をしているし、わたしはお兄ちゃんのこともタツオと同じくらい心配してるよ。あまり話はあわないし性格はぜんぜん違うけど、ふたりだけの兄妹だから」

その兄と命をかけて闘うのだ。タツオは唇を嚙み締めた。これが進駐官養成高校でなく、普通の高校だったらどれほどよかっただろう。

サイコが再び周囲に人がいないのを確認した。やけに慎重になっている。低い囁き声で早口にいう。

「わたしを呼び出したのはお兄ちゃんのほうだった。東園寺家と五王重工が協力して開発した決戦兵器について、明日の試合を控え、告げておかなければならないことがある。お兄ちゃんがそういって、夜の自由時間にこいといった」

「須佐乃男計画」だ。タツオは手に汗を握り、白いガウンの闘いの女神に扮したサイコを見つめた。

「カザンは、なんていってた？」

タツオもなぜか口のなかが乾いてしかたなかっ

た。屋上から響く吹奏楽部のマーチは、最低の気分なのにひどく陽気だ。

「『須佐乃男』は東園寺家と五王重工が心血を注いでつくりあげた決戦兵器だ。なんとしても主操縦士は、東園寺から出さなければならない。五王はなりあがりの軍需成金だ。軍人としては信用ならない。ほかの派閥の人間にいいところだけさらわれる訳には絶対ならんといっていたの。タツオやジョージには絶対主役は渡せないって」

これだけの兵器の開発には何年もかかっていることだろう。計画段階からとすれば、タツオが生まれる前から発動していたのかもしれない。

「そうはいうけど、『須佐乃男』だって進駐軍の兵器だろ。日乃元の国家予算で造られたものなら、国のもので東園寺家や五王重工の私物じゃないはずだ」

タツオは正論を吐いた。サイコがちらりとタツオの目を見る。闘いの女神の扮装をしたサイコは不吉なほどきれいだった。

「そうかもしれない。誰が操縦者になるかでなく、本土を防衛して戦いに勝利することのほうがより重要なのは確か。でも、お兄ちゃんがいうには須佐乃男で氾・エウロペ連合軍に勝利すれば、操縦者は国民的な英雄になれるんだって。たった一回の勝利で軍神になり、若き将軍の地位も見えてくる。主操縦者は今後数十年にわたり進駐軍のなかで決定的な影響力を振るえるはずだ。人事や予算をも左右できる」

そうなれば一〇〇万人を超える進駐軍の人事を自由に差配し、日乃元の国家予算の三割にあたる軍事費を自由につかえるのだ。想像もできないほどの権力を手にすることになるはずだ。逆にいえば、もしここで東園寺家と五王重工が勝利を手にすれば、この連携による進駐軍支配は鉄壁のものとなる。

タツオは腕を組んで考えこんだ。五王重工の日乃元支配は現在の段階でも目に余るものがある。軍トップの人事にまで介入し、父の軍令違反により逆島家を近衛四家から降格させたのも、陰で五王が糸を引いていたという噂だ。五王の専横をこれ以上許すわけにはいかない。

サイコがうつむいていった。

「お兄ちゃんはいってた。もし、自分になにかあったら、そのときはわたしが操縦者になれって。副操縦者として、タツオとジョージをうまく使え。あのふたりがおれとおまえ以外では、最も『須佐乃男』への適合率が高く、戦略眼も優れている。やつらには才能がある。お兄ちゃんは今でもタツオのこと、誰よりも高く評価しているんだよ」

タツオは息を吸って深呼吸した。その幼馴染みと命のやりとりをするのだ。進駐軍作戦部に選ばれる最強の毒虫となるために。決戦兵器には数千億円どころか兆円単位の戦費が投入されていることだろう。いくら操縦者候補とはいえ、運の悪い者、目前の些細《ささい》な闘いを切り抜けられない弱者など、いくら切り捨てても痛くもかゆくもないのだろう。軍の組織は冷血だった。

「カザンがぼくを評価してくれるのは、ありがたいよ。だけど、それならなおのこと全力で闘わなきゃいけない。カザンはともかく五王の一族にこれ以上日乃元を好きにさせるわけにはいかない。そのためにはカザンを止めるしかないんだ。それが幼馴染みとしての礼儀だ」

サイコも進駐官養成高校の生徒で、軍人の家の娘だった。

「わかってる。タツオにもお兄ちゃんにも無事でいて欲しいけど、手を抜いて欲しい訳じゃない。正々堂々と闘って、お兄ちゃんの目を覚まさせて。わたしもこれ以上五王重工が支配する進駐軍なんて見たくない」

サイコも同じ危機感を抱いているようだった。タツオは幼馴染みをなぐさめるために、無理やり笑顔をつくった。

「今晩にはすべてが終わって、食堂で文化祭の打ち上げができたらいいな」

本心でそう願っていた。身体中に湿布と包帯を巻いて、みなで乾杯して笑うのだ。普通の高校の後夜祭のように。フォークダンスでもしながら好きな女子の順番が回ってくるのを待つ。

だが、ここは東島進駐官養成高校だった。決してそんな甘口の青春物語にはならないことは、ふたりともよく知っていた。カザンはテルとタツオを再起不能になるほど叩きのめすと公言している。あの男にはそれだけの理由と実力があるのだ。

「そうだね。そうしたら、わたしがタツオに包帯巻いてあげるね」

タツオは笑って返事をした。

「ああ、頼む。あまり痛くないようにね」

なにかを思いついたようにサイコが口を開いた。

「あっ、お兄ちゃんがもうひと言いっていた。『須佐乃男』にも進化型があるらしいよ。今、五王重工のなんていったっけ？　『須佐乃男』を造ってるところ」

タツオは三重特秘の文書を思いだしていた。

「五王重工須佐乃男開発局か」

「そう、それそれ。そこと進駐軍で『須佐乃男』の第二弾を開発中なんだって。進化型の『須佐乃男』は本土防衛兵器でなく、遠く離れた敵国を徹底侵略する攻撃用兵器になる。『須佐乃男』は進化して、すべての戦争の歴史に終止符を打つ。操縦者は敵国には永遠に呪われ、日乃元では生きながら軍神となる。どちらにしても世界の戦史に巨大な名声を刻むことになるだろう」

タツオの背筋に寒気が走った。たった六人の若き操縦者で運用する決戦兵器、「須佐乃男」。進駐軍作戦部の戦力評価が厳格なことは世界中で有名だ。そうなると「須佐乃男」は一二〇万人の陸海空三軍を統合した連合の占領軍をしのぐ巨大戦力であるはずだ。

そのロボット兵器が氾帝国の平原やエウロペ連合都市を平定していく姿を想像した。地平線を埋め尽くすのは無人の機甲師団だ。恐ろしい数の死者の流す血が見えるような気がした。遺体はどれもまともな形をとどめることはないだろう。ロボットが一般市民と軍人を厳格に選別するとは思えなかった。成人男女と子どもや老人を区別するとは想像できなかった。防衛兵器なら敵は攻め寄せる連合軍だけだ。だが、戦場が敵国の領土に及べば話は違う。「須佐乃男」は市民ごと敵を消し去る民族粛清《しゅくせい》兵器に転用される可能性がある。

タツオは歯ぎしりしながら唇の端から漏らした。

「……攻撃型『須佐乃男』」

日乃元がそれほどの決戦兵器を生みだせば、氾帝国もエウロペ連合もアメリア民主国も北のシベリア連邦も、似たようなロボット兵器の開発に血道をあげるだろう。あまりに巨大な威力をもつ兵器は、かろうじて誘惑に耐えている列強の核戦争への引金を絞る結果を生みかねない。

タツオはまだ一五歳の進駐官養成高校一年生だった。世界が破滅の縁に立つとき、いったい自分になにができるというのだろうか。大人たちには最優秀な毒虫の一匹として扱われているに過ぎない。落ちぶれた名家の次男坊として、どう進駐軍を正し、日乃元の未来を救えばいいのか。

タツオが屋上に通じる踊り場で呆然としていると、白い布が目の前に迫ってきた。サイコが突然抱きついてきたのだ。反射的にサイコの引き締まった背中を抱いた。タツオの胸に柔らかな東園寺家の娘の乳房が当たる。

「タツオにも、お兄ちゃんにも、死んで欲しくない。タツオ、生きて」

タツオは思い切りサイコの身体を抱き締めたかった。ここで幼馴染みを抱ければ、どれだけいいだろうか。それが可能なら、今日の午後たとえ死んだとしても悔いは残らないかもしれない。

けれど、タツオは必死にこらえた。闘いの白いガウンを着た少女を抱き締める代わりに、細い肩をぽんぽんと叩《たた》く。

「ぼくは死なない。『須佐乃男』の行く末をこの目で見るまでは、死ぬことはできない。夜になったら、また会おう」

タツオはサイコからちぎれるように身体を離し、階段を下りていった。いよいよ命がけの決戦とそれを見守る大観衆が待つ大講堂に向かう時間だった。

113

入学式と卒業式、それに建国記念式典と戦勝報告会に使用される大講堂は、進駐官養成高校では最も巨大な施設だった。中央にある円形のアリーナをぐるりととり囲んで二七〇〇人分の座席が階段状にそびえ立っている。

講堂のなかは一〇〇万の蟬でも放したようにわんわんとした唸りに満ちていた。奇妙な興奮が空気を震わせ、場内の空気はぴりぴりしてかすかに帯電しているようだ。

本選に出場する三組の生徒一六名は通路に整列していた。思いおもいの服装をしている。タツオは宿敵のほうにちらりと目をやった。カザンは白の羽織袴に白足袋《しろたび》だった。踊りの稽古でもするような格好だ。準決勝で当たる佐竹宗八は戦場に出ていた頃のジャングル迷彩の戦闘服だった。上半身はタンクトップで、足元は裸足だ。タツオ自身は養成高校のカーキ色のジャージの上下である。

「毒虫の残酷ショーの始まりだ。せいぜいひと泡吹かせてやろう」

ジョージは見たことのない氾帝国風のスタンドカラーのジャケットを着ている。朱色の地を金のモールが縁どっている。

「タツオ、水いらないか。ジョージの服、氾の曲技団みたいだな。玉乗りとかできそう」

本選には出場しないクニがマネージャー兼セコンド役だった。薄めたスポーツドリンクをいれたボトルを三本抱えている。テルが真剣な顔でいう。

「おれにひとつくれ」

ごくごくと半分ほど飲み干してしまう。テルは開始早々の初戦が対カザン戦だった。ウォーミングアップを入念に行っていたのだろう。柔道着の胸元を滝のような汗が流れていく。大講堂からサイレンの音が勇ましく流れてくる。

「おまえたち、時間だ、いくぞ」

先頭は東園寺華山だった。八名ずつ二列になって、一年三組の精鋭が入場を開始する。まぶしい照明が目を射る。ジョージが呟いた。

「超満員だな。ほら、むこう」

細い顎で示した先には、貴賓席があった。作戦部のトップと将官クラスの幹部がずらりと顔を揃えている。カイゼルひげで有名なカザンの父の東園寺貞伴大将の姿も見える。隣には純白の養成高校礼服をぴたりと着こなしたサイコもいる。サイコはタツオの視線に気づくと、ほんのすこしうなずいて見せた。「須佐乃男計画」を知らないテルがいう。

「驚いたな。お偉いさんはどれだけ暇なんだ。これはいつは三組の文化祭の余興だぞ」

ジョージが無言のまま視線を送ってくる。タツオは心のなかで思っていた。進駐軍と日乃元の未来を左右する「須佐乃男」の操縦者の本物の力量を確かめるチャンスなのだ。幹部が我先に貴賓席に詰めかけるのは当たり前だった。誰だって若き最強の毒虫をその目で確認したいではないか。

横につき従っていたクニが観客席に陽気に手を振りながら叫んだ。

「たった四回勝てば優勝だ。ジョージやタツオなら、十分チャンピオンも狙えるぞ」

タツオは巨大なLED掲示板を見あげた。試合は全一五戦。確かに四回の勝利で頂点に立てる。カザンは一番左端で、タツオは右端だった。決勝までは対戦予定はない。タツオのブロックの三名は実力的に見劣りする相手だった。本当の闘いは準決勝の佐竹宗八戦からだろう。

四角い畳敷きの試合場を囲んで出場選手が座り

こんだ。観客席から女子生徒の嬌声《きょうせい》がとぶ。一番人気はジョージで、二番人気はカザンのようだ。タツオを声援する声はほとんどなかった。

「一回戦第一試合、東園寺崋山と谷照貞、前へ」

壁の大時計を見あげた。午後一時半、いよいよ本選が始まった。

青い畳の海の上で、カザンとテルが向きあっていた。距離は四メートルほど。白装束のカザンに対するのは、ぼろぼろに擦り切れた柔道着のテルだ。背は頭半分ほどテルのほうが低いが、肩幅は逆にテルが倍近く広かった。テルの怪力は有名だ。リンゴを握り潰し、引きつけた奥襟は絶対離さない。

「双方礼、試合開始」

五分間一本勝負が始まった。時間内に優劣がつかない場合はさらに五分間の延長である。審判の少年のかけ声が終わらぬうちに、カザンが瞬きを開始した。右手で腰を打ち、つま先で拍子をとる。左右にゆらゆらと身体も揺らしている。東園寺家の秘伝の「呑龍」だった。人体の生命リズムを破壊する強制催眠の技だった。これをくらえば数秒とたたずに、全身が硬直し、体内時計を停止寸前まで遅くされてしまう。クニが悲鳴のように叫んだ。

「がんばれ、テル。カザンの目を見るなよ」

目は閉じることができても、耳を完全にふさぐことも、床から伝わるつま先からの振動をさえぎることもできなかった。人の五感を総動員して幻惑する秘技である。

だが、つぎの瞬間、意外なことが起こった。技にかかるまえにテルは後方に受け身をとりながら、大の字に倒れこんだのである。そのままひざを引きつけて、腹を守ったおかしな姿勢で硬直してしまう。両手で頭を守り、てのひらを外側にむけている。おおきな胎児のような格好で、手だけ外に伸ばしているのだ。

タツオは思わずつぶやいた。

「なんだ、あれ？」

ジョージが低い声でいう。

「アルマジロみたいなものじゃないか。床に着いた身体の後ろ側は鉄壁で守れる。足をたたんで内臓も守れる。頭はたたんだ両肘で守れる」

クニがジョージにかみつくようにいった。

「だけど、守ってるだけじゃ勝てないだろ。どうやって、あんな体勢から攻撃するんだよ。結局好きなように動けるカザンにぼこぼこにされておしまいだ」

ジョージが涼しい声でいう。

「テルだってなにも考えていない訳じゃない。ちゃんと見ておけ」

十数秒が経過した。カザンはまだ完全に「呑龍」を解いていないが足の拍子は止め、瞬きとおかしな呪文と腰を打つ手だけの動作になっている。じりじりとそのまま畳の上で丸くなるテルに近づいていった。右の爪先を伸ばし軽くジャブのようなローキックを、テルの脇腹に打ちこんだ。暁島会のボディガードはスローな時間に捕らわれてしまったのだろうか。テルは防御をしなかった。いや、できなかったのかもしれない。不規則なリズムで自分の腰を打ちながら、カザンが勝ち誇っていう。

「さあ、このでっかい赤ん坊をどう料理するかな」

カザンが横になったテルの周りをゆっくりと回転し始めた。

「シッ!」

鋭く息を吐きながら、蹴りをいれていく。太もも、肩、尻、相手にダメージを与えるというより、辱《はずかし》めを受けさせるのが目的のようなシャープだが、軽い蹴りだった。

タツオは試合場の向かいに正座する佐竹宗八に目をやった。佐竹はゆっくりと首を左右に振ってよこした。東園寺家の次期当主の嗜虐《しぎゃく》癖が気にいらないのだろう。軍人にはサディズムは無用だ。さっさと効果的に任務を遂行したほうがいい。軍務に楽しみなどという余禄はない。

タツオが試合から目を離した隙に、大講堂に悲鳴が走った。カザンの声だ。圧倒的な優位に立っていたはずなのに、なにが起きたのだろうか。

「痛っ……くそ！」

タツオはあわてて試合場の中央に視線をもどした。

「なるほどね、誰でも似たようなことを考えるものだ」

ジョージがそうつぶやいた。タツオは試合場の中央を眺め、目を見張った。テルは胎児のような格好で横たわったままだが、「呑龍」のリズムを刻んだままカザンが焦《あせ》っている。

「なにがあったんだ、クニ」

セコンド役のクニが手を打って返事をする。

「カザンが顔面にローキックにきたところを、テルが足首をつかんだんだ」

カザンは必死に足を自由にしようとしていたが、がっちりとつかんだテルの右手は二度と離れなかった。鋼鉄の罠にでもはまったようだ。クニが浮かれていった。

「テルの馬鹿力はとんでもないからな。あいつの握力八〇キロ以上あるって噂だ。あのままカザンの細い足首へし折っちまえばいいのに」

タツオは低い声でいった。

「そんなの無理に決まってるだろ」

「いや、そうともいえない。つかんで握り潰す。圧倒的な握力があるなら効果的な方法だ。握撃は武術の指導書にもある立派な攻撃の技だ。見ろ！」

タツオはジョージにうながされて、カザンに注目した。なにかを呪文のようにとなえながら、額には汗が浮かび、顔は真っ赤に上気している。

「ロックしたテルの指がアキレス腱に喰いこんでいるんだ。骨は折れなくとも、相当な苦痛のはずだ」

闘いは膠着《こうちゃく》していた。カザンはサッカーボールでも蹴るように足を離そうとし、テルは横になったまま全力でその足首に握撃を加えている。カザンを応援していた場内の歓声が静まってきた。観客席の上方から生徒のひとりが叫んだ。

「暁島会万歳、逆島家万歳！」

貴賓席の将軍連中が顔をあげて、アルプスのように険しい観客席をにらんだ。もう将官からは逆島派は一掃されている。進駐官養成高校にまで根強く元近衛四家、逆島家に忠誠を尽くす者が残っているのが腹立たしいのだろう。あそこで高みの見物をしているお偉方の誰ひとり、自分が「須佐乃男」の主操縦者になることを望んではいないのだ。タツオのなかで負けじ魂がめらめらと燃え立った。

「テル、がんばれー！」

両手をメガホンにして応援してから、タツオはジョージにいった。

「さっきの言葉、どういう意味なんだ？」

誰でも似たようなことを考えると、ジョージはつぶやいていた。青い畳の試合場から目を離さずに天才児はいう。

「『呑龍』の強制催眠で全身を麻痺《まひ》させられていても、身体の一部だけなら訓練しだいで動かせるんじゃないか。とくに予備動作がまったくないような手足の末端ならね。ぼくもテルと同じことを考えていた。ほら、熱いコップをもったとき、自分で離そうと思う前にコップを落しているだろ。あれは脳の指令じゃない。信号は背骨までしかいっていないんだ。脊髄《せきずい》反射だからね」

タツオは言葉もなかった。自分にはそこまで考え抜いて戦略を立てる力はない。

「『呑龍』は脳内の生体クロックを遅くできても、生命維持に関わるような脊髄や末梢《まっしょう》神経まては支配できないんじゃないか。ぼくはそういう仮説を立てて、本選に臨んでいた」

そうだったのか、ジョージとテルはそんなところに目をつけていたのか。タツオはひたすら「止水」を磨くだけで、「呑龍」への対応策をなにひとつ考えていなかった。

「横になって身体の大部分を防御し、てのひらに触れたものをとにかく全力でつかみ、握撃を加える。カザンに一矢を報いるためにね。テルは自分の握力にすべてをかける作戦なんだろう。さあ、ほんとうの勝負はここからだ」

うぉーっと無数の雄叫びが大講堂に流れた。誰もが息を呑んでいる。テルの爪がアキレス腱の部分の肌を破ったのだろう。カザンの純白の袴の裾が赤い血にこすれて汚れている。

「貴様のような下等なやつが」

カザンが怒りに震えていた。つぎの瞬間、両足を踏ん張り腰を沈め、カザンは飛びあがった。もちろん強制催眠中のテルは足首を離さない。全力でジャンプしたカザンはテルの強力な腕の力で、倍の勢いで畳に引きもどされることになる。

「まずい!」

ジョージが叫んだ。これが「呑龍」にかかっていなければ、手を離し避けることもできただろう。だが、そこまでの自由は強制催眠下では許されていないようだった。カザンの左足のかかとがまっすぐにテルの右手首に落ちてくる。

「はっ!」

カザンが足を踏み抜いた。骨の折れる鈍く湿った音がタツオのところまで響いてきた。思わず顔をしかめてしまう。

「くそっ、終わったな」

ジョージが投げやりにいう。カザンは足を思い切り振り、手首が折れてもまだ握撃を加えているテルの右手を振り払った。

「手間をかけさせるな! この礼は高くつくぞ。その右腕をもらう」

カザンは折れた手首をさらに踏みつけた。指は足首をつかんだ形のまま開いている。それを真上から踏み潰す。つぎは上腕と肘関節だった。骨の折れる音が連続して鳴る。

顔を真っ赤にしたカザンは大観衆の前で恥をかかされ逆上していた。武術などもう関係なかった。幼い子どもが長靴で水たまりをめちゃくちゃに踏むように、ひたすらテルの右腕を破壊していく。

観客席の女性たちからは悲鳴が上がった。袴の裾を血で濡らし、東園寺家の次期当主が残酷な舞を踊っていた。白い骨が肌をやぶって外に飛び出している。開放骨折だ。その骨の先端をさらに踏みつけた。

「もう止めさせろ！」

場内の多くの生徒たちと同じように、タツオも叫んでいた。「呑龍」は残酷な技だ。強制催眠中はギブアップさえ許されない。魂を抜かれたようになっていた審判の少年がカザンの背後から組みついた。なんとか血まみれの試合が終了した。

「救護班、きてください」

担架が運びこまれ、テルが横たわったまま乗せられた。「呑龍」がそのとき解けたのだろう。びくびくと全身を痙攣させ、テルが苦痛の叫びをあげる。

三組一班の残りメンバーが担架を囲んだ。痛みに顔を歪《ゆが》めながら、テルがなんとか絞りだした。

「なんてざまだ。おれはやられちまったのか。ぜんぜん記憶がないんだ。おれの試合はどうだった？」

医療技術が進歩したこの時代でも、テルの右腕はもう二度と元には戻らないだろう。軍医志望ではないタツオにもそれくらいはわかる。医師は機能の復元よりも軍用の義手を勧めるかもしれない。それほどの大怪我だった。

救護班は腕のつけ根を固く締め上げ、出血を抑えているが、腕に掛けられたタオルは鮮血に染まっていた。担架からも血がしたたり落ちている。

タツオは無事なほうの左手を握って声をかけた。泣かないようにするので精一杯だ。

「すごかったよ。テルはよくやった」

クニも重ねていう。

「ああ、ほんとにすごかった。カザンのやつ、袴を血で汚されて怒り心頭ってやつだから。おまえのでなくて、やつの血だからな」

テルは顔だけあげて、カザンに目をやった。意気揚々と引き揚げていくところだ。袴の裾の血はテルの大出血に比べれば、かすり傷程度である。

「握撃は足首か。残念だ。やつの手首くらいなら、ひねり潰せると思ったんだが」

ジョージが涼やかな声でいった。

「見事だった。カザン対策のお手本を見せてもらった。あとはゆっくり休んでくれ」

異様な静けさだ。タツオはジョージを見た。微笑《ほほえ》んでいるが、この少年が腹の底から怒っているのがわかった。氷のように冷たい風が吹きだしてくるようだ。テルは頭を担架に落とし、左手で顔を覆った。

「ああ、わかった。頼んだぞ、ジョージ、タツオ。カザンのやつをなんとか止めてくれ」

どんなに厳しい訓練でも弱音を吐いたことのないテルが涙声でそういう。タツオの心のなかに火がついた。どんな手段をつかってでも、たとえ自分の身体がどうなっても、カザンを倒すのだ。東園寺家と五王財閥の野望は挫《くじ》かなければならない。

114

一回戦の第一試合は凄惨な形で幕を閉じた。カザンによってテルの右腕が再起不能に砕かれ、試合場の畳が血まみれになったのである。大講堂はさらに残酷なショーを求め、異様な雰囲気になっている。

第二試合は柳田《やなぎだ》金光《かねみつ》と光明寺《こうみょうじ》隆《たかし》の異種格闘技戦だった。得意種目は合気道と空手である。お互いに相手を見て、なかなか手を出さなかった。このふたりの実力はクラス内でも中位で拮抗している。クニがつまらなそうにいった。

「消化試合もいいとこだな。どっちが勝っても、つぎに当たるカザンに潰される。いくら秘伝があっても、テルをあんなふうに一方的にやっつけるなんて思わなかった。カザンのやつ、とんでもないな」

テルは医務室で救急治療を受けている。大講堂に残っているのは三人だけだ。クニがジョージとタツオの顔を順番に見た。

「ジョージはつぎの第三試合だな。タツオは一回戦最後の第八試合か。おまえの相手はと……」

本選に出場するのは一六名で、トーナメント表では四回連続勝利を収めれば優勝ということになる。

「ああ、器械体操の相場《あいば》か。あいつは筋肉はすごいけど、格闘技は苦手だろ。タツオなら楽勝じゃないか」

タツオはちらりと試合場のむこうでストレッチをおこなっている相場流山《りゅうざん》に目をやった。タンクトップの肩はソフトボールでも仕込んだように真円だ。腕もワイヤーロープのように引き締まっている。あの怪力には要注意だ。クニが電光掲示板を見あげながらいう。

「ジョージの最初の山は準決勝のカザン戦か。タツオも準決で当たる佐竹宗八だな。そこまではどっちも波乱はないんじゃないか」

トーナメントに出場しないクニは気楽なものだった。これだけの大観衆の前で試合をするのだ。しかも将来の上司になるかもしれない進駐軍の幹部も大勢顔を揃えている。無様な試合はできなかった。進駐官の卵としてのプライドもある。おめおめと負けて引き下がる訳にはいかない。

歓声があがって、タツオも掲示板から試合場に顔を戻した。柳田が腹を押さえ、しゃがみこんでいる。ジョージがいった。

「いい正拳突きがみぞおちに決まった。勝負は終わりだね。つぎはぼくの番だ」

汜帝国風のスタンドカラーのゆったりとした上下を着たジョージがひと動作で立ちあがった。空気をはらんで上着の胸がふくらむ。縁取りの金糸がきらりと光った。場内アナウンスが流れた。

「一回戦第三試合を始めます。菱川浄児対岩村《いわむら》領蔵《りょうぞう》、試合場へ」

試合場の向こうで岩村が一礼し、青畳を踏んだ。全国大会常連の養成高校ラグビー部のナンバー8だった。身長は一九〇センチ近くあり、体重一一〇キロほどの巨漢だ。

「ああいうのとはやりたくないよな」

クニがつぶやく。予選では岩村はシンプルな闘いに徹していた。しつこく仕かけるタックルで相手をつかまえ、倒したら上に乗る。そのまま時間まで相手を固めてしまえば判定勝ちだ。トーナメントでは打撃系だけが強い訳ではなかった。圧倒的な体格差を生かせば、格闘技経験がなくとも勝てるのだ。

ジョージがさっと礼をすると、茶色い長髪が風を受けたようになびいた。大講堂の女性ファンから黄色い歓声があがる。

「くそ、おれ、岩村のほう応援しようかな」

両者が試合場の中央で向きあった。背の高いジョージでも、視線は見あげる角度だった。身体の厚みは倍近くある。スクラムの練習で潰れてしまったのだろう。岩村の耳はブロッコリーのように丸い。ラグビー部がいった。


「なよなよしやがって、女に人気があるからって調子乗ってんじゃねえぞ。おまえの面が前から気にくわなかった」

上から押し潰すように顔を近づけてくる。

養成高校の女性ファンが叫んだ。

「この不細工ゴリラ、浄児さまから離れなさい。汚らわしい」

観客席が笑い声で揺れて、岩村の顔が真っ赤になった。歯をむきだしていう。

「おまえはぼこぼこにしてやる。ハンサム面を台なしにな」

ジョージは目をあわせなかった。静かにオープンフィンガーのソフトグローブをつけている。審判の少年が叫んだ。

「両者離れて、試合開始だ」

ゴングが鳴ると同時に岩村が両手を広げて、ジョージに突進した。時計回りにダンスのようなステップを踏むと、ジョージは半回転した。ジョージが速いのは拳だけではなかった。足さばきもプロのランキングボクサーのようだ。タツオもスパーリングをしたことがあるからわかるのだが、ジョージの力は攻撃力よりも防御力にあった。

たたらを踏んで岩村が急停止する。狙いを定めるとまた突進を繰り返す。ジョージは左右に三度連続でタックルを避けた。タツオがつぶやいた。

「ジョージのやつ、ウォーミングアップしてる」

腕を振り回して声援していたクニが振り向いていった。

「あいつ、そんな余裕があるのか。この大観衆の前で遊んでるのかよ」

タツオは上半身ではなく、ジョージのステップワークだけに注目していた。タックルを避け続けている間、身体の重心は両足の中央やや引き気味のところに正確に置かれていた。岩村もフェイントをいれたり、低空で足をつかみにいったりと工夫はしているのだが、まったく効果がなかった。正確な予測とスピードをもち、一桁精度が違うのでは、幻を相手にしているようなものだ。ジョージをつかまえるのは、水を抱き締めるようだ。

前後に軽く足を開いたジョージの重心が前掛かりになった。低く沈みこむ。ひざにバネが溜められた。

「くるぞ」

岩村のタックルを左に避けたところだった。ジョージの左手が稲妻の速さで走った。

「シッシッ」

歯の間から漏れた音がひとつに聞こえる。ジョージの左が二度フラッシュを焚くように岩村の右頬に突き刺さる。その打撃で岩村の足が完全に止まった。足を止めてはいけないのだが、ラグビーの練習で顔面の打撃に慣れることはできなかった。

ジャブで相手を止め、顔を起こさせる。距離は正確に左のリーチで測っている。スピードには圧倒的な差がある。ジョージの全身はリラックスしていた。ほとんど力を入れていない軽い右ストレートを、岩村のがっしりとした顎めがけて放った。ソフトグローブが剃刀で髭でも剃るように顎の先をきれいにかすめた。

「決まったな」

タツオがそういうと、間髪をいれずにクニが返事をした。

「なんでだよ、あいつ一〇〇キロ以上ある……」

クニの言葉の途中でずるずると岩村が倒れ始めた。身体から骨が抜けて、肉の塊にでもなったように崩れ落ちていく。顎の先端への打撃は梃子《てこ》の原理で最もおおきく脳を揺さぶることができる必殺のパンチだ。ジョージの右は最小の力で岩村の脳を頭蓋骨のなかで激しくシェイクしている。脳が頭蓋骨の壁に何度も叩きつけられるのだ。このパンチでピンポイントで急所を打ち抜けるなら、小学生の力でも大男を倒すのに十分だった。

ジョージは倒れた相手を確認すると一礼して、試合終了の宣告を待たずに青い畳をおりた。審判が意識を失った岩村を揺さぶり、起こそうとしている。巨漢はなかなか目を覚まそうとしなかった。第一試合に続いて担架が運びこまれ、ようやく審判の少年が叫んだ。

「第三試合、勝者、菱川浄児」

カザンの凄惨さと異なる華やかな勝利だった。大講堂の興奮は最高潮に達し、女性の観客から試合場に無数の花束が投げられた。予選で敗れた三組の少年たちが花を拾いに走った。

「ほら、ジョージ、もう一回挨拶をしてきなよ」

タツオは引き締まった肩を押した。混血の天才児は微笑を浮かべたまま青い畳のうえに進みでて、大講堂の四方に頭を下げた。指笛と手拍子が鳴り止まない。

タツオは拍手を送りながら考えていた。ジョージにはカザンの「呑龍」に応じた秘策があるという。この少年なら東園寺家一〇〇〇年の秘伝さえ破れるかもしれない。そのときには自分とジョージがあの畳のうえで、決勝戦を闘うことになるのだ。

果たして自分の力で菱川浄児に勝つことができ

るのだろうか。たとえ「止水」をつかっても、勝敗の行方はわからなかった。そこではっと気づく。

「呑龍」対策を慎重に練っていたジョージが、以前から複数回見ている逆島家の秘伝「止水」を打ち破る方法を考えていないはずがないのだ。

試合場の中央で歓声に応えるジョージを見つめた。口元は微笑を浮かべたままだが、天才児の目は笑っていなかった。敵なのか味方なのか確定できないひどく冷たい目で、タツオを見おろしてくる。タツオは拍手を送りながら、背筋に冷たい震えが走るのを止められなかった。

この少年と全力でぶつかるとき、いったいなにが起きるのだろう。恐怖は胸の奥、手でつかめそうなほど確かなのに、タツオは対決のときを熱望している自分に気づいた。

そのときにはお互い命をかけた闘いになるだろう。養成高校の歴史に名を刻む名勝負になるはずだ。タツオが目を輝かせてうなずくと、集められた花束を胸いっぱいに抱えたジョージが青い畳のうえからうなずき返してきた。

口元は引き締まり、目も真剣だ。きみと闘う準備はいつでもできている。そう宣言しているようだった。タツオは親友のそんな表情を初めて目撃し、熱い武者震いが止まらなくなった。

115

一回戦の試合は順調に進んでいった。波乱はなくおおよそ事前の予想通りの結果が続く。タツオは次第に近づいてくる自分の試合にむけて、気力を充実させていた。

二〇〇〇人以上収容する大講堂はヒートアップし、夏林の蟬の声のようにわんわんと歓声が響いていた。タツオは貴賓席へ目をあげた。周囲を防弾ガラスで囲まれ、座席の背もたれに白いカバーがかけられた席の右端に、カザンの双子の妹・サイコの顔が見える。

その隣に座り、じっと会場に視線を送る男の顔を見て、タツオは衝撃を受けた。さっきまではそこは空席だった。カザンとテルの試合の途中でやってきたのだろうか。作戦部の制服を着た逆島家の長兄・継雄である。継雄がなにか話しかけると、サイコが硬い表情でうなずき返した。

兄はエリート中のエリート作戦部でも、出世コースに乗っているという。ということは「須佐乃男計画」についても、なんらかの重要な役目をになっているはずだ。サイコもカザンや自分と同じ「須佐乃男」の正操縦者候補のひとりである。このトーナメントが終わったら、兄にも話を聞かなければならない。作戦部のなかではいったいなにが起きているのだろうか。タツオには雲の上の話だった。

大講堂の隅にある関係者用の扉から、三組の生徒がひとり駆けこんできた。予選で負けた少年で大会の運営スタッフだ。少年はつぎつぎと目のあった相手に耳打ちしていく。試合場で順番を待っていたタツオたちのところにやってくると声を殺していった。

「テルは養成高校の医務室ではどうにもならないそうだ。東京の進駐官病院にヘリコプターで運ばれる。右腕は整形手術か、切断して義手にするか、当人の判断にまかされる。それからタツオと、ジョージに伝言だ」

戦争は整形外科の技術と同時に、軍事用の高性能義手の開発も加速させた。数度におよぶ手術と長期間のリハビリに耐えても、戦闘のための機能が回復不能であるとすれば、テルならば即座に切断を選ぶ可能性が高かった。タツオの顔が引き締まった。ジョージも顔をあげて、伝言を預かったクラスメイトに注目している。

「どんな手をつかってもいい、カザンを倒してくれ。ただし、おれみたいにはなるな。無理だと感じたら、戦略的撤退をするのも勇気だ」

ジョージがにこりと笑った。

「あのテルが戦略的撤退といったのか」

少年が首をかしげていった。

「ああ、くれぐれも無理はしないでくれ。ほんとうの戦場は未来にあるって」

クニがいう。

「絶対に負けを認めないやつだったのに、おまえたちのこと本気で心配してるんだな。あんな目に遭うのは自分だけでいいっていうつもりなんだろ。戦略的撤退か、自分じゃ絶対にしないくせに、テルのやつ、馬鹿野郎だ」

目に溜った涙を指先でぬぐうと、大声を出した。

「くそっ、おれにはなんにもできないけど、頼むぞ、ジョージ、タツオ」

タツオはクニの肩に手を置いた。この少年も「須佐乃男」の操縦者として適性を有している。もしかしたら、副操縦者として氾・エウロペ連合軍を迎え撃つ可能性もあった。

「クニがなにもできないはずないだろ。前途は洋々だ」

タツオにはそこから先はいえなかった。進駐官養成高校のこの学年に集められたことが、すでに選び抜かれた優秀さの証明だった。「須佐乃男」は戦局を決定的に左右する決戦兵器なのだ。そのパイロット候補である。後世はこの学年のことを黄金世代と呼ぶことだろう。

「なんだよ、気もち悪いな。おれはさっさと進駐官を引退するんだから、前途なんてないさ。おまえたちがどんどん出世するのを見届けてやるから、今日はあんまり無理すんなよ。なんかテルと同じことといっちまうな」

友達が友達にかける言葉など、誰でもそう変わらないのかもしれない。試合場で審判の少年がマイクに向かって叫んでいる。

「続いて一回戦最後の試合になります。相場流山対逆島断雄。両者準備してください」

タツオはジョージとクニと視線をあわせ、うなずいた。クニがいった。

「相場なんてちょろいちょろい。さっさと片づけて体力を残しておけ」

ジョージは首を軽く横に振った。

「敵を軽く見るのは、戦略ミスの第一歩だ。冷静にいこう、タツオ。相手が誰であれ、闘うときは全力だ」

「わかってる」

ジョージのいうことはもっともだった。だが、タツオは心のなかでは慢心していた。格闘技経験のない相場など、敵ではないだろう。この試合に勝利を収めても、残り三試合もある。体力は温存しておく必要がある。「止水」もつかわず、あまり無茶をせずに、勝ちを得る。数発いい打撃を入れて、あとは足で時間を稼ぐのもいい。階段を駆けあがり、青い畳を踏むとき、タツオはそう考えていた。

「双方、礼」

タツオは軽く頭を下げた、相場少年は深々と礼をしたまま動かなかった。タンクトップから伸びる腕は器械体操で鍛えられ、ボディビルダーのようだ。

相場が顔をあげると同時に、審判が叫んだ。

「試合開始！」

タツオは両手をあげ、防御の姿勢をとったが、敵は動かなかった。

「すこし話をしてもいいかな」

壁の時計の秒針はなめらかに時を刻んでいる。タツオは拍子抜けした。全身から緊張が解けていく。

「かまわないけど」

二メートルほど離れ、立ち話を始めた相場とタツオを不審に思った審判が声を張りあげた。

「ファイトだ！　これはトーナメントだぞ」

相場が審判の少年を無視していった。

「すぐに済むから待ってくれ。逆島くん、亡くなった五十嵐高紀は、ぼくの同郷の友だった」

総合運動会の決勝戦で、タツオを守って銃撃死した少年の名だった。あの日、自分の制服を染めるほど濡らしたあたたかな血を思いだす。相場は早口でいった。

「タカノリはいいやつだった。逆島家を再興しようとがんばっていた。あんたに罪がないのはわかってる。タカノリは自分から身を投げ打って、あんたを守ったんだから。でも、どうしても納得がいかないいんだ。あんたのためにタカノリが死ぬ必要があったのか。もっと他にできることがあったんじゃないか。おれは東園寺派でも逆島派でもないから、あんたを全力で倒しにいく。あいつが命を捨てるだけの力があるのか、証明してくれ」

それから相場は太い肩をゆっくりと回した。場内からは一向に闘いを始めない両者に罵声が飛んでいる。相場は叫んだ。

「おまえらは、ごちゃごちゃうるさい。いくぞ、逆島！」

相場は予備動作なしで、いきなりタンブリングを開始した。腕を突き、高く跳びあがってから、回転を効かせた脚先が、タツオの胸に降ってくる。五十嵐高紀の最期の姿を回想していたタツオには、迎撃の準備ができていなかった。胸の中央に強《したた》かに衝撃を受ける。

タツオが青くさい畳に倒れこむと、相場は一瞬でバネ仕かけのように跳ね起きる。

「タカノリが見こんだ男はそんなもんじゃないだろ」

今度は数歩離れてから助走を開始した。側転から身体をひねり、タンブリングに移る。相場は正確に距離を測っているようだった。両脚を揃えた着地点は今度は正確にタツオの腹の位置だ。どれほど腹筋を鍛えていてもあれをくらったら、悶絶してノックアウトだろう。

タツオは畳に倒れたまま、タンブリングで弾むように近づいてくる小柄な少年の驚異の身体能力を見つめていた。

死者のことはいい、今は闘え！

タツオは自分に発破をかけて、戦闘体勢に入った。

青い畳の上で身体をひねったところに、タンブリングで回転してくる相場の両足が落ちてきた。タツオは左太腿に衝撃を感じた。なんとか胴体は守ったようだが、逃げ遅れた腿を踏まれたらしい。

タツオはまだ腹ばいになったままの格好で、太腿の状態を確かめた。ようやく思いだす。相場は床運動のスペシャリストで、国体では三位以内に入賞している。どのような競技であれ、その道の達人なら戦闘能力が高度であるのは当然だった。格闘技経験がないからと、なめていたタツオの戦略ミスだったのだ。

タンブリングはすぐには止められないのだろう。何度か前転を繰り返して、試合場の向こうで相場が停止した。タツオはなんとか立ちあがろうとしたところだった。左足がしびれて、まっすぐに立てなかった。

「いくぞ、逆島断雄。つぎはタカノリの分だ」

自分のために命を投げ打った五十嵐少年の名を出され、タツオはひるんだ。右手をあげて叫ぶ。

「……ちょっと待ってくれ」

五十嵐は敵ではなかった。暁島会のメンバーで、逆島家再興のために力を尽くすといっていたのだ。その死の責任は自分にではなく、あの遠隔操縦の銃撃ロボットを配備した五王側にある。五十嵐もまた「須佐乃男」の正操縦者候補だったのだから。

タツオは親友を失い、悲嘆に我を忘れている相場流山と闘いたくなかった。話せばわかるのだ。すくなくとも、闘うのなら事情を相手にも知らせておきたい。

トーナメント戦がすでに始まっているこの試合場ではそんなことは実現不可能なのだが、タツオは心の迷いを止められなかった。それが身体の動きに出てしまう。

相場が再びハイスピードのタンブリングに移った。五メートルほどあった距離はほんの二回転で詰められてしまう。タツオがなんとか身体をひねって、横に避けたところに相場の右の拳が唸りをあげて飛んできた。

　タツオの右肩にその拳がくいこんでくる。右腕全体がしびれるほどの衝撃だった。あの体勢からパンチが放てるはずがない。パンチではないとしたら、あれはいったいなんなのだ。タツオは必死に考えていた。それがどういう攻撃であるか理解できなければ、避ける方法がない。

　タンブリングで試合場の果てまで回転していった相場が停止すると、短い助走をつけて叫んだ。

「これで最後だ。おまえ弱いな。タカノリが弱虫のために死んだなんて、腹が立つ！」

　タツオはようやく今の打撃を解析していた。前転をしながらひねりを効かせていた相場は空中で腕を十字に開いたのだろう。一度の前転で二回ひねるほどの速度で身体は回転している。腕を伸ばし拳を握っただけでも、遠心力であれほどのパワーになるのだ。あのタンブリングは危険だ。両脚のストンピングを避けても、近くに立つ者にされ致命的なダメージを加える力がある。

　相場がタンブリングに移行した。タツオはまだどう対処するか迷っていた。体操着の少年がグングンと回転しながら近づいてくる。タンブリングとすれ違いざま、タツオは思い切り右側にダイブした。なんとか打撃を逃れるが、その代わり自分から攻撃する間合いからも離れてしまう。相場は畳の向こうで回転を止め、さらにタンブリングに移ろうとしている。タツオは壁の時計を見あげた。残りは九〇秒とすこし。このまま逃げ回っていたのでは、タツオは判定負けしてしまう。

　小柄な相場が高速タンブリングに入った。そのときタツオの目にも貴賓席の動きが飛びこんできた。サイコが立ちあがり、両手をメガホンのように口にあてる。

「タツオ、闘って。負けるなんて、許さない」

　頬を打たれた気がした。五十嵐への痛恨のために、ここで勝負を失う訳にはいかなかった。試合場の横に控えるジョージに目をやると、微笑しながらうなずいてくる。おまえなら、やれるはずだ。闘え、タツオ。

全身から力を抜いた。タンブリングの着地のタイミングとテンポを全身で数えた。回転の外にいるから、竜巻は危険なのだ。中心には無風の場所がある。

タツオはリズムをとりながら、まっすぐ相場流山のタンブリングの嵐に飛びこんでいった。

距離とタイミングは正確だった。「止水」の第二形態への訓練が役に立ったのかもしれない。タツオの身体操作能力は格段に進歩していた。

タンブリングの途中で両手をついた相場の手元に脚先から滑りこむ。相手が意表を突かれてあわてているのがわかった。空中では体勢を変えるのは困難だ。破壊力を優先したタンブリングは、高速回転を繰り返している。

見あげると相場のたくましい背中が見えた。タンクトップから伸びる腕が伸ばされようとしている。ひねりの回転による打撃を狙ってきたのだろう。

タツオはその動きをもう読んでいた。柔道の受け身の要領で両手で畳を強く打ち、そのまま上方に身体を跳ね起こす。まっすぐに伸ばした右の拳は、まだ空中で背中をさらしたままの相場の脇腹に走る。

ボクシングでなら反則の打撃だった。右脇腹の裏には生命維持には不可欠な肝臓がある。そこへの禁じ手のレバーブローだった。それは空中に弧を描いた人体の弓を、突き上げた右手で射抜くようなシルエットだった。

二〇〇〇人を超える観客が息を呑んだが、静止状態はほんの一瞬しか続かなかった。身体のバランスを崩した相場は高速でタンブリングしたまま床に激突していこうとする。タツオは相場といっしょに跳んだ。空中で相場少年の頭を抱くと、そのまま青い畳にもつれるように着地していく。何度か転がって、ようやくふたりの身体は離れた。

息も絶えだえに相場流山がいった。

「なぜ、敵に情けをかける?」

タツオも日乃元の国旗が垂れ下がる高い天井を見あげていた。

「きみが五十嵐くんの友達だから」

相場が腕で顔を覆った。泣いている。

「くそっ、いつかタカノリの話、ひと晩聞かせてやるからな。絶対につきあえよ」

なぜ、自分まで涙が流れるのかわからなかったが、タツオはいった。

「わかった。いくらでもつきあうよ」

相場の声はもう涙で揺れていなかった。身体を起こすとタツオの顔を見た。タツオもなんとか上半身だけ起き上がる。

「肝臓打ちか。気もちが悪い。吐きそうだ。審判、ギブアップだ。逆島、絶対に優勝してくれ。タカノリも、おれも見てる」

全力をつかい果たして、へたりこんだまま握手をするふたりに、観客席から盛大な拍手が降り注いだ。タツオは貴賓席に目をやった。サイコが手を打ちながら飛び跳ねている。喜怒哀楽の激しいお嬢さまだ。その隣にはなにを考えているのかわからない長男・継雄の能面のように白い顔が見えた。

これでまだ一回戦なのだ。このトーナメントは果てしない。タツオは相場に手を引かれ、太腿をしびれさせたまま青い畳に立ち上がった。

116

二回戦は休むことなく開始された。

第一試合は左のブロックの端にいる東園寺崋山だった。カザンはこの試合でも秘伝「呑龍」の出し惜しみはしなかった。試合始めの審判の声が飛ぶと同時に、抵抗不能の拍子をとり始め、レスリングの関東代表、中乃智光を一分足らずで葬った。

身体機能を停止させた敵に加えられる一方的な攻撃に対し、大観客席も静まり返ってしまう。どうにも陰惨な雰囲気が漂うのだ。最初から対等の闘いではなく、彫像のように静止した敵への加虐という印象を免れない。五東連合派の生徒たちが熱のない野蛮な応援を繰り返すだけだ。

「なんだか勝負の行方が見えてきたみたいだな」

本選には不出場のクニが興奮していった。

「準決勝にあがってくるのは、カザンとジョージ、それに佐竹宗八とタツオに間違いない」

ジョージは氾帝国風の服をゆったりと着こなして苦笑した。

「そうだね。つぎはぼくの試合だ。ちょっといってくる」

「おっ、三組の王子は余裕だな。さっさと片づけてこいよ」

タツオの右肩はまだすこし痺れていた。相場のタンブリングから右拳をくらったのだ。

「油断はしないように」

一応そう声をかけておくが、タツオはジョージの心配はまったくしていなかった。この少年もまたカザンに負けない化物だ。


そんなことより問題は佐竹宗八だった。一回戦は手の内を見せずに、二、三発軽い打撃を入れた後は巨体には似あわぬフットワークで逃げ切り判定勝ちを収めている。結果だけを優先したベテランの試合運びだった。

戦場で三桁を超える敵を殺害したという佐竹にはどんな必殺技があるのだろうか。もとよりこのトーナメントでは、銃器やナイフの使用は禁じられている。だが、佐竹の戦闘能力の高さは武器を使用した場合に限らないだろう。

タツオはちらりと顔をあげ、畳の海の向こうに平然と正座する佐竹宗八元上等兵を見つめた。カーキ色のタンクトップに、ジャングル迷彩の軍用パンツ、足は裸足だ。筋肉は引き締まり、あちこちに白い傷跡が走っている。あれは刃物による傷だろう。幾度も命がけの死線をくぐってきたのだ。

元兵士は目があうと、わずかに顎を沈め、会釈を寄越してきた。この人はひどく落ち着いている。トーナメントなど子どもの遊びに等しいのだろう。鍛え抜かれたエウロペや氾の兵士たちに比べれば、いくら優秀とはいえハイティーンの少年相手である。

いつの間にかジョージの試合が始まっていたようだ。観客席から揺れるような大歓声があがり、タツオは試合場に意識を戻した。速過ぎてジョージのコンビネーションはよく見えなかった。ふわりと金の縁取りの真紅の中華服が雲のようにふくらんだだけだ。

ジョージは一礼して、引き下がった。二回戦の相手は鳥海四広、格闘技は未経験だ。陸上ハイジャンプの選手で、近い将来日乃元記録の更新を期待されている。身長は一九〇センチを優に超えている。

痩せた鳥海の身体が枯れ木のようにゆっくりと倒れていった。手足の長い相手の懐に果敢に飛びこんで、ジョージは電光のようなコンビネーションを放ったのだろう。この少年のパンチの精度と威力については、タツオもよく理解していた。まず鳥海が再び立ち上がることは不可能だ。

つぎはこの天才児が、秘伝「呑龍」をもつカザンと闘うのだ。勝負の行方はまるで予想がつかなかった。

凡戦一試合をはさんで、佐竹宗八の出番だった。クニは興奮している。

「二回戦屈指の好カードがきたぞ」

ジョージは試合を終えたばかりなのに息も切らしていなかった。

「ほんとにそうだろうか」

冷静なものだ。その意見にはタツオも賛成だった。

「だって、相手の川島礼次郎は異種格闘技戦のプロだぞ。ルーキーリーグでは無敗だったって話じゃないか」

川島礼次郎は背は一七五センチくらいと中背だが、ボディビルと実戦で鍛え上げられた見事な上半身をしていた。裸足にボクサートランクス。拳を守るために薄手のグローブをしている。クニが叫んだ。

「やつの右のパワーフックは一発くらったら、佐竹だってひざをつくだろ。あとはタコ殴りして終了って可能性もある」

身体をひねりながら、川島礼次郎が畳の試合場にあがっていく。背中は見事なヒットマッスルで、後背筋が鳥の羽のように広がっている。右腕は軍艦をつなぐワイヤーロープのようだった。太い筋肉に刺青の大蛇が巻きついている。タトゥの星の数は公式戦で倒した敵の数だという噂も、寝た女の数だという噂もあった。

「ひと噛みで敵を沈めるコブラフックだってさ。カッコいいじゃん、川島」

タツオは川島ではなく、佐竹宗八を注視していた。タンクトップから伸びる腕はたくましいが、無駄にふくらませたショーのための筋肉ではなかった。背が一九〇センチ以上あるので、全体の印象はほっそりとしている。足音も立てず、準備運動もいっさいせずに、夜の猫のように試合場にあがってくる。

この人の戦闘能力はまだ隠されたままだ。自分と同じように必殺技は、こうした公開のトーナメントでは見せたくないのかもしれない。

「両者、礼。試合開始」

青い畳の海で、最初に仕掛けていったのは、川島礼次郎だった。ベタ足の小走りで距離を詰め、いきなりロングフックを放つ。狙いは元兵士のこめかみだった。グローブが風を切る音が聞こえてくる。観客席からため息が流れた。

「おー、あんなのくらったら、ゴリラでも倒れるかもな」

クニがこたえられないように叫んだ。川島はスタミナに自信があるようだった。左右のフックを無暗に振りまわし、佐竹を追っていく。猛ラッシュは三〇秒ほど続いただろうか。ジョージがつぶやいた。

「もう勝負の行方が見えたね」

全速の三〇秒は川島にとっても厳しかったようだ。パンチの威力と回転がわずかに落ちる。そこで佐竹も相手にあわせて、動きを遅くした。

「あっ、危ない」

クニが叫ぶとジョージが低い声でいった。

「危ないのは川島だ」

佐竹が隙をつくって、誘っていた。ガードしていない左のこめかみを川島にさらしている。そこからは一段ギアを上げたように、佐竹の動きは素早かった。右フックにあわせて自分の腕をくの字に曲げ、川島の右腕を搦めとってしまう。同時に足をかけて、いっしょに倒れこんだ。右腕を決めながら、左の肘を川島の喉にギロチンの刃のように当て、体重をかけていく。

異種格闘技戦のベストルーキーだった川島礼次郎がタップして、ギブアップするまでに三秒ほどしかかからなかった。

「おやおや、自分で書いた筋書き通り完璧に相手をはめたなあ。力量差は明らかだ」

佐竹はさっと身体を離すと起き上がり、手を差し伸べ川島を引き起こした。静かに巻き起こった拍手が、大講堂を揺らすまでになる。

「おい、タツオ、つぎはあいつとやるのかよ。本気で勝てるって方法はあるのか」

クニがそういってまだ痛みの残る右肩を叩いてきた。タツオは顔をしかめて考えた。逆島家一〇〇〇年の秘伝「止水」をつかえば勝てるかもしれない。だが、元近衛四家の血と闘志が胸の奥で燃え上がっていた。

秘伝をつかわずに、佐竹宗八に勝ちたい。自分の実力だけで、世界の戦場で三桁の敵を倒した軍人と闘ってみたい。わが逆島家も代々日乃元の女皇を守ってきた武人の家系だった。佐竹宗八に簡単に負ける訳にはいかなかった。

第一、このトーナメントの目標は、なんとしても東園寺崋山を止めることだった。元兵士はそのための最大の難関になりつつある。

どんな形でもいいから、なんとかして佐竹に勝ちたい。実戦経験豊富な百戦錬磨のベテランを破るためには、派手にきれいな勝ちなど求めても意味ないだろう。無様でも汚くともいい。秘伝をつかわずに、どう自分よりも強い敵に勝つことができるか。

タツオは心の底に燃え立つ炎を秘めたまま、冷静に佐竹宗八戦のシミュレーションを開始した。ジョージがタツオの顔を見て、うなずきかけてくる。

「それでいい」

どういう意味だろう。タツオが小首をかしげると、王子がいった。

「佐竹さんは、自分がタツオより強いことがわかってる。逆島家の御曹司を傷つけずに、きれいに勝ちたい。タツオに諦めさせたい。それだけの実力差があると知っているんだ。タツオがやるべきことはわかってるよね」

一〇回試合をして、たぶん勝てるのは一、二度だろう。だが、そのまぐれをこのトーナメントで起こせばいいのだ。

タツオは深くうなずいた。見上げた先には、カーキ色のタンクトップの元兵士の傷だらけの肩が見える。

「わかってる。泥を呑んで、身を捨てて、勝ちを拾う。佐竹さんには一度だけ負けてもらうよ」

ジョージが笑顔で右手を差しだしてきた。だが、タツオは言葉と反対に不安だった。仮に幸運な勝ちを拾ったとしても、傷だらけの身体で決勝の東園寺崋山戦を闘えるのだろうか。「呑龍」に瞬殺されて終わるのではないか。

タツオの心を読んだように、ジョージがいった。

「あとのことは、そのとき考えればいい。ぼくだって、タツオと同じようにこの身体を捨てるつもりだ。決勝ではぼくのプレゼントを受けとってくれ」

これもまた意味不明だった。決勝戦でのプレゼント？　これ以上先のことを考えても無駄だろう。負ければ決勝にはすすめないのだ。

大講堂の熱気のなか、タツオは再び元兵士との戦闘シミュレーションに戻ることにした。

117

二回戦の最終戦はタツオの出番だったが、今回は危なげのない試合運びを見せることができた。相手は日乃元拳法の有段者、西之直行《にしのなおゆき》だったが、パワーでは互角、スピードと戦術では遥かにタツオのほうが上回っていた。

ジョージに指導されたボクシングのコンビネーションを二度きれいに決めると、タツオは佐竹宗八の最初の試合にならって、足をつかって逃げ切ることに徹した。

「ちまちませずに『止水』を見せろ。卑怯者！」

カザンが拳を振り上げ叫んでいたが、タツオは一切気にとめなかった。無駄な闘いに必要以上の残酷さは避けたかったし、体力は温存しなければならない。つぎの準決勝では百戦錬磨の元兵士と闘うのだ。

西之直行はベタ足で、タツオの軽やかなフットワークに追いすがる速度はなかった。誰の目にも勝敗の行方がはっきりとしたのだろう。二〇〇〇人を超える観客の注意が試合場から離れていくのがはっきりとわかる。タツオは大講堂の空気がどんなふうに変化しているのか感じられるほど、二回戦では冷静だった。

はっきりとした勝者と敗者を求め続ける観客の残酷さを感じながら、タツオは残りの時間を過ごした。


準決勝を控え、三〇分の休憩時間が設けられていた。時刻はすでに午後三時を回り、大講堂の窓に差す光が黄金色に熟れ始めている。熱線反射ガラスを通り抜けた秋の日が、煙るような明るさで東島進駐官養成高校の大講堂を照らしている。

タツオと三組一班の仲間はいったん試合場を離

れ、控え室で休息をとることにした。多数の進駐軍上層部を含む観客の前では、ゆっくりと休むことなど困難だった。八畳ほどの控え室で椅子を並べて身体を横たえ、タツオとジョージは休んでいた。

こつこつと鋭いノックの音がする。クニがドアを開き、顔を出した。

「応援ならお断りだ」

ドアノブに片手をかけたまま、稲妻にでも打たれたようにクニが直立不動になった。最上級の敬礼をしながらいった。

「失礼しました。どうぞお入りください」

「とりこみ中のところ、すまない。失礼する」

タツオはその声を聞いて、椅子の上で跳び上がった。兄の逆島継雄の声だ。一〇〇万人を超える進駐軍のなかで二〇〇名しかいない精鋭中の精鋭、作戦部のエリート少佐である。

タツオとジョージも直立不動で敬礼した。逆島少佐が号令する。

「直れ！　みんな、くつろいでくれ」

ちらりとクニの顔を見ると命じた。

「すまない。ちょっとこの二名に話がある。鳥居国芳くんは人が近づかないように、扉の外で人払いをしてもらえないか」

兄は昔から学校の教職員・全生徒の氏名をフルネームで記憶していた。人心掌握のためである。化物のような記憶力があるのだ。クニが普段のナンパな顔からは想像もできない勢いで返事をする。エリートが自分の名を覚えていたことに感銘を受けたのだろう。兄の計算どおりだ。

「了解しました。何人たりとも、この部屋には近づけないであります」

身を翻し、控え室を出ていく。改めてタツオは兄の継雄に目をやった。式典用の純白の進駐官制服は金ボタンがまぶしいほどだった。肩章にも小脇に抱えた制帽にも金のモールが一本入った少佐の印が見える。二〇代なかばでこの昇進は異例といっていい。

「さて、ここからは進駐軍の上司でも、養成高校の先輩でもない。おまえの兄の継雄として、話をさせてもらう。菱川浄児くんだったな？　うちの弟がいつも世話になっている。どうもありがとう」

　ジョージが軽く頭を下げた。

「いいえ、こちらこそタツオくんの才能に感服しています」

　エウロペとの混血の天才児は冷たく微笑していた。タツオは兄とジョージを見比べ、雰囲気がよく似ていると感心した。優秀過ぎる人材というのはあまり変わりがないものだろうか。

「きみの成績が断雄などより、遥かに素晴らしいことはわたしもよく知っている。謙遜も、世辞もいい。ここにいるのは、進駐軍広しといえども、知性と身体能力で上位〇・二パーセントに相当する最優秀の人間ばかりだ」

　優秀な人間とそうでない凡庸な人間にはっきりと線を引く癖が、兄の継雄にはあった。タツオはそれが昔から気になっていた。継雄は逆島家の使用人にもひどく手厳しかったのだ。作戦部少佐が目を細めていう。

「それにきみたちふたりは、『須佐乃男』の主操縦者候補でもある。あの適性はただ学業が優秀とか、戦闘技術に優れるというだけでは駄目なのだ。ガブリーロフ＝笹井指数のテストを覚えているか」

　進駐官養成高校に入学する以前、適性テストを三回受けていた。ユニットバスのような個室に寝そべり、ヘッドセットをつけて、一五分ほど不思議な映像を見せられた覚えがある。戦場や損壊した人体や爆破後の廃墟を切り刻んで再構成した超高速で切り替わる映像だった。タツオの代わりにジョージが応えた。

「ええ、確かあの試験は戦闘時のストレス耐性を調べる検査だと聞いていましたが」

　継雄の表情はまったく変わらない。タツオは兄がなにを考えているのか、幼い頃からまったくわからなかった。

「確かにストレス耐性のテストではあるんだが、あれは時空間感覚の変容に対する耐性を調べるためのものだった。『須佐乃男』の操縦者は極限の時空間変容にさらされるのだ。わたしたちの試算では、約六時間の作戦でヒトの生体時間にして三〇年プラスマイナス二年を失うことになる」

たった一度の出撃で操縦者は三〇歳も年をとるというのか。タツオはジョージの顔を見た。自分も同じ顔をしているのだろう。天才児も青ざめている。

「二〇代以降の進駐官では作戦の後半でパフォーマンスが急激に低下してしまう。『須佐乃男』の操縦者の適性年齢は一五歳だ。それなら作戦終了時でも肉体年齢は四〇代でなんとか収まる」

タツオは口のなかでつぶやくことしかできなかった。「須佐乃男」で戦うということは、一時間で五年分の人生を燃やし尽くすことになる。一日で若さを失うのだ。

「……そうだったんですか……日乃元防衛のために出撃すれば……たった一度の戦闘で青春のすべてを失う」

日乃元の本土防衛の決戦兵器「須佐乃男」はなんと残酷な兵器なのだろうか。出撃一回で三〇年も年をとるのか。養成高校の生徒だったのに、コックピットからおりるときはもう四〇代である。

ジョージが質問した。

『須佐乃男』は極限まで自動化されたロボット機甲師団だという話ですよね。なぜ完全自動化を行わないんですか」

継雄は冷静だった。

「作戦部がそれをやらなかったと思うかね？　戦闘シミュレーションも、実際の人工知能対人間の戦いも実施してみた。だが、最高性能のＡＩも強化された人間相手では、三割以上の勝率を残せなかった」

タツオは恐ろしい事実に気づいた。「須佐乃男」開発のためのテストパイロットが、これまでに存在したのだ。畏《おそ》れをふくんで、声がしゃがれてしまう。

「強化された人たちはどうなりましたか」

先輩のパイロットたちのことが気になってしかたない。継雄は胸に手を当て、厳《おごそ》かにいった。

「テストパイロットは二七名いた。うち一六名が急激な加齢と戦闘のストレスにより精神崩壊を起こし殉職《じゅんしょく》した。特に初期の試験運用でな。そのなかにはわたしの友人もいた」

ジョージが囁くようにいう。

「残りの方々は？」

「七名が進駐軍病院の精神科に長期入院している。社会復帰は困難だろう。残る四名が退職後の余生を静かに送っている。名誉の年金生活だ」

粛然とした空気が控え室を満たしていた。決戦兵器開発で命を落とした者、精神を崩壊させた者、生き残った者も進駐官の厳しい軍務は続行不可能なのだろう。

タツオの声はつい荒々しくなった。作戦部の少佐ではなく、ただの兄への詰問になってしまう。握り締めた拳に力が入り、関節が白く浮きあがっている。

「なぜ、準決勝を間近にしたこのタイミングで、こんなに重大な秘密を打ち明けたんだ」

ジョージは青い顔をしたままだった。一度の出撃で、青春のすべてが過去のものになる。日乃元防衛作戦で失われるのは、人生で最も輝かしい三〇年なのだ。タツオも自分が受けた衝撃の大きさがまだよくわからないほどだった。

作戦部少佐が淡々といった。

「主操縦者候補のなかでも、有力な者は四名に絞られている。東園寺崋山と彩子の双子、それにここにいるきみたち二名だ。『呑龍』と『止水』はもともと肉体の時間を操作する術だから、時空間変容に対する驚異的な耐性を有する東園寺と逆島の者には最初から有利なのかもしれない。ガブリーロフ＝笹井指数では三人が飛び抜けていた。菱川くんは耐性の弱さを抜群の戦術眼と身体能力でカバーしているが、はっきりいわせてもらうと、まだ四番手だ」

ジョージがうなずいて肩をすくめた。

「わかっていましたよ。近衛家の秘伝はどちらもとんでもない技だ。どれほど優秀だろうと一個人で一族全員の一〇〇〇年を超える鍛錬と工夫の蓄積にかなうはずがない。ぼくは噛ませ犬ということになる。それは最初にトーナメント表を見たときから気づいていました。準決勝でカザンと当てられるんですから」

逆島継雄が会釈していう。

「すまない。だが、ここにきて事態が変わってきた。東園寺家では崋山と彩子のふたりのうち、彩子を正操縦者候補からおろして欲しいといい始めたのだ。無理もないな。彩子も女性だから」

タツオもはっと思い当たった。もし、正操縦者がサイコに決定すれば、彼女が「須佐乃男」をおりたときには、もう妊娠や出産は不可能になっているのではないか。短時間の操縦で肉体年齢は四〇代である。女性の場合、爆発的な加齢は深刻な事態を生みそうだ。子宮や卵巣は一日で新たな子を宿す力を失うかもしれない。

内臓も当然加齢するのだ。だとしたら、自分の生殖能力はどうなるのだろう。「須佐乃男」の操縦者は子をもてない可能性が高いのではないか。タツオはまだ結婚も子もうまくイメージできなかったが、その事実を想像するだけで胸が潰れるような思いを味わった。自分の青春と自分の遺伝子に、六時間の作戦でさよならをいうのだ。

「英雄になるために、若さのすべてを失うという訳ですか。なかなか皮肉なものですね」

ジョージは衝撃を乗り越え、皮肉を口にするほどの元気をとり戻している。タツオにはまだそれだけの余裕はなかった。兄の少佐がいった。

「作戦部と五東連合のあいだで熾烈《しれつ》な権力闘争が続いている。むこうは『須佐乃男』の決戦兵器としての作戦完遂能力に万全の自信を持っているようだ。技術開発は優秀な人材ぞろいの五王重工だからな。ノーベル賞級の研究者を世界中から金にあかせて集めている。われわれはここまでずいぶんと失点を重ねてきた。この計画の主導権をとり返すためにも、なんとしても主操縦者を確保しなければならない。五東連合は日乃元の国体に悪影響を及ぼすだろう。思いあがりも甚《はなは》だしいことに、皇室にまで手を伸ばそうとしている」

一瞬、少佐の声が怒りで震えた。ジョージが怪《け》訝《げん》そうな顔をした。なにかに気づいたようだ。タツオもほぼ同時に直感した。

「じゃあ、今回のクラス内トーナメントは……」

継雄は冷静さをとり戻している。

「ああ、われわれ作戦部が計画した。むこうサイドは渋っていたが、崋山が浦上幸彦くんの復讐に個人的に非常に熱心でね。五王や東園寺の上層部の反対を押し切って、開催に賛成してくれたのだ」

ジョージが皮肉にいった。

「少佐の計画どおりですね」

ちらりと混血児をにらんで継雄がいう。

「われわれ作戦部の総意どおりだ」

恐ろしいことに気づいた。腹が立つというより悲しみが突きあげてくる。

「じゃあ、テルが片腕を失ったのも計画どおりだったのか、兄さん?」

継雄は無言で、控え室のなにもない殺風景な壁をにらんでいる。表情はまったく変わらなかった。

「谷照貞くんはすべてを知ったうえで、自ら一回戦で崋山と当たることを了解してくれた。おまえの怒りもわからない訳ではないが、暁島会をもっと信頼するんだな」

ジョージも負けずに冷静だった。

「ですが、ぼくとタツオもカザンを釣るための餌《えさ》であることに変わりはない。ぼくたちはそんな事情はなにも聞いていませんよ」

逆島継雄少佐が純白の式典用制服で、いきなり頭を下げた。直立不動に戻るという。

「そうだ。最後の試合を控え、その点について謝罪するために、わたしはここにきた。とくに菱川くん、きみにだ」

タツオは兄の真意がわからなかった。準決勝を控えて、なにをいうことがあるのだろう。

作戦部少佐は淡々といった。

「きみは時間操作術を持っていない。勝負の行方は絶望的だ。断雄にはすくなくとも『止水』がある。過去の数百年間で東園寺対逆島の直接対決は一七回を数える」

そんなデータがあることをタツオは知らなかった。ジョージがいった。

「結果はどうでしたか」

「一三勝四敗。勝利数が多いのは東園寺だ。近衛四家の序列で、逆島家が格下になったのは、この直接対決の結果のせいであるという者もいる」

勝率は二割五分にも満たないのか。そんな数字ではプロ野球チームのレギュラーにもなれないな。タツオは寒々としながら、そんな連想をしていた。逆島少佐がいった。

「菱川くんは谷くんのように、片腕を失うかもしれないし、もっと重い障害を受ける可能性がある。作戦部にとっては重大なトーナメントだが、きみは『須佐乃男』を巡る権力闘争とは無関係だ。巻きこんでしまって、申し訳ない」

混血の天才児はにっこりと笑った。この底知れない余裕はいったいどこから生まれてくるのだろうか。ジョージも自分と同じように血まみれで、折れた骨が突きだしたテルの右腕を目撃している。同じように後遺症が残るほどの重傷を負わされる可能性があるのだ。つぎにカザンと当たるはずの少年は恐怖を微塵《みじん》も感じさせない声でいう。

「いいえ、謝罪はけっこうです。それでやっとわかった。五十嵐くんの銃撃はあれで成功だったんですね。正操縦者候補をひとり削ることができた。五東連合は東園寺くんの実力を信じきれてはいなかったんだ。それより一三勝四敗の中身は、どういうものだったんですか。逆島家で勝った人はどんな技をつかったのでしょうか」

ほんとうならタツオが真っ先にするべき質問だった。作戦部少佐が苦笑していった。

「きみが正操縦者候補に選ばれた理由がわかったよ。逆島家の勝者はみな『観の止水』を発動していたといわれている。わたしは秘伝の第二段階だという、その技の存在に疑問をもっている。伝説のようなものではないのだろうか。わたし自身少々『止水』をつかうが、進化型などまったくイメージできない。あの技は邪道だ。戦場で自分ひとりが素早く動いてどうする。父上はいつもおっしゃっていた。指揮官はつねに兵とともにあらねばならないとな。戦うのは優れたひとりではなく、進駐軍全体だ」

タツオはその時点で、初めて作戦部の苦境に気づき始めていた。事態は容易ならないところまで追いつめられているのだろう。

「五東連合は、それほど強力なんですか」

兄が厳しい顔で口元を引き結ぶ。

「ああ、軍の将軍の七割以上が連合の手のうちにある。老人たちの多くは昇進と多額の裏金で釣られた。勲章をたくさんぶら下げた傀儡《かいらい》だ。作戦部にもかなりの数のシンパが入りこんでいる」

ジョージが笑っていった。

「だから、あなたは勝率が四分の一もない絶望的な勝負にすべてを賭ける気になった。子どものころからよくご存知の東園寺崋山の性格的な欠点を突き、トーナメントを計画した。大切な弟の命を差しだすことになっても、東園寺派からの『須佐乃男』操縦者を阻止するために。そして、ぼくとテルはその勝利の可能性をわずかでも高めるための駒でしかない。そういう理解で正しいでしょうか」

さっと敬礼すると逆島少佐がいう。

「どうとってもらっても、かまわない。卑劣というならそのとおりだ。だが、この問題には日乃元の国体の未来がかかっている。菱川くん、断雄、力をわれわれに貸してもらえないか」

金のモールの一本線を肩章につけた継雄が、養成高校の生徒に深々と頭を下げた。誇りの高い兄のこんな姿を、タツオは生まれて初めて見た。あっけにとられていると、ジョージがいった。

「ぼくに頭を下げる理由などありませんよ。駒だって、ただの駒のままで終わると決まったものじゃない。タツオのお兄さんのいうことは了解しました。ぼくも『須佐乃男』の攻撃型への転用には違和感をもっています。ぼくの能力を高く買って、自分の部下に加えたがっている。彼の攻撃が緩んだときが、ぼくの勝機です」

目の奥には決死の覚悟とともに爽やかな光が見えた。菱川浄児、この少年ならきっとなにかを成し遂げてくれるだろう。逆島少佐が手を伸ばし、ジョージに握手を求めた。

「きみが作戦部を望むなら、全力でバックアップさせてもらう。まあ、菱川くんなら進駐軍のどこの部署でも、なんのコネもなく進めるだろうがね」

タツオは控え室の壁にかけてある時計に目をやった。三〇分の休憩時間は過ぎようとしている。準決勝の第一試合は、菱川浄児対東園寺崋山の決戦だった。

タツオは親友の肩に手をおいていった。

「ぼくからも頼む。なんとかカザンを止めてくれ」

東園寺崋山を止めるというのは、どういう意味だろうか。テルがされたように、身体の一部を徹底的に損壊するのか。自分たちに求められていることがよくわからなくなる。タツオは兄にいった。

「カザンをどうすればいいんですか、少佐」

目を細めると、逆島継雄が弟にいう。

「目標は敵と同じだ。断雄、東園寺崋山の進駐官としての未来を断て」

大講堂に戻ると、すぐにアナウンスが響いた。

歓声が異様な盛り上がりを見せる。

「準決勝第一試合の選手を紹介します。近衛四家最強の次期当主、東園寺崋山」

ここからは新たな煽りの言葉が加わったようだ。やはり最強は自分ではなくカザンなのだ。タツオは皮肉にそう考えた。幼馴染みはゆっくりと畳敷きの試合場に続く階段をのぼってくる。つぎの当主は新しい白装束に着替えていた。白い袴にはテルにつけられた血の跡は残っていない。

「続いて、エウロペ日乃元奇跡のダブル、万年順位一位の天才貴公子、菱川浄児」

ジョージがタツオにつぶやいた。

「いってくる。ちゃんと見ててくれ」

明るい茶色の長髪をなびかせて、階段を駆けあがった。真紅の氾風のスタンドカラーの服がふわりと風を受けて、帆のようにふくらむ。女性ファンからの黄色い声援がアイドルのコンサートのようだ。

両者が一礼する。垂れ下がった髪を払いのけると、ジョージがなぜか審判の少年に近づいた。マイクを寄越せとアピールしている。渡されたワイヤレスマイクをもったまま、両手をあげて大講堂の観客にその場で回転してアピールする。いつものジョージとは明らかに様子が違った。

この天才児にはスタンドプレイなどこれまでの養成高校の生活には必要なかったはずだ。成績はつねに圧倒的な一位なのだ。座学だけでなく、戦史でも体術でも、戦闘シミュレーションでも他を圧している。

マイクを口元にあげ、にっこりと俳優のような笑顔を見せる。カメラがジョージの顔をアップで映し、それが四面ある大型電光掲示板で輝いた。女性観客のため息が聞こえる。

「この進駐官養成高校で最強の生徒、東園寺崋山くんと闘えることを、ぼくは心から光栄に思います」

いったいなにをいいだすのだろうか。嫌な汗でタツオの背中が濡れた。マイクショーが続く。

「みなさんご存知のように、東園寺くんは一族の秘伝『呑龍』をもっています。戦況はぼくのほうが圧倒的に不利であることは、ご理解いただけることでしょう。クニ、賭けの倍率はどれくらいだ？」

クニが試合場の下から叫んだ。

「三対一！」

カザンは日乃元の神主のような白装束で腕を組み、にやにや笑っている。愉快そうだ。ジョージがカザンにむかってウインクした。キャー、浄児さま。親衛隊が叫ぶ。

「という訳で、ぼくのほうからお願いがある。観客の皆さんにすこしでも素晴らしい試合をお見せするためにも、試合をより接戦にするためにも、ここでひとつ提案だ」


わーっと大講堂が沸いた。歓声が静まるのを待って、ジョージがいった。

「『呑龍』にかかったらぼくはどうせ動けない。だからといって、後ろから近づいて、後頭部を一撃というような卑怯な手段は止めてもらいたい。ぼくは東園寺くんのことを、生涯に一度相まみえるかどうかという最高の好敵手と考えている。どうか、ここにいる大観衆の前でぼくに恥をかかせないでもらいたい。正面から正々堂々と闘うと約束して欲しいんだ。ぼくはきみと立派に闘って散りたい。簡単なことだろう。どうせ、絶対の勝者はきみに間違いないんだから」

両手をあげ、敗者にはとても見えないジョージが会場にアピールする。数歩カザンに近づくと、ジョージは空き缶でも放るように気軽にマイクを投げた。空中でぱちんと音を立てマイクを受けると、カザンがいった。

「了解した。東園寺家次期当主として、約束しよう。菱川くんとは正々堂々、正面から打ちあう。

きみの女性ファンに恨まれるのは嫌だから、顔に傷が残らないようにきれいに一撃で片をつけよう」

　カザンがマイクを投げた。審判の少年は熱した鉄の塊でも受けとるように何度かお手玉して、ようやくマイクをかまえた。

「では、準決勝第一試合、開始」

　その宣言が終わらないうちに、ジョージが構えた。両脚を肩幅より広げ、両手を軽く曲げて正面に突きだす。てのひらは開いたままだった。明るい茶髪のしたの目は静かに閉じられている。

　マイクはなかったが、カザンが口にした言葉はすぐ近くにいるタツオにはよく聞こえた。

「おいおい、得意のボクシングでなくていいのか。そいつはどういうポーズだ？」

　カザンにはゆとりがあった。「呑龍」の予備動作が始まる。身体の各所をつかって、複数の複雑な拍子をとりだす。タツオはしっかりと観察していた。唇、目、右手、右足、呼吸も拍子を刻んでいる。それだけでなく、肩と腰骨もまた別な拍子をとり、ゆるやかに動いている。手足が八本もあるドラマーのようだ。拍子と拍子のあいだで時間が干渉を起こし、細いチェック柄を映したテレビ画面のようなモワレ現象が起きている。

　タツオの口のなかで唾液があふれた。気もちが悪い。めまいがする。これだけ離れた距離でも心身に影響があるのだ。至近距離で「呑龍」を受け続けるジョージはどうなっているのだろう。

　目を閉じたままおかしな構えで静止しているジョージには、なんの変化もなかった。秘伝にかかっているのか、かかっていないのかもわからない。ただ生きた石像のように静かに呼吸を練っている。三〇〇〇人近い大観衆は息を呑んで、準決勝の成り行きを見守っていた。

　最初に動いたのは、カザンだった。

「そろそろいいか」

「呑龍」はひとたび相手を術に落せば、すべての

拍子を刻み続けなくとも、催眠状態が維持できるようだった。右目の瞬きと腰を叩く右手、それに変則的な呼吸法を除いて、カザンは自由に動けるようになった。

「いくぞ、菱川浄児。聞こえているか。おれは正面からおまえを倒す」

カザンの予告ノックダウンだ。白い羽織袴姿で、すり足でするすると近づいていく。

タツオにもカザンの狙いがわかった。カザンは日乃元拳法の有段者だ。下から突き上げるようにジョージの顎を打ち抜くつもりだ。顎を揺らす右のストレートは、ジョージの必殺パンチである。きっと自分の得意技で倒される屈辱を味わわせたいのだろう。

カザンが腰を落した。足腰に力が充実する。カザンはジョージよりも一〇センチほど背が低かった。腕が届く距離まで近づかなければならない。カザンは「呑龍」で体内時間の檻に拘束した相手には、注意をまったく払っていなかった。

中腰のまま無防備に間を詰めていく。

「はっーっ、は！」

タツオにはなにが起きたのかわからなかった。つぎに崩れ落ちていたのは、ジョージではなくカザンだった。膝から落ちて、畳に両手を突いている。口から唾液が垂れていた。

カザンがジョージの攻撃を受けている！

タツオはようやく思いだした。大汎帝国に伝わる第三の発勁、ジョージが老師から教えられたという自らの命をかけて放つ死の一撃だった。静まり返っていた大講堂が、カザンのダウンで嵐のような歓声で満ちた。

審判の少年がカウントを始める。

「一……二……三……」

カザンが四つんばいのまま顔をあげた。顔面は蒼白だ。

「くそっ。とんでもないもん、隠してやがったな。くえない奴だ」

それでもさすがにカザンだった。四つんばいのまま身体の各所で拍子を刻むのをやめない。左胸を押さえながらゆっくりと立ちあがる。

「八……九……」

「カウントはいい。おれは闘える」

足元がふらついているが、カザンは戦闘体勢をとった。審判が叫んで腕を交差する。

「試合再開」

ジョージはまだ「呑龍」の催眠下だった。あの中腰で腕を軽く伸ばした姿勢のまま身動きがとれないようだ。カザンのひとり言が聞こえてくる。

「こいつの手にだけふれなければ、問題はない。さすがに天才だ。ゼロ距離であんな一発が打てるんだな」

いくつかの拍子を刻みながら、ジョージの利き腕ではない左斜め前方から、慎重に近づいていく。

「菱川、おまえの顔を無傷で残すのはやめた。くらえ！」

力を溜めた正拳突きが糸を引くようにジョージの左頬を打ち抜いた。ジョージの身体がぐらりと傾いたが、まだ倒れない。カザンは正拳突き一本だった。

傾いたままのジョージの顎の横と左目に、正拳を叩きこみ続ける。四発目に狙ったのは急所のこめかみだったが、必殺の一撃は空を切った。船が沈むようにジョージが畳の上に崩れていったからだ。

「手間をかけさせやがって」

カザンが吐き捨てるようにいった。審判の少年がジョージの状態を確認した。意識は戻らないようだ。

「試合終了、勝者、東園寺崋山」

女性ファンからは無念のため息が、東園寺派の生徒と進駐官からは熱狂的な歓声が響き、大講堂を揺らした。

カザンの顔面はまだ血の気を失っている。乱れた羽織の胸元からのぞく胸がおかしな色だった。まだらに青かったり赤かったりしている。シャワーでも浴びた直後のように汗が流れ落ちている。顔も胸もつま先からも汗が滴っていた。

これではどちらが敗者か、まったくわからないじゃないか。

タツオはそう直感したが、クニとともに階段を駆け上がり、意識を失った天才児の介抱にむかった。

119

ジョージが意識をとり戻したのは、控え室にいく途中の担架の上だった。ぴくぴくと痙攣してから目を覚ますと、横につき添うタツオの顔を見あげてきた。

「ぼくは……どうだった？」

自分の敗戦はわかっているらしい。タツオにはカザンとの勝負より、ジョージの身体のほうが心配だった。

「今はそんなことはいい。しばらく静かに休むんだ」

ジョージがタツオの手首をつかんだ。ほっそりしているのに意外なほど力が強い。

「ぼくの発勁はどうなったんだ？　カザンの身体に届いたのか？　タツオ、とても大切なことなんだ、教えてくれ」

ジョージの顔は腫れ始めていた。左目はほとんどふさがりかけている。頬骨にも分厚いこぶができている。頭部の急所に何発も重い正拳突きをくらったのだ。あまり興奮させないほうがいいだろう。クニが慰めるようにいった。

「ああ、おまえのよくわかんない攻撃はちゃんとカザンの野郎に届いたよ」

片方の目に光を集め、ジョージがクニを見つめた。

「ぼくのてのひらが当たったのはどこだ？　腕や脚ではないよね」

クニが戸惑っている。

「いや、実はおれにはなにがどうなったのか、ぜんぜんわからなかった。なぜか、急にカザンが倒れて、四つん這いになってたけど」

　タツオが割ってはいった。

「ぼくには見えた。ジョージの勁はカザンの胸の中央、やや左のあたりに当たっている。カザンはしばらく胸を押さえて倒れていた。カウントは九までいったよ。もうすこしでノックアウトだ」

　ジョージはそれで安心したようだった。

「東園寺くんはひどく汗をかいていなかったか？」

　クニがおどけていった。

「ああ、シャワーを浴びたみたいに汗だくだったよ。あの一撃は発汗のつぼでも突いたのか。氾の拳法はおっかねえな」

　先ほどの控え室までやってきた。運んでくれた三組の生徒は担架のまま寝椅子にジョージをおろすと大講堂に戻っていく。

　タツオは声を潜めていった。

「クニ、ちょっと決勝のカザン対策でジョージと秘密の話をしたいんだ。外で人が近づかないように見張りをしてくれないか。すまない」

　クニは口をとがらせた。

「また、おれだけ外野かよ。しょうがねえな。たまにはちゃんと機密会議にも混ぜてくれよ。同じ一班なんだからな」

　そういいながら、さして気にする風でもなくドアを開けて出ていった。ジョージが背中を見送っていう。

「クニはなかなかだね。あれでれっきとした優秀な副操縦者候補だし、カザンのようにおかしな自己顕示欲もない。ぼくたちの年齢で、あそこまで淡々としているのは、ひとつの美徳といってもいいかもしれない」

　つい先ほどカザンから顔面に何発も打撃をくらった少年の言葉とは思えなかった。精神的なダメージからはとっくに回復しているのかもしれない。

　佐竹宗八との準決勝最終戦まで、あと一五分くらいのものだろう。タツオは早口でいった。

「最初のマイクパフォーマンス、あのときから意識してジョージはカザンをはめたんだね？」

茶髪のエウロペ混血児が苦笑していった。

「はめたというのはいい日本語じゃない。ぼくはちょっとだけ誘導したんだ」

後ろから後頭部に一撃というような卑怯な手は止めてくれ。そのようなことをジョージはいっていた。観客によりよい試合を見せるために、正々堂々正面から闘おう。準備を整えた上で、カザンを誘いこんだのだ。大観衆の前で相手の自尊心と顕示欲に訴え、必殺の一発を準備しながら。いざとなればこの天才児は悪辣《あくらつ》な策士にもなれる。敵に回せば恐ろしい相手だ。

「ジョージは試合開始から即座に、中腰で両手をあげ、発勁を練り始めていたね。カザンが近づいてくるのが見えていたのか？」

東園寺家秘伝「呑龍」の催眠下で視覚がどんな影響を受けるのか、タツオには強い関心があった。つぎは自分の番だ。

「いや、よく見えなかった。体内のクロックが極限まで遅くされるのだから、世界全体が静止して見えるのかと思ったが逆だった。ぼんやりとした雲というか煙のようななにかがゆっくりと周囲で動いてる感覚だ。雲のなかに包みこまれて、なにかの気配は感じるがそれがなんなのか、まったくわからなかった。あれは奇妙な経験だね」

貴重な「呑龍」経験者の言葉だった。もっとも秘伝対策に有効かといわれると、あまり役に立ちそうにもない。

「じゃあ、あの発勁はどうやって打ったの？」

ふふっとちいさく口のなかで笑って、ジョージがいった。

「勘頼り。なにかを感じたから、手にふれた白い雲にむかって放った。それだけだ。ぼくにはカザンのどこに当たったのかもわからなかった」

タツオは最も重要な質問をきくことにした。自然に声が低くなる。

「……あれは、ジョージがこの前いっていた第三の発勁だったのか……自分の命をかけて、相手を殺すつもりで放つという」

ジョージの目が真剣になる。

「そうだ。ぼくも生まれて初めて人に対して使用したので、どんな結果になるかはわからない。どれくらいの勁がカザンに流れこんだのかも、見ていないので予想もつかない。だけど老師はいっていた……」

タツオは息を呑んだ。自分も同時に死に、相手を殺すつもりで打つ最凶の発勁。

「あの禁じ手はあとになってだんだんと威力を発揮する。そのときまでに遠く逃げ延びなければならないと」

効力が最大限に発揮されるまでに、数日もかかるという技なのか。身体の表面でなく、内部組織を破壊するのかもしれない。それとも組織を潰すというより、循環器系を制御する神経への根深い一撃なのだろうか。

「そうか、今ごろカザンも焦っているだろうな。まさか『呑龍』の制御下にある相手から恐ろしい一撃をくらったんだから」

ジョージはうなずいていう。

「カザンは『呑龍』に頼り過ぎで、自信過剰だったと思う。決勝戦まで『止水』を封印しているタツオとは対照的だ。彼の能力は疑いなく素晴らしいものだが、心理的な弱点は突きやすい敵ではある」

座学で学ぶ戦史の感想のようだった。指揮官の性格は、戦局を左右する重要なファクターだ。

ジョージが寝そべったまま、手を伸ばし握手を求めてきた。タツオがしっかりと握り締めると天才児がいった。

「これがぼくにできる最大限のプレゼントだ。すこしだけだが、カザンにハンデをつけてやれた。まあ、マイクパフォーマンスはぼくの趣味じゃなかったけどね」

タツオとジョージは短く笑った。

「どれほど友軍が有利でも、決して敵を軽んじてはいけない。カザンにもいい教訓になっただろう。だけど、これで決勝戦のカザンからは甘さが消えると思う。準決勝までのおもしろ半分の相手ではなくなる」

手を握ったままじっと片方の目で見つめてくる。タツオはうなずいた。

「ああ、望むところだ」

「タツオ、カザンを止めてくれ。頼んだぞ」

こつこつとノックの音が鳴る。大会運営の生徒が声をかけてきた。

「そろそろ時間です。逆島選手、会場へどうぞ」

ジョージと兄の作戦部、逆島継雄少佐からの依頼を果たすための最大の難関がやってきた。戦場で三桁を超える敵兵を屠《ほふ》ってきた叩き上げの軍人、佐竹宗八だ。

タツオは自分の頬を両手で張ると、ジョージを残して控え室を後にした。

120

大講堂に戻ると異様な熱気が支配していた。菱川浄児と東園寺崋山の準決勝第一試合で三〇〇〇人近い大観衆に火がついたのかもしれない。無音の熱気が会場の空気をふくらませているようだ。身体に直接空気の圧力を感じる。

「遅いぞ、なにしてんだ」

先に会場に戻っていたクニがタツオの顔を見るといった。うなずきだけ返し、試合場の向こう側に目をやる。佐竹宗八はいつもの格好だった。上半身はカーキ色のタンクトップで、下は日乃元軍の迷彩軍パンだ。額に鉢巻を締め、長大なハンティングナイフをもてば、いにしえのハリウッドの軍事アクション映画『ランボー』のようだった。

だが、佐竹の肉体はあの映画の主人公のようなボディビルで造りあげた見せかけの筋肉ではなかった。引き締まった身体中に走る刀瘡《とうそう》や銃創《じゅうそう》が戦場での過去を物語っている。三桁を超す敵兵を殺害しているという噂が進駐官養成高校では流れていた。もっとも直接、その事実を佐竹に確認した生徒は存在しなかったが。

タツオはそのまま視線をカザンの陣営に流した。おかしい。とり巻きの姿は見えるが、決勝に進んだカザン本人はその場にいなかった。自分の班員の試合を見ようとは思わないのだろうか。あるいはジョージが放った第三の発勁によって、なにか予想外のアクシデントがあったのだろうか。

「準決勝第二試合、逆島断雄対佐竹宗八」

タツオは顔をあげ、観客席を見渡した。来賓席には勲章をむやみにぶらさげた将官に混じり、兄の逆島継雄作戦部少佐の顔も見える。無表情の冷ややかさで、一族の誰よりも優秀だった兄が見おろしてくる。口は閉じたままで声援はなかった。

東園寺派の高官の間には、カザンの双子の妹・サイコが純白の進駐官礼服で座っていた。ごつごつとした岩場に咲いた白百合のようだ。タツオと目があうと、肩の高さまでちいさく手をあげ、手首の先だけ振ってくれた。東園寺派の真ん中で逆島家を応援するのは気が引けるのだろう。

タツオは一段一段踏みしめるように階段をあがり、畳の試合場に歩を進めていった。青い畳が大海原のように広がった。その向こうには逞しい上半身をタンクトップに包んだ佐竹宗八が海に突き出た岩礁のようにあらわれた。タツオと目があうと、静かに目礼を寄越す。

（この人は完全に東園寺派にとりこまれている訳ではないんだ）

胸の中でそう考える。佐竹はタツオの父・逆島靖雄中将を尊敬しているといっていた。戦況が悪化すれば、真っ先に逃げだす者が多いなか、逆島派の進駐官は最後の兵が撤退するまで、戦場を動こうとはしなかった。最も危険な撤退戦まで自分たちで指揮していたと。

「両者、礼！　準決勝第二試合、開始」

審判の少年は東園寺派だったが、タツオは気にしなかった。これだけの観客の前で、自派を贔屓するような判定は困難だ。なにより佐竹の実力に圧倒的な信頼をおいているはずだ。非凡な戦場格闘技のセンスと命のやりとりを重ねた分厚い実戦経験がある。

タツオが腰を落とし、防御を固めると、元兵士がすたすたと並足で近づいてきた。右肩がぴくりと動く。視線はタツオの上半身左側をぼんやりと見ている。近くで見ると、さすがに佐竹はおおきかった。身長は一九〇センチほどあるだろう。

おおきなてのひらを開き、右手を伸ばしてくる。一瞬遅れて、左手が上にあがり、タツオの進駐官養成高校のジャージの襟を摑みにきた。佐竹のほうが懐も深く、力も強かった。タツオは佐竹の両手を交互に腕で払い、一歩跳び下がろうとした。

両脚が宙に浮いたとたん、佐竹の長い脚が飛んできた。空中でバランスを失い、四つん這いの格好で畳に落ちる。佐竹が後方から組みつき、首を送り襟締めの要領でがつりと締めあげてきた。

即座に息が詰まり、喉が潰れそうになった。腰には長い脚が絡みつき、佐竹の両足はロックしている。これほど簡単に決められてしまうのか。佐竹の右と左の差し手はフェイントで、最初から足払いを狙っていたのだ。

(もうタップするしかないのか?)

タツオは絶望的な気分で、なんとか佐竹のワイヤーロープのような前腕を振りほどこうとした。そのとき敵の腕からすっと力が抜けるのを感じた。

(……なにが起きたんだ)

元兵士には圧倒的に有利な体勢だったはずだ。佐竹は送り襟締めを解くと、ころころと素早く畳を転がり、さっと一挙動で立ち上がった。どこにも緊張の見えない惚れぼれするような真っ直ぐな立ち姿だ。

タツオは喉を押さえながら、ゆっくりと立ち上がった。ようやく気づく。佐竹は自分とタツオとの圧倒的な実力差を見せつけたいのだ。悔しいが、戦場でならもう一度殺されていることだろう。

息を整えるタツオが防御体勢をとる前に、また佐竹はすたすたと近づいてきた。今度はまず右足を伸ばし、足払いにきた。フェイントだとわかっているが、先ほどの技の恐怖で重心が浮いてしまう。片足をあげて避けるとき、宙に浮いた左の手首を摑まれた。気がつくと大講堂が反転していた。

畳に額を押しつけられる。左腕は背中でねじりあげられ、佐竹の太い腕が首に巻きついた。肩関節の痛みで気が遠くなりそうなのに、息さえできない。タツオの目に涙が浮かんだ。屈辱と痛みと失神の恐怖により、生きものとして自然に出てきた涙だった。

ぴきっ、身体の中で関節が壊れる寸前の嫌な音が鳴る。佐竹がまた力を抜き、風のように離れていった。これでは戦場で佐竹と出会った敵は、自分がなにをされたのかわからないうちに殺されているだろう。佐竹はナイフや銃剣の扱いでも教官の上をいく。真夜中のキャンプ、テフロン加工された黒い野戦用ナイフをもって近づいてくる佐竹を想像すると、背筋が凍りつく。

「二回だ」

元兵士の唇がほとんど動かずに、そう言葉を漏らした。おまえは二回殺されている。そういいたかったのだろう。佐竹はタツオの向かいに岩のように立ちふさがり、口を開く。

「『止水』とやらを出してみろ」

タツオは試合場の左右に視線を振った。ジョージが控え室から戻ってきていた。顔の半分は青く膨《ふく》らみ、ハンサムが台なしだ。反対側にはカザンの顔も見えた。なぜだろうか。ジョージと同じくらい顔色が悪く、ひどく汗をかいている。

カザンの視線は銀の針のようにタツオの全身を貫く。すべての動きを観察しておきたいのだろう。第二の「観の止水」をここで見せる訳にはいかなかった。タツオの目的は、佐竹に勝つことではなかった。カザンが「須佐乃男」の正操縦者になることを阻止し、「須佐乃男計画」の主導権を五東連合から取り戻すことだ。

佐竹はただ勝つだけでなく、タツオから秘伝「止水」を発動させるようにカザンから命令を受けているのだろう。それでお役御免なのだ。勝負を途中で棄権してもいい。決勝でカザンがタツオを決定的に傷つけ、勝利を収めればいい。これだけの大観衆と進駐軍高官の目前で、圧倒的な力量差を見せつければ、「須佐乃男」の正操縦者は決定したも同然だ。その場合、将来の禍根を断つため、カザンはタツオの四肢のどれかを治療不可能になるほど損壊することだろう。

絶体絶命の危地に追いこまれたタツオの中で怒りが沸騰した。興奮した観客の声援に負けずに叫ぶようにいう。

「『止水』は見せない。そんなものをつかわずに、あなたには勝ってみせる」

勝負を拾う目算など、なにもないのに気がつくとタツオはそう宣言していた。元兵士が目を細める。深い眼窩《がんか》の奥の瞳が、一段と暗く光った。

「そうか、それなら、わたしがきみの身体の一部を壊してやろう。東園寺の御曹司はあとでかんかんに怒るだろうが、きみが正操縦者になれなければ、結果は丸く収まる」

佐竹の鍛え抜かれた身体から放たれるオーラの質が変わった。今度はただ勝利のデモンストレーションではなく、タツオを壊して決定的な勝利を摑むために向かってくる。水の上を歩くような静かな歩みだ。これならジャングルの中でも無音で敵に接近できるだろう。

(どうすればいいんだ?)

タツオは傷だらけの元兵士を睨みつけながら恐怖に震え、全身を高性能レーダーのように敵に開き、どこかに存在するはずの一筋の勝機を探し求めた。

佐竹はどこか楽し気だった。口元には軽く笑みが浮かんでいる。これだけの大観衆の前で、タツオを倒せるのが愉快なのだろうか。足どりもまったく緊張していなかった。

すたすたと裸足で近づいてくる。ただの養成高校生徒など敵だとも思っていないのだ。

タツオは唇をかみ締めた。「止水」さえ使えれば、なんとかなるかもしれない。だが、天王山の決勝戦を目前に宿敵、東園寺崋山に手の内を明かす訳にはいかなかった。八方ふさがりだ。

「養成高校では習っていない技を見せてやろう。戦場のチート技だ」

佐竹は握手でもするように右手を差しだしてきた。あの腕力でジャージの襟でも掴まれたら、一気に重心を崩されてしまう。倒されて体重を浴びせられるだけで、勝負は決まるのだ。タツオは腰を落とし、防御するつもりで右手を伸ばした。

次の瞬間、てのひらを軽く叩かれたような気がする。実は自分の手なのに感触が残るだけで、なにが起きたのかよくわからなかった。反射的に佐竹の右手を追いかけようとしたときには、小指と薬指をあわせて握られていた。佐竹はそのままぐいっとタツオの指二本を握って右手をひざの高さまで下げていく。指が折れそうだ。タツオは激痛で右肩ががくりと落ちた。片ひざを畳につきそうになる。

「エウロペやアメリアの軍人には、おれなんかよりも遥かに力が強い化物がいる。そういう相手とは正面から闘っても無駄だ。末端を制する闘いをする。耳でも、鼻でも、指でもいい。末端をまず制圧する」

佐竹の握力が上昇した。タツオの指の骨がきしむ。両ひざが畳についた。

「わたしが戦場にいるなら、このまま指を折るか、ナイフで指を切り落とす。手首やてのひらの下の腱《けん》を切るのもいい。手を握れなくなると戦闘力は半減だ。どんなに強い相手でも、それでほぼ勝負は決する。あとは料理するだけだ」

元兵士の声にはなんの感情もこもっていなかった。最もすくない労力で敵を殺害する。職業軍人としての非情の意志があるだけだ。佐竹が壁の時計に目をやった。まだここまで二分ほどしか経過していない。

「まだ時間はあるな」

グリップが緩んだ。佐竹はさっと一歩で距離をとり、また自然体でまっすぐに立っている。タツオはひざをついたまま、呆然と巨大な敵を見あげていた。実戦経験と格闘技術の厚みがまるで違う。とても歯の立つ相手ではなかった。まともに勝負したのでは、とうてい勝ち目はない。

タツオも時計に目をやった。このまま時間が流れれば、嫌でも佐竹の判定勝ちだ。タツオは相手にダメージひとつ残せていない。というよりなにか技を繰りだす前に、先手先手で優位を築かれている。

（どうすればいい？　考えろ、おまえはまだなにもしていない）

逆島家秘伝「止水」をつかわずに、どうやってこの場を凌《しの》ぎ、実力では仰ぎ見るような佐竹宗八に勝てるか。

タツオはこれが準決勝であると考えることを止めた。この場が青畳の試合場だとも、三〇〇〇人近い大観衆を集めた大講堂とも思わない。

もし、ここがほんものの戦場だったら、闇夜のジャングルか市街戦後の廃墟なら、相手のほうが強いといって、簡単に諦め、自分の命を投げ捨てるだろうか。スポーツではなく命のやりとりなのだ。甘さを消して自分も佐竹並みに非情にならなければいけない。

タツオは腰を落とし、下から元兵士を見あげた。この男は自分をなめている。実力差を見せつけ、心を折ろうとしている。本気で殺す気ではないし、できることなら逆島家の跡とりのひとりを壊したくないとも思っている。父・逆島靖雄中将には心酔していた。もしかすると、その先に自分の軍人としての未来を、少々は計算しているのかもしれない。

（隙は絶対にあるはずだ）

タツオは佐竹の背後に座るカザンに目をやった。なんとかあの幼馴染みと同じ高みまで上りたかった。決勝戦でやつは待っている。このクラスの格闘技戦優勝はそのまま、本土防衛の決戦兵器「須佐乃男」の正操縦者につながっている。現一年生は全国から選抜された操縦者候補揃いなのだ。

そのとき、ひとつのアイディアが頭を稲妻のように駆け抜けた。ワンチャンスしかないが、うまくはまればいけるかもしれない。

タツオは先ほどつかまれた右手で拳を握ってみた。小指と薬指に激痛が走る。思わず顔をしかめた。佐竹はまた並足で近づいてくる。タツオは痛めた右手を引いた。左手を先に伸ばし、元兵士を近づけまいとする。腰は十分過ぎるほど落した。ひざにバネを溜めなければならない。声が震えそうだが、思い切り叫んだ。

「佐竹ーっ、なめるな！　ぼくを倒したかったら、殺す気でこい」

つぶらな佐竹宗八の目の奥に、暗い火が点った。つぎは絶対本気でくるはずだ。タツオは左手を伸ばしたまま、圧倒的な力をもつ敵の接近を待った。チャンスは一度、しかも一瞬だけしかない。

佐竹がタツオの左手を摑みにきた。右腕が伸びてくる。今度はてのひらを叩かれることはなかった。するすると踊り子の指先のように回転して、タツオの左手に巻きつくと、気がつけばまた指を握られていた。今回は小指だけだ。

残る四本とは逆の方向にねじられる。タツオは激痛に耐えて叫んだ。

「佐竹っ！」

さらに腰を落し、痛みでひるんだ振りをする。

そこから先は瞬時だった。タツオは元兵士に確保された左手の小指を捨てた。溜めこんだ下半身のバネを解除して、全力で伸びあがる。右の拳は最初から固めていた。

地上から飛び立つように跳ねあがるタツオの右拳が佐竹の顎を打ち抜くのと、タツオの小指が折れるのはほぼ同時だった。佐竹の巨体がぐらりと傾き、後方に倒れていく。タツオは逞しい肩にしがみついた。ここで敵から離れる訳にはいかなかった。

青畳の試合場にもつれるように倒れこんだ。小指の折れた左手はもう使いものにならなかった。右手は佐竹の顎を打ち抜いた衝撃で痺れている。もう残された武器は自分の頭しかなかった。

タツオは馬乗りになって、佐竹を見おろした。目は煙でも流れこんだように鈍い光に満たされている。衝撃から回復されたら、もう勝ち目はない。次は絶対に油断は見せないだろう。

「ウォー！」

タツオは吠えながら、額を佐竹の顔面の中央に叩きつけた。額がまともに鼻柱に当たった気がする。相手のダメージなど計算している余裕はなかった。両手が痛くてたまらない。元兵士の身体がぴくぴくと震えた。だが、目にはまだ力が残っている。

「沈めー！」

もう一度佐竹の両肩を摑んで、全力で頭を振り、額を顔面に落とす。今度はなにかが砕ける嫌な感触が額に残った。タツオはまだ勝利を確信できなかった。五度目の渾身《こんしん》の頭突きに移ろうとしたところで、誰かに背後から羽交《はが》い絞《じ》めにされた。

なぜか耳元で、菱川浄児の涼しい声が聞こえる。幻聴だろうか。めったにしない頭突きのせいで、脳震盪《のうしんとう》でも起こしたのかもしれない。

「もういいんだ。佐竹さんは気を失っている。最初のパンチで十分だったんだ」

タツオは馬乗りになった元兵士の顔を確認した。鼻骨が砕け、形が変わっている。顔は血まみれで、畳にもこぼれていた。

審判の少年が佐竹の手をとって脈を診ている。胸の上にそっと戻すと叫んだ。

「試合終了、勝者、逆島断雄。担架をもってきてくれ」

佐竹宗八は完全に意識を失っていた。クニが階段を駆けあがり、タツオの元にやってくると、背中を力強く叩いた。衝撃が左手の指先に伝わり、骨折の痛みが倍加する。

「やったな、タツオ。まさか佐竹さんに完全勝利するなんて、想像もしてなかった。おまえって、ほんとにすごいやつだな」

タツオは顔をしかめながら、笑うことしかできなかった。ジョージがいう。

「左手を捨てようと決めたのは、いつだい？」

「最後だよ。小手先は結局、小手先だ。不意をつくから、初見の戦場ではうまくいくだろうけど、一度見せられたら対応できる」

タツオは早くも倍ほどに腫《は》れ始めた左手の小指を上げて見せる。

「ぼくはギターとか弾かないし、左手の小指くらい折れてもそんなに困らない」

クニがうなるようにいった。

「おーっ、カッコいいな、タツオ」

タツオは担架に乗せられていく佐竹宗八を見送った。まだ意識は戻らないようだ。

「でも、あの人が本気でぼくを倒そうとしてたら、十中八九向こうの勝ちだったと思う。次にやったら、絶対に殺されちゃうよ」

ジョージが冷静にいう。

「そうだね。それがわかっていたから、佐竹さんは最初から全力を出さなかった。最後まで気が緩んでいたように見えた。本気の戦場でなく、試合でよかった」

タツオは左手を押さえながら、ゆっくりと立ち上がった。

「ほんとに、おかげでなんとか勝ちを拾えた」

タツオは試合場の向こう側に視線を送った。佐竹の担架にカザンがタオルを投げつけている。逆島家秘伝「止水」を出させることもなく、ノックアウトで敗れた部下を叱り飛ばしているようだ。顔色の悪さは相当なもので、白装束の胸元は汗で光っている。

ジョージがカザンとタツオを交互に見るといった。

「決勝戦はお互いに手負いになってしまったね。タツオ、その小指、応急処置をしておこう。ぼくは決勝戦の試合開始時間を遅くするように、審判に頼んでくる。向こうにもありがたいはずだ。カザンは反対しないよ」

カザンもジョージの第三の発勁で、内容は不明だが深刻なダメージを受けているようだ。次はいよいよすべてを賭けた優勝決定戦だった。タツオは青畳の海を静かに渡り、クニとふたり医務室へと向かった。

122

折れた小指にちいさな心臓ができたようだった。どくどくと脈打つたびに、激しい痛みのありかを伝えてくる。左手小指のつけ根、基節骨が折れているらしい。小指は親指ほどにふくれていた。医務室の軍医は小指に金属製の添え木をあてると、包帯を巻いていく。

中年の医師はこともなげにいった。

「レントゲンはあとで撮ってやる。これから決勝戦なんだろう。せいぜいがんばってこい」

さすがに進駐官養成高校の軍医だった。これくらいの怪我なら、十分戦闘可能という判断なのだろう。軍医はタツオの肩をぽんっと叩いた。声を潜める。

「それからな、わたしも五東連合派の横暴には嫌気がさしていた。進駐軍は奴らの専有物じゃない。東園寺のぼんぼんに目にもの見せてやれ」

タツオは力のない声で返事をする。さすがに厳しい試合を勝ち抜いて、体力は限界だった。

「はい、なんとか」

クニが軍医の真似をして、タツオの左肩を叩く。折れた小指に衝撃が届き、顔をしかめる。

「おれからも頼むぜ。小遣い三ヵ月分、おまえが勝つほうに賭けたからな。負けたら当分、ビンボー暮らしだ」

いい気なものだった。ほとんどの生徒たちにとっては、この異種格闘技戦は文化祭の余興に過ぎない。進駐軍から払われる月給を賭けて、ギャンブルを楽しんでいるのだ。この戦いが、決戦兵器「須佐乃男」の操縦者を選ぶ天王山だと知らされているのはひと握りの上層部だけだった。東園寺崋山と逆島断雄の進駐官としての未来、五東連合の権力の未来、日乃元の本土防衛の未来という三種の複雑に絡みあった未来に決定的な影響を及ぼす一戦だった。

自分は疲れ切った身体と折れた小指を抱えて、世紀の決勝戦に向かわなければならない。緊張するというより笑ってしまいそうだった。いくらなんでも、日乃元の未来を決する決勝戦にこんなに最悪のコンディションで向かうのは無理があり過ぎる。

だが、同時に燃えあがる闘志が心の底で煮えたぎっていた。あのカザンにだけは負けたくない。

「さあ、いってよし。水分はたっぷりととりなさい」

タツオは丸スツールから立ちあがると、一礼した。

「ありがとうございました」

クニと控え室に戻ると、タツオは床に敷いたマットに身体を横たえた。すこしでも休憩して、体力を回復させなければいけない。

こつこつとノックの音がして、クニが扉を開いた。ジョージの声が聞こえる。タツオは目をつぶったまま報告を受けた。

「運営担当に話をしてきた。タツオは骨折していて応急措置のために時間をもらいたい。むこうは最初二〇分といっていたが、粘って倍の四〇分もらった」

　クニがいう。

「へえ、そんなに長い休息、よくカザンサイドが受けたなあ」

　カザンの名前で目を開く。見上げるとジョージが汨風の赤い伝統着の袖をまくっていた。

「カザンにもなにかあるのかもしれないね」

　タツオは内心驚いていた。この天才児が敵を屠るためにだけ打たれる第三の呼吸法の発勁を、カザンに放ったことはタツオひとりしか知らないのだ。もっともその威力はジョージ当人にも定かでなかった。自分も死ぬつもりで敵に向かって打つ渾身の発勁である。

　ジョージが床のマットに寝そべるタツオに近づいてきた。タツオは口を開くのも面倒である。クニがいった。

「なにするつもりだ？」

　ジョージは涼やかに笑っていう。

「疲労回復のマッサージ」

「へえ、おまえってそういうのも得意なんだ。なんでもできるんだな」

　ジョージはクニを無視してタツオにいった。

「楽にしていていいよ。できる限りのことはしてみる」

　ジョージは綿のように力が抜けた手足をもみほぐしていく。単純に気もちよかった。タツオはあやうく眠りに落ちそうになった。身体の末端から、体幹へとマッサージは移っていく。

「ちょっと横向きになってくれないか」

　脇の下に手を入れられて、肩をぐりぐりと前方後方に回転させる。今まで動かしたことがない関節が緩んでいく感覚がある。タツオはうなりながら質問した。

「今、なにをしてるんだ？」

「肩の骨と背骨がつながる胸鎖関節をほぐして、可動域を広げている。ちょっとした身体のチューンアップだ」

　菱川浄児という少年の知識の幅広さに驚異を禁じ得ない。そのままマッサージは二〇分ほど続いた。

「チューンアップはこれで完了だ」

　タツオの身体はずいぶんと軽くなっていた。心なしか折れた小指まで痛みが遠のいたようだ。

「ありがとう、十分闘える気がしてきた」

　ジョージが明るい茶色の瞳で見つめてきた。

「もうひとつやりたいことがあるんだけど、それにはタツオの了解をもらわないといけない。人には通常めったにつかわれることのない生命エネルギーの予備タンクがある。それの栓を抜いて、力を引きだしていいかな」

　予想外の言葉だった。

「うわっ、なんだか氾のオカルト小説みたいだな」

　クニが混ぜ返した。タツオもなにかとおおげさな氾のファンタジー映画をつい思いだした。口元の笑みは絶やさないが、ジョージの目はひどく真剣だ。

「その予備タンクを開くと、どういうことになるんだ？」

　ジョージはうなずいた。

「これまでの試合の疲れなどまったく感じなくなる。つぎの試合が第一戦みたいにフレッシュに感じられるだろう」

　クニが口をはさんだ。

「いいじゃん、それ。やってもらえよ、タツオ。話半分でも効いたらめっけものだ」

　クニはジョージの真の力を知らないのだ。この少年は底なしのなにかを秘めている。その秘密の深さが恐ろしくもあり、味方につけると頼もしくもあった。敵に回してほんとうに怖いのはカザンでも五王重工でもなく、菱川浄児だ。

「了解を求めるということは、なにか副作用があるんだよね」

　ジョージが笑った。真紅の氾服がよく似あう。

「さすがタツオだ。得るものがあれば、失うものもある。予備のタンクは普通は一生つかわれることのない力だ。つぎにタンクに力を溜めていくまでは数ヵ月、猛烈に身体がだるくなる。養成高校のカリキュラムについていくのも困難なくらいね」

軍事教練やさまざまな野外演習を考えた。ただでさえきついのに、根こそぎ体力を奪われたうえで、あれに耐えられるのか。想像するだけでぞっとするが、ほかに選択肢はなかった。対カザン戦では徹底的に不利なのだ。逆島家の「止水」は東園寺家の「呑龍」に過去の対戦成績で負け越している。

タツオは不退転の意思をこめて、しっかりとうなずいた。

「わかった。ジョージ、頼む」

いったいなにをするのだろう。なにか秘密の呪文とか、予備タンクの栓を破壊する発勁でもあるのか。タツオが身構えていると、ジョージはことともなげにいった。

「うつ伏せになってくれ」

タツオはマットレスの上で身体を反転させた。ジャージの上からジョージの指先が背骨をなぞって下におりていく。背骨の基底部にある仙骨で指先が止まった。

消しゴムで鉛筆の文字を消すくらいの強さで、仙骨の上をなぞっている。とくに痛みはなかった。

「それだけでいいのか」

「うん。ちょっと微妙な操作なんだ」

クニが興味深そうに覗きこんできた。

「なんだ、それ。中指一本で腰の裏側をこちょこちょか。意味わかんないな」

ジョージは苦笑していった。

「仙骨の上にまあ知恵の輪みたいな鍵があるんだよ。それを指先でほぐしているんだ。複雑に絡みあった輪をすこしずつ広げていく感じかな。ぼくも人にやるのは久しぶりだ」

タツオは驚いていった。

「骨の上に書かれた知恵の輪？」

「というより骨に染みみたいにくっついている印というかな」

「じゃあ、ジョージはこんなことをいつも自分にやっているんだ」

ことをなげにジョージはいう。

「そうだよ。自分の身体の調整は自分でやっている」

なにも感じなかった仙骨だったが、ジョージが触れていた部分にじんわりと熱が広がっていくような気がした。仙骨はおおきなベース形をした骨だが、その全体が発熱しているようだった。五分ほどして、仙骨から尾骶骨《びてい》へとジョージの指先が動いていく。

「あともうすこしだ」

最後に尾骶骨から背骨まで形をまっすぐに整えるようにジョージのしなやかな指先がなぞっていった。

「これでいい。身体を起こしてもいいよ」

タツオはゆっくりとマットの上で立ち上がった。快晴、日ざしが燦々《さんさん》と降り注ぐ夏休み初日の朝目覚めたようだった。気分は爽快で、身体中に新たな力がみなぎっている。

「これなら、カザンと三試合でも闘えそうだ」

クニが目を丸くして、タツオを見ていた。ジョージは目を細めて、声もなく笑うだけだ。決戦の準備は整った。タツオは静かに腹で息をしながら、休息時間の終わりを待った。

123

大講堂は嵐の前の静けさだった。

東園寺崋山と逆島断雄、現近衛四家の次期当主と元近衛四家、没落したが名門逆島家の次男坊の決勝戦が迫っている。会場の空気がおかしいのは、タツオの骨折というアクシデントが発表されたからかもしれない。それまでの能天気な文化祭の出しものという雰囲気から、深刻で重々しい空気に変化している。

　会場に入る直前、タツオはクニに質問した。

「決勝戦の最終オッズは何倍だ？」

　クニは携帯端末で学内ネットに接続した。

「あーあ、さっきまで三対一だったのに、おまえの指が折れてるって情報が流れて、四・五対一に倍率が跳ねあがってるよ」

　タツオはちらりと盗むような笑みを見せた。

「そうか、なら、ぼくも三ヵ月分の小遣いを賭ける」

「どっちにだ？」

　今度は獰猛に歯をむきだして笑ってみせた。

「当然、ぼくだ。逆島断雄の勝利に」

　不思議な感覚が身体の中を駆け巡っていた。ジョージに仙骨にある身体の予備エネルギータンクの栓を抜かれてから、全身に太陽の光が満ちあふれているようだった。快晴の空に爽快な嵐が吹き荒れている。高気圧が身体の中心に腰を据えたようだ。この調子なら、絶対にカザンに勝てるとはいわないが、いい勝負ができそうだった。

　ジョージがタツオの肩に手をおき、目を見つめてくる。なにを考えているのかわからない謎の視線だった。

「タツオ、ぼくも賭けに乗ろう。きみが勝つほうに一〇〇〇万円」

「本気か、おまえ頭おかしくなったんじゃないのか」

　クニが目を丸くしている。無理もなかった。小遣いといえるような額ではなかった。進駐官養成高校を卒業し、そのまま下士官として進駐軍に奉職した初任給の二年分だ。

　タツオも驚いていう。

「いいのか？　その金は代々受け継いだアルンデル家の財産の一部なんだろう」

　ジョージが静かにうなずいた。

「かまわない。攻撃型『須佐乃男』がエウロペ本土に向かって展開されるようなことになれば、いくら金をもっていてもしかたない。タツオには勝ってもらわなきゃならないんだ」

クニが確認した。

「ほんとにいいんだな。もうすぐ賭けは締切だから、注文だすぞ」

「やってくれ」

試合場に入る前に、クニはタツオの一〇万円とジョージの一〇〇〇万円をタツオの勝利に賭けた。大量の賭け金によりオッズが動いた。

それでも三・五対一で、東園寺崋山の優位は動かなかった。


タツオが会場内に足を踏み入れると、熱気で大講堂の空気が膨張したようだった。開いたダブルドアに熱風が押し寄せてくる。左右にジョージとクニを従え、タツオは進駐官養成高校のカーキ色のジャージで、中央にある青畳の格闘場に向かった。四方を取り巻く三〇〇〇人近い観客席は険しい崖のように切り立っている。無人の青畳は海のように静まり返って広がっている。

試合場にあがる数段のステップに足をかけたタツオの肩を抱くと、ジョージが耳元で囁いた。

「仙骨の予備エネルギーはかなりのスピードで消費されるはずだ。全力で動いたら五分程度でなくなるかもしれない。ぼくにもタツオのタンクがどれくらいの容量かはわからないんだ。できることなら、延長戦にもつれこまずに、本戦内で決着をつけてほしい」

タツオは目を細めていった。

「きみの一〇〇〇万円とエウロペの未来がかかっているからな。全力を尽くす」

ジョージが握手を求めてきた。左目はカザンに殴られたせいで、ほぼふさがるほど腫れていた。

「ぼくの分まで、頼む」

タツオはジョージの手をしっかりと握った。クニが情報端末をこちらに向けてきた。こんなときにいったい誰だろう。通話をする相手など思いつかなかった。

「さっきから、どうしてもタツオと話させろってうるさいやつがいるんだ。ちょっくら声を聞かせてやってくれ」

タツオが情報端末を手にすると、懐かしい声が流れだした。

「おい、クニ、早くタツオと替わってくれ」

救急ヘリコプターで東京の進駐官病院に搬送された谷照貞だった。タツオは思わず質問していた。

「腕のほうはだいじょうぶなのか」

「ふふふっ」

テルは意味深に笑ってみせた。

「もうすぐ切断手術が始まる。残しておくこともできるが、リハビリに一年以上はかかるし、それでも元のように運動性や筋力は戻らないと医者にはいわれた。同期のおまえらから遅れて、先輩なんて呼ぶのは絶対に嫌だからな」

タツオは呆然とした。送話口を押さえ、クニとジョージに声を潜めていう。

「テルはこれから右腕の切断手術だそうだ」

「くそっ！」

悔しそうにクニが吐き捨てた。テルは端末の向こう側で強がった。

「軍用の義手をつけることにした。切断したらすぐに神経と電極をつなぐことになる。もう格闘訓練では本気を出せないな。軍用のだとタツオの骨を砕くくらいは簡単にできちまうからな」

タツオは情報端末を耳に押し当て、声を殺した。

「そうか……それは訓練楽しみだね」

目をあげると青い畳の海の向こうに、テルの腕を再起不能にまで損壊したカザンが白い羽織袴姿で彫像のように立ち尽くしていた。タツオの視線に気づくと、自信ありげに傲岸な笑顔を見せつけてくる。

タツオの中で怒りの炎が青く燃え立った。緩く燃える低音の赤やオレンジの火ではない。金属も焼き切るような超高温の青い炎だ。テルはタツオの怒りに気づかないようだった。

「おい、タツオ。おれの仇を討ってくれ。カザンのやつをぼろぼろにしてやれ。頼むぞ、だけど……」

テルがいうかいわないか迷っていた。決勝戦を目前に控えてなんだろうか。

「なんだ？　ちゃんといってくれ」

しばらく無言が続いてから、テルが口を開いた。

「いいか、暁島会も進駐軍に残る逆島派のシンパも、みなおまえに期待している。カザンを倒し、東園寺派のやつらに目にもの見せてやれってな。だけど、おれは自分で闘ったからわかる……」

場内でアナウンスが流れた。決勝戦までのカザンとタツオの戦績が、巨大な電光掲示板に映像とともに流された。カザンは東園寺家秘伝「呑龍」をつかい、無抵抗な敵を容易に残酷に沈めていった。

「カザンはほんとうに強い。危ないと感じたら、すぐに審判に合図して、ギブアップするんだ」

おかしい。剛毅なテルがなぜか涙声になっていた。タツオもつられて泣きそうになった。

「おまえはおれみたいに片腕をなくすことはないんだからな。いいか、タツオ？　負けは別に恥じゃない」

続いて編集済みのタツオの試合映像がディスプレイに流れた。大講堂の群衆が沸いている。どの試合も苦戦続きで、タツオはぼろぼろだ。楽に拾えた試合などひとつもなかった。それでも逆島断雄は、これから幼馴染みにして宿敵、東園寺崋山と闘うのだ。

タツオは自分は意地っ張りで、馬鹿みたいだと思った。テルはこちらの身を案じて、ああいってくれるが、自分は死んでも絶対にカザンに降参などしないだろう。敗れるときは意識を刈りとられるか、指一本動かせないほど徹底的に痛めつけられたときだけだ。

審判の少年がマイクを片手に興奮して叫んだ。

「これより、東島進駐官養成高校一年三組異種格闘技戦、決勝戦を開始する。東園寺崋山、逆島断雄、試合場へ」

　耳元で情報端末が叫んでいた。

「わかったか、タツオ。けっして無茶はするな、いいか。タツオ、ほんとうの戦場は高校でなく、世界にあるんだぞ」

「わかったよ。ありがとう、テル。その右腕の分も、ジョージの分も、ぼくが闘ってくる。親身な忠告はうれしいけど、高校の講堂で勝てなくて、世界で勝てるはずがないよ。いってくる。手術がんばってくれ」

　テルが返事をいう前に、タツオは情報端末の回線を切った。これでもう思い残すことはなかった。

　闘って東園寺崋山を倒すか、敗れてテルのように腕か足を失うか。決戦の時が迫ろうとしている。

　カザンとタツオへの声援は七対三くらいだろうか。自分への応援の中に、澄んだ東園寺彩子の叫びが聞こえた気がしたが、正面の貴賓席には目をやらずに、タツオは淡々と試合場にあがる階段をのぼった。

124

「双方、礼」

　審判の少年が叫んだが、緊張のあまり声が裏返ってしまった。それでも大講堂には失笑の声のひとつもあがらない。無理もなかった。ついにやってきた決勝戦である。東園寺派と逆島派の天王山だ。

　さすがに進駐軍の幹部以外は、この試合で日乃元本土防衛の決戦兵器「須佐乃男」の正操縦者が決まるとは知らされていなかった。だが、会場の養成高校生徒たちにも貴賓席にずらりと顔を揃えた将軍たちの異様な緊張感が伝染しているようだ。大講堂の誰もが息を呑んでいるせいで、三〇

〇〇人近い観客の無音の圧力が、タツオの身体に痛いほど押し寄せてくる。

「東園寺くん、逆島くん、前へ」

さっと一礼して、タツオは開始線へ進みでた。二本の開始線の距離は三メートル弱。正面に東園寺崋山が神主のような白装束で静かに立っている。顔色は依然として悪かった。やはり「呑龍」の連発は体力を磨り減らすのかもしれない。対するタツオはまだ「止水」を一度も発動していなかった。

東園寺派の長老から、過去の対戦結果と「止水」の威力は聞かされていることだろう。けれど自分で一度も体感せず、目撃もしていないのは、さすがのカザンでもかなりの不安だろう。未知ほど恐ろしいものはない。

「逆島断雄、おれは子どもの頃から、おまえが嫌いだった」

審判が困った顔をした。カザンの背後には近衛四家、東園寺家の勢力が控えている。それでも勇気を出して審判がいった。

「東園寺くん、試合前だ。静粛に」

カザンは審判には目もくれなかった。

「やかましい。脇役は黙ってろ。どうせ試合は開始と同時に終わる。おれの『呑龍』でな。時間ならあるだろう。すこし話をさせろ」

審判の少年がおどおどとタツオに目をやった。

「こういっているけど、構わないか？」

タツオは静かにうなずいた。カザンが吐き捨てる。

「その余裕ぶりはなんだ。吐き気がする。おまえはガキの頃から、いつでもそうだった。内気で引っ込み思案のくせに、最後にでかいことをやらかし、その場をさらってしまう。多勢に無勢の乱闘をしたこともあったな」

タツオの口元がほころびかけた。あのときは年長の少年たちにぼろぼろにやられて泣いていたカ

ザンを救ったのだ。

「幼馴染みのおまえがあこがれだった時期もあった。生意気にも成績はよかったし、運動もできたからな。おまえとおれで進駐軍を改革し、日乃元の国体と平和を守る。そんな夢も描いたこともあった」

カザンがいきなり片手を腹に当て、笑い始めた。

「ガキの夢だ。くだらない。すべてはおまえのおやじの裏切りで変わった。勝手にウルクの王族に入れこんだあげく、守備隊全員を道連れにくたばったんだ。いいか、おれのおやじがおまえの母親やおまえら兄弟を守らなければ、おまえたちは最北端の思想犯用強制収容所に送られていたんだぞ。おかげで第二位だった近衛四家の席次は降格されたがな」

タツオも初めて聞く話だった。悪名高い収容所の生存率は一年で七〇パーセントほどときいたことがある。ろくな食料も与えられず、極寒のなかでの重労働で、年に三分の一が死んでいくのだ。日乃元は思想犯には厳罰主義だった。

「……そうだったのか」

カザンが鼻を鳴らした。

「ああ、事実だ。それがどうだ？　おまえは恩を仇で返し、この養成校でことごとくおれに逆らった。逆島派の残党を集めて、進駐軍内部の序列さえ変えようとしている」

「ちょっと待ってくれ。ぼくにはそんなつもりはなかった。こっちだって謎の敵に襲撃を受けて散々だった」

射撃訓練場での狙撃、深夜の行軍訓練での襲撃、戦闘シュミレーション決勝戦での銃撃事件、ヘリコプターの襲来……すべてなんの可能性も権力もない自分が狙われたものだ。タツオは力なくいった。

「……浦上くんによる狙撃もあった」

カザンの顔が赤くなった。

「いつでも正面からおまえを倒せるおれがあんな

命令をくだすと思うか。あれは五王重工の差し金だ。まあ、おまえに謝るつもりなどないがな。おまえはユキヒコを殺させたんだからな」

どこまでいっても平行線だった。なぜ、こんなことになってしまったのだろうか。サイコとカザンとタツオの三人は、幼い頃、双子ではなく三つ子のようだといわれるほど仲がよかった。夏休みにはそうほうの別荘を交互に訪れ、いつも三人で枕を揃えて眠りに就いたものだ。それがどんなに言葉を尽くしても、心は通じなくなっている。しびれを切らせた観客の生徒が叫んだ。

「ごちゃごちゃいってないで、早く闘え」

カザンが声のしたほうを睨みつけ叫んだ。

「おまえから先に『呑龍』をかけてやる。おりてこい」

大講堂が静まり返った。あの秘伝を見せられた者なら誰でも同じ反応を示すだろう。

「逆島断雄、おれは今日、おまえを超える。防衛型・攻撃型双方の『須佐乃男』を駆って、軍神となる。おれは日乃元本土を守り、氾帝国とエウロペを転戦する。世界をこの手にして見せるぞ。おまえはおれという史上最大の英雄の最初の戦果だ。ありがたく思え。おれのヘルメットに入れる最初の星にしてやる」

タツオは手をあげた。

「ちょっと待て、『須佐乃男』は一度の出撃で三〇年近い生物年齢を消費するんだぞ。転戦なんてできるのか」

カザンの目がぎらりと光った。青いほど澄んだ黒目に狂信の闇が沈んでいる。

「操縦する兵器数や出撃時間を制限し、体内時計を制御する脳の視交叉上核《しこうさじょうかく》への薬剤投与を行えば、最大三回の出撃が可能という最新の研究成果がある。そのあと『須佐乃男』をおりたら、おれは九〇歳の老人だがな。それでも別に構わん。この命は日乃元の国体と進駐軍に捧げる」

タツオはあっけにとられていた。一〇〇〇を超える陸海空の無人ロボット兵器が、氾やエウロペの平原を無人の野を行くごとく進軍し、首都を落していく姿である。目の前にいる幼馴染みはたったひとりで、数百万人あるいは一〇〇〇万人単位の戦闘員および非戦闘員を殺傷することが可能な未来の軍神なのだ。

目に力をこめて、カザンを睨みつける。カザンがいった。

「教えておいてやる。脳の視交叉上核という部位に、おれたちの秘伝『呑龍』と『止水』の秘密があるんだそうだ。今や進駐軍の科学者が強制的に時間感覚を変容させる新薬を開発中だ。無粋な科学が追いついてくる前に、おれはさっさと秘伝でこの戦争を終わらせる。世界の三分の二を日乃元の旗で埋め尽くして、退役するんだ。悪くない老後のプランだろ」

タツオは声を絞り、静かに語りかけた。

「東園寺崋山、きみとはずっと友達だった。進駐軍に進んでも、切磋琢磨しあえればいいと思っていた。だが、今はっきりとわかった。ぼくはきみを止めなければいけない」

ふふふとカザンが笑ってみせた。

「おまえに止められるのか。おれには『呑龍』があるんだぞ」

タツオはハッタリでもいいから、脅しをかけることにした。

「こちらにも秘伝の第二段階『観の止水』がある」

「おもしろい、見せてみろ。おれたちはもう言葉でいけるところまでいった。あとは秘伝と拳で語るときだ」

すっと純白の羽織袴姿のカザンの身体に芯が通った。鋭く審判の少年に叫ぶ。

「試合開始だ。いつでもいいぞ」

同時にカザンの変拍子が始まった。不規則な瞬きと腰骨を軽く打つ右手、そして左右の足踏みとおかしな祝詞《のりと》のような呪文。正対するタツオはカザンの呼吸のペースまで不規則な拍子を刻んでいることに気づいた。ゆったりと動く左右の肩やごくわずかな首の旋回も、また催眠作用を有する変拍子の発生源なのだ。

　カザンは全身の二〇を超える箇所で、変拍子の催眠リズムを生みだしている。これほどの技を身につけるまでに、幼い頃からどれほどの鍛錬を繰り返したのだろうか。

　一瞬感心したが、そのときタツオは気づいた。大講堂の高い窓から斜めに注ぐ黄金の夕日に舞う試合場の埃が、一切のブラウン運動をせずに空中に金の屑のように静止しているのだ。視覚は完全に停止している。

　タツオはついに東園寺家秘伝「呑龍」の術中に自分が完全にはまったことに気づいた。

125

　タツオの胸の奥には冷めた炎があった。カザンの秘伝「呑龍」に呑みこまれながら、冷静に考え続ける。これまでの試合でカザンはつねに慎重だった。完全に相手が静止するまでは、手を出してこなかったはずだ。

　視線は動かせなかったが、大講堂の壁にさがる大時計を見ることができた。試合が始まってから、まだほんの数秒しか経過していない。秒針の動きは見えない。秒針まで静止しているのだ。

　全身から汗が噴きだしてきた。時間を止めた肉体の檻《おり》に、精神が閉じこめられてしまったようだ。自分の意思のままに動かない身体は恐ろしく窮屈だった。絶望的なこの状態で雷神のような速さのカザンから打撃を受けるのだ。

　向こうはこちらのように極限まで引き延ばされた時間のなかにはない。その攻撃を永遠に近い待機の末に、わが身に受ける。東園寺家秘伝「呑龍」は肉体だけでなく、精神まで完膚なきまで破壊する技だった。

　タツオは心のなかでスイッチを入れた。静かに逆島家秘伝「止水」を発動する。この技特有の澄んだ意識が降ってくる。自分の精神と肉体が透明になったかのようだ。

タツオは空中に静止する黄金の塵に目をやった。青畳の上には夕日を浴びた無数の埃が浮かんでいる。「止水」を発動したとたんに、すべての黄金の塵がゆるやかなブラウン運動を再開した。壁の時計で秒針がゆっくりと進み始めたのが確認できる。

タツオは右手の指先だけに意識を集中して、動かしてみた。ぴくりと中指の先が動いた。自分は「呑龍」のなかでも、なんとか身体を動かせる。本来ならため息をつきそうなほどの安心感だが、タツオは冷静に自分を抑えた。カザンに「止水」の発動を悟られてはならない。

目の前に立つカザンは目の瞬き、呼吸、手と足、腰骨や両肩の揺れと、身体のあらゆる部位と動きをつかって、複雑な変拍子のリズムを奏でていた。これでは目を閉じても無駄だろう。音は防げないし、仮に耳栓を使用して聴覚をさえぎっても、空気を揺らす変拍子のリズムはこちらの体内に作用してくる。

その場合の効果のほどはわからないが、東園寺家では秘伝「呑龍」を破る数々の秘策に対応するよう過去一〇〇〇年以上も技を進化させてきたはずだ。付け焼刃の対策で効果があがるとは思えなかった。

タツオは静止した時間のなかで、必死に体内クロックを速めようとしていた。カザンに悟らせないように、遅延した時間流のなかで体内時計を加速させていく。

「呑龍」は相手の体内クロックを静止に近い状態まで遅くする技で、「止水」は自分のクロックを究極まで加速する技だった。本来は双方の力が補完して、完璧なひとつの秘伝を構成するものかもしれない。近衛四家で東園寺家と逆島家がつねに双子のような扱いをされていたのは、双方の家格だけでなく、秘伝の相補的な性格を、日乃元の朝廷が歴史上高く評価したせいもあるのだろう。

タツオの身体は悲鳴をあげていた。カザンの秘伝で、体内クロックは停止寸前まで落とされている。その状態で「止水」を発動中なのだ。ブレーキとアクセル、両方のペダルを全力で踏みながら、レーシングカーを走らせるようなものだった。

脳のなかだけでなく、身体中の筋肉と関節が過度の緊張で、ぎしぎしときしみをあげそうだ。

カザンの口元が高速で動いた。残像が残るほどの速さだ。

「……ゆ……く……ぞ……！……タ……ツ……オ……」

音はずっと遅れてモールス信号のように途切れながらやってきた。そこからカザンの身のこなしは光速のようだった。飛びだすように距離を詰め、右足を踏みこんでくる。足の動きが瞬間移動のようだ。

右手は腰のあたりで弓のように引いている。カザンの得意な日乃元拳法の中段突きだ。

タツオは左手の手首を回転させるのがやっとだった。身体をひねったり、上半身を引いて避けるほどの動きは「呑龍」の術下では困難だ。

タツオの手首の反転で、カザンの中段突きの軌道が逸れた。狙いはみぞおちにある急所の太陽神《たいようしん》経叢《けいそう》だが、カザンの硬い拳は左の肋骨に被弾する。骨がたわむほどの打撃で、息が止まりそうになった。なんとか表情を変えずに、タツオは打撃を受けとめた。

だが、衝撃はタツオよりもカザンのほうが数倍も激しかったようだ。幼馴染みの表情が信じられないものでも見たように、驚愕《きょうがく》に歪《ゆが》んだ。

「……お……ま……え……う……ご……け……る……の……か……？……」

襲来したときと同じように、カザンは光速で引いていった。蹴りの届かない距離になって、ようやく残像が静止する。

「……し……ん……じ……ら……れ……な……い……『止……水』……の……力……か」

タツオは必死だった。まだ手首から先ほどしか身体を動かすことはできない。もっと可動範囲を広げ、防御の体勢を整えないと、いつ必殺の一撃がやってくるかわからなかった。

「止水」の速度をさらにあげるようイメージの力を研ぎすませていく。流れ落ちる滝のすべての飛沫《しぶき》が空中で静止する映像だった。一本の水の柱が時間のなかで凍りついて、止まった滝となる。そこを自由自在にタツオだけ動くのだ。

逆島家の先祖のうち何人かは、実際に「呑龍」と闘って勝利を収めているのだ。不可能なことではないはずだった。タツオは身体のあちこちから零れ落ちる水滴を想像する。水からあがった子どものように全身から水滴を垂らし、そのすべてを静止映像に換えていく。左の足首がびくりと動いた。左の眉がつりあがり、左肩もぴくりと脳の指令に反応する。

巨大な龍に呑まれていても、わずかだが身体を動かすことができるようになっている。タツオは歓喜の声をあげそうだった。カザンの声が先ほどよりも速く聞こえた。それでも地を這《は》うような低音は変わらない。

「…だ…が…ま…だ…ま…だ…自…由…に…は…動…け…な…い…よ…う…だ…な…ゆ…く…ぞ」

カザンが左右にステップを踏み始めた。身体を揺らしながら、近づいてくる。左のフェイントをかけてから、右を打ちこんでくる。タツオは肘の先だけで正拳をかわそうとしたが、そちらもまたフェイントだった。左の拳がごつんと頰骨に当たる衝撃が残る。カザンはまた光速でタツオの圏外に逃げ去っている。

東園寺家の次期当主はにやりと素早く笑った。

「…そ…の…程…度…の…も…の…か…『止…水』…も…た…い…し…た…こ…と…は…な…い…な…死…角…か…ら…き…た…ら…ど…う…す…る?…」

にやにやと笑いを浮かべながら、タツオの視界から背後にすり足で移動していく。タツオはなんとか首を回そうとしたが、カザンの光速の移動には追いつかなかった。タツオの「止水」ではまだカザンの「呑龍」を完璧に補正するほどの加速は得られないのだ。どこかからやってくる衝撃に備えた。なんとか後頭部だけは右手で守る。

「……間……抜……け！……」

蹴りつけられたのはひざの裏側だった。とても立ってはいられない。タツオは頭を抱えたまま崩れ落ちた。青い畳の匂いがした。口のなかには鉄《てつ》錆《さび》の味がする。先ほどの左正拳で切ったらしい。

タツオがのろのろと立ちあがるあいだ、カザンは腕組みをして待っていた。瞬きと呼吸とつま先は催眠状態を維持するため、変拍子を続けている。

「……な……ぜ……東……園……寺……の……祖……先……が……『止……水』……を……恐……れ……た……の……か……わ……か……ら……ん……」

カザンが光速でタツオの周囲を回転し始めた。死角に入るたびにタツオは一撃に備え、身体を固くした。つぎの打撃は左脇腹だった。見えない角度からの肝臓打ちである。タツオはまたも打ち倒され、悶絶した。

口のなかはめちゃくちゃだ。血の味と酸っぱい胃液が混じって、とても耐えられなかった。右手をついて、ゆっくりと立ちあがる。カザンは何度でもタツオを打ち倒すつもりのようだった。タツオは新品の青い畳の上に、血と胃液の混合液を吐きだした。

カザンがゆらゆらと揺れながらいう。実際には身体を揺らしているだけだろうが、それが瞬間移動のような速さなのだ。

「……ただ……の『止……水』は……もう……見飽……きた……そろ……そろ……進化……型の……『観の……止水』……とやら……を……見せ……て……み……ろ……」

カザンの言葉が高さをとり戻し始めていた。きちんとひとつながりの台詞として聞きとれるようになっていた。

自分はすこしずつ「呑龍」への対応を始めている。無限の時間が流れたように思えるが、壁の時計では永遠に近い四五秒が過ぎただけだった。

タツオは「観の止水」のために、新たに体内に残る力をかき集めた。ジョージはいつまで予備のエネルギーがもつかわからないといっていた。このまま逃げ切りを図れば、カザンが楽に勝利を収めることだろう。

タツオは守りながら攻めなければならないのだ。攻防をふたつのものではなく、ひとつの動きに結晶化させなければならない。

体内のクロックを極限まであげるために、タツオは「止水」の呼吸を練り始めた。

126

タツオは数々の打撃でダメージを蓄積させながら、シャワー室の記憶を探った。あのとき自分は「止水」を発動させつつ、なにか別な次元に移行した気がする。

シャワーヘッドに開いたすべての穴から奔流のように流れ落ちる生ぬるい水の糸一本一本を、好きな順番で額の中央で受けとめることができた。かつてない速度で、微妙なボディコントロールが可能だったのだ。自分では記憶にないが、クニはタツオがシャワーブースのなかで爆発したようだといっていた。爆発したように全身から水煙が立ちあがっていたと。

不思議な球体に包みこまれたような感覚も覚えていた。その球にふれる周囲のものすべてを同時に感じとれた。「止水」による運動能力の加速感覚とはまるで異なった体験だった。知覚が強制的に拡張され、身体よりもずっとおおきな球形に押し広げられたようだった。うっすらと虹色に光る球体には、触覚や痛覚や気温の上下といった肌の感覚まで映りこんでいるようだった。

「……まだ……まだ……だな……おま……えは……おれ……に永……遠に……追い……つけ……ない……」

恐ろしく間延びしたバリトンの声で、カザンが冷笑していた。「止水」はもうすこし加速可能な気がする。だが、それでも「呑龍」のブレーキ効果には、カザンのいう通り追いつけないだろう。脳内の生体クロックを生命の維持可能なぎりぎりまで遅くしてしまうのだ。東園寺家は一〇〇〇年を超える一族の歴史をかけて、とんでもない秘伝を発展継承させてきたのだ。

カザンが光速のステップワークで、タツオの背後に回りこんだ。タツオは必死で集中していた。いつ意識を丸々刈りとられるような急所への一撃が襲ってくるかわからない。

そのときタツオの身体から、皮膚がはがれていく感覚があった。生皮をはがされるのだから、全身が焼きつくようなひどい痛みがあるに違いないと、タツオは顔をしかめた。だが、皮膚は身体から離れると、ふわふわと広がりながら空中に漂っている。表面積はいくぶんか広がっているようだ。おかしなことに身体は秋の夕風を受けたように涼しく気もちがよかった。

「…寝て…いろ…その…あい…だに…全部…済ま…せて…やる…」

カザンは勝利を確信しているようだった。時間を引き延ばされ、極低音になった声でも笑いは感じとれた。

「…そう…だな…おま…えの…右腕…をも…らお…うか」

背後から声が揺れながら聞こえてくる。左右に身体を動かしつつ、つぎの攻撃を準備しているのだろう。

「…『須佐…乃男』…の操…縦桿…を絶…対に…握れ…ない…よう…にな…」

タツオのなかには恐怖があった。怒りがあった。憎しみもあった。幼馴染みなのに理解しあえない悲しみがあった。同時に瞬時にイメージがフラッシュバックする。右腕を開放骨折して、傷口から血で染まった白い骨を覗かせていたテル。端整な顔面を執拗に狙われて、赤黒くふくらんで左目がふさがりかかったジョージ。そして、タツオはイメージした。氾帝国やエウロペ連合の平野を、戦闘員非戦闘員を問わず殺戮《さつりく》しながら進軍する一〇〇〇〇体を超えるロボット機甲師団「須佐乃男」。操縦しているのは、操縦桿を変拍子で叩きながら哄笑《こうしょう》する東園寺崋山だ。

「許さん！」

タツオの喉の奥から絞りだされた叫びが、試合場に響いた。同時にタツオの皮膚でできた淡い虹色の被膜が、熱気球のように急激に膨《ふく》らんだ。カザンが驚きの声をあげる。

「…『呑…龍』に…呑ま…れて…話が…でき…るや…つな…んて…聞い…たこ…とが…ない…」

声はやはり背後から聞こえる。カザンは打撃の始点を悟られないように、細かなステップワークを踏んでいる。だが、タツオにはその位置がほぼ正確に察知できた。カザンの白装束が、タツオの知覚の球面に接触している。

「…おま…えは…ほん…とに…危険…なや…つだ…今こ…こで…決着…をつ…けて…やる…」

カザンが攻撃体勢に入ったのがわかった。左足を踏みだしながら、右正拳を同時に突きだす。位置はかなり高い。頭部いや右の側頭部後方。耳の裏側を狙ったボクシングなら反則のラビットパンチだった。三半規管を揺すり、タツオの平衡感覚を破壊しようというのだろう。カザンなりに考えられた「観の止水」対策なのかもしれない。観がなにか知覚に関わる能力だと、当たりをつけているのだ。

「はっ！」

カザンが打突と同時に吐いた息が、声にならない声となって、後方で破裂する。タツオは右手をあげ、開いたてのひらで耳の裏をガードした。先ほどよりも腕は動くようになっている。てのひらで衝撃が緩和され、カザンの急所攻撃は不発に終わった。

「…なぜ…わか…る?…見え…てい…ない…んだ…ぞ!…」

カザンの声から焦りが聞こえる。タツオの知覚の球体はまだ広がっていた。もうカザンの全身を包みこみ、さらに百畳ほどある青畳の試合場の半分を呑みこみそうだ。タツオ自身にもこの知覚フィールドがどこまで拡張するのか、予測がつかなかった。シャワー室のときには、まだ狭いブースで精一杯だった。

タツオは知覚拡張特有の涼しい風に吹かれながら、冷静に考えていた。いまだに自分の身体の動きは、「呑龍」の減速効果を打ち消すほどの速度を獲得していない。けれどカザンのように速くはないけれど、それを拡張した知覚で補い、すくなくとも攻撃はなんとか防御することができる。

そのとき、背後に立つカザンの全身から力が抜けた。もう攻撃体勢はとっていない。両手をだらりとさげ、並足の速さでタツオの正面に戻ってきた。二メートルほどの距離をおいて、タツオの目をのぞきこむ。

「…もう…楽し…て勝…つの…は止…めた…」

純白の羽織袴のカザンが二〇近い全身のあらゆる所作をつかって、東園寺家秘伝「呑龍」を発動している。先ほどよりの変拍子のリズムが急速になり、いくつかリズムの起点が増えているようだ。今ではチックのように頬が痙攣し、首筋も筋肉が不規則に引き攣《つ》れている。

「…こい…つは…フル…パワ…ーの…『呑…龍』…だ…今の…状態…でつ…かえ…ば一…週間…は身…動き…もで…きな…いが…しか…たな…い…」

カザンの表情が晴れやかに変わっていた。なにか新しい玩具でも見つけたようだ。

「…おま…えを…倒す…には…力を…出し…惜し…みし…てい…られ…ない…」

タツオはうなずいてみせた。カザンにはひどくゆっくりとして見えるだろうが、意思は伝えておきたかった。どちらが勝つにしても、この勝負で日乃元の本土防衛作戦の主役が決定するのだ。

カザンが微笑《ほほえ》みながらいう。

「…おま…えと…幼馴…染み…でよ…かっ…た…ここ…から…は…」

左右に細かくステップを踏み始めた。宇宙には存在しなくとも、秘伝「呑龍」には光速よりもさらに速い速度があるのだ。

「…精神…と肉…体そ…して…秘伝…の削…りあ…いだ…おれ…はお…まえ…を殺…して…日乃…元の…英雄…にな…る！…」

カザンが一瞬で距離を詰め、短い左正拳を突きだした。タツオの知覚球が察知できても、身体のほうが反応できなかった。胸に鋭い痛みが残る。

カザンがにやりと笑った。拳を突き上げて見せる。ただの正拳ではなかった。人差し指と中指を尖らせ、タツオの身体に突き刺したのだ。タツオは痛みに顔をしかめながら、防御の姿勢をとることしかできずにいた。

127

「…驚い…たな…」

尖らせた指の関節で肋骨の隙間を突き刺したカザンのほうがあっけにとられていた。タツオの防御は間にあわなかったが、手首や肘から先ではなく、左腕全体をゆっくりとだが上げることができた。東園寺家秘伝「呑龍」の強制催眠下でも、身体の自由は広がりつつある。それだけタツオの体内で「止水」がクロックアップしてきているのかもしれない。

カザンは身体のあちこちで変拍子をとりながら、軽やかに跳び始めた。西洋式ボクシングのステップとも違う、日乃元舞踊に似た優雅な所作だ。

「…いく…ぞ！…」

カザンの声がずいぶんと普通に人の話す音声に聞こえるようになっていた。聴覚も次第に復調しつつあるのか。カザンが大振りの右正拳を突きだしてくる。これはフェイントだ。

タツオはつぎの打撃がどこを狙ってくるのか、全身を固くした。

「…はい…っ！…」

正拳は途中で静止したが、一拍遅れて後方に残っていた右足が鋭く蹴りだされた。回し蹴りが膝の横を襲う。タツオは一瞬バランスを崩しそうになった。自分の意思ではのろのろとしか動かないくせに、肉体は敵からの攻撃には正直だった。衝撃を受ければ、すぐに痛みと損傷が現れる。

「…つぎ…だ！…」

フェイントに使われた右正拳が再び加速を始めた。腕の防御は間に合わない。タツオは首を横に振って、打撃の威力をなんとか弱めようとした。頬骨に熱した鉄塊でも押し当てられたようだ。がくんと首がのけぞる。

「…ほめ…てや…る…よく…かわ…した…今の…は東…園寺…家古…流柔…術『鎧…抜き…』だ…」

覚えておこう。タツオは口のなかに血の味を感じながら心に刻んだ。フェイントから始まる二段構えの蹴打と殴打の複合技である。初めてこれを見せられて、避けられる者はまずいないだろう。ジョージならどう対応するか、ちらりとタツオは考えてみた。いや、「呑龍」に呑まれていたら、天才児でも対応は難しいかもしれない。

「…本来…なら…正拳…では…なく…脇差…を使…う…顔当…ての…隙間…を突…き止…めを…刺す…技だ…」

鋭く尖った脇差の先が脳に達すれば、それで戦闘は終了だ。今の打撃が刀なら、頬骨を割って、こめかみにある動脈を切断していたかもしれない。そうなれば、タツオは即死していただろう。

ここまでの勝負で、タツオは何度もカザンに完敗しているのだ。武器をもって戦場で向かいあっているなら、実力差は圧倒的だ。

壁の大時計を見た。まだここまでに流れた時間は絶望的な九〇秒足らずだった。

「…つぎ…は古…流柔…術『緋《ひ》…連雀《れんじゃく》』…」

左右に身体を振りながら、カザンが接近してきた。正面からの打撃に備え、タツオは両腕を上げてガードの体勢に入る。

急にカザンの姿が消えた。なんだ？　視界を下におろすと、カザンはしゃがみこむほど低く身体を沈めていた。

拳ではない！

タツオに理解できたのは、そこまでだった。白いてのひらがそのままタツオの顎を襲ってくる。初撃はなんとかかわしたが、一瞬遅れてやってきた左の掌底《しょうてい》はかわせなかった。顎の横に痺れるような鈍痛を残していく。緋連雀は視野外からの掌底二連打なのだろう。

タツオはふらつく身体を立て直した。動くのは腕だけではなかった。両脚もなんとかゆっくりと動かせるようになってきている。それを敵に悟らせる訳にはいかなかった。

カザンは隠すことなく、哄笑していた。楽しくて仕方ないのだろう。幼少の頃から叩きこまれた東園寺家伝来の古流柔術の奥義を三〇〇〇人近い大観客の前で見せつけることができるのだ。しかも相手は憎き逆島家の次男坊で、幼い頃から学問でも運動でも敵わなかった断雄である。

全身のあちこちに損害を受けながら、タツオは狙っていた。この勝負には勝てなくともいい。ただ渾身の一撃をカザンに与えなければ、この先一生自分を許せないだろう。

タツオも苦しんでいたが、それは圧倒的に優勢なはずのカザンも同じだった。菱川浄児との準決勝以来、顔色は紙のように青白く、全身を汗の粒が覆っている。連戦と連続して発動された「呑龍」の疲労で、体力も限界のはずだ。

優位な敵が相手ならば、こちらから誘いこまなければならない。タツオは「呑龍」のせいで軽快な足さばきを禁じられている。手の届く範囲にカザンを誘導しなければ、一矢報いることもできないのだ。

タツオはゆっくりと息を吸い、自ら言葉を発した。

「疲れているな、カザン」

奇妙に間延びした声だが、なんとか自分のものであるのはわかった。カザンに気づかれないように、じりじりと腰を落とし、下半身に力を溜《た》めこんでいく。

「……おし……ゃべ……りで……時間……稼ぎ……か……同じ……負け……でも……ノッ……クア……ウト……より……判定……のほ……うが……いい……か……」

やはりカザンの声は低くぶつぎれだったが、だいぶ耳なじみがよくなっている。タツオはゆっくりと左手をあげていく。右手は腰のあたりに引いたままだ。

「逆だ。これ以上は耐えられない。決着をつけよう」

カザンはステップを止めた。腕を組む。羽織の胸元が汗で濡れ光っている。

「……ほう……いよ……いよ……観念……した……か……」

タツオは下半身の筋肉を動かしてみた。太腿やふくらはぎのおおきな筋肉は、かなり動かせるようだ。だが、カザンには絶対に悟《さと》らせてはならない。

「これだけの観客の前だ。正面から正々堂々とこい」

タツオの賭けだった。カザンはひねくれ者だ。人にいわれたことの反対をやってくるはずだ。子どもの頃からの癖《くせ》は、決勝の大舞台でも変わることはないはずだ。タツオはゆっくりと迎撃の体勢をつくっている。

「……馬鹿か……誰が……おま……えの……誘い……に乗……る？……相打……ち狙……いが……みえ……みえ……だ……」

カザンが壁の大時計に振り向いた。永遠に闘い続けているような気がするが、まだ試合時間は三分もある。四方につけられた巨大な電光掲示板には、それぞれ二枚ずつタツオとカザンがバストアップで映しだされていた。タツオの顔面は腫れ始めていた。急所はなんとか避けているが、正拳突きや掌底がいくつも頭部を襲っている。防御のためにあげた左手は、添え木と包帯でふくらんでいる。折れた小指はまだ心臓の鼓動と同期して痛みを伝えてくる。

対するカザンは顔色は悪くとも、打撃の跡のないきれいな顔をしていた。誰が見ても、この勝負は圧倒的にカザンが優位だろう。問題はいつ決着がつくかだけだった。判定にしろ、KOにしろ、カザンの勝利は動かないように見える。

タツオは慎重に狙いを定めながら、カザンに罠《わな》を仕かけた。

「幼馴染みとして、頼む。このまま一寸刻みのなぶり殺しでなく、一撃で片をつけてくれ。カザンがぼくの右腕が欲しければ、こちらの意識がないうちにくれてやる」

カザンがにやりと笑った。

「…ほう…殊勝…な心…がけ…だな…」

もうひと押しだ。カザンは子どもの頃からそうだった。ひねくれたなりに、単純素朴なのだ。戦闘シミュレーションや盤上の会戦で、いつもタツオの後塵《こうじん》を拝《はい》したのは、カザンが素直な人間だったからだ。複雑で悪いのは、タツオのほうだった。子ども心にタツオはそう刻んでいる。現実の闘いでは悪のほうが有利なのだ。知恵と作戦をもつ複雑な悪は強い。たとえ負けるときでも、卑怯な手を使っても損失を最小限に抑え、つぎの闘いに備えるのだ。タツオは自分のなかにある悪を見つめながら、幼馴染みに仕かけた罠をゆっくりと閉じ始めた。

128

「あと三分も、立って、いられそうに、ない。勝負を、急ごう」

自分でも情けない声が出て、驚いてしまった。実際にもう体力の限界にきているのかもしれない。ジョージに仙骨にある栓を抜いてもらった予備タンクも、空っぽが近いのだろう。

「そうか…わか…った…おま…えと…おれ…の一○年…以上…にわた…る確執…も今日…で…終わり…だな…おまえ…の屍《しかばね》…を乗り…越えて…おれは日乃元の軍神になる」

タツオはおやっと思った。最後のほうでカザンの言葉がまともに聞こえたからだ。それともこれは空耳だろうか。

いよいよ、これで決着だ。タツオは残された体力を「止水」に流しこんだ。膨らんでいた淡い虹色の知覚の被膜を、もう一度凝縮させる。もうカザンのどんな予備動作でも見逃すわけにはいかなかった。

カザンが子どもの頃のように無邪気に笑っていた。この闘いを勝利で終えるのがうれしいのだろう。タツオは満身創痍だ。どう見ても、この大講堂でカザンの圧勝を疑う者はいないだろう。

この男とは幼稚園にあがる前から友人だった。どうしてもうまくできないひらがなの練習を泣きながら諦めずに続けるカザンを思いだす。サイコとともに、最後までつきあってやったこともある。「ぬ」が書けたときは三人で手をとり跳びあがったものだ。カザンの初恋の相手も知っている。同じ年の皇位継承者、瑠子さまだ。瑠子さまは皇族らしく、好意に気づいても上品に無視していたけれど。カザンはいまだに苦い野菜が苦手だ。ピーマンやゴーヤだけでなく、根の近くがすこし苦いといってホウレンソウも食べられない。

東園寺崋山は悪い男ではなかった。もうすこし別な形で出会っていれば、ほんとうの親友になれたかもしれない。カザンが幼い頃夢見た通り、ふたりで日乃元と進駐軍の未来を担えたかもしれない。輝かしい祖国の未来を。

「さらばだ、逆島断雄」

幼馴染みが叫んだ。もう聞き違いではなかった。「止水」のクロックアップが土壇場で最終段階に到達したのかもしれない。タツオの耳は正常にカザンの言葉を聞きとっている。敵を欺《あざむ》くために身体はまだ使用していないが、通常通りの速さで動けそうな手ごたえがある。もっともぶっつけ本番なので、タツオにも今後どうなるか予想はつかなかった。

左右に身体を振りながらカザンが疾風《しっぷう》のように襲いかかってきた。タツオの狙いはすでに絞られている。ジョージが必殺だという第三の発勁を叩きこんだ左胸だ。あそこに自分に残されたすべての力をこめて右の拳を叩きこむ。その後のことは、この身がどうなろうと構わなかった。今は「須佐乃男」の操縦者が誰になるか気にしている余裕などない。

「いくぞ」

　カザンが正面から突っこんできた。タツオは防御の対応はしたが、心は別な攻撃にもそなえていた。正面からこいといえば、必ず側面から襲ってくるのが東園寺崋山だ。先ほどの「鎧抜き」と同じ型の攻撃姿勢だが、右足の蹴りの代わりにカザンは右にサイドステップを踏んだ。右正拳は時間差攻撃のようにいったん静止している。

　タツオはさっと身体を左に開いた。

「なにっ！」

　カザンが声もなくつぶやく。タツオの旋回の素早さに驚いているのだ。静止していた右の正拳が時間差で動きだす。先ほどの「鎧抜き」と同じタイミングだ。カザンの狙いはタツオの側頭部だった。急所のこめかみへの一撃で意識を刈りとり、あとはゆっくりとタツオの右腕を再起不能にするつもりだったのだろう。

　腕を引く動きの最初のほんの一ミリが「観の止水」に映りこんだ。左足から右足への重心の変化も知覚できる。カザンの攻撃の意図も打撃のタイミングも見事に予測できた。

（これが「観の止水」か）

　感慨にふける一瞬の間さえある。この境地を目指し、逆島家代々の当主たちは鍛錬を繰り返してきたのだ。

　タツオにはゆとりが生まれていた。思い切りぐんっと腰を沈める。腰のひねりと足先からの体重移動を加えて、一気に右の拳を突きだす。

　カザンの攻撃とほぼ同時だが、後の先でほんのひと刹那《せつな》タツオが遅れた。ごりごりと骨のこすれる音が鳴って、カザンの拳が頭頂をかすめていく。「観の止水」のおかげで、なんとか二度目の

「鎧抜き」を避けることができた。

タツオの拳は伸び切ったカザンの左胸に吸いこまれていった。おかしい。手ごたえがまるでなかった。その代わり、ぱちんっと伸びたゴムでも弾いたようなかん高い音が腕の骨を通して耳元で鳴った。濡れた風船でもいきなり弾けたようだ。大口径の銃で撃たれたように、カザンがその場に崩れ落ちた。砂の城が波に呑まれたようだ。

「やったー！　東園寺派のやつら、ざまあ見ろ！」

跳びはねながら叫んでいるのはクニだった。

「観の止水」が発動しているので、背後で叫ぶクニの動きが手にとれるように察知できる。空気がおかしいのは、ジョージのほうだった。血相を変えて階段を駆けあがり、こちらに向かってくる。普段は冷静な混血児が叫んでいた。

「審判、ぼんやりするな。ドクターを呼んで」

カザンは崩れ落ちたときと同じおかしな形に手と足を曲げて、静かに横たわっている。おかしい。あれだけ激しく動いていたのに、胸も腹も動いていない。審判の少年が駆けつけた。胸に手を当ててから、手首の脈を診た。顔色を変えて叫ぶ。

「軍医殿、早く」

そのときタツオに完全な体力の限界が訪れた。「観の止水」の球体が夕暮れの虹のように淡く薄れていく。タツオは立っているのも困難で、その場で両手両足をついて四つんばいになった。

クニが背中を叩いてくる。

「やったな、一発逆転だ。おまえなら、やってくれると思ってたよ」

軍医が試合場に続く階段を小走りであがってきた。続く看護師は戦場用の携帯型ＣＴスキャナーを持っている。

「東園寺くん、しっかりしろ。聞こえるか」

ジョージが身体には触らずに叫んでいた。審判の少年はショックのあまり立ち尽くしている。軍医がやってくるとジョージはカザンから離れ、場所を空けた。

聴診器で心臓の音を確かめ、首筋に手を当て動脈の動きを診る。ペンライトを抜いて、閉じた瞼《まぶた》を開き左右に振った。看護師に叫んだ。

「CTで胸部を頼む」

タツオは四つんばいのまま、顔だけあげて軍医に聞いた。

「カザンは……カザンは、どうですか」

軍医はかすかに首を横に振った。

「いったいきみは彼になにをした。バイタルが……ない」

タツオは貴賓席から女性の悲鳴を聞いた。サイコの声だ。純白の進駐官礼服を着たカザンの双子の妹が客席の階段を駆けおりて、こちらに向かってくる。

看護師が叫んだ。

「イメージ撮れました」

胸部の断層写真が付属のモニタに映しだされた。タツオは這うように携帯型CTに近づき、モニタを覗きこんだ。軍医もジョージも審判の少年もいっしょだ。

「……こいつは……」

軍医の説明を待つまでもなかった。カザンの心臓は縦にざくりとナイフで切開したように割れていた。タツオは手ごたえのない右の拳を叩きこんだときの音を思いだした。恐怖に震える。あの濡れた風船でも割れたようなかん高い音は、幼馴染みの心臓が裂ける音だったのだ。

なぜか会場がざわつきだした。どうしたのだろう？　タツオが顔をあげると、四方の巨大スクリーンにカザンの胸部CTスキャン像が映しだされていた。くだけた果実のようにぱっくりと割れた心臓が、三〇〇〇人近い観客に晒《さら》されている。

軍医が看護師に叫んだ。

「馬鹿、CTの通信機能を切れ」

遅れていた担架が到着した。看護師たちが白装束のカザンをそっと運び、担架に横たえた。四人の看護師が担架を持ちあげたところで、その叫びが大講堂を引き裂いた。

「お兄ーちゃーん！」

双子の妹・東園寺彩子が泣きながら叫び、兄・崋山にとりすがっていた。タツオは消耗し尽くしたまま、四つんばいではらわたを吐きだすようなサイコの叫びを聞いていた。

129

サイコは担架に横たわるカザンの胸に抱きついている。

「お兄ちゃん、目を覚まして。こんなところで死んだら駄目だよ」

涙に濡れた瞳で軍医を見あげていった。

「先生、お兄ちゃんは助かるんですか」

うつむき加減に軍医はいった。

「厳しい状態だ。心肺停止状態で、生命反応もない。集中治療室に運ぶから、きみもついてきなさい」

四人の衛生兵が担架をかつぎあげた。タツオは立つこともできず試合場の畳のうえから、運ばれていく幼馴染みを見つめていた。

（自分はほんとうに東園寺崋山を殺してしまったのだろうか）

頭のなかで何度も死の文字が浮かび、心を埋め尽くしていく。東島進駐官養成高校の一年生で、殺人者になってしまった。いくら現代の医学が進歩しているとはいえ、縦に裂けた心臓が再生可能だとは思えなかった。

担架で身じろぎもしないカザンは、眠っているだけに見えるけれど、完全に死んでいるのだ。ついさっきまで全身で「呑龍」の変拍子を刻んでいたのに。

クニがようやく事態に気づいたようだった。

青ざめた顔でいう。

「どうして、こんなことになっちまったんだ？　タツオはただ右ストレートを打っただけだろ。それともあれは逆島家の必殺技なのか」

タツオはちいさく左右に首を振った。

「いや普通の右だ。特別なものじゃないし、カザンを殺そうなんて気もなかった」

衛生兵にもちあげられた担架が試合場の階段をおりていく。サイコが最後尾だった。階段の手前で立ち止まると、長い髪をなびかせてさっと振り向き、カザンの妹はタツオをにらみつけた。涙で濡れた頬に長い髪が乱れて張りついている。

「逆島断雄、たった今からおまえは兄の仇だ。いつか必ず復讐してやる。貴様も同じ目に遭わせてやるぞ。覚えておけ」

タツオはひと言の返事もできずに、身を裂かれる思いでサイコを見つめていた。視線はしっかりと結ばれている。だがサイコの目に以前のようなタツオに対する恋や憧れに似た輝きはなかった。憎悪と怒りが油を燃やした炎から立ちあがる黒煙のように渦巻いている。それでもサイコは身体が震えるほど美しかった。

息を呑んでいた三〇〇〇人近い観客にも、試合中にどんな事故が発生したのか、理解できたようだった。大講堂内にアナウンスが流れる。

「東園寺崋山選手は治療のため医務室に運ばれます。決勝戦の勝者は、逆島断雄。このあとすこしお時間をいただき、表彰式に移ります」

死者が出ているのに、表彰式もなかった。タツオの体力も限界だ。兄の復讐を宣言するとサイコは一度も試合場を振りむかずに、担架に乗せられた兄の遺体とともに去っていった。タツオはその背中につぶやくだけだった。

「サイコ……すまない」

ジョージがしぼりだすように漏らした。

「タツオ、ぼくのせいだ」

青畳にへたりこんだまま疲れ切った目をあげた。顔を上にむけるだけで、ひどくしんどい。今日はもう立ちあがるのも困難かもしれなかった。

「カザンが死んだのは、ぼくのせいだ。第三の発勁がピンポイントで心臓に入ってしまった。カザンが大量に発汗していたのは、心臓に相当なダメージが蓄積していたせいだと思う」

タツオは力なくいった。

「そこにぼくの右の拳が直撃した……」

「不可抗力だったんだ。ぼくも『呑龍』の支配下で意識して心臓の急所を狙った訳じゃない。当たるところならどこでもいいから、発勁をくらわす。あの状態ではそれくらいのことしかできなかった」

端整なジョージの顔は腫れあがり、左目は赤黒くふくらんでふさがりかけていた。ジョージもカザンとぎりぎりの闘いをしていたのだ。ジョージの発勁とタツオの右ストレート。不幸な一撃が同じ心臓に重ならなければ、カザンが心肺停止状態になることはなかっただろう。だが、それは実際に起きてしまった。

発勁による体調不良はあっても、東園寺家秘伝をつかい、元気に闘っていたカザンに止めを刺したのはタツオだ。最終的には自分が同じ年の少年を殺してしまった。

「……どうしてなんだ！」

タツオは両の拳で畳を叩き、吠えるような叫び声をあげた。どうして、カザンが死ななければならなかったのだろう。「須佐乃男」の正操縦者がそれほどのものなのか。洋々たる未来をもつはずの一五歳の少年の命を奪わなければならないほどの価値があるのか。カザンの死により、望まなくともタツオ自身が「須佐乃男」の正操縦者候補第一位になってしまった。それが進駐官としてのどんな将来を引き寄せるのか、想像もつかない。幼馴染みの死から始まった道は、幾千幾万もの人々の血で塗り固められているのかもしれない。

言葉は胃のなかから冷たい金属の塊を吐きだすように口からこぼれた。

「ぼくは、一五歳で人殺しになってしまった」

目に涙がにじんでくる。

「幼馴染みのカザンを殺したんだ……ぼくは人殺しだ」

三〇〇〇人近い大観衆の前で、自分は一五歳にして人を殺めてしまった。この黒い烙印《らくいん》は一生消えることなく、自分について回るだろう。進駐官養成高校の大講堂で、東園寺家の長男を打ち殺した恐るべき怪物だ。もうタツオは二度と無邪気にはなれないだろう。純真さも素直な心も殺人者には無縁だ。今日このときをもって、自分の青春は終了してしまった。これからは進駐官として闘い抜く人生が待っているだけだ。

ジョージが隣りにしゃがみこんで、肩に手をおいた。なにか温かなものが流れこんでくるような気がしたが無視した。

「タツオ、ひとりで抱えこむことはない。ぼくにも半分責任がある。カザンの件は事故なんだ。あんな偶然は狙ってできることじゃない。不幸な事故だ」

偶然だろうが、不幸な事故だろうが、カザンが命を落としたことに変わりはなかった。タツオが顔をあげ、変形したジョージの目を見つめたとき、その音が雷のように短く鳴り響いた。

タッタッタッタッタッ！

自動小銃の掃射音だった。養成高校の生徒はみな銃声で、どんな武器が使われているのか判断できる。放たれた銃弾は五発。迷うことのない五連射だった。

大講堂はパニック状態になった。階段状の観客席から人が雪崩《なだれ》のように駆けおりてくる。

タッタッタッ！　タッタッタッ！

今度は別な方向から、掃射音が響いた。三点バーストに設定した自動小銃の引き金が二回。観客席のあちこちに小銃を隠しもったテロリストかスパイが潜んでいたのだろうか。

プスッ、近くの畳に銃弾が突き刺さる音がする。

「タツオ、ぐずぐずするな！　やつらの狙いはおまえだ」

試合場へと階段を駆けあがってくるのは、兄の作戦部少佐、逆島継雄だった。

「氾とエウロペのスパイが養成高校にも紛れこんでいた。おまえの命を狙ってくるぞ。正操縦者に一番近い候補だ。こっちにこい」

クニが身を低く保ち、青畳の試合場を足早に駆けていく。足元がふらつくタツオに肩を貸してくれたのはジョージだった。階段の途中に白い礼服姿の逆島少佐と見慣れた顔がもうひとつあった。白蛇のような青白い顔だ。

「……柳瀬…さん」

情報保全部の柳瀬波光だった。兄・継雄がいった。

「柳瀬中尉にはわたしに代わって、おまえの身辺の安全を図るよう依頼していた」

いじわるそうな鷲の目を細めて、保全部の中尉がいった。

「しつこく責め立てたが、悪く思うな。きみに味方だと思われたくなかったのでな」

観客席で悲鳴があがり、胸を勲章で飾り立てた老人が階段を転げ落ちていく。日乃元側からも反撃が始まったようだった。大講堂は乱戦で収拾がつかなくなっている。柳瀬中尉と逆島少佐の手にはオートマチックの拳銃が下げられている。兄が冷静にいう。

「こちらへ、きみたちの安全を確保するのが最優先だ」

タツオは投げやりだった。

「ぼくが『須佐乃男』の正候補者だからですよね」

「ああ、そうだ」

柳瀬波光が拳銃を構え、控え室に続く廊下へ出ていく。クニとジョージ、タツオが後に続き、最後尾を逆島継雄が固めた。何度も廊下の角を折れ、地下へと続く階段を駆けおりた。いつの間にか自動小銃の銃声は遠くなり、見たことのないエレベータの前に立っていた。

戦車でも積みこめそうな巨大な灰色の扉が聳《そび》えている。逆島少佐が金の筋が一本走る階級章を壁のスキャナーに押し当てた。地鳴りのような低い響きとともに、巨大な扉が開く。内部はちょっとしたリビングルームほどの広さだった。

作戦部少佐がいった。

「東島進駐官養成高校の地下には、作戦部の指令所がある。東都が敵に奪われても、本部をこちらに移し、敵と闘えるようにな。戦術核ミサイルの直撃にも耐えられるように、大深度地下に指令所はある。数分はかかるから、楽にしていなさい」

タツオとクニは不安げに顔を見あわせた。ジョージだけが興味深そうに巨大なエレベータの内部を観察している。体感的には一〇分以上かかった気がした。鋼鉄の箱が身震いして、静止した。扉が開く。

目の前には体育館ほどのサイズの広大な円形指令所が広がっていた。中央には直径二〇メートルほどある3Dシミュレータが据《す》えられている。壁面を埋め尽くすモニタには、音もなく大講堂の銃撃戦がいくつもの角度で映しだされていた。

「きみらで最後か」

重々しい声がかかった。逆島少佐が直立不動で敬礼する。タツオも相手を見て、すぐに敬礼した。東島進駐官養成高校校長・狩野永山だった。立派なやぎひげは半分白くなっている。逆島少佐が報告した。

「これで残り全員であります」

タツオは校長の背後を見た。東園寺崋山の盟友、五王龍起がいる。佐竹宗八もいる。東園寺彩子と同じ班の幸野丸美がいる。そこにはタツオの学年の正操縦者と副操縦者の候補十数名が集められていた。狩野校長がいった。

「よろしい。では緊急だが、ここにきみたち一年生の卒業式をとりおこなう。東島進駐官養成高校の卒業資格は与えておくが、実際の単位はまだ未履修だ。生きて帰って、この東島でまた学んでくれたまえ」

教務担当の副校長が叫んだ。

「一同整列！」

十数人の一年生が横一列に並んだ。副校長がいう。

「成績優秀者から卒業証書を付与する。まず菱川浄児、前へ」

不動の首席ジョージが一歩前に進みでた。狩野校長が卒業証書を読みあげる。

「菱川浄児殿、貴殿は優秀な成績を収め、東島進駐官養成高校の全課程を修了したことをここに証する。日付は別にいいな。菱川くん、おめでとう」

深々と礼をしてジョージが両手を伸ばし、卒業証書を受けとった。

「次席、幸野丸美、前へ」

タツオは五番目に自分の名前が呼ばれるまで、呆然と立ち尽くし非現実的な卒業証書の授与を見つめていた。

十数名の若き卒業生に証書を渡し終えると、狩野永山があごひげの先をしごきながら口を開いた。

「『須佐乃男計画』については、きみたちもすでに聞き覚えがあるだろう。日乃元の本土防衛のための決戦兵器だ。十代半《なか》ばという若さで、十分な学問も修められず、軍事教練も不足したまま、きみたちを前線に送りだすことは、わしにとっても忸怩《じくじ》たる思いである。だが、氾帝国とエウロペ連合軍の魔の手は、わが日乃元国の南方に迫っておる。残された時間はわずかだ。きみたち操縦者候補には、これよりウルルクに飛び、『須佐乃男』のプロトタイプで実地訓練と実戦に入ってもらう。日乃元の国体と一億臣民の未来が、きみたちの肩にかかっている。進駐官として全身全霊をこめて、闘ってきてもらいたい」

途中から狩野校長の目が赤くなっていた。未経験の一年生を激戦区のウルルク王国に送りこむのだ。さぞ無念に違いない。タツオはしびれたように直立不動のまま考えていた。一五歳の少年兵を前線に送るくらいなのだ。この植民地獲得戦争で日乃元はかなり追いつめられているに違いない。これからゆくウルルクは王政崩壊の後、南北に分断され、さまざまな勢力が群雄割拠する危険地域になっている。父・逆島靖雄中将の死も、かの地に平和をもたらすことはかなわなかった。

「ちょっと待ってくれ」

クニが手をあげて叫んでいた。

「おれはそんな話、聞いてないよ。今からウルルクの激戦区ってなんなんだ。そんなとこに誰がいくか」

年金生活を夢見るクニが戦地にいきたがるはずがなかった。柳瀬波光情報保全部中尉が腰のホルスターから、自動拳銃を抜いた。冷たくにらんでいった。

「貴様が手にしているのはなんだ？」

クニがひるんでいう。

「卒業証書だけど……」

「東島進駐官養成高校を卒業したということは、すくなくとも最初の五年間は進駐官として職業軍人になる契約だ。貴様が軍務に服さないというなら、重営倉送りになるか、この場でわたしに射殺されても文句はいえない。わかったか。鳥居国芳」

そのための卒業式だったのか。もうここには誰ひとり養成高校の生徒はいないのだ。みな法律上軍務を義務づけられた下士官である。

逆島少佐が新しい進駐官の軍服を配っていく。肩には銀の一本線の階級章が縫い留められていた。

「『須佐乃男』操縦者候補として、卒業と同時にきみたちは二階級特進の栄誉を受けた。軍服に着替えたら、出発の準備をしなさい。われわれはこれからこの地下指令所を脱出し、東都の進駐軍本部に向かう。地下トンネルを抜け、五キロ先のA7出口まで全員で行軍する。一〇分後には出発だ。各自の背嚢《はいのう》、自動小銃は用意してある。準備開始！」

号令がかかるとタツオの身体は機械のように自動的に動き始めた。背嚢の中身を点検し、自動小銃の各部を分解チェックする。

出発時間の三〇秒前には、重さ三〇キロの背嚢を背負い、肩からは77式自動小銃を吊るし、編み上げブーツに履き替えていた。

十数名の少年士官が無言のままエレベータに乗

りこんでいく。果てしない降下の後に扉が開くと、明かりが点々と灯る地下通路だった。逆島継雄作戦部少佐がいった。

「成績順に進行する。先頭は柳瀬中尉頼む」

いつ終わると知れない薄暗いトンネルが続いていた。タツオは真新しいブーツを窮屈に感じながら一歩一歩進軍した。まだこの東島進駐官養成高校に入学して半年しか経っていない。

だが、今日この手で幼馴染みの東園寺崋山を討ち、これから無法地帯のウルルクに旅立つ。さらに半年後にはここにいる仲間と「須佐乃男」に搭乗し、氾・エウロペ連合軍と決死の本土防衛戦を闘っているかもしれないのだ。

地下トンネルの空気は湿度が高く、じわじわと額や背中に汗が滲《にじ》んできた。無念のまま逝《い》ったカザンのためにも、自分はこの身を日乃元に捧げなければならない。タツオの決意は進駐官養成高校から一歩離れるたびに、深く強く固まっていった。

カバーイラストレーション……スカイエマ
ブックデザイン……浅妻健司

この作品は、２０１３年９月より２０１５年７月まで、小説・コミック投稿コミュニティ「E☆エブリスタ」にて連載されたものです。

石田衣良　いしだ・いら

１９６０年、東京都生まれ。成蹊大学経済学部卒業。広告制作会社勤務を経て、’97年、『池袋ウエストゲートパーク』で第36回オール讀物推理小説新人賞を受賞しデビュー。２００３年、『４ＴＥＥＮ（フォーティーン）』で第１２９回直木賞を受賞。’06年、『眠れぬ真珠』で島清恋愛文学賞を受賞。’13年、『北斗　ある殺人者の回心』で中央公論文芸賞を受賞した。著書に『６ＴＥＥＮ（シックスティーン）』、『40（フォーティ）　翼ふたたび』、『美丘』、『夜の桃』、『水を抱く』、『娼年』、『逝年』、『カンタ』、『明日のマーチ』、『余命１年のスタリオン』、『マタニティ・グレイ』のほか多数。

逆島《さかしま》断雄《たつお》と進駐官《しんちゅうかん》養成高校《ようせいこうこう》の決闘《けっとう》

二〇一五年一二月二二日　第一刷発行

著者……石田衣良《いしだいら》

発行者……鈴木　哲

発行所……株式会社講談社

〒一一二-八〇〇一　東京都文京区音羽二丁目一二番二一号

電話　編集　〇三-五三九五-四五一九
　　　販売　〇三-五三九五-三六〇六
　　　業務　〇三-五三九五-三六一五

印刷所……豊国印刷株式会社

製本所……株式会社国宝社

定価はカバーに表示してあります。落丁本・乱丁本は購入書店名を明記のうえ、小社業務あてにお送りください。送料小社負担にてお取り替えいたします。なお、この本についてのお問い合わせは、右記編集（第二事業局）あてにお願いいたします。

　ISBN978-4-06-219695-6